KB164284

아름다운 수수께끼

THE BEAUTIFUL MYSTERY

옮긴이 김예진

한국외국어대학교 영어학부 영어통번역학 전공. 옮긴 책으로 『스페인 곶 미스터리』, 『노파가 있었다』, 『올 더 머니』가 있다.

THE BEAUTIFUL MYSTERY

이 도서의 국립중앙도서관 출판시 도서목록(CIP)은 서지정보유통지원시스템 홈페이지(http://seoji.nl.go.kr)와
국가자료공동목록시스템(http://www.nl.go.kr/kolisnet)에서 이용하실 수 있습니다.
CIP제어번호: CIP2020028487

루이즈 페니 지음 | 김예진 옮김

아름다운 수수께끼

LOUISE PENNY

피니스 아프리카에

무릎을 꿇은 사람들과 일어난 사람들에게

이 책을 바칩니다.

† 일러두기

본문의 모든 주는 옮긴이 주입니다.

프롤로그

19세기 초반, 가톨릭교회는 문제가 있다는 것을 깨달았다. 아마 문제가 하나만이 아니라는 것을 인정해야 했으리라. 하지만 그 당시 정신이 팔린 문제는 성무일도와 관계가 있었다. 성무일도는 성가가 불리던 시절 가톨릭 공동체의 일상생활 속에서 하루에 여덟 번 이루어졌다. 단성성가. 그레고리오 성가. 겸허한 수도사들이 부르는 단순한 노래.

까놓고 말해 가톨릭교회는 성무일도를 잃어버렸다.

일요일에는 여전히 다른 미사가 드려졌다. 옛 수도원 곳곳에서 소위 그레고리오 성가라 불리는 노래들이 울려 퍼졌으나 로마 교황청조차 이제는 그 성가들이 원전에서 너무 많이 벗어나 타락했고, 심지어 야만스럽다고 시인할 정도였다. 최소한 몇 세기 전 존재했던 우아하고 기품 있는 성가와 비교하면.

하지만 해결책을 가진 한 사람이 있었다.

1833년, 프랑스 솔렘에 있는 생피에르 수도원을 부활시킨 프로스페르라는 이름의 젊은 수도사는 그레고리오 성가 원전을 되살리는 일을 자신의 사명으로 삼았다.

하지만 이것은 또 다른 문제를 낳았다. 수도원장의 많은 조사 결과, 오리지널 성가가 어떤 음을 내는지 아는 사람이 아무도 없었다. 첫 성가들은 기록되지 않았다. 그 오래된 성가들은 1천 년도 더 된 것들이었고, 음악이 기록되기 전부터 존재했었다. 성가들은 수년간의 연구 후 암기

되었고, 한 수도사에게서 다른 수도사에게로 구전되었다. 이 성가들은 단순했지만 그 단순함 속에 힘이 있었다. 초기 성가들은 매끄럽고 사색적이었으며 사람을 끄는 매력이 있었다.

성가는 부르는 사람과 듣는 사람 모두에게 깊은 영향을 미쳤기에 고대의 성가들은 '아름다운 수수께끼'로 알려지게 되었다. 수사들은 자신이 차분하고 편안하고 최면을 거는 듯한 신의 목소리로 신의 말을 노래한다고 믿었다.

돔Dom 고위 성직자의 세례명 앞에 붙이던 경칭. 수도원장 프로스페르는 자신이 태어나기 1천 년 전인 9세기경 어느 수도사가 마찬가지로 성가의 수수께끼에 대해 고민했다는 사실을 알았다. 교회에서 전해 내려오는 이야기에 따르면 이 이름 모를 수사에게 어느 날 갑자기 번뜩이는 아이디어가 찾아왔다. 그리하여 수사는 성가를 기록했고, 그 덕분에 성가들은 보존될 수 있었다. 멍청한 수련 수사들은 단성 성가를 익힐 때 너무 많은 실수들을 저질렀다. 그 수사가 온 마음을 다해 믿었던 대로 가사들과 음악들이 정말로 성스럽다면, 이 성가들은 불완전한 인간의 머리보다 더 안전한 방법으로 보존될 필요가 있었다.

자신의 수도원의 돌로 된 방에서 돔 프로스페르는 자신과 똑같이 방에 앉은 그 수사를 볼 수 있었다. 원장이 상상한 것처럼 그 수사는 양피지를 꺼내 앞에 놓고 깃펜을 잉크에 푹 찍었으리라. 그는 물론 라틴어로 가사를 썼다. 찬미가를. 일단 그것이 끝나면 그는 다시 처음으로 돌아갔다. 맨 처음 단어로.

그의 깃펜이 그 위를 맴돌았다.

이제 뭘 해야 하지?

어떻게 음악을 적어야 하지? 그 숭고한 무언가와 어떻게 의사소통할 수 있지? 수사는 설명하듯이 적어 보려 했으나 너무나도 번거로웠다. 이 음악이 어떻게 평범한 인간 상태를 초월하여 사람을 신성으로 끌어올렸는지 가사만으로는 결코 묘사할 수 없었다.

수사는 쩔쩔맸다. 그는 몇 날 며칠간 평소의 수도원 생활로 돌아갔다. 사람들과 어울려 기도하고 일했다. 그리고 기도. 성무일도 찬미가를 불렀다. 젊고 쉽게 산만해지는 수련 수사들을 지도했다.

그러던 어느 날 그는 노래 지도를 할 때 그들이 자신의 오른손에 주목한다는 사실을 알아차렸다. 위로, 아래로. 빠르게, 느리게. 조용히, 조용히. 그들은 가사를 외웠지만 음악 자체는 그의 수신호에 의지했다.

그날 밤 저녁기도 후 이름 모를 수사는 귀중한 촛불 불빛에 의지해 양피지에 아주 조심스럽게 쓴 찬미가 가사를 응시했다. 그러고는 깃펜을 잉크에 찍어 첫 번째 음악 기호를 그렸다.

그것은 단어 위의 물결 표시였다. 짧고 꼬불꼬불한 하나의 선. 하나 더. 또 하나 더. 그는 일정한 양식에 맞춰 손을 움직였다. 목소리를 높이도록 가상의 수사를 지도하면서. 더 높이. 거기서 유지. 다시 더 높이. 잠시 멈췄다가 아찔한 음악적 강하 중에 전면적인 급강하.

그는 자기가 쓴 대로 흥얼거렸다. 종이 위에서 가사들이 살아나 날아오르도록 그의 간결한 수신호들이 펄럭였다. 하늘로 날아올랐다. 기뻐하며. 그는 자신과 합세한, 아직 태어나지 않은 수사들의 목소리를 들었다. 정확히 똑같은 그 성가의 노래가 그를 자유롭게 했고, 그에게 천국의 희망을 갖게 했다.

아름다운 수수께끼를 포착하려 애쓴 끝에 이 수사는 글로 쓰인 음악을 발명했다. 아직 음표가 없었지만 그가 쓴 것은 '네우마neumes'로 알려지게 되었다.

수 세기를 거치며 단성 성가는 복잡한 성가로 진화했다. 악기들이 더해지고, 화성이 추가되고, 화음과 오선이 생겨났으며, 마지막으로 악보가 만들어졌다. 도, 레, 미. 현대음악이 태어났다. 비틀스, 모차르트, 랩, 디스코, 〈애니여, 총을 잡아라1950년에 히트한 뮤지컬〉, 레이디 가가. 모든 것이 같은 고대 씨앗에서 태어났다. 손을 놀렸던 한 수사에게서. 흥얼거리고 지휘하고 신성을 추구하던 한 수사에게서.

그레고리오 성가는 서양 음악의 아버지였다. 하지만 그것은 결국 배은망덕한 자식들에게 살해당하고 파묻혔다. 분실되고 잊히고 말았다.

1800년대 초반, 교회의 천박함과 단순성과 순수성의 상실을 지켜보다 진력이 난 돔 프로스페르는 본래의 그레고리오 성가를 되살릴 때라고 마음먹었다. 신의 목소리를 찾기 위해.

그의 수사들이 유럽 각지로 흩어졌다. 그들은 수도원과 도서관과 소장품 들을 샅샅이 뒤졌다. 오로지 한 가지 목적을 위해. 고대의 원본을 찾는다는.

수사들은 머나먼 도서관과 소장품 들 속에서 사라졌던 수많은 보물들을 가지고 돌아왔다. 그리고 마침내 돔 프로스페르는 흐릿해진 네우마가 기록되어 있는 한 권의 성가책이 원본이라는 결론을 내렸다. 그레고리오 성가가 어떤 소리를 내는지에 대한 최초의, 그리고 아마도 유일한 기록. 그것은 거의 1천 년은 되어 보이는 양피지 조각에 적혀 있었다.

로마 교황청은 동의하지 않았다. 교황은 직접 조사를 지휘해 다른 기록을 찾아냈고, 자신이 찾은 낡아 빠진 양피지 조각에 적혀 있는 것이 진짜 성무일도의 노래 방식이라고 주장했다.

그리고 성직자들 간의 의견 불일치가 일어나면 늘 그렇듯 전쟁이 터졌다. 베네딕트회 솔렘 수도원과 바티칸 교황청 사이에서 단성 성가를 두고 수많은 설전이 오갔다. 서로가 자기네 기록이 더 원전에 가까우며, 따라서 신성성에도 더 가깝다고 우겼다. 학자, 음악학 연구가, 유명 작곡가 그리고 신심 깊은 수사 들이 이 주제에 끼어들었다. 점점 더 격해져 가는 이 싸움에서 어느 쪽을 고르느냐에 따라 신의 영광에 대해 더 큰 힘과 영향력을 얻을 수도, 발언권이 약해질 수도 있었다.

그레고리오 성가의 원본을 찾은 이는 누구였을까? 성무일도는 어떻게 불러야 하는가? 신의 목소리를 소유한 이는 누군가?

누가 옳았을까?

몇 년이 흘러, 마침내 학자들 사이에서 조용한 의견 합의가 이루어졌다. 그리고 좀 더 조용히 숨겨졌다.

둘 다 틀렸다. 솔렘 수도원의 수사들이 로마 교황청보다 훨씬 진실에 근접하긴 했지만 완벽한 진실은 아니었다. 이들이 찾아낸 것은 역사적 가치가 있고 매우 귀중했으나 불완전했다.

무언가가 빠져 있었다.

성가에는 가사와 네우마, 수사들이 목소리를 높이고 입을 다물어야 할 부분에 지침이 있었다. 음이 높아질 때와 낮아질 때.

하지만 시작점이 없었다. 올린다면 어디서부터? 내린다면 어디서부터? 그것은 종착지에 X 표시가 되어 있는 완벽한 보물 지도를 찾는 것 같았다. 하지만 시작점이 없었다.

시작…….

베네딕트회 솔렘 수도원의 수사들은 재빨리 고대 성가의 새로운 보금자리가 자신들이라고 자처했다. 바티칸은 점차 동의했고, 수십 년 내로 성무일도는 다시 지지를 얻었다. 되살아난 그레고리오 성가는 전 세계의 수도원으로 퍼져 나갔다. 이 단순한 음악은 참된 위안을 주었다. 점점 더 시끄러워져 가는 세상에 순수한 노래.

그리고 솔렘 수도원 원장은 두 가지 사실을 간직한 채 조용히 숨을 거두었다. 그것은 자신이 중요하고 강력하며 의미 있는 무언가를 달성했다는 것. 그는 아름답고도 단순한 전통을 되살렸다. 타락했던 성가를 순수한 상태로 복구하고 천박한 교황청과의 전쟁에서 승리했다.

하지만 그는 마음속으로 자신이 이기긴 했지만 성공하지는 못했다는 사실 또한 알았다. 모든 이가 받아들인 그레고리오 성가는 진짜에 가까웠다. 그렇고말고. 거의 성스럽다고 할 수 있었다. 하지만 전적으로 그렇지는 않았다.

자신들은 아직도 시작점을 찾지 못했다.

그 자신이 재능 있는 음악가인 돔 프로스페르는 처음으로 단성 성가를 명문화한 그 수사가 미래 세대에 음을 어디서 시작해야 하는지에 대해 남기지 않았다는 사실을 믿을 수 없었다. 그들은 추측하리라. 그래서 그들은 그랬다. 하지만 그것은 실제로 아는 것과 같지 않았다.

수도원장은 자신의 수사들이 찾아낸 성가책이 원본이라며 열정적으로 싸웠다. 하지만 이제 임종 자리에서 불경하게도 의심이 들었다. 그는 지금 자신과 똑같은 복장을 한 수사가 촛불에 허리를 숙이고 있는 모습을 상상했다.

그 수사는 첫 번째 성가를 끝내고 첫 번째 네우마를 창조했다. 그리고 그다음엔 무엇을? 의식이 들어왔다 나갔다 하는 돔 프로스페르는 이 세상과 저세상을 오가는 상태로 그 수사가 무엇을 했을지 깨달았다. 그 이름 없는 수사는 자신이 했어야 할 일을 했을 터였다.

돔 프로스페르는 형제 수사들이 침대 맡에서 온화하게 기도문을 암송하는 모습보다 더 또렷하게, 오래전 죽은 그 수사가 자신의 책상 위로 허리를 숙이는 모습을 보았다. 처음으로 돌아가고 있다. 맨 처음 단어로. 그리고 한 가지 표시를 더 남기고 있었다.

생의 마지막에서 돔 프로스페르는 시작이 있음을 깨달았다. 하지만 그것을 찾는 일은 다른 누군가에게 맡겨야 했다. 이 아름다운 수수께끼를 푸는 일은.

1

성가의 마지막 음이 성당 안을 빠져나가자 장엄한 적막이 내려앉음과 동시에 더욱 큰 불안이 다가왔다.

침묵은 뻗어 나갔다. 계속해서.

침묵에 익숙한 사람들이었지만 그들에게도 이 침묵은 유독 크게 느껴졌다.

그들은 여전히 긴 검은 로브에 하얀 천을 두르고 꼼짝도 하지 않고 서 있었다.

기다림.

이들은 또한 기다림에 익숙한 사람들이었다. 하지만 이 기다림은 유난히 길었다.

그 가운데 훈련이 덜 된 자들은 마지막에 줄을 섰다가 가장 먼저 움직일, 키가 크고 늘씬한 나이 든 남자를 흘끔흘끔 쳐다보았다.

돔 필리프는 눈을 감고 있었다. 조과Vigils 성무일도 중 새벽 기도가 끝나고 그가 삼종기도를 알리는 신호를 보내기 전 이것은 자신의 신을 만나는 개인적인 순간이고 심오한 평화의 순간이었지만 지금 그것은 단순한 도피였다.

그는 보고 싶지 않은 것이 있었기 때문에 눈을 감았다.

게다가 그는 거기에 무엇이 있는지 알았다. 항상 거기에 있던 모습. 자신이 오기 전 수백 년간 거기에 있었고, 별일이 없다면 자신이 무덤에 묻히고 난 후 수 세기에 걸쳐 거기에 있을 모습. 하얀 후드가 달린 검은 로브를 입고, 허리에 단순한 밧줄 매듭을 묶은 채 두 줄로 자신의 앞에 선 남자들.

그리고 그의 오른쪽으로 두 줄 더의 남자들.

이들은 고대의 전열戰列처럼 성당의 돌바닥을 사이에 두고 서로 마주 보고 있었다.

안 돼. 수도원장은 자신의 지친 마음에 속삭였다. 이걸 전투나 전쟁이라고 생각해서는 안 돼. 관점의 차이일 뿐. 건강한 공동체의 표출.

그렇다면 왜 이렇게 눈을 뜨기가 싫을까? 하루를 시작하기가?

숲과 새와 호수와 물고기에게 삼종기도를 알리는 종소리를 울리라는 신호를 하기가. 그리고 수사들에게. 천사들과 모든 성자들을 위해. 그리고 신.

목을 가다듬는 소리.

장엄한 침묵 속에서 그것은 폭탄 소리 같았다. 그리고 수도원장의 귀에 그것은 이렇게 들렸다.

도전.

그는 눈을 더 감고 있으려 애썼다. 여전히 조용히, 고요하게 서 있었지만 평화는 더 이상 존재하지 않았다. 안팎의 혼란뿐이었다. 그는 두 줄로 서서 기다리는 남자들 사이에서 이는 진동의 형태로 그것을 느낄 수 있었다.

그는 자신 안에서 그것이 진동하는 것을 느꼈다.

돔 필리프는 1백까지 세었다. 천천히. 그리고 파란 눈을 천천히 뜨고 성당을 가로질러, 가슴 앞에 손을 모으고 끝없는 인내심이 깃든 얼굴에 희미한 미소를 띤 채 눈을 뜨고 서 있는, 키가 작고 통통한 남자를 똑바로 응시했다.

노려보는 수도원장의 눈이 살짝 가늘어졌다가 다시 뜨였고, 비쩍 마른 오른손이 들리며 신호를 보냈다. 그러자 종이 울렸다.

완벽하고 풍성한 종소리가 종탑을 벗어나 새벽녘 어둠 속으로 둥그렇게 퍼져 나갔다. 종소리는 맑은 호수와 숲, 완만한 언덕을 스치고 지나갔다. 모든 종류의 피조물이 다 들을 수 있게끔.

그리고 퀘벡의 어느 외진 수도원 안의 스물네 명의 수사에게.

클라리온 소리가 울렸다. 이들의 하루가 시작되었다.

"진심은 아니겠지." 장 기 보부아르가 웃음을 터뜨렸다.

"진심이야." 아니가 끄덕였다. "진실이라고 신 앞에 맹세해."

"그러니까 지금……." 보부아르는 메이플 시럽을 발라 훈연한 베이컨을 접시에서 한 조각 더 집으며 말했다. "첫 데이트에서 당신 아버지가 당신 어머니에게 선물로 욕실 매트를 줬다고?"

"아냐, 아냐. 그건 너무 이상하잖아."

"당연히 그렇겠지." 보부아르는 동의하고 베이컨을 두 입에 먹어 치웠다. 집 안에는 보 도마주의 앨범이 흐르고 있었다. 〈바다표범에게 바치는 애가〉. 연인을 잃은 외로운 바다표범의 이야기. 보부아르는 그 친숙한 곡조를 조용히 흥얼거렸다.

"두 분이 처음 만났을 때 아빠가 외할머니한테 욕실 매트를 드렸다는 얘기야. 저녁 식사에 초대해 줘서 고맙다는 의미로 집주인에게 준 선물이었던 거지."

보부아르가 웃었다. "나한테는 그런 얘기 하신 적 없는데." 그는 마침내 그럭저럭 그렇게 말했다.

"뭐, 아빠가 공적인 대화에 그런 걸 말하실 리는 없잖아. 불쌍한 엄마. 엄마는 자기가 결혼해 줘야겠다고 생각했대. 결국 엄마가 아니면 누가 아빠를 데려갔겠어?"

보부아르가 다시 웃음을 터뜨렸다. "그럼 기준이 아주 낮으신 것 같군. 나도 그것보다 더 나쁜 선물을 당신에게 주긴 힘들 것 같은데."

그는 햇살이 비치는 부엌의 테이블 아래로 몸을 숙였다. 토요일 아침, 둘은 함께 아침 식사를 준비하고 있었다. 작은 소나무 테이블에 놓인, 녹인 브리 치즈를 곁들인 베이컨과 스크램블드에그가 담긴 접시. 초가

을의 이날 스웨터만 대충 걸치고 아니의 아파트에서 나와 모퉁이를 돈 보부아르는 크루아상과 초콜릿빵을 사러 생드니 거리에 있는 빵집에 갔었다. 그리고 동네 가게들을 기웃거리며 커피 몇 개와 몬트리올 주말 신문과 잡다한 것들을 주워 담았다.

"거기서 뭐 해?" 아니 가마슈가 물으며 탁자 너머로 허리를 숙였다. 고양이가 바닥에서 팔짝 뛰어올라 햇볕이 잘 드는 위치를 찾아갔다.

"아무것도." 그가 씩 웃었다. "그냥 즈 느 세 쿠아je ne sais quoi 뭐라 형용하기 힘든 무언가가 보여서 당신이 생각났을 뿐이야."

보부아르는 그것을 잘 보이도록 들어 올렸다.

"못된 인간." 아니가 웃음을 터뜨렸다. "변기 뚫어뻥이잖아."

"리본이 묶인." 보부아르가 말했다. "당신에게 주는 선물이야, 마 셰르ma chére 내 사랑. 우리가 같이 산 지 석 달이야. 기념일을 축하해야지."

"좋아, 뚫어뻥 기념. 난 당신 선물 준비 안 했는데."

"용서해 주지." 그가 말했다.

아니가 뚫어뻥을 집어 들었다. "이걸 쓸 때마다 당신 생각을 할게. 대개 당신이 쓰겠지만. 결국 당신 차지가 될 거야."

"참 친절하기도 하지." 보부아르가 살짝 고개를 숙이며 말했다.

그녀가 마치 검객이 검을 휘두르는 양 빨간 고무 흡입기로 보부아르를 부드럽게 찔렀다.

보부아르는 미소를 지으며 향기롭고 맛이 풍부한 커피를 한 모금 마셨다. 아니도 따라서 마셨다. 다른 여자라면 그 뚫어뻥이 마법의 지팡이인 양 대했겠지만 아니는 그것을 검처럼 대했다.

물론 장 기 보부아르는 자신이 다른 어떤 여자에게도 절대 뚫어뻥을 선물로 주지 않았으리라는 것을 알았다. 아니에게만은 괜찮았다.

"나한테 거짓말을 했군." 아니가 의자에 기대어 앉으며 말했다. "아빠가 당신한테 욕실 매트 얘기를 한 게 분명해."

"하셨어." 보부아르는 인정했다. "가스페에서 어떤 밀렵꾼의 오두막에 있었을 때 증거를 찾다가 당신 아버지가 옷장을 열었는데 하나도 아니고 두 개의 욕실 매트가 나왔어. 포장도 안 뜯은."

그는 이야기를 할 때 아니를 똑바로 바라보았다. 아니의 눈은 그에게서 떨어지지도, 거의 깜박이지도 않았다. 그녀는 모든 말, 모든 제스처, 모든 어조를 받아들였다. 헤어진 아내 이니드 또한 잘 들어 주었었다. 하지만 늘 그 모습에는 따져 묻는 듯한 절박한 기색이 있었다. 마치 자신이 그녀에게 빚이라도 졌다는 듯. 마치 죽어 가는 그녀에게 자신이 약이라는 듯.

이니드는 자신의 진을 빼놓고도 여전히 부족함을 느꼈다.

하지만 아니는 더 온화하고, 더 관대했다.

아니는 자기 아버지처럼 주의를 기울여 조용히 들었다.

이니드와 함께 있을 때 그는 결코 일에 대해 이야기하지 않았고, 그녀는 절대 묻지 않았다. 아니와 함께 있을 때면 그는 그녀에게 모든 걸 말했다.

따뜻한 크루아상에 딸기 잼을 바르며 그는 아니에게 밀렵꾼의 오두막과 거기서 벌어졌던 잔혹한 한 가족 살해 사건에 대해 이야기했다. 자신들이 무엇을 발견했고, 어떤 기분을 느꼈고, 누구를 체포했는지 이야기했다.

"그 욕실 매트는 증거 중에서도 가장 열쇠가 되는 물건이었어." 보부아르가 크루아상을 입으로 가져가며 말했다. "그 사실을 알아내기까지 굉장히 오래 걸리긴 했지만."

"그래서 그때 아빠가 당신한테 욕실 매트에 관한 자신의 슬픈 과거에 대해 이야기했던 거야?"

보부아르는 고개를 끄덕였고, 크루아상을 씹었고, 어두컴컴한 오두막 안의 경감을 보았다. 그 이야기를 속삭이는. 그들은 언제 밀렵꾼이 돌아올지 몰랐고, 자신들의 존재를 들키는 것을 원치 않았다. 수색영장을 가져오긴 했지만 그들은 그가 그 사실을 알길 원치 않았다. 그래서 두 수사관이 솜씨 좋게 조사를 하는 사이 가마슈 경감은 보부아르에게 욕실 매트 이야기를 했다. 그것은 그의 인생에서 가장 중요한 식사 자리였고, 그는 죽도록 사랑하는 여성의 부모에게 최대한 좋은 인상을 줘야 했다. 그리고 왠지 모르게 욕실 매트가 집주인에게 줄 완벽한 선물로 결정되었다.

"어떻게 그런 생각을 하실 수 있었습니까, 경감님?" 보부아르는 금이 가고 거미줄이 쳐져 있는 창을 내다보며 수확물을 든 허름한 차림의 밀렵꾼이 보이지 않길 바라면서 속삭였다.

"글쎄," 가마슈는 명백히 생각을 떠올리려 애쓰듯이 말을 멈췄다. "마담 가마슈도 가끔 같은 질문을 했지. 장모님도 결코 지치는 일 없이 묻곤 하셨고. 반면 장인어른은 내가 바보 천치라고 판단하시곤 그 일에 대해 두 번 다시 언급도 안 하셨네. 그게 더 나빴지. 두 분이 돌아가셨을 때, 우린 시트 보관용 캐비닛에서 태그도 떼지 않고 포장도 벗기지 않은 그 매트를 발견했네."

보부아르는 이야기를 멈추고 아니를 보았다. 함께 샤워를 하고 나온 이래 아니의 머리카락은 아직도 축축했다. 아니에게서는 신선하고 청결한 향이 났다. 따스한 햇볕이 내리쬐는 감귤 과수원처럼. 화장은 하지 않았다. 아니는 포근한 슬리퍼를 신고 낙낙하고 편한 옷을 입고 있었다. 그녀는 패션에 대해 잘 알았고 유행을 따르길 좋아했지만 편한 차림일 때 더 행복해했다.

그녀는 날씬하지 않았다. 깜짝 놀랄 만큼의 미인도 아니었다. 아니 가마슈는 자신이 여자를 볼 때 항상 발견하는 매력의 어떤 점도 갖고 있지 않았다. 하지만 아니는 대부분의 사람들이 결코 알지 못하는 것을 알고 있었다. 그녀는 살아 있는 게 얼마나 멋진 일인지 알았다.

그것을 깨닫는 데 거의 40년이 걸렸지만 장 기 보부아르 역시 마침내 그것을 이해했다. 그리고 지금은 그보다 더 아름다운 게 없었다는 것을 알았다.

아니는 이제 거의 서른이었다. 두 사람이 처음 만났을 때 그녀는 다루기 힘든 10대였다. 경감이 보부아르를 퀘벡 경찰청의 살인 수사반으로 데려왔을 때였다. 경감 밑에는 수백 명이나 되는 요원과 형사 들이 있었지만 그는 이 젊고 객기 넘치며 아무도 자기 부관으로 두려 하지 않는 형사를 선택했다.

가마슈는 그를 팀의 일원으로 만들었고, 결국 오랜 세월을 거쳐 결국 가족의 일원이 되었다.

비록 경감은 지금 보부아르가 얼마나 큰 부분을 차지하는 가족의 일원이 되었는지 모르고 있지만.

"뭐," 아니가 쓴웃음을 지으며 말했다. "그럼 이제 우리도 우리 애들을 깜짝 놀라게 해 줄 수 있는 욕실 이야기가 하나 생긴 셈이네. 우리가 죽고 나면 애들이 이걸 찾아내고 당황하겠지."

아니는 환한 빨간색 리본이 달린 뚫어뻥을 집어 들었다.

보부아르는 아무 말도 할 수가 없었다. 아니는 지금 자신이 한 말이 무슨 뜻인지 알고 있을까? 그녀는 자신들이 아이를 낳을 거라고 쉽게 말했다. 손자. 함께 죽으리라. 신선한 감귤과 커피의 향이 피어오르고 햇살 속에 고양이가 몸을 웅크리고 있는 이 집에서.

두 사람은 함께 산 지 석 달이 됐고, 그동안 미래에 대한 이야기를 한 적이 없었다. 하지만 지금 그 말을 듣자 그게 굉장히 자연스럽게 느껴졌다. 마치 이것이 항상 자신들의 계획이었다는 듯. 아이를 낳고 함께 늙어 가는 것.

보부아르는 계산을 해 보았다. 아니보다 열 살이 많은 자신이 먼저 죽을 터였다. 그렇게 생각하니 안심이 되었다.

하지만 그를 골치 아프게 하는 것이 있었다.

"당신 부모님한테 말씀드려야 해." 그가 말했다.

아니는 말없이 크루아상을 집어 들었다. "알아. 나도 그러고 싶어. 하지만," 그녀는 망설이다 부엌을 둘러보고 책으로 가득한 거실로 나갔다. "이것도 괜찮아. 우리만 아는 것도."

"걱정돼?"

"부모님이 어떻게 받아들이실지?"

아니는 잠시 입을 다물었고, 장 기는 갑자기 심장이 쿵쿵 뛰었다. 그는 그녀가 그 말을 부정할 줄 알았다. 부모님이 찬성하든 반대하든 자기는 전혀 신경 안 쓴다는 사실을 확신시켜 줄 줄 알았다.

하지만 그러는 대신 아니는 망설였다.

"어쩌면 조금은." 아니는 인정했다. "아마 엄청나게 놀라시겠지만, 그래도 상황은 항상 바뀌는 법이니까. 알지?"

그는 알았지만 차마 인정하기 힘들었다. 경감님이 인정해 주지 않으신다면? 그는 결코 자신들을 막지 못하겠지만, 그것은 재앙이리라.

아냐. 장 기는 1백 번째로 자신에게 말했다. 다 잘될 거야. 경감님도 마담 가마슈도 좋아해 주실 거야. 행복해하실 거야.

하지만 확신을 얻고 싶었다. 알고 싶었다. 그게 그의 천성이었다. 그는 생계를 위해 사실을 모았고, 이 불확실성은 큰 타격이었다. 그것은 삶에 갑작스럽게 찾아든 예상치 못한, 빛이 남긴 유일한 그림자였다.

보부아르는 경감에게 계속 거짓말을 할 수 없었다. 그는 이것은 거짓말이 아니고 그저 사생활을 지키는 것일 뿐이라고 자신을 설득했다. 하지만 마음속에서 그것은 배신처럼 느껴졌다.

"그분들이 정말 좋아하실 거라고 생각해?" 보부아르는 아니에게 그렇게 물으며 자신의 목소리에서 배어나는 절박함이 싫었다. 하지만 아니는 그것을 알아채지도 못했고, 관심도 없었다.

아니는 팔꿈치와 팔뚝을 소나무 테이블 위의 크루아상 부스러기에 댄 채, 그에게 몸을 기울이며 그의 손을 잡았다. 아니의 손이 그 손을 따스하게 데워 주었다.

"우리가 같이 살고 있다는 걸 아시면? 아빠는 굉장히 좋아하실 거야. 당신을 싫어하는 사람은 엄마지……."

그의 표정을 본 아니가 웃음을 터뜨리며 잡은 손을 뒤틀었다. "농담이야. 우리 엄마가 당신을 얼마나 좋아하는데. 항상 그랬어. 우리 부모님이 당신을 가족처럼 생각하시는 거, 당신도 잘 알잖아. 또 다른 아들처럼 여기셔."

그는 그 말에 얼굴이 뜨거워지는 것을 느꼈고 부끄러움을 느꼈지만 다시금 아니가 신경을 쓰거나 의견을 달지 않는다는 것을 알아차렸다. 아니는 그저 보부아르의 손을 잡고 그의 눈을 똑바로 들여다보았다.

"그럼 일종의 근친상간이군." 그가 간신히 그렇게 말했다.

"맞아." 아니가 동의하며 카페오레를 한 모금 마시기 위해 그의 손을 놓았다. "우리 부모님의 꿈이 이루어진 거야." 그녀가 웃고 마신 다음 다시 잔을 내려놓았다. "아빠가 열광하실 거라는 걸 알잖아."

"놀라시기도?"

아니는 생각에 잠겨 잠시 말을 멈추었다. "놀라서 굳어 버리실지도 몰라. 재밌지 않아? 아빤 단서를 찾고 그것들을 맞추는 데 평생을 보내셨어. 증거를 모으고. 하지만 당신 코앞에서 일어나는 일은 놓치시지. 너무 가까워서 그럴 거야."

"마태복음 십 장 삼십육 절." 보부아르가 중얼거렸다.

"파르동Pardon 뭐라고?"

"살인 사건에서 당신 아버지가 우리한테 하시는 말씀이야. 신입이 들어오면 맨 처음 가르치는 교훈 중 하나지."

"성경 말씀을 인용하신다고?" 아니가 물었다. "하지만 엄마 아빠는 교회에 가시지 않는데."

"분명 경찰청에 처음 들어가셨을 때 상사에게서 들은 말일 거야."

전화벨이 울렸다. 힘차고 시끄러운 유선전화 소리가 아니라, 명랑하게 띄엄띄엄 울려 퍼지는 휴대전화 소리였다. 보부아르의 전화였다. 그는 침실로 뛰어가 침대 옆 탁자에 놓여 있던 그것을 집어 들었다.

번호는 뜨지 않았다. 한 단어뿐이었다.

'경감님.'

그는 초록색 통화 버튼을 누르려다 망설였다. 대신 그는 침실 밖으로 나가 빛과 책으로 가득한 아니의 거실로 들어갔다. 방금 전 새벽까지 경감의 딸과 사랑을 나눈 침대 앞에 서서 경감과 통화할 수는 없었다.

"위, 알로Oui, allô 네, 여보세요." 그가 무심한 말투를 내려 애쓰며 말했다.

"방해해서 미안하네." 익숙한 목소리가 들렸다. 신기하게도 편안함과 권위가 모두 느껴지는 톤이었다.

"괜찮습니다, 경감님. 무슨 일이시죠?" 보부아르는 맨틀피스 위의 시계를 흘끔 쳐다보았다. 토요일 오전 10시 23분이었다.

"살인일세."

그러니까 일상적인 전화가 아니었다. 저녁 식사 초대나 직원 채용이나 재판 소송 문의 같은. 무장을 하라는 연락이고, 행동에 나서라는 신호였다. 무언가 끔찍한 일이 일어났다는 사실을 알리는 전화였다. 그리고 10년이 넘었지만 이 말을 들을 때마다 보부아르는 여전히 심장이 뛰었다. 그리고 줄달음쳤다. 살짝 춤을 추기까지 했다. 끔찍하고 갑작스러운 죽음을 알게 되어서가 아니었다. 자신과 경감 그리고 팀원들이 다시 새로운 추적에 나설 수 있게 되었다는 사실 때문이었다.

장 기 보부아르는 자신의 직업을 사랑했다. 하지만 지금, 처음으로, 그는 부엌을 살폈고, 문간에 선 아니를 보았다. 자신을 보고 있는.

그리고 그는 이제 자신이 무언가를 더 사랑한다는 사실을 깨닫고 놀랐다.

수첩을 집어 든 그는 아니의 소파에 앉아 자세한 사항을 적어 내려갔다. 필기를 마치고 그는 자신이 쓴 것을 보았다.

"맙소사." 그가 중얼거렸다.

"적어도 그렇지." 가마슈 경감이 동의했다. "준비 좀 해 주겠나? 당장은 우리 둘뿐이야. 현장에 도착하면 그곳 경찰을 차출할 걸세."

"라코스트 경위는요? 그녀가 가야 하지 않습니까? 현장 감식반을 지휘하려면요?"

가마슈 경감은 머뭇거리지 않았다. "아니." 그가 짧게 웃었다. "안됐지만 우리가 현장 감식반일세. 어떻게 해야 하는지 자네가 기억하고 있으면 좋겠는데."

"진공청소기를 가져가겠습니다."

"봉Bon 좋아. 나는 이미 돋보기를 챙겼네." 잠시 침묵이 흘렀다가 전화선을 타고 조금 더 침울한 목소리가 들려왔다. "빨리 거기로 가야 할 것 같네, 장 기."

"다코르D'accord 알겠습니다. 전화 몇 통 돌리고 십오 분 후에 경감님을 모시러 가겠습니다."

"십오 분? 시내에서 오는데?"

보부아르는 잠시 세상이 멈춘 줄 알았다. 자신의 작은 아파트는 몬트리올 시내에 있었지만 플라토 몽 로얄 카르티에에 있는 아니의 집은 우트레몽에 있는 가마슈 부부의 집에서 몇 블록밖에 떨어져 있지 않았다. "토요일이잖아요. 별로 안 막힐 겁니다."

가마슈가 웃음을 터뜨렸다. "언제부터 낙천주의자가 됐지? 언제 오든 기다리겠네."

"서두르겠습니다."

보부아르는 서둘러 전화를 돌리고, 지시를 내리고, 나갈 준비를 했다. 그런 뒤 작은 여행 가방에 옷을 몇 벌 쑤셔 넣었다.

"속옷을 많이 챙기네." 침대에 앉아 있던 아니가 말했다. "오래 있을 계획이야?" 그녀의 목소리는 밝았지만 말투는 그렇지 않았다.

"뭐, 날 알잖아." 그가 그렇게 말하며 권총을 총집에 넣기 위해 아니 쪽으로 몸을 돌렸다. 아니는 그가 총을 갖고 있다는 사실을 알고 있었지만 실제로 보는 것은 좋아하지 않았다. 아무리 현실적인 여성이라 해도 그것은 지나치게 현실적이었다. "뚫어뻥이 없다면 꽉 끼는 흰 팬티가 더 필요할지도 몰라."

그녀가 웃어서 그는 기뻤다.

문 앞에서 멈춰 선 보부아르가 가방을 바닥에 내려놓았다.

"주 템Je t'aime 사랑해." 그가 그녀를 안으며 그 말을 귓가에 속삭였다.

"주 템." 그녀가 그의 귀에 속삭였다. "몸조심해." 몸을 떼면서 아니가 말했다. 그리고 보부아르가 계단을 반쯤 내려갔을 때 그녀가 덧붙였다. "그리고 아빠를 잘 부탁해."

"그러지. 약속해."

보부아르가 떠나고 차의 뒷모습이 시야에서 사라지자 아니 가마슈는 문을 닫고 가슴에 손을 얹었다.

그녀는 지금껏 엄마가 느꼈을 감정이 이런 것인지 궁금했다.

이런 순간마다 어머니는 어떤 기분이었을까. 어머니도 이렇게 문에 기대선 채 사랑하는 사람이 떠나는 모습을 지켜보았을까? 이렇게 보내주었을까?

이내 아니는 거실 벽을 가득 메운 책장으로 걸어갔다. 몇 분 후 그녀는 찾던 물건을 찾아냈다. 자신이 세례를 받았을 때 부모님에게서 받은 성경. 교회에 나가지는 않았지만 그들은 여전히 그 예식을 따랐다.

그리고 그녀는 자식을 낳으면 자신 또한 그 아이들이 세례를 받길 원한다는 것을 알았다. 그때가 되면 자신과 장 기는 아이들에게 각자의 이름과 세례일이 적힌 그들만의 하얀 성경을 선물해 주리라.

아니는 두툼한 표지를 내려다보았다. 역시 거기에는 자신의 이름이 적혀 있었다. 안 다프네 가마슈. 그리고 날짜. 어머니의 필적이었다. 하지만 부모님은 아니의 이름 밑에 십자가 대신 작은 하트 두 개를 그려 넣었다.

아니는 소파에 앉아 다 식은 커피를 마셨다. 그리고 찾는 부분이 나올 때까지 그 낯선 책의 책장을 팔랑팔랑 넘겼다.

마태복음 10장 36절.

"집안 식구가," 아니는 소리 내어 그 구절을 읽었다. "원수가 된다."

2

알루미늄 보트가 이따금 튀어 올라 보부아르의 얼굴에 차가운 물을 튀기며 파도를 갈랐다. 뒤로 물러나 고물 쪽으로 가서 앉을 수도 있었지

만 보부아르는 맨 앞의 가장 작은 삼각형 자리에 앉는 게 좋았다. 몸을 앞으로 기울인 자신이 신경이 바짝 곤두서고 흥분한 레트리버처럼 보일지도 모른다고 생각했다. 사냥에 나선.

하지만 그는 신경 쓰지 않았다. 자신에게 꼬리가 달리지 않아 다행이라고 생각할 뿐이었다. 살짝 무뚝뚝한 겉모습으로 거짓을 위장하기 위해서는. 그래. 보부아르는 생각했다. 살인반 수사관에게 꼬리는 대단한 약점이겠지.

흔들리고 튀어 오르고 이따금 덜컹거리는 보트는 굉장한 즐거움이었다. 보부아르는 상쾌한 물보라와, 신선한 물과 숲의 향기가 좋기까지 했다. 그리고 희미하게 풍기는 물고기와 벌레 냄새까지.

살인반 형사들을 수송하지 않을 때면 이 배는 주로 낚시에 쓰였다. 상업적 낚시는 아니었다. 그러기엔 보트가 너무 작았고, 게다가 이 외딴 호수는 상업적 낚시에 적합하지 않았다. 그냥 재미 삼아 하는 낚시라면 모를까. 사공은 바위투성이 만의 맑은 물에 낚싯줄을 던진다. 온종일 앉아서 무심히 낚싯대를 드리운다. 그리고 감아올린다.

낚싯줄을 던지고, 감아올리고, 자신만의 생각에 푹 빠진 채 홀로.

보부아르는 고물을 돌아보았다. 사공은 주름투성이 거친 손으로 선체 바깥에 달린 모터의 핸들을 잡고 있었다. 다른 한 손은 무릎 위에 놓여 있었다. 앞으로 몸을 몹시 기울인 그는 소년 시절부터 그 자세가 익숙했던 듯했다. 날카로운 푸른 눈은 눈앞의 수면을 바라보고 있었다. 소년이었을 때부터 익히 알던 만灣과 섬과 좁은 물가 들을.

보부아르는 같은 일을 반복하는 데 즐거움이 있다고 생각했다. 예전에는 그런 생각이 굉장히 역겹게 느껴졌었다. 똑같은 일상, 반복. 그것은 죽음이나 다름없거나 최소한 죽도록 지루했다. 예상 가능한 삶으로 끌려가는 것 같았다.

하지만 지금 보부아르는 그렇게 생각하지 않았다. 지금 보부아르는 보트에 앉아 바람과 물보라를 얼굴에 맞으며 새로운 사건을 향해 다가가는 중이었다. 하지만 그가 정말로 하고 싶은 것은 아니와 함께 앉아 토요일 신문을 읽는 것이었다. 자신들이 주말마다 했던 것을. 반복해서. 되풀이해서. 자신이 죽을 때까지.

하지만 그럴 수 없다면 이것이 그의 차선이었다. 보부아르는 숲과 날카로운 바위 그리고 황량한 호수를 둘러보았다.

이보다 더 지겨운 사무실은 많았다.

그는 고물에 앉은 사공을 보고 슬그머니 웃었다. 이곳은 그의 사무실이기도 했다. 그리고 자신들을 내려 주고 나면 조용한 만을 찾아 낚싯대를 던질까?

던지고 감아올리고.

지금 보부아르가 하고 있는 생각은 이제부터 자신들이 하려는 일과 다르지 않았다. 단서와 증거와 증인을 찾기 위해 낚싯줄을 던지고 그것을 감아올린다.

그리고 충분한 미끼가 있으면 마침내 살인자를 낚을 수 있다.

끔찍하게 예상치 않은 상황이 발생하지 않는 한 자신들이 그를 잡아먹을 일은 없으리라.

사공 앞에는 퀘벡 경찰청 라 모리시 지서에서 온 샤보노 서장이 앉아 있었다. 40대 중반의 샤보노는 보부아르보다 조금 연상이었다. 그는 탄탄한 체격에 힘이 넘쳤고, 주의 깊은 사람 특유의 지적인 눈빛을 하고 있었다.

그는 지금 주의를 기울이고 있었다.

샤보노 서장은 비행기에서 내리는 그들을 맞이한 뒤, 그들을 차에 태우고 5백 미터를 달려 사공이 기다리는 부둣가로 데려다주었다.

"이 사람은 에티엔 르고입니다." 샤보노가 고개를 까딱했지만 전적으로 환영하는 눈치가 아닌 사공을 소개했다. 르고가 휘발유 냄새를 풍기며 담배를 피우고 있었기에 보부아르는 한 걸음 뒤로 물러났다.

"유감이지만 이십 분 정도 보트를 타고 가야 합니다." 샤보노가 설명했다. "거기 가는 다른 수단이 없거든요."

"전에 가 보신 적 있습니까?" 보부아르가 물었다.

서장이 미소를 지었다. "한 번도요. 그 안에 들어가 본 적은 없죠. 하지만 거기서 그리 멀지 않은 곳에서 가끔 낚시를 하곤 합니다. 사람들이 다 그렇듯이 전 호기심이 많습니다. 게다가 낚시도 굉장히 잘되죠. 거대한 농어와 호수 송어가 잡힙니다. 먼 데서 본 적이 있고 잡기도 하죠. 하지만 난 그냥 녀석들을 내버려 둡니다. 녀석들이 친구를 원하는 것 같지는 않으니까요."

일행은 모두 보트에 올라탔고, 이제 절반쯤 온 상황이었다. 샤보노 서장은 앞을 바라보고 있었다. 최소한 그래 보였다. 하지만 보부아르는 서장이 울창한 숲이나 크고 작은 만에 완전히 집중하고 있는 것이 아니라는 사실을 알아차렸다.

샤보노는 그보다 더 시선을 끌어당기는 무언가에 정신을 빼앗긴 상태였다.

앞에 있는 남자.

보부아르의 시선이 움직여 보트 위의 네 번째 남자에 안착했다.

가마슈 경감. 보부아르의 상사이자 아니의 부친.

아르망 가마슈는 몸무게가 많이 나가진 않았지만 덩치가 큰 사람이었다. 사공과 마찬가지로 가마슈 경감 역시 눈과 입에 주름을 짓고 얼굴을 찡그린 채 앞만 바라보고 있었다. 하지만 사공과 달리 그의 표정은 시무룩하지 않았다. 그의 짙은 갈색 눈동자는 사려 깊었고, 그 안에 모든 것이 담겨 있었다. 빙하에 침식당한 언덕, 밝은 가을 빛깔로 물들어 가는 숲. 부두나 집이나 어떤 종류의 계류장 등에도 가려지지 않은 바위투성이 호숫가.

이곳은 야생적이었다. 새들은 한 번도 인간을 본 적 없을 그 야생의 풍경 위를 날아갔다.

보부아르가 사냥꾼이라면 아르망 가마슈는 탐험가였다. 다른 사람들이 멈춰 설 때 가마슈는 한 걸음 앞으로 발을 내디뎠다. 금이 간 곳과 틈이 있는 곳과 동굴 들을 살피며. 어둠의 생물이 살고 있는 곳으로.

경감은 50대 중반이었다. 살짝 위로 말려 귀 뒤로 넘어간 관자놀이의 머리털이 회색으로 물들어 가고 있었다. 모자가 왼쪽 관자놀이의 흉터를 거의 감춰 주었다. 그는 카키색 방수 점퍼 안에 셔츠와 재킷을 입고 회녹색 실크 타이를 매고 있었다. 뱃전을 움켜쥐고 있는 커다란 손이 보트가 호수를 가르고 나아가는 통에 찬 물보라에 젖었다. 다른 한 손은 그의 옆 알루미늄 좌석에 놓인 밝은 오렌지색 구명조끼 위에 덩그러니 놓여 있었다. 그들이 선착장 위에 서서 낚싯대와 그물과 꿈틀거리는 벌레가 든 미끼통이 들어 있고 선체 밖에 변기처럼 생긴 모터가 달린 보트를 보고 있었을 때, 경감은 보부아르에게 한 번도 쓰지 않은 구명조끼를 건넸었다. 장 기는 조소했지만 가마슈는 고집을 꺾지 않았다. 보부아르는 입지 않는다 해도 가지고는 있어야 했다.

만일을 대비해서.

그래서 보부아르 경위는 자신의 구명조끼를 무릎 위에 올려 두고 있었다. 그리고 보트가 출렁거릴 때마다 솔직히 그것이 있어서 마음이 편했다.

보부아르는 11시가 되기 전 경감의 집에 도착해 그를 차에 태웠다. 가마슈는 잠시 문간에 멈춰 서서 마담 가마슈를 포옹하고 그녀에게 키스했다. 둘은 포옹한 채 잠시 머물렀다. 그리고 경감은 몸을 돌려 계단을 내려왔다. 어깨에 멘 가방이 털렁털렁 흔들렸다.

그가 차에 타자 보부아르는 백단향과 장미 향이 섞인 희미한 오드콜로뉴 냄새를 맡을 수 있었고, 자신의 장인이 될지도 모르는 이 남자 생각에 압도되었다. 보부아르의 아기가 이 남자의 품에 안겨 이 편안한 향을 맡게 될지도 몰랐다.

장 기는 곧 이 가족의 명예 멤버 이상의 존재가 되리라.

하지만 생각을 하고 있을 때도 그는 나지막한 속삭임을 들었다. 그들이 달가워하지 않는다면? 그럼 어떻게 되는 거지?

하지만 그것은 상상도 할 수 없는 일이었고, 그는 금세 그 쓸데없는 생각을 지웠다.

10년 이상을 함께 지냈지만 그는 처음으로 경감에게서 백단향과 장미 향이 나는 이유를 깨달았다. 백단향은 그 자신의 오드콜로뉴였다. 장미 향은 두 사람이 포옹했을 때 마담 가마슈에게 묻어 온 향기였다. 경감은 무슨 오라처럼 부인의 향을 묻히고 다녔다. 자신의 냄새와 섞어서.

그때 보부아르는 길고 느린 심호흡을 했다. 그리고 미소를 지었다. 희미한 감귤 향이 났다. 아니의 향이었다. 순간적으로 그는 아니의 아버지도 그 향을 맡았을 거라는 생각에 공포에 떨었지만 그것이 자신만의 사적인 냄새라는 사실을 깨달았다. 그는 지금쯤 아니가 희미한 올드 스파이스남성용 화장품 브랜드 향을 맡았을지 궁금했다.

그들은 정오 전에 공항에 도착해 퀘벡 경찰청 격납고로 향했었다. 그곳에서는 파일럿이 지도에 항로를 표시하고 있었다. 그녀는 외딴 지역으로 경찰들을 실어 나르는 데 익숙했다. 비포장도로와 빙판과 길이 없는 곳에 하는 착륙에.

"그래도 오늘은 간이 활주로가 있네요." 그녀가 조종석에 올라타며 말했다.

"미안하군." 가마슈가 말했다. "자네가 원한다면 우리를 호수에 내버리고 가도 좋아."

파일럿이 웃었다. "없던 일도 아니죠."

가마슈와 보부아르는 작은 세스나기의 엔진 소리에 서로 고함치듯 사건 이야기를 나누었다. 하지만 점차 경감은 창밖을 내다보며 침묵에 빠졌다. 하지만 보부아르는 그가 귀에 작은 이어폰을 꽂고 음악을 듣고 있다는 것을 알아차렸고, 그게 무슨 음악인지도 추측할 수 있었다. 가마슈 경감의 얼굴에 희미한 미소가 떠올랐다.

보부아르는 몸을 돌려 자기 쪽에 난 작은 창을 내다보았다. 9월 중순의 몹시 맑은 날씨였기에 아래로 펼쳐지는 마을과 동네 들을 볼 수 있었다. 마을은 점점 작아지고 시야는 더욱 넓어졌다. 세스나기는 왼쪽으로 선회했고, 보부아르는 구불구불한 강을 따라 북쪽으로 기수를 돌리는 파일럿의 모습을 볼 수 있었다.

세스나기는 더욱 북쪽을 향해 날아갔다. 두 남자는 각자의 생각에 잠겨 있었다. 문명화의 모든 징후가 사라지고 오직 숲뿐인 아래 땅을 내려다보며. 그리고 강. 환한 햇살 속에 강물은 파란색이 아니라 눈부신 흰색과 금색 패치와 가느다란 조각이었다. 세스나기는 그중 하나의 금빛 리본을 따라 날아서 숲 속 깊은 곳으로 들어갔다. 퀘벡 깊숙이. 시체를 향해.

날아감에 따라 울창한 숲의 모습이 바뀌기 시작했다. 처음에는 나무 몇 그루가 듬성듬성 있을 뿐이었다. 이내 더 많아졌다. 마침내 숲이 온통 노랑과 빨강과 오렌지의 음영을 띠다가 상록수들의 짙고 짙은 암녹색이 될 때까지.

이곳엔 가을이 더 빨리 왔다. 북쪽으로 갈수록 가을이 일찍 찾아왔다. 길고 장엄한 가을이.

그때 비행기가 하강하기 시작했다. 아래로, 아래로, 더 아래로. 물속으로 곤두박질할 것처럼 보였다. 하지만 그러는 대신 저공비행을 하여 수면을 스치듯 달려가 포장이 되지 않은 간이 활주로에 착륙했다.

그리고 지금 가마슈 경감, 보부아르 경위, 샤보노 서장, 사공은 마구 출렁이는 보트를 타고 호수를 가로지르는 중이었다. 보트가 오른쪽으로 살짝 기울었고, 보부아르는 경감의 표정이 바뀌는 것을 보았다. 생각에 골몰한 표정에서 경탄의 표정으로.

가마슈가 눈을 반짝이며 몸을 숙였다.

보부아르는 앉은 채 몸을 돌려서 보았다.

그들은 넓은 만으로 향했다. 그곳이 바로 그들의 목적지였다.

보부아르조차 흥분의 프리송frisson 전율을 느꼈다. 수백만 명의 사람이 이곳을 찾아 헤맸다. 이곳에 살았던 은둔자들을 찾기 위해 전 세계를 뒤지며. 가장 외진 퀘벡에서 그들이 마침내 발견했을 때 수천 명의 사람들이 이곳을 여행하고, 이 안에서 그들을 만나길 열망했다. 이 사공은 이 호수로 그 관광객들을 실어 나르기 위해 고용되었을지도 몰랐다.

보부아르가 사냥꾼이고 가마슈가 탐험가라면 이곳을 찾아오는 남녀들은 순례자였다. 이 안에 있는 사람들이 갖고 있다고 믿는 것을 간절히 구하기 위해.

하지만 그것은 헛수고일 것이었다.

모두가 문전박대를 당했다.

보부아르는 자신이 전에 이 광경을 본 적 있다는 사실을 깨달았다. 사진 속에서. 그들이 지금 본 것은 퀘벡 관광청이 주를 홍보하기 위해 다소 부정직하게 사용한 인기 있는 포스터가 되었다.

아무도 방문을 허락받지 못한 곳이 관광객들을 낚는 데 이용되었다.

보부아르 또한 몸을 앞으로 기울였다. 만의 가장 끝에, 깎인 바위 같은 요새가 서 있었다. 그것의 첨탑은 엄청난 지진의 여파로 땅에서 튀어나온 것처럼 솟아 있었다. 그 양옆으로는 날개가 있었다. 아니면 팔이거나. 축복을 하기 위해 벌린 팔 또는 초대하는 팔. 은신처. 버려진 땅에서의 안전한 포옹.

기만.

이곳은 거의 신화에 가까운 곳, 생질베르앙트르레루Saint-Gilbert-Entre-les-Loups 수도원이었다. 세속에서 은둔하여 명상에 잠긴 채 살아가는 수도사 스물네 명의 집. 최대한 문명에서 먼 곳에 자신들이 살 곳을 지은 사람들의 수도원.

문명이 이들을 찾아내는 데 수백 년이 걸렸지만 고요한 수도사들은 결정적인 발언을 하고 말았다.

스물네 명의 수도사들은 문 안으로 발걸음을 옮겼다. 그 문은 닫혔다. 그리고 어떠한 살아 있는 영혼도 문 안쪽으로 들어가는 것을 허락받지 못했다.

오늘까지는.

가마슈 경감과 장 기 보부아르 그리고 샤보노 서장이 지금 막 그 안으로 들어가려 하고 있었다. 이들의 입장권은 시체였다.

3

"기다릴까요?" 사공이 물었다. 그는 털이 덥수룩한 얼굴을 손으로 문지르며 재미있다는 표정을 짓고 있었다.

그들은 그에게 자신들이 왜 여기에 있는지 알리지 않았다. 그가 아는 건 그들이 기자나 관광객이라는 것뿐이었다. 잘못 찾아온 순례자거나.

"위, 메르시Oui, merci 네, 고맙습니다." 가마슈가 말하며 남자에게 후한 팁을 얹은 뱃삯을 건넸다.

사공은 보수를 주머니에 집어넣고, 일행이 배에서 짐을 내리고 부두로 올라서는 모습을 지켜보았다.

"얼마나 기다려 줄 수 있습니까?" 경감이 물었다.

"삼 분쯤요." 사공이 웃었다. "이 분보다는 더 걸릴 테니까요."

"혹시," 가마슈는 시계를 보았다. 막 오후 1시를 지나 있었다. "다섯 시까지 어떻습니까?"

"나보고 다섯 시까지 여기서 기다리라고요? 봐요, 당신들이 먼 길을 왔다는 건 나도 아는데, 당신들은 저 문까지 걸어가서 노크하고 몸을 돌려 돌아오는 데 네 시간은 걸리지 않을 거라는 걸 알아야 합니다."

"우리는 들여보내 줄 겁니다." 보부아르가 말했다.

"당신들 수도사요?"

"아뇨."

"그럼 교황이오?"

"아뇨." 보부아르가 대꾸했다.

"그럼 삼 분 드리리다. 그 시간을 잘 활용하쇼."

선착장을 벗어나 비포장도로를 걸으면서 보부아르는 가쁜 숨을 내쉬며 욕설을 내뱉었다. 그들이 거대한 나무 문 앞에 도착했을 때 경감이 그를 돌아보았다.

"그만, 장 기. 여길 통과하면 욕은 금지일세."

"위, 파트롱Oui, patron 네, 경감님."

가마슈가 고개를 끄덕이자 장 기가 손을 들어 문을 두드렸다. 소리는 거의 안 났지만 손이 어마어마하게 아팠다.

"모디 타베르나Maudit tabernac 빌어먹을." 그가 쇳소리를 냈다.

"저게 초인종 같군요." 샤보노 서장이 움푹 파인 돌 속에 꽂힌 기다란 쇠몽둥이를 가리켰다.

보부아르는 그것을 집어 들고 문을 힘차게 내리쳤다. 그러자 소리가 났다. 다시 내리친 그는 사람들이 내리쳐 움푹 팬 자국을 알아챘다. 그리고 내리치고 또 내리쳤다.

장 기는 뒤를 돌아보았다. 사공이 손목을 들어 시계를 톡톡 두드리고 있었다. 보부아르는 다시 문을 향해 몸을 돌렸다가 흠칫 놀랐다.

문에서 눈이 튀어나왔다. 문이 자신들을 보고 있었다. 이내 그는 문에 난 작은 창이 열렸고, 핏발 선 두 눈이 내다보고 있다는 것을 알아챘다.

보부아르가 그 눈을 보고 놀랐다면 그 눈은 그를 보고 놀란 듯했다.

"위Oui 네?" 나무 문에 가로막혀 목소리가 흐릿하게 들렸다.

"봉주르, 몽 프뢰르Bonjour, mon frére 안녕하세요, 수사님." 가마슈가 말했다. "제 이름은 아르망 가마슈입니다. 경찰청에서 나온 살인 수사반 경감입니다. 이쪽은 보부아르 경위와 샤보노 서장입니다. 저희가 오리란 걸 아셨을 줄 압니다."

나무 창문이 쾅 닫히고, 절대 착각할 수 없는 탁 소리가 들렸다. 문 잠기는 소리였다. 잠시 침묵이 흐르고 보부아르는 자신들이 정말 안에 들어갈 수 있을지 궁금했다. 그리고 만일 들어가지 못하면 어떻게 해야지? 문을 부숴야 할까? 사공이 아무런 도움도 되지 않으리라는 사실은 명백했다. 보부아르는 선착장에서 나는 파도 소리에 섞인, 희미하게 낄낄거리는 웃음소리를 들었다.

그는 숲을 보았다. 울창하고 어두웠다. 수도원 건물까지 숲이 다가오는 것을 막기 위한 시도가 있었다. 그 증거로 보부아르는 베인 나무들을 볼 수 있었다. 담장 주위로 그루터기들이 흩어져 있어 마치 전투가 벌어졌다가 지금은 불안정한 휴전을 맺은 듯 보였다. 수도원 그림자 속의 그루터기들은 비석 같았다.

보부아르는 숨을 깊이 들이마시며 정신을 바짝 차려야겠다고 생각했다. 공상에 잠기는 일은 자신답지 않았다. 그는 사실들을 다뤘다. 그것들을 모았다. 감정을 모으는 것은 경감의 일이었다. 살인 사건이 일어날 때마다 가마슈는 오래되고 부패하고 썩은 감정들을 좇았다. 그리고 그 점액의 흔적을 추적한 끝에 가마슈는 살인자를 찾아냈다.

경감이 감정을 좇는다면 보부아르는 사실들을 좇았다. 냉혹하고 딱딱한. 하지만 두 남자는 늘 함께 진실을 찾아내곤 했다.

자신들은 좋은 팀이었다. 훌륭한 팀이었다.

만일 경감님이 기뻐하지 않으신다면? 그 의문이 숲 속에서 보부아르에게로 스멀스멀 기어 나왔다. 만약 아니가 나와 함께하는 걸 원치 않으신다면?

하지만 그것은 다시 공상일 뿐이었다. 사실이 아니다. 사실이 아니다. 사실이 아니다.

그는 문을 응시했고, 두드려서 팬 자국을 다시 보았다. 누군가나 무언가에 의해. 필사적으로 들어가려고.

그 옆의 가마슈 경감은 굳은 자세로 서 있었다. 차분히. 그가 본 것 중에 가장 매혹적인 것이라는 듯 문을 응시하며.

샤보노 서장은? 보부아르는 시야 한구석으로 역시 문을 뚫어져라 쳐다보는 서장을 볼 수 있었다. 서장은 불안한 눈치였다. 들어가든 떠나든 둘 중 하나를 열망하며. 오든지, 가든지. 무슨 점잖은 정복자들처럼 구부정하게 서서 기다리느니 뭐든 어떻든 무언가를 하기를.

그때 소음이 들렸고, 보부아르는 샤보노가 놀라서 움찔하는 모습을 보았다.

그들은 나무 문에 걸린 연철 빗장이 길게 끌며 긁는 소리를 들었다. 그리고 조용해졌다.

가마슈는 미동도 없었고, 놀란 기색도 보이지 않았다. 속으로는 그랬을지 몰라도 겉으로 드러내지 않았다. 그는 등 뒤로 손을 맞잡고 문을 계속 응시했다. 세상의 모든 시간을 혼자 가진 듯.

틈이 생겼다. 그 틈은 조금씩 벌어지고, 또 벌어졌다.

보부아르는 낡고 녹슬고 오래도록 쓰지 않은 경첩이 마침내 쓰일 때 나는 끼익거리는 소리를 기대했다. 하지만 아무런 소리도 나지 않았다. 그것이 더 당황스러웠다.

문이 완전히 열리자 그 안에서 검은색 긴 로브를 입은 사람이 그들을 마주했다. 하지만 검은색 일색은 아니었다. 어깨에 하얀 견장이 있었고, 가슴 아래께에는 흰색의 작은 앞치마가 있었다. 마치 수사가 칼라에 리넨 냅킨을 끼워 넣고서 그것을 빼길 잊어버린 것처럼.

허리에는 밧줄이 묶여 있었고, 거기에 커다란 열쇠 하나가 고리에 매달려 있었다.

수사는 고개를 끄덕이고 옆으로 비켜섰다.

"메르시Merci 고맙습니다." 가마슈가 말했다.

보부아르는 사공을 돌아보고 가운뎃손가락을 내밀고 싶은 충동을 간신히 참았다.

승객들이 갑자기 하늘로 날아올랐다 해도 사공이 그토록 놀라지는 않았으리라.

문간에서 가마슈 경감이 다시 외쳤다.

"그럼 다섯 시에?"

사공이 고개를 끄덕이며 간신히 말했다. "위, 파트롱Oui, patron 네, 손님."

가마슈는 몸을 돌려 열린 문으로 들어가려다 잠시 주저했다. 심장이 쿵쿵 뛰었기 때문에. 그를 잘 알지 못하는 사람이라면 알아채지 못할 행동이었다. 보부아르는 가마슈를 보았고, 그 이유를 알았다.

경감은 단지 이 짧은 순간을 음미하고 싶었다. 이 한 걸음으로 그는 생질베르앙트르레루 수도원에 발을 들이는 첫 무교인이 될 터였다.

이윽고 가마슈는 걸음을 옮겼고, 다른 사람들도 그 뒤를 따랐다.

일행 뒤에서 문이 부드럽게 쿵 소리를 내며 닫혔다. 수도사는 커다란 열쇠를 가져와 그것을 커다란 자물쇠에 끼우고 돌렸다.

그들은 안에 갇혔다.

아르망 가마슈는 어두컴컴한 실내로 들어가면 적응할 시간이 잠시 필요하리라 생각했다. 그는 빛에 적응할 필요가 있으리라는 생각은 하지 못했다.

실내는 어둡기는커녕 눈부시게 환했다.

회색 돌로 된 넓고 긴 복도가 일행 앞에 열려 있었고, 그 머나먼 끝에는 닫힌 문이 있었다. 그러나 경감에게 준 충격, 수백 년간 이 문들을 통과한 모든 사람, 모든 수도사에게 줬을 충격은 빛이었다.

복도는 무지개들로 가득했다. 현기증을 일게 하는 프리즘들. 빛이 단단한 석벽에 부딪혀 튀었고, 점판암 바닥에 웅덩이처럼 고였다. 빛은 마치 생물처럼 움직이고 합쳐졌다 분리되었다.

경감은 자신이 입을 벌리고 있다는 사실을 알았지만 신경 쓰지 않았다. 살면서 수많은 놀라운 일들을 보아 왔지만 이런 광경을 본 적은 한 번도 없었다. 기쁨 속으로 걸어 들어가는 것 같았다.

그는 몸을 돌려 수사와 눈을 마주쳤다. 그리고 잠시 응시했다.

거기에 기쁨은 없었다. 오로지 고통뿐. 가마슈가 수도원 안에 존재하리라 생각했던 어둠은 벽 너머가 아니라 사람들 안에 있었다. 아니면 최소한 바로 이 남자 안에.

그때 수사가 말없이 몸을 돌려 복도를 걸어갔다. 걸음걸이는 빨랐으나 발소리는 거의 나지 않았다. 로브 자락이 돌바닥을 스치는 희미한 소리만 날 뿐이었다. 무지개들을 스치듯 지나.

경찰청 수사관들은 어깨에 가방을 단단히 메고 따스한 프리즘 속으로 걸어 들어갔다.

수사를 따라가다 가마슈는 고개를 들어 주위를 둘러보았다. 벽 높은 곳에 난 유리창을 통해 빛이 들어오고 있었다. 머리 높이에는 창이 없었다. 제일 낮은 창이 지면에서 3미터쯤 되었다. 그리고 그 위로 창들이 한 줄로 쭉 늘어서 있었다. 그 창들을 통해 가마슈는 푸르디푸른 하늘과 드문드문 떠 있는 구름, 그리고 마치 허리를 굽혀 안을 들여다보기라도 하는 듯한 나무 끄트머리를 볼 수 있었다. 가마슈가 내다봤던 것처럼.

납으로 된 창살이 있는 유리는 오래된 것이었다. 불완전한. 빛을 장난치게 하는 것은 그 불완전성이었다.

벽에는 아무런 장식이 없었다. 그럴 필요가 없었다.

수사가 문을 열었고, 그들은 더 넓고 썰렁한 공간으로 들어갔다. 이곳에서는 무지개들이 딱 한 곳만을 가리키고 있었다. 제단.

성당이었다.

수사가 서둘러 그곳을 지나며 대충 무릎을 꿇는 시늉을 했다. 마치 수도원이 살짝 기울어 자신들이 목적지를 향해 굴러떨어지기라도 할 것이라는 양 그의 보폭이 빨라졌다.

시체.

가마슈는 주변을 대충 둘러보며 재빨리 주위에 뭐가 있는지 확인했다. 결코 대충 봐서는 알 수 없는 모습과 소리 들이 그곳에 있었다.

성당에서는 향냄새가 났다. 하지만 퀘벡의 대다수 교회에서 나는, 썩은 무언가를 감추려 일부러 풍기는 듯한 퀴퀴한 사향 냄새는 아니었다. 이곳의 냄새는 더 자연스러웠다. 꽃이나 신선한 허브 같은 향이었다.

가마슈는 재빨리 그 모든 인상을 파악했다.

이곳에 어두컴컴하고 교훈적인 스테인드글라스는 없었다. 그는 제일 먼저 단순하고 소박한 제단으로 빛이 떨어지도록 벽 높은 곳에 위치한 창들이 살짝 기울어 있다는 것을 알아차렸다. 제단에는 아무런 장식이 없었다. 제단 위에서 발랄하게 빛나는 불빛만이 벽과 성당의 먼 구석을 비췄다.

그리고 그 빛 속에서 가마슈는 다른 무언가를 보았다. 자신들 외에도 다른 사람들이 있었다.

두 줄의 수사들이 제단 양편에서 서로를 마주하고 있었다. 그들은 고개를 숙이고 무릎에 손을 얹은 채 앉아 있었다. 모두가 정확히 같은 자세로. 살짝 앞으로 몸을 기울인 조각상처럼.

수사들은 완벽하고 철저한 침묵을 지키며 빛의 프리즘 속에서 기도를 올리고 있었다.

가마슈와 다른 이들은 성당을 지나 또 다른 긴 복도로 들어갔다. 길게 이어진 또 다른 무지개 속으로. 수사를 따라.

경감은 걸음을 서두르며 자신들을 안내하는 수사가 무지개들을 휘젓고 다닌다는 것을 아는지 궁금했다. 그들은 따분해진 걸까? 이 비범한 곳에서 이 놀랄 만한 광경이 일상다반사가 된 걸까? 분명히 자신들의 앞에 있는 남자는 관심이 없어 보였다. 하지만 그때 경감은 그것이 폭력적인 죽음 때문이란 것을 알았다.

그것은 이 모든 아름다움과 기쁨, 친절과 사랑스러움을 가리고 퇴색시켰다. 너무나도 커다란 재앙이었다.

경찰들을 이리로 데려온 수사는 젊었다. 가마슈가 예상했던 것보다 더. 그는 그런 예측을 했다는 사실에 자신을 호되게 꾸짖었다. 그것은 자신의 살인 수사반에 신입이 들어왔을 때 자신이 가르치는 첫 번째 교훈이었다.

예측하지 말 것. 모든 방에 들어가고, 모든 남자와 여자와 어린애를 만나고, 열린 마음으로 모든 시체를 관찰하라. 그들의 뇌를 끄집어낼 만큼 열지 말고, 예상치 못한 것을 들을 만큼 열어라.

선입견을 갖지 마라. 살인은 예측할 수 없었다. 그리고 살인자 또한 종종 그랬다.

가마슈는 스스로의 규칙을 깨고 수사들이 나이가 많을 것이라고 생각했다. 퀘벡에 있는 대부분의 수도사와 성직자, 수녀 들이 그랬기 때문이었다. 이제 젊은이들 중 종교적인 삶에 매력을 느끼는 사람은 그리 많지 않았다.

수많은 사람들이 계속해서 신을 찾았지만 절대자를 만나러 교회에 가길 포기했다.

이 젊은이, 이 젊은 수도사는 예외였다.

가마슈 경감과 수도사가 시선이 못 박힌 듯 서로를 응시한 짧은 순간, 가마슈는 두 가지를 깨달았다. 수사는 거의 소년이나 다름없었다. 그리고 그는 극도로 흥분해 있었고, 그것을 감추려 애쓰는 중이었다. 돌부리에 발가락을 찧었지만 아프다는 것을 인정하지 않으려는 어린애처럼.

살인 현장에서는 누구나 강렬한 감정을 느꼈다. 그 감정은 자연스러운 것이었다. 그렇다면 이 젊은 수사는 왜 자신의 감정을 숨기려고 애쓸까? 하지만 그는 그것을 썩 잘 해내고 있지 못했다.

"젠장." 보부아르가 숨을 헐떡이며 가마슈 옆으로 다가왔다. "저길 지나면 몬트리올이 나오는 거 아닙니까?"

보부아르는 복도 저 끝 또 다른 닫힌 문을 향해 턱짓을 했다. 보부아르는 가마슈나 샤보노 서장보다 더 숨이 가빴지만, 그도 그럴 것이 더 많은 짐을 지고 있었다.

수사는 문 옆에서 대문 앞에 있던 것 같은 연철 막대를 가져와 나무문을 두들겼다. 묵직한 쿵 소리가 났다. 수도사는 잠시 기다렸다가 다시 한번 쳤다. 일행은 기다렸다. 결국 보부아르가 그 막대기를 뺏어 와 문을 거세게 두들겼다.

그들의 기다림은 아까처럼 빗장이 당겨지는, 익숙한 거친 소리와 함께 끝났다. 그리고 문이 열렸다.

4

“저는 필리프 수도원장입니다.” 나이 든 수사가 말했다. “생질베르 수도원의. 와 주셔서 감사합니다.”

그는 손을 소맷자락 속에 넣고 팔을 배 앞에 교차한 채 서 있었다. 그는 지쳐 보였다. 야만적인 행위에 직면한 와중에도 예의를 지키려고 애쓰는 정중한 남자. 좀 전의 젊은 수사와 다르게 원장은 굳이 감정을 숨기려 하지 않았다.

“유감이지만 그럴 필요가 있었습니다.” 가마슈는 그렇게 말하고 자신과 일행을 소개했다.

“따라오십시오.” 수도원장이 말했다.

가마슈는 길을 안내한 젊은 수사에게 감사 인사를 하려 돌아섰지만 그는 이미 사라지고 없었다.

“저희를 여기로 데려온 수사님은 누굽니까?” 가마슈가 물었다.

“뤽 형제입니다.” 수도원장이 말했다.

“젊군요.” 수도원장을 따라 작은 방을 가로지르며 가마슈가 말했다.

“예.”

가마슈는 돔 필리프가 원래 퉁명스러운 사람은 아닐 거라고 생각했다. 침묵 서약을 한 사람에게 한마디의 말은 대단한 호의였다. 실제로 원장은 매우 관대했다.

복도의 무지개와 프리즘과 눈부신 빛은 이곳을 뚫지 못했다. 하지만 침울한 분위기와는 거리가 멀었고, 이 방은 그럭저럭 친밀하고 친숙한 느낌을 풍겼다. 천장은 낮았고, 이곳의 유리창은 벽에 난 틈새보다 조금 큰 정도였다. 하지만 가마슈는 다이아몬드형 중간 문설주를 통해 숲을 볼 수 있었다. 이곳은 빛이 요란하게 난무하는 복도와 좋은 대조를 이루는 편안한 공간이었다.

석벽에는 책장이 줄지어 있었고, 한쪽 벽은 커다란 벽난로가 차지하고 있었다. 그들 양편에는 발 받침대가 딸린 의자 두 개가 불 옆에 놓여 있었다. 램프가 불빛을 더해 주었다.

여기도 전기를 쓰긴 하나 보군. 가마슈는 생각했다. 지금껏 그 점이 궁금했던 터였다.

작은 방을 지나 그들은 그보다 더 작은 방으로 들어갔다.

"저쪽은 제 서재였습니다." 수도원장이 방금 나온 방을 향해 턱짓을 하며 말했다. "여긴 제 방cell 감방이라는 뜻이 있다입니다."

"원장님 방이라고요?" 보부아르가 처진 어깨에 걸린, 더는 견디기 힘들 정도로 무거운 더플백을 추켜올리며 물었다.

"침실이죠." 돔 필리프가 말했다.

세 수사관은 주위를 둘러보았다. 가로 1.8미터, 세로 3미터쯤 되는 방이었다. 좁은 싱글 침대 하나와 소小제단의 두 배 정도 되는 크기의 작은 서랍장이 있었다. 그 위에는 성모마리아와 아기 예수 조각상이 놓여 있었다. 길고 가느다란 책장 하나가 한쪽 벽에 세워져 있었고, 침대 옆에는 책이 쌓인 작은 나무 테이블이 있었다. 창문은 없었다.

남자들은 주위를 둘러보고 또 둘러보았다.

"실례합니다만 몽 페르mon pére 원장님." 가마슈가 물었다. "시체는 어디 있습니까?"

수도원장은 말없이 책장을 잡아당겼다. 세 경찰은 모두 책장이 쓰러지는 줄 알고 깜짝 놀라 손을 내밀어 붙잡으려 했지만 책장은 쓰러지는 대신 회전하며 열렸다.

석벽의 예상치 못한 구멍을 통해 환한 햇빛이 쏟아져 들어왔다. 그 너머로 경감은 가을 낙엽들이 흩어져 있는 파란 잔디밭을 볼 수 있었다. 그리고 각기 다른 단계의 빛깔로 단풍이 든 관목들. 그리고 정원 한가운데의 거대한 나무 한 그루. 단풍나무.

하지만 가마슈의 시선은 곧장 정원 저 끝으로 향했고, 쓰러져 있는 사람이 있었다. 그리고 시체에서 몇 미터 떨어진 곳에 로브 차림의 두 수도사가 꼼짝도 하지 않고 서 있었다.

경찰들은 마지막 문 밖으로 나갔다. 이 예상치 못했던 정원 속으로.

"천주의 성모마리아님." 수사들이 낮고 음률 있는 목소리로 읊조렸다. "저희 죄인을 위해 빌어 주소서……."

"언제 발견됐습니까?" 가마슈가 조심스럽게 시체 쪽으로 다가가며 물었다.

"찬과Lauds 성무일도 중 아침기도가 끝난 후 제 비서가 발견했습니다." 가마슈의 얼굴에 시선을 고정한 채 수도원장이 설명했다. "찬과는 여덟 시 십오 분에 끝납니다. 마티외 형제는 여덟 시 사십 분쯤에 발견됐지요. 제 비서가 의사를 데리러 갔지만 이미 너무 늦은 후였습니다."

가마슈는 고개를 끄덕였다. 수도원장 뒤에서 보부아르와 샤보노가 짐을 풀고 현장 수사 장비를 꺼내는 소리가 들렸다. 경감은 잔디밭을 보더니 손을 뻗어 정중히 수도원장을 몇 걸음 뒤로 이끌었다.

"데졸레Désolé 죄송하지만 돔 필리프. 주의해야 할 필요가 있습니다."

"죄송합니다." 수도원장이 그렇게 말하며 뒤로 물러났다. 그는 길을 잃은 사람처럼 어리둥절해 보였다. 시체뿐 아니라 그가 몰랐던 사람들의 갑작스러운 출현에.

가마슈는 보부아르와 눈을 마주치고 슬쩍 땅을 향해 손짓을 했다. 보부아르가 끄덕였다. 그는 이미 이 부근과 정원의 다른 곳의 풀이 다르다는 사실을 알아차렸다. 이곳의 풀들은 휘어 있었다. 그리고 시체를 가리켰다.

가마슈는 수도원장을 돌아보았다. 키가 크고 여윈 남자였다. 다른 수사들처럼 돔 필리프는 깨끗하게 면도를 한 얼굴이었고, 두피를 면도하지 않은 탓에 회색 머리털 한 올이 나 있었다.

수도원장의 눈동자는 짙은 파란색이었고, 그는 해결책을 찾으려고 애쓰듯 가마슈의 사려 깊은 눈을 붙들었다. 경감은 시선을 피하지 않았지만 누군가가 자신의 내면을 조용히 헤집고 들어온다는 느낌을 받았다.

수도원장은 로브 소맷자락에 든 손을 살짝 들었다. 시체에서 멀지 않은 곳에 서서 눈을 감고 기도를 하고 있는 두 수사와 똑같은 자세였다.

"은총이 가득하신 마리아님……."

묵주. 가마슈는 그것을 알아보았다. 꿈속에서도 알 수 있으리라.

"……주님께서 함께 계시니……."

"저 사람은 누굽니까, 페르 아베Pére Abbé 수도원장님?"

가마슈는 시체를 향해 있었고, 수도원장은 그렇지 않았다. 경우에 따라서 경감은 죽은 사람을 보길 피하지 않는 용의자들을 원했다. 살해된 사람을. 그는 흐트러지고 눈물을 흘리며 산산조각이 난 모습을 원했다.

하지만 이번 경우는 아니었다. 그는 이 조용한 남자가 저 모습을 결코 잊지 못할지 의심스러웠다. 그리고 아마도 따스함은 진실로 가는 보다 빠른 길이 될 터였다.

"마티외입니다. 마티외 형제."

"성가대 지휘자 말입니까?" 가마슈가 물었다. "오."

경감은 고개를 살짝 숙였다. 죽음은 항상 상실을 의미했다. 폭력적인 죽음은 그 구멍을 더욱 크게 뚫었다. 그 상실은 더 거대해 보였다. 하지만 이 남자를 잃는다는 것은? 아르망 가마슈는 시선을 돌려 땅 위에 공처럼 몸을 만 시체를 보았다. 시체는 턱이 거의 무릎에 닿을 정도로 몸을 웅크리고 있었다. 죽기 전의 자세였으리라.

마티외 수사. 생질베르앙트르레루의 성가대 지휘자. 비행기를 타고 오면서 가마슈가 들었던 음악을 작곡한 사람.

가마슈는 그가 아는 사람처럼 느껴졌다. 얼굴 때문이 아니라는 사실은 확실했다. 아무도 마티외를 본 적이 없었으니까. 마티외 수사는 사진도 초상화도 없었다. 하지만 가마슈를 포함한 수백만 명의 사람들은 신체적 외양보다 훨씬 더 친밀한 방식으로 그를 안다고 느꼈다.

이것은 외떨어지고 세속에서 격리된 공동체에만 국한되지 않는, 실로 큰 상실이었다.

"네, 성가대 지휘자였지요." 수도원장이 확인해 주었다. 그리고 몸을 돌려 땅바닥에 누운 남자를 내려다보았다. 돔 필리프는 거의 속삭이다시피 하는 목소리로 부드럽게 말했다. "우리 부원장이었고." 수도원장은 몸을 돌려 가마슈를 바라보았다. "그리고 제 친구였습니다."

그는 눈을 감았고, 매우 조용해졌다. 이내 다시 눈을 떴다. 새파란 눈이었다. 수도원장은 숨을 깊이 들이마셨다. 가마슈는 그가 자신을 추스르는 중이라고 생각했다

그는 그 느낌을 알았다. 무척이나 불쾌하고 고통스러운 상황에 처했을 때 하는 행동이었다. 지금은 낙하하기 전 짧은 순간이었다.

돔 필리프는 숨을 내쉬며 예상치 못한 행동을 했다. 그는 미소를 지었다. 거의 감지할 수 없을 만큼 미미한 미소였다. 그는 따스하고 열린 태도로 가마슈를 보았고, 경감은 자신도 모르게 몸이 마비된 듯했다.

"다 잘될 것입니다." 원장이 가마슈를 똑바로 보며 말했다. "다 잘될 것입니다. 모든 것이 다 잘될 것입니다중세 영국 은수자 노리치의 줄리언이 남긴 말."

그것은 경감이 원장에게서 전혀 기대하지 않은 말이었고, 자신을 놀라게 한 눈을 바라보며 반응을 하는 데 시간이 걸렸다.

"메르시, 그 말을 믿습니다, 몽 페르." 가마슈는 겨우 그렇게 말했다. "하지만 원장님께서도 그러신가요?"

"노리치의 줄리언이 거짓말을 했을 리 없지요." 원장이 다시 희미한 미소를 지으며 말했다.

"그렇겠죠." 가마슈가 말했다. "하지만 신성한 사랑에 대한 책을 쓴 노리치의 줄리언도 자기가 살던 수녀원에서 살인 사건이 일어나는 일은 겪어 보지 못했을 겁니다. 유감이지만 원장님은 그렇죠."

수도원장은 가마슈를 계속 응시했다. 하지만 가마슈가 느끼기에 그것은 분노 때문이 아니었다. 따스함은 여전히 존재했다. 하지만 피로가 돌아왔다.

"그건 사실입니다."

"잠시 실례하겠습니다, 페르 아베."

경감은 수도원장의 주위를 돌며 땅을 살폈고, 발밑을 조심하며 주의 깊게 잔디를 가로질러 화단 쪽으로 향했다. 마티외 수사가 있는 곳으로.

거기서 가마슈는 무릎을 꿇었다.

그는 손을 뻗지 않았다. 만지지 않았다. 아르망 가마슈는 보기만 했다. 증거뿐만이 아니라 인상을 수집하며.

그는 마티외 수사가 그리 편히 죽지 못했으리라는 인상을 받았다. 그를 무릎 꿇게 했던 많은 사람들은 거의 무슨 일이 일어났는지 몰랐을 만큼 순식간에 죽임을 당했다.

하지만 부원장은 아니었다. 마티외 수사는 무슨 일이 일어났는지, 또 무슨 일이 일어날지 알고 있었다.

가마슈는 뒤를 돌아 잔디를 둘러보고, 다시 죽은 사람을 보았다. 마티외 수사의 옆머리에는 세게 얻어맞은 자국이 있었다. 경감은 더 가까이 몸을 숙였다. 최소한 두 번, 어쩌면 세 번의 타격으로 보였다. 치명상. 하지만 즉사할 정도는 아니었다.

부원장의 두개골은 분명 단단했을 것 같다고 가마슈는 생각했다.

그는 보지 않고도 보부아르가 옆에서 무릎을 꿇는 것을 느꼈다. 그가 돌아보니 보부아르 옆에 있는 샤보노 서장이 보였다. 두 사람은 증거 수집 키트를 가져왔다.

가마슈는 정원을 돌아보았다. 범죄 현장을 알리는 테이프가 잔디 주위에 둘러져 있었고, 화단까지 이어져 있었다.

수도원장은 다른 수사들과 함께 서서 성모송을 암송했다.

보부아르는 수첩을 꺼냈다. 새 시체를 위한 새 수첩.

가마슈 자신은 메모보다 듣기를 선호했다.

"어떻게 생각하나?" 경감이 샤보노를 보며 물었다.

서장의 눈이 커졌다. "무아Moi 저요?"

가마슈가 끄덕였다.

그 소름 끼치는 순간, 샤보노 서장은 아무 생각도 나지 않았다. 그의 마음이 죽은 사람처럼 텅 비었다. 그는 가마슈를 응시했다. 하지만 경감은 오만을 떨거나 대답을 강요하는 태도가 아니라, 단순히 귀를 기울이고 있었다. 함정도, 속임수도 없었다.

샤보노는 심장이 느리게 뛰고 머리가 빠르게 회전하는 것을 느꼈다.

가마슈가 격려하듯 미소를 지었다. "천천히 생각하게. 난 즉각적인 대답보다 충분히 생각한 대답을 더 좋아하네."

"……죄인을 위하여 빌어 주소서……."

세 경찰이 무릎을 꿇고 있는 동안 세 수사가 성모송을 읊조렸다.

샤보노는 정원을 둘러보았다. 사방이 벽으로 둘러싸여 있었다. 유일한 출입구는 책장 문뿐이었다. 이곳에는 사다리가 없었고, 누군가가 기어오르거나 기어 나간 흔적이 없었다. 그는 고개를 들어 위를 보았다. 밖에서는 이 정원을 내려다볼 수 없었다. 아무도 여기서 무슨 일이 일어났는지 목격할 수 없을 터였다.

도대체 무슨 일이 있었을까? 가마슈 경감이 자신의 의견을 묻고 있었다. 자신의 훈련받은, 분별력 있는 분석을.

주여. 그는 기도했다. 주여, 제게 의견을 주소서.

보부아르 경위가 전화로, 지역 경찰 한 명을 비행장으로 보내 수도원까지의 동행을 요구했을 때 샤보노 서장은 스스로 그 역할을 받아들였다. 분서의 우두머리인 그는 누구에게든 그 일을 맡길 수 있었다. 하지만 그것은 전혀 고려 사항이 아니었다.

그는 직접 가고 싶었다.

그 유명한 수도원 안을 보고 싶었기 때문만은 아니었다.

샤보노 서장은 가마슈 경감을 만나고도 싶었다.

"저쪽 잔디에 핏자국이 있군요." 샤보노는 범죄 현장 테이프로 둘러싸인 한구석을 향해 손을 내저었다. "그리고 잔디에 난 흔적으로 볼 때 그는 이쪽으로 몇 미터쯤 발을 끌고 온 것 같습니다."

"그랬거나 살인자가," 가마슈가 말했다. "끌고 왔거나."

"그런 것 같진 않습니다, 파트롱. 잔디나 이쪽 화단에는 깊은 발자국이 없습니다."

"좋아." 가마슈가 그렇게 말하며 주위를 둘러보았다. "그렇다면 죽어가는 사람이 왜 여기까지 몸을 질질 끌고 왔지?"

그들 모두 시체를 다시 주의 깊게 살펴보았다. 마티외 수사는 태아처럼 몸을 웅크리고 있었다. 무릎을 접어 올리고, 팔은 통통한 배를 단단히 감쌌다. 머리는 숙여진 상태였다. 등은 정원 석벽에 기대고 있었다.

"몸을 작게 줄이려 애썼던 걸까요?" 보부아르가 물었다. "공처럼 보입니다."

실제로 그랬다. 벽에 기대어 쉬러 온, 상당히 큼직한 검은 공 같았다.

"대체 왜?" 가마슈가 다시 물었다. "왜 수도원 쪽으로 가지 않고, 수도원에서 멀어지는 방향으로 움직였을까?"

"방향 감각을 잃었는지도 모릅니다." 샤보노가 말했다. "사고보다는 본능에 의지해 움직였을 수도 있고요. 어쩌면 아무 이유도 없었는지 모르죠."

"어쩌면." 가마슈가 말했다.

세 사람은 모두 계속 마티외 수사의 시체를 바라보았다. 샤보노 서장은 깊은 생각에 잠겨 있는 가마슈를 흘끔 넘겨다보았다.

그는 그 남자와 가까이 있었다. 얼굴의 주름까지도 보였다. 자연스러운 것과 경감이 찡그려 생긴 것 모두. 그는 그 남자에게서 나는 냄새까지 맡을 수 있었다. 희미한 백단향 냄새와 다른 무언가. 장미수.

서장은 물론 경감을 텔레비전에서 본 적이 있었다. 심지어 가마슈가 기조 연설자였던 경찰 학회에 출석하기 위해 비행기를 타고 몬트리올에 갔던 적도 있었다. 주제는 경찰의 모토, '봉사, 청렴, 정의'였다.

그것이 늘 주된 주제였고, 해를 거듭할수록 연례 경찰 학회의 마무리는 자축 기념 파티이면서 궐기 대회가 되었다.

바로 몇 달 전 가마슈 경감이 연설을 했을 때를 빼고는. 처음에 가마슈는 수많은 분야에서 자신의 실패담을 이야기함으로써 청중인 수천 명의 경찰에게 충격을 주었다. 더 잘 할 수 있었던 분야. 아무것도 하지 못했던 분야.

그리고 그는 경찰청 자체의 실패를 명료히 밝혔다. 정확하고 명료한 말투로 경찰이 어떻게 퀘벡 사람들의 기대를 저버렸고 그들의 신뢰를 배반하기까지 했는지 알게 했다. 몇 번이고 되풀이해서. 그것은 가마슈가 신뢰했던 조직에 대한 무자비한 고발이었다.

그래서 명확해졌다.

아르망 가마슈는 그들을 믿었다. 그는 경찰청과 봉사, 청렴, 정의를 믿었다.

그는 더 나아질 수 있었다.

그들은 더 나아질 수 있었다.

개인으로서나 조직으로서나.

연설이 끝나자 수천 명의 경찰들은 일어서서 환호했다. 활력. 영감.

샤보노 서장은 그 안에 몇몇 간부는 포함되지 않는다는 것을 알아차렸다. 앞줄에 앉은. 그들도 일어서 있긴 했다. 마찬가지로 박수도 치고 있었다. 어떻게 그러지 않을 수가 있었겠는가? 하지만 구석 자리에서 샤보노는 그들의 마음이 거기에 있지 않다는 것을 볼 수 있었다. 그리고 그들의 머릿속이 어디에 있는지는 신만이 아시리라.

그들은 경찰청 고위 간부들이었다. 수뇌부. 그리고 법무 장관.

그는 지금 몸을 기울이고 싶었다. 시체 위로. 목소리를 낮추고 이렇게 말하고 싶었다. 난 이 남자가 왜 여기까지 기어 왔는지는 모릅니다. 하지만 당신이 들어야 할 게 있다는 걸 압니다. 경찰 내에는 당신 생각만큼 친구가 많지 않을 겁니다. 당신이 믿는 만큼은.

그는 입을 벌려 말하려다 가마슈의 얼굴을 보고 다시 다물었다. 얼굴에 난 흉터와 깊고 이지적인 눈동자를 보고.

샤보노는 이 남자가 그 사실을 알고 있다는 것을 깨달았다. 가마슈 경감은 자신이 경찰 조직 내에 있을 날이 얼마 남지 않았다는 사실을 알고 있었다.

"어떻게 생각하나?" 가마슈가 다시 물었다.

"아마 이 사람은 자신에게 무슨 일이 일어날지 정확히 알고 있었던 것 같습니다."

"계속해 보게." 가마슈가 말했다.

"그는 최선을 다했지만 너무 늦었던 것 같습니다. 멀리 달아날 수 없었죠."

"그래." 가마슈가 동의했다. "갈 데가 없었지."

두 남자는 잠시 서로를 바라보았다. 서로 이해하며.

"그런데 왜 아무 메시지도 남기지 않았을까요?" 보부아르가 물었다.

"뭐라고요?" 샤보노가 젊은 남자에게 몸을 돌렸다.

"뭐, 그는 살인자를 봤고, 자기가 죽어 가고 있다는 사실을 알았습니다. 여기까지 기어 올 힘도 있었죠. 왜 그는 우리에게 남길 메시지를 쓰는 데 마지막 힘을 쓰지 않았습니까?" 보부아르가 물었다.

그들은 주위를 둘러보았고, 땅은 뭉개져 있었다. 자신들이 아닌, 수도사들에 의해. 좋은 의미로든 다른 의미로든.

"어쩌면 더 단순할지도 모릅니다." 샤보노가 말했다. "그는 동물을 닮고 싶었는지도 모르죠. 혼자 죽으려고 웅크리는."

가마슈는 죽은 남자에게 크나큰 동정심을 느꼈다. 혼자 죽기 위해서라니. 거의 분명 그가 알고 신뢰했던 누군가에게 목숨을 빼앗겼으리라. 이 남자 얼굴의 공포가 그것이었을까? 자신이 죽어 가고 있었기 때문이 아니라, 자신이 형제의 손에 죽는다는 사실 때문이었다. 땅에 쓰러지는 그를 아벨은 어떻게 보았을까?

그들은 다시 수사 위로 몸을 숙였다.

마티외 수사는 중년의 후반부에 접어든 통통한 남자였다. 그리 많이 절제하지는 않았던 남자. 그가 육욕을 절제했다면 음식이 그것을 대신했다. 그리고 아마 술도. 그럼에도 그의 안색은 방종할 만큼 불그레하거나 부어 있지 않았다.

죽음을 맞아 적잖이 실망했겠지만 부원장은 단지 자신의 삶에 썩 만족한 것처럼 보였다.

"또 다른 가격 부위가 없을까?" 경감이 물었다. "복부라든가?"

"……태중의 아들 예수님 또한 복되시나이다……."

보부아르 또한 몸을 바짝 숙이고 고개를 끄덕였다. "팔로 배를 감싸 안고 있군요. 고통스러웠던 걸까요?"

가마슈는 자리에서 일어나 멍하니 무릎의 먼지를 떨었다.

"그를 자네들에게 맡기겠네, 경위. 서장."

경감은 자신이 왔던 길에서 벗어나지 않기 위해 주의를 기울여 자신의 발자국을 되짚었다.

"천주의 성모마리아님……."

수사들은 계속해서 성모송을 되풀이했다.

가마슈는 이들이 언제 끝내야 될 때를 알지 궁금했다. 언제쯤이면 충분한 걸까?

그는 자신의 목적이 뭔지 잘 알았다. 마티외 수사를 죽인 자가 누구든 그자를 찾는 것.

"……이제와 저희 죽을 때에……."

하지만 검은 수사복을 입은 이 세 사람의 목적은 무엇일까?

"……저희 죄인을 위하여 빌어 주소서. 아멘."

5

가마슈는 잠시 수사들을 지켜보다가 몸을 돌려 보부아르를 보았다.

그는 살이 쪘어도 여전히 말랐지만 더 이상 수척하지 않았다. 장 기의 얼굴은 동그래졌고, 눈 밑의 그림자는 사라졌다.

하지만 신체적인 변화보다도 보부아르는 지금 행복해 보였다. 가마슈가 보아 왔던 이래 그 어떤 때보다도. 흥분하고 중독으로 들뜬 상태가 아닌 안정된 차분함. 가마슈는 그것이 길고 기만적인 길로 돌아가는 것이라는 걸 알았지만 보부아르는 최소한 그 위에 있었다.

변덕과 짜증의 폭발이 사라졌다. 분노와 투덜거림도.

진통제가 사라졌다. 옥시콘틴과 퍼코셋. 고통에서 해방해 주는 약이 결국은 더욱 큰 고통을 유발한다는 사실은 정말 끔찍한 아이러니였다.

가마슈는 자신의 부관을 보며 보부아르가 정말로 고통스러워했었다는 것을 신은 알았다고 생각했다. 그런 알약에 기대야 할 정도로. 하지만 약 복용은 이제 그만두어야 했다.

그리고 그는 그랬다. 도움을 받아서. 가마슈는 자신의 부관이 일로 복귀하는 것이 너무 이르지 않았길 바랐지만 지금 보부아르에게 필요한 것은 정상 상태가 아닐까 싶었다. 그에게 핸디캡이 있었다고 취급되는 게 아니라.

여전히 가마슈는 장 기를 지켜볼 필요가 있다는 것을 알았다. 평온 위의 어떤 금이라도.

하지만 지금 가마슈는 자신들이 해야 할 일을 잘 아는 수사관들에게서 떨어져 있었다. 그리고 그는 자신들이 해야 할 일을 잘 아는 수도사들에게서도 떨어져 있었다.

그리고 그는 자신의 일을 했다.

가마슈는 정원을 둘러보았다.

그것이 그가 정말 취했어야 할 첫 번째 기회였다.

네모난 모양이었다. 가로세로 15미터 정도 되어 보였다. 스포츠나 큰 모임을 하기에 적합한 장소는 아니었다. 수사들이 여기서 축구를 하지는 않았을 것이었다.

가마슈는 원예 도구가 들어 있는 고리버들 바구니가 땅바닥에 떨어져 있는 것을 발견했다. 기도하는 수도사들 가까이에 검은 의료용 가방도 보였다.

그는 전부 표식과 이름이 달린 허브들과 다년생식물들을 보며 어슬렁거리기 시작했다.

에키네시아, 메도스위트, 세인트존스워트, 카모마일.

가마슈는 정원사가 아니었지만 그곳에 심긴 식물들이 단순한 허브나 꽃이 아닌, 약초가 아닐지 의심했다. 그는 다시 주위를 둘러보았다.

이곳에 있는 모든 것들이 목적을 띠고 있었다. 계획되어 있었다.

그는 저 시체를 포함할지 고민했다.

이 살인에는 목적이 있었다. 자신의 일은 그것을 찾아내는 것이었다.

정원 한가운데 단풍나무 아래에 곡선을 이룬 석조 벤치가 있었다. 단풍나무 잎은 거의 다 떨어졌다. 대부분 갈퀴질로 긁어냈지만 일부는 잔디 위에 흩어져 있었다. 그리고 단풍잎 몇 개만이 덧없는 희망처럼 나무에 매달려 있었다.

여름에는 정원에 빛의 얼룩을 던지도록 무성한 잎이 장엄한 캐노피를 이루었으리라. 이 정원은 햇빛이 양껏 들지 않았을 것이었다. 완벽한 그늘을 이루지도.

수도원장의 정원은 빛과 어둠 속에서 균형을 이루고 있었다.

하지만 가을인 지금, 정원은 죽어 가는 듯이 보였다.

하지만 이 또한 자연의 순환이었다. 모든 것이 계속 만개했다면 그것은 일탈이자 비정상일 것이었다.

가마슈는 벽이 최소한 3미터라고 추측했다. 아무도 정원을 벗어나기 위해 벽을 기어오를 수 없었다. 그리고 유일하게 나갈 수 있는 길은 수도원장의 침실을 통해서였다.

가마슈는 수도원을 돌아보았다. 수도원 내의 누구도 원장의 정원에 들어오거나 혹은 들여다볼 수조차 없었다.

그들은 이런 곳이 있다는 사실을 알고나 있을까? 가마슈는 궁금했다. 그럴까?

이곳은 개인 정원이 아닌, 비밀 정원이었을까?

돔 필리프는 묵주기도를 반복했다.

"은총이 가득하신 마리아님, 기뻐하소서. 주님께서 함께 계시니……."

수도원장은 고개를 숙이고 있었으나 눈은 아주 가늘게 뜨고 있었다. 그는 정원에 있는 경찰들을 보았다. 마티외 위로 몸을 숙이고 있는. 사진을 찍고 있었다. 그를 쿡쿡 찌르고 있었다. 항상 까다롭고 꼼꼼했던 마티외가 저 상황을 얼마나 끔찍하게 여길지.

지저분한 땅바닥에서 죽음을 맞이하다니.

"은총이 가득하신 마리아님……."

마티외가 어떻게 죽을 수 있지? 돔 필리프는 그 단순한 기도에 집중하려 애쓰며 소리를 내지 않고 입 모양으로만 기도를 웅얼거렸다. 그는 기도문을 읊으며 자신의 옆에 있는 형제 수사들이 내는 소리를 들었다. 그들의 친숙한 목소리를 들었다. 자신의 어깨에 부딪는 그들의 어깨를 느꼈다.

머리 위로 햇살을 느꼈고, 가을 정원의 사향 냄새를 맡았다.

하지만 그 무엇도 더는 친숙해 보이지 않았다. 목소리도 기도도 심지어 햇살조차 낯설어 보였다.

마티외가 죽었다.

어떻게 내가 모를 수가 있었지?

"저희 죄인을 위하여 빌어 주소서……."

어떻게 내가 모를 수가 있었지?

그 말이 그의 새 묵주기도가 되었다.

모든 것이 살인으로 끝나리라는 사실을 내가 어떻게 모를 수 있었지?

가마슈는 한 바퀴 빙 돌아 원점으로 돌아와서 기도하는 수사들 앞에 섰다.

그는 자신이 다가갈 때 원장이 지켜보고 있다는 인상을 받았다.

한 가지는 확실했다. 가마슈가 정원에 있던 몇 분 동안 원장의 기운은 대폭 감소했다.

성모송으로 위안을 받으려 했다면 그것은 아무런 도움이 되지 못했다. 어쩌면 그나마 기도라도 하지 않았다면 돔 필리프의 상태는 더 나빠졌으리라. 원장은 거의 붕괴 일보 직전에 놓인 사람 같았다.

"파르동." 가마슈가 말했다.

두 수사가 기도를 멈췄지만 돔 필리프는 마저 끝냈다.

"이제와 저희 죽을 때에 저희 죄인을 위하여 빌어 주소서."

그리고 모두 함께 나직이 중얼거렸다. "아멘."

돔 필리프가 눈을 떴다.

"무슨 일입니까, 내 아들이여my son."

그것은 신부가 교구 주민에게 건네는 통상적인 인사말이었다. 또는 수도원장으로서 수도사들에게 건네는 말이었다. 하지만 가마슈는 어느 쪽도 아니었다. 그래서 가마슈는 왜 돔 필리프가 자신을 그렇게 불렀는지 궁금했다.

습관이었을까? 애정 표현? 아니면 다른 무언가였을까? 권위 표명. 자식 위의 아버지father '사제'라는 뜻이 있다.

"몇 가지 여쭤볼 게 있습니다."

"그러시겠지요." 두 수도사가 침묵하는 동안 수도원장이 말했다.

"여러분 중 한 분이 마티외 수사를 발견했다고 알고 있습니다."

수도원장 오른쪽에 있는 수사가 원장을 힐끗 보았고, 원장이 아주 살짝 고개를 끄덕였다.

"제가 발견했습니다." 그 수사는 돔 필리프보다 키가 작았고, 조금 젊었다. 눈동자에는 경계의 빛이 어려 있었다.

"성함이?"

"시몽입니다."

"혹시 몽 프뢰르, 오늘 아침에 무슨 일이 일어났는지 설명해 주시겠습니까?"

시몽 형제가 다시 고개를 끄덕인 원장을 보았다.

"찬과가 끝나고 정원을 손질하러 왔습니다. 그때 발견했죠."

"뭘 보셨습니까?"

"마티외 형제를요."

"위, 그게 그라는 걸 아셨습니까?"

"아니요."

"그게 누구일 거라고 생각하셨습니까?"

시몽 수사는 침묵에 빠졌다.

"괜찮네, 시몽. 진실을 말해야 하네." 수도원장이 말했다.

"위, 페르 아베." 수사는 탐탁하거나 납득한 것 같아 보이지 않았다. 하지만 순종했다. "저는 그게 원장님이신 줄 알았습니다."

"왜죠?"

"아무도 여기에 오지 않으니까요. 지금은 원장님과 저뿐이죠."

가마슈는 그 말을 잠시 되새겨 보았다. "그래서 어떻게 하셨습니까?"

"보러 갔습니다."

가마슈는 옆으로 쓰러져 낙엽 위로 내용물이 다 쏟아진 고리버들 바구니를 힐끗 보았다. 갈퀴가 나동그라져 있었다.

"걸어갔습니까, 뛰어갔습니까?"

시몽 수사는 다시 망설였다. "뛰었습니다."

가마슈는 그 모습을 상상해 보았다. 바구니를 든 중년의 수사. 낙엽을 갈퀴질하고 정원을 손질하려는. 전에 그렇게도 많이 했던 일을 하러 이 평화로운 정원에 들어오는. 그러다 생각지도 못한 모습을 본다. 벽 아래쪽에 쓰러져 있는 한 남자를.

의심할 것도 없는 수도원장.

그리고 시몽 수사는 어떻게 했을까? 시몽은 들고 있던 도구들을 다 던지고 달려갔다. 로브 속 다리가 낼 수 있는 최대한의 속도로.

"그리고 그를 보셨을 때 어떻게 하셨습니까?"

"페르 아베가 아니라는 걸 알았습니다."

"당신이 했던 모든 일들을 최대한 자세히 묘사해 주십시오."

"무릎을 꿇었습니다." 말 한 마디 한 마디가 그에게 고통을 야기하는 듯 보였다. 기억 때문이거나 단지 자신들의 삶 때문에. 말하는 행위 그 자체 때문이거나. "그리고 후드를 벗겼습니다. 후드가 얼굴을 가리고 있었죠. 그때 원장님이 아니라는 걸 알았습니다."

그 사람은 수도원장이 아니었다. 이 남자에게는 그 사실이 가장 큰 문제였던 듯했다. 그게 누구인지가 아니라, 누가 아닌지가 더 중요했다. 가마슈는 귀를 기울여 들었다. 사용하는 단어. 목소리의 톤. 말과 말 사이의 공백.

지금 그가 들은 것은 안도였다.

"시체를 만지거나 움직였나요?"

"후드와 어깨를 만지고 몸을 흔들었습니다. 그러고 나서 의사를 찾아갔죠."

시몽 수사가 다른 수사를 보았다.

그는 다른 둘보다 젊었지만 아주 큰 차이는 나지 않았다. 짧게 깎은 머리 아래의 다박수염도 회색으로 변해 가고 있었다. 그는 다른 둘보다 키가 작고 조금 더 통통했다. 두 눈이 침울한 빛을 띠긴 했어도 자신의 동료들에 대한 걱정은 담겨 있지 않았다.

"당신이 의사입니까?" 가마슈가 묻자 수사가 끄덕였다. 그는 거의 재미있어하는 듯 보였다.

하지만 가마슈는 속지 않았다. 렌 마리의 남자 형제 중 한 명은 장례식 날 웃고 결혼식 날 울었다. 자신들의 어떤 친구는 누군가가 자신에게 고함을 질러 대면 웃곤 했다. 재미 때문이 아닌 격한 감정의 분출로.

가끔은 그 두 가지가 뒤섞였다. 특히 감정 표현에 서투른 사람은.

재미있다는 표정을 짓고 있는 이 의사 수사가 어쩌면 가장 큰 충격을 받았을지도 몰랐다.

"샤를." 수사가 말했다. "저는 메드생médecin 의사입니다."

"부원장의 죽음에 대해서 알아낸 것이 있다면 뭐든 알려 주십시오."

"시몽 형제가 찾아왔을 때 저는 동물들과 함께 있었습니다. 시몽 형제는 저를 한쪽으로 데려가서 사고…… 가 났다고 말했죠."

"혼자 계셨습니까?"

"아뇨, 다른 형제들도 함께 있었습니다. 하지만 시몽 형제가 신경 써서 목소리를 낮춰 말했습니다. 그들은 못 들었을 겁니다."

가마슈는 시몽 수사를 돌아보았다. "그게 정말 사고였다고 생각하셨습니까?"

"확신할 수 없었고, 달리 뭐라고 해야 할지 몰랐습니다."

"미안합니다." 가마슈가 의사에게 몸을 돌렸다. "말씀을 방해했군요."

"그래서 전 의무실로 달려가 의료용 가방을 움켜쥐고 시몽 형제와 함께 이리로 달려왔습니다."

가마슈는 검은 로브를 입은 두 수사가 반짝반짝 빛나는 홀을 가로질러 달려가는 모습을 상상할 수 있었다. "오는 길에 누구와 마주치진 않았습니까?"

"아무도요." 샤를 수사가 대답했다. "저희의 작업 시간이었습니다. 모두가 자신들의 허드렛일을 하고 있었습니다."

"정원에 도착한 다음 어떻게 하셨습니까?"

"당연히 맥박을 짚어 봤습니다. 하지만 눈동자만 봐도 죽었다는 사실을 충분히 알 수 있었습니다. 다친 곳을 보지 않더라도."

"그러시고 난 다음 무슨 생각이 드셨습니까?"

"처음엔 벽 위에서 떨어진 줄 알았는데, 금세 그건 불가능하다는 사실을 깨달았습니다."

"그다음엔 무슨 생각이 드셨습니까?"

샤를 수사가 수도원장을 보았다.

"말하게." 돔 필리프가 말했다.

"누가 그에게 그런 짓을 저질렀다고 생각했습니다."

"누가 말입니까?"

"솔직히 말해 근거는 없었습니다."

가마슈는 의사를 면밀히 살피느라 잠시 말이 없었다. 경험상 '솔직히 말해'라는 말은 흔히 거짓말의 전조가 되곤 했다. 그는 그 인상을 접어두고 수도원장을 돌아보았다.

"원장님, 괜찮으시다면 둘이서 좀 더 이야기를 나눠야 할 것 같군요."

수도원장은 놀란 눈치가 아니었다. 그는 자신을 놀라게 할 게 더 이상 아무것도 없는 것처럼 보였다.

"얼마든지요."

돔 필리프는 다른 두 수사의 눈을 똑바로 쳐다보며 고개를 숙였다. 경감은 방금 세 사람 사이에 오간 메시지가 무엇일지 궁금했다. 함께 조용히 살아온 수도사들에게는 텔레파시 능력이 생기는 걸까? 아니면 서로의 생각을 읽는 능력이 생긴다거나.

그렇다면 그 능력은 부원장에게는 전혀 통하지 않았다.

돔 필리프는 가마슈를 이끌고 나무 아래 벤치로 향했다. 살인 현장에서 멀리 떨어진 곳으로.

그곳에서는 시체가 보이지 않았다. 수도원조차 보이지 않았다. 대신 벽과 의료용 허브, 그리고 저 멀리 나무들의 꼭대기가 시야에 들어왔다.

"이런 일이 일어났다는 걸 믿기 힘듭니다." 수도원장이 말했다. "당신은 이런 말을 늘 들었겠군요. 다들 그렇게 말하지 않습니까?"

"대부분이 그렇죠. 살인을 충격적으로 느끼지 않는 게 더 끔찍한 일입니다."

수도원장은 한숨을 내쉬고 먼 곳을 응시했다. 그러고는 눈을 감고 비쩍 마른 손으로 얼굴을 감쌌다.

흐느낌은 없었다. 울지도 않았다. 심지어 기도조차 하지 않았다.

침묵뿐. 그 길고 우아한 두 손이 마치 가면처럼 그의 얼굴을 감쌌다. 자신과 외부 세상을 가르는 또 다른 벽.

이윽고 원장은 손을 무릎에 올려놓았다. 무릎 위에서 그 두 손이 힘없이 늘어졌다.

"그는 제 가장 친한 친구였습니다. 우린 수도원에서 가장 친한 친구를 만들어서는 안 됩니다. 우리는 모두 동등한 관계여야 하지요. 모두가 친구지만 누구와도 깊지 않은 관계. 물론 그것이 가장 이상적이겠지요. 노리치의 줄리언처럼 우리는 모두 신의 사랑에 온통 마음을 빼앗기기를 원하니까요. 하지만 우리는 결국 결점이 있는 인간이고, 때로 친구를 사랑하게 되기도 합니다. 마음을 규제할 수는 없는 법이지요."

가마슈는 듣고 기다리며 그의 말을 과하게 해석하지 않으려고 했다.

"마티외와 저는 이 자리에 얼마나 자주 앉아 있었는지 모릅니다. 그는 당신이 앉은 자리에 앉았습니다. 때로 우리는 수도원 일을 상의하고, 때로는 책을 읽었지요. 마티외는 찬송가 악보를 가져오곤 했습니다. 저는 정원을 돌보거나 조용히 앉아서 마티외가 작은 소리로 흥얼거리는 것을 들었습니다. 그는 자신이 흥얼거렸다거나 내가 그 소리를 들었다는 걸 알지조차 못했을 겁니다. 하지만 전 들었지요."

수도원장의 시선이 벽과 벽 너머 첨탑 같은 숲의 나무 꼭대기를 떠돌았다. 그는 과거와 현재 속에서 갈피를 잃은 듯 잠시 말없이 앉아 있었다. 그가 묘사했던 장면은 이젠 결코 되풀이되는 일이 없으리라. 우연하게 들은 그 소리를 다시는 들을 일 없으리라.

"살인?" 그가 마침내 속삭였다. "여기서?" 수도원장은 가마슈를 돌아보았다. "그리고 경감님은 우리 중 누가 이런 일을 저질렀는지 알아내기 위해 오셨고요. 당신이 소개한 대로 경감님이 말입니다. 우리가 보스를 맞은 겁니까?"

가마슈는 미소를 지었다. "안타깝게도 대단한 보스는 아닙니다. 제게도 보스들이 있습니다."

"우리 모두가 그렇진 않지요." 돔 필리프가 말했다. "적어도 당신의 보스는 당신이 하는 모든 일을 볼 수 없습니다."

"그리고 제가 생각하고 느끼는 모든 것을 알지도요." 가마슈가 말했다. "저는 매일 그 점에 감사합니다."

"어쨌든 그들은 당신에게 평화와 구원을 가져다주지 못합니다."

가마슈는 고개를 끄덕였다. "그것만큼은 확실합니다."

"파트롱?" 보부아르가 몇 미터 떨어진 곳에 서 있었다.

양해를 구한 뒤 가마슈는 보부아르에게로 걸어갔다.

"시체를 옮길 준비가 되었습니다. 하지만 그를 어디로 데려가야죠?"

가마슈는 잠시 생각에 잠겼다가 기도 중인 두 수사를 보았다. "저기 있는 남자는," 가마슈가 샤를 수사를 가리켰다. "메드생일세. 그와 들것을 가져와서 마티외 수사를 의무실로 데려가게." 가마슈는 잠시 말을 멈췄고, 보부아르는 이럴 때는 기다려야 한다는 것을 잘 알았다. "그는 이곳의 성가대 지휘자였네. 자네도 아는." 가마슈는 마티외 수사의 망가진 육체를 다시 힐끗 보았다.

보부아르에게 그것은 또 다른 사실일 뿐이었다. 정보 한 조각. 하지만 그는 그것이 경감에게는 보다 큰 의미라는 것을 알 수 있었다.

"그게 중요합니까?" 보부아르가 물었다.

"그럴 수도 있지."

"경감님께는 중요하겠죠." 보부아르가 말했다.

"안타까운 일이야." 가마슈가 말했다. "커다란 손실이지. 자네도 알다시피 그는 천재였네. 나는 여기 오는 길에 그의 음악을 들었네."

"그러신 것 같았습니다."

"그 음악을 들어 봤나?"

"못 듣기가 힘들죠. 몇 년 전만 해도 온 사방에서 다 들렸으니까요.

어느 망할 방송을 틀어도 그 노래가 안 나오는 곳이 없었습니다."

가마슈가 웃었다. "팬이 아닌가?"

"농담하십니까? 그레고리오 성가를요? 남자 한 무리가 악기도 없이, 사실상 한 가지 톤에다 라틴어로 부르는 걸요? 사랑하지 않을 이유가 뭐겠습니까?"

경감은 보부아르에게 미소를 짓고 수도원장을 돌아보았다.

"누가 이런 짓을 할 수 있었을까요?" 가마슈가 다시 자리로 돌아오자 돔 필리프가 나지막이 물었다. "저는 아침 내내 자문했습니다." 수도원장은 옆자리의 가마슈를 돌아보았다. "그리고 왜 나는 그런 일을 예상하지 못했을까요?"

가마슈는 그 질문이 자신에게 향한 게 아니라는 것을 알았기에 대답하지 않았다. 결국 그 답은 스스로 찾아야 하리라. 그리고 그는 다른 무언가를 깨달았다.

왠지 돔 필리프는 외부인이 이런 짓을 했다는 암시를 하려고 애쓰지 않았다. 그는 그것이 사고였다고 가마슈나 자신을 설득하려고조차 하지 않았다. 예상치 못한 상황.

끔찍한 진실에서 도망치고자 하는 흔한 꿈틀거림조차 없었다.

마티외 수사는 살해당했다. 그리고 수도원 안의 수사 중 한 명이 살인을 저질렀다.

한편으로 가마슈는 얼마나 끔찍하든 진실을 직면하는 필리프 수도원장을 존경했다. 하지만 가마슈는 이 남자가 그렇게 쉽게 사실을 받아들인다는 것이 혼란스럽기도 했다.

수도원장은 이곳에서 사건이 일어났다는 사실에 깜짝 놀랐다고 했다.

그럼에도 그는 대부분의 인간이 하는 일을 하지 않았다. 아무리 터무니 없을지라도 또 다른 설명을 구하지 않았다.

그리고 가마슈 경감은 돔 필리프가 정말 얼마나 충격을 받았을지 궁금했다.

"마티외 수사님은 기도가 끝난 여덟 시 십오 분에서 원장님의 비서에게 발견된 여덟 시 사십 분 사이에 살해됐습니다." 가마슈가 말했다. "그때 원장님은 어디 계셨습니까?"

"찬과 후 바로 레몽 형제와 지열 시스템에 대해 의논하러 지하실로 갔습니다. 그 형제가 시설을 관리합니다. 수도원의 엔지니어링을."

"이곳에 지열 시스템이 있다고요?"

"그렇습니다. 지열로 수도원 난방을 하고, 동력은 태양광 패널로 충당하지요. 겨울이 오면 그게 확실하게 작동하는지 제가 확인해야 합니다. 시몽 형제가 나를 찾으러 와서 그 소식을 전해 줬을 때 저는 그곳에 있었습니다."

"그게 몇 시였죠?"

"거의 아홉 시가 다 되었을 겁니다."

"시몽 수사가 뭐라고 했습니까?"

"제 정원에서 마티외 형제가 사고를 당한 것 같다고만 하더군요."

"마티외 수사가 죽었다는 말은 안 했습니까?"

"결국 마지막에는 했습니다. 함께 정원으로 뛰어가는 동안 털어놓더군요. 시몽 형제는 먼저 의사에게 갔다가 내게 왔습니다. 그때 그들은 그것이 치명적이었다는 것을 알았습니다."

"그것 말고 다른 말은 안 하던가요?"

"마티외가 죽었다는 이야기 말인가요?"

"그가 살해됐다고요."

"의사가 그랬습니다. 제가 도착했을 때 의사는 문 옆에 서서 저를 기다리고 있더군요. 그리고 제가 가까이 다가가지 못하도록 제지하면서 마티외가 단순히 죽은 게 아니라, 누군가가 그를 살해한 것 같다고 했습니다."

"그래서 원장님은 뭐라고 하셨습니까?"

"제 말은 기억이 안 나지만 신학교에서 배운 말은 아니었을 겁니다."

돔 필리프는 기억을 돌이켜보았다. 그는 의사에게 떠밀려 비틀거리며 달리듯 저 끝으로 나아갔다. 검은 흙무더기처럼 보인 것으로. 하지만 그렇지 않았다. 그는 기억 속에서 본 것을 자신의 옆에 있는 덩치 크고 조용한 경찰에게 묘사했다.

"이내 난 그 옆에 무릎을 꿇었습니다." 돔 필리프가 말했다.

"그를 만지셨습니까?"

"그래요. 얼굴과 로브를 만졌습니다. 전 그걸 펴야겠다고 생각했습니다. 이유는 모르겠습니다. 누가 그런 짓을 했을까요?"

가마슈는 또다시 그 질문을 무시했다. 대답을 내놓기까지는 충분한 시간이 필요했다.

"마티외 수사는 여기서 뭘 하고 있었습니까? 원장님의 정원에서."

"모르겠습니다. 저를 보기 위해서는 아니었습니다. 전 항상 그 시간에는 밖에 있지요. 수도원을 둘러볼 때니까요."

"그리고 그가 그걸 알았고요?"

"그는 부원장이었습니다. 누구보다 더 잘 알고 있었지요."

"시체를 발견한 다음에 뭘 하셨습니까?" 가마슈가 물었다.

수도원장은 그에 관해 생각했다. "우린 먼저 기도했습니다. 그런 다음 제가 경찰에 전화했습니다. 이 수도원에는 전화기가 한 대뿐입니다. 위성전화요. 평소에는 잘 안 되지만 오늘 아침에는 잘되더군요."

"신고하지 않겠다는 생각은 안 하셨습니까?"

그 질문에 놀란 수도원장은 이 조용한 이방인을 새로이 평가하며 관찰했다. "내 첫 생각이 그랬다는 걸 인정하기가 부끄럽군요. 우리 스스로를 지키기 위해 말입니다. 우린 자급자족에 익숙하니까요."

"그런데 왜 전화하셨습니까?"

"미안한 말이지만 마티외가 아니라 다른 이들을 위해서였습니다."

"무슨 말씀이십니까?"

"마티외는 이미 떠났습니다. 지금은 하느님 곁에 있겠지요."

가마슈는 그 말이 사실이길 바랐다. 마티외 수사에게는 더 이상의 미스터리가 없었다. 그는 자신의 목숨을 앗아 간 자가 누군지 알았다. 그는 이제 신이 존재했는지 알았다. 천국도. 천사도. 천상의 성가대도.

새로운 지휘자가 나타났을 때 천상의 성가대에 일어났을 일에 대한 생각을 참기 어려웠다.

"하지만 나머지 우리는 여기 있습니다." 돔 필리프가 말을 이었다. "제가 경감님을 부른 건 복수나 이런 짓을 한 자의 처벌을 위해서가 아닙니다. 행위는 일어났습니다. 마티외는 안전합니다. 하지만 우리는 그렇지 않습니다."

그것이 간단한 진실이라는 것을 가마슈는 알았다. 그것은 또한 사제의 반응이었다. 보호하기 위해. 또는 포식자로부터 양 떼를 안전하게 지키는 양치기 개의.

생질베르앙트르레루. 늑대들 사이의 생질베르. 수도원치고는 꽤 희한한 이름이었다.

수도원장은 양 우리 속에 늑대가 있었다는 사실을 알았다. 검은 로브에 머리를 밀고 낮은 목소리로 부드러운 기도를 올리는 늑대가. 돔 필리프는 그를 찾기 위해 사냥꾼을 불렀다.

보부아르와 의사가 들것을 가져와 마티외 수사 옆에 그것을 놓았다. 가마슈는 서서 조용한 신호를 보냈다. 시체는 들것에 실렸고, 마티외 수사는 이것을 끝으로 정원을 떠났다.

수도원장이 그 작은 행렬을 인도했고, 시몽 수사와 샤를 수사가 뒤를 따랐다. 들것의 머리 쪽은 샤보노 서장이 들었고, 발 쪽은 보부아르가 들었다.

마지막으로 가마슈가 수도원장의 정원을 빠져나와 등 뒤로 책장 문을 닫았다.

그들은 무지갯빛 복도로 걸음을 옮겼다. 기쁨으로 가득한 빛깔들이 시체와 조문객들을 비췄다. 성당에 도착하자 공동체의 나머지 사람들이 긴 의자에서 일어나 줄지어 섰다. 그들과 합류하며. 가마슈의 뒤를 따라 걸으며.

수도원장 돔 필리프가 기도를 암송하기 시작했다. 묵주기도가 아닌 다른 무언가. 그리고 그때 가마슈는 수도원장이 말을 하고 있는 게 아니라는 것을 알아차렸다. 수도원장은 노래를 하고 있었다. 그것은 단순한 기도가 아니었다. 성가였다.

그레고리오 성가.

천천히 다른 수사들이 따라 불렀고, 노랫소리는 점점 커져 복도를 가득 채우며 눈부신 빛과 어우러졌다. 신의 목소리로 신의 말을 노래하는 남자 중 하나가 분명 살인자가 아니라면 아름다웠으리라.

6

네 사람이 희미하게 빛나는 진찰대 주위에 모였다.

아르망 가마슈와 보부아르 경위가 진찰대 한편에 섰고, 의사가 그들과 수도원장에게서 떨어져 섰다. 마티외 수사는 공포에 질린 얼굴을 천장으로 향하고 스테인리스스틸 진찰대 위에 누워 있었다.

다른 수사들은 이 같은 때에 해야 할 일을 하러 가고 없었다. 가마슈는 그 일이 무엇일지 궁금했다.

가마슈의 경험상 대부분의 사람들은 익숙한 냄새와 광경과 소리에 반하게 되면 더듬거리고 비틀대다 정강이가 까졌다. 마치 자신들이 익히 아는 세계의 끄트머리에서 현기증을 느끼다 떨어져 다치듯.

샤보노 서장은 흉기를 찾아내라는 지시를 받았다. 가마슈는 승산 없는 일이라고 생각했지만 누군가는 맡아야 했다. 부원장은 돌을 맞아 죽은 듯했다. 만일 그렇다면 그것은 담장 너머 오래된 울창한 숲으로 사라진 게 거의 분명했다.

경감은 주위를 둘러보았다. 그는 이 의무실이 고대 유물일 만큼 오래된 곳이라고 생각했다. 그는 중세 암흑시대에서 튀어나온 무언가를 볼 준비를 하며 남몰래 마음을 다졌다. 체액을 흘려보낼 개방형 배수관이 달린, 석판으로 만든 수술용 테이블을. 정원에서 딴 약초를 말리거나 빻아서 보관해 둔 나무 선반을. 수술용 쇠톱을.

대신 이 방은 반짝반짝 빛나는 장비와 거즈, 붕대, 알약, 혀 누르개로 가득한 질서정연한 캐비닛이 늘어선 완전한 신식이었다.

"검시관이 부검을 할 겁니다." 가마슈가 의사에게 말했다. "우린 당신이 부원장의 시체에 어떤 의학적 조치를 취하지 말길 바랍니다. 제가 원하는 건 우리가 옷을 제대로 조사할 수 있도록 그의 옷을 벗기는 것뿐입니다. 그리고 몸을 봐야겠습니다."

"왜죠?"

"다른 상처나 표시가 있을지 모르니까요. 우리가 꼭 봐야 하는 무언가가. 사실을 빠르게 수집할수록 진실에 더 빨리 다가갈 수 있습니다."

"하지만 사실과 진실 사이에는 차이가 있습니다, 경감님." 수도원장이 말했다.

"언젠가는 우리가 원장님의 저 아름다운 정원에 앉아 그에 대해 토론할 겁니다." 가마슈가 말했다. "하지만 지금은 아닙니다."

그가 수도원장에게서 등을 돌리고 옷을 벗기라고 의사에게 고개를 끄덕였다.

시체는 더 이상 죽어 있던 상태처럼 몸을 웅크리고 있지 않았다. 사후경직이 시작되고 있었으나 그들은 어떻게든 시체의 등을 침대에 대고 반듯하게 눕혔다. 가마슈는 고통 속에 움켜쥔 듯 여전히 검은 카속cassock 성직자들이 입는 검은색이나 주홍색 옷의 긴 소매 안에 든 그의 손이 몸통을 감싼 것을 주목했다.

의사는 부원장의 허리에 묶여 있던 밧줄을 풀고 소맷자락에서 두 손을 꺼냈다. 가마슈와 보부아르 모두 손이 뭔가를 쥐고 있는지 보려고 앞으로 몸을 내밀었다. 손톱 밑에 뭔가가 있을까? 움켜쥔 주먹에 뭐가 들어 있진 않을까?

하지만 아무것도 없었다. 손톱은 깨끗하게 다듬어져 있었다.

의사는 마티외 수사의 팔을 몸 양옆에 조심스럽게 내려놓았다. 하지만 왼팔이 금속 테이블에서 미끄러져 덜렁거렸다. 무언가가 소맷자락에서 굴러 나와 바닥으로 떨어졌다.

의사가 그것을 주우려고 몸을 굽혔다.

"건드리지 마십시오." 보부아르가 경고하자 의사가 멈췄다.

범죄 현장 키트에서 장갑 한 켤레를 꺼낸 보부아르는 허리를 숙이고 돌바닥 위에서 종이 한 장을 주웠다.

"그게 뭡니까?" 수도원장이 앞으로 걸어 나왔다. 의사는 보부아르가 들고 있는 것에 정신이 팔려 시체를 잊고 테이블 위로 몸을 내밀었다.

"모르겠습니다." 보부아르가 대답했다.

의사가 테이블을 돌아 나왔고, 네 남자는 둥글게 모여 서서 그 종잇조각을 들여다보았다.

종이는 누렇고 너덜너덜했다. 기성품 종이는 아니었다. 보통 파는 종이보다 두꺼웠다.

거기에는 아주 복잡한 글씨로 무슨 말들이 쓰여 있었다. 캘리그라피 같은 검은 글자들. 공들여 꾸민 게 아닌 단순한 스타일.

"읽을 수가 없는데요. 라틴어인가요?" 보부아르가 물었다.

"그런 것 같습니다." 수도원장이 몸을 내밀고 눈을 가늘게 떴다.

가마슈가 반달 모양의 돋보기를 꺼내 들며 마찬가지로 종이 위로 몸을 숙였다. "오래된 원고에서 나온 페이지 같군요." 그가 뒤로 물러서며 마침내 말했다.

수도원장은 당혹스러워 보였다. "이건 그냥 종이가 아니라 양피지입니다. 양의 가죽. 촉감으로 알 수 있습니다."

"양가죽이라고요?" 보부아르가 물었다. "수도원에서는 그걸 종이로 씁니까?"

"수백 년간 쓰지 않은 물건입니다." 수도원장은 경위의 손에 들려 있는 종잇장을 주시하며 말을 이었다. "쓰여 있는 말은 모르겠군요. 라틴어 같긴 하지만 제가 아는 어떤 찬송이나 기도문이나 종교적인 글에서 나온 게 아닙니다. 두 단어만 알겠군요."

"그게 뭡니까?" 경감이 물었다.

"여깁니다." 수도원장이 가리켰다. "이 글자는 디에스 이라이Dies irae 같군요."

의사가 폭소라도 터진 양 작은 소리를 냈다. 그들이 그를 보았지만 그는 완벽히 입을 다물었다.

"그게 무슨 뜻인가요?" 보부아르가 물었다.

"위령미사 때 쓰는 말입니다." 수도원장이 대답했다.

"'진노의 날'이라는 뜻일세." 가마슈가 말했다. "디에스 이라이." 그가 인용했다. "디에스 일라dies illa 바로 그날. 진노의 날. 애도의 날."

"맞습니다." 수도원장이 말했다. "위령미사에서 그 둘은 함께 쓰입니다. 하지만 여기엔 '디에스 일라'가 없습니다."

"그게 무슨 뜻인지 아시겠습니까, 돔 필리프?" 가마슈가 물었다.

수도원장은 잠시 골똘히 생각에 잠겨 말이 없다가 이윽고 입을 열었다. "이건 위령미사에서 온 말이 아니군요."

"샤를 수사님은 그걸 이해하시겠습니까?" 가마슈가 물었다.

의사는 몹시 집중하여 눈썹을 찡그리며 보부아르가 들고 있는 양피지를 뚫어져라 응시했다. 그러더니 고개를 가로저었다. "안타깝게도 잘 모르겠습니다."

"두 분 다 이걸 전에 보신 적 없습니까?" 가마슈가 압박했다.

의사는 수도원장을 흘끔 쳐다보았다. 돔 필리프는 계속 그 단어들을 응시하다가 결국 고개를 저었다.

잠시 침묵이 흘렀다가 보부아르가 페이지의 한 부분을 가리켰다. "이건 뭡니까?"

또다시 남자들은 몸을 내밀었다.

각각의 단어 위로 꼬불꼬불한 잉크 선이 작게 그려져 있었다. 작은 물결처럼. 또는 날개.

"네우마 같군요." 마침내 수도원장이 말했다.

"네우마요?" 가마슈가 물었다. "그게 뭡니까?"

수도원장은 명백히 당혹스러운 표정이었다. "음악적 표기법입니다."

"저는 한 번도 본 적 없는데요." 보부아르가 말했다.

"그러시겠죠." 수도원장이 양피지에서 몇 걸음 물러섰다. "그것들은 수천 년 동안 사용되지 않았습니다."

"이해가 안 되는군요. 이게 수천 년 된 종이입니까?"

"그럴 수도 있습니다." 돔 필리프가 말했다. "그걸로 그 텍스트가 설명될지 모릅니다. 라틴어의 고대 형태를 이용해 기록한 단성 성가일지도 모르지요."

하지만 그는 확신하는 것 같지 않았다.

"'단성 성가'라는 건 그레고리오 성가를 말씀하시는 겁니까?" 가마슈가 물었다.

수도원장이 끄덕였다.

"그럼 이게," 가마슈가 양피지를 가리키며 물었다. "그레고리오 성가라는 말씀입니까?"

수도원장은 다시 그 종이를 보더니 고개를 가로저었다. "모릅니다. 이건 가사지요. 라틴어지만 아무 뜻도 없습니다. 그레고리오 성가는 아주 오래전에 정해진 규칙을 따르고, 대개 늘 성경의 기도에서 나왔습니다. 그런데 이건 그게 아닙니다."

돔 필리프는 습관적인 침묵에 빠졌다.

지금 당장은 이 양피지를 계속 들여다봐도 딱히 얻을 수 있는 정보가 없어 보였다. 가마슈는 의사를 돌아보았다.

"계속해 주십시오."

이후 20분 넘게 샤를 수사는 마티외 수사의 옷을 한 겹 한 겹 벗겼다. 사후경직 때문에 애를 먹으며.

그들 앞 진찰대에 벌거벗은 남자가 남을 때까지.

"마티외 수사님은 나이가 어떻게 되셨습니까?" 가마슈가 물었다.

"그분의 파일을 보여 드릴 수 있습니다." 의사가 대답했다. "하지만 예순둘이었을 겁니다."

"건강하셨습니까?"

"네. 약간의 전립샘 비대증과 가벼운 PSA전립샘 특이항원 상승이 있었지만 저희가 모니터링을 하고 있었습니다. 그리고 보시다시피 십사 킬로그램 정도 과체중이셨죠. 특히 복부에. 하지만 비만은 아니었고, 저는 더 운동을 하시라고 제안했습니다."

"어떻게요?" 보부아르가 물었다. "체육관에 다닐 수는 없었을 텐데요. 기도를 더 열심히 하셨습니까?"

"만약 그랬다면," 의사가 대꾸했다. "그분이 날씬한 몸을 갖게 해 달라고 기도하기로 마음먹은 첫 번째 사람은 아닐 겁니다. 하지만 마침 저희는 겨울에 하키 팀 몇 개를 결성했습니다. NHL캐나다 프로 아이스하키 리그의 강팀은 아니지만 저희는 놀랄 만큼 실력이 좋습니다. 그리고 승부욕도 제법 있죠."

보부아르는 샤를 수사가 라틴어로 말했다는 듯 그를 응시했다. 도무지 이해가 되지 않았다. 수사들이 승부욕을 불태우며 하키를 한다고? 그는 얼어붙은 호수 링크 위의 수사들을 볼 수 있었다. 나부끼는 사제복 자락. 서로를 향해 쏜살같이 내달리는 모습.

근육질의 기독교도들.

어쩌면 이 남자들은 자신이 생각했던 것만큼 그렇게까지 이상하진 않을지도 몰랐다.

아니면 그게 더 그들을 이상하게 만들었거나.

"그래서 그가 했습니까?" 가마슈가 물었다.

"그분이 뭘 말이죠?" 의사가 반문했다.

"마티외 수사가 운동을 했습니까?"

샤를 수사는 테이블 위에 누워 있는 시체를 내려다보고 고개를 흔든 뒤 가마슈와 눈을 마주쳤다. 목소리는 엄숙할지언정 수사의 눈빛에는 또다시 재미있다는 기색이 맴돌았다.

"부원장님은 제안을 쉽게 받아들이는 분이 아니셨지요."

가마슈는 샤를 수사가 시선을 떨구고 다시 말을 이을 때까지 의사의 눈에 계속 시선을 맞추었다. "그럼에도 건강 상태는 좋았습니다."

경감은 고개를 끄덕이고 테이블 위에 누워 있는 벌거벗은 남자를 내려다보았다. 그는 아까부터 마티외 수사의 복부에 정말 상처가 있는지 보고 싶어 죽을 지경이었다.

하지만 거기에는 아무것도 없었다. 축 늘어져 회색으로 변해 가는 피부뿐. 박살 난 두개골을 제외하면 그의 몸에는 자국 하나 없었다.

가마슈는 이 남자의 두개골에 비극적이고 치명적인 타격을 이끈 그 결정타를 아직 볼 수 없었다. 하지만 그는 그것들을 발견할 것이었다. 이런 종류의 일은 갑자기 찾아오지 않았다. 자잘한 상처와 멍, 다친 감정의 흔적이 있기 마련이었다. 모욕과 무시.

경감은 그것들을 따라갔다. 그것이 필연적으로 이 남자를 죽음으로 이끌었으리라.

가마슈 경감은 책상을 훑어보다 누레진 두꺼운 종이를 보았다. 저 구불구불한 선의 이름이 뭐였더라?

네우마.

그리고 거의 해독할 수 없는 글자.

두 단어를 제외하면.

'디에스 이라이.'

진노의 날. 위령미사 때 쓰는 말.

죽음이 찾아온 시간에 부원장은 무엇을 하려고 했을까? 이승에서 유일하게 한 가지를 더 할 수 있었을 때, 그는 무엇을 했을까? 부드러운 흙에 살인자의 이름을 쓰지도 않고.

아니, 마티외 수사는 그 종이를 소맷자락에 욱여넣고 몸을 말아 그것을 감쌌다.

이 난센스투성이와 네우마가 자신들에게 무언가 말했을까? 아직 그리 많이는 아니었다. 마티외 수사가 그것을 지키려고 애쓰다 죽었다는 사실만 빼고.

돔 필리프 옆의 의자가 비어 있었다.

수도원장이 사제단 회의장에서 오른쪽을 돌아보고 마티외가 보이지 않은 건 수년, 수십 년 만이었다.

지금 그는 오른쪽을 보지 않았다. 대신 원장은 강직한 눈으로 전방을 똑바로 주시했다. 생질베르앙트르레루 공동체 사람들의 얼굴을.

그리고 그들은 원장을 보았다.

대답을 기대하며.

정보를 기대하며.

위안을 기대하며.

뭐라도, 무슨 말이라도 해 주기를 기대하며.

자신들을 두려움에서 지켜 주기를 바라면서.

그리고 그는 여전히 응시했다. 말을 잃고. 그는 오랜 세월 동안 너무 많은 것을 묻어 두었다. 생각과 인상과 감정의 창고. 말되어지지 않은 많은 것의.

하지만 막상 뭐라 말해야 할 때, 그 창고는 텅 비어 버렸다. 어둡고 싸늘하게.

할 말이 없었다.

가마슈 경감은 닳아 빠진 나무 책상에 팔꿈치를 짚고 몸을 앞으로 기울였다. 두 손은 편하게 깍지를 끼고 있었다.

그는 보부아르와 샤보노 서장을 건너다보았다. 두 사람 다 수첩을 꺼내서 펼쳐 들고 경감에게 보고할 준비를 하고 있었다.

검시가 끝난 후 보부아르와 샤보노는 수사들을 면담하고, 지문을 채취하고, 간단한 진술을 받았다. 반응. 인상. 그들의 몸짓.

두 사람이 그러는 사이 가마슈 경감은 죽은 수사의 방을 조사했다. 그곳은 수도원장의 방과 거의 똑같았다. 똑같은 좁은 침대. 똑같은 서랍장. 다만 개인 제단에는 성세실리아가 모셔져 있었다. 가마슈는 이 성녀에 대해 한 번도 들어 본 적이 없었으나 나중에 찾아봐야겠다고 마음먹었다.

갈아입을 로브 몇 벌과 속옷, 신발이 있었다. 잠옷용 셔츠. 기도책과 찬송가책. 그 외에는 아무것도 없었다. 개인적인 물건은 단 하나도. 사진도, 편지도 없었다. 부모도 형제자매도 없었다. 그렇긴 하나 하느님이 그의 아버지였고, 마리아가 어머니였으리라. 그리고 수사들이 형제이리라. 아무튼 엄청난 대가족이었다.

하지만 그 사무실, 부원장의 사무실은 금광이었다. 안타깝게도 사건의 단서가 될 만한 것은 없었지만. 피 묻은 돌은 없었다. 서명이 된 협박 편지도 없었다. 자백할 때를 기다리는 살인자도 없었다.

가마슈가 부원장의 책상에서 찾아낸 것은 사용 흔적이 있는 깃펜 몇 자루와 뚜껑이 열린 잉크병 하나였다. 그는 그것들을 전부 잘 싸서 지금껏 찾아낸 다른 증거품들과 함께 가방에 집어넣었다.

그것은 중요한 발견처럼 보였다. 어쨌든 부원장의 로브에서 떨어진 낡은 종이는 깃펜과 잉크로 쓰였었다. 하지만 경감은 생각을 거듭할수록 이것이 중요한 것을 증명할 것 같지는 않았다.

부원장이자 성가대 지휘자이자 그레고리오 성가에 관한 세계적 권위자인 사람이 해독하기 힘든 글을 남길 가능성이 있을까? 수도원장도 의사도 그 라틴어와 네우마인지 뭔지에 당황했었다.

그것은 전혀 교육도 훈련도 받지 못한 아마추어의 작업 같았다.

그리고 그것은 아주 오래된 종이에 쓰였다. 양피지. 양의 가죽. 아마도 수백 년 전에 펼쳐서 말렸을. 부원장의 책상에는 종이가 많았지만 양피지는 없었다.

그래도 가마슈는 깃펜과 잉크를 잘 싸서 꼬리표를 매달았다. 만일을 대비해서.

그는 악보도 찾아냈다. 종이와 악보 들.

음악과 음악의 역사로 가득한 책들. 음악에 대한 논문. 하지만 마티외 수사는 신앙적으로는 가톨릭을 믿는 사람이었음에도 불구하고 그의 취향에 가톨릭은 'ㄱ' 자도 없었다.

그가 관심을 가진 유일한 것. 그레고리오 성가.

벽에는 고통 속에 십자가에 못 박힌 예수상인 단순한 십자가가 하나 걸려 있었다. 그러나 십자가상 밑과 주위는 음악의 바다였다.

그것은 마티외 수사의 열정이었다. 그는 그리스도가 아니라, 성가 위에서 떠다녔다. 그리스도가 마티외 수사를 불렀을지 모르지만 그것은 그레고리오 성가를 정비하기 위해서였다.

가마슈는 단성 성가에 관한 글이 그토록 많았는지 전혀 몰랐었다. 정확히 말하면 애초에 생각조차 해 본 적이 없었다. 지금까지는. 경감은 책상에 앉아 보부아르와 샤보노가 돌아오기를 기다리는 동안 그것들을 읽기 시작했다.

세척액 냄새가 풍기는 그 방과 달리 사무실은 오래된 양말과 냄새나는 신발 그리고 먼지 쌓인 서류 냄새가 났다. 사람 냄새가 났다. 부원장은 자기 방에서 잤지만 여기서 살았다. 아르망 가마슈는 수사 마티외가 평범한 마티외로 보이기 시작했다. 수도사. 지휘자. 아마도 천재. 하지만 대개는 평범한 사람.

샤보노와 보부아르가 돌아왔고, 경감은 그들에게 주의를 돌렸다.

"뭘 좀 찾았나?" 가마슈는 먼저 샤보노를 보았다.

"아무것도요, 파트롱. 적어도 흉기는 찾지 못했습니다."

"놀랍지도 않군." 경감이 말했다. "하지만 시도는 해 봐야지. 검시관 보고서가 오면 흉기가 돌이었는지 다른 무엇이었는지 알 수 있을 걸세. 수사들은 어땠나?"

"모두 지문을 채취했습니다." 보부아르가 대답했다. "그리고 면담을 했습니다. 일곱 시 반 기도가 끝나면 각자 맡은 허드렛일을 하러 간다더군요. 보자," 보부아르는 수첩을 뒤적거렸다. "수도원에는 네 군데의 주요 작업 구역이 있습니다. 채소밭, 사육장, 끝도 없이 보수가 필요한 곳, 그리고 주방. 수사들은 특화된 구역이 있지만 교대하기도 합니다. 저희는 사건이 일어난 결정적인 순간에 누가 무엇을 하고 있었는지 알아냈습니다."

보고를 들으며 가마슈는 적어도 죽음의 시간이 상당히 명확했다는 생각이 들었다. 찬과가 끝나기 전인 8시 15분에는 아니었고, 시몽 수사가 시체를 발견했다는 8시 40분 후도 아니었다.

25분.

"그 밖에 수상한 점은?" 경감이 물었다.

두 남자 모두 고개를 저었다. "모두가 자신의 일을 하고 있었습니다." 샤보노가 말했다. "증인이 있고요."

"하지만 그건 불가능해." 가마슈가 조용히 말했다. "마티외 수사는 자살하지 않았네. 수사 중 한 명은 부과된 일을 하지 않았어. 최소한 나는 그게 부과된 일이 아니었기를 바라네."

보부아르가 한쪽 눈썹을 추켜올렸다. 그는 경감이 농담을 하는 모양이라고 생각했지만, 어쩌면 고려할 가치가 있었다.

"다른 면을 살펴보지." 경감이 제안했다. "수사 중 누군가가 갈등에 관해 이야기하지 않았나? 부원장과 다툰 사람이 있었나?"

"없습니다, 파트롱." 샤보노 서장이 대답했다. "적어도 갈등이 있었다고 인정한 사람은 없었습니다. 그들 모두 순수하게 충격을 받은 눈치였습니다. 한결같이 한 말이 '믿을 수 없다'였습니다. '앵크르아야블Incroyable'."

보부아르 경위가 머리를 저었다. "그들은 처녀 수태, 부활, 물 위를 걷기 그리고 하얀 수염이 난 늙은 남자가 하늘에 떠서 세상을 다스리고 있다는 건 믿지만 그들이 발견한 이 일은 믿을 수 없다는 겁니까?"

가마슈는 잠시 아무 말이 없다가 고개를 끄덕였다. "흥미롭군." 그가 동의했다. "사람이 믿을 걸 정한다는 건."

그리고 신념이라는 이름으로 그들이 하는 것.

이런 짓을 한 수사는 어떻게 살인이라는 행위와 자신의 신념을 양립시켰을까? 살인자는 살인을 저지르기 전 고요했던 순간, 하늘에 떠 있는 하얀 수염 노인에게 무슨 말을 했을까?

오늘 처음 든 생각은 아니지만 경감은 이 수도원이 왜 문명 세계에서 그토록 먼 곳에 지어졌는지 궁금했다. 그리고 왜 그토록 높고 두꺼운 벽을 세우고, 왜 문을 잠가 두었는지도.

속세의 죄에서 보호받으려 했던 걸까? 아니면 더 나쁜 무언가를 지키기 위해서?

"그럼," 그가 말했다. "수도사들 말로는 전혀 갈등이 없다는 거군."

"그렇습니다." 샤보노 서장이 말했다.

"누군가가 거짓말을 하고 있습니다." 보부아르가 말했다. "아니면 그들 모두가 그랬거나요."

"다른 가능성도 있네." 가마슈가 그렇게 말하며 누런 양피지를 테이블 한가운데에서 집어 들고 두 사람을 향했다. 그리고 허리를 숙이고 또다시 그것을 한동안 들여다보다가 그들의 얼굴을 보았다.

"어쩌면 살인은 부원장과는 관련 없었는지도 모르네. 정말로 갈등이 없었는지도 모르고. 어쩌면 그는 이것 때문에 살해됐을지도 몰라."

경감은 양피지를 다시 테이블에 내려놓았다. 그리고 처음 봤다는 듯 시체를 보았다. 환한 정원의 그늘진 한구석에 몸을 웅크리고 있던. 그는 몰랐다가 이제는 알았다. 시체의 한가운데에는 종이 한 장이 있었다는 것을. 복숭아씨처럼.

이게 동기였을까?

"수사들 중 오늘 아침에 뭔가 이상한 걸 본 사람은 없었나?" 가마슈가 물었다.

"전혀요. 모두가 할 일을 하고 있었던 것처럼 보입니다."

경감은 끄덕였고, 생각했다. "마티외 수사는? 그는 뭘 할 셈이었지?"

"여기 그의 사무실에 있었습니다. 음악 작업을 하면서요." 보부아르가 말했다. "그리고 나온 얘기 중에 유일하게 흥미로운 게 있습니다. 수도원장의 비서 시몽 수사는 찬과가 끝나자 바로 수도원장의 사무실로 돌아왔고, 그런 다음 아니말르리animalerie 가축 사육장에서의 일을 하러 가야 했다고 합니다. 하지만 거기 가는 도중에 여기에 들렀다고 합니다."

"왜지?" 가마슈가 앞으로 나앉으며 안경을 치켜 올렸다.

"메시지를 전하려요. 듣자 하니 수도원장이 오늘 오전 열한 시 미사가 끝나고 부원장을 만나고 싶어 했다더군요." 그 말들이 보부아르의 혀

위에서 이상하게 들렸다. 수도원장에 부원장에 수도사라니, 세상에.

퀘벡 단어 사전의 어느 부분에도 그런 말은 더 이상 존재하지 않았다. 일상생활의 부분에도. 한 세대 만에 그 단어들은 존경받아야 하는 위치에서 우스꽝스러운 말들로 떨어져 버렸다. 그리고 금세 완전히 사라지고 말았다.

신은 수도사들 편일지 모르지만 시간은 그렇지 않다고 보부아르는 생각했다.

"시몽 수사는 자기가 약속을 잡으러 왔을 때 안에 아무도 없었다고 했습니다."

"그때가 여덟 시 이십 분쯤이었겠군." 가마슈가 그렇게 말하며 메모했다. "수도원장은 왜 부원장을 보자고 했을까?"

"파르동?" 보부아르 경위가 물었다.

"피해자는 수도원장의 오른팔이었네. 그와 부원장은 정기적으로 미팅을 했을 텐데, 우리처럼."

보부아르는 고개를 끄덕였다. 자신과 경감은 전날 일을 검토하고, 가마슈의 부서에서 현재 수사가 이루어지고 있는 모든 살인 사건들을 재검토하기 위해 매일 아침 8시에 만났다.

하지만 수도원이 경찰청 살인반과 똑같을 가능성은 없었다. 그리고 수도원장이 경감과 똑같으리라는 보장도 없었다.

하지만 수도원장과 부원장이 정기적인 미팅을 가졌으리라는 것은 지당해 보였다.

"그렇다면," 보부아르가 말했다. "수도원장은 일반적인 수도원 일 이상의 것을 부원장에게 이야기하려 했다는 뜻이겠군요."

"가능하지. 아니면 긴급한 일이었거나. 예상치 못한. 갑작스러운 일이 생긴 거지."

"그렇다면 부원장에게 왜 바로 보자고 하지 않았을까요?" 보부아르가 물었다. "굳이 열한 시 미사가 끝날 때까지 기다릴까요?"

가마슈는 그 점에 대해 생각해 보았다. "좋은 질문이야."

"그럼, 부원장은 찬과 후 자신의 사무실로 가지 않았다면 어디로 갔을까요?"

"곧장 정원으로 갔는지 모르죠." 샤보노가 말했다.

"그럴 수도 있겠지." 경감이 동의했다.

"그럼 수도원장의 비서인 시몽 수사가 그 모습을 보지 않았을까요?" 보부아르가 물었다. "아니면 복도에서 마주쳤을 수도 있고요."

"그랬을 수도 있겠지." 경감은 목소리를 낮춰 연극적인 톤으로 보부아르에게 속삭였다. "자네한테 거짓말을 했을 수도 있고."

보부아르 역시 연극 조로 속삭였다. "신앙인이? 거짓말을? 지옥에 떨어지겠는데요." 그는 과장된 눈빛으로 가마슈를 보다가 미소를 지었다.

가마슈가 미소를 돌려주고 얼굴을 문질렀다. 그들은 많은 사실을 수집 중이었다. 그리고 어쩌면 적잖은 거짓말도.

"시몽 수사 이름이 자꾸 거론되는군." 가마슈가 말했다. "오늘 아침 그의 행적에 대해 우리가 아는 게 뭐지?"

"어, 이게 그가 말한 겁니다." 보부아르가 수첩 몇 페이지를 휙휙 넘기다 멈췄다. "찬과가 끝나고 여덟 시 십오 분경 시몽 수사는 수도원장의 사무실로 돌아갔습니다. 그때 수도원장이 시몽 수사에게 열한 시 미사가 끝난 후 부원장과 약속을 잡아 달라고 했죠. 원장은 지열 시스템을 보러 가고, 시몽 수사는 사육장으로 자기 일을 하러 갔습니다. 지나는 길에 여기 들러 안을 들여다봤습니다. 부원장이 없어서 그는 그냥 갔습니다."

"그가 놀랐나?" 가마슈가 물었다.

"놀라거나 신경 쓰이진 않은 것 같았습니다. 수도원장처럼 부원장은 자기가 좋을 대로 꽤 많이 드나들었습니다."

가마슈는 잠시 생각에 잠겼다. "시몽 수사는 그다음 뭘 했지?"

"사육장 일을 이십 분쯤 하고 나서 정원을 돌보기 위해 수도원장 사무실로 돌아갔습니다. 그때 시체를 발견한 겁니다."

"시몽 수사가 아니말르리에 간 건 확실한가?" 경감이 물었다.

보부아르가 끄덕였다. "그의 말을 체크했습니다. 다른 수사들이 거기서 그를 봤습니다."

"더 일찍 나왔을 수도 있을까?" 가마슈가 물었다. "여덟 시 반에?"

"저도 그게 궁금했습니다." 보부아르가 미소를 지었다. "거기서 일하던 수사들이 그랬을 수도 있다고 하더군요. 다들 자기 일을 하느라 바빴습니다. 하지만 시몽 수사가 그렇게 빠른 시간 내에 할 일을 다 마치긴 힘들었을 겁니다. 그런데 자기 일을 다 끝내 놓았습니다."

"할 일이 뭐였지?" 가마슈가 물었다.

"닭들을 닭장에서 풀어 주고 신선한 먹이와 물을 주는 일이었다고 합니다. 그리고 닭장을 청소했죠. 끝내지도 않고 끝낸 척할 수 있는 일이 아닙니다."

가마슈는 몇 가지 메모를 한 뒤 고개를 끄덕였다. "우리가 갔을 때 수도원장 사무실 문은 잠겨 있었네. 항상 그런가?"

두 남자는 얼굴을 마주 보았다. "모르겠습니다, 파트롱." 보부아르가 메모하며 말했다. "알아보죠."

"좋아."

그것은 명백히 중요한 부분이었다. 문이 보통 잠겨 있었다면 누군가가 부원장을 안에 들였다.

"다른 건?" 가마슈가 보부아르에게서 샤보노에게로 시선을 옮겼다가 다시 보부아르를 보았다.

"없습니다." 보부아르가 대답했다. "제가 이 망할 것을 연결해 보려고 애썼지만 당연하게도 작동이 안 된다는 것만 빼고요."

보부아르는 몬트리올에서부터 짊어지고 온 위성안테나를 향해 넌더리가 난다는 손짓을 했다.

가마슈는 한숨을 내쉬었다. 그것이 외진 곳에서 수사할 때의 고질적인 문제였다. 그들은 원시적 환경으로 최신 설비를 가져왔고, 그것이 작동되지 않아 놀랐다.

"계속 시도해 보죠." 보부아르가 말했다. "송신탑이 없어서 휴대전화도 안 터지겠지만 블랙베리로 여전히 문자를 주고받을 수 있습니다."

가마슈는 시간을 보았다. 막 4시가 넘은 시간이었다. 사공이 가기 전까지 한 시간이 남아 있었다. 살인 사건 수사는 결코 여유로운 추적이 아니었지만 이번 사건은 다른 때보다 더 촉박했다. 해가 지고 있었고, 사공이 정한 데드라인이 다가오고 있었다.

해가 지면 그들은 모두 이 수도원에 발이 묶일 터였다. 증거와 시체와 함께. 그것은 가마슈 경감이 바라는 바가 아니었다.

돔 필리프는 자신의 공동체에 성호를 그었다. 수도사들 역시 성호를 그었다.

그리고 그는 자리에 앉았다. 그리고 수사들이 앉았다. 그는 그들이 자신의 모든 동작을 흉내 내는 그림자 같다고 생각했다. 혹은 어린애나. 더 너그럽고, 어쩌면 더 정확한.

비록 수사 중 몇몇은 수도원장보다 나이가 훨씬 많았지만 그는 그들의 아버지였다. 그들의 리더.

그는 자신이 아주 좋은 리더였다고 전혀 확신하지 못했다. 분명 마티외만큼 좋은 리더는 아니었다. 하지만 지금 당장 수사들에게는 자신뿐이었다.

"여러분 모두 알다시피 마티외 형제가 죽었습니다." 수도원장이 입을 열었다. "예기치 않게."

그러나 상황은 더 나빠졌다. 더 많은 말들이 떠올랐다. 줄지어. 밀려들고 있었다.

"죽임을 당했습니다."

돔 필리프는 마지막 말을 하기 전에 잠시 입을 다물었다.

"살해됐습니다."

기도합시다. 수도원장은 생각했다. 기도합시다. 노래합시다. 눈을 감고 기도를 노래하며 자신을 내려놓읍시다. 우리의 성가를 부르며 각자 자기 방으로 돌아가 이 문제에 대해서는 경찰들이 고민하도록 놔둡시다.

하지만 지금은 물러설 때가 아니었다. 단성 성가를 부를 때가 아니었다. 솔직한 연설이 필요한 때였다.

"경찰이 이곳에 와 있습니다. 여러분 중 대부분은 경찰과 면담을 했습니다. 우리 모두 협력해야 합니다. 아무것도 숨기지 말아야 합니다. 그것은 그들을 우리의 방과 일터에만 들일 게 아니라 우리의 생각과 마음에도 들여야 한다는 뜻입니다."

그는 이 익숙지 않은 말을 할 때 몇몇이 고개를 끄덕이는 것을 알아챘다. 태연을 가장한, 공포를 숨긴 얼굴들이 이해의 표정으로 바뀌기 시작했다. 동의한다는 듯한 표정으로까지.

더 나가야 할까? 하느님. 그는 마음속으로 간청했다. 제가 더 나가야 합니까? 이 정도면 확실히 충분합니다. 나머지 말을 정말 할 필요가 있을까요? 끝까지?

"침묵의 서약을 거두겠습니다."

날카롭게 숨을 들이켜는 소리가 들렸다. 형제 수사들은 마치 수도원장이 자신들의 옷을 벗기기라도 한 듯한 표정을 지었다. 벌거벗겨서 알몸을 노출시키기라도 한 듯.

"그래야 합니다. 자유롭게 말하십시오. 수다는 안 됩니다. 가십은 안 됩니다. 진실을 말해서 경찰들을 도우라는 뜻입니다."

이제 그들의 얼굴은 불안으로 가득했다. 그들의 시선이 그의 시선을 붙들고 있었다. 그의 시선을 잡으려고 애쓰며.

그리고 그들의 두려움을 보기가 고통스러운 반면, 그는 그것이 전에 보던 조심스럽고 공허한 표정보다 훨씬 더 자연스럽다는 것을 알았다.

이내 수도원장은 결국 되돌릴 수 없는 걸음을 내디뎠다.

"이 수도원 안의 누군가가 마티외 형제를 죽였습니다." 밑으로 꺼지는 기분을 느끼며 돔 필리프가 말했다. 내뱉은 말을 주워 담을 수 없다는 것을 그는 알았다. "이 방 안에 있는 누군가가 마티외 형제를 죽였습니다."

그는 그들을 위로하고 싶었지만 그가 겨우 한 일이라고는 그들을 벌거벗기고 겁을 준 것뿐이었다.

"우리 중 한 사람은 고백할 게 있습니다."

8

가야 할 시간이었다.

"다 챙겼나?" 가마슈가 샤보노 서장에게 물었다.

"시체 빼고는 다 챙겼습니다."

"그걸 잊으면 안 되지." 경감이 동의했다.

5분 후, 두 경찰은 천을 덮은 마티외 수사의 시체를 들것에 싣고 의무실에서 나왔다. 가마슈는 이 사실을 알리기 위해 샤를 수사를 찾아다녔으나 메드셍의 모습은 어디에도 보이지 않았다. 돔 필리프의 모습도 보이지 않았다.

그는 사라졌다.

수도원장의 말수 적은 비서 시몽 수사가 그런 것처럼.

검은 로브의 수사 모두가 그런 것처럼.

모두가 사라졌다.

생질베르앙트르레루 수도원이 단순히 조용한 게 아니라 빈 것처럼 느껴졌다.

그들이 마티외 수사를 들고 성당을 지날 때, 가마슈는 그 큰 성당을 살폈다. 신자석은 비어 있었다. 긴 성가대석도 비어 있었다.

활기찬 불빛마저 꺼져 있었다. 무지개도 프리즘도 사라졌다.

불의 부재는 단순히 어둠이 아니었다. 하루의 끝자락에 다른 무언가가 모여 있는 것처럼 이곳에 침울함이 내려앉았다. 빛이 활기찼던 만큼 불길한 무언가가 그 빈 공간을 똑같이 채우기 위해 기다리고 있었다.

점판암 바닥에 울리는 발소리를 들으며 가마슈는 균형을 생각했다. 자신들이 성당을 가로질러 살해된 수사를 에스코트할 때. 에킬리브르 Équilibre 균형. 음과 양. 천국과 지옥. 모든 신앙에는 그것들이 있었다. 반대. 균형을 제공하는.

낮에는 빛이 있었다. 그리고 이제는 밤이 찾아왔다.

그들은 성당을 빠져나와 정문으로 향하는 마지막 긴 통로로 향했다. 가마슈는 저 끝의 묵직한 나무 문을 볼 수 있었다. 연철 빗장이 걸려 있는 것이 보였다.

문은 잠겨 있었다. 하지만 무엇 때문에?

그들은 문 앞에 다다랐고, 경감은 자그마한 수위실을 들여다보았다. 하지만 그곳 역시 비어 있었다. 젊은 수도사 뤽 형제의 모습이 보이지 않았다. 엄청나게 두꺼운 책 한 권과 그 밖에는? 성가.

음악은 있었으나 수사는 없었다.

"잠겼는데요, 파트롱." 보부아르가 수위실을 들여다보며 말했다. "정문이오. 거기 열쇠가 있습니까?"

두 남자는 열쇠를 찾았지만 아무것도 없었다.

샤보노가 문에 달린 작은 구멍을 열고 밖을 내다보았다. "밖에 사공이 보입니다." 그가 나무 문에 얼굴을 짓누르며 말했다. "선창에요. 기다리고 있습니다. 시계를 보고 있습니다."

셋 모두 시계를 보았다.

4시 40분.

보부아르와 샤보노가 가마슈를 보았다.

"수사들을 찾게." 그가 말했다. "나는 뭐 수사가 돌아올지 모르니 여기서 시체와 있겠네. 흩어져서 찾게. 시간이 별로 없어."

이상해 보이게도 수사들의 갑작스러운 부재는 이제 위기에 가까울 정도였다. 사공이 떠나면 자신들은 이 안에 갇힐 것이었다.

"다코르D'accord 알겠습니다." 보부아르가 불안한 표정으로 대답했다.

통로 아래로 사라지는 대신 보부아르는 경감에게 다가와 귓속말을 했다. "제 총을 드릴까요?"

가마슈가 고개를 저었다. "이 수사는 이미 죽었네. 위협이 될 이유가 없어."

"하지만 다른 이들이 있습니다." 보부아르가 매우 진지하게 말했다. "이런 짓을 한 자를 포함해서요. 게다가 우리를 가둔 자죠. 경감님은 여기 혼자 계셔야 합니다. 이게 필요하실 겁니다, 제발요."

"그럼 자네는 어쩔 셈이지, 몽 뷰mon vieux 이 친구야?" 가마슈가 물었다. "위험에 처하게 되면?"

보부아르는 대답이 없었다.

"자네가 갖고 있는 게 좋겠네. 하지만 기억하게, 장 기. 자네가 할 일은 수사들을 찾는 거지, 사냥이 아니야."

"사냥이 아니죠." 보부아르가 진지함을 가장하며 되뇌었다. "알겠습니다."

가마슈는 두 사람과 같이 성당으로 이어진 통로 끝으로 가 성당으로 통하는 문으로 성큼성큼 걸었다. 그는 문을 열고 안을 들여다보았다. 더 이상 빛으로 가득하지 않았다. 이제 길게 뻗어 가는 그림자로 가득했다.

"페르 아베!" 가마슈가 문가에 서서 소리쳤다.

그는 그 소리가 마치 건물 안에 폭탄을 떨어뜨린 것 같다고 느꼈다. 석벽에 부딪혀 튀어나온 경감의 위엄 있는 목소리가 증폭되면서 메아리쳤다. 하지만 그 소리에 움츠러드는 대신 가마슈는 다시 소리쳤다.

"돔 필리프!"

여전히 무반응. 그가 옆으로 물러섰고, 보부아르와 샤보노가 황급히 안으로 들어갔다.

"서두르게, 장 기." 스쳐 가는 보부아르를 향해 가마슈가 말했다. "조심하고."

"위, 파트롱."

경감은 두 사람이 서로 다른 방향으로 갈라지는 모습을 지켜보았다. 보부아르는 오른쪽으로, 샤보노는 왼쪽으로 향했다. 가마슈는 문간에 서서 두 사람의 모습이 사라질 때까지 보고 있었다.

"알로allô 이봐요!" 가마슈는 다시 소리를 지르고 귀를 기울였다. 하지만 그가 들은 유일한 대답은 자신의 목소리였다.

가마슈 경감은 성당 문을 열린 채로 있게 고정하고 나서 단단히 빗장이 걸린 문을 향해 긴 통로를 걷기 시작했다. 제물처럼 문 앞에 누운 시체를 향해.

막다른 곳을 향해 천천히 걷는 것은 반직관적이었다. 퀴드삭cul-de-sac 막다른 골목. 자신이 받았던 모든 훈련과 모든 본능이 그곳을 거부하고 있었다. 이 통로에서 뭐라도 나타나면 도망칠 곳이 없었다. 그는 그것이 보부아르가 자신에게 무기를 건넨 이유라는 것을 알았다. 적어도 기회를 갖도록.

경찰학교의 수업 중에, 신입의 교육 중에 자신이 얼마나 자주 막다른 곳에 몰려서는 안 된다고 강조했던가.

하지만 여기서 그는 되돌아가고 있었다. 그는 미소를 띠며 자신을 호되게 꾸짖어야 한다고 생각했다. 그리고 낙제.

장 기 보부아르는 긴 복도로 발을 내디뎠다. 다른 모든 복도와 똑같았다. 높은 천장과 저 끝에 문이 있는 긴 복도.

가마슈 때문에 덩달아 대담해진 보부아르가 소리를 질렀다. "봉주르! 알로?"

문이 닫히기 직전, 보부아르는 경감과 샤보노의 뒤섞인 목소리를 들을 수 있었다. 한 단어를 합창하듯 외치는 소리. "알로?"

이내 문이 닫힘과 동시에 익숙한 목소리들이 사라졌다. 모든 소리가 사라졌다. 보부아르의 심장 뛰는 소리를 제외하면.

"여보세요?" 그가 다소 작아진 목소리를 냈다.

아래쪽 양측에 문들이 있었다. 보부아르는 서둘러 복도를 내려가 그 방들을 들여다보았다. 식당. 식료품 저장실. 부엌. 모두 비어 있었다. 유일한 생활의 흔적은 스토브 위에서 부글부글 끓고 있는 거대한 콩 수프 냄비뿐이었다.

보부아르는 마지막 문을 열기 전에 왼편 끝에 있는 문을 열었다. 그리고 거기서 멈췄다. 응시하며. 이내 그는 안으로 발을 디뎠고, 그의 등 뒤로 조용히 문이 닫혔다.

샤보노 서장은 복도를 따라 이어진 문들을 열었다. 차례로. 모두 비슷했다.

총 서른 개. 한쪽에 열다섯 개. 반대쪽에 열다섯 개.

방들. 샤보노는 그 방들을 향해 "누구 없어요?" 하고 소리를 지르기 시작했지만 금세 그럴 필요가 없다는 사실을 깨달았다.

이곳은 분명 침실 동이었다. 한가운데에 화장실과 욕실이 있었고, 복도의 시작 지점에 부원장의 사무실이 있었다.

그리고 맨 끝에는 닫혀 있는 커다란 나무 문이 있었다.

방들은 비어 있었다. 그는 복도에 들어서자마자 알았다. 살아 있는 것은 없었다. 하지만 그것이 죽은 어떤 것들도 없다는 뜻은 아니었다.

그래서 샤보노는 몇몇 침대 밑을 보기 위해 허리를 숙였다. 무엇을 발견할지 두려웠지만 아무튼 볼 필요는 있었다.

그는 경찰에 20년 동안 몸담으며 끔찍한 것들을 보아 왔다. 끔찍한 사고. 간담을 서늘하게 하는 죽음. 납치, 폭행, 자살. 스물세 명의 수사들이 사라진 것은 자신이 겪은 것들에 비하면 가장 무서운 것은 아니었다.

하지만 가장 으스스했다.

생질베르앙트르레루.

늑대들 사이의 생질베르.

누가 수도원에 그런 이름을 붙였을까?

"페르 아베?" 샤보노는 자신 없이 외쳤다. "알로?"

처음엔 자신의 목소리가 마음을 진정시켰다. 그것은 자연스럽고 익숙했다. 하지만 단단한 석벽이 그 목소리를 바꿔 놓았다. 그의 귀에 들어온 것은 그의 입에서 나간 것과 정확히 똑같지 않았다. 비슷했다. 하지만 같지 않았다.

수도원이 목소리를 뒤틀었다. 자신의 말을 가져가 감정을 증폭하고 있었다. 공포를. 자신의 목소리를 그로테스크하게 만들고 있었다.

보부아르는 작은 방으로 걸어 들어갔다. 부엌과 마찬가지로 그곳에는 스토브 위에서 보글거리는 냄비가 있었다. 하지만 부엌과 다르게 그 속에 든 것은 콩 수프가 아니었다.

쓴 냄새가 났다. 진한. 전혀 기분 좋은 냄새가 아니었다.

보부아르는 냄비를 들여다보았다.

그는 그 걸쭉하고 따뜻한 액체에 손가락을 담갔다. 그리고 냄새를 맡았다. 누가 보고 있지 않은지 주위를 둘러보고 손가락을 입에 넣었다.

그는 안도했다.

초콜릿이었다. 다크초콜릿.

보부아르는 다크초콜릿을 좋아한 적이 없었다. 그것은 친근하게 느껴지지 않았다.

그는 빈방을 둘러보았다. 아니, 비기만 한 게 아니었다. 이 방은 버려져 있었다. 주인 잃은 냄비는 폭발해야 할지 고민하는 화산처럼 조용히 내용물이 넘쳐흘렀다.

나무로 된 카운터 위에 매우 진한 다크초콜릿 한 무더기가 놓여 있었다. 길게 여러 줄로 늘어선 그 모습은 작은 수사들 같았다. 그는 하나를 집어 들어 이리저리 돌려 보았다.

그러고는 먹었다.

아르망 가마슈는 주위를 둘러보며 몇 분을 보냈다. 혹시 수사들이 열쇠를 숨겼을까? 하지만 종려나무 화분이나 들추고 밑을 살펴볼 현관 매트가 없었다.

그는 이것이 자신의 부서가 수사했던 수백 건의 살인 사건 가운데, 자신이 처한 가장 이상한 상황이라는 것을 인정할 수밖에 없었다. 하긴 모든 살인에는 이상한 부분이 존재했다. 오히려 이상한 부분 가운데서 평범한 부분은 고려해야 할 대상이었다.

그럼에도 그가 겪은 상황 중에 공동체가 통째로 사라진 적은 없었다.

그는 그들이 숨었으리라는 의심이 들었다. 그의 경험상 많은 사람이 도주를 시도했다. 하지만 사람들이 한꺼번에 그런 적은 없었다. 유일하게 남은 수사가 그의 발치에 있었다. 경감은 마티외 수사가 생질베르앙트르레루 수도원에서 유일하게 죽은 사람이기를 바랐다.

가마슈는 열쇠 찾기를 포기하고 시계를 보았다. 거의 5시였다. 심장이 철렁하는 것을 느끼며 그는 문에 난 창을 열고 밖을 내다보았다. 해가 나무 꼭대기에 닿을 듯 지평선 가까이에 있었다. 신선한 공기와 향긋한 소나무 숲 냄새가 났다. 하지만 그는 찾던 것을 발견했다.

사공은 아직 선창에 있었다.

"에티엔!" 가마슈가 그 작은 틈으로 입을 바짝 들이대고 외쳤다. "무슈 르고!"

그러고 나서 그는 밖을 내다보았다. 사공은 움직이지 않았다.

가마슈는 몇 번을 더 시도하면서 일부 사람들이 내는, 날카롭고 공기를 가르는 휘파람을 불 수 있길 바랐다.

경감은 사공이 보트에 앉아 있는 모습을 보았다. 그리고 그는 남자가 낚시 중이었다는 것을 깨달았다. 던지고, 감아올리고. 던지고, 감아올리고.

끝없는 인내심을 가지고.

가마슈는 그 인내심이 끝이 없길 바랐다.

작은 창을 열어 놓고 그는 통로 쪽으로 몸을 돌려 미동도 없이 섰다. 들으며. 아무 소리도 들리지 않았다. 그는 그나마 보트의 모터 소리가 들리지 않아 다행이라고 중얼거렸다.

그는 계속 응시했다. 수사들이 어디에 있는지 궁금해하면서. 부하들이 어디에 있는지 궁금해하면서. 그는 머릿속으로 기어드는 그 이미지를 밀어냈다. 자신의 내면 깊은 곳의 작지만 강력한 공장이 만들어 내는 끔찍한 생각들을.

침대 밑 괴물. 옷장 속 괴물. 그림자 속 괴물.

침묵 속 괴물.

경감은 애써 그런 공포들을 떨쳐 냈다. 그것들이 물이고 자신은 돌인 양 그것들을 흘러가게 했다.

집중하기 위해 그는 수위실로 들어갔다. 그곳은 정말 석벽의 움푹 파인 부분에 불과했고, 통로로 난 작은 창이 있고, 좁은 책상과 나무 의자가 놓여 있을 뿐이었다.

스파르타인들은 이러한 수사들 다음으로 부르주아여기서는 중세 유럽의 중산층을 뜻한다를 긍정적으로 보았다. 장식도, 벽에는 달력도, 교황이나 대주교의 사진도 없었다. 혹은 그리스도. 혹은 성모마리아도.

돌뿐. 그리고 두꺼운 책 한 권.

가마슈는 간신히 몸을 돌릴 수 있었고, 여기서 나갔어야 했는지 궁금했다. 그는 프티petit 작다라고는 할 수 없었고, 이 수도원이 지어졌을 때 수사들은 상당히 작았었다. 사람들이 돌아와 이 수위실에 낀 자신을 보면 당혹해하리라.

하지만 그런 일은 벌어지지 않았고, 경감은 마침내 의자에 앉아 편한 위치를 찾으려고 애쓰며 자세를 조정했다. 등이 한쪽 벽에 닿았고, 무릎은 반대편 벽에 닿았다. 이곳은 밀실 공포증 환자를 위한 장소가 아니었다. 장 기라면 이곳을 끔찍하게 싫어하리라. 자신이 높은 곳을 싫어하듯이. 모든 사람들은 두려워하는 무언가가 있었다.

가마슈는 좁은 책상에 놓여 있던 낡은 책을 집어 들었다. 무거웠고, 해진 부드러운 가죽으로 장정이 되어 있었다. 첫 페이지에 쓰여 있는 날짜는 없었고, 글자는 회색이었다. 바랜. 그리고 깃펜으로 쓰여 있었다.

경감은 가방에서 그리스도인들의 명상에 관한 책을 끄집어내 그 속에서 자신들이 시체에서 찾아낸 양피지를 꺼냈다. 안전하게 보호하기 위해 얇은 책 속에 넣어 둔.

이 종이가 지금 무릎에 놓여 있는 이 두꺼운 책에서 뜯어낸 페이지가 아닐까?

그는 독서용 안경을 꺼내, 오늘 1백 번째는 본 것 같은 그 종이를 다시 살폈다. 귀퉁이가 닳긴 했지만 책에서 떼어 낸 것 같지는 않았다.

그의 시선이 책에서 양피지로 움직였다. 천천히 앞뒤로 뒤집어 보며 공통점과 차이점을 찾으려 애썼다.

가끔씩 그는 눈을 들어 통로를 훑었다. 그리고 귀를 기울였다. 이 시점에서는 수사들보다 부하들을 더 보길 원했다. 가마슈는 더 이상 시계를 보는 것에 신경 쓰지 않았다. 개의치 않았다.

에티엔이 떠나기로 마음먹었다면 가마슈가 붙잡을 수는 없었다. 하지만 아직까지 모터 소리는 들려오지 않았다.

가마슈는 책의 부슬부슬한 페이지들을 넘겼다.

가사 위에 네우마가 있는, 라틴어로 쓰인 그레고리오 성가집 같았다. 필적 분석가라면 더 많은 사실을 알아낼 수 있겠지만, 가마슈도 어느 정도 전문 지식을 얻을 만큼 많은 글자들을 분석했었다.

얼핏 볼 때 양피지에 쓰인 글자와 책에 쓰인 글자는 거의 같아 보였다. 단순한 캘리그라피 형태. 이후 세대의 장식적인 굴림이 아니라 이것들은 명료하고 깔끔하고 우아했다.

하지만 어떤 것들은 일치하지 않았다. 사소한 것들. 이쪽의 소용돌이 형태, 저쪽 글자의 꼬리 빼는 방식.

책에 기록된 성가와 찢어진 페이지에 적힌 글씨는 같은 사람이 쓰지 않았다. 그는 그것을 확신했다.

가마슈는 커다란 책을 덮고 누런 종이를 향했다. 하지만 이번에는 글자를 보는 대신 그 위의 구불거리는 물결들을 유심히 들여다보았다.

수도원장은 그것을 네우마라고 불렀다. 1천 년 전에 쓰였던 음악적 기호. 음표와 오선, 음자리표와 옥타브가 있기 전에는 네우마가 있었다.

하지만 그것들이 뜻하는 게 뭘까?

그는 자신이 왜 이것들을 다시 보고 있는지 알 수 없었다. 갑자기 그것들을 깨닫게 될 것도 아니었다.

그는 고대 기호를 이해하고 싶은 마음에 완전히 집중하여 보면서 자신이 그 음악을 들었다고 상상했다. 그는 수사들이 부르는 단성 성가를 너무 자주 들어서 그 소리가 머리에 각인되어 있었다.

네우마를 들여다보고 있자니 그들의 부드럽고 남자다운 목소리를 들을 수 있었다.

가마슈는 천천히 종이를 내려놓고 안경을 벗었다.

그는 어두워 가는 길고 긴 통로를 응시했다. 그리고 그는 여전히 그 소리를 들었다.

낮고 단조로운. 그리고 점점 가까워지고 있었다.

9

가마슈는 시체와 책을 두고 재빨리 음악이 들리는 쪽으로 걸었다.

그는 성당으로 들어갔다. 이제 성가가 그의 주위를 감쌌다. 벽에서, 바닥에서, 서까래에서 노래가 뿜어져 나왔다. 마치 건물이 네우마로 세워진 듯했다.

경감은 걸으며 재빨리 성당을 살폈고, 그의 눈이 구석구석을 훑으며 봐야 할 모든 것들을 빠르게 흡수했다. 그들을 보기 전 그는 거의 성당 한가운데에 있었다. 그리고 멈춰 섰다.

수사들이 돌아왔다. 성당 한쪽 벽에 난 구멍을 통해 줄지어 들어오고 있었다. 하얀 후드가 그들의 숙인 머리를 감추고 있었다. 팔은 몸 앞에 교차되어 있었고, 손은 넉넉한 검은 소맷자락 속에 감춰져 있었다.

동일하게. 특색 없이.

피부나 머리카락 한 올조차 보이지 않았다. 이들이 피와 살로 이루어졌다는 것을 증명할 게 아무것도 없었다.

수사들은 한 줄로 걸어 들어오면서 노래를 불렀다.

이것이 네우마가 페이지 밖으로 나왔을 때 들릴 법한 소리였다.

이것이 기도를 노래하는 생질베르앙트르레루 수도원의 세계적으로 유명한 성가대였다. 그레고리오 성가. 이들의 노래를 들은 사람은 수백만이 넘지만 실제로 노래하는 모습을 본 사람은 극히 드물었다. 게다가 경감이 아는 한 이것은 대단히 독특했다. 그는 자신들의 성당에서 노래하는 수사들을 실제로 본 유일한 사람이었다.

"찾았습니다." 가마슈 뒤에서 목소리가 들렸다. 뒤를 돌아보니 보부아르가 미소를 지으며 제단과 수사들을 향해 고개를 끄덕였다. "제게 고마워하실 필요는 없습니다."

보부아르는 안도한 표정이었고, 가마슈도 안도하며 미소를 지었다.

장 기가 경감 옆에 멈춰 서서 시계를 보았다. "다섯 시 미사로군요."

가마슈가 고개를 끄덕이며 거의 신음 소리를 냈다. 자신은 바보였다. 교회의 권위가 실추되기 전 태어난 퀘베쿠아라면 누구나 오후 5시 미사가 있다는 사실, 그리고 목숨이 붙어 있는 수사라면 누구나 반드시 거기에 참석해야 한다는 사실을 알았다.

수사들이 어디에 있었는지는 설명할 수 없었지만 그들이 왜 돌아왔는지는 설명할 수 있었다.

"샤보노 서장은 어디 있지?" 가마슈가 물었다.

"저 아래에요." 보부아르가 성당 건너편, 수도사들 너머 저 끝을 가리켰다.

"여기 있게." 경감이 그렇게 말하고 그 방향으로 움직이기 시작한 순간 저 끝의 문이 열리고 샤보노가 모습을 드러냈다. 가마슈는 샤보노의 표정이 자신이 성당에 들어왔을 때의 표정 그대로이리라 생각했다.

당혹스럽고 경계하며 의심스러운.

그리고 마침내 놀란.

샤보노는 가마슈를 보고 고개를 끄덕이더니 수사들에게 눈을 떼지 않고 그들 주위를 돌아 재빨리 벽을 따라 걸었다.

그들은 제단 양편 나무 의자를 따라 두 줄로 자리를 잡는 중이었다.

그리고 마지막 사람이 제자리를 찾아갔다.

수도원장이군. 가마슈는 생각했다. 그는 가는 허리에 줄을 맨 단순한 로브 차림으로, 다른 이들과 같아 보였지만 경감은 그가 돔 필리프라는 것을 알았다. 사소한 습관과 사소한 움직임. 그에게서는 다른 수사들과 차별되는 무언가가 보였다.

"경감님." 가마슈 옆으로 다가온 샤보노가 조용히 물었다. "저들이 어디서 온 겁니까?"

"저쪽에서." 가마슈가 한쪽을 가리키며 말했다. 그곳에는 문이 보이지 않았고 석벽뿐이었기에 서장은 가마슈를 돌아보았다. 설명이 없는. 설명할 수 없는.

"여기서 나가야 합니다." 보부아르가 말했다. 그는 수사들을 향해 걸음을 옮겼지만 가마슈가 말렸다.

"잠깐 기다리게."

수도원장이 착석하자 노랫소리가 사그라졌다. 수사들은 계속 서 있었다. 거의 꼼짝도 하지 않고, 서로 마주 보며.

두 수사관 또한 수사들을 마주하고 섰다. 가마슈의 신호를 기다리며. 그는 수사들, 수도원장을 응시하고 있었다. 날카로운 눈으로. 이내 그는 마음을 정했다.

"마티외 수사의 시체를 가져오게."

보부아르는 혼란스러워 보였지만 샤보노와 함께 나가 들것을 들고 돌아왔다.

수사들은 미동도 없었다. 통로를 사이에 두고 마주하고 선 사람들을 전혀 의식하지 않는 듯했다.

수사들은 이내 한 동작으로 후드를 벗었지만 계속 전방을 주시했다.

가마슈는 그렇지 않다는 것을 깨달았다. 수사들은 앞을 보고 있지 않았다. 모두가 눈을 감고 있었다.

이들은 조용히 기도하고 있었다.

"따라오게." 가마슈는 나지막이 말하고 성당 한가운데로 부하들을 이끌었다.

기도에 집중하고 있음에도 수사들은 이들이 다가오는 소리를 듣지 않을 수 없었다. 바닥에 닿는 그들의 발. 경감은 이 상황이 그들에게 당황스러우리라 생각했다.

3백 년도 더 전, 저 벽이 세워진 이후로 이들의 기도는 방해받은 적이 없었다. 똑같은 순서에 따른 똑같은 의식. 익숙하고 편안한. 뻔한. 사적인. 그들은 기도 도중 자신들이 내지 않은 소리를 들어 본 적이 없었다.

바로 이 순간까지.

세상이 자신들을 찾아내 두꺼운 벽의 틈을 통해 슬며시 들어왔다. 범죄가 낳은 틈. 하지만 가마슈는 자신이 그들의 사생활과 신성함을 침해한 사람이 아니라는 사실을 알았다.

이날 아침 정원에서 일어난 끔찍한 행동이 이 모든 일들을 불러왔다. 살인 수사반의 경감을 포함해서.

그는 돌계단 두 단을 올라 양쪽 줄 사이에 섰다.

경감은 보부아르와 샤보노에게 제단 앞 점판암 바닥에 시체를 내려놓으라고 지시했다.

또다시 침묵이 내려앉았다.

가마슈는 열 중의 수사 중 누구라도 힐끔거리지 않는지 관찰했다. 한 명은 확실했다.

수도원장의 비서. 시몽 수사. 심각한 그 얼굴은 근엄하다 못해 온화해 보이기까지 했다. 그리고 그의 눈은 완전히 감기지 않았다. 이 남자의 마음은 온전히 기도에 집중하고 있지 못했고, 전적으로 신과 함께 있지 않았다. 가마슈가 쳐다보자 시몽 수사의 눈이 완전히 감겼다.

가마슈는 그것이 실수라는 것을 알았다. 시몽 수사가 평상시대로 했더라면 가마슈는 의심은 했을지언정 확신을 갖지는 못했을 터였다.

하지만 그 작은 떨림이 시몽 수사가 비명을 지른 것만큼이나 확실하게 그를 배신했다.

이곳은 하루 종일 매일같이 소통하는 남자들의 공동체였다. 단지 말을 통해서가 아니라. 그 사소한 제스처가 바깥세상의 야단법석 속에 잃어버린 의미와 중요성을 떠들어 댔다.

자신이 주의하지 않았더라면 그것을 놓쳤으리라는 것을 가마슈는 알았다. 이미 놓친 게 얼마나 많을까?

그때 모든 수사가 눈을 떴다. 동시에. 그리고 응시했다.

가마슈는 갑자기 벌거벗고 약간 바보가 된 느낌이었다. 있어서는 안 될 곳에 있다 들킨 것처럼. 예컨대 미사 중의 제단 위. 죽은 자 옆에서.

그는 수도원장을 올려다보았다. 돔 필리프는 그를 응시하지 않는 유일한 수도사였다. 대신 그 차갑고 푸른 눈이 가마슈의 제물에 머물렀다.

마티외 수사에게.

그 후로 25분간 경찰들은 수사들이 만과Vespers 성무일도 중 저녁기도를 올리는 동안 신자석에 나란히 앉았다. 그들은 수사들을 따라 앉고 서고, 그리고 절하고 앉았다. 그리고 섰다. 그리고 앉았다가 무릎을 꿇었다.

"탄수화물을 많이 섭취해 둘걸." 다시 일어서면서 보부아르가 중얼거렸다.

조용하지 않을 때는 수사들이 그레고리오 성가를 불렀을 때뿐이었다.

장 기 보부아르는 딱딱한 나무 신자석에 다시 앉아 몸을 기댔다. 그는 가능한 한 교회에 가지 않았다. 가끔 결혼식에 갔지만 요즘 퀘베쿠아들은 그냥 동거를 선호했다. 대개는 장례식에 갔다. 장례식은 드물어지는 추세였다. 적어도 교회에서 하는. 나이 든 퀘베쿠아들조차 요즘은 죽을 때, 집에서 가족들의 배웅을 받으며 떠나기를 선호했다.

집에서 하는 장례식은 고인을 제대로 보살피지 못할지도 몰랐다. 그러나 그들을 배신하지도 않았다.

수사들은 잠시 침묵했다.

제발, 하느님. 보부아르는 기도했다. 이게 끝나게 하소서.

이내 그들은 섰고, 다른 성가를 부르기 시작했다.

타베르나Tabernac 빌어먹을. 보부아르는 일어서면서 생각했다. 그 옆 가마슈 역시 일어서 있었고, 커다란 두 손이 앞좌석에 놓여 있었다. 그의 오른손이 희미하게 떨렸다. 거의 감지하기 힘들었지만 워낙 침착하고 냉정한 남자였기에 그것은 두드러져 보였다. 놓칠 수가 없었다. 경감은 그 떨림을 숨기려고 신경 쓰지 않았다. 하지만 보부아르는 샤보노 서장이 경감을 힐끗거리는 것을 알아차렸다. 그리고 숨길 수 없는 떨림을.

그리고 보부아르는 떨림이 말하는 사연을 샤보노가 아는지 궁금했다.

그는 샤보노를 옆으로 끌고 나가 뚫어져라 쳐다보는 것을 야단치고 싶었다. 그는 희미한 떨림이 나약의 의미가 아니라는 것을 확실히 해 두고 싶었다. 그 반대라는.

하지만 그러지 않았다. 가마슈의 신호를 받은 그는 아무 말도 하지 않았다.

"장 기." 정면으로 향한 시선을 수사들에게서 떼지 않고 가마슈가 속삭였다. "마티외 수사는 성가대 지휘자였네, 맞나?"

"위."

"그럼 지금은 누가 지휘하고 있지?"

보부아르는 잠시 말이 없었다. 이제 이 참을 수 없을 만큼 끝없이 이어지는 지루한 성가가 계속해서 웅웅대는 동안, 그는 끝날 때를 기다리는 대신 주의를 기울이기 시작했다.

성가대석에는 명백히 빈자리가 있었다. 수도원장 바로 맞은편에.

그곳은 지금 자신들의 발치에 누운 남자가 일어나고 앉고, 절하고 기도했던 자리가 분명했다. 그리고 이 지루한 성가를 지휘한 자리.

보부아르는 아까부터 그가 스스로 그런 짓을 했는지 궁금해하며 혼자 재미있어하고 있었다. 계속 이렇게 지루하기 짝이 없는 미사를 드리면서 살아가느니 죽으려고 자신에게 돌을 던졌다고.

그 생각이 녹아웃되길 바라며 저 돌기둥 중 하나로 비명을 지르면서 달려가지 않기 위해 그가 할 수 있는 전부였다.

하지만 이제 그는 자신의 명석한 두뇌를 온통 차지한 수수께끼가 생겼다.

그것은 좋은 질문이었다.

지휘자가 죽은 지금, 누가 저 성가대를 이끌고 있을까?

"어쩌면 아무도요." 보부아르는 1, 2분 정도 수사들을 관찰한 뒤 속삭였다. "노래는 다 외우고 있을 겁니다. 같은 노래를 반복해서 부르지 않겠습니까?"

보부아르의 귀에는 모든 노래가 똑같이 들렸다.

가마슈는 고개를 가로저었다. "아닐 걸세. 성가는 미사마다, 날마다 다를 거야. 축일, 성인의 날, 그런 식으로."

"엣 케테라et cetera 기타 등등를 말씀하신 건 아니겠죠?"

보부아르는 가마슈가 희미한 미소를 지으며 자신을 흘끔 보는 모습을 보았다.

"등등." 가마슈가 말했다. "아드 인피니툼Ad infinitum 무한정."

"좀 낫네요." 보부아르는 잠시 입을 다물었다가 다시 속삭였다. "하신 질문의 답은 아십니까?"

"많이는 아니고 조금 아네." 경감이 시인했다. "공연을 얼마나 자주 하느냐와 상관없이 교향악단이 스스로 지휘를 할 수 없는 것처럼 저들도 그럴 수 없다는 걸 아는 만큼은 성가대를 아네. 저들은 여전히 리더가 필요해."

"수도원장이 저들의 리더 아닙니까?" 보부아르가 돔 필리프를 보면서 물었다.

경감도 그 장신의 호리호리한 남자를 보았다. 이 수사들을 정말로 이끌고 있는 사람은 누구일까? 두 남자는 다시 절을 하고 앉으며 궁금해했다. 지금 저들을 이끌고 있는 사람은 누구일까?

삼종기도 종소리가 울려 퍼졌다. 그 깊고 풍부한 음색은 숲을 건너 호수 너머까지 퍼져 나갔다.

만과가 끝났다. 가마슈와 두 경찰이 신자석에 서서 지켜보는 동안 수사들은 십자가상에 절한 뒤 줄지어 제단에서 물러났다.

"저 젊은 수사에게 열쇠를 받아야 할까요?" 보부아르가 제단에서 내려오는 뤽 수사를 손짓하며 말했다.

"잠시만, 장 기."

"하지만 사공은요?"

"아직까지 가지 않았다면 계속 기다릴 걸세."

"어떻게 아십니까?"

"궁금할 테니까." 가마슈가 수사들을 응시하며 말했다. "자네라도 기다리지 않겠나?"

그들은 수사들이 제단에서 내려와 교회 양쪽으로 모이는 모습을 보았다. 암요. 보부아르는 경감을 흘끔 보며 생각했다. 기다릴 테죠.

그들이 후드를 벗고 고개를 들어 가마슈는 그들의 얼굴을 볼 수 있었다. 일부는 운 듯했고, 일부는 경계하는 듯했고, 일부는 지치고 불안해 보였다. 일부는 흥미로워하는 듯했다. 마치 연극을 보고 있는 양.

가마슈는 이 남자들에게서 받은 인상을 믿기가 어려웠다. 너무나 많은 강렬한 감정들이 다른 감정인 척 가면을 쓰고 있었다. 불안은 죄책감으로 보일 수도 있고, 안도가 우스워하는 표정으로 보일 수도 있었다. 가늠 수 없이 깊은 슬픔은 때로 무감정으로 보이기도 했다. 가장 깊은 욕정은 무언가가 저 밑에서 엄청나게 요동을 칠 때 아무렇지 않은 얼굴을 하고 냉정하게 나타날 수도 있었다.

가마슈는 얼굴들을 훑다가 두 사람에게 다시 눈길을 돌렸다.

선창에서 자신들을 맞이했던 젊은 수위 뤽 수사. 가마슈는 뤽 수사의 허리에 묶인 밧줄에서 거대한 열쇠가 덜렁덜렁 흔들리는 모습을 볼 수 있었다.

뤽이 가장 표정이 없었다. 하지만 자신들이 그와 처음 만났을 때, 그는 명백히 동요한 기색이었다.

가마슈는 시선을 틀어 수도원장의 침울한 비서를 보았다. 시몽 수사.

슬픔. 슬픔의 파도가 그 남자를 덮친 듯했다.

죄책감도 비탄도 분노나 애도도 아니었다. 이라이나 일라도.

그러나 순수한 슬픔.

시몽 수사는 제단을 응시하고 있었다. 아직도 그곳에 남아 있는 두 사람을.

부원장 그리고 수도원장을.

이 깊은 슬픔은 누구를 위한 것일까? 둘 중 어느 남자? 아니면 수도원 자체에 대한 슬픔인지 가마슈는 궁금했다. 생질베르앙트르레루 수도원은 단순히 사람 하나를 잃은 것이 아니었다. 방향을 잃었다.

돔 필리프는 거대한 나무 십자가 앞에 멈춰 서서 허리를 깊이 숙였다. 이 높은 제단 위에 그는 이제 혼자였다. 그의 부관의 시체를 제외하면. 그의 친구.

수도원장은 머리를 숙이고 있었다.

평상시보다 더 길었을까? 가마슈는 궁금했다. 고개를 들어 주위를 돌아보며 오늘 저녁을, 다음 날을, 다음 해를, 남은 인생을 마주하는 게 힘들었을까? 중력이 너무 많이 작용했을까?

수도원장은 천천히 고개를 들고 몸을 반듯이 세웠다. 어깨가 떡 벌어지기까지 했고, 그가 할 수 있는, 가장 키가 커 보이게 선 듯했다.

이내 그는 몸을 돌렸고, 전에 한 번도 본 적 없는 무언가를 보았다.

신자석에 있는 사람들.

수도원장은 여태껏 성당 안에 왜 신자석이 있는지조차 몰랐다. 40년 전 자신이 처음 왔을 때 그것은 이미 존재했었고, 자신이 죽어 묻힌 후에도 쭉 있을 터였다.

그는 세속에서 격리된 체계에 왜 신자석이 필요한지 의문을 가졌던 적이 없었다.

돔 필리프는 주머니 속에서 묵주 알을 느끼며 별 의식 없이 손가락으로 그것들을 굴렸다. 묵주 알이 위안을 준다는 것에 대해서도 그는 의문을 가졌던 적이 없었다.

"경감님." 그가 제단에서 내려와 남자들에게 다가가며 말했다.

"돔 필리프." 가마슈가 고개를 살짝 숙였다. "유감이지만 우리는 이제 그를 데려가려고 합니다." 가마슈가 몸짓으로 부원장을 가리킨 다음 돌아서서 보부아르에게 고개를 끄덕여 보였다.

"알겠습니다." 돔 필리프는 자신이 이 모든 것을 전혀 이해하지 못했음을 깨달았음에도 그렇게 말했다. "따라오십시오."

돔 필리프는 뤽 수사에게 신호를 보내 서둘러 뒷정리를 하게 했고, 세 남자는 잠긴 문으로 난 통로로 향했다. 보부아르와 샤보노 서장이 마티외 수사가 실린 들것을 들고 뒤를 따랐다.

보부아르는 뒤에서 뭔가 질질 끌리는 소리를 듣고 돌아보았다.

수사들이 두 줄로 서서 길고 검은 꼬리처럼 자신들을 따르고 있었다.

"아까부터 계속 찾았습니다, 페르 아베." 경감이 말했다. "하지만 도무지 찾을 수 없더군요. 어디 계셨습니까?"

"사제단에요."

"사제단이 어딥니까?"

"그건 장소이자 행사입니다, 경감님. 그 방은 바로 저기에 있습니다." 문에서 나와 긴 통로로 향할 때 수도원장이 성당 벽을 향해 손짓했다.

"거기서 나오시는 걸 봤습니다." 가마슈가 말했다 "하지만 아까 저희는 문을 찾지 못했습니다."

"그러셨겠지요. 그건 생질베르를 기념하는 명판 뒤에 있습니다."

"숨겨진 문인가요?"

수도원장은 옆얼굴에서조차 그 질문에 당황하고 다소 놀란 기색이 드러났다.

"저희로서는 아닙니다." 그가 마침내 말했다. "모두가 다 거기 있다는 걸 알고 있으니까요. 비밀이 아니지요."

"그럼 왜 문을 만들지 않습니까?"

"알아야 하는 사람은 다 알고 있으니까요." 그는 가마슈가 아니라 자신들 앞에 있는 닫힌 문을 보며 말했다. "그리고 알 필요가 없는 사람은 그걸 찾아서는 안 되고요."

"그럼 숨겨진 문이 맞는군요." 가마슈가 다시 한번 지적했다.

"선택이 존재한다는 뜻이 되겠지요." 수도원장은 인정했다. 일행은 바깥세상으로 통하는 잠긴 문 앞에 도착했다. 그가 마침내 가마슈를 돌아보며 말했다. "저희가 숨을 필요가 있기 때문에 그 방이 존재하는 겁니다."

"왜 숨을 필요가 있습니까?"

수도원장은 희미한 미소를 지었다. 다소 젠체하는 태도였다. "전 경감님 같은 외부 사람들이 그 이유를 알지 궁금했습니다. 세상이 항상 친절하지만은 않기 때문이지요. 때로는 우리 모두 안전한 장소가 필요합니다."

"하지만 결국 위협은 바깥세상에서 오지 않았습니다."

"사실입니다."

가마슈는 잠시 생각에 잠겼다. "그럼 성당 벽 뒤의 사제단 회의실로 가는 문을 감추고 계셨다는 뜻입니까?"

"제가 만든 공간이 아닙니다. 이 모든 것들은 제가 이곳에 오기 전부터 존재했습니다. 수도원을 지은 사람이 만들었겠지요. 그건 다른 시대였습니다. 잔혹한 시절이었지요. 수도사들은 정말로 숨어 지내야만 했습니다."

가마슈는 고개를 끄덕이고 자신들 앞에 놓인 두꺼운 나무 문을 보았다. 바깥세상으로 통하는 문을. 그 문은 여전히 잠겨 있었다. 그 문은 수 세기를 거친 후에도 여전히 잠겨 있었다.

그는 수도원장의 말이 옳다는 것을 알았다. 수백 년 전, 이 문을 만들기 위해 거대한 나무를 베었을 때, 그것은 전통을 따르기 위해서가 아니라 자물쇠로 문을 열고 잠글 필요가 있었다. 종교개혁, 종교재판, 조직 내 투쟁. 가톨릭교도가 되기에는 위험한 시대였다. 그리고 최근 사건으로 보듯 위협은 때로 내부에서 발생하기도 했다.

그래서 유럽에서는 사제들의 은신처가 집 안에 붙박이로 지어졌다. 탈출용 터널.

일부는 저 멀리 신대륙으로 탈출했다. 하지만 그조차 충분치 않았다. 질베르회 수사들은 더 멀리로 갔다. 그들은 지도 위의 검은 점 안으로 사라졌다.

없어졌다.

3백 년 이상 지난 후에 다시 나타나기 위해. 라디오를 통해.

모든 이가 사라졌다고 생각했던 어느 계층의 목소리를 처음에는 몇몇, 다음에는 수백, 다음에는 수천 그리고 수십만의 사람들이 듣게 되었다. 이내 인터넷 덕분에 드디어 수백만 명의 사람들이 그 이상한 소규모의 녹음을 들었다.

수도사들의 성가를.

그 녹음은 돌풍을 일으켰다. 갑자기 그들이 부른 그레고리오 성가가 도처에서 들리기 시작했다. 드 리괴르De rigueur 피할 수가 없었다. 지식인들과 전문가들 사이에서는 '꼭 들어야 하는 무언가'로 간주되었고, 마침내 대중에게도 전파되었다.

목소리는 어디에서나 들렸지만 수사들은 어디에서도 볼 수가 없었다. 결국 발견되었다. 가마슈는 수사들이 사는 곳이 발견되었을 때 얼마나 놀랐는지 기억했다. 그는 그곳이 이탈리아나 프랑스나 스페인의 외진 언덕에 있으리라고 생각했다. 작고 오래된 무너져 가는 수도원. 하지만 그렇지 않았다. 그 녹음은 어느 수도사 집단이 사는 곳, 퀘벡에서 이루어졌다. 그리고 그것은 어느 집단도 아니었다. 트라피스트회도, 베네딕트회도, 도미니크회도 아니었다. 그 발견은 가톨릭교회 전체를 놀라게 했다. 그 녹음은 교단에서 자취를 감췄다고 생각되었던 수도사 집단에 의해 이루어졌다. 질베르회.

하지만 그들은 야생에, 멀리 떨어진 호숫가에 있었다. 생생하게 살아서 그토록 오래되고 그토록 아름다운 성가를 불러 전 세계 수백만 사람들의 태곳적 감각을 깨웠다.

세상은 그들을 불렀다. 누군가는 호기심으로. 누군가는 이들이 찾아낸 듯 보이는 평화를 갈망하면서. 하지만 이 '문', 수백 년 전에 쓰러진 나무들로 만든 문은 너무나 견고했다. 그 문은 외부인에게는 열리지 않았다.

오늘까지는.

문은 그들이 들어오도록 열렸고, 이제 다시 그들을 내보내려고 열릴 참이었다.

포르티에portier 수위가 크고 검은 열쇠를 들고 앞으로 나섰다. 수도원장의 작은 신호에 그는 그것을 자물쇠 구멍에 꽂았다. 열쇠가 쉽게 돌아갔고, 문이 활짝 열렸다.

사각형을 통해 남자들은 지는 해와 고요하고 깨끗한 호수에 비친 붉은빛과 오렌지빛을 보았다. 숲은 이제 어두워졌고, 새들은 서로를 부르며 수면 위에 낮게 내려앉았다.

하지만 단연코 장엄하고 아름다운 모습은 기름투성이 사공이 담배를 피우고 선창에 앉아 있는 모습이었다. 낚시를 하며.

그는 문이 열리자 손을 흔들었고, 경감도 마주 흔들어 주었다. 이내 사공은 수사들을 향해 버둥거리며 엉덩이를 들어 올렸다. 가마슈가 시체를 든 보부아르와 샤보노에게 먼저 가라는 몸짓을 했다. 그런 다음 그와 수도원장은 그들을 따라 선창으로 향했다.

나머지 수사들은 안에 머물며 열린 문 주위에서 무리를 이루었다. 내다보려고 목을 길게 빼고.

수도원장은 붉게 물든 하늘을 향해 고개를 젖히고 눈을 감았다. 기도하는 게 아니라 일종의 지복을 느끼는 거라고 가마슈는 생각했다. 창백한 얼굴로 희미한 햇빛을 즐기고, 두 발로 울퉁불퉁하고 예측 불가한 대지를 즐기면서.

이윽고 그의 눈이 뜨였다.

"만과를 방해하지 않아 주셔서 고맙습니다." 그가 가마슈를 보지 않고 자신을 둘러싼 자연계에 푹 빠진 채 말했다.

"별말씀을요."

두 사람은 몇 걸음 더 걸었다.

"마티외를 제단으로 데려와 주신 것도 고맙습니다."

"별말씀을요."

"아셨는지 모르겠지만 특별한 기도를 드릴 기회를 우리에게 주셨습니다. 망자를 위한."

"몰랐습니다." 경감은 그렇게 시인하며 마찬가지로 눈앞에 펼쳐진 거울 같은 호수를 보았다. "하지만 '디에스 이라이'를 들었다고 생각했습니다."

수도원장은 고개를 끄덕였다. "그리고 디에스 일라요."

진노의 날. 애도의 날.

"수사님들이 애도하고 계십니까?" 가마슈가 물었다. 두 사람의 걸음은 거의 멈출 만큼 느려졌다.

경감은 즉각적이고 충격적인 대답을 기대했다. 하지만 대신 수도원장은 숙고하는 듯 보였다.

"마티외는 늘 편한 사람은 아니었습니다." 그는 그렇게 말하며 희미한 미소를 지었다. "물론 세상에 그런 사람은 없겠지요. 하지만 수도원 생활을 시작하며 우리가 일찍이 배운 한 가지는, 우리는 서로를 받아들여야 한다는 것이었습니다."

"그러지 않으면 어떻게 됩니까?"

수도원장은 다시 입을 다물었다. 간단한 질문이었지만, 가마슈는 대답이 간단하지 않으리라는 것을 예상할 수 있었다.

"아주 나쁘게 될 수 있지요." 수도원장이 말했다. 그는 가마슈와 눈을 마주치지 않으며 말했다. "그러기도 합니다. 하지만 우리는 보다 나은 선善을 위해 자신의 감정을 옆으로 치워 두는 법을 배웁니다. 서로 화합

하며 지내는 방법도요.”

“하지만 굳이 서로를 좋아할 필요는 없겠지요.” 가마슈가 말했다. 그것은 질문이 아니었다. 그는 경찰청 역시 똑같다는 것을 알았다. 그 안에는 그가 좋아하지 않는 동료가 몇몇 있었고, 그 감정이 상호적이라는 것을 알았다. 솔직히 '좋아하지 않는다'는 완곡한 표현이었다. 그 감정은 의견의 불일치에서 경멸로, 불신으로 이어졌다. 그리고 계속해서 자라났다. 그것은 이제 쌍방 증오로 자리 잡았다. 가마슈는 그것이 어디서 멈출지 몰랐지만 상상은 할 수 있었다. 그런 사람들이 자신의 상사라는 사실이 상황을 더욱 불편하게 만들었다. 최소한 지금 그것은 자신들이 어떻게 공존해야 하는지를 찾아야 한다는 것을 의미했다. 그러든가 서로 갈라서고 업무를 나누든가. 장엄한 석양을 향해 얼굴을 기울이며 가마슈는 그것이 하나의 가능성이라는 것을 알았다. 초저녁의 차분함 속에 그것은 요원해 보였지만 그는 이 평화로운 시간이 지속되지 않으리라는 것을 알았다. 밤이 오고 있었다. 그리고 그것을 맞을 준비가 되지 않은 사람은 바보였다.

“누가 이런 짓을 저질렀을까요, 몽 페르?”

이제 그들은 선창에 서서 사공과 경찰들이, 낡은 농어와 송어와 꿈틀대는 미끼 옆에 시트로 덮인 마티외 수사를 고정하는 모습을 지켜보고 있었다.

수도원장은 다시 숙고했다. “모르겠습니다. 알아야겠지만 모릅니다.”

그가 뒤를 돌아보았다. 위험을 무릅쓰고 밖으로 나와 반원을 그린 수사들이 자신들을 보고 있었다. 원장 비서 시몽 수사가 한두 걸음 앞에 서 있었다.

"불쌍한 것." 돔 필리프가 나지막한 목소리로 말했다.

"누구 말입니까?"

"파르동?"

"원장님은 '불쌍한 것'이라고 하셨습니다. 누굴 뜻하신 겁니까?" 가마슈가 물었다.

"누구든 이런 짓을 한 사람 말입니다."

"그게 누굽니까, 돔 필리프?" 가마슈는 수도원장이 말했을 때 한 수사를 보고 있었다는 인상을 받았다. 시몽 수사. 슬픈 수도사. 무리에서 떨어진 사람.

수도원장이 자신의 공동체를 보고, 가마슈가 그런 수도원장을 보았을 때 잠시 긴장된 정적이 흘렀다. 마침내 수도원장이 경감을 돌아보았다.

"저는 누가 마티외를 죽였는지 모릅니다."

그가 고개를 저었다. 수도원장의 얼굴에 지친 미소가 떠올랐다. "사실 저는 지금 그들을 보고 말할 수 있을 거라고 믿었습니다. 그는 뭔가 다를 거라고. 혹은 제가요. 막 알게 된 게 있습니다."

수도원장이 신음하듯 웃었다. "저의 오만. 자만."

"그래서요?" 가마슈가 물었다.

"그 감이 작동하지 않았습니다."

"너무 심란해하지 마십시오. 저도 마찬가지니까요. 전 누구든 보면 바로 그들이 살인자인 걸 알아야 하지만 여전히 시도 중입니다."

"만약 그게 작동한다면 어떻게 하시겠습니까?"

"네?"

"누군가를 보기만 해도 알 수 있다면?"

가마슈는 미소를 지었다. "저 자신을 신뢰할지 장담하지 못하겠습니다. 그 모든 게 제 상상이라고 생각할 겁니다. 게다가 증인석에서 제가 '그냥 알았습니다.'라고 하면 판사가 이해하지 못할 겁니다."

"그게 우리의 차이지요, 경감님. 당신은 당신의 업무에서 증거가 필요합니다. 저는 아닙니다."

수도원장은 다시 한번 뒤를 흘끔 돌아보았고, 가마슈는 이것이 잡담인지 다른 무언가가 더 있는지 궁금했다. 반원으로 선 수사들이 계속 보고 있었다.

저들 중 한 명이 마티외 수사를 죽였다.

"뭘 찾고 계신 겁니까, 몽 페르? 원장님은 증거는 필요 없으실지 몰라도 징후는 필요하실 텐데요. 저들의 얼굴이 드러내는 징후가 원장님이 찾으시는 겁니까? 죄책감?"

수도원장은 고개를 저었다. "제가 찾는 건 죄책감이 아니라 고통입니다. 그런 짓을 저질렀을 때 그 사람이 마땅히 느꼈을 고통을 상상하실 수 있겠습니까? 그리고 여전히 느낄 고통을?"

경감은 그들의 얼굴을 다시 훑어보았고, 마침내 자신의 바로 옆에 있는 남자에게 시선이 멈췄다. 가마슈는 수사 중 한 명의 얼굴에서 고통을 보았다. 돔 필리프. 수도원장.

"누가 이런 짓을 저질렀는지 아십니까?" 가마슈가 나지막이 다시 물었다. 수도원장과 자신들을 둘러싼 향긋한 가을 공기만이 들리도록. "만일 그렇다면 꼭 말씀해 주셔야 합니다. 아시겠지만, 저는 결국 그를 찾아낼 겁니다. 그게 제가 하는 일입니다. 하지만 그것은 끔찍하고 끔찍한 과정입니다. 앞으로 무슨 일이 벌어질지 원장님은 모르십니다. 그리고 그게 일단 시작되면 살인자가 발견될 때까지 멈추지 않을 겁니다. 무고한 자들을 아끼신다면 그렇게 하시길 부탁드립니다. 아신다면 이런 짓을 한 자를 제게 말씀해 주십시오."

그 말이 수도원장의 모든 주의를 자신의 앞에 있는 덩치 크고 조용한 남자에게 돌리게 했다. 산들바람이 가마슈의 귀에 걸린 회색 머리카락을 흔들고 지나갔다. 하지만 그 남자의 나머지 부분은 변함이 없었다. 견고했다.

그리고 땅처럼 깊은 갈색을 띤 그 두 눈은 사려 깊었다.

그리고 친절했다.

그리고 돔 필리프는 아르망 가마슈를 믿었다. 경감은 살인자를 찾도록 자신들의 수도원에 입장을 허락받았다. 그것이 이 남자가 항상 해 왔던 일이었다. 그리고 그는 그 일에 매우 능숙할 게 거의 분명했다.

"알았다면 말씀드렸겠지요."

"준비됐습니다." 보부아르가 보트에서 외쳤다.

"봉Bon 좋아." 가마슈는 다음 순간 수도원장의 눈을 보았다가 모터 위에 놓인 사공의 큰 손이 줄을 당길 준비가 되었는지 보려고 몸을 돌렸다.

"샤보노 서장?" 가마슈가 서장에게 자리를 권했다.

"이 일을 조용히 진행할 수 있겠습니까?" 돔 필리프가 물었다.

"그러긴 어려울 겁니다, 몽 페르. 뉴스가 늘 그렇듯 밖으로 새어 나갈 겁니다." 가마슈가 말했다. "성명서를 고려하셔야 할 겁니다."

그는 수도원장의 얼굴에 떠오른 혐오감을 보고 그런 일은 없을 거라고 생각했다.

"오 르부아Au revoir 안녕히 가십시오, 경감님." 돔 필리프가 손을 내밀며 말했다. “도움에 감사드립니다.”

“별말씀을요.” 가마슈가 대답하며 그 손을 맞잡았다. “하지만 아직 끝나지 않았습니다.” 가마슈가 고개를 끄덕이자 사공이 줄을 확 잡아당겼고, 모터가 가동하기 시작했다. 보부아르가 로프를 보트 안에 던졌고, 보트는 출행랑치기 시작했다. 가마슈와 보부아르를 선창에 세워 둔 채.

“당신들은 남으시는 겁니까?” 어리둥절한 수도원장이 물었다.

“예, 우린 남을 겁니다. 살인자와 함께 나가든가, 아예 안 나가든가.”

보부아르는 가마슈 옆에 섰고, 그들은 함께 석양이 지는 만의 모퉁이를 돌아 통통거리며 가는 작은 보트를 보았다. 시야에서 사라지는.

두 경찰청 수사관은 그 소리가 완전히 들리지 않게 될 때까지 거기에 남았다.

이윽고 둘은 자연계에 등을 돌리고 로브를 입은 사람들을 따라 생질베르앙트르레루 수도원으로 돌아갔다.

10

보부아르는 그날 초저녁 내내 부원장 사무실에 수사본부를 차렸고, 그동안 가마슈 경감은 수사들과의 면담 내용을 읽은 뒤 그들 중 몇몇과

는 더 깊은 대화를 나누었다.

그림이 그려지고 있었다. 그것이 얼마나 정확한지는 알 수 없었지만 일대일 면담의 놀라울 만큼 한결같은 진술로 보아 그것은 선명했다.

새벽 5시 기도가 끝난 후 수사들은 아침 식사를 하고 하루를 준비했다. 7시 반에는 찬과가 있었다. 그것은 8시 15분에 끝난다. 그리고 하루 일과가 시작되었다.

일과는 다양했지만 수사들의 일은 매일같이 많았다.

그들은 정원에서 일하거나 동물들을 돌보았다. 수도원 청소를 하고 기록을 남기고, 수리를 했다. 식사를 준비했다.

모든 수사가 각자의 분야에서 상당한 전문가로 드러났다. 요리사든 정원사든 엔지니어든 역사가든.

그리고 그들은 모두 예외 없이 특출한 음악가들이었다.

"어떻게 이럴 수가 있지, 장 기?" 가마슈가 수첩에서 고개를 들며 물었다. "그들 모두가 뛰어난 음악가라는 게?"

"저한테 물으시는 겁니까?" 보부아르는 랩톱컴퓨터를 다시 연결하려고 애썼고, 그의 목소리가 책상 밑에서 들려왔다. "우연히?"

"자네가 하는 그 일도 우연히 성공할 수 있을 테지." 경감이 말했다. "여기엔 또 다른 힘이 작용하는 것 같아."

"신을 말씀하신 게 아니길 바랍니다."

"아주 아니라고는 할 수 없지. 신을 배제할 순 없으니까. 아니, 난 그들이 선발된 것 같네."

검은 머리가 헝클어진 보부아르가 책상 밑에서 고개를 내밀었다. "하키 선수들이 선발되는 것처럼요?"

"자네가 선발된 것처럼. 자네가 경찰청 한구석 증거물 보관 창고를 차지하고 있을 때 내가 자네를 찾아낸 것 기억하나?"

보부아르는 결코 그 일을 잊지 못할 터였다. 그 누구도 자신과 함께 일하고 싶어 하지 않았기 때문에 지하실로 쫓겨났었다. 그가 무능해서가 아니라, 망할 놈이었기 때문에. 하지만 보부아르는 사람들이 자신을 시기할 뿐이라고 믿길 선호했다.

그는 실제로 살아 있는 게 아닌 것에만 적합했기에 그에게 증거물 보관소가 맡겨졌다.

그들은 그가 그만두길 원했다. 또 실제로 그만두고 나갈 줄 알았다. 그리고 솔직히 그가 그만둘 참에 가마슈 경감이 살인 사건 수사차 왔다. 그는 증거물을 찾으러 왔었다. 그리고 장 기 보부아르를 발견했다.

그것은 보부아르가 결코 잊지 못할 순간이었다. 그의 눈을 보며 그의 입에서 잘난 척하는 말들이 사라졌다. 그는 너무나 자주 부당한 대우를 받고, 곤경에 처하고, 모욕당하고, 괴롭힘을 당했다. 그는 이것이 또 다른 장난이 아닐 가능성을 상상조차 하지 못했다. 또 다른 잔혹한 짓. 죽은 자 걷어차기. 보부아르는 자신이 거기서 죽어 가고 있다고 느꼈다. 그가 원한 것은 경찰청의 형사가 되는 것뿐이었다. 그리고 매일 그는 그 가능성을 잃어 가고 있었다.

하지만 이 점잖은 태도의 덩치 큰 남자가 자신을 데려가겠다고 제안했다.

자신을 구하기 위해. 서로 모르는 사이였음에도.

그리고 두 번 다시 믿지 않겠다고 맹세했던 보부아르는 아르망 가마슈를 신뢰했다. 그것이 15년 전 일이었다.

이 수사들도 그렇게 선발되었을까? 발견됐을까? 구원까지 받았을까? 그래서 이리로 오게 된 걸까?

"그럼," 보부아르가 바닥에서 일어나 바지를 털며 말했다. "경감님은 누군가가 이 수사들을 낚아서 수도원으로 데려왔다고 생각하십니까?"

가마슈가 미소를 지으며 독서용 안경 너머로 보부아르를 보았다. "자네는 모든 것들을 수상쩍게, 불길하게까지 들리게 하는 재능이 있군."

"메르시." 보부아르는 딱딱한 나무 의자 중 하나에 주저앉았다.

"작동이 되나?" 가마슈는 랩톱컴퓨터를 향해 고갯짓했다.

보부아르가 버튼 몇 개를 눌렀다. "컴퓨터는 되는데 인터넷에 연결이 안 됩니다." 보부아르는 그러면 도움이 되기라도 할 것처럼 연결 버튼을 계속 두들겼다.

"기도를 해야 할지도 모르겠군." 경감이 제안했다.

"뭔가를 위해 기도를 해야 한다면 그건 음식입니다." 그는 연결을 포기했다. "저녁은 언제쯤 먹을 수 있을까요?"

그때 보부아르는 무언가를 떠올리고 주머니에서 파라핀지로 싼 작은 꾸러미 하나를 꺼냈다. 그는 그것을 가마슈와의 사이에 있는 책상 위에 올려놓고 포장을 풀었다.

"그게 다 뭐지?" 경감이 물으며 가까이 몸을 기울였다.

"하나 드셔 보십시오."

가마슈는 초콜릿 하나를 집어서 커다란 손가락 사이에 끼웠다. 거기서 그것은 현미경으로 들여다봐야 할 것처럼 보였다. 그런 다음 그는 그것을 먹었다. 보부아르는 가마슈의 얼굴에 퍼지는 놀람과 기쁨을 보고 미소를 지었다.

"블루베리?"

보부아르가 끄덕였다. "야생 블루베립니다. 초콜릿을 씌웠죠. 여기선 이런 걸 엄청나게 많이 만드나 봅니다. 아까 수사들을 찾아다니다가 쇼콜라트리chocolaterie 초콜릿 제조 공장를 발견했습니다. 증거물보다 나아 보이더군요."

가마슈는 웃음을 터뜨렸고, 그들은 함께 약간의 초콜릿을 먹었다. 경감은 살면서 초콜릿을 별로 먹지 않았지만 의심할 여지 없이 자신이 먹은 최고의 맛이라는 것을 인정할 수밖에 없었다.

"이곳에 있는 스물네 명의 수사 모두의 목소리가 좋을 확률이 얼마나 되겠나, 장 기?"

"아주 낮겠죠."

"그냥 좋기만 한 게 아니라 굉장한 목소리일세. 그리고 서로 조화롭게 어울리지."

"아마 훈련을 받았겠죠." 보부아르가 가능성을 제시했다. "그게 성가대 지휘자, 그 죽은 사람이 했던 일 아니겠습니까?"

"하지만 그는 그렇게 해서 해야 할 뭔가가 있었을 걸세. 나는 음악에 문외한이지만 그런 나도 위대한 합창단이 위대한 목소리의 집합체만은 아니라는 걸 아네. 음정이 발라야 하고 상호 보완적이어야 해. 조화롭게. 이곳에 있는 수사들은 의도적으로 누군가가 모아 놓은 것 같네. 성가를 부르게끔 하기 위해 특별히 선택된 사람들이란 말이지."

"어쩌면 그 목적을 위해 특별히 교배되었을지도 모르죠." 보부아르가 눈에 가짜 광기를 띠고 목소리를 낮춰 말했다. "어쩌면 이건 바티칸의 모종의 음모입니다. 어쩌면 음악 속에 사람의 마음을 컨트롤하는 힘이 있는 겁니다. 사람들을 낚아서 교회로 돌아오게. 좀비 군대를 양성하는 거죠."

"맙소사, 이보게, 대단한데! 아주 명백하군." 가마슈가 경탄에 찬 눈으로 보부아르를 보았다.

보부아르가 웃음을 터뜨렸다. "저 수사들이 정말로 특별하게 선택되었다고 생각하십니까?"

"그럴 가능성이 있네." 경감이 자리에서 일어섰다. "그걸 계속 시도하게. 바깥세상과 연결될 수 있다면 좋을 걸세. 나는 포르티에와 대화를 나누겠네."

"왜 그 사람입니까?" 보부아르가 문으로 향하는 가마슈에게 물었다.

"그가 여기서 가장 젊네. 아마 최근에 왔을 걸세."

"뭔가가 바뀌었기 때문에 살인이 일어났다는 말씀이시군요." 보부아르가 말했다. "마티외 수사의 살인을 유발한 뭔가."

"그게 거의 분명 얼마 동안 쌓여 왔을 테고, 대부분의 살인이 실제로 일어나는 데는 몇 년이 걸리지. 하지만 결국 무언가 또는 누군가가 균형을 무너뜨리지."

그것이 가마슈와 그의 팀이 하는 일이었다. 그들은 자주 사소한 일을 체로 쳤다. 한마디의 말. 표정. 모욕. 그 최후의 상처가 괴물을 풀어놓았다. 무언가가 한 사람을 살인자로 만들었다. 수도사를 살인자로 만들었다면 분명 그 무엇보다 긴 여정이었으리라.

"그리고 가장 최근에 바뀐 게 뭐였지?" 가마슈가 물었다. "아마 뤽 수사가 온 일이겠지. 어쩌면 그것이 다소 수도원의 균형을, 조화를 무너뜨렸을지도 모르네."

경감이 등 뒤로 문을 닫았고, 보부아르는 하던 일로 돌아갔다. 그가 연결에 무슨 문제가 있는지 찾으려고 애쓸 때 그의 마음은 증거 보관실로 돌아갔다. 자신의 지옥으로. 하지만 그는 '포르트리porterie 수위실'라는 글자가 찍힌 문에 대해서도 생각했다.

그리고 그곳으로 좌천된 젊은 남자를.

그가 미움을 받았을까? 그런 곳에 처박혀 있었다면 틀림없이 그랬으리라. 수도원의 다른 모든 일들은 이해가 되었다. 그의 일만 빼고. 결국 절대로 열릴 일 없는 문에 수위가 왜 필요하단 말인가?

가마슈는 여러 홀을 따라 걸으면서 여기저기서 수사들을 마주쳤다. 그는 얼굴을 보고 이름을 알 수는 없었지만 그들을 알아보기 시작했다.

알퐁스 수사? 펠리시앙 수사?

수사들의 얼굴은 거의 항상 온화했고, 양손은 버릇처럼 늘어진 소맷자락 속에 들어가 있었다. 경감은 수사들이 하는 어떤 행동을 깨달았다. 그가 지나칠 때 그들은 항상 눈을 마주치고 고개를 끄덕였다. 몇몇은 조심스럽게 희미한 미소를 지었다.

멀리에서 그들 모두는 차분해 보였다. 침착.

하지만 그들이 가까이에서 지나치는 순간 가마슈는 그들의 눈에서 불안을 보았다. 간청을.

자신을 위해 떠나라는? 머물라는? 도와 달라는? 아니면 꺼지라는?

몇 시간 전 자신이 도착했을 때만 해도 생질베르 수도원은 평화로워 보였다. 편안하게. 놀랄 만큼 아름다웠다. 소박한 담장은 차갑지 않고 마음을 어루만져 주었다. 불완전한 유리에서 굴절된 햇살은 빨간색, 보라색, 노란색으로 숨어들었다. 각각이 다른 색이었지만 합쳐진 색은 아찔한 빛을 만들어 냈다.

수도원처럼. 개인들로 구성된. 그들 각각은 의심할 여지 없이 특출했지만 함께인 그들은 눈부시게 훌륭했다.

한 명을 제외하고. 그림자. 아마도 빛을 증명하기 위해 불가피한.

가마슈는 성당으로 가는 길에 또 다른 수사와 마주쳤다.

티모테 수사? 기욤 수사?

그들은 스쳐 지나가며 고개를 끄덕였고, 가마슈는 이 이름 모를 수사들의 지나치는 시선 속에서 또다시 무언가를 느꼈다.

아마 그가 누구냐에 따라, 천성이 어떤가에 따라 각각의 사람이 사적인 간청을 하는 것이리라.

이 사람—조엘 수사?—은 명백히 가마슈가 이곳에서 사라져 주길 원하고 있었다. 두려워서가 아니라 가마슈가 걸어 다니는 게시판이 되어 부원장의 죽음을 광고하고 있기 때문이었다. 그것은 자신들이 공동체로서 실패했다는 사실을 의미했다.

수사들이 해야 할 일은 단 하나, 신을 섬기는 일뿐이었다. 하지만 이 수도원은 반대 방향으로 가 버렸다. 그리고 가마슈는 싫어도 그 진실을 볼 수밖에 없게끔 하는 느낌표였다.

가마슈는 오른쪽으로 돌아 닫힌 문으로 향하는 긴 통로를 걸어 내려갔다. 그는 점점 수도원이 친숙하게 느껴졌고 편안하기까지 했다.

수도원은 중앙에 성당이 있고, 사방으로 팔을 뻗은 십자가 형태였다.

이제 밖은 어두웠다. 홀들에는 흐릿한 불빛이 켜져 있었다. 한밤중 같았지만 경감은 시계를 힐끗 보고 아직 6시 반이 되지 않았다는 것을 알았다.

'포르티에'라는 팻말이 붙은 문은 닫혀 있었다. 가마슈는 노크했다.

그리고 기다렸다.

안에서 작은 소리가 들렸다. 종이, 페이지를 넘기는. 이내 다시 조용해졌다.

"안에 있는 거 압니다, 뤽 수사님." 가마슈가 목소리를 낮춰 말했다. 위협하는 적처럼 들리지 않게 노력하면서. 종이 펄럭이는 소리가 몇 번 나더니 문이 열렸다.

뤽 수사는 젊었다. 아마 20대 초반쯤일까?

"위?" 수사가 물었다.

그리고 가마슈는 이 젊은이가 자신에게 말하는 소리를 듣는 게 처음이라는 것을 깨달았다. 이 짧은 한마디로도 가마슈는 뤽 수사의 목소리가 풍성하고 깊다는 인상을 받았다. 거의 분명 매력적인 테너. 체격은 야위었지만 목소리는 그렇지 않았다.

"이야기 좀 할 수 있을까요?" 가마슈가 물었다. 그 자신의 목소리는 이 젊은이보다 더욱 깊었다.

뤽 수사의 갈색 눈동자가 가마슈의 어깨 너머를 이리저리 방황했다.

"우리뿐입니다." 경감이 말했다.

"위." 그가 몸 앞에 손을 포개며 그 말을 반복했다.

그것은 다른 수도사들의 평정심의 패러디였다. 이곳에 평온이란 없었다. 이 젊은이는 가마슈를 두려워하는 마음과 그를 봐서 안도한 마음 사이에서 갈등하는 듯했다. 그가 가거나 머물길 바라는.

"저는 이미 면담을 했습니다, 무슈."

간단한 말임에도 아름다운 목소리였다. 침묵의 서약 속에 그것을 감추기 애석할 만큼.

"압니다." 가마슈가 말했다. "보고서를 읽었습니다. 수사님은 마티외 수사가 발견되었을 때 이곳에 계셨습니다."

뤽이 끄덕였다.

"수사님도 노래를 하십니까?" 가마슈가 물었다.

다른 상황에서라면 용의자에게 던질 첫 질문이라고 하기에는 터무니없을 말이었다. 하지만 이곳에서는 아니었다.

"저희 모두가요."

"생질베르앙트르레루 수도원에서 지낸 지 얼마나 되셨습니까?"

"십 개월 되었습니다."

그 대답에는 망설임이 있었고, 가마슈는 이 젊은이가 저 무거운 문 안으로 들어온 이후 며칠, 몇 시간, 정확히 몇 분이 되었는지까지도 자신에게 말할 수 있을 것 같다고 느꼈다.

"왜 이곳에 왔습니까?"

"음악 때문에요."

가마슈는 뤽 수사가 도움을 주지 않기 위해 고의적으로 짧게 대답하는 것인지, 아니면 침묵의 서약 탓에 자연스럽게 말이 안 나오는 것인지 알 수 없었다.

"조금 더 자세히 말씀해 주시겠습니까, 몽 프뢰르?"

뤽 수사는 심통이 나 보였다.

수도사 로브 속에 성질을 감추려 애쓰는 젊은이. 가마슈는 생각했다. 침묵 속에는 많은 것을 감출 수 있다. 적어도 그런 시도를 하거나. 가마슈는 대부분의 감정은, 특히 분노는 결국 드러난다는 것을 알았다.

"녹음을 들었습니다." 뤽이 말했다. "그 성가를요. 저는 국경 근처 남쪽에 있는 다른 수도원의 수사 청원자였습니다. 그들도 성가를 부르지만 여긴 달랐습니다."

"어떻게요?"

"어떻게 다른지 말하기 어렵습니다." 음악에 대해 생각하자 뤽 수사의 표정이 바뀌었다. 진심 어린 척할 때의 차분함. "생질베르 수사님들의 노래를 듣자마자 이것과 비슷한 어떤 노래도 들은 적이 없다는 걸 알았습니다."

뤽은 실제로 미소를 지었다. "주님과 가까워지려고 이곳으로 왔다고 해야겠지만 어느 수도원에서나 주님은 찾을 수 있다고 생각합니다. 하지만 어디에서도 이런 성가는 찾을 수 없죠. 이곳에만 있습니다."

"마티외 수사의 죽음은 큰 손실이겠군요."

청년은 입을 벌렸다가 다물었다. 뺨에 보조개가 살짝 들어가고, 하마터면 감정이 밖으로 튀어나올 뻔했다.

"경감님은 모르십니다."

그리고 가마슈는 그 말이 옳을지도 모른다고 생각했다.

"수사님이 이곳에 오신 이유 중 하나가 부원장님이었습니까?"

뤽 수사가 고개를 끄덕였다.

"앞으로도 이곳에 머무르실 겁니까?" 가마슈가 물었다.

뤽 수사는 손으로 시선을 떨어뜨렸다가 로브 자락을 만지작거렸다. "제가 갈 곳이 어딜지 모르겠습니다."

"이제 이곳이 수사님의 집인가요?"

"성가가 제 집입니다. 오로지 이곳에서만 들을 수 있는."

"그 음악이 수사님께 그토록 의미가 있습니까?"

뤽 수사는 고개를 한쪽으로 젖히고 경감을 관찰했다.

"사랑에 빠지신 적 있습니까?"

"네." 가마슈가 말했다. "지금도 그렇습니다."

"그렇다면 이해하실 겁니다. 그 첫 녹음을 들었을 때 저는 사랑에 빠졌습니다. 제가 전에 있던 수도원의 수사님 중 한 분이 음반을 갖고 계셨습니다. 그게 처음 나온 때가 몇 년 전이었습니다. 그분이 제 방에 오셔서 그걸 틀어 주셨죠. 우린 수도원 성가대에 있었고, 그분은 제 감상을 듣고 싶어 하셨습니다."

"어떤 생각이 드셨습니까?"

"아무 생각도요. 제 인생에서 처음으로 아무 생각이 없었습니다. 그냥 느꼈습니다. 저는 틈만 나면 그 녹음을 듣고 또 들었습니다."

"그게 수사님께 어떤 의미였습니까?"

"경감님에게 사랑에 빠진 의미는 뭐였습니까? 그걸 정말 설명하실 수 있나요? 그건 제가 비어 있는 줄도 몰랐던 제 안의 빈 곳을 채워 주었습니다. 제 안에 있는 줄도 몰랐던 제 외로움을 치유해 주었죠. 그 성가는 제게 기쁨을 주었습니다. 그리고 자유를. 그게 가장 놀라운 부분이었던 것 같습니다. 저는 갑자기 누군가의 품에 안긴 기분과 자유로운 기분을 동시에 느꼈습니다."

"그게 황홀경입니까?" 가마슈는 수사의 이야기를 잠시 곱씹어 보고 나서 물었다. "그게 영적인 경험이었습니까?"

뤽 수사가 다시 경감을 유심히 보았다.

"그것은 '단순한' 영적 경험이 아니었습니다. 저는 전에 그것들을 경험했습니다. 여기 있는 우리 모두가요. 그것이 아니었다면 우리는 수도사가 되지 않았을 겁니다. 그것은 아주 특별한 영적 경험이었습니다. 종교와도, 교회와도 완전히 분리된 경험이었죠."

"그게 무슨 뜻입니까?"

"저는 주님을 만났습니다."

가마슈는 잠시 멍하니 있었다.

"음악 속에서요?" 그가 물었다.

뤽 수사가 끄덕였다. 말없이.

장 기는 컴퓨터 스크린세이버를 응시했다. 그리고 외진 곳에 갈 때 가지고 다니는 휴대용 위성안테나를 보았다.

그것은 때로는 작동했다. 때로는 작동하지 않았다.

왜 작동이 되고 왜 작동에 실패하는지 보부아르에게는 수수께끼였다. 그는 매번 똑같이 연결했다. 똑같이 조정했다. 모든 수사에 똑같은 일을 했다.

그런 다음 일어날 불가해한 일을 기다렸다. 아니면 말거나.

"메르드Merde 빌어먹을." 그가 중얼거렸다. 아직 완전히 곤경에 처한 것은 아니었다. 그에게는 블랙베리 스마트폰이 있었다.

보부아르는 부원장 사무실 문을 열고 밖을 내다보았다. 아무도 오고 있지 않았다.

이내 그는 자리에 앉아 엄지손가락으로 힘들게 메시지를 작성했다. 한때 그가 짤막한 단어와 심벌로 메일을 썼다면 지금 그것들은 온전한 문장이었다. 그는 '당신'이라고 쓸 때 'u' 대신 'you'를 썼다. 그는 미소나 윙크를 절대 이모티콘으로 쓰지 않았고, 자신이 느낀 감정을 언어로 명확하게 표현하기를 선호하고 있었다.

그것은 어렵지 않았다. 아니와 함께라면. 그의 감정은 언제나 명료했고, 매우 단순했다.

보부아르는 행복했다. 그녀를 사랑했다. 그녀가 그리웠다.

게다가 그가 약어와 심벌을 쓰고 싶었다 해도, 그 어떤 것도 아직 자신의 감정을 전달하기에 알맞게 발명된 게 없었다. 언어조차 부족했다. 하지만 그게 장 기가 가진 최고의 수단이었다.

모든 글자, 모든 스페이스가 자신을 아니에게 가까이 데려가 주었고, 자신에게 단순한 기쁨이 아니라 환희를 선사해 주었다.

아니가 자신이 그녀를 위해 창작한 것을 보리라. 자신이 쓴 것을.

그는 그녀를 사랑했고, 그는 썼다. 그는 그녀가 그리웠고, 그는 썼다.

그리고 그녀는 그에게 썼다. 단순한 답장이 아닌, 자신의 메시지를. 자신의 하루에 대해. 너무나 충만한. 하지만 당신이 없어서 허전하다는.

그녀는 어머니와 저녁을 먹는 중이었지만 그녀와 자신이 함께 부모님에게 이야기를 할 수 있도록 자신과 그녀의 아버지가 돌아올 때까지 기다릴 터였다.

얼른 와. 그녀는 썼다. 보고 싶어. 그녀는 썼다. 사랑해. 그녀는 썼다.

그리고 그는 그녀의 존재를 느꼈다. 그리고 그녀의 부재를 느꼈다.

"그래서 생질베르 수도원에 오게 되었군요." 가마슈가 말했다.

"뭐, 짧게 말하면요." 뤽 수사가 말했다. "교회와 상관없는 부분은 더

짧고요."

뤽은 긴장이 풀린 듯했지만 여전히 의문을 품고 있었고, 음악에 관련된 화제에서 조금이라도 벗어나면 금세 경계하는 태도를 취했다.

"길게 말하자면요?"

"그 녹음을 한 사람들을 찾는 데 실제로 시간이 걸렸습니다. 전 그들이 유럽 어딘가에 있는 교단이라고 생각했죠."

"그랬다면 당신은 그곳까지 찾아갈 생각이었습니까?"

"사랑하는 여인이 프랑스에 살고 있다면 응당 찾아가지 않겠습니까?"

가마슈는 웃음을 터뜨렸다. 이 젊은 수사가 마음에 들었다. 직설적이고 정확한 말이었다.

"제 아내가," 경감이 말했다. "지옥에 있다면 저는 그녀를 구하러 거기까지 갈 겁니다."

"그럴 필요가 없기를 빌겠습니다."

"음, 그곳은 오실라가 메종뇌브였습니다. 어떻게 찾으셨습니까?"

"제가 가진 것은 CD뿐이었지만 거기엔 아무것도 쓰여 있지 않았습니다. 전 아직도 그 CD를 갖고 있습니다. 제 방 어딘가에요."

가마슈도 CD를 갖고 있었다. 그는 그것을 1년도 더 전에 샀었다. 그리고 그 역시 수사들이 누군지 알아내기 위해 해설지를 찾았다. 하지만 아무것도 없었다. 성가 목록뿐. CD 재킷에는 수사들의 옆모습만 실려 있었다. 걷고 있는. 겉보기에는 매우 관념적이고 매우 전통적으로 양식화되어 있었다. 크레디트가 없었다. CD에는 이름조차 없었다.

그것은 비전문적으로 보였고, 실제로도 그랬다. 사운드는 울림이 심하고 양철 소리가 났다.

"그래서 그게 누군지 어떻게 찾아내셨습니까?"

"다른 사람들처럼 라디오에서 찾아냈습니다. 리포터들이 그 발자취를 뒤쫓았더군요. 믿을 수가 없었습니다. 저희 수도원분들 모두가 충격을 받았습니다. 그들이 퀘베쿠아라서가 아니라, 생질베르 수사들이라서요. 현존하는 수도회 중에 그들은 리스트에 없었습니다. 교회 기록에 따르면 그들은 4백 년 전에 죽었거나 살해됐죠. 더 이상 질베르 수도회는 없죠. 아니면 모두가 그렇게 생각했거나요."

"그런데 어떻게 이곳의 일원이 되셨습니까?" 가마슈가 집요하게 물었다. 역사 공부는 나중에라도 할 수 있었다.

"수도원장님께서 저희 수도원을 찾아오셨다가 제가 노래하는 소리를 듣고……." 뤽 수사는 갑자기 매우 수줍음을 타는 것 같았다.

"계속하십시오." 가마슈가 말했다.

"그게, 저는 목소리가 특이합니다. 이상한 재목이죠."

"그 목소리가 어떤 영향을 미칩니까?"

"사실상 어떤 합창단에서든 노래할 수 있고, 잘 맞는다는 말입니다."

"화음을 잘 낸다는 건가요?"

"저희는 단성 성가를 노래합니다. 그 말은 모두가 동시에 같은 음을 낸다는 뜻입니다. 하지만 다른 목소리로요. 저희는 사실상 화음을 내지 않지만 노래할 때는 조화를 이룰 필요가 있습니다."

가마슈는 그 차이에 대해서 잠시 생각에 잠겼다가 고개를 끄덕였다.

"저는 조화입니다."

너무나 기묘한 말이었기에 가마슈는 간소한 로브를 입은 이 젊은 수사를 잠시 멍하니 쳐다보았다. 그 거창한 말이라니.

“파르동? 그게 무슨 말인지 이해가 안 됩니다.”

“제 말을 오해하지 마십시오. 성가대에 반드시 제가 필요하다는 뜻이 아닙니다. CD를 들으면 아시겠지만요.”

“그럼 그게 무슨 뜻입니까?” 겸손을 떨기에 그 말은 가마슈에게는 좀 늦어 보였다.

“어떤 합창단이든 제가 있으면 더 나아집니다.”

두 남자는 서로 응시했다. 이제 가마슈는 그 말이 자만이나 허풍이 아니라는 것을 깨달았다. 그것은 단순한 사실의 나열이었다. 수사들은 자신의 실수를 받아들이는 법을 자신의 재능을 받아들이듯 배운다. 그리고 거짓 겸손을 위해 있는 재능을 없는 척하지 않았다.

이 남자는 자신의 재능을 감추지 않았다. 하지만 그는 자신의 목소리를 감추었다. 침묵의 서약에 따라. 사람들에게서 멀리 떨어진 수도원에서. 청중에게서.

그렇지 않다면.

“그래서 수사님은 첫 음반에 참여하지 않았지만……,”

뤽이 머리를 저었다.

“……더 많은 녹음이 계획되어 있었습니까?”

뤽 수사는 잠시 입을 다물었다. “위. 마티외 형제는 그것에 흥분했습니다. 이젠 자신이 고른 모든 조각을 갖고 있었으니까요.”

가마슈는 가방에서 종이를 꺼냈다. “그중 하나가 이겁니까?”

뤽은 가마슈에게서 그것을 받아 들었다. 그는 완전히 집중했다. 완벽한 침묵. 미간이 좁아졌고, 그는 고개를 저으며 종이를 돌려주었다.

“이게 뭔지 모르겠습니다, 무슈. 하지만 이게 무엇이 아닌지는 말씀드릴 수 있습니다. 이건 그레고리오 성가가 아닙니다."

"어떻게 아십니까?"

뤽이 미소를 지었다. "성가에는 아주 명확한 규칙이 있습니다. 소네트나 하이쿠처럼요. 해야 할 것과 하지 말아야 할 것이오. 그레고리오 성가는 규율 그리고 단순성에 관한 노래입니다. 규칙을 따르는 겸손 그리고 그 규칙을 초월하는 영감이오. 그 도전이 규칙을 이용하는 것이자 그것을 초월하는 겁니다. 신께 노래를 바치면서 자신의 자아를 드러내서는 안 됩니다. 그건," 그가 이제 다시 가마슈의 손에 들린 종이를 가리켰다. "난센스입니다."

"가사가 말인가요?"

"저는 가사를 이해할 수 없습니다. 제 말은 리듬과 박자가 그렇다는 겁니다. 완전히 틀렸어요. 너무 빠릅니다. 그레고리오 성가와는 전혀 달라요."

"하지만 이런 것들이 있습니다." 가마슈가 가사 위의 꼬불꼬불한 물결들을 가리키며 물었다. "네우마, 맞지요?"

"그렇습니다. 그것 때문에 골치가 아프군요."

"골치가 아프다고요, 뤽 수사님?"

"그레고리오 성가인 듯 보이게 의도하고 있습니다. 그런 척 가장하고 있죠. 하지만 이건 속임수입니다. 어디서 이걸 찾으셨습니까?"

"마티외 수사의 시체에서요."

뤽의 얼굴이 하얗게 질렸다. 가마슈는 아무리 원해도 한 사람이 동시에 할 수 없는 두 가지가 있다는 것을 알았다. 얼굴이 하얗게 질리면서 빨개지는 것.

"그 말에 무슨 생각이 드셨습니까, 뤽 수사님?"

"부원장님은 당신이 사랑한 것을 지키려다 돌아가셨다는 걸요."

"이것 말입니까?" 가마슈가 종이를 들어 보였다.

"아뇨, 전혀요. 부원장님이 이걸 이곳의 누군가에게서 빼앗으신 게 분명합니다. 성가를 장난으로 만들려 하고, 지극히 끔찍한 무언가로 바꿔 놓으려 하는 누군가에게서요. 그리고 부원장님은 그것을 막으려 하셨습니다."

"이게 모욕을 위해 만들어진 거라고 생각하십니까?"

"누군가는 그레고리오 성가와 네우마를 조롱할 만큼 잘 알았습니다. 네, 그것은 목적이 있는 것이었습니다. 조롱하려는."

"이곳의 누군가라고 하셨습니다. 그게 누굽니까?" 가마슈는 젊은 수사를 보았다.

뤽 수사는 입을 다물었다.

가마슈는 기다렸다. 이내 그는 때로 침묵이 유용한 전략이라는 것을 깨달으며 입을 열었다. 욕을 퍼붓는 것보다 더한 압박과 위협. 하지만 이곳에서 침묵은 수사들의 평안이었다. 수사들을 겁먹게 하는 듯 보이는 것은 말이었다.

"마티외 수사의 업적을 조롱할 만큼 그를 싫어한 사람이 누굽니까?" 가마슈는 압박했다. "누가 그를 죽일 만큼 싫어했습니까?"

뤽은 침묵을 지켰다.

"만일 이곳의 모든 수사가 그 성가를 사랑한다면 왜 누군가는 그것을 조롱했을까요? 수사님이 말한 지극히 끔찍한 무언가를 창조하려고?" 가마슈는 양피지를 들어 올리고 몸을 앞으로 아주 살짝 기울였다. 뤽은 아주 살짝 물러났지만 더는 갈 곳이 없었다.

"모르겠습니다." 뤽이 말했다. "알았다면 말씀드렸을 겁니다."

경감은 뤽 수사를 응시하다가 아마 그가 맞을 것이라고 생각했다. 그는 성가를 사랑했고, 명백히 부원장을 존경하고 존중했다. 뤽 수사는 그 양면을 모두 살해한 누군가를 감싸지 않을 터였다. 하지만 이 수사는 누가 그랬는지는 모를지언정 의심은 하고 있을 터였다. 수도원장이 좀 전에 말했던 대로 가마슈는 증거가 필요했지만 일개 수사에게 필요한 것은 오로지 믿음뿐이었다. 뤽 수사는 부원장을 죽이고 성가를 모욕한 자가 누구인지 안다고 믿을까? 그리고 혼자서 범인을 상대할 수 있다고 생각할 만큼 오만할까?

경감은 뤽 수사의 눈을 똑바로 보며 단호한 목소리로 말했다.

"누가 이런 짓을 저질렀는지 아신다면 반드시 제게 말해야 합니다."

"저는 아무것도 모릅니다."

"하지만 수사님은 의심하고 있습니다."

"아뇨, 그렇지 않습니다."

"살인자가 저 홀을 걸어 다녔습니다, 젊은이. 살인자가 여기에 우리를 가뒀습니다. 당신과 함께."

가마슈는 뤽의 눈에 떠오른 공포를 보았다. 바깥세상으로 통하는 유일한 열쇠를 허리춤에 두른 밧줄에 매달고 온종일 혼자 앉아 있어야 하는 젊은이. 유일한 출구는 그를 통해서였다. 살인자가 탈출을 원한다면 말 그대로 이 젊은이의 시체를 밟고 지나가게 되리라. 뤽이 그것을 인식했을까?

경감은 몸을 기울였지만 많이는 아니었다. "당신이 아는 것을 말하십시오."

"제가 아는 건 그 녹음과 관련해 모두가 행복하지만은 않았다는 사실 뿐입니다."

"새로운 녹음? 부원장이 하려고 했던?"

뤽 수사는 입을 다물고 고개를 저었다.

"예전 녹음? 처음의?"

뤽 수사가 끄덕였다.

"행복하지 않았던 사람이 누구였습니까?"

이제 뤽 수사는 비참해 보였다.

"말해야 합니다, 젊은이." 가마슈가 말했다.

뤽이 몸을 앞으로 기울였다. 속삭이려고. 그는 어둠침침한 통로로 시선을 던지고 있었다. 가마슈도 몸을 앞으로 기울였다. 듣기 위해.

하지만 뤽 수사가 뭐라고 말하기 전, 그의 눈이 커졌다.

"여기 계셨군요, 무슈 가마슈. 경위님이 여기 계실 거라고 하더군요. 저녁 드시러 오십시오."

수도원장의 비서 시몽 수사가 수위실 문에서 몇 미터 떨어진 통로에서 있었다. 손은 소맷자락 안에, 고개는 겸손하게 숙이고.

시몽 수사가 방금 대화를 들었을까? 가마슈는 궁금했다.

그는 절대 눈을 꽉 감지 않는 것처럼 보이는 수사였다. 모든 것을 지켜본 사람, 그리고 모든 것을 들었다고 가마슈가 의심한 사람.

11

수사 두 명이 버터와 골파를 두른, 작은 햇감자가 담긴 볼을 부엌에서 날라 왔다. 브로콜리와 단호박과 캐서롤이 그 뒤를 따랐다. 식당 테이블에는 따뜻한 바게트가 올라간 도마가 곳곳에 놓여 있었고, 치즈와 버터가 담긴 접시가 긴 의자에 앉은 수사들 사이에서 조용히 전달되었다.

하지만 수사들은 매우 적은 양의 식사를 했다. 접시와 빵이 오가긴 했지만 그야말로 체면치레하듯 아주 약간 먹을 뿐이었다.

그들은 식욕이 없었다.

보부아르는 진퇴양난에 빠졌다. 그는 모든 음식을 스푼 가득 떠서 그 너머가 보이지 않을 때까지 자신의 접시에 가득 쌓아 올리고 싶었다. 그는 음식으로 제단을 만든 다음 그것을 먹고 싶었다. 전부.

첫 캐서롤, 향긋한 치즈 그리고 겉을 바삭하게 한 리크큰 부추같이 생긴 채소가 나왔을 때, 보부아르는 잠시 동작을 멈추고 모두가 떠 가는 대단찮은 양을 보고 있었다.

이내 그는 자신이 뜰 수 있는 가장 많은 양을 떠서 자신의 접시에 툭 떨어뜨렸다.

어쩔 거야. 그는 생각했다. 그리고 수사들은 어쩔 것처럼 보였다.

수도원장이 품위 있게 침묵을 깼다. 그리고 음식이 제공된 뒤 어느 수사가 일어나 독서대로 걸어갔다. 거기서 그가 기도서를 읽었다.

대화는 한마디도 이루어지지 않았다.

아무도 자신들 사이에 난 구멍에 대해 이야기하지 않았다. 사라진 수사에 대해서.

하지만 마티외 수사는 존재감이 너무 컸고, 수사들 사이를 유령처럼 떠돌아다니고 있었다. 커지는 침묵에 편승해 그가 마침내 식당을 가득 채웠다.

가마슈와 보부아르는 함께 앉지 않았다. 신용을 잃은 아이들처럼 두 사람은 식탁 양 끝에 앉아 있었다.

식사가 끝나 갈 즈음, 가마슈는 천 냅킨을 접어 놓고 일어섰다.

그 맞은편에 있던 시몽 수사가 움찔하며 가마슈를 도로 앉히려고 처음에는 아주 살짝, 그다음에는 조금 더 생기 있는 몸짓을 취했다.

가마슈는 그 남자와 눈을 마주치며 마찬가지로 몸짓을 했다. 그 메시지를 받았지만 어쨌든 그는 자신이 할 필요가 있는 일을 할 생각이라는.

식탁 건너편에서 가마슈가 일어나는 모습을 본 보부아르가 덩달아 일어났다.

이제 완벽한 침묵이 내려앉았다. 조심스럽게 부딪히는 식기 소리조차 나지 않았다. 포크와 나이프 들은 얌전히 놓였거나 걸쳐 있었다. 모든 눈이 가마슈에게 쏠려 있었다.

그는 독서대로 천천히 걸어가 테이블을 내려다보았다. 한쪽 편에 수사 열두 명. 반대편에 수사 열한 명. 이 방, 이 공동체의 균형이 어긋나 있었다.

"제 이름은 아르망 가마슈입니다." 그는 충격받은 침묵을 향해 말을 던졌다. "여러분 중 일부는 이미 저와 만났습니다. 저는 퀘벡 경찰청 살인 수사반의 경감입니다. 이쪽은 제 부관 보부아르 경위입니다."

수사들은 불안해 보였다. 그리고 분노. 그를 향한.

가마슈는 이런 과정에 익숙했다. 사람들은 아직 살인자를 비난할 수 없었으므로 자신들의 삶을 뒤흔들어 놓은 경찰을 비난하곤 했다. 그는 갑작스러운 동정을 느꼈다.

그들이 얼마나 나빠질지 안다면.

"저희는 오늘 아침 벌어진 일을 수사하기 위해 여기에 있습니다. 마티외 수사님의 죽음이오. 여러분이 베풀어 주신 호의에 대단히 감사하지만 저희는 그 이상의 것이 필요합니다. 여러분의 도움이 필요합니다. 저는 부원장님을 살해한 범인이 누구든 그가 다른 사람을 상처 입힐 의도는 없다고 생각합니다." 가마슈는 말을 멈췄다. 그리고 목소리가 더욱 은밀해지고 사적인 톤으로 바뀌었다. "하지만 이 수사가 끝나기 전, 다른 분들은 매우 큰 상처를 입을 겁니다. 여러분이 사적으로 남기고 싶었던 것들이 공공연하게 밝혀질 겁니다. 관계, 다툼들. 보부아르 경위와 제가 진실을 추적함으로써 여러분의 모든 비밀이 드러날 겁니다. 그렇게 되지 않길 바라지만 그렇습니다. 여러분이 마티외 수사가 죽지 않길 바랐던 것처럼이오."

그는 그 말을 하면서도 그것이 사실일지 궁금했다.

이들이 마티외 수사가 여전히 자신들 안에 있기를 바랐을까? 아니면 그가 죽기를 바랐을까? 이곳에 진짜 고통이 있었다. 이 수도원의 수사들은 엄청난 충격을 받았고, 깊은 분노를 느꼈다.

하지만 이들이 정말 애도했을까?

"우리 모두 살인자가 바로 지금 우리 중에 있다는 사실을 압니다. 그는 우리의 테이블에 앉아 빵을 먹었습니다. 기도 소리를 듣고, 함께하기까지 했습니다. 저는 잠깐 그에게 말하고 싶습니다." 가마슈가 말을 멈췄다. 극적이 되지 않길 바랐지만 이 수사들이 입은 갑옷에 자신의 말이 스며들도록. 침묵과 경건과 규율의 망토 속으로. 그는 그 안의 남자를 잡아내기 위해서 이러한 것들을 뚫고 나아갈 필요가 있었다. 연약한 한 가운데로.

"당신은 이 수도원을 사랑하고, 동료 수사들이 상처 입길 원치 않을 거라고 생각합니다. 그건 결코 당신의 의도가 아니었습니다. 하지만 보부아르 경위와 제가 주의를 기울일 만큼, 보다 많은 손상을 야기하게 될 겁니다. 살인 사건 수사는 관계된 모든 사람에게 재앙입니다. 만일 당신이 살인보다 나쁜 건 없을 거라고 생각했다면 재앙을 기다리십시오."

그의 목소리는 차분했지만 위엄과 권위가 있었다. 그가 진실을 말하고 있다는 것은 의심할 여지가 없었다.

"하지만 그것을 막을 수 있는 방법이 하나 있습니다. 딱 하나." 가마슈는 그 말이 공기 중에 떠돌게 했다. "당신은 단념해야 합니다."

그는 기다렸고, 그들은 기다렸다.

누군가가 목을 가다듬었고, 모든 사람의 시선이 자리에서 일어선 수도원장에게로 쏠렸다. 모두의 눈이 충격으로 커졌다. 시몽 수사도 일어나려 했으나 수도원장이 거의 보이지 않을 정도의 동작으로 그를 앉게 했다.

돔 필리프는 자신의 공동체를 돌아보았다. 조금 전의 긴장이 대단했다면 이제 그 긴장은 지글거리며 식당에 금을 내고 있었다.

"아닙니다." 수도원장이 말했다. "저는 고백하려는 게 아닙니다. 경감님과 마찬가지로 이런 짓을 저지른 사람이 누구든 앞으로 나와 달라고 부탁하고 애원하기 위해섭니다."

아무도 움직이지 않았고, 아무도 아무 말이 없었다. 수도원장이 가마슈에게 말했다.

"저희는 협력하겠습니다, 경감님. 침묵의 서약을 거두겠습니다. 아무래도 침묵하던 습관이 남아 있긴 하겠지만 더 이상 의무가 아닙니다."

그는 수사들을 보았다. "누구든 정보가 있다면 그것을 감춰서는 안 됩니다. 이런 짓을 저지른 사람을 보호하는 것에는 도덕이나 영적 가치가 없습니다. 여러분은 여러분이 아는 모든 것을 가마슈 경감님에게 말하고, 경감님과 보부아르 경위님이 뭐가 문제고 뭐가 문제가 아닌지 구분하리라는 것을 믿어야 합니다. 이분들이 하는 일이 그런 것이니까요. 우리는 기도하고, 그리고 일하고, 그리고 하느님을 생각합니다. 그리고 하느님의 영광을 노래합니다. 그리고 이분들은," 그가 가마슈와 보부아르를 향해 고갯짓을 했다. "살인자들을 찾습니다."

수도원장의 목소리는 차분하고 사무적이었다. 자주 말할 일이 없던 이 남자가 이제 자신도 모르게 '살인자들'이라는 말을 하고 있었다. 그는 발언을 이어 나갔다.

"우리 수도회는 수 세기 넘게 시험을 받아 왔습니다. 그리고 이것은 또 다른 시험입니다. 우리는 정말 하느님을 믿습니까? 우리는 우리가 말하고 노래하는 모든 것을 믿습니까? 아니면 그것은 편의의 신앙이 되었습니까? 그것은 아름다운 고립 속에 약해졌습니까? 도전을 받을 때 우리는 그냥 가장 쉬운 일을 합니다. 우리는 침묵하는 죄를 저지르는 걸까요? 진정 믿음이 있다면 말할 용기를 내야 합니다. 결코 살인자를 보호해서는 안 됩니다."

수사 중 한 명이 일어나 수도원장에게 고개를 숙였다.

"몽 페르께서는 우리 수도회가 수 세기 넘게 시험을 받았다고 하셨고, 그것은 사실입니다. 우리는 박해를 받았고, 우리의 수도원에서 내몰렸습니다. 감옥에 갇히고 불에 탔습니다. 절멸 직전으로 내몰렸고, 결국 숨어야만 했습니다. 권위를 가진 사람들에 의해서," 그가 가마슈와 보부아르를 향해 손을 내저었다. "소위 진실을 위해 행동한다고 주장하기도 하는 이런 사람들에 의해서요. 이 남자는 진실을 얻기 위해 우리의 수도원을 훼손할 거라고 인정하기까지 했습니다. 그런데 원장님은 저희에게 도움을 요구하시는 겁니까? 원장님이 그들을 부르셨습니다. 그들에게 침대를 주셨습니다. 우리 음식을 나눠 주셨습니다. 용기가 결코 저희의 약점이었던 적은 없습니다, 페르 아베. 심판이 그렇죠."

그 수사는 젊은 축이었다. 가마슈는 30대 후반이라고 추측했다. 그의 목소리는 자신감이 넘쳤고 합리적이며 분별력이 있었다. 수사 몇 명이 고개를 끄덕였다. 그리고 적잖은 수사가 시선을 피하고 있었다.

"저희에게 그들을 믿으라고 하시는 겁니까?" 그가 말을 이었다. "우리가 왜 그래야 합니까?"

수사가 자리에 앉았다.

앞에 있는 테이블을 내려다보느라 바빴던 수사들이 방금 말한 수사에게서 눈을 돌려 수도원장을, 그리고 마침내 가마슈를 향했다.

"왜냐하면 몽 프뢰르, 여러분께는 선택권이 없기 때문입니다." 경감이 말했다. "말씀하신 대로 저희는 이미 이 안에 있습니다. 문은 저희 뒤에서 잠겼고, 그 결과는 의심할 여지가 없습니다. 보부아르 경위와 저는 마티외 수사님을 죽인 범인을 찾아내 법의 심판을 받게 할 겁니다."

조소가 담긴 코웃음 소리가 작게 들렸다.

"신성한 심판은 아니지만 현세에서 내릴 최고의 심판입니다." 가마슈는 말을 이었다. "그 심판은 여러분의 친구 퀘베쿠아들에 의해 내려집니다. 왜냐하면 좋든 싫든 여러분은 존재하는 더 높은 차원, 더 위대한 영지의 시민이 아니니까요. 여러분은 저처럼, 수도원장님처럼, 그리고 저희를 이리로 데려다준 사공처럼 모두 퀘벡 시민입니다. 그리고 이 땅의 법을 따라야 할 것입니다. 물론 여러분은 여러분의 믿음에 따른 도덕률 또한 지키고 계실 겁니다. 하지만 저는 그 두 가지가 같은 것이기를 신께 기도합니다."

가마슈는 짜증이 났다. 그것은 너무나 명백했다. 도전을 받아서가 아니라, 이 수도사가 취한 거만과 순교자적 고통의 불손한 추정, 오만 때문에. 그리고 다른 이들이 그것을 지지했다.

모두는 아니라는 것을 가마슈는 볼 수 있었다. 그리고 가마슈는 갑자기 떠오른 명확한 다른 무언가를 보았다. 이 거만한 수사는 자신에게 큰 호의를 베풀었다. 그리고 자신에게 전에 있었던 일에 관해 모호하게 힌트가 된 무언가를 보여 주었다.

이곳은 갈라진 공동체였고, 그들 사이에 균열이 가고 있었다. 그리고 이번 비극은 그 사이에 다리를 놓는 대신 균열을 더욱 크게 벌릴 뿐이었다. 그 어두운 틈 안에 무언가가 산다는 것을 가마슈는 알았다. 그리고 자신과 장 기가 그것을 찾아냈을 때, 그것은 거의 분명 믿음과는 상관없을 터였다. 혹은 신과.

두 사람은 망연자실한 수사들을 남겨 두고 말없이 단출하게 성당으로 걸어갔다.

"화나셨군요." 보부아르가 가마슈의 큰 보폭을 따라잡으려 거의 뛰다시피 하며 말했다.

"화가 났지만 아마 화가 난 건 아닐 걸세." 경감이 미소를 지으며 말했다. "그래 보일 테지, 장 기. 우린 지구상에서 유일하게 술을 담그지 않는 수도원에 내려앉았네."

속도를 좀 줄이라는 뜻으로 보부아르가 경감의 팔을 건드리자 가마슈는 복도 한복판에서 멈춰 섰다.

"이 여우 같은……."

가마슈의 눈초리에 보부아르는 하려던 말을 멈추었지만 미소 또한 지었다.

"다 연극이었군요." 보부아르가 목소리를 낮춰 말했다. "뛰쳐나오신 게요. 그 건방진 수사한테 경감님은 수도원장과 달리 호락호락한 상대가 아니라는 것을 보여 주고 싶으셨던 거군요."

"전부 연극은 아니었지만 맞아. 나는 그 수사의 말을 반박할 수 있다는 걸 다른 수사들에게 알려 주고 싶었네. 어쨌든 그의 이름이 뭔가?"

"도미닉 수사? 도나 수사? 뭐 그런 이름입니다."

"자네도 모르는군."

"전혀요. 그들은 모두 저에게 똑같아 보입니다."

"그렇다면 알아내게."

이번에는 보다 느린 속도로 두 사람은 다시 걷기 시작했다. 그들이 성당에 도착했을 때 가마슈는 텅 빈 복도를 보기 위해 뒤를 힐끗 본 뒤 보부아르를 옆에 두고 성당에 난 가운데 통로를 걷기 시작했다.

신자석을 지난 두 사람은 계단을 올라 제단을 가로질렀고, 가마슈는 성가대석 맨 앞자리에 앉았다. 부원장의 자리에. 가마슈는 만과 때 이 자리가 비었었기 때문에 그의 자리라는 것을 알았다. 수도원장의 자리 바로 맞은편이었다. 보부아르가 경감 옆에 앉았다.

"다가오는 노랫소리가 느껴지십니까?" 그가 속삭였고, 가마슈가 미소를 지었다.

"내가 압박한 주된 이유는 무슨 일이 벌어질지 보기 위해서였네. 반응이 재미있더군. 장 기, 자넨 몰랐나?"

"그 수사들이 그렇게 득의만만한 게 재미있다고요? 전 언론에 알릴 겁니다."

그의 세대의 많은 퀘베쿠아들과 마찬가지로 그는 교회를 필요로 하지 않았다. 교회는 그의 삶의 일부가 아니었다. 앞선 세대들과 다르게. 가톨릭교회는 그의 부모의 삶과 조부모의 삶의 일부뿐이 아닌, 그들의 삶을 지배했다. 사제들은 무엇을 먹을지, 무엇을 할지, 누구에게 투표할지, 무엇을 생각할지 말해 주었다. 무엇을 믿을지까지.

그들에게 더 많은 아이를 낳으라고 말했다. 계속 임신한 상태로 가난하고 무지하게.

사람들은 학교에서 폭력을 당하고 교회에서 꾸중을 듣고 뒷방에서 학대를 받았다.

그리고 이 세대들이 지난 후 사람들은 결국 교회에서 도망쳤다. 그러자 교회는 사람들이 믿음을 잃었다며 비난했다. 그리고 영원한 지옥에 빠질 것이라며 협박했다.

아니, 보부아르는 상처가 났을 때 그 수사들이 피 대신 위선을 흘린다 해도 놀라지 않을 것이었다.

"내가 알아챈 재밌던 점은 분열이었네." 경감이 말했다. 그의 목소리는 나직했지만 성당 전체에 메아리쳤다. 그는 이곳이 가장 좋은 위치라는 것을 깨달았다. 바로 여기. 이 성가대석이 있는 곳. 성당은 사람의 목소리를 위해 디자인된 장소였다. 목소리들을 포착해 완벽한 각도에서 반사하기 위해. 따라서 여기서의 속삭임은 성당 내 어디에서나 명확히 들릴 터였다.

변성變性이군. 가마슈는 생각했다. 물을 포도주로 바꿀 수는 없어도 귓속말을 들리게 할 수 있었다.

침묵의 수도회가 청각적 경이를 창조한다니 얼마나 특이한가.

이곳은 사적인 대화를 나누기에 걸맞은 공간이 아니었다. 하지만 가마슈는 누가 엿듣는다 한들 개의치 않았다.

"예, 그 점은 분명하더군요." 보부아르가 동의했다. "모두가 차분하고 평화로워 보였지만 사실은 진짜 분노가 존재했습니다. 그 수사는 수도원장 같지 않더군요."

"더 나쁘네." 가마슈가 말했다. "그 수사는 원장을 존경하지 않아. 리더로 선택하지 않을 사람을 친구로 삼을 순 있네. 하지만 최소한 그들을 존경할 필요는 있지. 그들을 신뢰하고. 그건 몸통을 쏜 것이었네. 수도원장의 판단이 부족했다고 공개적으로 비난한 거지."

"사실일지도 모릅니다." 보부아르가 말했다.

"어쩌면."

"그리고 수도원장은 그를 그냥 내버려 뒀습니다. 경감님이라면 그러시겠어요?"

"누가 나를 모욕하도록? 확실히 자넨 주의력이 떨어지는군. 그런 일은 항상 일어나지."

"하지만 경감님 부하 중 누군가가 그런다면요?"

"자네도 알다시피 그런 일도 일어나지. 그리고 난 당연하다는 듯이 그들을 자르지 않네. 그런 일이 어디서 발생하는지 알고 싶네. 근원을 캐고 싶어. 그게 훨씬 더 중요해."

"그래서 이 사건의 발생은 어디라고 생각하십니까?"

그것은 좋은 질문이었다. 그것은 가마슈가 식당을 나와 교회를 걸으며 자신에게 던진 질문이었다.

이곳이 분열된 수도원이라는 사실은 명백했다. 사실상 살인은 독립된 사건이 아니라, 점점 커져 가던 일련의 파탄이 지금에 이른 것이리라.

부원장은 돌로 공격당했다.

그리고 수도원장 또한 막 공격당했다. 말로.

한 사람은 즉사했고, 또 한 사람은 천천히. 그들 모두 같은 사람에 의한 피해자였을까? 수도원장과 부원장은 분열된 수도원 내에서 같은 편이었을까? 아니면 반대편? 가마슈는 점판암 바닥의 제단 너머 저 먼 쪽을 건너다보았다. 수도원장 자리가 있는 곳.

수십 년 동안 서로를 마주 보며 지내 온 같은 연배의 두 남자.

한 사람은 수도원을, 또 한 사람은 성가대를 책임져 왔다.

아침에 정원에서 잠깐 대화를 하기 위해 수도원장을 한쪽으로 데려갔을 때, 가마슈는 수도원장과 부원장이 매우 가까운 사이였다는 인상을 받았다.

어쩌면 교회에서 공식적으로 용납하는 것보다 더 가까운.

그것은 가마슈에게 문제가 되지 않았다. 사실 그는 완벽하게 이해했고, 이 남자들 중 일부가 서로에게서 위안을 찾지 않았다면 놀랐을 터였다. 그것은 그에게 완벽히 자연스럽게 보였다. 어쨌든 그가 알고 싶은 것은 그 균열이 무엇 때문에 시작되었느냐였다. 어디서부터 갈라지기 시작했을까? 작든 아니든 그 파탄의 시작은 무엇이었을까?

그리고 수도원장과 부원장이 어느 편에 서 있었는지도 중요한 문제였다. 같은 편이었을까? 나뉘었을까?

가마슈의 마음은 시몽 수사가 저녁 식사를 알리러 오기 전 젊은 수사가 했던 말로 움직였다. 가마슈는 보부아르에게 그 대화에 대해 말했다.

"그러니까 모두가 그 녹음으로 행복했던 건 아니군요." 보부아르가 말했다. "왜 아니겠습니까. 그건 공전의 히트였죠. 수도원에 엄청난 부를 가져다줬겠죠. 경감님도 아시잖습니까. 새 지붕, 새 배관. 지열 시스템. 믿기지가 않습니다. 초콜릿을 씌운 블루베리만큼 훌륭하죠. 그들은 분명 난방에 돈 한 푼 안 들일 겁니다."

"그리고 마티외 수사는 새 녹음을 계획한 것 같네." 가마슈가 말했다.

"그래서 범인이 그걸 막기 위해 그를 죽였다고요?"

가마슈는 잠시 말이 없었다. 그리고 천천히 고개를 돌렸다. 경감이 새로운 것을 인식했다고 감지한 보부아르 또한 어둠 속을 보았다. 성당 안의 유일한 빛은 제단 뒤 벽의 촛대였다. 그 외에는 어두웠다.

하지만 그 어둠 속에서 두 사람은 작고 하얀 형체를 파악할 수 있었다. 소형 선박 같은.

그 함대가 천천히 모양을 드러냈다. 그것은 두건들이었다. 수사들의 하얀 후드.

그것들이 성당으로 돌아와 어둠 속에 서 있었다. 지켜보며.

그리고 듣고 있었다.

보부아르는 가마슈를 돌아보았다. 그의 얼굴에 아주 가까이에 있는 사람만이 눈치챌 작은 미소가 떠올랐다. 그 날카로운 두 눈에 반짝이는 빛이 감돌았다.

경감님은 놀라시지 않았어. 보부아르는 생각했다. 아니, 그 이상이었다. 그는 그들이 다가오길 원했다. 자신들의 대화를 들으러.

"이 여우 같은……," 보부아르는 그렇게 중얼거렸고, 수사들이 이 말도 들었을지 궁금했다.

12

보부아르는 침대에 누웠다. 놀랄 만큼 편안했다. 탄탄한 싱글 매트리스. 부드러운 플란넬 시트. 따뜻한 이불. 열린 창으로 신선한 공기가 들어왔고, 숲 냄새가 풍겼으며 바위 많은 물가를 때리는 호수의 파도 소리가 들렸다.

그리고 손에 블랙베리 휴대전화가 들려 있었다. 블랙베리를 충전하려면 독서 등 플러그를 뽑아야 했다. 공정한 거래였다. 글자를 읽는 빛.

그는 휴대전화를 부원장 사무실에 있는 멀티탭에 꽂아 놓고 올 수도 있었다.

그럴 수 있었다. 하지만 그는 그러지 않았다.

보부아르는 몇 시인지 궁금했다. 그가 스페이스 바를 때려 자고 있는 블랙베리를 깨우자 휴대전화가 메시지 하나가 와 있다는 것과 9시 33분이라는 것을 말해 주었다.

아니가 보낸 메시지였다.

어머니와 저녁 식사를 마치고 나오는 길이라고 했다. 그것은 수다스럽고 행복한 메시지였고, 장 기는 자신도 모르게 그 문자들 속에 빠져들고 있었다. 그녀와 어울리며. 아니와 마담 가마슈가 오믈렛과 샐러드를 먹을 때 그녀 옆에 앉아. 그들이 자신들의 하루를 이야기할 때. 렌 마리가 아니에게 아버지가 어떤 사건 때문에 불려 갔다고 말하는 중이었다. 외딴 수도원으로. 성가로 유명한.

그리고 아니는 그것이 뉴스거리인 척을 하고 있다.

아니는 두려웠지만 자신들의 비밀스러운 관계에서 스릴을 느낀다는 고백도 했다. 하지만 그녀는 어머니에게 털어놓길 갈망했다.

보부아르는 조금 전 아니에게 문자를 보냈었다. 침실로 돌아왔을 때. 방으로. 그리고 그녀에게 모든 것을 이야기했다. 수도원, 음악, 녹음, 죽은 부원장, 모욕당한 수도원장에 대해. 그는 그 모든 게 별것 아니거나 우스꽝스럽게 들리지 않도록 조심했다.

그는 그녀가 그게 정말 어떤 것인지 알길 바랐다. 자신이 어떻게 느끼는지.

그녀에게 끝없이 계속되는 기도에 대해 말했다. 그날 밤 7시 45분에 또 다른 기도가 있었다. 저녁 식사 후, 수사들이 성당에서 자신들의 대화를 엿들은 후에.

그녀의 아버지는 자리에서 일어났고, 살짝 고개를 숙여 수사들에게 알은체를 한 뒤 자리를 떠났다. 신중한 보폭으로 제단에서 걸음을 옮겨 뒷문을 통해 부원장의 사무실로 향했다. 보부아르는 그 옆에서 걸었다.

그들이 닫힌 문을 지나 복도로 가는 내내 보부아르는 자신에게 닿는 그들의 시선을 느꼈다.

장 기는 그것이 어떤 느낌이었는지 아니에게 이야기했다. 그리고 사무실에서 노트북과 싸우며 다음 30분을 보내는 동안 그녀의 아버지는 줄곧 부원장의 서류들을 조사했다.

그때 두 사람의 귀에 노랫소리가 들려왔다.

그들이 그날 오후 수도원에 처음 도착했을 때 성가는 보부아르를 지루하게 했을 뿐이었다. 이제 그게 소름 끼친다고 그는 아니에게 말했다.

'그래서 그때.' 가마슈는 메시지를 써 내려갔다. '장 기와 나는 성당으로 돌아갔지. 또 다른 기도. 그들은 그걸 종과Compline 성무일도 중 끝기도라고 불러. 이런 것들의 스케줄을 얻어야겠어. 내가 블루베리에 대해 말했던가? 세상에, 렌 마리, 당신은 그걸 정말 좋아할 거야. 수사들이 수작업으로 다크초콜릿을 씌웠어. 혹시 좀 남으면 갖다 줄게. 장 기가 그걸 다 먹어 치울 뻔했지. 나는 물론 평상시처럼 아무 말 안 했고. 금욕 정신, 세 무아c'est moi 그게 나거든.'

그는 미소를 지으며 아내가 그 조그만 초콜릿 한 봉지에 얼마나 기뻐할지 상상했다. 그는 또한 집에 있는 그녀를 상상했다. 아내는 아직 침대에 들지 않았으리라. 아니가 저녁을 먹고 갔다는 것을 그는 알았다.

데이비드와 헤어진 후 아니는 토요일마다 자신들과 함께 저녁을 먹었다. 아니는 이제 갔고, 렌 마리는 아마 거실 난롯가에 앉아 책을 읽고 있으리라. 아니면 아파트 뒤쪽 다니엘이 쓰던 방에 마련해 놓은 텔레비전 방에 있을 것이었다. 그곳에는 이제 책장과, 신문과 잡지로 어질러진 편안한 소파 그리고 텔레비전이 있었다.

"오 번 채널을 봐야겠네." 그녀가 말할 터였다. "문학 다큐멘터리." 하지만 몇 분 후 자신은 웃음소리를 들을 테고, 그녀를 찾기 위해 복도를 드나들다 어처구니없는 퀘베쿠아 시트콤을 보며 코웃음을 치는 그녀를 발견할 것이었다. 자신도 화면에 빨려들고, 얼마 지나지 않아 자신들 모두 그 외설적이고 전염성 있는 유머에 웃음을 터뜨리리라.

그래, 그녀는 거기서 웃고 있을 테지.

가마슈는 그 생각에 미소를 지었다.

'신에게 맹세컨대.' 보부아르는 썼다. '그 기도는 정말 끝이 없었어. 모든 말을 다 노래로 하더군. 한없이 웅얼웅얼. 그런데 우리는 졸지도 못했어. 일어났다 앉았다, 앉았다 일어났다. 당신 아버지는 그들과 거기에 있는 게 딱이야. 거의 즐기고 계신 것 같았어. 그게 가능해? 나를 골탕 먹이려고 그러셨는지도 몰라. 오, 그 얘기라면, 당신 아버지가 수사들과 한 걸 말해야 해…….'

'종과는 아름다웠어, 렌 마리. 그들은 미사를 노래로 진행했지. 전부 그레고리오 성가로. 생브누아뒤라크 수도원과 다른 수도원들이 생각나더군. 정말 평화로웠어. 어느 정도는 성당 분위기 때문이었던 것 같아.

단순해. 장식도 전혀 없고. 성자 길버트Gibert를 설명한 커다란 명판 하나뿐. 그리고 그 뒤에는 숨겨진 방이 있지.'

가마슈는 쓰기를 멈췄다. 벽에 붙은 명판과 그 뒤에 숨은 사제단 방을 떠올리며. 그는 수도원 겨냥도를 구해야 했다.

이내 그는 메시지로 돌아갔다.

'성당은 하루의 마지막 기도를 드릴 때 제단 뒤 벽의 침침한 불빛 몇 개를 제외하면 거의 완벽한 어둠 속에 잠겨 있었어. 예전엔 촛불이나 횃불이 있었던 자리겠지. 장 기랑 나는 그 어둠 속에서 신자석에 앉아 있었어. 장 기가 그 자리를 얼마나 즐겼는지 당신도 상상할 수 있겠지. 쿵쿵거리고 씩씩대는 통에 성가를 거의 들을 수 없었지.

이 수사들 사이에는 명백히 안 좋은 뭔가가 있어. 적대감. 하지만 노래를 할 때는 전혀 그런 느낌이 들지 않아. 다른 곳에 간 것 같아. 더 깊은 곳. 그 어떤 다툼도 존재하지 않는 곳. 만족과 평화로 가득한 곳. 기쁨조차 없을 거야. 하지만 자유는. 그들은 세상의 근심 걱정에서 자유로워 보여. 젊은 뤽 수사는 머릿속에서 모든 생각을 비운다고 묘사했지. 자유란 그런 걸까?

어쨌든 참 아름다웠어. 그 멋진 성가를 라이브로 들을 수 있다니 말이야, 렌 마리. 놀라워. 그리고 미사가 끝날 무렵 그들은 우리가 완전한 어둠에 잠길 때까지 서서히 불빛을 낮췄지. 하지만 그것과는 상관없이 우리가 빛을 느끼는 것처럼 그들의 목소리가 다가왔어.

마법 같았지. 당신이 여기 있어야 하는데.'

'그리고 아니, 기도가 드디어 끝났어. 불이 켜지고 수사들이 나갔지.

그 교활한 사람, 시몽 수사가 우리에게 다가와서 잘 시간이라고 하더군. 우리는 우리가 원하는 대로 할 수 있었지만 그들은 모두 자신들의 방으로 가고 있었어.

당신 아버지는 기분이 상해 보이지 않더군. 솔직히 난 당신 아버지가 긴긴 밤 내내 그들이 살인에 대해 생각하길 원한 것 같아. 불안하도록.

난 초콜릿을 씌운 블루베리를 좀 찾아서 내 방으로 가져왔지. 당신 몫을 좀 남겨 놓을게.'

'보고 싶어.' 가마슈는 썼다. '잘 자, 몽 쾨르mon coeur 내 사랑.'

'보고 싶어.' 장 기는 썼다. '메르드! 초콜릿이 다 사라졌어! 대체 어떻게 된 거야?'

이내 그는 블랙베리를 한 손에 가볍게 쥔 채 자려고 돌아누웠다. 하지만 어둠 속에서 오늘의 마지막 메시지를 쓰기 전에는 아니었다.

'주 템.'

그는 주의 깊게 초콜릿을 싸서 침대 옆 탁자 서랍에 넣었다. 아니에게 줄. 그는 눈을 감고 깊은 잠에 들었다.

'주 템.' 가마슈는 메시지를 보낸 뒤 블랙베리를 침대 옆 탁자에 올려놓았다.

가마슈 경감은 눈을 떴다. 아직 어두웠고, 동트기 전에 우는 새들조차 조용했다. 침대는 자신의 체온으로 따뜻했지만 다리를 1밀리미터라도 움직이면 다리가 싸늘한 영역에 놓였다.

코가 차게 느껴졌다. 하지만 나머지 부위는 훈훈하고 따스했다.

그는 시간을 보았다.

4시 10분.

무언가가 나를 깨웠을까? 무슨 소리가?

그는 침대에 누워 귀를 기울였다. 자신을 둘러싼 수사들의 작은 방 안 수사들을 상상하면서. 벌집의 벌 같은.

그들은 잠들어 있을까? 아니면 그들 중 최소한 한 명은 깨어 있을까? 가마슈에게서 채 몇 미터 떨어지지 않은 곳에 누워서. 잠을 이루지 못하고. 그의 머릿속의 너무 큰 소음. 그 소리와 살인의 광경에 너무 불안한 나머지.

수사 중 한 명은 거의 분명 다시는 단잠을 자지 못할 것이었다.

그렇지 않다면…….

가마슈는 침대에 일어나 앉았다. 그는 두 가지 것만이 살인자에게 단잠을 이루게 할 수 있다는 것을 알았다. 그가 양심이 없다면. 아니면 그에게 양심이 있고, 그 양심이 공범이었다면. 살인자에게 생각을 불어넣고, 그에게 속삭이는.

어떻게 사람이, 수도사가 살인이 범죄가 아니라고, 심지어 죄가 아니라고 자신을 확신시킬 수 있을까? 어떻게 경감이 깨어 있는 동안 그가 잘 수 있을까? 한 가지 대답만이 있었다. 그것이 정당한 죽음이었다면.

구약성서에 나오는 죽음.

돌로 쳐 죽이는.

눈에는 눈.

아마 살인자는 자신이 옳은 일을 했다고 믿고 있으리라. 인간의 눈으로가 아니라, 신의 눈으로. 아마도 그것이 가마슈가 수도원에서 느끼고 있던 긴장감이었다. 살인이 벌어져서가 아니라 경찰이 그런 짓을 한 자를 찾아낼지 모른다는.

저녁 식사가 끝난 후 그 수사는 수도원장의 부족한 판단을 질책했다. 살인을 방지하는 데 실패한 것에 대해서가 아니라 경찰을 부른 것에 대해. 침묵에는 서약과 모의 둘 다 있었을까?

경감은 이제 정신이 말똥말똥했다. 초롱초롱.

그는 침대에서 다리를 내려 슬리퍼를 찾아 신고 실내용 가운을 걸친 후, 손전등과 독서용 안경을 집어 들고 방을 나섰다. 그는 긴 복도 한가운데에서 잠시 멈췄다. 이쪽과 저쪽을 보면서. 손전등을 켜지 않고.

복도 양쪽에 각 방으로 통하는 문이 줄지어 있었다. 문 밑 틈으로 비치는 빛은 없었다. 그리고 새어 나오는 소리도 없었다.

어둡고 고요했다.

가마슈는 여러 번 아이들을 데리고 유령의 집에 갔었다. 일그러진 거울로 가득한 복도도 있었고, 기운 방 같지만 사실은 그렇지 않은 시각적 환각을 유발하는 방도 있었다. 그는 또한 빛도 소리도 뚫을 수 없는 유령의 집 내의 감각 상실 방들에도 들어가 보았다.

그는 아니가 자신의 손을 꼭 잡았던 것과, 칠흑 같은 어둠 속에서 아빠를 부르는 다니엘을 찾아 안아 주었던 것을 떠올렸다. 어둠이 유령의 집의 그 어떤 효과들보다 아이들을 무섭게 했기에, 자신이 밖으로 데리고 나갈 때까지 아이들은 자신에게 찰싹 메달려 있었다.

생질베르앙트르레루 수도원이 그곳처럼 느껴졌다. 일그러지고 감각까지 상실할 것 같은 곳. 거대한 침묵과 거대한 어둠이 내려앉은. 속삭임이 외침이 된 곳. 마치 잘못이 있었다는 듯 수사들이 살해되고 자연계가 폐쇄된 곳.

수사들은 이 수도원에 너무 오래 산 나머지 거기에 익숙해져 버렸다. 왜곡을 정상으로 받아들였다.

경감은 심호흡을 하고 자신에게 경고했다. 자신이 그런 것들을 상상할 수 있다면 자신의 피부 속으로 어둠과 침묵이 숨는 것을 허용할 수도 있었다. 지각이 일그러진 것은 수사들이 아니라 완벽히 자신일 수도 있었다.

잠시 후 가마슈는 빛과 시야와 소리의 결핍에 익숙해졌다.

이건 위협이 아니야. 그는 성당을 향해 걸음을 옮기며 자신에게 말했다. 이건 위협이 아니야. 극한의 평화일 뿐이야.

그는 그 생각에 미소를 지었다. 평화와 고요가 너무나 귀하면 마침내 그것을 마주했을 때, 사람은 그것을 그로테스크와 부자연스러움으로 오해할까? 그럴 것 같았다.

경감은 성당 문에 다다를 때까지 석벽을 더듬으며 걸었다. 그는 그 묵직한 나무 문을 연 다음 등 뒤로 조심스럽게 닫았다.

이곳의 어둠과 고요가 너무도 깊어 그는 부유와 추락이라는 불쾌한 감각을 느꼈다.

가마슈는 강력한 손전등의 스위치를 켰다. 빛줄기가 어둠을 가르고 제단 위로, 신자석 위로, 돌기둥 위로 내려앉았다. 이것은 잠 못 이루는 남자의 단순한 이른 아침 산책이 아니었다. 거기에는 목적이 있었다. 그는 그것을 성당 동쪽 벽에서 쉽게 발견했다.

불빛이 거대한 명판, 성길버트의 분명한 이야기를 비추었다.

가마슈는 비어 있는 손으로 명판 위를 쓸어내렸다. 사제단으로 들어가는 손잡이를 찾기 위해. 그는 마침내 명판의 왼쪽 상단 구석에 새겨진 두 마리의 잠자는 늑대 그림을 누름으로써 그것을 발견했다. 돌문이 열렸고, 가마슈는 손전등으로 안을 비췄다.

작고 네모난 방으로, 창문도 의자도 없이 벽을 따라 돌 벤치가 있었다. 아무것도 없는 방은 황량했다.

확실히 하기 위해 손전등을 구석구석 비춘 뒤 가마슈는 밖으로 나와 문을 닫았다. 잠자는 늑대들이 제자리로 돌아갔고, 경감은 안경을 꺼낸 다음 명판에 쓰여 있는 명문을 읽기 위해 허리를 숙였다. 셈프링엄의 길버트의 생애.

성길버트는 수호성인이 아닌 듯해 보였다. 어떤 기적도 언급되어 있지 않았다. 이 남자가 한 일은 수도회를 창설해 자신의 이름을 붙이고, 1189년에 106세라는 믿기 어려운 나이에 죽은 것뿐인 듯했다.

1백하고도 6년이라는 나이. 가마슈는 사실일지 궁금했지만 그랬으리라고 생각했다. 어쨌든 이 명판을 만든 사람이 누구든 거짓이나 과장을 원했다면 분명 길버트의 나이보다는 더 가치 있는 무언가를 골랐으리라. 예를 들면 업적이라든가.

잠을 자고 싶다면 성길버트의 생애를 읽어야 할 터였다.

누가 됐든 왜 이 수도원을 선택했을까?

그때 그는 그 음악, 그레고리오 성가를 떠올렸다. 뤽 수사는 그 성가들이 독특하다고 묘사했었다. 하지만 이 명판은 음악이나 성가에 대해서는 전혀 언급하지 않았다. 그것은 성길버트의 소명 의식인 것 같지 않았다. 106년을 살면서 셈프링엄의 길버트는 한 번도 노래에 대한 영감을 받지 않았다.

가마슈는 미묘한 무언가가 있지 않은지 명판을 다시 훑어보았다. 자신이 놓쳤을지 모를 무언가.

그는 새겨진 글자 위로 동그란 불빛을 천천히 움직이며 눈을 가늘게 뜨고 명판을 이리저리 살폈다. 어떤 기호가 동판에 희미하게 새겨져 있었다. 수 세기를 거치며 마모됐거나. 오선지. 높은음자리표. 네우마.

하지만 질베르회가 그레고리오 성가를 포함한 그 무엇으로든 명성을 얻었다는 암시는 전무했다.

그러나 거기에는 어떤 그림이 있었다. 웅크린 자세로 뒤엉킨, 잠자는 늑대 두 마리.

늑대들. 경감은 벽에서 물러나 다시 가운 주머니에 안경을 도로 넣으며 생각했다. 늑대들. 내가 성서에 나오는 늑대에 대해 아는 게 뭐지? 늑대가 무엇을 상징했지?

로물루스와 레무스가 생각났다. 암늑대가 데려다 젖을 먹인 형제. 하지만 그것은 성경이 아니라 로마 신화였다.

늑대들.

대부분의 성서 속 이미지는 보다 유순했다. 양, 물고기. 하지만 물론 '유순'은 관점에 따라 달랐다. 양과 물고기는 대개 죽임을 당했다. 늑대는 보다 공격적이었다. 보통 죽이는 쪽이었다.

이 명판뿐 아니라 수도원 이름 자체가 낯선 인상을 주었다. 생질베르앙트르레루Saint-Gilbert-Entre-les-Loups. 늑대들 사이의 성자 길버트.

짜증이 날 만큼 길지만 지극히 평범했던 성길버트의 삶을 생각하면

특히 이상했다. 그가 늑대와 어떻게 연결이 된다는 걸까?

머리에 떠오른 유일한 것은 '양의 가죽을 쓴 늑대'였다. 하지만 그게 성경에서 온 것일까? 가마슈는 그렇다고 생각했지만 이제 아리송했다.

양의 가죽을 쓴 늑대.

어쩌면 이 수도원의 수도사들은 양이었다. 변변찮은 역할. 단지 규율을 따르는. 단지 양치기를 따르는. 일하고, 기도하고, 노래하고, 평화와 고요를 원하며 잠긴 문 안에 남은 사람들. 끊임없이 신을 찬양하려고.

한 명을 빼고. 양 우리 안에 늑대가 있었을까? 길고 검은 로브를 입고, 하얀 후드를 쓰고, 허리에 밧줄을 묶은 늑대가. 그는 살인자였을까, 피해자였을까? 늑대가 그 수사를 죽였을까, 아니면 그 수사가 늑대를 죽였을까?

가마슈는 명판으로 몸을 돌렸다. 그는 자신이 읽지 않은 부분이 남아 있다는 것을 알아차렸다. 그는 맨 아래에 있는 각주를 훑어보았다. 하지만 인생 전체가 각주였던 사람에게 각주가 얼마나 중요할까? 그는 그것을 재빨리 읽었다. 대주교에 관한 것. 하지만 그는 그 글을 더 자세히 읽기 위해 무릎을 꿇고 양손과 양발로 엎드리다시피 했다. 다시 돋보기를 꺼낸 그는 동판의 나중에 추가된 부분을 향해 몸을 숙였다.

거기에는 길버트가 캔터베리 대주교의 친구였으며 일을 돕기도 했다는 사실이 설명되어 있었다. 가마슈는 명판을 뚫어져라 들여다보며 그 내용의 중요성을 가늠하려 애썼다. 하지만 왜 이것을 언급했을까?

마침내 그는 몸을 일으켰다.

셈프링엄의 길버트는 1189년에 죽었다. 그는 60년 동안 교회의 적극적인 일원이었다. 가마슈는 계산을 해 보았다.

그 말인즉…….

가마슈는 명판을 돌아보았고, 그 글은 거의 바닥을 긁을 듯 낮은 곳에 있었다. 그 말은 그가 도왔다는 그 대주교 친구가 토머스 베켓이라는 사실을 의미했다.

토머스 베켓.

가마슈는 명판에서 등을 돌리고 성당을 마주했다.

토머스 베켓.

가마슈는 생각에 잠긴 채 신자석 사이를 천천히 걸어 앞으로 나아갔다. 그는 제단을 향해 걸음을 옮겼고, 천천히 손전등 빛으로 자신의 주위에 호를 그렸다. 그러다가 호가 시작된 위치에서 손전등을 껐다. 그리고 밤과 고요가 다시 엄습하게 했다.

성 토머스 베켓.

자신의 대성당에서 살해당한 사람.

양의 가죽을 쓴 늑대. 그것은 성경에서 온 말이었지만, 토머스 베켓이 자신을 죽인 자들을 그렇게 부름으로써 유명한 인용구가 되었다.

T. S. 엘리엇은 그 사건에 대한 희곡을 썼다. 『대성당의 살인』.

"끔찍한 병폐가 우리를 덮치려 하는구나." 가마슈는 중얼중얼 그 구절을 읊었다. "우리는 기다리리라. 우리는 기다리리라."

하지만 경감은 오래 기다릴 수 없었다. 몇 분 지나지 않아 그 고요는 깨지고 말았다.

성가. 가까워지고 있었다.

경감은 몇 걸음을 옮겼지만 제단에서 물러서기도 전에 후드를 쓴 수사들이 무더기로 몰려오는 모습이 보였다. 각자 촛불을 들고. 그들은 그가 거기에 있지 않다는 듯이 그의 바로 옆을 지나 자신들이 늘 앉는 성가대석 자리에 앉았다.

성가가 멈췄고, 그들은 한 몸처럼 후드를 벗었다.

그리고 스물 세 쌍의 눈이 그를 향했다. 파자마와 가운 차림으로 자신들의 제단 한가운데에 서 있는 남자를.

13

"그래서 뭐라고 하셨습니까?" 보부아르가 재미있다는 기색을 감추려 하지도 않고 물었다. 그들은 아침 식사 전, 부원장의 사무실에 있었다.

"내가 뭐라고 했느냐고?" 가마슈는 수첩에 몇 가지 메모를 하다가 고개를 들었다. "'봉주르.' 하고 수도원장한테 고개를 숙인 다음 신자석에 가서 앉았네."

"거기 계셨다고요? 잠옷 차림으로?"

"자리를 뜨기엔 타이밍이 늦었지." 가마슈가 미소를 지었다. "게다가 난 로브를 입고 있었으니까. 그들처럼."

"경감님이 입으셨던 건 목욕 가운이잖아요."

"하지만……." 경감이 말했다.

"난 정신요법이 필요할 것 같군." 보부아르가 중얼거렸다.

가마슈는 읽던 글로 돌아갔다. 하루가 이렇게 시작되리라고는 누구도 예상치 못했으리라는 것을 그는 인정해야 했다. 새벽 5시의 조과 시간에 자신들의 제단에서 파자마 차림의 남자를 발견한 수사들도, 그 남자였던 가마슈도.

그리고 보부아르는 아침 댓바람부터 듣게 될 첫 이야기로 이런 선물을 받게 될 줄은 꿈에도 몰랐다. 유일한 아쉬움은 자신이 직접 보지 못했다는 것이었다. 그리고 사진을 찍을 수 있었을지도 몰랐다. 만약 경감이 자신과 아니의 관계에 발끈한다면 그 사진이 분명 입 다물게 할 수 있을 텐데.

"어젯밤 저녁 식사 자리에서 수도원장에게 망신을 준 수사가 누구인지 알아 오라고 하셨잖습니까." 보부아르가 말했다. "앙투안 수사라고 합니다. 스물세 살 때부터 이곳에 있었습니다. 십오 년 동안."

보부아르는 이미 계산을 해 보았다. 자신과 앙투안 수사는 정확히 같은 나이였다.

"그리고 이걸 알아냈습니다." 보부아르는 책상을 가로질러 몸을 숙였다. "그는 그 녹음에서 솔로를 맡았습니다."

경감도 몸을 숙였다. "어떻게 알았지?"

"종소리 때문에 일찍 깼습니다. 일종의 알람 같았죠. 수사들이 아침부터 잠옷 차림으로 제단에 서 있는 남자를 보고 놀라서 종을 쳤는지도 모르죠."

"그럴 리가."

"아무튼 그 망할 종소리 때문에 일찍 일어나서 샤워를 하러 갔습니다. 수위실에 있는 젊은 수사, 뤽 수사가 제 옆 칸에서 씻었고요. 우리뿐이어서 수도원장에게 대든 수사가 누구냐고 물었죠. 뤽 수사가 또 무슨 애길 했는지 맞혀 보십시오."

"뭔가?"

"부원장은 새 녹음에 앙투안 수사를 빼고 솔로 자리에 자신을 넣을 계획이었다는 겁니다." 보부아르는 경감의 눈이 커지는 모습을 보았다.

"그라니, 뤽을?"

"그는 뤽이고, 저는 보부아르죠."

가마슈는 의자 등받이에 몸을 기대고 앉아 잠시 생각에 빠졌다. "앙투안 수사가 그 계획을 알았을까?"

"모르겠습니다. 수사들이 더 들어오는 바람에 질문할 기회가 없었습니다."

가마슈는 시계를 힐끗 보았다. 거의 7시였다. 자신과 보부아르는 샤워실에서 엇갈린 모양이었다.

모든 용의자와 한 식탁에서 식사를 하는 것이 조금 특이하다면 그들과 샤워를 하는 것은 확실히 특이했다. 하지만 이곳에는 칸막이 샤워실 말고 다른 선택지가 없었다.

가마슈도 아침기도가 끝나고 샤워를 하면서 대화를 나누었다. 그가 씻고 면도를 하는 사이 수사 몇몇이 들어왔었다. 가마슈는 의례적으로 수사들에게 왜 질베르회에 들어왔는지 물으며 큰 의미 없는 대화를 나누었다. 그들 모두가 '음악 때문'이라고 대답했다.

그리고 자신과 대화를 나눈 모두는 뽑힌 사람들이었다. 특별히 선택된. 기본적으로는 목소리지만 그들의 전문 분야 때문에도. 경감은 수사들의 전날 인터뷰를 다시 읽고 각각의 수사에게 전문 분야가 있다는 사실을 알았다. 한 사람은 배관공이었다. 또 다른 이는 전기 기술자였다. 누구는 건축가였고, 또 누구는 석공이었다. 요리사에 농부에 정원사도 있었다. 의사인 샤를 수사. 엔지니어.

그들은 노아의 방주나 핵전쟁 대피소 같았다. 재앙이 벌어졌을 경우 세계를 재건할 수도 있을 듯한. 주요 분야는 다 있었다. 하나만 빼고.

자궁이 없었다.

따라서 대재앙이 일어나 생질베르앙트르레루 수도원만 살아남는다면 수도원에는 건물과 수도와 전기가 있을 터였다. 하지만 새 생명은 없을 것이었다.

그러나 음악은 존재하리라. 성스러운 음악. 잠깐 동안은.

"어떻게 뽑히셨습니까?" 다른 모든 수도사들이 옷을 입고 나간 뒤, 경감이 옆 샤워 칸에 있는 수사에게 물었다.

"원장님이 뽑으셨습니다." 수사가 말했다. "돔 필리프는 일 년에 한 번 새 수사를 찾으러 나가십니다. 항상 새 수사가 필요하진 않습니다. 그래도 원장님은 저희에게 필요한 자질이 있는 형제들을 놓치지 않으십니다."

"그 자질이 뭡니까?"

"음, 예를 들어 알렉상드르 형제는 가축을 담당하지만, 이제 연세가 너무 많아지셔서 페르 아베는 외부의 그 분야 전문가 수사를 눈여겨보실 겁니다."

"다른 질베르회 수사를요?"

수사는 웃음을 터뜨렸다. "다른 질베르회는 없습니다. 저희뿐이죠.

질베르회의 마지막 후예. 저희 모두는 다른 수도회에서 왔고, 여기에 발탁되었죠."

"강제적인 겁니까?" 가마슈가 물었다.

"약간은요. 하지만 돔 필리프가 생질베르의 소명은 그레고리오 성가라고 설명하셨고, 뭐, 저희가 들어야 할 말은 그게 전부였습니다."

"음악이 수사님이 가진 모든 걸 포기하는 것과 동등한 교환입니까? 고립된 곳. 수사님은 가족이나 친구를 결코 만나지 못할 텐데요."

수사는 가마슈를 빤히 바라보았다. "저희는 음악을 위해서라면 무엇이든 다 포기할 겁니다. 음악은 저희의 전부니까요." 그러더니 수사는 미소를 지었다. "그레고리오 성가는 그냥 음악이 아니고 그냥 기도가 아닙니다. 양쪽 모두입니다. 하느님의 목소리로 하느님의 말씀을 노래하죠. 저희는 그것을 위해서라면 저희의 삶을 포기할 겁니다."

"그리고 그렇게 하고 계시고요." 가마슈가 말했다.

"전혀요. 이곳에서의 삶은 저희가 세상 어디에서 누릴 수 있는 시간보다 훨씬 풍요롭고 의미가 있습니다. 저희는 하느님을 사랑하고 성가를 사랑합니다. 생질베르에서 저희는 그 둘 모두를 얻습니다. 해결책처럼요." 그가 웃음을 터뜨렸다.

"이곳에 오기로 결정한 걸 후회한 적은 없습니까?"

"첫날, 첫 순간에 그랬죠. 보트를 타고 만까지 가는 게 너무 멀어 보였습니다. 생질베르에 가까이 가는 게요. 저는 예전 수도원을 벌써 그리워하고 있었습니다. 거기 있는 수도원장님과 친구들을. 하지만 그때 음악이 들렸습니다. 단성 성가가."

수사는 가마슈에게서 떠난 듯했고, 수증기와 라벤더, 멜리사꿀풀과의 여러해살이풀 향이 가득한 샤워실에서 떠난 듯했다. 육신에서 떠난다. 그리고 더 좋은 곳으로 간다. 더없이 행복한 곳으로.

"대여섯 음만으로 저는 그 음악이 뭔가 다르다고 느꼈습니다." 그의 목소리는 강렬했지만 눈은 게슴츠레해졌다. 그것은 미사를 드릴 때 가마슈가 수사들의 얼굴에서 눈치챈 것과 같은 표정이었다. 특히 성가를 부를 때.

평화. 고요.

"뭐가 달랐습니까?" 가마슈가 물었다.

"저도 알고 싶군요. 그때까지 제가 불렀던 모든 성가들과 마찬가지로 단순한 노래였지만 거기엔 뭔가가 있었습니다. 깊이. 풍성함. 그 목소리들이 조화되는 방식. 그 모든 게 느껴졌습니다. 저는 그 모든 걸 느꼈습니다."

"수사님은 돔 필리프가 이곳에서 당신들이 필요한 자질이 있는 새 수사님들을 데려오신다고 하셨습니다. 좋은 목소리가 포함되는 건 명백할 테죠."

"단지 포함되는 게 아니라," 수사가 말했다. "그게 원장님이 찾는 첫 번째 자질입니다. 그냥 여느 목소리가 아니죠. 마티외 형제는 그가 필요한 어떤 목소리를 원장님께 말했을 테고, 원장님은 그 목소리를 찾으러 수도원들을 다니셨을 겁니다."

"하지만 그 채용은 사육사거나 요리사거나, 아무튼 뭔가 필요한 분야의 전문 지식이 있기도 해야 할 테군요." 가마슈가 말했다.

"그렇습니다. 그게 한 수사의 자리를 대체하는 데 몇 년이 걸리는 이유고, 원장님이 찾으러 나가시는 이유죠. 원장님은 아이스하키 선수 스카우트 담당자처럼 젊은이들을 주의 깊게 지켜보십니다. 그분은 젊은이들이 최후의 서약을 하기 전, 그들이 신학대학에 막 입학했을 때 장래성을 꿰뚫어 보십니다."

"성격이 중요합니까?" 가마슈가 물었다.

"대부분의 수사들은 공동체 생활을 합니다." 수사가 로브를 입으며 말했다. "그 말은 서로의 존재를 받아들여야 한다는 뜻이죠."

"그리고 수도원장의 권위 역시?"

"위."

그것은 가마슈가 지금까지 들은 말 중 가장 퉁명스러운 답변이었다. 수사는 허리를 숙여 양말을 신으며 이미 옷을 다 입은 가마슈의 시선을 피했다.

허리를 편 수사가 다시 미소를 지었다. "저희는 사실 아주 철저한 인성 검사를 받았습니다. 검증받았죠."

가마슈는 그의 표현이 중립적이었다고 생각했지만 그에게서 회의적인 태도가 명백히 보였다.

"위," 수사가 한숨을 쉬며 말했다. "교회의 최근 역사를 고려해 볼 때 그 평가를 재평가하는 게 좋을지도 모릅니다. 선택된 소수가 그렇게 선택될 것 같지 않아 보이니까요. 하지만 저희 대부분은 선한 사람입니다. 정신이 온전하고 차분하죠. 저희는 하느님을 섬기고 싶을 뿐입니다."

"노래로요."

수사가 가마슈를 관찰했다. "경감님은 음악과 인간이 분리될 수 있다고 생각하시는가 보군요. 생질베르앙트르레루 공동체는 살아 있는 성가 그 자체입니다. 저희 모두가 각각의 음표로 존재하죠. 단독으로는 의미가 없습니다. 하지만 함께라면? 신성합니다. 저희는 노래하는 게 아니라, 저희가 그 노래죠."

가마슈는 그가 그렇게 믿는다는 것을 알 수 있었다. 자신들 개개인은 아무것도 아니지만, 생질베르회 수사들이 함께라면 단성 성가가 된다는 것을. 경감은 검은 로브를 입은 수사들이 아닌, 음표로 가득 찬 수도원 복도를 그려 보았다. 복도마다 검은 음표들이 까딱거리고 있었다. 성스러운 노래가 하나로 합쳐지길 기다리며.

"부원장의 죽음으로 거기에 얼마나 큰 타격을 입었습니까?" 가마슈가 물었다.

수사는 가마슈가 자신을 뾰족한 지팡이로 찌르기라도 한 듯 숨을 짧게 들이마셨다.

"저희는 마티외 형제가 우리와 함께였던 걸 하느님께 감사드리고, 저희에게서 데려가신 걸 속상해해서는 안 됩니다."

그 목소리에는 확신이 덜했다.

"하지만 그 음악이 타격을 입을까요?" 가마슈는 일부러 그 단어를 골랐고, 그 결과를 보았다. 수사가 다시 시선을 피하며 입을 다물었다.

가마슈는 성가의 중요한 부분은 음표뿐이 아니라 음표 사이의 공백 역시 마찬가지가 아닌지 궁금했다. 침묵.

두 사람은 침묵 속에 서 있었다.

"저희에게 필요한 건 얼마 안 됩니다." 마침내 수사가 입을 열었다. "음악과 저희의 믿음. 두 가지는 살아남을 겁니다."

"죄송합니다." 경감이 말했다. "수사님의 성함을 모르는데요."

"베르나르입니다. 베르나르 수사요."

"아르망 가마슈입니다."

두 사람은 악수를 나누었다. 베르나르는 필요 이상으로 오래 경감의 손을 잡았다.

그것은 수도원 주위를 쏜살같이 내달리는 수백 개의 무언의 메시지 중 하나였다. 하지만 그 메시지는 무엇이었을까? 실질적으로 두 사람은 함께 샤워를 한 사이일 뿐이었다. 그것은 명백한 초대처럼 보였다. 하지만 가마슈는 본능적으로 베르나르 수사가 말하려고 했던 게 그것이 아니라는 것을 알았다.

"하지만 무언가는 바뀌었겠죠." 가마슈가 그렇게 말했고, 베르나르 수사는 손을 놓았다.

경감은 빈 샤워 칸이 많다는 것을 알아차렸다. 베르나르가 경찰 바로 옆 샤워 칸을 선택할 필요는 없었다.

베르나르는 이야기를 나누고 싶었다. 할 말이 있는 사람이었다.

"어젯밤 하신 말씀은 옳았습니다." 수사가 말했다. "저흰 성당에서 경감님 말씀을 들었습니다. 그 녹음이 모든 걸 바꿨습니다. 처음에는 그렇지 않았습니다. 처음에는 그게 저희를 돈독하게까지 했습니다. 공동의 미션이었으니까요. 요점은 사실 그 성가를 세상과 나누지 않았다는 겁니다. 저희는 그레고리오 성가 CD가 빌보드 차트에 오를 리는 없다는 사실을 알 만큼은 현실적이었습니다."

"그럼 왜 녹음을 하신 겁니까?"

"그건 마티외 형제의 생각이었습니다." 베르나르가 말했다. "수도원은 수리할 곳이 너무 많았고, 저희는 최선을 다해 애썼지만 결국 정말로 필요한 건 노력도 전문가도 아니라는 사실을 깨달았습니다. 정말로 필요했던 건 돈이었죠. 저희가 갖지도 못했고, 벌 수도 없는 것. 저희는 초콜릿을 씌운 블루베리를 만들었습니다. 맛을 보셨습니까?"

가마슈는 고개를 끄덕였다.

"저는 사육장을 돌보지만 초콜릿 공장에서도 일하고 있습니다. 굉장히 인기가 좋죠. 저희는 다른 수도원의 치즈나 사과주와 그것을 맞교환합니다. 그리고 친구들과 가족에게 그걸 팝니다. 아주 비싼 값으로요. 모두 그렇다는 걸 알지만 다들 저희가 돈이 필요하다는 것도 압니다."

"초콜릿이 기가 막히더군요." 가마슈가 동의했다. "하지만 충분한 돈을 벌려면 수천 상자의 초콜릿을 팔아야겠군요."

"아니면 한 상자를 천 달러에 파는 방법도 있죠. 가족들이 저희를 크게 도와주고 있지만 부탁이 과해 보였습니다. 정말입니다, 무슈 가마슈, 저희는 모든 걸 시도했습니다. 그리고 마침내 마티외 형제가 저희에게서 결코 바닥날 리 없는 걸 제안했습니다."

"그레고리오 성가 말이군요."

"그렇습니다. 저희는 항상 노래를 하고 있고, 블루베리를 두고 곰이나 늑대와 경쟁할 필요가 없는 데다 음표를 위해 염소젖을 짜야 할 것도 아니죠."

가마슈는 염소나 양의 젖에서 그레고리오 성가가 뿜어져 나오는 모습을 상상하고 미소를 지었다.

"하지만 큰 희망이 없었습니까?"

"저희는 항상 희망이 있습니다. 그게 저희에게서 바닥날 리 없는 또 다른 것이죠. 하지만 저희는 과한 기대는 하지 않았습니다. 성가를 녹음해서 가족과 친구들에게 터무니없이 비싼 값으로 팔 계획이었습니다.

그리고 다른 수도원에서 운영하는 가게를 통해 좀 팔았으면 했죠. 친구나 가족들은 그걸 들었다는 얘기를 하려고 한 번 CD를 틀어 보고 나서는 집어넣고 잊어버릴 테죠."

"그런데 무슨 일이 일어났군요."

베르나르는 고개를 끄덕였다. "시간이 좀 걸렸습니다. 저희는 수백 장을 팔았고, 그 돈으로 지붕을 수리하는 데 필요한 자재들을 충분히 구입할 수 있었습니다. 하지만 일 년쯤 지났을까, CD가 날개 돋친 듯 팔리고 저희 계좌에 돈이 들어오기 시작했습니다. 전 아직도 원장님이 사제단 회의실에서 저희 계좌에 수십만 달러가 들어왔다는 이야기를 하셨던 때를 기억합니다. 원장님은 어느 형제를 시켜서 계좌를 두 번 체크하셨고, 아니나 다를까 그건 녹음으로 들어온 돈이었죠. 저희의 허락하에 더 많은 CD가 만들어졌지만 정확히 몇 장이나 새로 찍었는지는 모릅니다. 그 뒤에는 전자 음원도 나왔고요. 다운로드 말입니다."

"형제들의 반응은 어땠습니까?"

"글쎄요, 그걸 기적처럼 여겼습니다. 엄청난. 저희는 갑자기 저희가 쓸 액수보다 더 많은 돈을 얻었고, 그 뒤로도 돈은 계속해서 들어왔습니다. 하지만 돈은 차치하고, 그게 마치 하느님께서 축복을 내리신 것 같았습니다. 그 계획에 미소를 지어 주신 겁니다."

"그리고 하느님뿐 아니라 바깥세상도요." 가마슈가 말했다.

"맞습니다. 갑자기 모든 사람이 하나같이 저희 음악이 얼마나 아름다운지를 발견한 것 같았습니다."

"인정받은 기분이었나요?"

베르나르 수사가 얼굴을 붉히고 끄덕였다. "시인하기 쑥스럽지만 정말 그런 기분이었습니다. 어쨌든 결국 중요한 건, 세상이 어떻게 생각하느냐였죠."

"세상은 당신들을 사랑했습니다."

베르나르는 심호흡을 하고, 이제 로브의 무릎에 놓인 손으로 시선을 떨어뜨렸다. 허리에 감긴 밧줄 끄트머리를 부드럽게 쥔.

"그리고 한동안 멋지다고 느꼈습니다." 베르나르 수사가 말했다.

"무슨 일이 일어났습니까?"

"세상은 저희의 음악만 발견한 게 아니라, 저희를 발견했습니다. 머리 위에서 비행기가 붕붕거리고 날아다니기 시작했고, 사람들이 보트 한가득 도착했습니다. 기자에 관광객들. 자칭 순례자라는 사람들까지 저희를 경배하겠다고 왔습니다. 정말 끔찍했습니다."

"유명세를 치르셨군요."

"저희가 원했던 건 겨울 난방뿐이었습니다." 베르나르 수사가 말했다. "그리고 비가 새지 않는 지붕하고요."

"하지만 여전히 당신들은 그들을 그럭저럭 물리치고 계십니다."

"그건 돔 필리프의 의향이었습니다. 원장님은 다른 수도원들과 대중을 향해 저희가 은둔 수도원이라는 걸 확실히 밝히셨습니다. 침묵의 서약이 있다는 것도요. 원장님은 심지어 텔레비전에도 나가셨죠. 라디오 캐나다 채널에."

"그 인터뷰를 봤습니다." 그것은 인터뷰라고 하기에는 어폐가 있었다. 그것은 로브 차림의 돔 필리프가 어딘지 모를 장소에 서 있는 영상이었다. 카메라를 바라보며 제발 수도원을 내버려 두라고 사람들에게 호소하고 있었다. 모두가 성가를 즐겨서 기쁘지만 자신들이 줄 수 있는 건 그게 전부라고. 자신들은 더 이상 아무것도 줄 게 없다고. 하지만 세상은 자신들에게, 생질베르 수도원의 수사들에게 훌륭한 선물을 줄 수 있었다. 평화와 고요.

"그래서 그들이 수도원을 내버려 뒀습니까?" 가마슈가 물었다.

"점차적으로요."

"하지만 평화는 돌아오지 않았군요."

두 사람은 샤워실을 나왔고, 가마슈는 베르나르 수사를 따라 조용한 복도를 걸었다. 저 끝의 닫힌 문을 향해. 성당으로 들어가는 문이 아니라. 반대쪽 끝에 있는.

베르나르 수사는 문손잡이를 당겼고, 두 사람은 활기찬 새로운 하루 속으로 걸어 들어갔다.

그곳은 벽을 친 거대한 우리 안이었다. 염소와 양, 닭과 오리가 있는. 베르나르 수사는 갈대로 짠 바구니 하나를 자기 몫으로 집어 들고, 하나를 가마슈에게 건넸다.

뜨거운 물로 샤워를 하고 나니 신선하고 차가운 공기가 기분 좋게 느껴졌다. 높은 담장 너머로 소나무가 보였고, 새들이 지저귀는 소리와 바위 위로 물이 가볍게 찰랑거리는 소리가 들렸다.

"엑스퀴제무아Excusez-moi 실례합니다." 베르나르 수사가 닭에게 말하며 달걀을 꺼냈다. "메르시."

가마슈도 커다란 손을 닭 아래로 집어넣어 따뜻한 달걀을 찾았다. 그리고 자신의 바구니 속에 조심스럽게 넣었다.

"메르시." 그가 모든 닭에게 일일이 말했다.

"평화를 되찾은 줄 알았습니다, 경감님." 베르나르가 이 암탉에서 저

암탉으로 움직이며 말했다. “하지만 생질베르는 예전 같지 않았습니다. 긴장감이 느껴졌죠. 일부 수사들은 우리의 인기로 돈을 벌고 싶어 했습니다. 그것이 명백한 하느님의 의지고, 그런 기회에 등을 돌리는 건 사악한 일이라고 주장하더군요.”

“그리고 다른 사람들은요?”

“그들은 하느님은 충분히 관대하셨고, 저희는 겸손한 마음으로 하느님이 주신 것을 받아들일 필요가 있었다고 주장했습니다. 이것은 시험이었다고요. 명성은 친구를 가장한 뱀이었다고요. 이것은 유혹이었고, 거부해야 한다고요.”

“마티외 수사는 어느 편이었습니까?”

베르나르는 커다란 오리에게 다가가 머리를 쓰다듬으며 무어라 속삭였고, 가마슈는 들을 수 없었지만 애정이 담긴 말이라고 생각했다. 이내 베르나르 수사는 오리의 정수리에 입을 맞춘 뒤 이동했다. 어떤 알도 건드리지 않고.

“원장님 편이었습니다. 두 분은 가장 친한 친구였고, 서로의 반쪽이었죠. 돔 필리프는 감성적인 분이고, 부원장님은 활동적인 분이었습니다. 둘이서 함께 수도원을 이끌어 왔죠. 원장님이 없었다면 절대 녹음이 성사되지 않았을 겁니다. 그분이 전적으로 지원해 주셨죠. 바깥세상과 연결 고리가 되어 주셨습니다. 나머지 수사들만큼 그걸 기뻐하셨죠.”

“그래서 부원장님이?”

“그건 그분의 자식이었습니다. 부원장님은 성가대와 녹음에 있어서 반박의 여지가 없는 리더였습니다. 곡목을 선택하고, 편곡하고, 솔로를 고르고, 녹음 순서를 정하셨죠. 모든 것이 어느 날 아침에 성당에서 이루어졌습니다. 원장님이 생브누아뒤라크 수도원까지 찾아가서 빌려 오신 낡아 빠진 테이프 기계로."

가마슈는 그 CD를 여러 번 들었기에 음질이 썩 좋지 않다는 사실을 알았다. 하지만 거기에는 일종의 윤기와 정통성이 더해졌다. 디지털 편집도 다중 트랙도 없었다. 속임수나 사기가 없었다. 그것은 진짜였다.

그리고 노래는 아름다웠다. 베르나르 수사가 묘사한 것이 포착되어 있었다. 사람들은 그것을 들을 때 마치 자신들이 거기에 속해 있는 것 같았다. 더 이상 혼자가 아니었다. 여전히 개인으로 존재하되 공동체의 일부가 된 느낌이었다. 만물의 일부로. 사람, 동물, 나무, 바위. 갑자기 차이가 사라져 버렸다.

마치 그레고리오 성가가 듣는 사람의 육체로 스며들어 그들의 DNA를 바꿔 놓아 그들은 자신들을 둘러싼 만물의 일부가 된 듯했다. 분노도 경쟁도 승자나 패자도 없었다. 그 전부가 놀랍도록 아름다웠고, 그 전부가 동등했다.

그리고 모든 사람들은 평화로웠다.

사람들이 더 많이 원한 것은 당연했다. '더 많이'를 외쳤다. 더 많이 요구했다. 수도원을 찾아와 들여보내 달라고 거의 발작할 듯이 문을 두드렸다. 더 많은 노래를 달라고 외쳤다.

하지만 수도사들은 거부했다.

베르나르는 몇 분간 아무 말이 없다가 울타리 주위를 천천히 서성거렸다.

"말씀하십시오." 가마슈가 채근했다. 그는 뭔가가 더 있다는 것을 알았다. 항상 더 있었다. 베르나르는 한 가지 목적을 가지고 샤워실로 자신을 따라왔다. 가마슈에게 무언가를 말하기 위해서. 그리고 지금까지는 흥미로웠다면, 이번에는 그렇지 않았다.

더 있었다.

"그것은 침묵의 서약이었습니다."

가마슈는 기다리다가 결국 재촉했다. "계속하십시오."

베르나르 수사는 바깥세상에 존재하지 않는 무언가를 설명할 말을 찾듯 망설였다. "저희의 침묵 서약은 절대적이지 않습니다. 침묵의 규칙이라고도 알려졌죠. 저희는 때로 얘기를 나누도록 허락을 받았습니다만 그게 수도원의 평화, 수사들의 평화를 해칩니다. 침묵은 자발적이면서 아주 영적인 것으로 간주됩니다."

"하지만 얘기를 나누는 게 허락됐다고요?"

"서약을 할 때 혀를 잘라 버리는 건 아니니까요." 수사가 미소를 지으며 말했다. "하지만 권장되는 건 아닙니다. 수다스러운 사람은 수도사가 될 수 없죠. 정숙이 보다 중요한 시간대가 있습니다. 예를 들어 밤이 그렇죠. 그것은 위대한 침묵이라고 불립니다. 어떤 수도원에서는 침묵의 서약이 다소 느슨하지만, 이곳 생질베르에서 저희는 하루 대부분의 시간을 위대한 침묵을 유지하려 애씁니다."

위대한 침묵이라. 그것은 몇 시간 전 그가 잠에서 깨어나 복도를 걸어갈 때 경험한 것이었다. 그것이 자신이 떨어질 공동처럼 느껴졌었다. 만약 그랬다면 자신이 그곳에서 마주할 게 무엇이었을까?

"침묵이 위대할수록 하느님의 목소리도 더욱 커지는 겁니까?" 가마슈가 물었다.

"글쎄요, 저희가 그것을 들을 더 나은 기회죠. 형제 중 일부는 세상으로 나가 사람들에게 성가를 알리기 위해 서약을 깨길 원했습니다. 어쩌면 콘서트를 하자고. 저희는 온갖 종류의 초대를 받았습니다. 저희가 바티칸에 초청받았다는 소문까지 있었지만 원장님은 일축하셨습니다."

"사람들은 그에 대해 어떻게 느꼈습니까?"

"일부는 화를 내고, 일부는 안도했죠."

"일부는 수도원장을 지지했고, 일부는 아니었습니까?"

베르나르가 끄덕였다. "경감님은 수도원장이 단순한 보스 이상이라는 것을 이해하셔야 합니다. 저희가 충성하는 대상은 주교님이나 대주교님이 아니라 원장님입니다. 그리고 수도원이죠. 저희가 원장을 선출하고, 원장은 죽거나 자리에서 내려올 때까지 그 직무를 다합니다. 원장님이 바로 저희의 교황님이죠."

"그분이 절대 틀리지 않는다고 생각하십니까?"

베르나르가 걸음을 멈추고, 본능적으로 달걀을 보호하듯 빈손을 달걀 위에 얹으며 팔짱을 꼈다.

"아닙니다. 하지만 가장 행복한 수도원은 수사들이 원장에게 문제를 제기하지 않는 곳이죠. 그리고 최고의 수도원장은 문제 제기에 열려 있습니다. 모든 것들을 사제단에서 회의합니다. 그런 다음 그들은 결정을 내리죠. 그리고 모두가 받아들입니다. 그건 겸손하고 품위 있는 행위처럼 보입니다. 이기고 지는 문제가 아니라, 자신의 의견을 개진하는 거죠. 그리고 결정은 하느님과 공동체에 맡기고요."

"그런데 이곳에서는 그게 멈췄군요."

베르나르가 끄덕였다.

"침묵의 서약을 끝내자는 주장을 시작한 사람이 있었습니까? 반대자들의 목소리가?"

베르나르가 다시 끄덕였다. 그것이 그가 하고 싶었던 말이었다.

"마티외 형제요." 마침내 베르나르가 말했다. 그는 비참해 보였다. "마티외 형제는 침묵의 서약을 거두길 원했죠. 그것은 끔찍한 언쟁을 초래했습니다. 그는 강압적인 사람이었습니다. 자신이 원한 것을 얻어 내곤 했죠. 그가 원한 것과 원장님이 원한 것이 같은 것이 될 때까지요. 하지만 더는 그렇게 되지 않았습니다."

"그리고 마티외 수사는 복종하지 않았고요?" 가마슈가 물었다.

"전혀요. 그리고 점차 다른 수사들은 자신들 또한 복종하지 않으면 그 벽들이 허물어지지 않을 거란 걸 봤습니다. 자신들이 계속 맞서 싸우고, 심지어 순종하지 않으면 말이죠. 언쟁은 더욱 격화되었고, 더욱 목소리가 커졌습니다."

"침묵의 공동체에서요?"

베르나르는 미소를 지었다. "서로의 메시지를 주고받는 방법이 얼마나 많은지 아신다면 경감님은 깜짝 놀라시겠군요. 말보다 훨씬 강력하고, 그리고 모욕적인 방법이. 수도원에서 상대에게 등을 돌리는 것은 욕설을 내뱉는 것이나 마찬가지입니다. 눈동자를 데굴데굴 굴리는 건 핵폭탄 공격이죠."

"그런 상황이 어제 아침까지 이어졌습니까?" 가마슈가 물었다.

"어제 아침까지 수도원은 폐허나 다름없었습니다. 몸이 여전히 걸어다니고, 벽이 여전히 서 있다는 걸 빼면요. 하지만 생질베르앙트르레루는 모든 면에서 죽어 있었습니다."

가마슈는 그 말에 대해 잠시 생각한 다음 베르나르 수사에게 감사 인사를 하며 달걀 바구니를 건네주고 우리를 나와 어두컴컴한 수도원으로 발길을 돌렸다.

평화는 단순히 산산조각 난 게 아니라 살해당했다. 소중한 무언가가 파괴되었다. 그런 다음 돌이 마티외 수사의 머리에 날아들었다. 그것 또한 산산조각 내러.

베르나르 수사를 떠나며 가마슈는 문간에 잠시 서서 마지막 질문을 던졌다.

"그러면 몽 프뢰르, 당신은요? 어느 편이셨습니까?"

"돔 필리프요." 그가 주저 없이 말했다. "저는 원장님 사람입니다."

가마슈는 몇 분 후 보부아르와 아침 식사를 하기 위해 조용한 홀로 들어가면서 '원장님 사람'이라는 말에 대해 곰곰이 생각했다. 많은 수사들이 이미 거기에 있었지만 아무도 그들 쪽을 보지 않았다.

원장의 사람. 부원장의 사람.

찰나의 시선과 작은 제스처로 싸운 내전. 그리고 침묵.

14

달걀과 과일, 신선한 빵과 치즈로 아침 식사를 마치고 수사들이 나간 후에도 경감과 보부아르는 허브티를 마시며 잠시 자리에 남아 있었다.

"이거 구역질나는데요." 보부아르가 한 모금 마시고 얼굴을 찡그렸다. "흙이 들었나 봅니다. 진흙탕을 마시는 거죠."

"아마 박하일 걸세, 내 생각엔." 가마슈가 말했다.

"박하 진흙." 보부아르는 그렇게 말하며 내려놓은 머그잔을 멀찍이 치워 버렸다. "그래서 누가 그랬다고 생각하십니까?"

가마슈는 고개를 저었다. "솔직히 모르겠네. 수도원장 측의 누군가가 그런 것처럼 보이네."

"아니면 수도원장 본인이거나요."

가마슈가 끄덕였다. "만일 부원장이 권력 다툼 때문에 살해됐다면."

"그 다툼에서 이긴 사람이 느닷없이 어마어마한 부와 권력을 얻은 수도원을 지배하겠군요. 그리고 돈 때문만은 아닙니다."

"계속해 보게." 가마슈가 말했다. 그는 언제나 말하기보다 듣기를 선호했다.

"뭐, 생각해 보십시오. 이 질베르회는 사 세기 동안 사라졌다가 갑작스럽게, 그리고 명백히 기적적으로 야생에서 그 모습을 드러냈습니다. 그리고 성서에서처럼은 아니었지만 그들은 선물을 가져왔죠. 성스러운 음악을. 뉴욕의 마케팅 선지자도 그보다 더 관심을 끌기 위한 술책을 부리진 못할 겁니다."

"그건 술책만은 아니네."

"확실합니까, 파트롱?"

가마슈는 머그잔을 테이블 위에 올려놓은 다음 몸을 기울여 사려 깊은 갈색 눈으로 자신의 부관을 보았다.

"이 전부가 조작됐다는 말인가? 이 수사들에 의해? 사백 년이나 침묵을 지키고 있다가 무명의 그레고리오 성가를 녹음하는 게? 오로지 부와 영향력을 손에 넣을 수 있는 위치를 얻기 위해서 말이야. 엄청난 장기 계획이로군. 이 수도원에 주주가 없는 게 아쉬울 정도야."

보부아르가 웃음을 터뜨렸다. "하지만 효과가 있었습니다."

"하지만 그건 전혀 덩크슛이 아니었네. 노래하는 수사들밖에 없는 이 외딴 수도원이 세상을 놀라게 하긴 어렵네."

"동감입니다. 많은 것들이 한꺼번에 일어나야 했습니다. 그 음악이 사람들을 사로잡았어야 했죠. 하지만 그걸로는 충분치 않았을 겁니다. 정말 그것이 점화된 건 모두가 그들이 누구였는지 알았을 때였죠. 더 이상 존재하지 않을 줄 알았던, 침묵의 서약을 지켜 온 수도회. 그게 사람들을 사로잡은 겁니다."

경감이 끄덕였다. 음악 그리고 수사들의 미스터리가 더해졌다.

하지만 그게 계획된 일이었다면? 어쨌든 그것은 모두 사실이었다. 하지만 그것은 잘 짜인 마케팅이었던 게 아니었을까? 거짓말을 하지는 않았지만 말할 진실을 선별해서 말했다면?

"이 겸손한 수사들은 슈퍼스타가 되었죠." 보부아르가 말했다. "부유해지기만 한 게 아니라 그보다 더한 상황이 됐습니다. 이들에겐 힘이 생겼어요. 사람들은 이 수도원을 사랑하게 되었고, 만약 생질베르앙트르레루 수도원장이 내일 CNN에 나가서 자기가 재림 예수라고 발표한다 해도 수백만 명이 그건 못 믿을 거라는 말씀은 못하실 겁니다."

"수백만 명은 뭐든 믿을 걸세." 가마슈가 말했다. "그들은 팬케이크에서 예수를 보고 그걸 경배하기 시작하지."

"하지만 이건 다릅니다, 파트롱. 아시잖아요. 경감님 스스로 느끼기까지 하셨잖습니까. 그 음악이 제게는 아무것도 불러일으키지 않지만 경감님께는 뭔가를 불러일으킨다는 걸 압니다."

"그건 그렇지, 몽 뷰." 가마슈가 미소를 지었다. "하지만 그게 날 살인으로 몰진 않네. 딱 그 반대지. 그 음악을 들으면 아주 차분해지니까. 이 차처럼." 그가 다시 머그잔을 들어 보부아르를 향해 치켜든 뒤 의자에 편안히 몸을 기댔다. "그래서 무슨 말이 하고 싶은 건가, 장 기?"

"저는 또 다른 녹음보다 더 위태로운 문제가 있었다는 걸 말씀드리려는 겁니다. 사소한 실랑이나 노래하는 수사 스물네 명을 쥐고 흔들 권한보다 더 위태로운 일 말입니다. 수사들이 원하든 원하지 않든 상관없이 그들은 지금 매우 영향력이 있습니다. 사람들은 이들이 하는 말을 듣고 싶어 하죠. 그 말에 사람들은 도취될 겁니다."

"아니면 정신을 차리든가."

"그리고 그들이 해야 할 일은 이 거추장스러운 침묵의 서약을 깨는 겁니다." 보부아르가 목소리를 낮춰 조심스럽게 말했다. "투어를 시작하는 거죠. 콘서트를 열고. 인터뷰를 하고. 사람들은 그들의 모든 말에 목을 맬 겁니다. 어쩌면 교황보다 더 강력해질지 모르죠."

"그리고 그 앞길을 가로막고 있는 유일한 존재가 수도원장이고." 경감이 그렇게 말하더니 고개를 저었다. "하지만 그 말이 사실이라면 엉뚱한 사람이 살해됐네. 만약 돔 필리프가 죽었다면 장 기, 자네의 말이 통하겠지만 그는 그렇지 않네."

"아, 하지만 그 말씀은 틀렸어요. 경감님, 전 침묵의 서약을 깨기 위한 살인을 말씀드리는 게 아닙니다. 많은 게 위태롭다는 걸 말씀드리려는 것뿐입니다. 부원장 진영의 목적은 힘과 영향력이지만 반대편은요? 그만큼 강력한 동기가 있습니다."

이제 가마슈는 미소를 지으며 고개를 끄덕였다.

"이 평화롭고 고요한 삶을 지키고 자신들의 안식처를 보호하고 싶었겠지."

"그리고 자기 집을 지키는데 누군들 살인을 못하겠습니까?" 보부아르가 말했다.

가마슈는 그 말에 대해 생각했고, 오늘 아침 부드러운 새벽빛 속에 베르나르 수사와 달걀을 주워 모으던 것을 떠올렸다. 그리고 머리 위의 비행기와 문을 두들겨 대는 순례자들에 대한 수사의 묘사를.

그리고 수도원은 황폐해졌다.

"마티외 수사가 그 싸움에서 이겼다면 그는 또 다른 녹음을 하고, 침묵의 서약을 끝내고, 이 수도원을 영원히 바꿨겠지." 경감이 말했다. 그는 보부아르에게 미소를 짓고 자리에서 일어섰다. "잘했네. 자네가 잊은 게 한 가지 있지만."

"그 말씀이 사실일지 도무지 모르겠는데요." 보부아르도 따라 일어서며 말했다.

두 남자는 식당을 지나 황량한 복도를 따라 걸었다. 가마슈는 어디든

가지고 다니는 책을 펼쳤다. 얇은 기독교 묵상록. 그 속에서 그는 시체에서 찾아낸 누런 종이를 꺼내 부관에게 건넸다.

"이걸 어떻게 설명하겠나?"

"아무 의미도 없을지 모르죠."

경감은 썩 달가운 표정이 아니었다. "부원장은 이걸 품에 안고 웅크린 채 죽었네. 틀림없이 그에겐 무슨 의미가 있을 걸세."

보부아르가 경감을 위해 커다란 문을 열었고, 두 사람은 나란히 성당으로 들어갔다. 보부아르가 그 종이를 살펴보는 동안 그들은 걸음을 멈췄다.

그는 그게 처음 발견되었을 때 그것을 흘끔 보았지만 경감이 그랬던 것만큼 시간을 들이지는 않았었다. 가마슈는 생기 있고 젊고 비판적인 눈이 자신이 놓친 무언가를 찾아낼지 기다렸다.

"우린 이것에 대해 아무것도 모릅니다." 보부아르가 글씨와 단어 위의 낯선 표기에 집중하며 말했다. "우린 이게 오래됐는지 누가 썼는지 모릅니다. 그리고 그게 뭘 뜻하는지도 확실히 모르고요."

"부원장이 이걸 왜 갖고 있었는지도. 그는 죽을 때 이걸 보호하려 했을까, 아니면 숨기려고 했을까? 그에게 이건 소중했을까, 아니면 신성모독이었을까?"

"그거 흥미롭군요." 보부아르가 종잇조각을 들여다보며 말했다. "단어 하나가 뭔지 알아낸 것 같습니다. 아마 이건," 그는 종이에 쓰여 있는 라틴어 단어 하나를 가리켰고, 가마슈는 거기로 몸을 기울였다. "'멍청이'라는 뜻입니다."

보부아르는 종이를 돌려주었다.

"메르시." 가마슈는 책 속에 다시 종이를 끼워 넣고 책을 탁 덮었다. "크게 깨쳤네."

"솔직히 파트롱, 이 수도원에 수사들이 한가득인데 깨침을 얻으러 제게 오셨다면 얻으실 수 있는 게 뻔하잖습니까."

가마슈가 웃음을 터뜨렸다. "세 브레C'est vrai 맞는 말이군. 그럼 난 돔 필리프를 찾아서 수도원 지도가 있는지 알아보겠네."

"전 그 솔로, 앙투안 수사하고 얘길 좀 해 보겠습니다."

"수도원장한테 덤빈 사람 말인가?"

"그 사람이오." 보부아르가 말했다. "부원장 측 사람이었을지도 모릅니다. 이게 뭐죠?"

가마슈는 아주 조용해졌다. 귀를 기울이며. 항상 고요한 수도원은 숨을 죽이고 있는 듯했다.

하지만 성가의 첫 소절이 들려오는 순간 수도원은 숨쉬기 시작했다.

"또 시작이군." 보부아르가 한숨을 내쉬었다. "방금 한 곡 듣지 않았습니까? 솔직히 그들은 코카인 중독자들보다 나쁩니다."

위로, 아래로. 고개 숙이고. 앉았다가 일어났다가.

찬과라 불리는 아침 식사 후 기도가 계속되었다. 하지만 이제 보부아르는 자신이 덜 지루해한다는 것을 깨달았다. 아마 자신이 저 밴드의 일부 멤버를 알기 때문이리라고 그는 중얼거렸다. 그는 더 집중하고 있기도 했다. 심문과 증거 수집 사이의 단순한 시간 낭비 이상은 아니라고 생각하며.

기도 예식 자체가 증거였다.

그레고리오 성가가. 모든 용의자가 얼굴을 마주하고 정렬해 있었다.

균열은 명백했을까? 자신이 이제 그것을 알기에 눈에 보이는 걸까? 보부아르는 자신도 모르게 의식에 매료되었다. 그리고 수사들에게.

"찬과가 부원장의 마지막 예식이었네." 가마슈가 허리를 숙였다 펴면서 속삭였다. 보부아르는 경감의 오른손이 오늘은 떨림 없이 한결같다는 것을 알아차렸다. "그는 어제 찬과가 끝나자마자 바로 살해당했지."

"우린 아직 부원장이 찬과가 끝나고 어딜 갔는지 확실히 모릅니다." 보부아르는 자신들이 잠깐 앉은 사이 속삭였다. 앉았다 섰다 하는 행위가 점점 짜증이 난다는 것을 그는 차츰 깨달았다. 몇 분 지나지 않아 두 사람은 또다시 자리에서 일어났다.

"맞아. 이게 끝나면 수사들이 어디로 가는지 볼 필요가 있네."

경감은 나란히 선 수사들에게서 시선을 떼지 않았다. 찬과가 진행되는 사이 해가 뜨고 있었고, 중앙 탑 높은 곳에 위치한 창으로 햇빛이 점점 기울었다. 오래되어 결함이 있는 유리창을 때린 빛이 굴절되었다. 쪼개졌다. 세상에 알려진 모든 색으로. 그리고 그 빛들은 제단에 떨어졌고, 수사들과 그들의 음악을 비추었다. 음표들과 그 발랄한 빛깔이 섞이고 어우러져 보이도록. 제단 위에서 함께 장난치며.

교회에 관련된 가마슈의 경험 대부분은 무척 음울했기에, 그는 자신의 신을 다른 곳에서 찾았고 발견했다.

하지만 이것은 달랐다. 이곳에는 기쁨이 있었다. 그리고 그것은 단순한 우연이 아니었다. 가마슈는 잠시 수사들에게서 시선을 돌려 천장을 올려다보았다. 들보와 부벽扶壁. 그리고 창문들을. 생질베르앙트르레루의 독특한 건축구조는 의도적으로 빛과 소리를 담으려는 것이었다.

장난기 있는 빛과 결합한 완벽한 음향 시설.

그는 시선을 내렸다. 수사들의 목소리는 어제보다 더 아름답게 들리기까지 했다. 지금은 슬픔을 띠었지만 거기에는 가벼움과 들뜬 분위기도 있었다. 성가는 침통한 동시에 기쁨에 차 있었다. 땅에 발을 딛고 있는 동시에 날개가 달려 있었다.

그리고 가마슈는 자신이 명상록에 끼워 둔, 옛 네우마들이 표기된 그 종이를 다시 생각했다. 네우마는 때로 하늘을 나는 날개처럼 보였다. 고대 성가의 작곡자가 전달하려고 애쓴 것은 무엇이었을까? 이 음악이 정말 이 땅의 것이 아니었다는?

물론 보부아르의 말이 옳았다. 이 음악은 가마슈를 감동시켰고 도취하게 했다. 그는 온화하고 차분한 목소리에 넋을 놓고 싶은 유혹을 느꼈다. 음악과 하나가 되도록. 자신이 짊어진 걱정들을 내려놓고 떠나도록. 자신이 왜 이곳에 있는지 잊도록.

그 감정은 쉽게 전염되고 은밀히 퍼졌다.

가마슈는 미소를 짓고, 음악 탓을 하는 것은 터무니없다는 걸 깨달았다. 만일 자신이 넋을 놓고 떠난다면 그것은 자신의 잘못이었다. 수사들의 잘못이 아니라. 음악의 잘못이 아니라.

그는 두 배의 노력을 기울여 늘어선 열들을 훑어보았다. 게임 같지만 게임이 아닌 열을.

지휘자를 찾아라.

부원장의 죽음으로, 지금 누가 이 세계적으로 유명한 성가대를 이끌고 있을까? 누군가는 이끌고 있었으므로. 자신이 보부아르에게 말했던 대로 성가대는 스스로 지휘하지 않는다. 수사들 가운데 훈련받은 수사관마저 놓칠 만큼 아주 미묘한 몸짓을 하고 있는 수사가 그들을 이끌고 있었다.

찬과가 끝났을 때 경감과 보부아르는 신자석에서 일어나 지켜보고 있었다.

보부아르는 이것이 당구 한 게임을 끝내고 잠시 취하는 휴식 시간 같다고 생각했다. 온갖 방향으로 움직이는 공들. 지금 눈앞의 모습이 바로 그랬다. 수사들이 사방팔방으로 향했다. 벽에 부딪혀 튕겨 나오지는 않았지만, 아무튼 뿔뿔이 흩어졌다.

보부아르는 뭔가 비꼬는 말을 하려고 몸을 돌렸지만 경감의 표정을 보고 마음을 바꿨다. 얼굴은 심각했고, 생각에 빠져 있었다.

장 기가 경감의 시선을 좇자 나무 문을 향해 길고 긴 통로를 따라 마지못한 듯 느릿느릿 걷는 뤽 수사가 보였다. 잠긴 문으로. 정문. 그리고 '포르트리'라는 명패가 붙은 작은 방.

그는 혼자였고, 그 명패를 보았다.

보부아르는 경감에게로 몸을 돌렸고, 그의 날카로운 눈에서 관심 있어 하는 빛을 보았다. 그리고 그는 경감이 뤽 수사를 보고 있지만 다른 젊은이들을 생각하고 있는지 궁금했다. 문을 통해 나간 젊은이. 그리고 돌아오지 않은.

가마슈의 명령을 따른 젊은이. 가마슈를 따른. 하지만 경감은 관자놀이 근처에 깊은 흉터와 떨리는 손을 얻고 돌아온 반면 그들은 그러지 못했다,

경감은 뤽 수사를 보면서 그들을 생각하고 있었을까?

가마슈는 걱정스러워 보였다.

"괜찮으십니까, 파트롱?" 보부아르가 속삭였다.

성당 내의 음향 시설은 말들을 잡아서 그것을 증폭했다. 가마슈는 대답하지 않았다. 대신 그는 계속 주시했다. 이제는 닫힌 문을. 뤽 수사가 지나쳐 사라진 곳을.

홀로.

검은 로브를 입은 다른 수사들도 다른 문들을 통해 나갔다.

마침내 성당 안에 둘만 남았고, 가마슈는 보부아르를 돌아보았다.

"자넨 앙투안 수사와 이야기를 나눠 보고 싶다고 했는데……,"

"그 솔로요." 보부아르가 말했다. "네."

"좋은 생각이지만 뤽 수사를 먼저 만나는 게 어떻겠나?"

"알겠습니다. 하지만 제가 뭘 물어야 하죠? 경감님이 이미 그와 얘기하셨잖습니까. 그리고 저도 오늘 아침 샤워실에서 얘기를 나눴습니다."

"새 앨범의 솔로가 그로 바뀐 걸 앙투안 수사가 아는지 알아 오게. 그냥 뤽 수사를 잠깐 잡아 둬. 지금부터 삼십 분 동안 수위실 문 앞에 누가 나타나는지 보게."

보부아르는 시계를 보았다. 기도는 7시 30분 종鐘에 시작해서 정확히 45분 후에 끝났다.

"위, 파트롱." 그가 말했다.

가마슈의 눈은 교회의 어두운 부분에서 떠나지 않았다.

보부아르는 가마슈의 모든 명령에 기꺼이 따르듯 기꺼이 뤽 수사를 따랐다. 그는 물론 이것이 시간 낭비라는 것을 알았다. 경감은 심문을 하라는 것처럼 들리게 말했을지 모르지만 보부아르는 그것이 정말 무엇인지 알았다.

아이 돌보기.

그것이 경감에게 약간의 평화를 준다면 그는 그 말을 따르기에 행복했다. 가마슈가 요구한다면 보부아르는 뤽 수사의 기저귀를 갈고 트림을 시킬 터였다. 그것이 경감의 마음을 편하게 한다면.

"찾아봐 주겠나, 시몽?"

수도원장은 무뚝뚝한 비서에게 미소를 짓고는 손님을 돌아보았다.

"앉으시겠습니까?" 수도원장은 훌륭한 집주인인 양 한 손을 들어 벽난로 옆의 편안한 안락의자 두 개를 가리켰다. 의자는 빛바랜 친츠 커버가 씌워져 있었고, 속은 깃털로 채워진 듯했다.

수도원장은 가마슈보다 열 살쯤 많았다. 가마슈는 60대 중반이라고 추측했다. 하지만 그는 나이를 먹지 않는 부류 같았다. 가마슈는 면도한 머리와 로브 때문일 거라고 생각했다. 얼굴의 주름들을 숨기지 않았는데도. 그럴 생각도 없어 보였다.

"시몽 형제가 경감님께 수도원 지도를 찾아다 드릴 겁니다. 어딘가에 있을 겁니다."

"평소에 그걸 안 보십니까?"

"세상에, 안 봅니다. 저는 모든 돌과 모든 금을 알고 있습니다."

배의 선장 같군. 가마슈는 생각했다. 승진을 거듭해 온. 자신의 배 구석구석을 상세하게 아는.

수도원장은 지휘하는 자리가 편해 보였다. 물밑에서 반란이 꿈틀대고 있다는 사실은 전혀 모르는 듯했다.

아니면 사실은 너무나도 잘 알고 있고, 그것은 이미 좌절되었는지도. 그의 권위에 대한 도전은 부원장과 함께 죽어 버렸다.

돔 필리프는 늘씬하고 창백한 손으로 의자 팔걸이를 쓸어내렸다. "제가 처음 생질베르에 왔을 당시 의자 덮개를 씌우는 기술이 있는 수사님이 한 분 계셨습니다. 독학으로 배운 기술이었는데, 그분은 원장님에게 원단 자투리를 부탁한 뒤 이것들을 가져왔습니다. 이게 그분의 작품입니다."

팔걸이 위에 놓인 원장의 손이 움직임을 멈췄고, 그 팔걸이는 마치 원장의 팔 같았다.

"이제 거의 사십 년이 됐군요. 그분은 당시에도 이미 연세가 많았고, 제가 오고 나서 몇 년 지나지 않아 돌아가셨지요. 그 수사님의 이름은 롤랑이었습니다. 점잖고 조용한 분이셨지요."

"모든 수사들을 다 기억하십니까?"

"그렇습니다, 경감님. 경감님은 자신의 형제들을 다 기억하십니까?"

"안타깝게도 전 외아들입니다."

"제가 잘못 말했군요. 경감님의 다른 형제들, 전우들을 말씀드린 것이었습니다."

경감은 말문이 막히는 것을 느꼈다. "모든 얼굴과 모든 이름을 기억하고 있습니다."

수도원장이 그의 시선을 붙들었다. 도발적인 눈빛이 아니었고, 탐색의 눈빛도 아니었다. 가마슈는 그 눈빛이 그가 균형을 잡게 돕는 팔꿈치보다 손에 가깝다는 느낌이 들었다.

"그러실 거라고 생각했습니다."

"아쉽게도 제 부하 중 누구도 이런 손재주는 없습니다." 가마슈도 빛 바랜 친츠 커버를 어루만졌다.

"경감님 부하들이 여기에 살면서 일하신다면 그런 걸 배우지 않았어도 손재주를 갖게 될 겁니다. 정말로요."

"원장님이 모두를 뽑습니까?"

수도원장은 고개를 끄덕였다. "제가 가서 데려와야 합니다. 수도원 전통에 따라 저희는 침묵의 서약뿐 아니라 속세와 인연을 끊는 서약을 해 왔습니다. 우리 수도원에 관해 지켜야 할……."

그는 표현할 말을 찾았다. 그것은 분명 돔 필리프가 자주 설명해야 할 내용은 아니었다. 그럴 기회가 있었다면.

"……비밀이오?" 가마슈가 도와주었다.

수도원장이 미소를 지었다. "그 말을 웬만하면 피하려 했지만 그 말이 정확하다고 봅니다. 질베르회는 여러 세기에 걸쳐 잉글랜드에서 행복하고 별 탈 없는 생활을 이어 왔습니다. 그러다가 종교개혁으로 모든 수도원들이 문을 닫았습니다. 그것이 저희의 세가 시들기 시작한 때였습니다. 저희는 챙길 수 있는 모든 짐을 챙겨서 사람들의 시야에서 사라졌습니다. 그리고 프랑스에서 외진 땅 한 조각을 얻어 거기서 다시 시작했습니다. 그러다 종교재판 때문에 저희는 또다시 감시를 받는 신세가 되었지요. 종교재판소에서는 호젓하게 살고 싶다는 저희의 소망을 비밀스럽게 살겠다는 말로 알아듣고 저희에게 끔찍한 심판을 내렸습니다."

"그리고 수도회는 종교재판소의 그런 끔찍한 심판을 받고 싶지 않으셨겠죠." 가마슈가 말했다.

"경감님은 종교재판소에서 내리는 그 어떤 심판도 받고 싶지 않으실 겁니다. 발도파교도에게 물어보십시오."

"누구요?"

"그렇습니다. 그들은 프랑스에서 저희와 멀지 않은 곳, 몇몇 골짜기 너머에서 살았습니다. 저희는 거기서 나는 연기를 보았고, 그 연기를 마셨습니다. 비명 소리를 들었지요."

돔 필리프는 말을 멈추고 무릎 위의 깍지 낀 손을 내려다보았다. 원장은 마치 자신이 거기에 있었다는 양 말하고 있었다. 자신의 형제 수사들 틈에서 숨 쉬며.

"그래서 저희는 다시 짐을 쌌습니다." 수도원장이 말했다.

"더 먼 데로 숨으셨군요."

수도원장이 끄덕였다. "저희가 갈 수 있을 만큼 멀리요. 저희는 초창기 정착민들과 함께 신세계로 넘어왔습니다. 예수회는 원주민들을 개종시키면서 탐험가들과 계속해서 앞으로 나아갔지요."

"질베르회는 어떻게 했습니까?"

"저희는 카누를 타고 북쪽으로 향했습니다." 수도원장이 그때 말을 멈추었다. "제가 초기 정착민들과 함께 넘어왔다고 한 건 정착민으로서 함께 왔다는 뜻입니다. 수도사로서 온 게 아니었습니다. 저희는 로브를 감추고, 성직聖職을 숨겼습니다."

"왜죠?"

"걱정이 되었으니까요."

"그래서 이렇게 두꺼운 벽을 세우고 숨겨진 방을 만들고 문을 걸어 잠그신 겁니까?" 가마슈가 물었다.

"그것들을 눈치채셨습니까?" 수도원장이 미소를 지으며 물었다.

"저는 관찰하는 훈련을 받았으니까요, 몽 페르." 가마슈가 말했다. "제 날카로운 눈을 피해 갈 수 있는 건 거의 없습니다."

원장은 가벼운 웃음을 터뜨렸다. 그는 성가 그 자체처럼 오늘 아침 더 가벼워 보였다. 홀가분하게. "저희가 걱정 많은 사람들로 보였겠군요."

"성길버트는 뭐든 되고 싶어 하지 않은 듯 보였는데," 가마슈가 말했다. "걱정의 수호성인이 될 수도 있었겠군요."

"그게 딱 맞을 듯합니다. 교황님께 알려 드리겠습니다." 수도원장이 말했다.

농담이라는 것을 알면서도 경감은 이 수도원장이 주교나 대주교, 교황에게 원하는 바가 거의 없을 거라고 생각했다.

질베르회는 무엇보다도 자신들을 그냥 내버려 두기를 원했다.

돔 필리프는 의자 팔걸이로 손을 움직이다 원단의 해진 구멍을 건드렸다. 구멍이 난 줄 몰랐는지 원장은 놀라는 눈치였다.

"저희는 저희의 문제를 해결해 왔습니다." 그가 경감을 보며 말했다. "지붕 수리에서 망가진 난방 시스템, 암, 골절까지요. 이곳에 사는 모든 수사는 이곳에서 죽기도 할 겁니다. 저희는 모든 것을 하느님께 맡기지요. 천에 난 구멍에서부터 무엇을 수확할 것인지, 그리고 언제 죽을지까지도 말입니다."

"어제 원장님의 정원에서 일어난 일은 하느님의 일입니까?"

수도원장은 고개를 저었다. "그것이 당신들을 부르기로 한 이유지요. 하느님의 의지라면 저희는 전부 감당할 수 있습니다. 간혹 지나치게 가혹해 보이는 시험이라 할지라도. 하지만 이번 일은 다릅니다. 이번 일은 인간의 의지로 일어난 일입니다. 그래서 저희는 도움이 필요합니다."

"공동체의 모든 구성원이 동의하진 않은 것 같던데요."

"어제 저녁 식사 때의 앙투안 형제를 생각하시는 겁니까?"

"그렇습니다. 그리고 그는 명백히 혼자가 아니었습니다."

"아닙니다." 수도원장은 고개를 저었지만 가마슈의 눈에서 시선을 떼지 않았다. "수도원장으로 이십 년 넘게 살면서 저는 제 결정에 모두가 동의하지는 않을 거라는 걸 배웠습니다. 그에 관해서는 걱정하지 않습니다."

"걱정하시는 게 뭐죠, 몽 페르?"

"다름에 대해 말씀드려야 한다는 것이 걱정스럽습니다."

"네?"

"하느님의 의지와 제 의지가 다를 경우 말입니다. 그리고 지금 당장은 누가 마티외를 죽였는지, 그리고 왜 그랬는지가 걱정됩니다." 그는 커버에 난 구멍을 걱정하며 말을 멈췄다. 그 구멍을 더 키우며. "그리고 제가 그걸 어떻게 놓칠 수 있었는지도요."

시몽 수사가 두루마리를 하나 가져와 두 사람 앞의 낮은 소나무 테이블에 펼쳐 놓았다.

"메르시, 시몽." 원장이 그렇게 말하고 두루마리 위로 몸을 숙였다. 시몽 수사가 나가려 했지만 가마슈가 잡았다.

"죄송하지만 한 가지 부탁이 더 있습니다. 미사와 식사 그리고 저희가 알아야 하는 그 외 다른 일들에 대한 스케줄을 좀 알려 주시면 도움이 될 것 같습니다."

"호라리움horarium 시간표 말이군요." 수도원장이 말했다. "시몽, 가져다주겠나?"

시몽은 숨 쉬는 것도 귀찮아할 것처럼 보일지언정 수도원장이 시키는 일이라면 무엇이든 기꺼이 할 것 같았다. 의심할 여지 없이 수도원장 쪽 사람이라고 가마슈는 생각했다.

시몽이 나가고 두 남자는 지도 위로 몸을 숙였다.

"그래서," 보부아르가 문설주에 몸을 기대며 말했다. "여기서 하루 온종일 시간을 보냅니까?"

"매일같이 온종일이오."

"그래서 뭘 하십니까?"

보부아르 자신의 귀에도 그 말은 우중충한 술집에서 던지는 식상한 추파처럼 들렸다. "여기 자주 와요, 예쁜이?" 그다음은 이 젊은 수사에게 무슨 별자리인지 물어야 하리라.

보부아르는 게자리였고, 그게 늘 그를 짜증 나게 했다. 기왕이면 전갈자리나 사자자리였으면 했다. 아니면 하다못해 양자리라도. 풀이에 따르면 남을 보살피고 안정적이고 세심하다는 게자리만 아니면 뭐든 상관없었다.

망할 놈의 별자리.

"이걸 읽습니다."

뤽 수사는 무릎 위에 올려놓았던 커다란 책을 살짝 들었다가 다시 내려놓았다.

"그게 뭐죠?"

뤽 수사는 오늘 아침 샤워실에서 만난 남자의 동기를 가늠하려 애쓰듯 그에게 의심스러운 눈빛을 보냈다. 보부아르는 자신도 자신이 의심스럽다는 것을 인정해야 했다.

"그레고리오 성가에 관한 책입니다. 공부하고 있거든요. 제 파트를 배워야죠."

그것은 이 '안'에서 완벽한 일이었다.

"수사님은 오늘 아침에 부원장님이 당신을 다음 녹음의 새로운 솔로로 선택했다고 하셨습니다. 앙투안 수사에서 당신으로 교체됐죠. 앙투안 수사가 그 사실을 알고 있습니까?"

"당연히 그렇겠죠." 뤽이 대답했다.

"왜 그렇게 생각하시죠?"

"앙투안 형제가 자신이 솔로를 맡을 거라고 생각했다면 그가 성가를 공부하고 있겠죠. 제가 아니라."

"모든 성가가 그 한 권에 들어 있습니까?" 뤽 수사의 가냘픈 무릎 위에서 간신히 균형을 잡고 있는 그 책을 들여다보던 보부아르는 한 가지 생각을 떠올렸다. "그 책에 대해 알고 있는 사람이 또 누가 있죠?" 보부아르가 낡은 책을 턱으로 가리키며 물었다.

보부아르는 지식이 힘이라면 이 책은 전능하다고 생각했다. 이 책은 그들의 소명 의식의 열쇠를 담고 있었다. 그리고 그것은 이제 그들 모두의 부와 영향력의 열쇠이기도 했다. 이 책을 소유한 자가 모든 것을 소유했다. 그야말로 성배나 다름없었다.

"모두가요. 책은 늘 성당 독서대에 놓여 있습니다. 저희는 늘 이 책을 봅니다. 가끔 자신들의 방으로 가져가기도 하고요. 그건 별일 아니죠."

메르드. 보부아르는 생각했다. 성배는 무슨.

"저희는 성가를 필사하기도 합니다." 뤽 수사는 좁은 탁자 위에 놓인 연습장을 가리켰다. “그래서 저희 모두가 각자의 사본을 갖고 있죠.”

“그럼 비밀이 아닙니까?” 보부아르가 확인차 물었다.

“이게요?” 젊은 수사는 책 위에 손을 올려놓았다. “많은 수도원이 이 책을 갖고 있는걸요. 대부분 두세 권 갖고 있고, 저희 것보다 훨씬 더 감명 깊은 책이죠. 우리처럼 가난한 수도원이나 한 권만 갖고 있을 겁니다. 그래서 항상 이 책을 조심해서 다뤄야 하죠.”

“목욕탕에서 읽으면 안 되고요?” 보부아르가 물었다.

뤽이 미소를 지었다. 그것이 보부아르가 이 우울한 젊은 수사의 얼굴에서 본 첫 미소였다.

“첫 녹음은 언제 할 예정입니까?”

“아직 정해지지 않았습니다.”

보부아르는 잠시 그 말에 대해 생각했다. “아직 정해지지 않은 게 또 있었습니까? 녹음 일정이나 아니면 한 가지라도 정해진 게 있다면요?”

“새 녹음을 할지도 완전히 정해진 건 아니지만 저는 그 점은 의심할 여지가 없다고 생각합니다.”

“경감님에게는 녹음이 진행될 것처럼 말씀하셨죠, 패타콩플리fait accompli 기정사실처럼. 지금은 그게 아니라고 말씀하시는 겁니까?”

“시간문제였을 뿐입니다.” 뤽이 말했다. “부원장님이 원하면 그렇게 되죠.”

“그럼 앙투안 수사는요?” 보부아르가 물었다. “그가 그 뉴스를 받아들였을 거라 생각하십니까?”

“받아들였을 겁니다. 그래야만 하니까.”

앙투안 수사가 겸허한 사람이기 때문은 아니리라고 보부아르는 생각했다. 그의 믿음의 반영으로서가 아니라 부원장과 다퉈 봐야 소용없기 때문이었다. 어쩌면 그 남자를 죽이는 게 더 쉬울 수도.

그것이 동기였을까? 앙투안 수사가 솔로 자리를 빼앗길 처지에 놓이는 바람에 부원장의 머리통을 박살 냈을까? 그레고리오 성가에 헌신하는 체계 안에서 솔로는 특별한 위치를 차지하리라.

조지 오웰의 말마따나 다른 사람들보다 더욱 평등한 위치. 그리고 사람들은 항상 그 때문에 살인을 저질렀다.

15

납유리 창문을 통해 비쳐 든 햇빛이 생질베르앙트르레루 수도원 지도 위로 쏟아졌다. 아주 오래되고 아주 두꺼운 종이에 그려진 지도에 수도원의 십자형 구조가 드러나 있었다. 두 팔이 튀어나온 부분에는 담이 둘러진 곳이 있었고, 십자가의 바닥 부분에는 수도원장의 정원이 있었다.

가마슈는 돋보기안경을 끼고 두루마리 위로 더욱 바짝 몸을 숙였다. 그는 말없이 지도를 들여다보았다. 그는 물론 수도원장의 정원에 갔었다. 그리고 몇 시간 전 염소와 양과 닭 들이 있는, 벽이 쳐진 사육장에서 베르나르 수사와 알을 주워 모았었다. 그곳은 십자가의 오른쪽 팔 끝에 있었다.

그의 시선이 지도를 가로질러 반대편 팔로 향했다. 초콜릿 공장, 식당, 주방들이 있는. 그리고 또 다른 벽이 둘러진 곳.

“여긴 뭡니까, 몽 페르?” 경감이 가리켰다.

“채소와 허브를 키우는 뜰입니다. 당연히 우린 직접 기릅니다.”

“수사님 모두가 먹을 만큼이오?”

“그게 저희가 스물네 명의 수사로 한정하는 이유지요. 그것이 설립자들이 판단한 완벽한 숫자입니다. 일손으로 충분하고 먹이기에 과하지 않은 수. 그들이 옳았습니다.”

“하지만 방은 서른 개입니다. 방이 많군요. 왜입니까?”

“만일을 대비해서요.” 돔 필리프가 말했다. “경감님이 옳게 말씀하신 대로, 저희는 걱정이 많은 집단입니다. 더 많은 공간이 필요하다면? 누군가 온다면? 저희는 예상치 못한 상황에 늘 대비하고 있습니다. 완벽한 숫자는 스물넷이지만요.”

“그런데 이제 스물세 명으로 줄었군요. 한 자리가 비었습니다.”

“그런 것 같군요. 먼 앞까지 내다보진 않았습니다.”

경감은 그 말이 사실일지 궁금했고, 그것이 동기가 될지 궁금했다. 만일 수도원장이 구인을 했다면 질베르회에 데려오고 싶은 또 다른 수사를 찾아낸 걸까?

새로운 사람이 들어오려면 누군가는 나가야 할 것이었다. 그리고 골칫덩이 부원장만큼 적합한 사람이 또 있을까?

가마슈는 그 가능성을 고려했지만 크게 끌리지는 않았다. 경쟁이 치열한 대학이나 뉴욕의 코업 아파트라 해도 그 자리를 차지하기 위해 사람들이 실제로 남의 목을 긋는 일은 거의 없었다.

그는 원장이 부원장을 죽일 많은 이유들을 생각할 수 있었지만 누군가를 위한 자리를 만들기 위해 살인을 저지른다는 이유는 그중에서 가장 가능성이 낮아 보였다.

"원장님이 뽑은 마지막 사람은 누구였습니까?"

"뤽 형제입니다. 미국 국경에 가까운 수도원에서 온 지 일 년이 채 안 되었습니다. 그곳도 음악을 하는 수도회였지요. 베네딕트회. 훌륭한 치즈를 만듭니다. 저희는 그곳 치즈와 초콜릿을 교환합니다. 경감님이 아침 식사 때 드신 그 치즈입니다."

"맛있더군요." 치즈에서 벗어나 살인으로 돌아가고 싶은 경감이 동의했다. "왜 그를 선택하셨습니까?"

"그가 신학대학에 입학했을 때부터 저는 그를 눈여겨보고 있었습니다. 목소리가 아름다웠지요. 아주 비범한 목소리지요."

"그거 말고 그가 가져온 게 무엇이었습니까?"

"파르동?"

"제가 이해하기로 원장님이 원하는 첫째 조건은 목소리고……,"

"제가 첫째로 원하는 조건은 신실한 믿음입니다." 수도원장이 말했다. 그의 목소리는 여전히 상냥했지만 그의 톤은 오해의 여지가 없었다. 그는 그 점을 확실히 하고 싶어 했다. "우선 저는 그 형제가 그리스도를 통해 하느님과 함께 사는 생질베르의 목적에 걸맞을 거라고 믿어야 합니다. 그것이 충족되면 다른 것을 봅니다."

"예를 들면 목소리요." 가미슈가 말했다. "하지만 다른 게 더 있겠지요, 농non 그렇지 않습니까? 그가 가져올 또 다른 기술. 말씀하신 것처럼 원장님은 자급자족이 필요하니까요."

수도원장은 처음으로 망설였다. 불편해 보였다.

"뤽 형제는 젊다는 장점이 있습니다. 이제부터 배워 나가면 되지요."

하지만 가마슈는 틈과 균열을 보았다. 조바심을. 그리고 그 속으로 걸어 들어갔다.

"하지만 다른 모든 수사는 전문 분야를 가지고 왔습니다. 예를 들어 저는 알렉상드르 수사가 동물들을 돌보기엔 너무 나이가 드셨다고 알고 있습니다. 그분을 대신할 사람을 찾는 게 더 합리적이지 않을까요?"

"제 판단을 미심쩍어하시는 겁니까?"

"그렇습니다. 저는 모든 걸 미심쩍어합니다. 가져올 수 있는 건 목소리뿐인 뤽 수사를 왜 뽑으셨습니까?"

"저는 현시점에서 그의 목소리로 충분하다고 판단했습니다. 말씀드린 대로 그에게 소질이 있다면 그는 알렉상드르 형제에게서 가축 돌보는 일이나 여러 다른 일들을 배울 수 있지요. 저희는 지금 운이 좋습니다."

"왜죠?"

"다른 수사들에게 와 달라고 애걸할 필요가 없으니까요. 젊은 수사일수록 관심 있어 합니다. 그것이 그 녹음이 가져다준 큰 선물 중 하나였습니다. 이제 저희는 선택권이 있습니다. 그리고 젊은 수사들이 들어오면 가르치면 됩니다. 롤랑 수사님이 의자 커버 기술을 배워 그것을 가르치셨던 것처럼 나이 든 수사가 젊은 수사를 가르치면 됩니다."

"아마 뤽 수사는 그것도 배울 수 있겠군요." 가마슈는 그렇게 말했고, 수도원장의 미소를 보았다.

"그것도 나쁜 생각은 아니군요, 경감님. 메르시."

여전히 가마슈는 그것이 수사를 들이는 것에 관한 수도원장의 볼테파스volte-face 태도 전환를 적절히 설명하지 못했다고 생각했다. 기술이 있고 훈련받은 사람을 선택하다가 풋내기를 선택. 유일하게 뛰어난 기술이 있는. 그의 놀라운 목소리.

가마슈는 자신들 앞의 탁자에 놓인 지도를 응시했다. 거기에는 무언가 잘못된 점이 있었다. 유령의 집에서처럼 자신이 감지했던 무언가. 그것을 본 순간 그는 약간 욕지기가 일었다.

"숨겨진 방은 이것 하나뿐입니까?" 그가 사제단 회의장 위에서 손가락을 휘저으며 물었다.

"제가 아는 한은. 오래전에 잊힌 터널들과 보물이 있는 지하 납골당이 있다는 소문은 늘 있었지만 그걸 발견한 사람은 아무도 없습니다. 적어도 제가 알기로는요."

"소문이 돌았던 그 보물은 뭐였습니까?"

"편리하게도 확실치 않습니다." 수도원장이 미소를 지으며 말했다. "최초 스물네 명의 수사들이 퀘벡시에서부터 노를 저어야 했을 테니, 그리 많은 양은 아닐 겁니다. 그리고 그게 먹거나 입을 수 있는 게 아니라면 그걸 가지고 항해하지도 않았을 거라고 말씀드려도 될 테지요."

그 역시 짐 싸는 데 꽤 많은 규칙이 있었기 때문에 가마슈는 수도원장의 말을 받아들였다. 게다가 침묵과 청빈과 고립의 서약을 한 사람들이 왜 보물을 가져왔겠는가? 그 질문을 자문했지만 그는 답을 알았다. 사람들은 항상 보물로 여길 것들을 찾았다. 어린 소년들에게 그것은 화살촉과 유리구슬이었다. 사춘기 소년들에게는 멋진 티셔츠와 사인이 된 야구공이었다. 그렇다면 성인 남자들에게는? 그들이 수사였다고 해서 그들에게 보물이 없었다는 뜻은 아니었다. 그것은 그저 다른 사람들이 보기에 가치 있는 것이 아닐 수도 있었다.

그는 두루마리가 말려 올라가지 않도록 한쪽 끄트머리에 손을 짚었다. 그러다 자신의 손가락이 닿은 곳을 살펴보았다.

"같은 종이로군요." 그가 지도를 어루만지며 말했다.

"무엇과 같다는 말씀이신지요?" 수도원장이 물었다.

"이것 말입니다." 경감은 다시 한번 책에서 그 종이를 꺼내 지도 위에 놓았다. "이 성가는 수도원 지도와 똑같은 종이에 쓰였습니다. 이게," 그는 성가가 적힌 종이를 만졌다. "이것만큼 오래됐을까요?" 그는 수도원 지도를 향해 고갯짓을 했다. "이것들이 동시에 제작됐을까요?"

지도는 1634년에 그려졌고, 생질베르앙트르레루 수도원장 돔 클레망의 서명이 있었다. 그 서명 밑에는 가마슈가 일찌감치 알아본 두 형상이 있었다. 뒤엉켜 자고 있는 듯한 늑대들.

앙트르 레 루. 늑대들 사이의. 그것은 추방이나 대학살보다는 평화를 찾으라는 합의를 제안했다. 종교재판을 피해 도망쳐 다른 공포로 뛰어들 가능성은 낮았다. 그것이 늑대들일지라도.

가마슈는 글자를 비교했다. 둘 다 단순했고, 그 글씨는 쓰였다기보다 그려졌다. 캘리그라피. 그것들은 같은 손에 쓰인 것 같았다. 그는 지도와 성가가 동일 인물에 의해 쓰였는지 판단해 줄 전문가가 필요했다.

돔 필리프는 고개를 저었다. "분명 같은 타입의 종이군요. 하지만 같은 연도에 작성되었을까요? 성가는 보다 최근에 쓰인 것 같고, 이걸 쓴 사람은 이걸 오래되어 보이도록 양피지를 사용한 것 같습니다. 저희는 아직 수 세기 전 수사들이 만든 양피지를 갖고 있습니다. 종이가 나오기

이전의.”

“그걸 어디에 보관하십니까?”

“시몽?” 수도원장이 부르자 시몽 수사가 나타났다. “경감님께 우리 양피지를 보여 드리겠나?”

시몽 수사는 그 일이 상당히 번거롭다는 듯 짜증 나 보였다. 하지만 그는 고개를 끄덕이고 방을 가로질러 걸어갔고, 가마슈는 그 뒤를 따랐다. 그는 누런 종이로 가득한 서랍을 열었다.

“없어진 것이 있습니까?” 가마슈가 물었다.

“모릅니다.” 시몽 수사가 말했다. “세어 본 적이 없습니다.”

“이걸 무엇에 쓰십니까?”

“전혀요. 여기 둘 뿐입니다. 만일의 경우를 대비해서.”

무엇에 대한 만일? 가마슈는 궁금했다. 혹은 그냥 만일에 대비해서.

“누가 한 장을 가져갈 수도 있습니까?” 그는 자신이 끝없는 스무고개 놀이에 잡혀 있는 것처럼 느끼며 물었다.

“누구든지요.” 시몽 수사가 서랍을 닫으며 말했다. “이 서랍은 잠겨 있지 않으니까요.”

“원장님 사무실은 잠겨 있습니까?” 가마슈가 수도원장을 돌아보았다.

“전혀요.”

“하지만 저희가 도착했을 때는 잠겨 있었습니다.” 가마슈가 말했다.

“제가 잠갔습니다.” 시몽 수사가 말했다. “당신들이 왔을 때 아무것도 건드리지 않은 상태라는 것을 확실히 해 두고 싶었습니다.”

“수사님이 의사와 원장님을 찾으러 갔을 때도 잠가 두었습니까?”

“위.”

"왜죠?"

"아무도 시체를 우연히 발견하게 내버려 두고 싶진 않았으니까요." 수사는 점점 방어적이 되었고, 그의 눈이 가마슈를 지나 조용히 귀를 기울이고 있는 수도원장을 힐끗 보았다.

"그때 그게 살인이라는 것을 아셨습니까?"

"자연스럽지는 않다는 걸 알았습니다."

"원장님의 정원을 이용하는 사람이 몇이나 됩니까?" 경감이 묻자 수사의 눈이 다시 재빨리 수도원장에게 갔다가 다시 돌아왔다.

"아무도 없습니다." 돔 필리프가 자리에서 일어나 다가오며 말했다. 구제하기 위해? 가마슈는 궁금했다. 그런 느낌을 받았다. 하지만 그는 왜 시몽 수사가 구제가 필요했는지 확실치 않았다.

"제가 이미 말씀드렸던 것 같습니다만 경감님, 여긴 제 개인적인 정원입니다. 일종의 성소지요. 마티외가 가끔 왔고, 시몽 형제가 정원을 돌봤지만 그 외에는 저만 사용했습니다."

"왜죠?" 가마슈가 물었다. "수도원의 다른 공간 대부분은 공용입니다. 왜 원장님의 정원은 사적인 공간입니까?"

"돔 클레망에게 물으셔야 할 것 같군요." 수도원장이 말했다. "그분이 수도원을 설계하셨으니까요. 그분이 개인 정원, 숨겨진 사제단 회의실, 그 외 모든 것을 설계하셨습니다. 아시다시피 그분은 건축의 거장이셨습니다. 당대에 명성이 대단하셨지요. 경감님은 그분의 탁월함을 보셨을 겁니다."

가마슈가 끄덕였다. 그는 그랬다. 그리고 탁월은 정확히 맞는 말이었다. 단순하면서도 우아한 선뿐 아니라 창문의 배치도.

모든 돌은 이유가 있었다. 불필요한 부분은 없었다. 화려한 장식도 없었다. 모든 것이 다 존재의 이유가 있었다. 그리고 수도원장의 정원이 비밀이 아니라면 거기에는 이유가 있었다.

가마슈는 시몽 수사를 돌아보았다. "아무도 정원을 이용하지 않았다면 왜 수사 중 누가 마티외 수사의 시체를 우연히 발견할 거라고 생각하셨습니까?"

"저는 부원장님을 거기서 발견할 줄 상상도 못 했습니다." 시몽이 말했다. "그 무엇도 상상하지 못했습니다."

가마슈가 신중한 수사를 관찰할 때 침묵이 흘렀다.

이내 경감은 고개를 끄덕였고, 수도원장을 향했다.

"우린 마티외 수사의 시체에서 발견된 종잇조각에 대해서 이야기하던 중이었습니다. 원장님은 종이는 오래됐지만 글자는 그렇지 않다고 하셨습니다. 왜 그렇게 보십니까?"

두 남자가 의자로 돌아간 동안 시몽 수사는 뒤에서 서성이며 종이들을 정리하고 치웠다. 지켜보면서. 들으면서.

"일단 잉크가 너무 진합니다." 함께 종이를 들여다보며 돔 필리프가 말했다. "양피지는 물기를 흡수하기 때문에 시간이 흐른 뒤 표면에 남는 건 사실 더 이상 잉크가 아니라 글자 형태의 얼룩입니다. 수도원 지도를 보면 아실 겁니다."

가마슈는 두루마리 위로 몸을 숙였다. 수도원장의 말이 옳았다. 그는 시간이 흐르고 햇빛에 노출되면 검은 잉크가 조금 흐려질 것이라고 생각했지만 그렇지 않았다. 잉크는 완전히 양피지에 흡수되어 있었다. 색은 이제 표면이 아니라 종이 안에 갇혀 있었다.

"하지만 이건," 수도원장이 누레진 양피지 조각을 가리키며 말했다. "아직 가라앉지 않았습니다."

가마슈는 이해하면서 얼굴을 찌푸렸다. 전문 감식관들의 의견을 들어봐야겠지만 수도원장의 말이 맞으리라는 생각이 들었다. 누레진 성가 종이는 진짜로 오래된 것이 아니라 일부러 그래 보이도록 조작한 결과였다. 누군가를 속이기 위해서.

"누가 이랬을까요?" 가마슈가 물었다.

"알 수 없지요."

"그럼 바꿔 말하겠습니다. 누가 이럴 수 있었을까요? 그레고리오 성가를 쓰는 흉내는커녕 이걸 보고 부를 수 있는 사람도 많지 않습니다."

그가 검지로 네우마 중 하나를 단호히 가리켰다.

"저희는 다른 현실에서 삽니다, 경감님. 당신에게 명백한 것이 제겐 그렇지 않습니다."

그가 자리를 떴다가 잠시 후 분명히 요즘 것인 연습장을 가져와 그것을 펼쳤다. 연습장의 왼쪽 페이지에는 라틴어 문장과 꼬불꼬불한 네우마가 있었다. 오른쪽 페이지에 같은 문장이 쓰여 있었지만 네우마 대신 음표가 있었다.

"이것은 같은 성가입니다." 돔 필리프가 설명했다. "한쪽은 네우마로 된 옛 형식이고, 옆의 것은 현대의 음표지요."

"누가 이렇게 했습니까?"

"제가 했습니다. 옛 성가들을 다른 형식으로 바꿔 적은 초기의 시도입니다. 아쉽게도 잘되었거나 정확하지는 않습니다. 나중에 한 것들이 더 낫습니다."

"옛 성가를 어디서 구하셨습니까?" 가마슈가 네우마 쪽 페이지를 가리켰다.

"저희 성가집에서요. 흥분하시기 전에, 경감님……,"

다시 한번 가마슈는 자신의 희미한 표정 변화조차 이 수사들에게 읽힌다는 것을 깨달았다. 그리고 관심의 잔물결은 이 차분한 곳에서 '흥분'으로 간주되었다.

"……많은 수도원에 최소한 한 권, 종종 더 많은 성가책이 있다는 말씀을 드려야겠군요. 그중 저희 것이 가장 수수합니다. 채식판彩飾版도 아니고 삽화도 없지요. 교회 규범에 따라 아주 따분하게요. 당시 빈곤했던 질베르회의 형편에 맞은 게 아닌가 싶습니다."

"성가책을 어디에 두십니까?"

이게 보물이었을까? 가마슈는 궁금했다. 숨겨 둔. 그것을 지키도록 어느 수사가 배정되었을까? 더 정확히, 어쩌면 죽은 부원장. 그렇다면 그것이 부원장에게 얼마나 많은 힘을 부여했을까?

"성당 독서대 위에 둡니다." 수도원장이 말했다. "아주 커다란 책으로, 펼쳐 놓지요. 하지만 지금은 뤽 수사와 포르트리에 있을 겁니다. 공부해야 하니까요."

수도원장이 미미한 미소를 지었다. 그는 경감의 얼굴에서 약간의 실망감을 볼 수 있었다.

그토록 쉽게 읽히는 게 가마슈는 당황스러웠다. 그것은 수사관의 상정 우위 또한 앗아 갔다. 용의자들은 경찰이 무슨 생각을 하는지 몰랐다. 하지만 이 수도원장은 얼추 모든 걸 알거나 추측할 수 있는 듯했다.

하지만 돔 필리프는 모든 것을 꿰뚫어 보지도, 모든 것을 알지도 못했다. 어쨌든 그는 자신들 사이에 살인자가 있었다는 것을 몰랐다. 어쩌면 알았거나.

“원장님은 네우마를 능숙하게 읽으시겠군요.” 경감이 원장의 연습장으로 몸을 돌리며 말했다. “그것들을 음표로 옮겨 적으시려면.”

“그게 사실이면 좋겠습니다. 저는 최악은 아니지만 최상과도 거리가 멉니다. 저희 모두가 그걸 하지요. 그것은 생질베르에 오는 수사에게 주어지는 첫 번째 과업입니다. 뤅 형제처럼. 저희의 옛 성가책에 실린 그레고리오 성가를 현대 음표로 옮기기 시작하는 겁니다.”

“왜죠?”

“일단 시험의 일종이랄까요. 그 수사가 얼마나 헌신적인지를 보기 위해서요. 그레고리오 성가에 진정한 열정이 없는 사람에게 그것은 길고 지루한 일입니다. 아마추어 호사가를 거르기에 좋은 방법이지요.”

“그럼 열정적인 사람에게는요?”

“그건 천국입니다. 저희는 그 책을 가져가지 못해 안달합니다. 성가책은 독서대에 늘 있으니, 언제든 원할 때 그걸 참고할 수 있습니다.”

수도원장은 연습장으로 시선을 떨어뜨리고 미소를 지으며 페이지를 넘기다가 때때로 고개를 흔들며 몇몇 실수에 혀를 차기까지 했다. 가마슈는 자신들의 어린 시절 사진이 있는 앨범을 보는 자신의 자식 다니엘과 아니를 떠올렸다. 웃고 때로는 민망해하는. 헤어스타일과 옷차림에.

이 수사들에게는 사진 앨범이 없었다. 가족사진조차. 대신 이들에게는 네우마와 음표로 가득한 연습장이 있었다. 성가가 가족을 대신한 셈이었다.

“성가책 한 권을 다 옮겨 적으려면 시간이 얼마나 걸립니까?”

"평생이오. 성가 한 곡을 옮기는 데만 해도 일 년이 걸리니까요. 그러다 보면 놀랄 만큼 아름답고 친밀한 관계를 쌓게 됩니다."

수도원장은 아주 잠깐 딴 곳에 있는 것처럼 보였다. 다른 어딘가에. 담장과 살인과 질문을 해 대는 경찰이 없는 곳에.

이윽고 그가 돌아왔다. "그 작업은 아주 길고 복잡해서 저희 대부분은 끝내기 전에 죽습니다."

"지금 막 무슨 일이 일어났습니까?" 가마슈가 물었다.

"파르동?"

"음악에 대해 이야기하실 때면 눈동자에 초점이 사라지는 것처럼 보이더군요. 잠이 드신 것처럼 보였습니다."

다시 주의를 기울인 수도원장의 경계하는 눈이 가마슈에게 닿았다. 하지만 말이 없었다.

"전에 그 눈빛을 본 적 있습니다." 가마슈가 말했다. "원장님이 노래하실 때요. 원장님뿐만 아니라 수사들 모두에게서요."

"제 생각에는 환희 같군요." 수도원장이 말했다. "성가를 생각하면 저는 근심들에서 자유로워집니다. 최대한 하느님께 가까이 있는 것처럼."

하지만 가마슈는 다른 얼굴들에서 그 눈빛을 봤었다. 고약한 냄새가 나고 더럽고 지저분한 방에서. 다리들 아래 그리고 싸늘한 뒷골목들에서. 살아 있는 얼굴들에서, 그리고 가끔은 죽은 사람의 얼굴에서. 그것은 황홀경이었다. 일종의.

그런 사람들은 성가가 아니라 팔에 꽂은 바늘들과 코카인, 작은 알약들을 통해 거기에 도달했다. 그리고 가끔은 거기서 돌아오지 못했다.

종교가 인민의 아편이라면 성가가 한 것은 무엇일까?

"수사님 모두가 같은 성가들을 옮겨 적고 계신다면," 가마슈는 수도원장이 황홀경에 빠지기 전에 무슨 말을 하고 있었는지 생각하며 말했다. "모두에게 복사본을 나눠 주면 되지 않습니까?"

"편법이오? 경감님은 다른 세계에서 살고 계십니다."

"질문이었습니다." 가마슈가 미소를 지으며 말했다. "제안이 아니라."

"물론 그럴 수도 있지만 이것은 하기 싫은 지루한 일이 아닙니다. 요점은 성가를 옮기는 게 아니라 음악 안에 살며 성가를 알아 가고 모든 음표, 모든 가사, 모든 숨결 안에서 하느님의 목소리를 알기 위한 것입니다. 지름길로 가고 싶은 사람은 그레고리오 성가를 향해 자신의 삶을 헌신하길 원치 않을 테고, 이곳 생질베르에서 그 값을 치를 테지요."

"성가책 전체를 다 옮겨 적은 사람이 있습니까?"

"제가 아는 한 몇 분 계십니다. 저는 본 적이 없습니다."

"그러면 그들이 죽은 후에 그 연습장은 어떻게 됩니까?"

"의식에 따라 태웁니다."

"연습장을 태운다고요?" 가마슈의 얼굴에 드러난 충격을 굳이 해석할 필요는 없었다.

"그렇습니다. 티베트 승려들이 기나긴 세월을 들여 모래 위에 예술 작품을 만들었다가 완성한 순간 허물어 버리는 것처럼. 중요한 점은 사물에 집착하지 않는 것입니다. 선물은 음악이지, 연습장이 아닙니다."

"하지만 그건 고통스럽겠군요."

"그렇지요. 하지만 신앙은 종종 괴롭습니다. 그리고 종종 기쁘고요. 그 두 반의 합이지요."

"그럼," 가마슈는 수도원 지도 위에 놓인 누런 종이로 시선을 돌렸다.

"원장님은 이게 그렇게 오래됐다고 생각하지 않으십니까?"

"그렇습니다."

"그 외에 그에 관해 말씀하실 게 있으십니까?"

"확실한 점과 제가 경감님께 제 연습장을 보여 드린 이유는 성가들 사이에 차이점이 있다는 겁니다."

수도원장은 현대적으로 옮긴 자신의 연습장에 누런 양피지를 올려놓았다. 네우마가 있는 성가들이 서로 면하게 놓였다. 경감은 그 두 페이지를 유심히 들여다보았다. 그는 완벽한 침묵 속에 그것을 주시하면서 거의 1분을 보냈다. 양피지와 연습장을 보면서.

이내 그의 시선이 차츰 멈추더니 한쪽을 오래 응시했다. 그리고 다른 쪽을.

그가 눈을 들었을 때 그 눈에는 발견의 불꽃이 일었고, 수도원장은 그가 똑똑한 수사 청원자일지도 모른다는 듯 미소를 지었다.

"네우마가 다르군요." 가마슈가 말했다. "아니, 다르지 않습니다. 하지만 부원장님의 시체에서 찾아낸 페이지에는 네우마가 더 많습니다. 훨씬 더. 지금 두 사례를 나란히 놓고 보니 명백해 보입니다. 원본에서 옮겨 적은 원장님 연습장에는 가사당 몇 개의 네우마가 있을 뿐입니다. 하지만 부원장님에게서 우리가 찾은 건 네우마로 빽빽하군요."

"정확합니다."

"그래서 이게 무슨 뜻입니까?"

"다시 한번 말씀드리지만 저도 확신은 없습니다." 수도원장은 누렇게 바랜 종이 위로 허리를 숙였다. "네우마는 한 가지 목적만 제공합니다, 경감님. 방향 지시. 높게, 낮게, 빠르게, 느리게. 이것들은 사인이자 신호입니다. 지휘자의 손처럼. 누가 썼는지 몰라도 이건 다른 방향들로 향하는 많은 목소리들을 위해 쓰인 거라고 생각합니다. 이건 단성 성가가 아닙니다. 이건 복잡한 구성의 성가이자 다층적인 성가입니다. 박자가 아주 빠르기도 하고 세지요. 그리고…….”

수도원장이 잠시 머뭇거렸다.

“그리고요?”

“아까도 말씀드렸다시피 저는 분명 모든 걸 아는 전문가는 아닙니다. 마티외는 그랬지요. 하지만 이것 역시 음악인 셈입니다. 네우마가 늘어선 선들 중 하나는 악기에 관한 것이 아닐까 싶습니다.”

“그럼 그레고리오 성가와는 다르게 되는 겁니까?”

“새로운 창작을 이룰 테지요. 아무도 들어 본 적 없는 무언가.”

가마슈는 누렇게 바랜 양피지를 연구했다.

누구도 본 적 없는 수사들이 누구도 들은 적 없는 무언가를 소유했었다고 생각하니 그는 기묘한 느낌이 들었다.

그리고 그들 중 한 명, 그들의 부원장은 태아의 자세로 그것을 감싼 채 시체로 발견되었다. 태어나지 않은 아이를 보호하는 어머니처럼. 또는 수류탄을 몸으로 막은 전우처럼.

그는 그게 어느 쪽일지 알고 싶었다. 성스러운 것, 사악한 것?

“이곳에 악기가 있습니까?”

“피아노가 있습니다.”

“피아노요? 그걸 드실 생각이십니까, 입으실 생각이십니까?”

수도원장이 웃음을 터뜨렸다. “몇 년 전 한 수사가 그걸 가져왔고, 저희는 그걸 돌려보낼 만큼 인정머리가 없지는 않았지요.” 원장이 미소를 지었다. "저희는 그레고리오 성가에 헌신했고, 성가에 열정이 있지만 사실 저희는 모든 교회 음악을 사랑합니다. 많은 형제들이 뛰어난 음악가지요. 저흰 리코더와 바이올린이 있습니다. 아니, 피들컨트리 음악을 연주할 때 사용되는 바이올린인가요? 전 그 차이가 뭔지 확실히 모릅니다."

"하나는 노래하고, 하나는 춤추죠." 가마슈가 말했다.

원장은 흥미 있는 표정으로 그를 보았다. "훌륭한 구분 방법이군요."

"한 동료가 알려 주었습니다. 그에게 많은 걸 배웠죠."

"혹시 수도사가 될 생각은 없으시답니까?"

"유감이지만 그는 이제 그럴 수가 없습니다."

수도원장은 다시 가마슈의 얼굴에 떠오른 표정을 정확히 읽어 내고 더 묻지 않았다.

가마슈는 양피지 조각을 집어 들었다. "복사기는 없겠죠?"

"없습니다. 하지만 저희에게는 스물세 명의 수사가 있습니다."

가마슈는 미소를 지으며 양피지를 수도원장에게 건넸다. "이걸 좀 옮겨 주실 수 있겠습니까? 필사를 해 주시면 도움이 될 것 같습니다. 그러면 원본을 갖고 돌아다닐 필요가 없으니까요. 그리고 수사님 중 누가 이 네우마를 음표로 옮기실 수 있을까요? 가능합니까?"

"해 보겠습니다." 돔 필리프가 비서를 불러 필요한 것을 설명했다.

"그걸 음표로 옮기라고요?" 시몽이 물었다. 그는 그다지 낙관적으로 보이지 않았다. 수도원의 이요르『곰돌이 푸』에 등장하는 우울한 당나귀.

"결국은. 당장 그걸 베끼고 원본은 경감님께 돌려드리게. 물론 최대한 정확히."

"물론입니다." 시몽이 말했다. 수도원장은 몸을 돌렸지만 가마슈는 시몽의 표정에 떠오른 시큰둥한 빛을 놓치지 않았다. 그 눈빛은 원장의 등에 꽂혀 있었다.

어쨌든 그는 수도원장의 사람이었을까? 경감은 궁금했다.

가마슈는 납유리 창을 통해 밖을 내다보았다. 납유리가 바깥세상을 살짝 뒤틀려 보이게 했다. 하지만 여전히 그는 그곳으로 걸어 나가길 갈망했다. 그리고 햇살 속에 서고 싶었다. 더 간단히 말해 미묘한 눈빛과 모호한 동맹의 안쪽 세상에서 나가고 싶었다. 음표와 분명히 드러나지 않는 표정의 세상에서.

멍한 시선들과 황홀경의 세상에서.

가마슈는 수도원장의 정원을 산책하길 갈망했다. 그곳이 아무리 흙을 갈아엎고 잡초가 우거지고 가지치기로 나무가 앙상하다 해도 그 통제는 환각이었다. 자연은 길들일 수 없었다.

그리고 그때 그는 수도원 지도를 처음 보았을 때부터 자신을 불편하게 한 게 무엇인지 깨달았다.

가마슈는 그것을 다시 보았다.

벽으로 둘러진 뜰들. 지도상에서 뜰은 모두 같은 크기였다. 하지만 실제로는 그렇지 않았다. 수도원장의 정원은 아니말르리보다 훨씬 작았다. 하지만 지도상에서 둘은 완전히 똑같은 크기였다.

건축가들이 도면을 왜곡했다. 균형이 사라졌다.

그렇지 않은 것들이 같아 보였다.

16

보부아르 경위는 가냘픈 무릎 위에 거대한 책을 올려놓은 뤽 수사를 남겨 두고 자리를 떴다. 그는 그 불쌍한 풋내기가 친구를 원할 게 분명하다고 생각하며 그곳에 당도했지만 자신이 단지 침입자였다는 것을 깨닫고 자리를 떴다. 젊은 수사가 진정으로 원한 것은 성가책과 함께 홀로 남겨지는 것이었다.

장 기는 앙투안 수사를 찾아 그곳을 떴지만 블랙베리를 확인하기 위해 성당에서 잠시 멈췄다.

아니나 다를까 아니에게서 메시지 두 통이 와 있었다. 둘 다 짧았다. 이른 아침에 보낸 그의 이메일에 대한 답장 그리고 조금 전에 보낸, 지금까지 자신의 하루에 대한 묘사. 보부아르는 성당의 차가운 석벽에 기대서서 미소를 지으며 답장을 적었다.

다소 저속하고 도발적인 말투로.

그는 아니에게 오늘 아침 잠옷과 가운 차림으로 제단 위에서 수사들에게 발견되었던 그녀의 아버지의 모험에 대해 말해 주고 싶은 유혹에 시달렸다. 하지만 그것은 고작 이메일로 낭비하기에는 너무 아까운 이야기였다. 그는 그녀를 그녀의 집에서 멀지 않은 레스토랑 중 하나로 데려가 와인 한 잔을 기울이며 그 이야기를 할 터였다.

그는 아니에게 다소 에로틱한 메시지를 보낸 뒤 초콜릿 공장에 들르기 위해 몸을 돌렸다. 베르나르 수사가 다크초콜릿 통 속에서 자잘한 야생 블루베리들을 건져 내고 있었다.

“앙투안 형제요?” 베르나르가 경찰의 질문에 대답했다. “부엌 아니면 뜰에 있을 텐데요.”

“뜰이오?”

“홀 끝에 있는 문으로 나가시면 됩니다.” 베르나르는 나무 숟가락으로 그쪽을 가리키다 앞치마에 초콜릿을 몇 방울 흘렸다. 그는 욕을 하고 싶은 표정이었고, 보부아르는 잠시 멈춰 서서 수사들은 어떤 식으로 욕을 할지 궁금해했다. 다른 퀘베쿠아들처럼? 보부아르 자신처럼? 그들은 교회에 관한 욕을 할까? 칼리스Câlice 퀘벡에서 쓰는 욕으로 불어의 calice는 성배를 뜻한다! 타베르나Tabernac 성당에서 성체를 모셔 두는 '감실'에서 온 말로 마찬가지로 퀘벡에서 쓰는 욕! 오스티Hostie '성체 빵'에서 온 말로 마찬가지로 퀘벡의 욕! 퀘베쿠아들은 종교 용어를 욕설로 바꾸었다.

하지만 수사는 말이 없었고, 보부아르는 옆방인 부엌으로 통하는, 번쩍번쩍 빛나는 스테인리스스틸 문을 흘끗 보고 자리를 떴다. 음악으로 번 돈의 일부가 어디에 쓰였는지 보기 쉬웠다. 그곳에 앙투안 수사는 없었다. 수프 끓는 냄새와 빵 굽는 냄새가 날 뿐이었다. 마침내 보부아르는 복도 저 끝에 있는 커다란 문에 다다랐다. 그리고 그것을 열었다.

서늘하고 신선한 가을 공기가 쇄도하는 것을 느꼈다. 그리고 얼굴에 닿는 햇빛도.

그는 해를 보고 나서야 비로소 자신이 얼마나 해를 그리워했는지 깨달았다. 그리고 심호흡을 하고 정원 안으로 걸어 들어갔다.

수도원장의 책장이 돌아가고 가마슈 앞에 밝고 생생한 세계가 펼쳐졌다. 푸른 잔디와 마지막 꽃송이들, 깔끔히 정리된 관목과 가을 잎을 잃어 가는 정원 한가운데의 거대한 단풍나무. 경감이 지켜보는 가운데 밝은 주황색 나뭇잎 하나가 땅으로 떨어져 갈피를 잡지 못하고 이리저리 뒹굴었다.

이것이 담으로 둘러진 세계였다. 통제된 가식으로, 현실성 없이.

가마슈는 부드러운 풀 속으로 발이 꺼지는 것을 느꼈고, 가을 아침 공기에서 나는 사향 냄새를 맡았다. 벌레들이 9월 중순의 과일즙에 취한 듯 붕붕거리며 날아다녔다. 날씨가 싸늘했지만 경감이 생각했던 것보다 온화했다. 그는 담장이 바람을 막고 햇볕을 가두는 역할을 하리라 생각했다. 이곳만의 독특한 환경을 만들면서.

가마슈는 그저 신선한 공기와 햇빛을 갈망해서 이곳에 들여보내 달라고 한 게 아니라 지금이 스물네 시간 전, 두 남자가 이곳에 서 있던 거의 그 순간이었기 때문이었다.

마티외 수사와 살인자.

그리고 지금 살인반의 경찰과 생질베르의 원장이 이곳에 서 있었다.

가마슈는 시계를 보았다. 막 아침 8시 30분을 지나고 있었다.

부원장의 동료는 자신이 하려는 것을 정확히 언제 알았을까? 그는 정원에 들어와 살인을 마음에 품고 지금 자신이 선 곳에 서 있었을까? 그는 몸을 굽혀 돌을 집어 들고 충동적으로 부원장의 두개골을 박살 냈을까? 아니면 그 계획을 마음속에 내내 품고 있었을까?

살인하기로 결정한 것은 언제였을까?

그리고 마티외 수사는 자신이 곧 살해되리라는 것을 언제 알았을까? 실제로 살해되었다. 머리를 얻어맞고 나서 그가 죽기까지 몇 분이 걸린 것은 명백했다. 그는 멀리 떨어진 벽을 향해 기었다. 수도원에서 벗어나려고. 밝고 따스한 햇볕에서 벗어나려고. 어둠 속으로.

누군가가 말했듯이 그것은 단순한 본능이었을까? 혼자 죽고자 하는 동물의 본능. 아니면 다른 무언가를 하려고 했을까? 부원장은 마지막 기도를 드렸을까?

수사들에게서 그 누런 종이를 지키려고. 아니면 누런 종이로부터 수사들을 지키려고?

"원장님은 어제 아침 이 시간에 새 지열 시스템을 점검 중이셨습니다." 가마슈가 말했다. "혼자서요?"

수도원장이 고개를 끄덕였다. "아침은 수도원에서 매우 바쁜 시간입니다. 형제들은 정원을 돌보고, 가축들을 보살피고, 온갖 허드렛일을 하느라 정신이 없지요. 수도원을 유지하기 위해서는 거의 끊임없이 일해야 합니다."

"수사님 중에 기계 시설을 관리하시는 분이 있습니까?"

수도원장은 끄덕였다. "레몽 형제요. 그가 기반 시설을 돌봅니다. 배관, 난방, 기계 전반을. 그런 것들을요."

"그럼 그를 만나셨겠군요."

"음, 아닙니다." 수도원장이 몸을 돌려 정원을 느릿느릿 걷기 시작했기에 가마슈는 그를 따랐다.

"'아니'라는 게 무슨 뜻입니까?"

"레몽 형제는 거기에 없었습니다. 그는 매일 아침 찬과 후에 정원에서 일합니다."

"그리고 그때 원장님은 지열 시스템을 점검하시기로 하셨다고요?" 가마슈는 이해가 되지 않아 당혹스러워하며 물었다. "그걸 보러 가는 데 그와 함께 가지 않으셨다고요?"

수도원장은 미소를 지었다. "레몽 형제를 만나 보셨습니까?"

가마슈는 고개를 저었다.

"좋은 사람입니다. 친절하고. 설명하길 좋아하는 사람이지요."

"뭘 좋아한다고요?"

"그는 사물이 어떻게 돌아가는지, 왜 그렇게 되는지 설명하기를 좋아합니다. 그는 제게 십사 년간 매일같이 자분정自噴井 불투수층 사이의 투수층에 있는 지하수가 지층의 압력에 의하여 지표 상으로 솟아 나오는 우물을 설명하지만, 그건 상관없습니다. 그는 계속 제게 말할 겁니다."

돔 필리프의 얼굴에 유쾌하고 자애로운 표정이 남았다.

"어떤 날들은 저는 아주 나쁜 사람이 되곤 합니다." 그는 경감에게 털어놓았다. "그가 거기에 없다는 걸 알면 몰래 순찰을 돌지요."

경감은 미소를 지었다. 그에게도 그와 같은 몇몇 부하와 수사관이 있었다. 말 그대로 지문에 관해 복잡한 설명을 하며 복도를 따라 자신을 졸졸 쫓는 사람들. 그는 가끔 그들을 피하기 위해 사무실에 숨었다.

"그럼 원장님의 비서 시몽 수사는요? 그는 부원장을 찾아다녔지만 찾을 수가 없어서 아니말르리에 일하러 갔다고 알고 있습니다."

"맞습니다. 그는 닭들을 매우 사랑하지요."

가마슈는 그가 농담을 했는지 보려고 수도원장을 유심히 관찰했지만 그는 완벽히 진지해 보였다.

장 기는 뜰을 내다보았다. 거대했다. 수도원장의 정원보다 훨씬, 훨씬 더 큰 뜰을. 이곳은 분명 채소를 키우는 곳으로, 주요 작물은 거대한 버섯처럼 보였다.

검은 로브를 입은 열두 명의 수사들이 무릎을 꿇거나 허리를 숙이고 있었다. 그들은 머리에 크고 화려한 밀짚모자를 쓰고 있었다. 넓게 늘어진 챙이 달린. 한 명이 쓰고 있었다면 우스꽝스러워 보였겠지만 전원이 쓰고 있으니 정상적으로 보였다. 그리고 머리에 아무것도 쓰지 않은 보부아르는 비정상적으로 보였다.

식물들은 말뚝을 타고 기어 올라갔고, 포도 덩굴은 격자 구조물을 따라 가꾸어지고 있었고, 잡초를 뽑는 일부 버섯들의 정연한 열이 있었고, 나머지는 바구니에 채소를 따서 넣는 중이었다.

보부아르는 평생을 농장에서 보냈던 할머니가 떠올랐다. 키가 작고 다부진 할머니는 인생의 절반을 교회를 사랑하며 보냈고, 나머지 절반은 교회를 혐오했다. 장 기는 할머니 댁을 방문하면 할머니와 함께 작은 해콩을 딴 뒤 포치에 앉아 깍지를 깠다.

그는 이제 할머니가 무척 바빴으리라는 것을 알지만 할머니에게서 전혀 그런 인상을 받지 못했다. 꾸준히, 심지어 힘들게 일하지만 자신의 페이스를 지키며 일한다는 인상을 주는 지금 이 수사들처럼.

보부아르는 그들이 움직이는 리듬에 넋이 나가 있던 자신을 깨달았다. 일어났다가, 허리를 숙였다가, 무릎을 꿇었다가.

그것이 그에게 무언가를 생각나게 했다. 그리고 그는 그것을 깨달았다. 그들이 노래를 한다면 이것은 미사가 될 터였다.

이것이 할머니가 정원을 사랑하신 것에 대한 설명이 될까? 일어섰다 숙였다 무릎 꿇었다 하면서 미사를 드리고 계셨을까? 그것이 할머니의 헌신이었을까? 할머니는 교회에서 갈구했던 평화와 위안을 정원에서 찾았을까?

수사 중 한 명이 보부아르를 보고 미소를 지으며 가까이 오라고 손짓했다.

침묵의 서약은 깨졌지만 분명 그것 또한 선택이었다. 이 남자들은 침묵을 좋아했다. 보부아르는 그 이유를 이해하기 시작했다.

그가 다가갔을 때 수사는 모자를 살짝 들어 올려 옛날 방식으로 인사를 건넸다. 보부아르는 그 옆에 무릎을 꿇었다.

"앙투안 수사님을 찾고 있습니다." 그가 속삭였다.

수사는 모종삽을 들어 멀찍이 떨어진 벽을 가리키고는 다시 일로 돌아갔다.

잡초를 뽑고 작물을 수확하는 수사들의 질서 정연한 열을 따라 조심히 발걸음을 옮겨 보부아르는 앙투안 수사 곁으로 다가갔다. 잡초를 뽑고 있는. 홀로.

솔로.

"불쌍한 마티외." 돔 필리프가 말했다. "전 왜 그가 여기 있었는지 궁금합니다."

"원장님이 부르지 않았습니까? 시몽 수사를 보내 만나자고 하셨죠."

"예, 열한 시 미사 후에요. 찬과 후가 아니었습니다. 만일 그 때문에 왔다면 세 시간이나 빨리 온 셈입니다."

"아마 착각한 모양이죠."

"경감님은 마티외를 모르십니다. 그는 거의 틀리는 법이 없었습니다.

그리고 절대 이르게 움직이지도 않았습니다."

"그렇다면 시몽 수사가 시간을 잘못 알려 줬는지도 모르지요."

수도원장이 미소를 지었다. "시몽은 시간에 대해서는 더 틀릴 일이 없습니다. 시간을 더 잘 지키지요."

"그럼 원장님은요? 원장님은 틀리는 일이 없습니까?"

"항상, 끊임없이요. 이 자리의 특권 중 하나지요."

가마슈는 미소를 지었다. 그 또한 그 특권을 알았다. 하지만 그때 시몽 수사가 부원장에게 메시지를 전달하러 갔지만 그를 찾지 못했다는 것을 떠올렸다. 메시지는 전달조차 되지 못했다.

수도원장을 만나러 온 것이 아니었다면 부원장은 왜 여기에 있었을까? 누구를 만나고 있었을까?

분명 살인자. 마찬가지로 분명 부원장은 그것이 의도였다는 것을 몰랐을 터였다. 그렇다면 마티외 수사를 이곳에 오게 한 것은 뭐였을까?

"어제 왜 부원장을 만나려 하셨습니까?"

"수도원 일로요."

"뭐든 수도원 일 때문이라면 언쟁이 될 수도 있습니다." 가마슈가 말했다. 두 사람은 계속해서 정원을 맴돌았다. "하지만 그런 언쟁으로 제 시간을 낭비하지 말아 주시면 좋겠습니다. 저는 원장님과 마티외 수사가 일주일에 두 번 만나 수도원 일을 의논했다는 걸 알고 있습니다. 원장님이 그 만남을 어제로 정하셨다는 게 문제였습니다."

가마슈의 목소리는 차분했지만 단호했다. 그는 이 수도원에, 자신들에게 안이하게 대답하는 모든 수사에게 지쳤다. 그것은 다른 누군가의 네우마를 베끼는 것과 같았다. 그것은 더 쉬울지 모르지만 그것은 자신들의 목적에 그들을 가까이 데려가지 못했다. 자신들의 목적이 진실이라면.

"그토록 중요한 게 무엇이었습니까, 돔 필리프, 다음에 예정된 회의 때까지 기다릴 수 없었던 게?"

긴 검은 로브가 잔디와 마른 낙엽에 살짝 스치는 소리를 빼면 고요한 정원을 수도원장은 몇 걸음 더 걸었다.

"마티외는 다음 녹음에 관해 얘기하고 싶어 했습니다." 수도원장의 표정은 어두웠다.

"부원장이 그 이야기를 하고 싶어 했다고요?"

"네?"

"원장님은 마티외가 그에 관해 얘기하고 싶어 했다고 하셨습니다. 그 만남은 그의 생각이었습니까, 원장님 생각이었습니까?"

"만남의 주제는 그의 생각이었습니다. 시간은 제가 정했지요. 다시 사제단 회의가 열리기 전에 저희 둘이 그 문제를 해결할 필요가 있었습니다."

"그럼 또 녹음을 할지 아직 정해지지 않았습니까?"

"마티외는 결정했지만 저는 아니었습니다. 우린 사제단에서 의논을 했지만 결정은……," 수도원장은 올바른 단어를 찾으려 애썼다. "흐지부지되고 말았습니다."

"합의가 안 됐습니까?"

돔 필리프는 몇 걸음 더 걸었고, 소맷자락으로 손을 집어넣었다. 그 모습이 그를 사색적으로 보이게 했지만 그의 얼굴은 전혀 생각에 잠긴 것 같지 않았다. 으스스했다. 낙엽이 다 떨어진 가을의 얼굴.

"아시겠지만 저는 다른 사람에게 물어볼 수도 있습니다." 경감이 말했다.

"이미 그러셨을 줄 압니다." 수도원장은 깊은 숨을 들이마셨다가 싸늘한 아침 공기 속으로 하얀 입김을 내뿜었다. "수도원에서 벌어지는 대부분의 것처럼 누군가는 그것에 찬성하고, 누군가는 반대합니다."

"원장님은 그게 해결되지 않은 또 하나의 문제일 뿐인 것처럼 말씀하시는군요. 하지만 그건 다른 무엇보다 큰 문제였습니다, 아닙니까?" 가마슈가 말했다. 그의 말은 압박이었지만 톤은 부드러웠다. 그는 수도원장이 지나치게 방어적인 태도를 취하게끔 하고 싶지 않았다. 최소한 그들이 이미 취하고 있는 것보다 더 많이는. 이곳에 있는 사람은 경계하는 남자였다. 하지만 그가 경계하는 것은 무엇일까?

가마슈는 그것을 밝혀내기로 마음먹었다.

"그 녹음은 수도원을 변하게 하고 있었습니다." 경감은 더욱 압박했다. "그렇지 않습니까?"

수도원장은 걸음을 멈췄고, 그는 벽 너머 숲 저편의 가을빛이 완연한 웅장한 나무 한 그루로 시선을 던졌다. 햇빛을 받아 빛나는 나무는 주위를 둘러싼 칙칙한 침엽수들을 환하게 비추었다. 살아 있는 스테인드글라스. 위대한 대성당에서 볼 수 있는 그 어떤 스테인드글라스보다 확실히 감명 깊은.

수도원장은 그 모습에 경탄했다. 그리고 그는 또 다른 무언가에 경탄했다.

그는 불과 몇 년 전에 생질베르가 어땠는지 실제로 잊었다. 녹음 전. 이제 모든 것이 그것으로 평가받는 것처럼 보였다. 그 전과 후로.

생질베르앙트르레루는 가난했었고, 점점 더 가난해지고 있었다. 그 녹음 전에. 지붕은 물이 새서, 비가 올 때면 수사들이 허둥지둥 양동이와 냄비를 내왔었다. 장작 난로는 난방에 거의 소용이 없었다. 겨울이면 그들은 침대에 여분의 담요를 가져다놓았고, 로브를 입고 잠자리에 들었다. 때때로 추위가 혹독한 밤이면 그들은 깨어 있었다. 식당에서. 장작 난로 주위로 모였다. 땔감을 집어넣으며. 차를 마시며. 빵을 구우며.

난로와 서로의 몸으로 몸을 덥히며. 자신들의 몸으로.

그리고 때때로 해가 뜨기를 기다리며 그들은 기도했다. 그들의 목소리는 나지막이 웅얼거리는 단성 성가였다. 그것은 종이 울려서 그들에게 그렇게 하도록 채근했기 때문이 아니었다. 두려웠거나 추웠거나 밤이었기 때문이 아니었다.

그것이 기쁨을 주었기 때문에 그들은 기도했다. 그 즐거움을 위해.

마티외는 항상 그의 곁에 있었다. 그리고 그들이 노래할 때면 돔 필리프는 마티외의 아주 작은 손짓을 알아차렸다. 그 은밀한 지휘를. 마치 음표와 가사가 마티외의 일부인 양. 결합체.

돔 필리프는 그 손을 잡고 싶었다. 그것의 일부가 되기 위해. 마티외가 느끼는 감정을 느껴 보고 싶었다. 하지만 당연히, 그는 결코 마티외의 손을 잡지 않았다. 그리고 이젠 결코 그러지 못하리라.

그것은 녹음 전이었다.

이제 모든 것이 사라졌다. 살해되었다. 마티외의 머리를 박살 낸 돌에 의해서가 아니었다. 그것은 사실상 그 전에 살해되었다.

그 저주받은 녹음에 의해.

수도원장은 그것이 자기만 아는 사실임에도 신중하게 말을 골랐다.

그것은 저주받은 녹음이었다. 그리고 그는 온 마음을 다해 그런 일이 일어나지 않았길 바랐다.

경찰에서 온 이 덩치 크고 과묵하며 상당히 무서운 남자는 자신이 틀린 적이 있는지 물었다. 그는 말로만 자신이 늘 틀렸다고 대답했다.

그가 했어야 한 말은 자신이 여러 번 틀렸지만 한 가지 실수가 그 나머지 모두를 무색게 했다는 것이었다. 그의 실수는 너무나 극적이고 너무나 충격적이어서 그것은 영구불변의 틀림이 되었다. 지워지지 않는 잉크가. 수도원 지도처럼. 그의 실수는 수도원의 뼈대로 곧장 스며들었다. 그것이 이제 수도원을 규정했고 영구적이 되었다.

너무나 많은 측면에서 너무나 올바르고 너무나 좋아 보였던 것이 보잘것없는 가짜로 전락하고 말았다. 질베르회는 종교개혁에서 살아남았고, 종교재판에서 살아남았다. 퀘벡의 야생에서 거의 4백 년을 살아남았다. 하지만 그들은 마침내 발견되었다. 그리고 추락했다.

그리고 그 무기는 그들이 지키길 원했던 바로 그것이었다. 그레고리오 성가 그 자체.

돔 필리프는 또다시 그런 실수를 저지르기 전에 죽을 터였다.

장 기 보부아르는 앙투안 수사를 응시했다.

평행 우주를 훔쳐보는 기분이었다. 그 수사는 서른여덟이었다. 보부아르와 동갑. 그는 보부아르와 키가 같았다. 보부아르와 피부, 눈, 머리색이 같았다. 그들은 똑같이 호리호리하고 탄탄한 체격마저 나누었다.

그리고 그가 입을 열었을 때 앙투안 수사는 보부아르와 똑같은 퀘베쿠아 억양이었다. 같은 지역의. 몬트리올 동쪽 끝. 교육과 노력으로도 완벽하게 감출 수 없는.

두 남자는 서로를 어떻게 생각해야 좋을지 모른 채 마주 보았다.

"봉주르." 앙투안 수사가 말했다.

"살뤼Salut 안녕하십니까." 보부아르가 말했다.

유일한 차이는 한쪽은 수사고 한쪽은 경찰이라는 것이었다. 마치 그들은 한 집에서 자랐으나 다른 방에 있던 것 같았다.

보부아르는 다른 수사들은 이해할 수 있었다. 대부분은 나이가 더 많았다. 그들은 이지적이고 사색적으로 보였다. 하지만 이 호리호리한 남자는?

보부아르는 가벼운 현기증을 느꼈다. 앙투안을 앙투안 수사가 되게 이끈 건 무엇이었을까? 왜 보부아르처럼 경찰이 아니고. 아니면 교사나. 아니면 하이드로 퀘벡퀘벡 전력 공사에서 일하거나. 아니면 부랑자나 걸인이나 사회의 짐은?

보부아르는 이 모든 것으로 통하는 길을 이해할 수 있었다.

하지만 종교인? 자기 또래의 남자가? 같은 동네 출신이?

보부아르가 아는 사람 누구도 교회조차 가지 않았고, 자신의 삶을 신앙에 바치지 않았다.

"수사님이 성가대 솔로이신 걸로 알고 있습니다." 보부아르가 말했다. 그는 수사만큼 키가 컸지만 여전히 앙투안 수사 앞에서 왜소하게 느껴졌다. 보부아르는 그것이 로브 때문이라고 생각하기로 했다. 로브는 불공평한 이점이었다. 큰 키와 권위의 인상을 주었다.

경찰청이 제복을 새로 디자인한다면 그 점을 고려해야 할 터였다. 보부아르는 그 의견을 라코스트 경위의 이름으로 건의 함에 넣기로 했다.

"맞습니다. 제가 솔로입니다."

보부아르는 이 수사가 자신을 '내 아들이여.'라고 부르지 않아 안도했다. 그런 일이 일어날 경우 자신이 어떻게 할지 확신할 수 없었지만 경찰청에서 좋은 반향이 일지는 않으리라 생각했다.

"수사님이 곧 교체될 거라는 사실도 알고 있습니다."

보부아르가 예상하지도, 바라지도 않았던 반응이 있었다.

앙투안 수사는 미소를 지었다.

"알겠습니다. 뤽 형제와 이야기를 나누셨군요. 미안하지만 그는 잘못 알고 있습니다."

"꽤 확신하는 것처럼 보였습니다."

"뤽 형제는 본인이 일어나길 원하는 일과 실제로 일어날 일을 구분하는 데 어려움을 겪고 있습니다. 현실에 대한 기대죠. 젊으니까요."

"예수님보다 그렇게 많이 젊지도 않은 것 같은데요."

"설마 수위실에 예수님이 재림하셨다는 말씀은 아니겠죠?"

성경에 대해 아는 바가 별로 없는 보부아르는 본론으로 들어갔다.

"뤽 형제는 부원장님을 오해하고 있었나 봅니다." 앙투안 수사가 말했다.

"그게 오해하기 쉬운 일이었습니까?"

앙투안 수사는 잠시 망설이다 고개를 저었다. "아닙니다." 그는 인정했다. "부원장님은 매사를 확실히 하시는 분이었습니다."

"그럼 왜 뤽 수사는 부원장이 솔로로 자신을 원했다고 믿었을까요?"

"저는 사람들이 뭘 믿는지 설명할 수 없습니다, 보부아르 경위님. 경위님은요?"

"없습니다." 보부아르는 인정했다. 그는 자신과 같은 나이에 로브와 늘어진 밀짚모자를 쓰고, 면도한 머리에 숲 속 남자들 공동체에 속한 남자를 보고 있었다. 그들은 퀘벡의 대다수가 포기한 교회에 자신의 삶을 바쳤고, 음표 대신 꼬불꼬불한 선이 달린 죽은 언어로 노래하는 데에서 의미를 찾았다.

아니, 그는 그것을 설명할 수 없었다.

하지만 보부아르는 시체 옆에 무릎을 꿇고 몇 년을 보내며 알게 된 사실이 한 가지 있었다. 어떤 사람과 그 사람의 신념에 끼어드는 것은 몹시, 대단히 위험했다.

앙투안 수사는 보부아르에게 바구니를 건넸다. 수사는 허리를 숙이고 코끼리 귀만 한 두꺼운 잎을 뒤적거렸다.

"왜 뤽 형제가 포르티에라고 생각하십니까?" 수사가 보부아르를 보지 않고 물었다.

"벌입니까? 일종의 신고식?"

앙투안 수사가 머리를 저었다. "저희 모두가 처음 왔을 때 그 작은 방에 배치되었습니다."

"왜죠?"

"그럼 우린 떠날 수 있습니다."

앙투안 수사는 통통한 호박 하나를 따서 보부아르가 들고 있는 바구니에 집어넣었다.

"신앙생활은 힘듭니다, 경위님. 그리고 이곳은 가장 힘든 곳이죠. 많은 사람이 견뎌 내지 못합니다."

그는 그 말이 종교 단체의 해병대라는 것처럼 들렸다. 그런 삶은 없다. 그리고 보부아르에게 약간의 이해의 움직임이 일었다. 매혹적이기까지. 이것은 힘든 삶이었다. 강한 사람만이 그 삶을 살았다. 소수의 사람들. 자부심 강한 사람들. 수도사들.

“생질베르에 머무는 저희는 이곳으로 부름을 받았습니다. 하지만 그것은 자발적이라는 걸 뜻합니다. 그리고 저희는 확신해야 합니다.”

“그럼 새 수사가 들어올 때마다 시험을 합니까?”

“저희가 시험하는 게 아니라, 그 시험은 주님과 본인 사이에서 이루어집니다. 그리고 틀린 답은 없죠. 진실만이 있을 뿐. 새 수사에게는 지켜야 할 문과 나갈 수 있는 열쇠가 주어지죠.”

“자유로운 선택?” 보부아르는 물었고, 다시 수사의 미소를 보았다.

“그걸 이용하는 편이 낫죠.”

“떠난 사람이 있습니까?”

“많이들 떠났습니다. 머무른 사람보다 떠난 사람이 더 많습니다.”

“그럼 뤽 수사는요? 그 수사는 이미 일 년 가까이 이곳에 있었다던데요. 그의 시험은 언제 끝납니까?”

“본인이 끝났다고 결정하면 끝나는 겁니다. 본인이 밖으로 나와서 우리와 함께 있겠다고 할 때. 그게 싫으면 열쇠로 문을 열고 나가면 그만이고요.”

또 하나의 무거운 호박이 보부아르가 든 바구니에 안착했다.

앙투안 수사는 고랑을 옮겼다.

“그는 일종의 연옥에 있습니다.” 수사가 더 많은 호박을 찾아 거대한 잎을 헤치며 말했다. “그 자신이 만든. 아주 고통스러울 겁니다. 그는 마비된 것처럼 보입니다.”

"무엇에요?"

"저야 모르죠, 경위님. 대개 사람을 마비시키는 게 뭡니까?"

보부아르는 그 답을 알았다. "공포."

앙투안 수사가 끄덕였다. "뤽 형제는 재능이 있습니다. 저희 가운데 최고의 목소리고, 대박이죠. 하지만 그는 공포로 얼어붙어 있습니다."

"뭐 때문에요?"

"모든 것 때문에. 소속되는 것. 그리고 소속되지 않는 것에. 그는 해를 두려워하고 그늘을 두려워합니다. 그는 한밤중의 삐걱거리는 소리를 두려워하고 아침 이슬을 두려워합니다. 그게 마티외 형제가 그를 솔로로 뽑지 않은, 내가 아는 이유입니다. 그의 목소리는 아름답지만 공포로 가득하기 때문에. 그 공포가 신앙에 의해 바뀔 때 그는 솔로가 될 겁니다. 하지만 그 전에는 아니죠."

그들이 고랑을 조금씩 이동함에 따라 바구니가 작물로 묵직해질 때 보부아르는 그에 관해 생각했다.

"하지만 부원장이 정말로 그를 뽑았다면요? 그가 대부분의 사람이 그 공포나 근심을 듣지 않을 거라고 생각했을 수도 있죠. 그게 음악을 더욱 매력적이고 풍성하고, 보다 인간적으로 들리게 할 수도 있죠. 전 모릅니다. 하지만 마티외 수사가 뤽을 선택했다고 칩시다. 수사님은 기분이 어떨 것 같습니까?"

수사는 밀짚모자를 벗고 눈썹의 땀을 닦았다. "제가 신경 쓸 것 같습니까?"

보부아르는 그의 시선을 마주했다. 정말로 거울을 주시하는 것 같았다. "아주 크게 신경 쓰실 것 같은데요."

"그렇게 생각하십니까? 만일 경위님이 존경하고 흠모하고 우러러보는 사람이 다른 사람 때문에 경위님을 퇴짜 놓는다면 어떻게 하시겠습니까?"

"그게 부원장에 대한 당신의 감정입니까? 그를 우러러보셨습니까?"

"그랬습니다. 그는 위대한 분이셨습니다. 이 수도원을 구하셨죠. 그리고 그분이 노래하는 솔로로 원숭이를 원했다면 저는 기꺼이 바나나 농사를 지을 겁니다."

보부아르는 자신도 모르게 이 남자를 믿고 싶어졌다. 아마 자신도 같은 식으로 반응하리라고 믿고 싶었기 때문에.

하지만 수사는 그가 의심쩍었다.

그리고 장 기 보부아르 역시 이 수사가 의심쩍었다. 로브 속에, 저 우스꽝스러운 모자 속에 신의 아들이 아닌, 인간의 아들이 있었다. 그리고 보부아르는 인간의 아들은 거의 어떤 일이든 할 수 있다는 것을 알았다. 압박을 받는다면. 배신을 당한다면. 특히 자신이 존경한 사람에게.

보부아르는 모든 악의 뿌리가 돈이 아니라는 것을 알았다. 아니, 악을 창조하고 이끄는 것은 공포였다. 충분한 돈, 충분한 음식, 충분한 땅, 충분한 힘, 충분한 안전, 충분한 사랑이 없다는 공포. 원하는 것을 얻지 못하는 공포, 또는 갖고 있는 것을 잃는다는 공포.

보부아르는 앙투안 수사가 숨겨진 호박을 찾아내는 모습을 지켜보았다. 건강하고 똑똑하고 젊은 남자를 수사가 되도록 몬 것은 무엇일까? 신앙이었을까, 공포였을까?

"부원장이 없는 지금, 성가대를 누가 이끌고 있죠?" 가마슈가 물었다. 두 사람은 정원 끝까지 걸어갔다 다시 돌아오는 중이었다. 그들의 뺨은 차가운 아침 공기에 빨개졌다.

"앙투안 형제에게 성가대를 맡아 달라고 부탁했습니다."

"그 솔로 말입니까? 어젯밤 원장님한테 항의했던 사람?"

"그 사람은 마티외 다음으로 음악적 재능이 뛰어납니다."

"원장님이 맡고 싶다는 유혹은 못 느끼셨습니까?"

"느꼈고, 지금도 그렇습니다." 수도원장이 미소를 지으며 말했다. "하지만 저는 그 달콤한 열매를 포기했습니다. 그 일의 적임자는 앙투안이니까요. 제가 아니고."

"하지만 그는 부원장의 사람이었습니다."

"그게 무슨 뜻입니까?" 수도원장의 미소가 흐려졌다.

가마슈는 고개를 살짝 기울였고, 상대를 관찰했다. "이 수도원, 이 공동체가 나뉘었다는 뜻입니다. 한편에는 부원장의 사람들, 다른 한편에는 원장의 사람들이오."

"터무니없는 소리." 수도원장은 버럭했다가 바로 침착을 되찾았다. 하지만 너무 늦었다. 가마슈는 그 얼굴 밑에 감춰진 것을 힐끗 보았다. 뱀의 혀가 튀어나왔다가 재빨리 들어갔다.

"사실이군요, 몽 페르." 가마슈가 말했다.

"알력에 대한 반대를 오해하시는군요." 수도원장이 말했다.

"아닙니다. 저는 그 차이를 압니다. 이곳에서 일어난 일, 그리고 아마 당분간 이어질 일은 결코 건전한 의견 충돌이 아닙니다. 그리고 원장님은 그걸 아십니다."

두 사람은 걸음을 멈추고 서로를 응시했다.

“무슨 뜻인지 모르겠습니다, 무슈 가마슈. 원장의 사람 같은 피조물은 없습니다. 부원장의 사람이나. 마티외와 저는 수십 년간 함께 일했습니다. 그는 음악을 맡았고, 저는 수도사들의 영적인 삶을 돌봤……,”

“하지만 그 둘은 동일하지 않습니까? 뤽 수사는 성가를 하느님에게로 가는 다리이자 하느님 그 자체라고 묘사했습니다.”

“뤽 형제는 아직 젊고 단순화하는 경향이 있습니다.”

“뤽 수사는 부원장 쪽 사람이죠.”

수도원장이 발끈했다. “성가는 중요하지만 이곳 생질베르에서의 영적인 삶의 한 면일 뿐입니다.”

“그 분열은 두 줄로 나뉩니까?” 가마슈가 물었다. 가마슈의 목소리는 차분했지만 가차 없었다. “음악이 무엇보다 중요했던, 부원장에게 줄을 선 사람들. 신앙이 우선이었던, 원장님에게 줄을 선 사람들로?”

“줄은 없었습니다.” 원장이 격앙된 목소리로 말했다. 필사적이기까지 하다고 가마슈는 생각했다. “우리는 결속되어 있습니다. 가끔 서로의 의견에 동의하지 않을 때도 있지만 그게 답니다.”

“그리고 수사들은 수도원이 나아갈 방향에 대해 의견이 달랐습니까? 침묵의 서약만큼 근본적인 무언가에 대해 의견이 달랐습니까?”

“저는 그걸 거뒀습니다.”

“네. 하지만 그건 부원장이 죽은 후였고, 저희의 질문에 답하기 위해서일 뿐이었지, 수사들이 세상으로 나가기 위해 허락된 게 아니었습니다. 콘서트를 열고, 인터뷰를 하라는 뜻은.”

“침묵의 서약이 영원히 거둬지지는 않을 겁니다. 절대로.”

"두 번째 녹음이 진행될 거라고 생각하십니까?" 보부아르가 물었다.

이제 마침내 보부아르는 앙투안 수사의 반응을 보았다. 분노의 섬광이 일었다가 이내 그것이 숨었다. 자신들의 발밑에 있는 뿌리채소들처럼. 묻혔지만 계속 자라고 있었다.

"모릅니다. 부원장님이 살아 계셨다면 그랬을 겁니다. 물론 원장님은 그걸 반대하셨습니다. 하지만 마티외 형제가 이겼겠죠."

수사의 목소리에는 확신이 있었다. 그리고 보부아르는 드디어 그의 버튼을 찾았다. 그것을 찾는 데 시간이 조금 걸렸다. 그가 온종일 앙투안 수사를 몰아붙이고 모욕하고 그에게 장광설을 늘어놓는다 해도 그는 차분한 태도를 유지하면서 사근사근하기까지 할 터였다. 하지만 수도원장을 언급하면?

우르릉 쾅쾅.

"왜 '물론'이라고 하십니까? 왜 원장님이 그걸 반대하십니까?"

자신이 '수도원장 버튼'을 계속 누르고 있는 한 이 수사는 쩔쩔매리라. 그리고 기대치 못한 무언가가 그 입에서 나올 가능성이 더 많았다.

"왜냐하면 그건 원장이 통제할 수 있는 일이 아니니까요."

수사가 보부아르에게 더 가까이 몸을 기울였다. 장 기는 이 수사의 강한 개성의 힘을 느꼈다. 그리고 그의 육체적 활력을. 여기에 모든 면에서 강한 남자가 있었다.

'당신은 왜 수삽니까?'가 진짜 묻고 싶은 질문이었다. 보부아르는 묻고 싶어 죽을 것 같았다. 하지만 그러지 않았다. 그리고 내심 왜 묻지 않는지 알았다. 너무 두려웠다. 그 대답이.

"보세요, 원장은 이 담장 안의 모든 걸 결정합니다. 수도원 생활에서 수도원장은 전능한 존재죠.” 앙투안 수사가 담갈색 눈동자를 보부아르에게 고정하고 말했다. “하지만 그는 무언가를 손가락 사이로 흘리고 있습니다. 음악을. 첫 번째 녹음을 허락함으로써 그는 그 음악을 세상으로 내보냈고, 거기에 대한 통제력을 잃었습니다. 성가는 생명을 얻었죠. 그는 그 모든 걸 되돌리려고 애쓰며 지난해를 보냈습니다. 그것들을 다시 수도원에 담아 두려고.” 앙투안 수사의 잘생긴 얼굴에 악의적인 미소가 떠올랐다. “하지만 그러지 못할 겁니다. 이건 하느님의 의지니까요. 그리고 그는 그걸 싫어합니다. 그리고 부원장님을 싫어했죠. 우리 모두 그걸 알았습니다.”

“그는 왜 부원장을 싫어합니까? 전 둘이 친구였다고 생각했는데요.”

“부원장님은 그에게 없는 모든 걸 갖고 있었으니까요. 현명하고, 재능 있고, 열정적인 분이셨죠. 원장은 말라빠진 완고한 늙은이입니다. 관리자로는 괜찮을지 몰라도 지도자감은 아니죠. 원장은 성경을 처음부터 끝까지 영어, 프랑스어, 라틴어로 인용할 수 있습니다. 하지만 이곳에서 우리 삶의 중심이 되는 그레고리오 성가는? 뭐, 조금은 알고 조금은 느낄 테죠. 원장은 성가를 머리로 알 뿐입니다. 부원장님은 느꼈죠. 그리고 그게 마티외 형제를 훨씬 더 힘 있는 사람으로 만들었습니다. 그리고 원장은 그걸 알았습니다.”

“하지만 늘 그런 식이었을 텐데 왜 녹음이 뭐든 바꿨다는 겁니까?”

“녹음이 우리에게만 해당되는 한, 두 사람은 잘 풀렸으니까요. 사실 좋은 팀을 만들었습니다. 하지만 녹음의 성공으로 권력이 옮겨 갔습니다. 갑자기 부원장님은 바깥세상에서 인정을 받았습니다.”

“그리고 영향력도 얻었죠.” 보부아르가 말했다.

"원장은 위협을 느꼈습니다. 그러다 마티외 형제는 우리가 또 다른 녹음을 할 뿐 아니라, 세상으로 나가야 한다고 결정했습니다. 초대의 응답이죠. 그분은 사람들의 초대를 하느님의 초대라고 강하게 느꼈습니다. 본질적으로, 그것은 말 그대로 '부름'이었습니다. 모세가 그 석판을 갖고만 있었다고 생각하십니까? 아니면 예수님이 하느님과 개인적으로 교감하면서 목수로 남으셨습니까? 아니요. 이런 선물들은 나누라는 뜻입니다. 부원장님은 그것들을 나누길 원했습니다. 하지만 원장은 아니었죠."

그 말들이 앙투안 수사의 몸에서 떠나 스스로 굴러 다녔다. 그는 원하는 만큼 빨리 돔 필리프를 비난할 수 없었다.

"부원장님은 침묵의 서약이 거둬져 우리가 세상으로 나갈 수 있길 원하셨습니다."

"그런데 원장이 거부했고요." 보부아르가 말했다. "그가 많은 지지를 받았습니까?"

"형제 중 일부는 습관 이상으로 원장에게 충실했죠. 습관과 훈련. 저희는 항상 수도원장에게 개인의 뜻을 굽히라고 배웠습니다."

"그럼 왜 수사님은 그러지 않았습니까?"

"돔 필리프가 생질베르를 파괴할 테니까요. 수도원을 암흑시대로 되돌려 놓았습니다. 그는 어떤 것도 변하길 원치 않습니다. 하지만 너무 늦었죠. 녹음이 모든 걸 바꿨습니다. 그건 하느님의 선물이었습니다. 하지만 원장은 그렇게 생각하기를 거부했죠. 그는 녹음이 정원의 뱀과 같아서 우리를 꾀어내려 하고, 돈과 권력의 약속으로 우리를 유혹한다고 했습니다."

"아마 그 말이 맞겠죠." 보부아르가 그렇게 말하자 분노에 찬 시선이 돌아왔다.

"그는 과거에 집착하는 겁쟁이 늙은이입니다."

앙투안 수사는 보부아르에게 몸을 기울이고 있었고, 실제로 그 말을 내뱉고 있었다. 이내 그는 말을 멈췄고, 그의 얼굴에 당혹감이 퍼졌다. 수사는 고개를 한쪽으로 기울였다.

보부아르도 듣기 위해 움직임을 멈췄다.

무언가가 오고 있었다.

아르망 가마슈는 하늘을 올려다보았다.

무언가가 오고 있었다.

그와 수도원장은 정원에서 이야기를 나누고 있었다. 그는 이 면담을 일상적인 대화 분위기로 되돌리고 싶었다. 그것은 낚시 같았다. 감았다 풀고. 감았다 풀고. 용의자에게 자유롭다는 인상을 주어라. 그것이 그들을 곤경에서 벗어났다고 생각하게 한다. 그때 다시 당긴다.

그것은 진을 뺀다. 누구에게든. 하지만 대개는 누구든 미끼를 물고 발버둥을 친다는 것을 가마슈는 알았다.

수도원장은 이 톤과 주제의 변화를 가마슈가 수그러들었다고 해석한 게 분명했다.

"돔 클레망이 왜 이 정원을 만들었다고 생각하십니까?" 조금 전 경감이 물었었다.

"함께 사는 사람들이 가장 소중하게 여기는 것이 무엇입니까?"

가마슈는 그에 관해 생각했다. 관계? 평화와 고요? 관용?

"사생활인가요?"

원장이 끄덕였다. "위, 세 사Oui, C'est ça 네. 맞습니다. 돔 클레망은 생질베르에서 누구도 갖지 못한 한 가지를 자신에게 선물했지요. 사생활을."

"또 다른 분열이군요." 가마슈가 그렇게 말하자 수도원장이 그를 보았다. 돔 필리프는 살짝 위태로움을 느꼈고, 자신이 전혀 자유롭지 않다는 것을 깨달았다.

가마슈는 방금 수도원장이 한 말을 숙고했다. 어쩌면 이들의 전설 속 보물은 물건이 아니라 아무것도 아닐지 몰랐다. 아무도 몰랐던 빈방. 그리고 자물쇠.

사생활. 그리고 사생활이 있다면 다른 무언가가 따랐다.

안전.

가마슈는 그것이 인간이 가장 소중하게 여기는 것이라는 걸 알았다.

그때 그는 그것을 들었다.

그는 파란 하늘을 힐끗 보았다. 아무것도 없었다.

하지만 무언가가 거기에 있었다. 그리고 점점 가까워지고 있었다.

부르릉거리는 소리가 평화를 산산조각 냈다. 그 소리는 마치 하늘이 입을 쩍 벌리고 그들을 향해 비명을 지르듯 그들 주위에서 들려오는 것 같았다.

모든 버섯 수사들과 보부아르는 위를 올려다보았다.

그리고 일개 사람인 그들은 몸을 숙였다.

가마슈는 몸을 숙이며 자신처럼 숙이게 돔 필리프의 몸을 당겼다.

비행기가 머리 위로 가까워졌다가 순식간에 가 버렸다. 하지만 가마슈는 비행기가 비스듬히 날며 방향을 돌리는 소리를 들었다.

두 남자는 꼼짝도 하지 않고 서서 하늘을 응시했고, 가마슈는 여전히 원장의 로브를 잡고 있었다.

"돌아옵니다." 돔 필리프가 고함을 질렀다.

"젠장할!" 보부아르가 엔진 소리를 뚫고 소리쳤다.

"맙소사." 앙투안 수사가 외쳤다.

수사들의 머리에서 날아간 밀짚모자가 작물 위에 떨어져 포도 덩굴 일부를 끊어 놓았다.

"돌아옵니다." 앙투안 수사가 고함을 질렀다.

보부아르는 하늘을 올려다보았다. 자신들의 머리 바로 위 파란색 패치를 보는 것만으로 화가 치밀었다. 그들은 비행기가 비스듬히 날며 가까워지는 소리를 들을 수 있었다. 하지만 보이지 않았다.

이윽고 비행기는 다시 자신들 위에 있었고, 이번에는 고도가 더 낮기까지 했다. 누가 봐도 종탑을 향해 똑바로 날아오고 있었다.

"이런, 제기랄." 앙투안 수사가 중얼거렸다.

돔 필리프는 가마슈의 재킷을 붙잡고 있었고, 두 사람은 또다시 몸을 숙였다.

"젠장."

가마슈는 수도원장이 엔진 소리를 뚫고 내뱉는 소리를 들었다.

"수도원을 거의 칠 뻔했습니다." 돔 필리프가 소리를 질렀다. "취재진입니다. 우리에게 시간이 더 있을 줄 알았는데."

보부아르는 긴장을 늦추지 않고 귀를 기울이며 천천히 허리를 폈다.

소리가 금세 커졌다가 사라지더니 첨벙하는 소리가 크게 퍼졌다.

"맙소사." 보부아르가 말했다.

"메르드." 앙투안 수사가 말했다.

수사들과 보부아르는 수도원 문을 향해 뛰어갔다. 그들의 챙이 늘어진 밀짚모자는 정원에 버려졌다.

빌어먹을. 가마슈는 원장과 정원을 떠나며 생각했다.

그는 자신들의 머리 위 몇 미터 내에 있는 것 같은, 정원 위의 비행기를 힐끗 보았다. 마지막 순간 비행기는 종탑을 비껴 비스듬히 날았다.

비행기가 다시 사라지기 전 바로 그 순간 그는 비행기 문의 문장을 보았다.

두 사람은 성당으로 이어지는 복도를 빠르게 걷는 수사의 행렬에 합류했고, 수사들이 홀을 지나 성당을 가로질러 마지막 통로로 나아갈 때 그들의 발걸음은 더욱 빨라졌고, 그들의 수는 더 늘어났다. 가마슈는 보부아르가 바로 앞에서 앙투안 수사와 나란히 빠르게 걷는 모습을 발견했다.

젊은 뤽 수사가 연철 열쇠를 들고 잠긴 문 앞에 서 있었다. 그는 그들을 응시하고 있었다.

그들 가운데 가마슈만이 잠긴 정문 너머에 무엇이 있는지 정확히 알았다. 그는 비행기의 문장을 알아보았다. 그것은 취재진이 아니었다. 끔찍한 범죄로 악명이 더해진 유명한 수도원을 멍하니 보기 위해 찾아온 호기심 많은 탐험가도 아니었다.

아니, 이것은 완전히 또 다른 피조물이었다.

피 냄새를 풍기는.

17

수도원장의 끄덕임에 뤽 수사가 자물쇠에 열쇠를 꽂았다. 열쇠는 쉽게 돌아갔고, 문이 열리자 소나무 냄새가 나는 산들바람과 햇빛, 선창을 향해 떠가는 비행기 소리가 밀려들었다.

수사들이 열린 문 주위에 모였다. 그리고 수도원장이 앞으로 나섰다.

"그들에게 가라고 말해야겠군요." 그가 결의에 찬 목소리로 말했다.

"제가 같이 가야 할 것 같습니다." 가마슈가 말했다.

돔 필리프가 경감을 응시하더니 고개를 끄덕였다.

보부아르가 합류하려 했지만 가마슈의 보일 듯 말 듯한 손짓에 멈춰 섰다. "여기 있는 편이 나을 걸세."

"저게 뭐죠?" 보부아르가 경감의 표정을 살피며 물었다.

"확실히는 모르겠네."

가마슈가 수도원장을 돌아보며 선창을 가리켰다. "가실까요?"

비행기는 선창에 거의 도달해 있었다. 조종사가 엔진을 끄자 프로펠러가 느려졌고, 비행기는 선창에서 몇 미터 떨어지지 않은 곳에 잔교를 내리고 떠 있었다. 가마슈와 수도원장은 선창의 난간을 잡고 비행기를 관찰했다. 이내 경감은 차가운 호수에서 흔들리고 있는 밧줄을 잡으려 손을 뻗었다.

"저는 끼어들지 않겠습니다." 수도원장이 말했다. "저들은 이곳에 오래 머무르지 않을 테니까요."

경감이 젖은 밧줄을 들고 돌아보았다. "아마 오래 있을 것 같습니다."

"이곳 책임자가 누구인지 잊으신 모양이군요."

가마슈는 무릎을 꿇고 재빨리 몇 개의 매듭을 지어 물 위에 계속 떠다니는 비행기를 선창에 붙잡아 맨 뒤 몸을 일으키고 뒤로 물러섰다.

"잊지 않았습니다. 저는 저 비행기에 탄 사람이 누구인지 안다고 생각할 뿐입니다. 아시겠지만, 저건 취재진이 아닙니다."

"아니라고요?"

"비행기가 머리 위를 날았을 때 제대로 봤는지 확신하는 건 아닙니다. 그래서 함께 오겠다고 한 겁니다."

경감은 문에 그려진 문장을 가리켰다. 거기에는 네 송이의 플뢰르 드 리스fleur de lys 백합꽃가 있었다. 그 위로 MJQ라는 글자가 스텐실로 찍혀 있었다.

"MJQ?" 수도원장이 물었다.

작은 문이 열렸다.

"미니스테르 드 라 쥐스티스 뒤 퀘벡Ministère de la Justice du Québec 퀘벡 법무부입

니다." 가마슈가 그렇게 말하며 앞으로 걸어 나가 표류하는 비행기에서 빠져나오려 애쓰는 방문자를 잡아 주기 위해 손을 내밀었다.

경감의 손은 주목받지 못했거나 무시당했다. 훌륭한 검은색 가죽 구두가 나타났고, 이내 한 남자가 비행기 잔교 위에 잠깐 서 있다가 마치 오페라하우스나 미술 갤러리에 들어가듯 무심히 선창 위를 거닐었다.

그는 자신을 둘러싼 주위를 둘러보았다.

새로운 세계에 착륙한 모험가가 아니라 정복자로.

그는 장년에 접어든 60대로 보였다. 회색 머리의 잘생긴 얼굴은 깔끔하게 면도가 되어 있었고 자신감이 넘쳤다. 나약함은 보이지 않았다. 깡패의 얼굴도 아니었다. 그는 완벽하게 자기 집에 있는 듯 차분하고 편안해 보였다. 웬만한 사람이 고급 정장과 넥타이 차림으로 야생에 도착했다면 약간 우스꽝스럽게 보였겠지만 이 남자는 완벽히 자연스러워 보였다. 선망의 대상으로까지.

그리고 가마슈는 이 방문자가 이곳에 오래 머무른다면 수도사들이 점차 정장과 넥타이 차림이 되지 않을까 의심스러웠다. 방문객에게 감사해하며.

그는 사람들에게 영향을 미쳤다. 세상에 맞추는 것이 아니라, 자신에게 세상을 맞췄다. 실제로도 그랬다. 중요 인물을 빼면 거의 예외 없이 누구에게나.

남자는 선창에 올라서서 주위를 둘러보았고, 그의 눈이 가마슈를 훑었다. 그의 머리 위를, 그를, 그의 옆을. 그리고 수도원장에게 그 시선이 멈추었다.

"돔 필리프?"

수도원장은 허리를 숙였으나 그 푸른 두 눈을 낯선 이에게서 떼지 않았다.

"내 이름은 실뱅 프랑쾨르입니다." 남자가 손을 내밀었다. "퀘벡 경찰청의 경정입니다."

수도원장의 눈이 순간 움직였다. 가마슈에게. 그리고 다시 돌아갔다.

아르망 가마슈는 자신의 표정이 편안하고 세심하다는 것을 알았다. 공손하다는.

하지만 네우마에 능하고 경감의 얼굴에 드러난 작은 주름을 읽는 돔 필리프가 가마슈의 본심을 들여다봤을까?

"망할, 도대체 이게 다 뭡니까?" 수도원장과 프랑쾨르 경정 뒤에서 몇 걸음 떨어져 통로를 걸어가며 보부아르가 속삭였다.

가마슈는 보부아르에게 경고의 의미를 담은 눈빛을 쏘아 보냈다. 가벼운 질책이 아닌, 곤봉으로 머리를 후려치는. 그 엄한 얼굴이 '닥쳐.'라고 말했다. 평생 그런 적이 없더라도 지금은 입 다물게.

보부아르는 입을 다물었다. 하지만 보고 듣는 것은 멈추지 않았다. 그들은 앞서 가는 두 남자가 창조한 대화의 구름을 통과해 나아갔다.

"끔찍한 일입니다, 몽 페르." 경정이 말했다. "부원장님의 죽음은 국가적 비극입니다. 하지만 저희는 이 사건을 신속히 해결하고, 여러분이 사적인 애도를 하실 수 있도록 책임지겠습니다. 저는 마티외 수사님의 죽음을 최대한 함구하도록 제 부하들에게 명령했습니다."

"가마슈 경감님이 그건 불가능할 거라더군요."

"물론 그의 말이 맞습니다. 그는 그럴 수 없습니다. 저는 무슈 가마슈를 아주 존중하지만 그의 힘에는 한계가 있습니다."

"그리고 경정님은 그렇지 않고요?" 수도원장이 물었다.

보부아르는 미소를 지으며 수도원장이 누구를 상대하고 있는지 알지 궁금했다.

프랑쾨르 경정이 웃음을 터뜨렸다. 편안하고 유쾌한 표정이었다.

"수도원장님 기준으로, 돔 필리프, 제 힘은 우습지요. 하지만 아주 신중하게 말씀드린다면 그 힘은 상당합니다. 그리고 그 힘을 원장님 처분에 맡기겠습니다."

"메르시, 몽 피스mon fils 아들이여. 대단히 감사합니다."

보부아르는 역겹다는 표정으로 가마슈를 돌아보며 입을 벌렸으나 가마슈의 표정을 보고 다시 입을 다물었다. 그 표정은 분노가 아니었다. 화조차 나 있지 않았다.

가마슈 경감은 혼란스러웠다. 마치 앞뒤가 맞지 않는 복잡한 수학 공식을 풀려고 애쓰듯.

보부아르는 자신만의 의문이 있었다.

이게 대체 무슨 일이지?

"이제 말해도 됩니까?" 보부아르가 닫힌 문에 몸을 기대며 물었다.

"그럴 필요 없네." 가마슈가 부원장의 비좁은 사무실에서 의자에 앉으며 말했다. "자네 질문을 알지만 답은 모르네."

"제퍼디Jeopardy 미국의 유명한 퀴즈쇼. 진행자는 앨릭스 트레벡. jeopardy에는 '위험'이라는 뜻도 있다처럼요." 보부아르가 몸을 기댄 채로 팔짱을 꼈다. 인간 빗장. "이백 달러짜리 문제 '빌어먹을'을 선택하겠습니다, 앨릭스."

가마슈는 웃음을 터뜨렸다. “혼란스럽군.” 그는 인정했다.

그리고 보부아르는 이것이 또한 위험jeopardy일지도 모른다고 생각했다.

그들이 프랑쾨르 경정을 마지막으로 본 것은 수도원장과 깊은 대화에 빠진 채 성당을 가로질러 걸어갈 때였다. 살인반 수사관들과 수사들은 흩어지기 전 잠시 함께 서서 두 사람이 성당을 지나 수도원장의 사무실을 향해 긴 복도를 내려가는 모습을 지켜보았다.

프랑쾨르의 위엄 있는 은발 머리가 수도원장의 면도한 머리를 향해 기울어 있었다. 두 극단. 한쪽은 성장盛裝, 다른 한쪽은 소박한 로브. 한쪽은 강압적, 한쪽은 겸손 그 자체.

그러나 두 사람 모두 분명한 책임자였다.

보부아르는 저 두 사람이 손을 잡을지, 새로운 전쟁을 시작할지 궁금했다.

그는 돋보기안경을 쓰고 수첩에 메모를 하는 가마슈를 보았다.

이 상황이 경감을 어디로 데려갔을까? 실뱅 프랑쾨르의 등장으로 가마슈는 당황한 듯했지만 개의치 않는 것처럼 보였다. 보부아르는 그가 그렇길 바랐고, 걱정할 필요는 없었다.

하지만 그러긴 너무 늦었다. 걱정은 보부아르의 배에 뿌리를 내렸다. 오래되고 친숙한 통증.

가마슈는 고개를 들어 보부아르와 시선을 맞추었다. 경감은 안심을 시키는 미소를 지었다.

“추측은 소용없네, 장 기. 우린 프랑쾨르 경정이 왜 이토록 빨리 이곳에 왔는지 알게 될 걸세.”

그들은 오늘 아침 각자가 나눈 대화에 관해 회의하는 데 30분을 보냈다. 보부아르와 앙투안 수사 그리고 가마슈와 수도원장.

"그러니까 원장이 앙투안 수사를 다음 성가대 지휘자로 뽑았다고요?" 보부아르는 명백히 놀란 기색이었다. "그는 저에게 그런 말을 하지 않았습니다."

"아마 그러면 원장이 좋게 보일 테고, 앙투안 수사는 그걸 원치 않았겠지."

"네, 아마요. 하지만 원장이 그렇게 한 이유가 바로 그것 아닐까요?"

"무슨 뜻이지?" 가마슈가 몸을 앞으로 내밀었다.

"그는 누구든 뽑을 수 있습니다. 자신이 그 자리를 맡을 수도 있죠. 하지만 부원장 측 사람들을 괴롭히려고 앙투안 수사에게 그 자리를 줬을지도 모릅니다. 혼란에 빠뜨리는 거죠. 그들이 생각한 것과 반대로 행동해서요. 앙투안 수사를 성가대 지휘자에 앉힘으로써 자신이 그런 사소하고 한심한 싸움을 초월했다는 걸 증명하는 겁니다. 어쩌면 원장은 자기가 그들보다 더 낫다는 걸 보여 주고 싶었는지도 모르죠. 생각해 보면 영리한 행동입니다."

가마슈는 그 점에 대해 생각했다. 그는 스물네 명의 수사에 대해 생각했다. 이해관계로 얽힌. 서로의 균형을 무너뜨리려고 애쓰는. 어쩌면 수년간 이곳에서 행해졌던 일이 그것이었을까? 정신적 테러의 형태로?

미묘하게, 보이지 않게. 눈빛 하나, 미소 한 번, 등 뒤로.

침묵의 집단에서 말 한 마디, 소리 하나는 엄청난 충격을 줄 수 있었다. 혀 차는 소리, 콧방귀 소리, 키득거리는 소리.

수도원장은 그런 무기들을 완벽하게 구사했을까?

앙투안 수사를 지휘자로 세운 일은 옳은 조치였다. 그는 최고의 음악가였고, 지휘자로서 부원장의 뚜렷한 후계자였다. 하지만 잘못된 이유로 수도원장이 그렇게 했다면?

부원장 측 사람들을 혼란에 빠뜨리기 위해?

그리고 침묵의 서약은? 수도원장은 공동체의 영적 중요성 때문에 그것을 지키기 위해 싸웠을까? 아니면, 다시, 부원장을 혼란에 빠뜨리기 위해? 자신이 가장 원했던 것으로 부원장을 부정하기 위해?

그리고 부원장은 거의 1천 년을 지켜 온 침묵의 서약을 거두자고 왜 그렇게 완고하게 주장했을까? 그것은 공동체를 위한 것이었을까, 자신을 위한 것이었을까?

"무슨 생각을 하십니까?" 보부아르가 물었다.

"한 구절이 문득 떠올랐는데, 그게 어디서 나온 건지 생각해 내려고 애쓰는 것뿐일세."

"시입니까?" 약간 불안해하며 보부아르가 물었다. 경감은 툭하면 이해할 수 없는 시를 인용하기 시작했다.

"사실은 호메로스의 어느 서사적인 작품을 생각하고 있었지." 가마슈는 입을 열어 인용을 시작하려다 보부아르가 괴로운 표정을 짓자 웃음을 터뜨렸다. "아니, 한 행일 뿐일세. 잘못된 이유로 옳은 일을 하노라."

보부아르는 그에 관해 생각했다. "그 반대가 맞을 것 같은데요."

"무슨 말인가?"

"뭐, 옳은 이유로 잘못된 일을 할 수도 있지 않습니까?"

가마슈는 안경을 치켜 올렸다. "계속해 보게." 가마슈는 귀를 바짝 기울이고, 차분한 갈색 눈을 경위에게서 떼지 않았다.

"살인처럼요." 보부아르가 말했다. "누군가를 죽이는 건 잘못된 일이지만 그 이유가 옳을 수도 있지 않겠습니까?"

"정당한 살인." 가마슈가 말했다. "그건 불안정이 아니라 방어일세."

"이게 정당화될 수 있다고 생각하십니까?"

"그게 무슨 뜻인가?"

보부아르는 잠시 생각했다. "이곳에서 뭔가가 잘못되고 있었죠. 수도원은 분열되고 있었습니다. 내부 붕괴요. 그게 부원장의 잘못이었다고 해 보죠. 그래서……,"

"공동체의 나머지 사람들을 구하기 위해 그가 살해된 것이다?" 가마슈가 물었다.

"아마요."

두 사람 다 그것이 끔찍한 이론이라는 걸 알았다. 많은 미친 사람이 주장했던 이론. 그 살인은 '공공의 선'을 위해서였다는 것.

하지만 그게 사실이었던 적이 있을까?

가마슈 자신도 그것이 궁금했다. 부원장이 썩은 사과여서, 반대 의견을 펼치고 한 번에 한 수사씩 이 평화로운 공동체를 썩게 했다면.

사람들은 줄곧 전쟁을 일으켜 살인을 저질렀다. 만일 생질베르에 조용하지만 파멸적인 전쟁이 진행되고 있었다면, 어쩌면 한 수사가 이게 그것을 끝낼 유일한 방법이라고 자신을 설득했을지도 몰랐다. 수도원 전체가 안에서부터 썩기 전에.

부원장을 쫓아내는 것은 불가능했을 터였다. 그는 공공연하게 어떤 잘못도 저지르지 않았다.

그것이 썩은 사과가 있을 때 벌어지는 일이었다. 그것은 은밀히 퍼졌다. 서서히. 부패가 퍼지는 동안은 겉으로 보기에 좋아 보였다. 그리고 부패가 다 퍼졌을 때는 이미 늦었다.

"아마." 가마슈가 말했다. "하지만 아마 그 썩은 사과는 아직 이 안에 있을 걸세."

"살인자 말씀이신가요?"

"아니면 살인자의 귀에 귓속말을 한 사람이거나." 그 생각에 가마슈는 의자 등받이에 몸을 기댔다. "나를 위해 이 골칫덩어리 신부를 제거할 자가 아무도 없는가?"

"그렇게 속삭였을 거라고요?" 보부아르가 물었다. "너무 거창해 보이는데요. 저라면 아마 '죽은 거나 다름없어.'라고 했을 겁니다."

가마슈가 웃음을 터뜨렸다. "홀마크Hallmark 미국의 카드 회사명 카드에다 그 말을 꼭 쓰게."

"나쁘지 않은데요. 그렇게 써서 보내야 할 사람이 많거든요."

"나를 위해 이 골칫덩어리 신부를 제거할 자가 아무도 없는가?" 가마슈가 반복했다. "이 말은 헨리 이세가 토머스 베켓을 두고 한 말일세."

"그게 저하고 무슨 상관이 있는 겁니까?"

가마슈가 씩 웃었다. "좀 기다려 보게, 젊은이. 이 이야기의 결말은 살인이니까."

"좀 낫군요."

"이건 거의 구백 년 전 일이었네." 경감이 계속했다. "잉글랜드에서."

"벌써 졸린데요."

"헨리 왕은 자신의 좋은 친구 토머스를 대주교로 승격시켰지. 그러면 토머스가 교회를 장악할 수 있을 거라고 생각했거든. 하지만 그 때문에 역효과가 발생했어."

자기도 모르게 보부아르는 몸을 앞으로 내밀었다.

"왕은 잉글랜드에 너무 많은 범죄가 발생하는 게 걱정스러웠네. 그래서 엄중 단속을 하고 싶었지." 가마슈가 그렇게 말하자 보부아르가 고개를 끄덕였다. 왕에게 공감하며. "하지만 왕은 범죄자들에게 너무 관대한 교회 때문에 자신의 모든 노력이 허사로 돌아간다고 느꼈지."

"그래서 그 왕이……."

"헨리." 가마슈가 말했다.

"헨리요. 그는 기회를 봐서 자기 친구 토머스를 대주교 자리에 앉힙니다. 그런데 뭐가 잘못된 거죠?"

"사실 토머스는 처음부터 그 자리를 원치 않았네. 그는 헨리에게 만일 자신이 그 자리에 앉게 되면 자기들의 우정이 증오로 변할 거라는 편지를 쓰기까지 했지."

"그리고 그가 옳았고요."

가마슈가 끄덕였다. "왕은 교회 법정에서 유죄 판결을 받은 자는 왕실 법정에서 처벌을 내린다는 법을 통과시켰지. 토머스는 그 법안에 서명하기를 거부했어."

"그래서 살해당했나요?"

"바로는 아니었네. 매일 적대감이 커 가는 데 육 년이 걸렸지. 그러던 어느 날 헨리 왕이 그런 말을 중얼거리자 기사 네 명이 그 말을 명령으로 받아들인 걸세."

"무슨 일이 벌어졌죠?"

"그 넷이 캔터베리 대성당에서 대주교를 죽였네. 대성당의 살인T.S. 엘리엇이 이 내용으로 쓴 책의 제목이기도 하다."

"나를 위해 이 골칫덩어리 신부를……." 보부아르는 인용구를 떠올려 보려 애썼다.

"……제거할 자가 아무도 없는가?" 가마슈가 그 말을 마무리 지었다.

"수도원장이 그런 식으로 중얼거린 말을 듣고 누군가가 그걸 명령으로 받아들였단 말인가요?"

"어쩌면. 이런 곳에서 수도원장은 말할 필요도 없었을 걸세. 그냥 눈짓 한 번이면 충분해. 눈썹을 치켜 올리거나 얼굴을 찡그리기만 해도."

"대주교가 살해된 후 무슨 일이 벌어졌습니까?"

"성인으로 추앙됐지."

보부아르는 웃음을 터뜨렸다. "왕이 화가 많이 났겠는데요."

가마슈는 미소를 지었다. "헨리는 남은 평생 그 살인을 후회하면서 살았고, 자기는 절대 그럴 생각이 없었다고 주장했지."

"그 말이 사실일까요?"

"사후에는 말하기가 쉬운 법이지."

"그러니까 경감님은 여기 수도원장이 그 비슷한 말을 했고, 그래서 그의 수사 중 하나가 부원장을 죽였다고 생각하십니까?"

"그럴 수도 있지."

"그리고 무슨 일이 일어났는지 아는 돔 필리프가 태도를 바꿔 예상치 못한 일을 했다. 그는 부원장의 사람들 중 한 명을 성가대를 이끌도록 임명한다." 보부아르는 그에 관해 곰곰이 생각해 보았다. "죄책감?"

"회개? 보상?" 가마슈가 얼굴을 찡그리며 생각했다. "그럴 수도."

가마슈는 이 수사들이 한 일이 뭐든 이유를 알기가 참 어렵다고 생각했다. 이들은 자신이 그간 만났거나 수사한 그 누구와도 매우 달랐다.

하지만 결국 그는 이들이 인간에 불과하다고 자신을 타일러야 했다. 다른 이들의 동기와 별 차이 없지만 이들의 동기는 검은 로브와 천사의 목소리에 가려져 있을 뿐이었다. 그리고 침묵.

"수도원장은 이곳이 분열되어 있다는 사실을 부정하더군." 가마슈가 의자에 등을 기대고 손깍지를 끼며 말했다.

"와우." 보부아르가 고개를 저었다. "이 수사들이 믿는 것들은 증거가 없습니다. 하지만 막상 무언가의 증거를 제시하면 그들은 그걸 믿지 않습니다. 그 분열은 명백합니다. 절반은 더 많은 성가의 녹음을 원하고, 절반은 그렇지 않습니다. 절반은 침묵의 서약이 거둬지길 원하고, 절반은 아니고요."

"그게 반반인지 확실치 않네." 가마슈가 말했다. "그 균형이 부원장 측으로 기울었는지 의심스럽군."

"그가 그래서 살해됐다고요?"

"가능하지."

보부아르는 경감의 말을 숙고했다. "그럼 원장은 헛수고를 했군요. 앙투안 수사는 원장을 일컬어 겁쟁이 늙은이라고 하던데요. 원장이 마티외 수사를 죽였을까요?"

"솔직히 모르겠네. 하지만 돔 필리프가 겁을 먹었다면, 그런 사람이 그뿐만은 아니야." 가마슈가 말했다. "그들 대부분이 그럴 거네."

"살인 때문에요?"

"아니. 이 남자들이 정말 죽음을 두려워하는지 모르겠네. 그들은 삶을 두려워하는 것 같아. 하지만 이곳, 생질베르에서 그들은 마침내 자신들이 속할 곳을 찾았지."

보부아르는 늘어진 밀짚모자로 이루어진 거대한 버섯의 밭을 떠올렸다. 그리고 다림질한 바지와 메리노 양털 스웨터를 입은 자신이 얼마나 겉돈다고 느꼈는지.

"자기들이 속할 곳을 드디어 찾아냈다면 그들은 뭐가 두려운 거죠?"

"그걸 잃는 거지." 경감이 말했다. "그들은 연옥에 있었네. 어쩌면 대다수가 지옥에 있었는지도 모르지. 그리고 한번 거기에 있었다면 다시는 돌아가고 싶지 않을 걸세."

가마슈는 말을 멈췄고 두 남자는 시선을 마주했다. 보부아르는 경감의 관자놀이에 남은 깊은 흉터를 볼 수 있었다. 그리고 그 고통이 자신의 내장을 갉아먹는 느낌을 받았다. 그는 자신의 아파트에 여전히 숨겨놓고 있는 작은 알약병을 떠올렸다. 그냥 만일을 대비해서.

그래. 보부아르는 생각했다. 아무도 지옥으로 되돌아가고 싶진 않겠지.

경감은 안경을 쓰고 몸을 앞으로 기울여 책상 위에 놓인 커다란 두루마리 종이를 펼쳤다.

보부아르는 가마슈를 보고 있었지만 다른 무언가를 보았다. 하늘에서 급강하한 비행기에서 프랑쾨르 경정이 걸어 나왔다. 경감이 손을 내밀었지만 경정은 모두가 보는 앞에서 가마슈에게 등을 돌렸다. 보부아르가 보는 앞에서.

그 역겨운 감정이 주먹처럼 보부아르의 배를 강타했다. 그것은 거기에서 집을 발견했다. 그리고 점점 자랐다.

"수도원장이 수도원 지도를 주고 갔네." 가마슈가 일어서서 책상 위로 몸을 숙였다.

보부아르가 그와 동참했다.

지도는 보부아르가 스물네 시간 동안 거닐고 나서 마음속으로 상상한 수도원을 그대로 보여 주었다. 한가운데에 성당이 있고, 그 위로 종탑이 있는 십자가 같은 형태였다.

"여기가 사제단일세." 가마슈가 말했다. 지도에서 그 방은 성당 한쪽에 붙어 있었다. 디자인상으로는 그곳을 숨기려는 의도가 없었다. 하지만 실제로 그곳은 성자 길버트의 명판 뒤에 숨겨져 있었다.

수도원장의 정원 또한 지도상에 잉크로 뚜렷하게 표시되어 있었지만 실제로는 그렇지 않았다. 그곳 또한 숨겨져 있으나 비밀은 아니었다.

"비밀 방이 또 있나요?" 보부아르가 물었다.

"수도원장은 잘은 모른다고 했지만 숨겨진 방의 소문과 다른 무언가를 시인했네."

"뭡니까?" 보부아르가 물었다.

"글쎄, 말하기 좀 당혹스러운데," 가마슈가 안경을 벗고 보부아르를 보며 말했다.

"교회 제단에서 잠옷 차림으로 있다 걸린 사람이라면 당혹스러운 상황에 내성이 있을 것 같은데요."

"좋은 지적이야." 경감이 미소를 지었다. "보물일세."

"보물이오? 농담하십니까? 수도원장이 이 안에 보물이 숨겨져 있다고 했다고요?"

"그렇게는 말하지 않았네." 가마슈가 말했다. "그런 소문이 있다고만 했지."

"그들이 봤답니까?"

"비공식적으로. 난 수사들이 그런 것에 관심 있을 것 같지 않네."

"하지만 사람들은 그러죠." 보부아르가 지도를 돌아보며 말했다.

보물이 숨겨진 오래된 수도원이라니. 보부아르는 생각했다. 그것은 너무나 터무니없었다. 경감이 말하기 당혹스러워한 것도 놀랄 일이 아니었다. 보부아르는 그 생각을 비웃으면서도 지도를 훑는 눈이 빛났다.

소년이든 소녀든 숨겨진 보물을 꿈꾸지 않았을까? 갤리언선과 해적과 도망치는 왕자와 공주의 이야기, 금은보화를 파묻는 신나는 이야기에 끌리지 않았을까? 금은보화를 찾아내는 이야기라면 더 환장했거나.

보물이 숨겨진 비밀 방이 우스꽝스럽고 설득력이 없는 만큼 보부아르는 그 환상적인 이야기에 더욱 빠져들었다. 한순간 그는 그 보물이 무엇일지 궁금해하는 자신에게 놀랐다. 중세 교회의 재물? 성배, 회화, 금화. 십자군이 가져온 가치를 매길 수 없는 보석들.

장 기 보부아르는 그것들을 찾아내는 상상에 빠져들었다.

그 보물 때문이 아니라. 아니, 최소한 오로지 그것 때문만은 아니라. 그것을 찾는 재미 때문에.

한순간 그는 아니에게 이야기를 하는 자신을 보았다. 아니가 자신을 보며 이야기를 듣고 있었다. 자신의 말 한 마디 한 마디에 목을 매며. 이야기의 뜻밖의 전개에 반응하며. 보물찾기에 대해 말할 때 드러내는 그녀의 풍부한 표정. 숨죽이는. 웃음 짓는.

자신들은 평생 그에 관해 이야기하리라. 자식과 손자 들에게 이야기하리라. 할아버지가 보물을 찾아낸 순간을. 그리고 그것을 교회에 돌려준 것을.

"그래서," 가마슈가 지도를 둘둘 말며 말했다. "이걸 자네한테 맡겨도 되나?"

그가 보부아르에게 지도를 건넸다.

"경감님과 모든 걸 나누겠습니다, 파트롱. 오십 대 오십으로."

"난 이미 내 보물을 갖고 있지. 어쨌든 대단히 고맙네." 가마슈가 말했다.

"초콜릿 씌운 블루베리 한 자루가 보물 같진 않은데요."

"농Non 아니라고?" 가마슈가 물었다. "각자의 보물이 있지."

묵직한 종소리가 울려 퍼졌다. 기쁨에 찬 축하가 아닌, 엄숙한 울림.

"또입니까?" 보부아르가 물었다. "전 그냥 여기 있으면 안 됩니까?"

"물론 그래도 되네." 가마슈는 가슴에 달린 주머니에서 수도원장의 비서가 준 호라리움을 꺼내 훑어보았다. 그리고 시계를 보았다.

"열한 시 미사로군." 그는 그렇게 말하고 닫힌 문으로 발을 옮겼다.

"이제 열한 시라고요? 잘 시간 같은데요."

시계태엽처럼 돌아가는 곳에서 시간은 서 있는 것 같았다.

보부아르는 경감을 위해 문을 열어 주었고, 아주 잠깐 머뭇거렸다가 욕설을 중얼거리며 그를 따라 복도를 걸어 성당으로 들어갔다.

가마슈가 신자석에 털썩 앉자 보부아르가 그 옆에 자리를 잡았다. 두 사람은 조용히 앉아서 미사가 시작되기를 기다렸다. 또다시 경감은 높은 창에서 떨어지는 빛에 경탄했다. 수많은 색깔로 산산이 부서져 내리는 빛들. 그것은 제단과 성가대석으로 쏟아졌고, 거기서 춤을 추는 듯했다. 한 무리 수사를 기쁘게 기다리며.

경감은 이제 친숙해진 공간을 슬쩍 둘러보았다. 이곳에 아주 오랜 시간 있었던 것 같았고, 자신과 보부아르가 생질베르앙트르레루에서 채 하루도 보내지 않았다는 사실이 놀라움으로 다가왔다.

가마슈는 한 성인을 기리기 위해 지어진 이 성당이 너무 투박해서, 자신에게 똑같이 투박한 비교 대상을 알려 줄 교회를 찾을 수가 없다는 것을 이제 알았다.

성길버트를 위해 기도하는 사람은 거의 없었다.

그럼에도 지긋지긋하리만치 기나긴 그의 삶에서 길버트는 한 가지 놀라운 일을 했다. 그는 왕에게 맞섰다. 길버트는 자신의 대주교를 지키려 했다. 토머스는 살해됐지만 길버트는 폭군에게 맞섰고, 살아남았다.

가마슈는 길버트가 그의 수도원의 강한 방어 체계와 잠긴 문 덕에 걱정 많은 이들의 수호성인이 될 수 있었을지도 몰랐다는 수도원장과의 농담을 떠올렸다.

그리고 너무나 많은 숨을 곳들.

하지만 어쩌면 자신이 틀렸고, 길버트를 모독했는지도 몰랐다. 길버트는 걱정이 많았는지 모르지만 결국 누구보다도 큰 용기를 낸 사람이었다. 굴절된 빛 속에 말없이 앉아, 가마슈는 자신도 같은 용기를 냈는지 궁금했다.

그는 새 방문자를 생각하며 잠시 시간을 보냈고, 성길버트에게 기도를 올렸다.

엄숙한 종소리의 마지막 음이 울려 퍼지자 수사들이 들어왔다. 그들은 2열 종대로 나타났다. 노래를 부르며. 하얀 두건이 그들의 얼굴을 감추었다. 손은 늘어진 검은 소매에 팔꿈치까지 파묻었다. 노랫소리가 점점 커졌고, 그 목소리들이 성당으로 들어오자 빈 공간이 단성 성가와 빛으로 가득 차올랐다.

그리고 누군가가 들어왔다.

프랑쾨르 경정이 몸을 까딱거리면서 성호를 긋더니 신자석에 수많은 빈자리가 있음에도 불구하고 굳이 가마슈와 보부아르 바로 앞자리에 앉아 그들의 시야를 가렸다.

그래서 다시 한번 경감은 고개를 옆으로 살짝 기울였다. 더 명확히 보길 바라며. 수사들을. 자신의 앞에 앉은 남자의 의도 또한 알길 바라며. 일부러 하늘에서 너무 급하게 떨어진 사람의.

그의 옆에서 보부아르가 씩씩거리고 힝힝거릴 때 가마슈는 눈을 감고 아름다운 음악에 귀를 기울였다.

그리고 압제와 살인에 대해 생각했다.

그리고 다수를 위해 하나를 죽이는 게 옳았는지를.

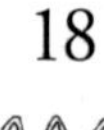

"길을 잃으셨습니까?"

보부아르는 몸을 휙 돌려 그 목소리를 향했다.

"이곳에서 누군가를 보는 게 흔치 않아서 여쭤봤습니다."

깊은 숲 속, 보부아르에게서 다소 떨어진 곳에 한 수사가 서 있었다. 마치 어딘가에서 갑자기 나타난 듯했다. 보부아르는 그를 알아보았다.

보부아르가 마지막으로 그를 본 것은 그가 초콜릿 공장에서 녹아 흐르는 다크초콜릿을 뒤집어쓰고 있던 때였다. 지금 그는 깔끔한 카속 차림에 바구니를 들고 있었다. 동화 속 빨간 모자 소녀처럼. 그는 앙트르 레루를 떠올렸다. 늑대들 사이의.

"아뇨, 길을 잃지 않았습니다." 그는 그렇게 말하며 재빨리 생질베르의 지도를 말려고 했다. 하지만 그러기엔 이미 늦었다. 수사는 조용히 서서 지켜볼 뿐이었다. 그것이 보부아르를 바보처럼 느끼게 했고, 경계하게 했다. 저토록 미동도 없이 조용한 사람이 주위에 있다는 것은 당황스러웠다.

"뭐 도와 드릴 일이 있을까요?" 수사가 물었다.

"전 그냥……." 보부아르는 반쯤 만 지도를 휘저었다.

"찾고 계십니까?" 그가 미소를 지었다. 보부아르는 긴 송곳니를 보리라 반쯤 기대했지만 대신 그가 본 것은 거의 머뭇거리는 듯한 희미한 미소였다. "저도 찾고 있습니다." 수사가 말했다. "하지만 같은 걸 찾는 게 아닌 모양이군요."

그것은 보부아르가 를리지우religieux 수도사에게서 예상한 일종의 애매모호하게 사람을 가르치려 드는 말이었다. 그는 자신의 앞에서 갈팡질팡하는 인간이 하려는 게 뭐든 그보다 훨씬 가치 있는 일종의 영적 탐색 중일지도 몰랐다. 수사는 영감이나 구원 또는 신을 찾아 숲을 거닐고 있었다. 기도나 명상을 하며. 보부아르가 보물을 찾고 있던 반면.

"아." 수도사가 말했다. "찾았습니다."

그는 허리를 숙였다가 몸을 일으키더니 보부아르에게 손바닥을 펼쳤다. 작은 야생 블루베리가 남자의 손 움푹한 곳에 뭉쳐 있었다.

"이것들은 완벽합니다." 수사가 말했다.

보부아르는 그것들을 보았다. 하지만 지금껏 자신이 보아 온 여느 야생 블루베리와 크게 다를 바 없어 보였다.

"자요." 수사가 손바닥을 들이밀었고, 보부아르는 작은 알갱이 하나를 집어 들었다. 원자를 집으려고 애쓰는 것 같았다.

그가 그것을 입에 던져 넣자마자 한 알이 내는 맛이라고는 할 수 없는 풍미가 강타했다. 놀랄 것도 없이 블루베리 맛이 났다. 하지만 퀘벡의 가을 맛 또한 났다. 달콤하고 사향내가 나는.

수사의 말이 옳았다. 그 열매는 정말 완벽했다.

그는 수사를 따라 한 알을 더 집어 들었다.

두 사람은 수도원장의 정원 밖 높은 벽 그늘 아래 서서 블루베리를 먹었다. 바로 몇 미터 떨어진 벽 너머에는 아름답게 가꾸어지고 신경을 쓴, 깔끔하게 손질된 정원이 있었다. 잔디와 화단, 전지된 덤불과 벤치가 있는.

하지만 이곳, 벽 반대편에는 작고 완벽한 블루베리가 있었다.

얽히고설킨 덤불 또한 우거져 있어서 보부아르가 그 덤불을 힘겹게 헤치고 나아갈 때 덤불이 바지를 뚫고 다리에 상처를 냈다. 그는 지도상의 수도원 경계를 따라 걸어왔었다. 수사들에게 고무장화를 빌린 그는 어느새 진흙탕을 걷고, 쓰러진 나무둥치를 기어오르고, 손을 짚어 가며 바위를 오르고 있었다. 지도상의 선과 실제 수도원의 벽들이 일치하는지 파악하려 애쓰며.

"어떻게 절 미행하셨습니까?"

"미행이오?" 수사가 웃음을 터뜨렸다. "저는 제 일을 하고 있었을 뿐입니다. 저쪽에 길이 있죠. 왜 그리로 오시지 않으셨습니까?"

"뭐, 알았으면 그랬을 겁니다." 보부아르는 자신들이 같은 것을 말하고 있는지 전적으로 확신하지 못한 상태로 말했다. 그는 어떤 은유의 냄새를 맡을 만큼은 충분히 오래 가마슈 경감과 일했다.

"저는 베르나르입니다." 수사가 보라색으로 물든 손을 내밀었다.

"보부아르라고 합니다." 그 악수가 보부아르를 놀라게 했다. 그는 부드럽고 밀가루 반죽 같은 손을 예상했지만 그 손은 단단하고 자신감이 넘쳤고, 자신의 피부보다 훨씬 거칠었다.

"와, 이걸 보십시오." 베르나르 수사는 다시 허리를 숙이고 한참 있다가 무릎을 꿇어 블루베리를 땄다. 보부아르도 무릎을 꿇고 땅을 노려보았다. 점차 잔가지들과 이끼와 마른 낙엽들만이 아니라 베르나르 수사가 찾고 있던 것들이 보이기 시작했다.

구원이 아니라, 작기 그지없는 야생 열매가.

"세상에." 베르나르가 웃음을 터뜨렸다. "노다지군요. 몇 년 동안 가을이면 이 길을 지나다녔건만 이런 게 여기 있을 줄 전혀 몰랐습니다."

"가끔은 길에서 벗어나 헤매는 게 좋을 때도 있죠." 보부아르도 덩달아 기분이 좋아졌다. 그 또한 괜찮은 은유를 구사할 수 있었다.

수도사가 다시 웃음을 터뜨렸다. "투셰Touché 한 방 먹었군요."

그 후로 몇 분 동안 두 사람은 덤불 주위를 기어 다니며 블루베리를 따 모았다.

"자," 베르나르 수사가 마침내 몸을 일으켜 스트레칭을 한 뒤 카속에 묻어 있는 잔가지들을 떨었다. "이거 기록을 세웠는데요." 그는 블루베리가 산을 이룬 바구니를 보았다. "경위님이 제 행운의 마스코트인가 봅니다. 메르시."

보부아르는 만족감을 느꼈다.

"그럼," 베르나르가 평평한 바위 두 개를 가리켰다. "이번에는 제가 경위님을 도와 드릴 차례군요."

보부아르는 망설였다. 그는 블루베리를 따는 동안 안전하게 보관할 생각에 수도원 지도를 덤불 속에 놓았었다. 지금 그곳을 보았다. 베르나르가 그 시선을 좇았지만 아무 말 하지 않았다.

보부아르는 지도를 꺼내 왔고, 두 사람은 마주 보는 자세로 바위 위에 앉았다.

"뭘 찾고 계십니까?" 수사가 물었다.

보부아르는 여전히 머뭇거렸다. 이내 마음을 굳히고 지도를 펼쳤다.

베르나르 수사가 보부아르의 얼굴에서 시선을 떼고 양피지를 내려다보았다. 그의 눈이 살짝 커졌다. "돔 클레망의 수도원 지도군요." 그가 말했다. "저희는 그분이 지도를 만드셨다는 이야기를 들었습니다. 아시다시피 그분은 당대에 유명한 건축가셨죠. 후에 질베르회에 입회하셨고, 다른 스물세 명의 수사와 함께 자취를 감추셨습니다. 그들이 어디로 갔는지 아무도 몰랐습니다. 사실 아무도 관심을 갖지 않았죠. 질베르회는 돈이나 권력과는 무관했습니다. 딱 반대였죠. 그래서 프랑스에 있는 수도원이 버림받았을 때 모든 사람이 그 수도회가 해산되었거나 자취를 감췄다고 생각했습니다."

"하지만 그렇지 않았죠." 보부아르도 지도를 응시하며 말했다.

"네, 그들은 이곳으로 왔습니다. 그때 사람들에게는 거의 달나라에 가는 거나 다름없는 일이었을 겁니다."

"왜 여기로 왔을까요?"

"종교재판이 두려워서였습니다."

"그들이 그렇게 가난하고 별 볼 일 없었다면 왜 두려워했습니까?"

"사람이 왜 두려워하겠습니까? 대개 모두의 머릿속에는 두려움이 있습니다. 현실과 상관없이요. 종교재판소는 질베르회에 별 관심이 없었으리라고 생각되지만 어쨌든 그들은 떠났습니다. 그냥 만일을 대비해서요. 그게 저희의 좌우명이 되었습니다. '그냥 만일을 대비해서'. 엑시스토 파라투스."

"전에 이걸 보신 적 있습니까?" 보부아르가 지도를 가리켰다.

베르나르 수사가 고개를 저었다. 그는 지도의 선들에 빠진 듯 보였다. "흥미롭군요." 수사가 몸을 더 기울였다. "돔 클레망의 실제 지도를 보다니. 전 이게 생질베르가 지어지기 전에 제작됐는지 후에 제작됐는지 궁금합니다."

"그게 문제가 됩니까?"

"아니겠지만 한쪽은 이상적인 지도일 테고, 한쪽은 현실적일 테니까요. 만일 지어진 후에 제작됐다면 이 지도는 실제 모습을 나타내고 있을 겁니다. 원래 지으려다가 마음을 바꾼 게 아니라."

"수사님은 이 수도원을 잘 아십니다." 보부아르가 말했다. "어떻게 생각하십니까?"

베르나르 수사는 잠시 양피지 위로 고개를 숙였고, 때때로 블루베리즙으로 물든 손가락으로 잉크 선을 더듬었다. 그는 몇 차례 앓는 소리를 냈다. 살짝 흥얼거리며. 고개를 젓더니 짚던 손가락을 들어 다른 선, 다른 복도를 따랐다.

마침내 그는 고개를 들어 보부아르와 시선을 마주쳤다.

“이 지도에는 다소 이상한 부분이 있군요.”

보부아르는 스릴, 프리송frisson 전율을 느꼈다. “뭐죠?”

“축척이 잘못됐습니다. 여기랑 여기를 보시면……,”

“채소밭이 있는 뜰과 가축들을 키우는 곳이군요.”

“맞습니다. 그 두 곳이 원장님 정원과 크기가 같습니다. 하지만 그렇지 않습니다. 실제로는 그곳들이 두 배는 더 크죠.”

그 말은 사실이었다. 보부아르는 오늘 아침 앙투안 수사와 호박을 딴 일을 떠올렸다. 채소밭 뜰은 거대했다. 하지만 살인 현장이었던 수도원장의 정원은 훨씬 작았다.

“그런데 어떻게 아셨습니까?” 보부아르가 물었다. “수도원장님 정원에 들어가 보신 적이 있습니까?” 그는 높은 벽을 흘끔 쳐다보았다.

“전혀요. 하지만 그 주변을 돌아다닙니다. 블루베리를 찾아서요. 물론 다른 정원들 주위도 다니죠. 이 지도는,” 그가 다시 내려다보았다. “틀렸습니다.”

“그게 무슨 뜻입니까?” 보부아르가 물었다. “돔 클레망이 왜 그랬을까요?”

베르나르는 생각에 잠겼다가 고개를 저었다. “뭐라 말씀드리기 어렵군요. 사실 교회는 뭐든지 과장하는 경향이 있습니다. 옛 그림 중 어떤 걸 보시면 아기 예수님이 막 태어났는데 열 살쯤 되어 보입니다. 그리고 옛 도시 지도들의 대성당은 실제 크기보다 더 크게 그려져 있죠. 주위를 군림하면서요.”

“그럼 돔 클레망이 수도원장의 정원을 과장해서 그렸다는 말입니까?

왜죠?"

수사가 다시 고개를 저었다. "허영심일 수도 있겠죠. 더 큰 규모처럼 보이게요. 교회 건축은 통상적이지 않거나 불균형한 것에 거의 관용이 없습니다. 지도의 건물이 더 나아 보이죠." 수사가 다시 지도를 가리켰다. "실제 건물보다요. 실제 건물의 기능이 현실에서 더 나은데도요."

보부아르는 또다시 이 수도원에서 자각과 현실의 충돌을 느꼈다. 그리고 정직한 것보다 좋게 보이는 것을 반영하는 선택에 대해서도.

베르나르 수사는 도면을 계속 들여다보았다. "만일 클레망 원장님이 수도원을 있는 그대로 그리셨다면 수도원은 더 이상 십자가처럼 보이지 않을 겁니다. 새처럼 보이겠죠. 두 개의 큰 날개와 짤막한 몸으로요."

"그럼 속임수를 썼다는 건가요?"

"그걸 보는 한 가지 시각이겠지요."

"그가 지도의 다른 구역도 속였을까요?" 보부아르가 물었다. 하지만 보부아르는 그 답을 알고 있었다. 한 번 사기를 친 사람은 다시 그러기 마련이었다.

"그렇겠죠." 수사는 천사 중 하나가 떨어지기라도 했다는 듯 보였다. "하지만 그게 뭐가 잘못된 건지 모르겠습니다. 그게 뭐가 문제입니까?"

"아닐 수도 있고요." 보부아르는 지도를 다시 둘둘 말았다. "제가 뭘 찾느냐고 물으셨죠. 저는 숨겨진 방을 찾고 있습니다."

"사제단 회의실 같은?"

"우린 그 하나가 있다는 걸 압니다. 저는 다른 걸 찾는 중입니다."

"그렇다면 하나가 더 있군요."

"우린 모릅니다. 그냥 소문을 들었을 뿐이고, 분명 수사님도 들으셨겠죠."

처음으로 이 대화에서 보부아르는 수사의 머뭇거림을 감지했다. 마치 문이 천천히 닫히듯. 마치 베르나르 수사가 자신의 숨겨진 방으로 들어가듯.

물론 누구나 하나씩 갖고 있었다. 그리고 자신과 경감의 일은 그런 방들을 찾아내는 것이었다. 불행히도 그들 대부분의 방에는 보물이 숨겨져 있지 않았다. 그들이 발견하는 것은 예외 없이 쓰레기 더미였다.

"수도원 안에 정말 비밀 방이 있다면 제게 말씀하셔야 합니다." 보부아르가 압박했다.

"저는 아무것도 모릅니다."

"하지만 소문을 들으셨을 텐데요?"

"소문이야 항상 있습니다. 제가 도착한 첫날 하나 들었죠."

"침묵의 수도원치고는 많은 이야기들을 하는 모양이군요."

베르나르가 미소를 지었다. "아시다시피 저희는 완전히 침묵하진 않습니다. 하루 중 어떤 시간에는 대화가 허용되죠."

"그래서 수사님들의 대화 주제 중 하나가 비밀 방이었습니까?"

"하루 중 몇 분간만 대화가 허용된다면 경위님은 뭐에 대해 이야기하시겠습니까? 날씨? 정치?"

"비밀?"

베르나르 수사가 미소 지었다. "때로는 신성한 수수께끼, 그리고 때로는 그냥 수수께끼에 대한 이야길 하죠. 숨겨진 방들이나 보물 같은."

그는 보부아르에게 다 안다는 표정을 지었다. 날카로운 표정. 이 수사는 차분하고 점잖을지도 모른다고 보부아르는 생각했다. 하지만 그는 바보는 아니었다.

“그것들이 있다고 생각하십니까?”

“돔 클레망과 수사들이 수 세기 전에 이곳으로 날라 온 보물을 숨겨 놓은 방 말입니까?” 베르나르 수사가 고개를 저었다. “그걸 생각하면 재밌죠. 추운 겨울밤에 시간을 보내기엔. 하지만 아무도 그게 진짜 존재하리라고 믿지 않습니다. 누군가가 오래전 그걸 찾았을지도 모르고요. 수도원은 보수되고 개조되고 수리됐습니다. 비밀 방이 있었다면 저희가 진작 찾아냈을 겁니다.”

“어쩌면 누군가가 그랬을지도 모르죠.” 보부아르가 자리에서 일어섰다. “그런데 수사님들은 외출이 얼마나 자주 허락됩니까?”

수사가 웃음을 터뜨렸다. “아시다시피 여긴 감옥이 아닙니다.”

하지만 베르나르 수사도 어떤 면에서는 생질베르가 감옥처럼 보인다는 것을 인정해야 했다.

“멀리 가진 못하지만 저희는 원한다면 언제든 나갑니다. 대개는 산책이죠. 블루베리와 땔감도 찾습니다. 낚시도 하고요. 겨울에는 얼음 위에서 하키도 하죠. 앙투안 수사가 팀을 짜 줍니다.”

보부아르는 다시 현기증을 느꼈다. 앙투안 수사가 하키를 하다니. 아마 주장이자 센터겠지. 보부아르와 같은 포지션.

“여름에 우리 중 몇몇은 조깅과 태극권을 합니다. 조과 후에 저희에게 오시면 환영받으실 겁니다.”

“그 이른 아침 미사요?”

“새벽 다섯 시요.” 그가 미소를 지었다. “경감님은 오늘 아침에 거기에 계셨습니다.”

보부아르는 가마슈를 조롱하는 말을 못 하게 하려고 뭔가 날카로운 말을 할 참이었지만 베르나르 수사는 단지 재미있어하는 표정이었다.

"네, 제게도 말씀하시더군요." 보부아르가 말했다.

"아시겠지만 저희는 기도 후에 대화를 나눴습니다."

"오, 정말요?" 하지만 보부아르는 오늘 아침 경감과 샤워장에서 대화를 나눈 사람이 베르나르 수사라는 것과, 그리고 그들이 함께 달걀을 모았다는 사실을 완벽히 알고 있었다. 베르나르 수사는 경감에게 공동체의 균열에 대해 이야기했다. 사실 가마슈 경감은 이 수도사가 특별히 그 이야기를 하기 위해 자신을 찾았다는 인상을 받았다.

그리고 그제야 보부아르는 여기서 같은 일이 일어나는 게 아닌지 궁금한 생각이 들었다. 이 수사는 단순히 블루베리를 따다가 자신과 우연히 마주쳤을까? 아니면 우연이 아닌 것일까? 베르나르 수사는 자신이 두루마리를 들고 나가는 모습을 보고 따라온 걸까?

"경감님은 이야기를 잘 들어 주시는 분이더군요." 수사가 말했다. "이곳에 딱 맞는 분이십니다."

"가운도 잘 어울리시죠." 보부아르가 말했다.

베르나르 수사가 웃음을 터뜨렸다. "그 말씀을 드리기가 뭣했습니다." 수사가 경감보다 젊은 보부아르를 보았다. "경위님도 이곳을 즐기시는 것 같군요."

즐겨? 보부아르는 생각했다. 즐긴다고? 정말 이곳을 즐길 사람이 있다고?

그는 그들이 헤어셔츠hair shirt 과거 종교적인 고행을 하던 사람들이 입던, 털이 섞인 거친 천으로 만든 셔츠처럼 그것을 견딘다고 생각했다. 생질베르앙트르레루의 삶이 정말로 그들을 행복하게 한다는 생각이 그에게는 결코 들지 않았다.

베르나르 수사는 블루베리 바구니를 집어 들었고, 보부아르와 몇 걸음 걷다가 입을 열었다. 그는 말을 신중하게 고르는 눈치였다.

"저는 이곳에 온 사람을 보고 놀랐습니다. 저희 모두가 그랬죠. 경위님 상사를 포함해서요. 비행기를 타고 온 분은 누굽니까?"

"그 사람 이름은 프랑쾨르입니다. 경정이고요."

"경찰청의?"

보부아르가 끄덕였다. "높은 사람이죠."

"당신들의 교황이군요." 베르나르가 말했다.

"교황이 총 든 얼간이라면요."

베르나르 수사가 코를 울리더니 얼굴에서 웃음기를 지우려 안간힘을 썼다.

"그분을 싫어하십니까?"

"오랜 명상이 수사님의 직감을 날카롭게 했군요."

베르나르가 다시 웃음을 터뜨렸다. "제 통찰을 들으러 이 근방에서 사람들이 찾아오죠." 이내 그의 미소가 감쪽같이 사라졌다. "예를 들어, 그 프랑쾨르라는 분은 당신 상관을 싫어하지 않습니까?"

이것이 믿을 수 없이 훌륭한 통찰력은 아니라는 것을 두 사람 모두 알았다.

보부아르는 뭐라고 해야 할지 몰랐다. 그의 충동은 언제나 거짓말을 하게 했다. 그는 자신이 중세 시대에 훌륭한 건축가였으리라고 생각했다. 그는 즉시 문제가 있다는 것을 부정하고 진실을 감추고 싶었다. 적어도 그 문제의 크기를 숨기기 위해. 하지만 그래 봤자 소용없다는 것을 알았다. 이 남자는 모든 사람이 그랬듯 선창에서 프랑쾨르가 가마슈를 간단히 무시하는 모습을 똑똑히 보았다.

"몇 년 됐습니다. 한 동료 경찰을 두고 의견의 불화가 있었죠."

베르나르 수사는 아무 말도 하지 않았다. 그는 단지 들었다. 차분한 얼굴에 중립적이고 집중하는 눈. 그들은 잘 다져진 길에 떨어진 잔가지와 낙엽을 밟아 소리를 내며 숲 속을 천천히 걸었다. 나무들 사이로 햇살이 점점이 부서져 내렸고, 이따금 다람쥐나 새 또는 다른 야생동물이 재빨리 움직이는 소리가 들렸다.

보부아르는 잠시 기다렸다가 말을 이었다. 그러는 편이 좋겠다는 생각이 들었다. 어쨌든 그것은 공공연한 사실이었다. 아무것도 없는 곳 한가운데에 있는 수도원에서 사는 게 아니라면.

수도사들이 아는 것과 모든 이가 아는 것은 아주 다른 두 가지처럼 보였다.

"프랑쾨르와 다른 간부들이 경감님에게 그러지 말라고 명령했는데도 경감님은 경찰청 내의 한 간부를 체포했죠. 그의 이름은 아르노였습니다. 그는 사실 그때 경정이었습니다."

그리고 이제 베르나르 수사의 잔잔한 얼굴에 작은 반응이 일었다. 눈썹을 살짝 치켜 올리는. 이내 그것은 제자리로 돌아갔다. 거의 눈에 띄지 않았다. 거의.

"무엇 때문에 그를 체포했습니까?"

"살인. 폭력 교사. 아르노가 문제를 일으킨 원주민은 누구라도 죽이라고 원주민 보호구역의 경찰들을 부추긴 사실이 드러났습니다. 적어도 한 젊은 원주민이 총에 맞거나 죽도록 얻어맞았을 때 아르노는 그렇게 한 경찰들을 징계하지 않았습니다. 보고도 못 본 척하는 단계에서 살인을 적극적으로 부추기는 단계로 이어졌죠. 그건 거의 명백히……," 그토록 부끄러운 무언가를 이야기하기가 어렵다는 것을 자각한 보부아르가 머뭇거리며 말했다. "……스포츠가 되었죠. 어느 나이 많은 크리족 여자가 사라진 자기 아들을 찾아 달라고 경감님께 도움을 청했습니다. 그래서 무슨 일이 일어나고 있었는지 경감님이 알게 됐죠."

"그리고 경찰청의 나머지 간부들은 당신 상관이 입 다물고 있기를 원했고요?"

보부아르가 끄덕였다. "그들은 아르노와 또 다른 경찰들을 파면하는 데에는 동의했지만 추문이 터지기를 바라진 않았습니다. 경찰에 대한 공공의 신뢰를 잃기 싫었던 거죠."

베르나르 수사는 시선을 떨어뜨리지 않았지만 보부아르는 그 눈빛이 흔들렸다는 인상을 받았다.

"어쨌든 가마슈 경감님은 아르노를 체포했군요." 베르나르 수사가 말했다. "명령에 불복종하고."

"경감님은 명령에 따른다는 생각조차 떠올리지 않았죠. 경감님은 어머니와 아버지 들과 살해된 이들을 사랑한 사람들이 응당 대답을 들어야 한다고 생각하셨습니다. 그리고 공개 재판. 그리고 사과. 그 모든 게 알려졌죠. 난리도 아니었습니다."

베르나르가 끄덕였다. 교회는 추문에 대해서 알았고, 은폐에 대해서 알았고, 난리에 대해서 알았다.

"무슨 일이 일어났습니까?" 수사가 물었다.

"아르노와 그 패거리들은 모두 유죄 판결을 받았습니다. 종신형이 내려졌죠."

"경감님은요?"

보부아르가 미소를 지었다. "여전히 경감이시죠. 하지만 그분은 절대 경정까지 올라갈 수 없을 테고, 당신도 그 사실을 아십니다."

"하지만 직장을 지켰군요."

"그들은 경감님을 해고할 수 없었습니다. 그 일이 일어나기 전에도 경감님은 경찰청에서 가장 존경받는 경찰 중 한 분이셨습니다. 그 재판으로 윗사람들 눈 밖에 났지만 동료 경찰들에게는 존경을 받았죠. 경감님은 그들의 긍지를 지켜 주셨습니다. 그리고 아이러니하게도 공공의 신뢰도. 프랑쾨르는 경감님을 해고할 수 없습니다. 그러고 싶겠지만. 그와 아르노는 친구였습니다, 친한 친구."

베르나르 수사는 잠시 그에 관해 생각했다. "그럼 그 프랑쾨르라는 사람은 자기 친구가 무슨 짓을 하고 있었는지 알았습니까? 그들은 둘 다 간부였습니다."

"경감님은 그걸 증명할 수 없었습니다."

"하지만 시도는 하셨고요?"

"경감님은 모든 부패를 척결하길 원하셨죠." 보부아르가 말했다.

"그래서 그렇게 하셨나요?"

"그러길 바랍니다."

두 남자는 선창에서의 그 순간을 되새겼다. 비행기에서 내린 프랑쾨르를 잡아 주기 위해 가마슈가 내밀었던 손. 그리고 그것을 흘끔 쳐다보는 프랑쾨르의 눈빛. 시선.

그 속에 담긴 감정은 단순한 원한이 아니라 혐오였다.

"그 경정이 여긴 왜 왔습니까?" 베르나르 수사가 물었다.

"모르겠습니다." 보부아르는 목소리를 밝게 유지하려 애썼다. 그리고 그것은 사실이었다. 그는 정말 몰랐다. 하지만 다시 배 속에서 뒹굴며 내벽을 긁는 걱정이 느껴졌다.

베르나르 수사는 얼굴을 찌푸린 채 생각에 잠겼다. "두 사람이 협력해서 일하기란 쉬운 일이 아니겠군요. 그들은 종종 같이 일합니까?"

"좀처럼 없는 일이죠."

그는 더 나가지 않았다. 그는 가마슈와 프랑쾨르가 한 사건에서 접했던 지난번 일에 대해 이 수사에게 말하지 않을 터였다. 공장 급습. 이제 거의 1년이 된. 그리고 그 처참한 결과를.

그는 다시 가마슈가 책상 모퉁이를 움켜쥐고 위협하듯 프랑쾨르에게 몸을 기울이자 창백해진 경정이 몸을 물리던 모습을 보았다. 보부아르는 가마슈가 고함을 지른 횟수를 한 손으로 꼽을 수 있었다. 그러나 그는 그날 고함을 질렀다. 프랑쾨르의 얼굴에 대고.

그 흉포함에 보부아르조차 겁을 먹었다.

그리고 경정이 맞받아 소리쳤다.

가마슈가 이겼다. 한 걸음 물러섬으로써. 사과함으로써. 이유를 알아달라고 빎으로써. 가마슈는 애원했다. 그것이 프랑쾨르를 움직이게 하기 위해서 가마슈가 치른 값이었다.

보부아르는 전에 경감이 비는 모습을 본 적이 없었다. 그러나 그날 그는 그랬다.

그 후로 가마슈와 프랑쾨르는 거의 대화를 나누지 않았다. 어쩌면 공장 급습 때 죽은 경관들의 국장 때 한두 마디 나눴을지도 모르지만 보부아르는 그조차 의심스러웠다. 그리고 예식 때 프랑쾨르가 가마슈의 가슴에 훈장을 달아 주었을 때도. 가마슈의 바람에 반한 훈장을.

그러나 프랑쾨르는 주장했다. 세상 사람들에게 자신이 경감을 치하했다는 것을 알리길. 하지만 두 사람은 은밀히 그 진실을 알았다.

보부아르는 그 예식에 청중으로 있었다. 훈장이 그의 상관의 가슴에 놓였을 때 그의 얼굴을 보았다. 그것이 그의 심장을 찌르는 편이 나았으리라.

그것은 옳은 증서였다. 잘못된 근거의.

보부아르는 자신의 상관이 그 훈장을 받을 자격이 있다는 것을 알았지만 프랑쾨르는 모욕을 하기 위해 그렇게 했다. 수많은 경관들을 죽고 다치게 한 가마슈의 공적 치하. 프랑쾨르가 훈장을 수여한 이유는 그 끔찍했던 날 가마슈가 구한 모든 생명에 대한 표창이 아니라, 비난하기 위해서였다. 잃어버린 모든 젊은 목숨들을 영원히 상기시키기 위해.

보부아르는 그 순간 프랑쾨르를 죽일 수도 있었다.

그는 다시 배 속 깊은 곳에서 발톱으로 할퀴는 고통을 느꼈다. 무언가가 거기서 나오기 위해 배를 찢으려고 애쓰는 중이었다. 그는 간절히 화제를 바꾸고 싶었다. 그 모든 기억들을 없애기 위해. 훈장 수여식뿐 아니라, 그 끔찍했던 날의 대부분의 기억을. 공장에서의.

그 생명 중 하나가 목숨을 잃었을 때 그 자신도 거의 그랬었다.

그 생명 중 하나가 목숨을 잃었을 때 경감도 거의 그랬었다.

보부아르는 야생 블루베리 크기의 작은 알약들을 떠올렸다. 아파트에 숨겨 놓은 것들을. 그것들이 가져다주는 폭발적인 효과를. 사향내의 풍미가 아닌, 축복받은 망각을.

보부아르의 비밀 방에 숨겨져 있는 것은 마비였다.

경감이 자신과 정면으로 맞선 이후로 그는 몇 달 동안 옥시콘틴이나 퍼코셋을 복용하지 않았다.

어쩌면 자신은 좋은 질베르회 수도사가 될 터였다. 그들처럼 자신은 공포 속에서 살았다. 그것은 외부에서 다가올 무언가가 아니라, 자신의 담장 안에 자리 잡고 끈기 있게 기다리는 것이었다.

"괜찮으십니까?"

보부아르는 그 부드러운 목소리를 좇았다. 길을 따라 놓인 사탕 같은. 숲 밖으로 자신을 이끄는.

"도와 드릴까요?"

베르나르 수사가 거친 손을 내밀어 보부아르의 팔을 건드렸다.

"아뇨, 괜찮습니다. 사건에 대해 생각 중일 뿐이었습니다."

수사는 길동무를 계속 관찰했다. 그가 그 진실을 들었는지 확신하지 못한 채.

보부아르는 간절히 쓸 만한 무언가를 찾으려고 기억의 파편들을 뒤적였다. 사건. 사건. 부원장. 살인. 살인 현장. 정원.

정원.

"우리는 수도원장의 정원에 관해 말하고 있었죠." 보부아르가 말했다. 그의 목소리는 거칠었고, 더 이상의 자신감이 묻어나지 않았다. 그는 이미 너무 멀리 가 버렸다.

"그랬나요?" 베르나르 수사가 물었다.

"수사님은 모두가 그에 대해 안다고 하셨습니다. 하지만 수사님은 실제로 그 정원에 들어가 본 적이 없다고 하셨고요."

"맞습니다."

"누가 들어갈 수 있습니까?"

"돔 필리프가 초대한 사람은 누구든지요."

보부아르는 정신을 바짝 차리고 들었어야 했지만 그러고 있지 않았다는 것을 깨달았다. 그는 여전히 자신의 기억과 그것들이 일깨운 느낌들에 정신이 산만했다.

방금 베르나르 수사의 목소리에 원망이 담겨 있었던가?

보부아르는 그렇게 생각하지 않았지만 주의력이 산만해져 확신할 수 없었다. 그리고 그는 다시 프랑쾨르를 저주했다. 그가 있길 원하지 않은 곳에 있어서. 그 기억 속에. 그리고 보부아르의 머리에. 우당탕거리고 돌아다니면서. 잠들어 있게 두면 더 좋을 것들을 들쑤셔 깨우면서.

그는 상담사가 마음이 불안해질 때면 뭘 하라고 했는지 떠올렸다.

숨쉬기. 그냥 숨쉬기.

숨을 깊게 들이쉬고, 숨을 깊게 내쉬고.

"수도원장을 어떻게 생각하십니까?" 보부아르가 살짝 몽롱한 머리로 물었다.

"무슨 말씀이십니까?"

보부아르는 자기가 무슨 말을 했는지 확신할 수 없었다.

숨을 깊게 들이쉬고, 숨을 깊게 내쉬고.

"수사님은 원장 쪽 사람 아닙니까?" 그가 물었다. 머릿속에 떠오르는 아무 질문이나 움켜잡고.

"그렇습니다."

"왜죠? 왜 부원장 측으로 가지 않습니까?"

수사는 돌멩이를 걷어찼고, 보부아르는 그것이 흙길에서 춤을 추며

튀는 모습에 집중했다. 수도원으로 들어가는 문이 멀게 느껴졌다. 그리고 문득 그는 자신이 성당 안에 있길 바랐다. 차분하고 평화로운 곳에. 단조로운 성가를 들으며. 그 성가에 매달리며.

혼란이 없는 곳. 생각도, 결정도 없는 곳. 원초적인 감정이 없는 곳.

숨을 깊게 들이쉬고, 숨을 깊게 내쉬고.

"마티외 형제는 재능 있는 음악가였습니다." 베르나르 수사가 말하고 있었다. "그는 성가에 대한 우리의 소명을 한층 더 숭고한 위치로 끌어올려 주었죠. 훌륭한 선생님이었고, 타고난 지도자였습니다. 그는 우리의 삶에 새로운 의미와 목표를 주었습니다. 이 수도원에 생명을 불어넣었습니다."

"그런데 왜 그가 원장이 되지 않았습니까?"

그것이 먹혔다. 보부아르는 호흡을 되찾았고, 수사의 차분한 목소리가 다시 그의 몸에 스며들었다.

"어쩌면 그랬어야 할지도 모릅니다. 하지만 돔 필리프가 뽑혔죠."

"마티외 수사를 이겼나요?"

"아뇨, 마티외 형제는 출마조차 하지 않았습니다."

"돔 필리프는 만장일치로 뽑혔습니까?"

"아니요, 그때의 부원장이 출마했는데 대부분은 그가 이길 거라고 생각했습니다. 보통 부원장이 원장이 되는 것이 항상 자연스러운 순서였으니까요."

"그럼 그때의 부원장은 누구였습니까?" 보부아르의 정신이 다시 작동하고 있었다. 상황을 받아들여 다시 합리적인 질문을 도출해 냈다. 하지만 배 속에 남은 그 주먹.

"저였습니다."

보부아르는 자신이 제대로 들었는지 확신하지 못했다. "수사님이 당시 부원장이었다고요?"

"네. 그리고 돔 필리프는 그냥 평범한, 나이 든 필리프 형제였습니다. 평수사."

"모욕적이셨겠습니다."

베르나르 수사가 미소를 지었다. "저희는 그런 일을 개인적인 문제로 국한하지 않습니다. 전부 하느님의 뜻이죠."

"그러면 좀 낫습니까? 전 모욕을 당할 거라면 하느님보다는 차라리 인간에게 당하는 게 낫겠는데요."

베르나르는 대답하지 않기를 선택했다.

"그래서 수사님은 평수사로 돌아갔고, 수도원장은 자기 친구 마티외 수사를 부원장으로 뽑았군요."

베르나르가 끄덕이며 바구니에서 블루베리를 무심코 한 줌 집었다.

"새 부원장을 분하게 여기지 않으셨습니까?" 보부아르가 블루베리 몇 알을 집으며 물었다.

"전혀요. 그게 탁월한 선택이라는 사실이 드러났죠. 예전 원장님과 저는 괜찮은 팀이었습니다. 하지만 저는 돔 필리프에게 마티외 형제가 그랬던 것처럼 좋은 부원장이 될 수 없었을 겁니다. 그 두 사람은 여러 해 동안 잘해 왔고요."

"그래서 수사님은 그걸 받아들여야 했군요."

"경위님은 매사를 특이하게 이해하시는군요."

"수사님은 제가 하지 않는 말을 들으셔야 합니다." 보부아르는 그렇게 말했고, 베르나르 수사가 미소 짓는 모습을 보았다. "부원장이 솔로인 앙투안 수사의 교체를 고려하고 있었다는 이야기를 들으셨습니까?"

"뤽 형제로요? 네, 그건 뤽 형제가 퍼뜨린 소문이었고, 보아하니 자신은 믿는 모양이지만 아무도 믿지 않습니다."

"그게 사실이 아니었다고 확신하십니까?"

"부원장은 까다로운 사람일 수도 있습니다. 제 생각에," 베르나르 수사가 보부아르를 흘끔 보았다. "경위님이라면 그분을 개자식이라고 부를지도 모르겠군요."

"저, 상처받았습니다."

"하지만 그는 음악을 알았습니다. 그에게 그레고리오 성가는 단순한 음악 이상이었습니다. 하느님께 다가가는 그의 길이었죠. 성가대나 성가의 기반을 약화하느니 죽기를 택했을 겁니다."

베르나르 수사는 자기가 한 말이 무슨 의미인지도 모른 채 걸었다. 하지만 보부아르는 그것을 지적하지 않았다.

"앙투안 형제가 솔로여야 합니다." 베르나르 수사가 블루베리를 조금 더 먹으며 말했다. "그의 목소리는 참으로 아름답죠."

"뤽 수사보다 낫습니까?"

"훨씬 낫죠. 기교는 뤽 형제가 낫습니다. 그는 목소리를 조절할 수 있죠. 아름다운 톤이지만 거기에는 성스러운 무언가가 없습니다. 실제가 아닌, 사람이 그린 그림을 보는 것 같습니다. 차원이 없죠."

뤽의 목소리에 대한 베르나르 수사의 의견은 앙투안 수사와 거의 같았다.

그럼에도 젊은 수사는 확신했고, 확신하고 있었다.

"뤽의 말이 맞았다면," 보부아르가 조심스럽게 물었다. "그 반응이 어땠을까요?"

"다들 의심했을 겁니다."

"뭘 의심합니까?"

베르나르 수사는 이제 뚜렷하게 불편한 눈치였다. 그는 입 안으로 더 많은 블루베리를 욱여넣었다. 아까는 흘러넘치던 바구니가 블루베리의 웅덩이 수준으로 줄어 있었다.

"그냥 의심했겠죠."

"제게 모든 걸 이야기하지 않으시는군요, 베르나르 수사님."

베르나르는 침묵을 고수했다. 블루베리와 함께 자신의 생각과 의견과 말 들을 삼키면서.

하지만 보부아르는 그의 말이 무엇을 의미하는지 바로 알아차렸다.

"두 사람의 관계를 의심했겠군요."

베르나르의 입이 꽉 다물려 턱 주위 근육이 하고 싶은 말을 애써 참느라 불룩 튀어나와 있었다.

"수사님은 의심하셨을 겁니다." 보부아르가 밀어붙였다. "나이 든 부원장과 새로 들어온 수사 사이에 무슨 일이 벌어지고 있었는지."

"제 말은 그런 뜻이 아닙니다."

"물론 그렇겠죠. 수사님과 다른 수사님들은 성가대 연습이 끝난 뒤 무슨 일인지 의심하셨을 테죠. 나머지 수사님들은 자기 방에 돌아간 다음에요."

"아니요, 경위님이 틀렸습니다."

"그게 앙투안 수사가 그 자리를 손에 넣은 방식입니까? 앙투안 수사는 단순한 솔로가 아니었고, 마티외 수사는 단순한 성가대 지휘자가 아니었다는 뜻인가요?"
"그만." 베르나르 수사가 자르듯 말했다. "그런 게 아니었습니다."
"그럼 어떤 것이었습니까?"
"경위님은 성가를, 성가대를 추악한 것으로 몰고 있습니다. 마티외는 매우 불쾌한 사람이었습니다. 전 그를 전혀 좋아하지 않았습니다. 하지만 저조차도 절대," 베르나르가 쉿소리를 내며 말했다. "절대 성관계의 대가로 그가 솔로를 선택하지 않았으리란 걸 압니다. 마티외 형제는 성가를 사랑했습니다. 그 누구보다."
"하지만 여전히," 이제 아주 조용한 목소리로 보부아르가 말했다. "수사님은 의심하고 있습니다."
베르나르 수사가 눈을 커다랗게 뜨고 보부아르를 응시했다. 바구니 손잡이를 움켜쥔 그의 손의 관절들이 하얘졌다.
"수도원장이 앙투안 수사를 새 지휘자로 임명했다는 걸 아십니까?"
보부아르의 목소리는 친근했다. 일상적인 대화인 양. 대치는 없었다는 양. 그것이 가마슈에게서 배운 속임수였다. 계속 공격하지 말 것. 앞으로 나갔다가, 뒤로 물러났다가, 샛길로 빠졌다가. 가만히 있기.
예측할 수 없게 하라.
수사는 천천히 정신을 차렸다. 그리고 숨을 깊이 들이마셨다.
그리고 깊이 내쉬었다.
"놀랍지 않군요." 마침내 그가 말했다. "원장님이 하실 만한 일이죠."
"계속하십시오."
"몇 분 전 경위님은 왜 제가 수도원장 측 사람인지 물으셨습니다. 이게 그 이유입니다. 성자나 바보만이 적의 지위를 높입니다. 돔 필리프는 바보가 아닙니다."

"그가 성자라고 생각하십니까?"

베르나르 수사가 어깨를 으쓱했다. "모릅니다. 하지만 그분이 우리 중에 성자에 가장 가까울 겁니다. 경위님은 왜 그분이 수도원장으로 선출됐다고 생각하십니까? 그분은 뭘 제공해야 했을까요? 그분은 단지 하루를 부지런히 사는 조용하고 소박한 수사였습니다. 지도자도 아니고, 위대한 행정가도 아니었죠. 훌륭한 음악가도 아니었고요. 그분은 공동체에 딱히 실질적인 기술을 가져오지도 않았습니다. 배관공도, 목수도, 석공도 아니었으니까요."

"그럼 그분은 뭡니까?"

"그분은 하느님의 사람입니다. 진정으로요. 그분은 온 마음과 영혼을 다해 하느님을 믿습니다. 그리고 다른 사람들에게 그 영감을 불어넣습니다. 우리가 노래할 때 사람들이 신성을 듣는다면, 돔 필리프가 거기에 그것을 넣은 겁니다. 그분은 우리를 더 나은 사람으로, 더 나은 수사로 만듭니다. 그분은 하느님을 믿고, 사랑과 용서의 힘을 믿습니다. 편의의 신앙일 뿐이 아닙니다. 증거가 필요하시다면 그분이 하신 일을 보십시오. 그분은 앙투안 형제를 성가대 지휘자로 뽑으셨습니다. 그게 옳은 것이었기 때문에. 성가대를 위해, 성가를 위해, 그리고 공동체의 평화를 위해."

"그건 성자가 아니라 상식이 있는 정치가로 보이게 할 뿐입니다."

"회의론자시군요, 무슈 보부아르."

"그리고 정당한 이유로요, 베르나르 수사님. 누군가가 이 수도원의 부원장을 죽였습니다. 수도원장의 작고 예쁜 정원에서 그의 머리를 박살 냈죠. 수사님은 성자 이야기를 하십니다. 그렇다면 성자는 어디에 있었습니까? 그렇다면 하느님은 어디에 있었습니까?"

베르나르는 아무 말도 하지 않았다.

"위." 보부아르가 쏘아붙였다. "전 회의론자입니다."

나를 위해 이 골칫덩어리 신부를 제거할 자가 아무도 없는가?

그래서 누군가가 했다.

"그리고 수사님의 소중한 수도원장은 그냥 난데없이 뽑힌 게 아닙니다." 보부아르가 그를 일깨웠다. "그는 출마를 선택했습니다. 그는 그 자리를 원했습니다. 성자가 권력을 원합니까? 성자는 겸손해야 할 것 같습니다만."

두 사람의 시야에 이제 수도원 문이 들어왔다. 그 안에는 길고 눈부신 복도들이 있었다. 그리고 작은 방들. 그리고 침묵하며 살금살금 다니는 수사들. 그리고 가마슈 경감. 그리고 프랑쾨르. 보부아르는 수도원 벽과 토대가 흔들리지 않는다는 사실이 조금 놀라웠다.

두 사람은 4백 년 전 이 숲에서 베어 온 굵직한 나무로 만든 문으로 다가갔다. 그리고 쇠를 벼려서 만든 경첩으로. 그리고 걸쇠로. 그리고 자물쇠로.

보부아르의 손에 들린 두루마리의 생질베르앙트르레루는 십자가처럼 보였다. 하지만 실제로는?

그것은 감옥처럼 보였다.

보부아르는 멈춰 섰다.

"이 문은 왜 잠겨 있습니까?" 그가 베르나르 수사에게 물었다.

"전통 이상 아무것도 아닙니다. 저희가 하는 많은 일들이 무의미해 보이시겠지만 저희는 저희의 규칙과 전통이 충분히 이해가 됩니다."

보부아르는 계속 응시했다.

"문은 보통 지키기 위해 잠그죠." 그가 마침내 입을 열었다. "하지만 누구를 지킨다는 겁니까?"

"파르동?"

"아까 이 수도원의 슬로건이 '그냥 만일을 대비해서'라면서요."

"엑시스토 파라투스, 네. 그건 농담이었습니다."

보부아르가 끄덕였다. "농담 속에 많은 진실들이 숨겨져 있다고들 하죠. 무엇을 대비한다는 겁니까, 몽 프뢰르? 잠긴 문이 뭣 때문에 존재합니까? 바깥세상이 들어오지 못하게 하거나 수사들이 안에 있으라고? 수사들을 보호하려고, 우리를 보호하려고?"

"이해가 안 되는군요." 베르나르 수사가 말했다. 하지만 그 표정을 본 보부아르는 그가 완벽히 이해했다는 것을 알았다. 그는 블루베리로 산을 이루었던 바구니가 이제 텅 비었다는 것도 알았다. 그 완벽한 공물이 사라졌다.

"어쩌면 수사님의 소중한 원장님은 상식이 있는 정치가도, 성자도 아닐지 모릅니다. 교도소장일 뿐. 어쩌면 그게 원장님이 또 다른 녹음에 그토록 반대한 이유인지도 모르죠. 침묵의 서약을 그토록 단호하게 지키면서요. 원장님은 오랜 침묵의 전통을 이행했을 뿐입니까? 아니면 바깥세상으로 어떤 괴물을 풀어놓길 두려워했습니까?"

"경위님이 한 말을 믿을 수가 없군요." 베르나르가 감정을 억제하려고 애쓰며 몸을 떨면서 말했다. "당신은 소아성애를 말하는 겁니까? 우리가 어린 소년들을 범했기 때문에 이곳에 있다고 생각하십니까? 당신은 샤를 형제, 시몽 형제, 원장님이……," 그는 식식거렸다. "전…… 당신이 그런……."

수사는 그 이상 말을 잇지 못했다. 그의 얼굴이 분노로 빨개졌고, 보부아르는 그의 머리가 폭발하지 않을지 궁금했다.

하지만 여전히 살인반의 경위는 아무 말이 없었다. 그는 기다렸다. 그리고 기다렸다.

결국 침묵은 그의 친구였다. 그리고 이 수사의 적. 그 침묵 속에 유령이 앉았기 때문에. 온전히 자란. 온전히 살이 오른. 어린 소년들의. 학생들. 복사服事들. 신뢰하는 소년들. 그리고 그들의 부모들.

교회의 침묵 속에서 그것은 영원히 살았다.

선택권과 자유 의지를 얻었을 때 교회는 사제들을 보호하길 택했다. 야생으로 이들 성직자를 보내는 것보다 그들을 보호하는 더 나은 게 있을까. 사라지는 것 이외에. 그리고 그들 주위에 벽을 쌓았다.

이들이 노래는 할 수 있지만 말은 할 수 없는 곳.

돔 필리프는 수도원장인 만큼 경비였을까? 죄인들을 지킨 성자?

19

“질베르회가 왜 검은 로브에 하얀 후드인지 아나? 독특하지. 다른 어떤 수도회도 저런 걸 입진 않는데 말이야.”

실뱅 프랑쾨르 경정은 긴 다리를 꼬고 부원장 책상의 딱딱한 의자에 편안히 기대 앉아 있었다.

가마슈 경감은 책상 반대편, 방문자 의자에 앉아서 프랑쾨르가 가져다준 검시관 보고서와 그 외 다른 서류들을 읽으려고 애쓰는 중이었다. 그는 고개를 들고 프랑쾨르의 웃는 얼굴을 보았다.

매력적인 미소였다. 친한 척하지도, 거들먹거리지도 않는. 따뜻하고 자신감 넘치는 미소였다. 신뢰할 수 있는 남자의 미소.

“아니요, 경정님. 왜 그런 옷을 입습니까?”

20분 전, 사무실에 온 프랑쾨르가 가마슈에게 보고서들을 건네주었었다. 그는 이내 쓸데없는 말로 경감이 보고서 읽는 것을 방해했다.

가마슈는 그것이 낡은 심문 기술의 변형이라는 것을 깨달았다. 거슬리게 하고 짜증을 내도록 고안된. 피심문자가 마침내 폭발할 때까지 방해하고, 방해하고, 방해해서 하고 싶은 말을 못하는 불만에 보통 할 말보다 더 많은 말들을 쏟아 내게 했다.

그 방법은 피심문자가 감지하기 힘들었고, 시간을 소모해서 사람의 인내심을 갉아먹었다. 자신감 넘치는 요즘 젊은 수사관들은 쓰지 않는 방법이었다. 하지만 나이 든 경찰들은 그 방법을 알고 있었다. 그리고 오래 기다리기만 하면 이 방법은 언제나 효과를 발휘했다.

지금, 퀘벡 경찰청의 경정은 살인반의 우두머리 경관에게 그 방법을 쓰고 있었다.

프랑쾨르의 재미없는 의견을 점잖게 들으며 가마슈는 그 이유가 궁금했다. 그냥 재미로, 자신을 갖고 노느라 그러는 걸까? 아니면 경정이 늘 그러듯 더 깊은 목적이 있는 걸까?

가마슈는 저 매력적인 얼굴을 바라보며 저 미소 아래에서 무슨 일이 일어나고 있는지 궁금했다. 저 썩은 두뇌에서. 복잡다단한 마음속에서.

장 기가 이 남자를 멍청이라고 생각하는 만큼 가마슈는 그가 그렇지 않다는 것을 알았다. 아무도 기량이 없이는 세상에서 가장 존경받는 공권력 중 하나인 퀘벡 경찰청의 가장 높은 위치까지 올라갈 수 없었다.

프랑쾨르를 바보라고 일축해 버리는 것은 중대한 실수가 될 터였다. 하지만 가마슈는 보부아르의 의견이 부분적으로는 맞다는 인상에 전적으로 고개를 저을 수가 없었다. 프랑쾨르는 바보는 아닐지 몰라도 보이는 것만큼 똑똑하지 않았다. 그리고 분명 자신이 생각하는 만큼 똑똑하지 않았다. 아무튼 프랑쾨르는 오래되고 미묘한 심문 기술을 이용할 만큼의 기량은 있었지만 그 기술을 아는 사람에게 쓸 만큼 오만했다. 프랑쾨르는 똑똑하다기보다 교활했다.

하지만 그것이 그를 덜 위험하게 하지는 않았다.

가마슈는 손에 든 검시관 보고서를 내려다보았다. 20분 동안 가마슈는 간신히 한 페이지를 읽었을 뿐이었다. 보고서에는 부원장이 60대 초반의 건강한 남자였다고 쓰여 있었다. 60대 육체의 통상적인 소모. 가벼운 관절염과 가벼운 동맥경화.

"부원장이 살해되었다는 이야기를 듣자마자 나는 질베르회를 검색해 보았네." 프랑쾨르의 목소리는 쾌활하면서도 권위가 있었다. 사람들은 이 남자를 신뢰할 뿐만 아니라 믿었다.

가마슈는 보고서에서 눈을 들고 예의상 흥미롭다는 표정을 지었다.

"그러셨습니까?"

"그리고 물론 신문 기사도 읽었지." 경정은 가마슈에게서 시선을 떼고 좁은 창문 밖을 내다보았다. "그들의 녹음이 히트를 쳤을 때의 보도 말일세. 그 음반을 갖고 있나?"

"갖고 있습니다."

"나도 있다네. 나는 그 매력을 이해할 수 없더군. 지루해. 하지만 많은 사람들이 좋아하지. 자네도 좋아하나?"

"좋아합니다."

프랑쾨르가 살짝 미소를 지었다. "그럴 줄 알았네."

가마슈는 경정을 바라보며 조용히 기다렸다. 마치 세상의 시간이 자기 것이고, 상사가 하는 무슨 말이든 손에 들린 보고서보다는 훨씬 재미있을 거라는 듯한 그를.

"센세이션이 일었지. 이곳에서 수백 년간 이 수사들이 살았고, 그걸 아무도 몰랐던 것 같은 게 재밌네. 그리고 그들은 하찮은 녹음을 했고, 부알라voilà 맙소사. 세계적으로 유명해졌네. 물론 그게 문제지."

"왜죠?"

"마티외 수사가 살해됐다는 소식이 밖으로 나가면 엄청난 소동이 일어날 거야. 그가 자크 수사보다 더 유명하니까." 놀랍게도 프랑쾨르 경정이 미소를 짓더니 노래를 불렀다. "프뢰르 자크, 프뢰르 자크, 도르메

부? 도르메 부Frére Jacques, Frére Jacques, dormez-vous? Dormez-vous? 자크 수사님, 자크 수사님, 주무세요? 주무세요? 프랑스의 중세 동요?"

하지만 그는 명랑한 동요를 장송곡처럼 불렀다. 느리고 낭랑하게. 마치 의미 없는 가사에 숨겨진 의미라도 있다는 듯. 이내 프랑쾨르는 가마슈를 한참 동안 차갑게 응시했다.

"이제 골치 아픈 일이 벌어질 걸세, 아르망. 자네조차 그걸 알아차렸겠지만."

"네, 알고 있습니다. 메르시."

가마슈는 몸을 앞으로 내밀어 두 사람 사이의 책상 위에 검시관 보고서를 올려놓았다. 그는 자신을 응시하고 있는 프랑쾨르를 응시했다. 눈 하나 깜박이지 않고. 그의 눈은 차갑고 매서웠다. 경감이 입을 열 엄두를 못 낼 만큼. 그는 입을 열었다.

"여기 오신 이유가 뭡니까?"

"도움을 주러 왔네."

"죄송합니다만 경정님," 가마슈가 말했다. "전 아직도 경정님이 왜 오셨는지 모르겠습니다. 전에는 도움을 줄 필요를 전혀 못 느끼지 않으셨습니까."

두 남자는 서로를 똑바로 응시했다. 그들 사이의 공기가 적대감으로 떨렸다.

"그러니까 살인 사건 수사에요." 가마슈가 미소를 지으며 말했다.

"물론이지."

프랑쾨르는 증오심을 감추지도 않고 가마슈를 보았다.

"소통 수단이 끊어지고," 경정은 책상 위의 노트북을 보았다. "수도원 안에 전화기가 한 대뿐이니, 누군가가 이것들을 가져올 필요가 있다는 건 명백했지."

그가 책상 위의 서류 더미를 가리켰다. 검시관 보고서와 감식반이 알아낸 결과들.

"이건 큰 도움이 됩니다." 가마슈가 말했다. 그 말은 사실이었다. 하지만 퀘벡 경찰청의 경정이 배달부 노릇을 하지 않는다는 것은 그도 알고 프랑쾨르도 알았다. 사실 그것이 진정한 목적이라면 가마슈의 살인반 수사관 중 누군가가 가져오는 것이 훨씬 큰 도움이 될 터였다.

"여기에 저를 도우러 오셨다면 이 사건의 몇 가지 사실들을 듣고 싶으시겠군요." 가마슈가 제안했다.

"말해 보게."

가마슈는 프랑쾨르 경정이 의미 없는 질문과 말들로 끊임없이 끼어드는 동안 경정에게 사실들을 전하려 애쓰며 몇 분을 보냈다. 질문 대부분은 가마슈가 무언가를 놓쳤거나, 적절한 질문을 하지 못했거나, 수사 방법이 잘못됐을지 모른다는 것을 암시했다.

하지만 말이 중단되는 와중에도 가마슈는 마티외 수사 건의 개요 설명을 그럭저럭 마쳤다.

네우마와 영문 모를 라틴어가 쓰인 누렇게 바랜 양피지를 품에 안고 몸을 웅크린 채 죽은 시체. 정원에서 죽은 부원장을 굽어보며 기도를 올리던 세 명의 수사들. 돔 필리프, 그의 비서 시몽 수사 그리고 의사인 샤를 수사.

생질베르의 균열이 점점 심화된 증거. 침묵의 서약을 거두고 그레고리오 성가의 또 다른 녹음을 원한 측과 그것을 원치 않은 측. 부원장 측 사람들과 원장 측 사람들.

끊임없는 방해를 받아 가면서도 가마슈는 경정에게 숨겨진 사제단 회의실과 수도원장의 비밀 정원에 대해 이야기했다. 보다 많은 숨겨진 방의 소문과 보물에 대한 것까지.

그때 경정이 마치 잘 속는 어린애를 보듯 가마슈를 보았다.

가마슈는 아랑곳하지 않고 수사들의 간결한 인상 설명을 이어 갔다.

"자네가 도착했을 때보다 사건 해결에 다가간 것처럼 보이지 않는군." 프랑쾨르가 말했다. "여전히 전원이 용의자야."

"그렇다면 경정님이 여기 계셔서 다행입니다." 가마슈는 말을 멈췄다. "도움이 돼서요."

"그래. 예를 들어 자넨 흉기도 못 찾았네."

"사실입니다."

"그게 뭔지도 모르고."

가마슈는 정원에 있던 돌이 부원장의 두개골을 박살 냈고, 그런 다음 담장 너머 숲으로 던져진 것 같다고 말하려고 입을 열었다. 하지만 직감적으로, 그리고 어쩌면 프랑쾨르의 눈에 담긴 희미한 만족의 빛에 말을 멈췄다. 대신 그는 경정을 본 다음 거의 읽지 못한 검시관 보고서로 눈길을 떨궜다.

그는 페이지를 넘기며 훑어보았다. 그러고는 고개를 들어 프랑쾨르와 눈을 마주쳤다. 그 눈빛은 승리의 의미를 담아 반짝이기 시작했다.

"보고서를 읽으셨습니까?" 가마슈가 물었다.

프랑쾨르가 끄덕였다. "비행기에서. 자넨 돌을 찾고 있던 것 같군."

그는 그 말이 우스꽝스럽게 들리도록 말했다.

"맞습니다. 확실히 저희가 틀렸습니다. 돌이 아니었습니다."

"아니지." 프랑쾨르는 꼬았던 다리를 풀고 몸을 앞으로 숙였다. "상처에는 먼지나 잔류물이 없었네. 아무것도 없었지. 자네도 봤다시피 검시관은 흉기가 파이프나 부지깽이 같은 길쭉한 금속 물체일 거라고 추정하네."

"도착하셨을 때 그걸 알고 계셨으면서 제게 말씀하시지 않았습니까?" 가마슈의 목소리는 차분했지만 책망의 빛이 다분했다.

"뭐? 위대한 가마슈께 일을 어떻게 해야 할지 내가 알려 줘야 한다고? 난 그걸 꿈도 꾸지 않았네."

"중요한 정보를 전달하지 않으실 거라면 왜 여기 계시는 겁니까?"

"왜냐하면, 아르망," 프랑쾨르는 입 안에서 그것이 메르드였다는 양 그 이름을 내뱉었다. "우리 중 한 명은 경찰을 걱정하고, 다른 한 명은 자신의 경력을 걱정하기 때문이지. 살인 사건이 알려진 뒤 엄청난 혼란이 일어나 세상의 온갖 매체들이 쇄도할 때 내가 여기 있으면 우리가 완벽한 얼간이로 보이진 않을 걸세. 난 최소한 퀘벡 경찰청이 유능하다는 인상을 줄 수가 있네. 우리가 세상에서 가장 사랑받던 클리지우 중 한 명의 잔인한 살인 사건을 해결하기 위해 할 수 있는 일을 다하고 있다고 말이야. 자넨 그의 죽음이 공표되면 세상이 뭘 알고 싶어 할지 알고 있겠지?"

가마슈는 입을 다물고 있었다. 그는 끊임없는 방해가 정보의 폭발을 유도하는 것처럼 침묵 또한 그렇다는 것을 알았다. 분노를 간신히 억누르고 있는 프랑쾨르 같은 사람은 단순히 주어진 공간이 필요했다. 그리고 어쩌면 적절한 타이밍에 떠밀 필요도.

"아니, 용의자라고는 격리된 수도원 안의 수사 스물네 명뿐인데, 저 유명한 퀘벡의 경찰이 아직도 범인을 체포하지 못했다니." 프랑쾨르가 조롱했다. "도대체 무엇 때문에 그렇게 오래 걸리는 걸까. 다들 그렇게 묻겠지."

"그럼 그들에게 뭐라고 대답할 겁니까, 실뱅? 부하가 정보를 주지 않아서 진실에 도달하기 어렵다고요?"

"진실이라고, 아르망? 자넨 내가 그 사람들한테 거만하고 잘난 척하는 무능한 얼간이가 수사의 책임자라고 말하길 바라나?"

가마슈는 눈썹을 치켜 올리고 책상 너머 프랑쾨르가 앉아 있는 곳을 향해 희미한 몸짓을 했다.

그리고 가마슈는 프랑쾨르가 결국 폭발하는 모습을 보았다. 경정이 벌떡 일어나자 의자에 긁힌 돌바닥이 비명을 질렀다. 프랑쾨르의 잘생긴 얼굴이 분노로 물들었다.

가마슈는 앉은 자세를 유지하다 잠시 후 책상을 사이에 두고 서로 마주 보도록 느릿느릿 자리에서 일어났다. 가마슈는 등 뒤로 돌린 손을 맞잡고 있었다. 그의 가슴이 프랑쾨르의 최고의 한 방을 초대하듯 내밀어졌다.

조심스럽게 문을 두드리는 소리가 났다.

둘 다 대답하지 않았다.

이내 다시 노크 소리가 들리고 머뭇거리며 부르는 소리가 들렸다. "경감님?"

문이 아주 살짝 열렸다.

"자넨 부하를 더욱 존중할 필요가 있겠군, 아르망." 프랑쾨르가 언성을 높이며 쏘아붙였다. 그러고는 문을 돌아보았다. "들어오게."

보부아르가 사무실에 발을 내딛고 두 사람을 번갈아 쳐다보았다. 분위기가 너무 고조되어 있어서 부원장의 사무실에 들어오기가 거의 불가능했다. 하지만 보부아르는 들어왔다. 그는 안으로 들어와 가마슈와 어깨를 나란히 하고 섰다.

프랑쾨르가 경감에게서 보부아르에게로 느릿느릿 시선을 옮기더니 한숨을 쉬었다. 그리고 그럭저럭 내숭을 떠는 듯한 미소까지 지었다.

"마침맞게 왔군, 경위. 자네 상관과 나는 충분한 대화를 나눈 것 같네. 이 이상 더 충분할 수 없을 정도로 말일세."

그가 마음을 누그러뜨리게 하는 희미한 웃음을 띠며 손을 내밀었다.

"내가 도착했을 때는 인사를 나눌 기회가 없었지. 미안하군, 보부아르 경위."

장 기가 머뭇거리다 그 손을 잡았다.

종이 울렸고, 보부아르가 얼굴을 찡그렸다. "또군요."

프랑쾨르 경정이 웃었다. "동감일세. 하지만 수사들이 기도를 하는 동안 우리는 우리 일을 할 수 있겠군. 적어도 우린 그들이 어디 있는지 알 수 있을 테니."

그가 보부아르에게 윙크를 하더니 가마슈를 돌아보았다.

"내가 한 말을 생각해 보게, 경감." 그 목소리는 따뜻했고 다정하기까지 했다. "내 부탁은 그게 전부일세."

그가 자리를 뜰 때 가마슈가 뒤에서 불렀다.

"경정님, 이 종소리는 기도가 아니라 점심을 알리는 소리 같습니다."

"음," 프랑쾨르가 환하게 미소를 지었다. "그렇다면 내 기도가 응답을 받았나 보군. 이곳 음식이 훌륭하다던데, 그런가?" 그가 보부아르에게 물었다.

"나쁘진 않습니다."

"봉. 그럼 점심 식사 자리에서 보세. 물론 난 며칠 동안 이곳에 머물 예정이야. 친절하시게도 수도원장이 내게 방 한 칸을 내 주셨다네. 그럼 난 가서 좀 씻고 올 테니 거기서 보세."

프랑쾨르는 두 사람에게 각각 고개를 끄덕인 다음 자신감 있는 태도로 걸어 나갔다. 자제력을 발휘하며 현재 상황과 수도원의 주도권을 쥔 남자.

보부아르가 가마슈를 돌아보았다.

"무슨 일이 있었습니까?"

"솔직히 말해 모르겠네."

"괜찮으십니까?"

"괜찮고말고fine. 고맙네."

"개판치고 위태롭고 전전긍긍하며 자기중심적Fuck up, insecure, neurotic and egotistical이라고요? F. I. N. E.?"

"그건 경정에 대한 평가 같군." 가마슈가 미소를 지었고, 두 사람은 성당과 식당으로 향하는 복도를 걸어 내려갔다.

"그가 경감님께 그걸 말하러 왔습니까?"

"아니, 본인 말에 따르면 도움을 주러 왔다는군. 검시관 보고서와 감식반 조사 결과도 가지고 왔더군."

가마슈는 보부아르에게 보고서에 뭐라고 쓰여 있는지 말해 주었다. 보부아르는 함께 걸으며 이야기에 귀를 기울였다. 그러다가 걸음을 멈추고 화난 얼굴로 가마슈를 돌아보았다.

“보고서에 흉기가 돌이 아니었다고 쓰여 있다는 걸 알면서 우리한테 바로 말을 안 해 줬다고요? 도대체 뭐 하자는 수작이랍니까?”

“모르겠네. 하지만 우린 살인에 집중해야지, 경정에게 주의를 돌려선 안 되네.”

“다코르.” 보부아르가 마지못해 대답했다. “그래서 그 망할 흉기가 어디 있는데요? 담장 바깥쪽도 찾아보았지만 아무것도 없었습니다.”

있는 것이라고는 블루베리뿐이었다고 보부아르는 생각했다. 그리고 그것들은 아마 초콜릿을 씌우기 전까지는 치명적이지 않았다.

“한 가지는 알고 있네.” 경감이 말했다. “보고서에 결정적인 말이 쓰여 있더군.”

“뭐죠?”

“마티외 수사의 살인은 계획된 게 거의 분명하네. 만일 자네가 정원에서 충동적인 감정에 휩싸여 돌을 집어 들고 누군가를 죽일……,”

“하지만 한 조각의 금속이 아니라,” 보부아르가 경감의 생각을 좇으며 말했다. “그건 범인이 가져와야 했을 것입니다. 수도원장의 정원에 파이프나 부지깽이가 굴러다니진 않으니까요.”

가마슈가 끄덕였다.

수사 중 한 명이 단지 발끈한 끝에 부원장을 죽이려고 후려친 게 아니었다. 그것은 계획됐었다.

멘스 레아Mens rea 고의.

그 라틴어로 된 법적 표현이 가마슈의 머리에 떠올랐다.

멘스 레아. 범행 의도. 고의.

수사 중 한 명이 이미 금속 파이프와 살의로 무장하고 그 정원에서 부원장을 만났다. 생각과 행동이 충돌한 결과는 살인이었다.

"프랑쾨르가 머문다는 걸 믿을 수 없습니다." 그들이 성당을 가로지를 때 보부아르가 말했다. "저 멍청한 개자식이 가기만 한다면 제가 범인이라고 시인하겠습니다."

가마슈가 걸음을 멈췄다. 두 사람은 성당 한가운데에 죽은 듯이 서 있었다.

"조심하게, 장 기." 가마슈가 목소리를 낮게 유지했다. "경정은 바보가 아니야."

"농담하세요? 그는 비행기에서 내리자마자 경감님께 서류 일체를 건넸어야 합니다. 하지만 그 대신 사람들 앞에서 경감님을 무시하고 원장에게 알랑거렸죠."

"목소리 낮추게." 가마슈가 경고했다.

보부아르는 슬그머니 주위를 둘러보고는 후다닥 속삭였다. "골치 아픈 인간이죠."

그는 프랑쾨르가 없는지 복도에 난 문을 흘끔 보았다. 가마슈가 몸을 돌렸고, 두 사람은 다시 식당을 향해 걸었다.

"보세요." 보부아르가 가마슈의 넓은 보폭을 따라잡으려 서두르며 말했다. "그는 이곳에서 경감님 권위를 무너뜨리고 있다고요. 경감님이 보셨어야 합니다. 모두가 선창에서 있었던 일을 봤고, 이제 그들은 책임자가 프랑쾨르라고 생각합니다."

가마슈가 문을 열고 보부아르에게 다음 복도로 가라고 손짓했다. 갓 구운 빵과 수프 냄새가 두 사람을 맞이했다. 그리고 등 뒤의 어두운 성당 안을 재빨리 훔쳐본 가마슈가 문을 닫았다.

"그가 책임잘세, 장 기."

"오, 제발."

하지만 보부아르의 입가에서 웃음기가 사라졌다. 경감은 진지했다.

"그는 경찰청의 경정이고," 가마슈가 말했다. "나는…… 아니지. 그가 내 상사일세. 그는 언제나 책임자일 걸세."

보부아르의 얼굴에 떠오른 화난 표정에 가마슈가 미소를 지었다. "다 괜찮을 거야."

"저도 그럴 거라는 걸 압니다, 파트롱. 어쨌든 경찰 간부가 권력을 남용하기 시작할 땐 나쁠 일이 전혀 일어나지 않는 법이죠."

"맞네, 몽 뷰." 경감이 씩 웃고 보부아르와 눈을 맞췄다. "부탁일세, 장 기. 끼어들지 말게."

보부아르는 '뭐에요?'라고 물을 필요가 없었다. 가마슈 경감의 차분한 갈색 눈이 그의 눈을 품었다. 눈에는 간청이 담겨 있었다. 도움이 아닌 그 반대가. 프랑쾨르를 알아서 처리하겠다는.

보부아르는 고개를 끄덕였다. "위, 파트롱."

하지만 그는 자신이 막 거짓말을 했다는 것을 알았다.

20

가마슈와 보부아르가 도착했을 즈음 대부분의 수사들은 이미 식당에 와 있었다. 경감은 긴 테이블 상석에 앉아 옆자리를 비워 둔 수도원장을 향해 고개를 끄덕했다. 원장이 손을 들어 인사했지만 자리를 권하지는 않았다. 경감도 그 옆에 앉으려 하지 않았다. 두 남자는 각자의 계획이 있었다.

갓 구운 바게트가 담긴 바구니, 둥그런 치즈 덩어리들, 물통과 사과 주병이 나무 테이블에 놓여 있었고, 수사들은 하얀 후드를 등 뒤로 늘어뜨린 검은 로브 차림으로 앉아 있었다. 가마슈는 프랑쾨르 경정이 왜 셈프링엄의 길버트가 9백 년 전 이 독특한 디자인을 선택했는지 자신에게 말해 주지 않았다는 것을 깨달았다.

"저 사람이 레몽 수사일세." 경감이 샤를 의사 수사와 다른 수사 사이의 벤치 자리를 턱짓하며 속삭였다. "그가 유지 보수를 맡고 있지."

"그렇군요." 보부아르는 그렇게 대답하고 재빨리 테이블 반대편으로 걸어갔다.

"앉아도 될까요?" 보부아르가 수사들에게 물었다.

"그럼요." 샤를 수사가 대답했다. 경찰을 본 그는 거의 히스테리를 일으킬 만큼 행복해 보였다. 보부아르는 살인 사건을 수사하면서 이런 환영을 거의 받아 본 적이 없었다.

반면에 가마슈의 옆자리 수사는 그를 보고 전혀 기쁜 것 같지 않았다.

그는 빵이나 치즈를 보고도 전혀 기쁜 것 같지 않았다. 하늘의 태양이나 창밖의 새들도.

"봉주르, 시몽 수사님." 가마슈가 자리에 앉으며 말했다. 하지만 수도원장의 비서는 고집스럽게 개인적인 침묵의 서약을 고수하고 있는 듯했다. 그는 짜증의 서약도 한 듯 보였다.

가마슈는 테이블 건너편 약간 아래쪽에서 보부아르가 이미 레몽 수사와 대화하느라 바쁜 모습을 보았다.

"이곳에 처음 온 형제들은 자기들이 뭘 하고 있는지 알았습니다." 보부아르가 수도원의 본래 방침에 대해 묻자 레몽이 대답했다. 그 대답에 보부아르는 놀랐다. 내용이 아니라 목소리 때문이었다.

그는 억양이 강하고 우둔해 보이기까지 하는 시골 말투로 이야기했다. 산간 지방 사람과 퀘벡의 작은 마을 사람들이 내는 비음. 그것은 수백 년 전 프랑스에서 온 초창기 정착민들과 부아야제르voyageurs 여행자들에게서 유래된 말씨였다. 이곳에서 처리해야 할 것들을 배웠던 강인한 남자들의 말투. 폴리테스politesse 예절가 아닌, 생존을 위해. 귀족, 교육받은 행정가들과 선원들이 신세계를 발견했는지 모르지만 그곳에 정착한 이는 강인한 농부들이었다. 그들의 목소리는 오래 묵은 참나무처럼 퀘벡 깊숙이 뿌리를 내렸고, 그것은 수 세기가 지나도 변하지 않았다. 그래서 어떤 역사학자는 이런 퀘베쿠아들과 이야기를 하다 보면 중세 프랑스로 시간 여행을 온 것 같다고 말하기도 했다.

세대를 거치며 대부분의 퀘베쿠아들은 그 억양을 잃었다. 하지만 때때로 그 목소리는 이 골짜기, 저 마을에서 튀어나왔다.

그런 억양은 조롱의 대상이 되었지만 그 목소리를 촌스럽다고 생각한다면, 그 생각 역시 뒤떨어진 생각이어야 했다. 하지만 보부아르는 생각의 차이라는 것을 알았다.

그의 할머니는 다 무너져 가는 낡은 베란다에서 손자와 콩을 까면서 그런 말투로 말했었다. 할머니는 정원에 대해 말했다. 그리고 계절. 그리고 인내. 그리고 자연에 대해.

할아버지가 어쩌다 입을 열 때면 무뚝뚝한 할아버지의 말 역시 농부의 말투처럼 들렸다. 하지만 할아버지는 귀족처럼 생각했고 행동했다. 항상 이웃을 도왔고, 자신이 가진 그 어떤 보잘것없는 것도 나누었다.

아니, 보부아르는 레몽 수사를 무시할 생각이 없었다. 오히려 정반대. 그는 이 수사에게 끌렸다.

레몽의 눈은 짙은 갈색이었고, 로브를 입고 있어도 보부아르는 수사의 몸이 탄탄하다는 것을 알 수 있었다. 그의 가는 손은 평생 해 온 고된 노동으로 근육질이었다. 보부아르는 그가 50대 초반이라고 추측했다.

"그들은 죽을 때까지 생질베르를 지었지요." 레몽 수사가 사과주병으로 손을 뻗어 보부아르에게 술을 따라 주고 자신의 몫도 따르며 말했다. "장인 정신, 바로 그것이었죠. 그리고 수련. 하지만 이 첫 형제들 이후엔? 재앙이었죠."

다음에 이어진 것은 모든 세대의 수사들이 자신들의 독창적인 방식으로 어떻게 이 수도원을 망쳤는지에 관한 장황한 이야기였다. 영적으로는 아니었다. 레몽 수사도 그쪽 방면으로는 관심이 없어 보였다. 하지만 물리적으로는. 무언가를 증축하고 무언가를 허물고. 다시 증축하고. 지붕을 교체하고. 모든 것이 재앙이었다.

"그리고 화장실이오. 화장실 얘기는 꺼내지도 말아야 합니다."

하지만 이미 늦었다. 레몽 수사는 꺼냈다. 그리고 보부아르는 왜 샤를 수사가 그와 레몽 수사 사이에 누군가가 끼었을 때 거의 광적으로 기뻐했는지 이해하기 시작했다. 목소리가 아니라 그 목소리가 하는 말 때문에. 논스톱.

"그들이 그것들을 망쳤습니다." 수사가 말했다. "그 화장실은……,"

"재앙입니까?" 보부아르가 물었다.

"에그작트망Exactement 바로 그겁니다." 레몽은 그가 자신과 같은 영혼의 소유자라는 것을 알았다.

나머지 몇몇 수사가 와서 자리에 앉았다. 프랑쾨르 경정은 문간에 서 있었다. 기관차처럼 쏟아 내는 말을 멈추지 못하는 레몽 수사를 제외하고 식당 안은 점점 조용해졌다.

"망할. 거기에 난 구멍들 말입니다. 경위님만 좋다면 보여 드릴 수 있습니다."

레몽 수사가 열성에 찬 눈빛으로 보부아르를 보았지만 보부아르는 고개를 젓고 프랑쾨르를 살폈다.

"메르시, 몽 프뢰르." 그가 속삭였다. "하지만 전 망할 것들을 충분히 봤습니다."

레몽 수사가 코를 울렸다. "저도요."

그리고 그는 조용해졌다.

프랑쾨르 경정은 식당에서 두드러진 존재였다. 보부아르는 수사들이 한 명씩 경정을 돌아보는 모습을 지켜보았다.

그가 이들 역시 속였군. 보부아르는 생각했다. 하느님의 사람들이라면 분명 가식의 이면을 볼 수 있으리라. 그들은 비열함과 옹졸함을 봤을 터였다. 그들은 그가 형편없는 개똥 같은 작자라는 것을 알 터였다. 재앙이라는 것을.

하지만 그들은 그래 보이지 않았다. 경찰청의 많은 사람들이 그렇지 않듯이. 모두가 프랑쾨르의 허세에 속고 있었다. 저 남성미와 호방함에.

보부아르는 남성호르몬으로 가득한 경찰청의 세계가 들어오는 것을 볼 수 있었다. 조용하고 사색적인 수사들이 아니라.

그러나 그들도 아주 신속한 방식으로 도착한 이 남자에게 경외심을 품고 있는 듯했다. 비행기로 도착한. 거의 그들 머리 위를 날아서. 프랑쾨르는 전혀 무기력하지 않았고, 전혀 망설이지 않았다. 그는 실제로 하늘에서 떨어졌었다. 그들의 수도원으로. 그들의 안식처로.

그리고 그들의 표정으로 미루어 볼 때, 그들은 그러한 이유로 그를 존경하는 듯 보였다.

하지만 보부아르는 모두가 그렇지는 않다는 사실을 알아차렸다. 오늘 아침 그의 블루베리 따기 친구 베르나르 수사는 다른 몇몇 수사들처럼 프랑쾨르를 의혹의 눈초리로 보고 있었다.

어쩌면 이 수사들은 보부아르가 우려한 만큼 그렇게 순진하지는 않을지 몰랐다. 하지만 그때 그는 깨달았다. 수도원장 측 사람들은 프랑쾨르를 경계하고 있었다. 그들의 표정은 공손했지만 감정을 감추고 있었다.

실제로 경도되어 있는 이들은 부원장 측 사람들이었다.

프랑쾨르의 시선이 식당 안을 훑다가 수도원장에게 멈췄다. 그리고 그 옆의 빈자리에. 모두의 시선이 프랑쾨르에게서 빈자리로 옮겨 간 순간 식당 안의 공기가 빠져나간 듯했다. 이내 다시 돌아왔다.

돔 필리프는 테이블의 상석에 완벽히 고요히 앉아 있었다. 옆자리로 경정을 부르지도 막지도 않고.

마침내 프랑쾨르는 수사들을 향해 공손히 살짝 허리를 굽힌 뒤 결의에 찬 발걸음으로 긴 테이블을 따라 상석을 향해 성큼성큼 걸었다. 그리고 수도원장의 오른편 자리에 앉았다.

부원장의 자리. 메워졌다. 빈 공간이 메워졌고, 진공이 메워졌다.

보부아르는 레몽 수사에게 주의를 돌렸다가 역시 경정을 보고 있는 그의 여위고 거친 얼굴에 떠오른 존경의 빛을 보고 놀랐다.

"당연히 부원장님 자리죠." 레몽이 말했다. "왕이 죽었네. 왕이여, 만수무강하소서The King is Dead, long live the King 군주제 국가에서 선왕이 죽고 새 왕이 즉위했음을 선언하는 말."

"부원장님이 왕이었다고요? 굳이 따지자면 원장님이 왕 아닙니까?"

레몽 수사가 보부아르에게 가늠하는 듯한 날카로운 시선을 던졌다. "명목상일 뿐이죠. 우리의 진정한 지도자는 부원장님이었습니다."

"수사님은 부원장 측 분입니까?" 놀란 보부아르가 물었다. 그는 이 남자가 원장에게 충성하는 사람이리라 생각했었다.

"당연히요. 무능은 오래 참을 수 있습니다. 그는," 레몽 수사는 면도한 머리를 수도원장 쪽으로 까딱했다. "수도원을 망치고 있죠. 부원장님은 수도원을 구하는 중이었고요."

"망쳐요? 어떻게?"

"아무것도 안 함으로써요." 레몽은 목소리를 낮게 유지했지만 어쨌든 짜증이 드러났다. "부원장님은 저희가 필요했던 돈, 최종적으로는 수도원을 수리해서 앞으로 천 년은 버틸 수 있는 돈을 벌 수단을 원장에게 건넸고, 돔 필리프는 그걸 거부했죠."

"하지만 많은 작업을 이뤘다고 생각했는데요. 부엌, 지붕, 지열 시스템. 정확히 말하자면 원장은 아무것도 안 하진 않았습니다."

"하지만 그는 진짜 필요했던 것은 하지 않았습니다. 우린 새 부엌이나 지열 시스템이 없어도 한동안 잘 살아남았을 겁니다."

레몽 수사가 말을 멈췄다. 마치 이야기의 홍수 속에 갑작스럽게 구멍이 빠끔 뚫린 듯했다. 보부아르는 응시했다. 그리고 기다렸다. 레몽 수사는 침묵과 더 많은 말 사이에서 불안정하게 균형을 잡고 있었다.

보부아르는 그를 살짝 압박하기로 마음먹었다.

"뭐가 없다면 살아남을 수 없습니까?"

수사는 목소리를 더욱 낮추었다. "기반이 썩었습니다."

이제 보부아르는 레 클리지우les religieux 성직자들에게 그런 성향이 있듯 레몽 수사가 은유를 말한 것인지 현실을 말한 것인지 확신할 수 없었다. 하지만 그는 이런 억양의 수사라면 아마 은유에는 관심이 없을 거라고 생각했다.

"그게 무슨 뜻입니까?" 보부아르도 속삭였다.

"그 말을 해석하는 데 얼마나 많은 방식이 있습니까?" 레몽이 물었다. "기반이 썩었다니까요."

"그게 큰일인가요?"

"농담하십니까? 수도원을 봤잖아요. 기반이 무너지면 수도원은 붕괴됩니다."

보부아르는 자신을 뚫어져라 쳐다보는 진지한 수사를 응시했다.

"붕괴요? 수도원이 주저앉을 거란 말입니까?"

"완전히요. 오늘내일 일은 아닙니다. 한 십 년은 괜찮을 겁니다. 하지만 수리하는 데 오래 걸릴 겁니다. 그 기반이 수백 년 동안 벽의 무게를 지탱해 왔죠." 레몽이 말했다. "첫 수사들이 한 일은 놀랍습니다. 시대를 앞서간 방식이. 하지만 그들은 끔찍한 겨울을 예측하지 못했습니다. 얼고 녹는 사이클과 그 사이클의 작용을요. 그리고 또 있습니다."

"뭐죠?"

"숲. 생질베르앙트르레루는 제자리에 있지만 숲은 계속 움직입니다. 우리를 향해. 뿌리가 기반을 뚫고 있죠. 금을 내고, 기반들을 약하게 만들면서. 그리고 물이 스며들고요. 기반이 허물어지고 썩고 있습니다."

썩는다. 보부아르는 생각했다. 그것은 비유가 아니었지만 어쩌면 그럴 수도 있었다.

"우리가 도착했을 때, 최근 수도원 주위의 많은 나무들이 베인 걸 눈치챘습니다." 보부아르가 말했다. "그게 그 이윱니까?"

"진작 그랬어야 했죠. 이미 손상을 입었고, 뿌리가 벌써 이 밑으로 들어왔습니다. 수리하는 데 수백만 달러가 들 겁니다. 각종 기술자들도 필요하고요. 하지만 그는," 이제 레몽은 나이프를 수도원장을 향해 쳐들었다. "나이 든 수사 스물네 명이 그 일을 할 수 있다고 생각합니다. 그는 무능할 뿐 아니라 망상에 빠져 있습니다."

보부아르는 동의해야 할 터였다. 그는 경정과 예의 바른 대화를 나누는 듯 보이는 수도원장을 보았고, 처음으로 그의 분별을 의심했다.

"수사님들만으로 그 기반을 수리할 수 없다고 했을 때 원장님이 뭐라던가요?"

"자신이 하는 것처럼 하라더군요. 기적을 기도하라고요."

"그럼 수사님은 기적을 믿지 않으십니까?"

레몽 수사는 이제 완전히 몸을 돌려 보부아르의 얼굴을 보았다. 방금 전의 그토록 분명했던 분노는 사라지고 없었다.

"아뇨, 그 반대입니다. 난 원장에게 그만 기도하라고 했습니다. 기적은 이미 일어났으니까. 하느님은 우리에게 목소리를 주셨습니다. 그리고 가장 아름다운 성가를. 그리고 그 성가를 전 세계로 보낼 수 있는 시대를요. 수백만 명을 감동시키고 수백만 달러를 벌 수 있는 시대를. 그게 기적이 아니라면 그게 뭔지 전 모릅니다."

보부아르는 기대앉아 기도와 기적을 믿을 뿐 아니라 신이 그들에게 허락한 것을 믿는 이 수사를 보았다. 침묵의 수도회는 자신들의 목소리로 돈을 벌고 수도원을 구할 수 있었다.

하지만 수도원장은 자신이 이미 기도로 얻은 것을 알아보지 못할 만큼 눈이 멀었다.

"기반 문제에 대해 아는 사람이 또 누가 있습니까?"

"아무도요. 저는 몇 달 전 그 문제를 발견했습니다. 몇 가지 테스트를 해 보고 원장이 형제들에게 알릴 거라 생각하며 그에게 말했죠."

"하지만 원장은 그러지 않았고요?"

레몽 수사는 고개를 저으며 목소리를 더욱 낮추고 형제 수사들을 힐끗거렸다. "나무를 베라는 지시는 내렸지만 형제들에겐 지열 시스템이 고장 났을 때를 대비한 땔감의 용도라고 하더군요."

"원장이 거짓말을 했다고요?"

수사가 어깨를 으쓱했다. "만일을 대비한 긴급 보급품은 좋은 생각입니다. 하지만 그건 진짜 이유가 아니었습니다. 아무도 그걸 모르죠. 원장만 압니다. 그리고 저. 원장은 저에게 아무에게도 말하지 말라는 약속을 받아 냈습니다."

"부원장이 알았다고 생각하십니까?"

"그랬길 바랍니다. 그는 우리를 구했을 겁니다. 일이 쉽게 풀렸겠죠. 녹음을 한 번 더 하고, 콘서트 투어를 했을지 모르죠. 그러면 생질베르를 구하기에 충분한 돈을 벌었을 겁니다."

"그런데 그때 마티외 수사가 죽었군요." 보부아르가 말했다.

"살해됐죠." 수사가 동의했다.

"누가 살해했을까요?"

"제발, 아들이여. 나만큼 잘 알지 않습니까."

보부아르는 테이블의 상석에서 일어선 수도원장을 힐끗 보았다. 다른 수사들과 경찰들도 일어나느라 부산했다.

수도원장이 음식을 축복했다. 기도가 끝나자 모두 자리에 앉았고, 수사 중 한 명이 단으로 걸어가 기침으로 목을 가다듬은 뒤 노래를 부르기 시작했다.

또군. 보부아르가 한숨을 쉬고 그렇게 생각하며 코앞에 놓인 빵과 치즈를 애타게 바라보았다. 하지만 수사가 노래를 부르는 사이 보부아르는 대개 자신의 옆에 앉은, 직설적이고 가식 없는 수사를 생각했다. 부원장의 사람이었고, 수도원장을 재앙이자 심지어 살인자라고 여기고 있는 레몽 수사.

마침내 수사가 노래를 마쳤을 때, 수사들이 보부아르가 오늘 아침 수확을 도왔던 채소로 만든 따뜻한 수프가 담긴 통을 테이블로 가져왔다.

보부아르는 바게트 한 덩이를 집어 들고 거기에 부드럽게 거품이 인 버터를 바른 뒤 버터가 빵에 녹아드는 모습을 지켜보았다. 그리고 순회

하는 치즈 판에서 블루브리 치즈를 한 조각 잘랐다. 레몽 수사가 수도원의 단점의 전례를 이어 가는 사이 보부아르는 당근, 콩, 파스닙, 감자를 넣고 끓인 향긋한 수프를 국자 가득 퍼 올렸다.

옆자리 수사의 거의 대홍수 같은 말을 멈추기 어렵다는 것을 깨달은 보부아르는 반면, 경감이 시몽 수사에게서 몇 마디 말을 끄집어내려고 그를 구슬리는 데 애를 먹고 있다는 것을 눈치챘다.

가마슈는 말하기를 거부한 많은 용의자를 만났었다. 대개 그들은 멀리 외진 곳에 있는 경찰청 지서의 다 부서져 가는 낡은 테이블 건너편에서 팔짱을 끼고 적대적인 태도로 앉아 있었다.

결국 경감은 그들 모두에게서 이야기를 이끌어 냈다. 일부는 자백했다. 그러나 적어도, 대부분은 결국 자신들이 생각했거나 의도했던 것보다 훨씬 더 많은 것들을 늘어놓았다.

가마슈는 사람들이 비밀을 누설하도록 어르는 데 매우 능했다.

하지만 그는 자신이 시몽 수사에게 큰 패배를 당한 건지 궁금했다.

그는 날씨 이야기를 꺼냈다. 이내 그 화제가 수도원장의 비서에게 너무 일상적일 거라는 생각에 성세실리아에 대해 물었다.

"우린 마티외 수사의 방에서 성세실리아의 조각상을 찾았습니다."

"음악의 수호성인입니다." 시몽 수사가 수프에 집중하며 말했다.

경감은 카망베르 치즈 한 조각을 잘라 따뜻한 바게트 덩이 속에 끼워 넣으며 최소한 대화의 물꼬는 텄다고 생각했다. 그리고 한 가지 수수께끼가 풀렸다. 마티외 수사는 매일 밤 음악의 수호성인에게 기도했다.

작은 물꼬를 감지한 가마슈는 셈프링엄의 길버트에 대해 물었다. 그리고 로브의 디자인에 대해.

그것이 반응을 이끌어 냈다. 시몽 수사가 그를 미친 사람인 양 바라보았다. 그리고 식사로 돌아갔다. 가마슈도 그렇게 했다.

경감은 사과주를 한 모금 마셨다.

"맛있군요." 그가 잔을 내려놓으며 말했다. "당신들이 남쪽에 있는 수도원에서 온 이 술을 블루베리와 교환한다고 들었습니다."

카망베르에 대해 말하는 편이 나을 뻔했다.

이것이 지극히 어색한 사교적 대화였다면 가마슈는 포기하고 아마 반대편 수사에게 몸을 돌렸겠지만 이것은 살인 수사였다. 그에게는 선택지가 없었다. 그래서 경감은 시몽 수사의 방어벽을 깨기로 결심하고 그를 다시 돌아보았다.

"로드아일랜드레드."

시몽 수사가 수프에 스푼을 담그고 천천히 고개를 돌렸다. 가마슈를 보기 위해.

"파르동?" 그가 물었다. 시몽 수사의 목소리는 그 한 마디조차 아름다웠다. 풍부한 성량. 선율이 느껴지는. 풍부한 맛이 나는 커피나 오래된 코냑 같은. 온갖 묘미와 깊이가 담긴.

가마슈는 지금까지 이 수도원에 있는 동안 수도원장 비서에게서 열두 마디 이상의 말을 듣지 못했다는 사실을 깨닫고 새삼 놀랐다.

"로드아일랜드레드." 가마슈가 되뇌었다. "훌륭한 품종이죠."

"그것들에 대해 뭘 아십니까?"

"글쎄요, 그 종은 깃털이 환상적이죠. 그리고 제 생각엔 너무 쉽게 잊혔습니다."

물론 가마슈는 그 말이 이 남자에게 좋게 들리고 어필할 수 있을지를 빼면 자신이 무슨 말을 하는지도 몰랐다. 경감은 수도원장과 나눴던 모든 대화 중에서 한 문장을 떠올렸었다.

시몽 형제는 닭들에게 애착이 있습니다.

닭에게 애착이 없었던 가마슈는 한 품종만 떠올릴 수 있었다. 그는 '포그혼 레그혼'이라고 말할 참이었지만 첫 번째 기적이 일어나 그것이 닭의 품종이 아니라 만화 캐릭터라는 사실을 제때 떠올렸다.

캠프타운 레이스 트랙은 5마일이라네. 끔찍하게도 그 캐릭터가 제일 좋아하는 노래가 그의 머릿속을 부추겼다. 두다. 가마슈는 노래를 밀어내려 애썼다. 두다.

그는 이 기습적인 대화가 노래를 내몰아 주기를 바라며 시몽 수사를 돌아보았다. 두다. 두다.

"그 종의 기질이 괜찮은 건 사실이지만 조심해야 합니다. 짜증이 나면 공격성을 띠니까요." 시몽 수사가 말했다. 시몽 수사의 방어벽들을 쉽게 깨지 못했던 가마슈는 '로드아일랜드레드'라는 마법 같은 한 단어로 이제 그 문들을 활짝 열었다. 가마슈는 그 안으로 당당하게 걸어 들어갔다.

하지만 가마슈는 닭을 짜증 나게 하는 게 뭔지 생각하는 만큼 오래 말을 멈추었다. 어쩌면 시몽 수사나 다른 수사들을 그들의 작은 방에 한꺼번에 밀어 넣는 것과 같으리라. 분명 개방 사육이 아니라 닭장 사육에 가까운 수사들.

"여기서도 키우고 있습니까?" 가마슈가 물었다.

"로드아일랜드레드를요? 아뇨, 그 종은 강한 종이지만 저희는 북쪽 끝에서 잘 적응하는 한 종만 찾아냈습니다."

수도원장 비서는 가마슈를 향해 자리에서 완전히 몸을 돌렸다. 과묵하던 모습은 거짓말처럼 사라졌고, 수사는 이제 거의 가마슈의 질문을 구걸하고 있었다. 물론 경감은 베풀었다.

"그래서 그게 무슨 종이죠?" 시몽 수사가 자신에게 맞혀 보라고 하지 않길 바라고 기도하면서.

"그걸 몰랐다는 사실에 스스로 뺨을 치실지도 모릅니다." 들뜨다시피 한 시몽 수사가 말했다.

"물론 그렇겠지요."

"샹트클레르입니다."

시몽 수사는 맞히지 못한 가마슈가 거의 자신의 뺨을 칠 만큼 의기양양하게 말했다. 그가 그 종을 들어 본 적도 없다는 사실을 깨닫기 전에.

"당연히," 가마슈가 말했다. "샹트클레르죠. 제가 참 바보였군요. 그렇게 유명한 닭을."

"그러게 말입니다."

그 후 10분 동안 가마슈는 시몽 수사가 손짓 발짓을 하고 나무 테이블에 뭉툭한 손가락으로 그림을 그려 가면서 샹트클레르에 대해 쉬지 않고 떠들어 대는 이야기를 들었다. 그리고 그가 키우는, 상을 받은 수탉 페르난도에 대해서도.

"페르난도요?" 가마슈는 물어야 했다.

그가 실제로 웃음을 터뜨려 그 주위의 수사들을 놀라게 했다. 그들이 전에 그런 소리를 들은 적이 있었을지 의심스러웠다.

"솔직히 말할까요?" 시몽이 가마슈에게 몸을 숙이며 말했다. "마음속으로 아바의 노래〈페르난도〉는 그룹 아바의 노래를 했습니다."

수사는 북과 총에 관한 그 친근한 노래를 한 소절 불렀다. 가마슈는 그 노래가 이 수사의 노래이길 바라듯 가슴이 뛰는 것을 느꼈다. 너무나도 아름다운 목소리였다. 다른 수사들의 투명한 목소리가 장엄했다면 시몽의 목소리는 그 조성調聲과 풍부한 음색이 아름다웠다. 그 목소리가 단순한 팝송 가사를 훌륭한 무언가로 격상시켰다. 경감은 자신도 모르게 시몽 수사에게 '맘마 미아'라는 닭이 있길 바랐다.

여기에 있는 남자는 열정으로 가득했다. 그 열정은 닭을 위한 것이었다. 그가 음악이나 신, 수도원 생활에도 열정적일지는 다른 문제였다.

올 더 두다 데이.

"당신 상사가 정복한 것 같군요." 샤를 수사가 보부아르에게 몸을 기울였다.

"위, 무슨 이야기를 하고 있는지 궁금한데요."

"저도 그렇습니다." 의사가 말했다. "전 지금까지 시몽 형제에게서 앓는 소리 말고 다른 소릴 들어 본 적이 없습니다. 그래서 그가 훌륭한 문지기지만요."

"문지기는 뤽 수사님인 줄 알았는데요."

"뤽 형제는 포르티에, 수위죠. 시몽의 일은 다릅니다. 그는 원장의 경비견이죠. 아무도 시몽 형제를 거치지 않고는 돔 필리프에게 다가갈 수 없습니다. 그는 원장에게 헌신합니다."

"수사님은요? 당신도 헌신합니까?"

"그분은 원장님이고, 우리의 지도자죠."

"그건 답변이 아닌데요, 몽 프리르." 보부아르가 말했다. 그는 정비 수사인 레몽이 사과주 한 잔을 더 따르려 손을 뻗은 사이 그에게서 간신히 탈출해 의사 수사에게 몸을 돌렸다.

"수사님은 원장 측 사람입니까, 부원장 측 사람입니까?"

친근했던 의사 수사의 눈빛이 이제 날카로워졌고, 보부아르를 탐색 중이었다. 이내 그는 다시 미소를 지었다.

"저는 중립입니다, 경위님. 적십자처럼요. 저는 다친 사람을 돌볼 뿐입니다."

"많습니까? 그러니까 다친 사람들이오."

샤를 수사의 얼굴에는 아직 미소가 남아 있었다. "그럼요. 행복했던 수도원의 그런 균열에 모두가 다치죠."

"수사님 본인을 포함해서요?"

"위." 의사가 인정했다. "하지만 전 정말로 한쪽 편을 들지 않습니다. 그건 적절한 행동이 아니니까요."

"누구에게는 적절했습니까?"

"그건 누구의 첫 선택이 아니었습니다." 의사의 친근한 목소리에는 조바심이 묻어났다. "저흰 어느 날 아침 일어나서 편을 가른 게 아닙니다. 레드 로버Red Rover 두 팀이 일정 거리를 두고 나란히 서서 번갈아 가며 상대 팀 사람을 지명하고, 지명된 사람은 손을 잡고 서 있는 상대 팀의 열을 돌파한다. 실패하면 상대 팀의 일원이 되는 게임 게임처럼요. 아주 고통스럽고 느리게 진행되었습니다. 내장이 제거되는 것처럼요. 내부가 파괴됐습니다. 내전은 결코 정중하지 않습니다."

이내 수사의 시선이 보부아르에게서 떨어져 먼저 수도원장 옆의 프랑쾨르를 보았다가 테이블 건너편의 가마슈를 향했다.

"어쩌면 경위님도 아시듯이요."

보부아르의 입에서 부정의 말이 맴돌았지만 그는 그것을 참았다. 이 수사는 알고 있었다. 모두가 알고 있었다.

"저분은 괜찮으신가요?" 샤를 수사가 물었다.

"누구 말입니까?"

"경감님이오."

"왜 안 괜찮으시겠습니까?"

샤를 수사가 보부아르의 얼굴을 살피며 망설였다. 그러고는 자신의 안정된 손을 내려다보았다. "떨림이오. 오른손이." 그가 보부아르에게로 눈을 돌렸다. "경위님은 눈치채셨겠죠."

"압니다. 그리고 경감님은 괜찮습니다."

"저는 그냥 꼬치꼬치 캐묻는 게 아닙니다." 샤를 수사가 고집스럽게 계속했다. "저런 떨림은 심각한 문제의 신호일 수도 있습니다. 저는 그 떨림이 일었다 사라졌다 하는 걸 알아챘습니다. 지금은 떨림이 없는 것 같아 보이는군요."

"경감님이 피곤하시거나 스트레스를 받을 때 저런 증상이 생깁니다."

의사가 끄덕였다. "저렇게 된 지 오래됐나요?"

"오래되진 않았습니다." 방어적으로 들리지 않도록 주의하며 보부아르가 말했다. 경감은 오른손의 간헐적 떨림을 누가 알아차린 걸 개의치 않아 하는 것 같았다.

"그럼 파킨슨병이 아닙니까?"

"전혀요." 보부아르가 말했다.

"그럼 원인이 뭡니까?"

"부상이오."

"아아." 샤를 수사는 그렇게 말했고, 그는 다시 가마슈를 넘겨다보았다. "왼쪽 관자놀이 근처에 흉터가 있군요."

보부아르는 침묵했다. 레몽 수사와 구조상 재앙에 관한 긴 목록과 무능한 수도원장들, 그중에서도 독보적으로 무능한 돔 필리프가 초래한 다른 재앙들에서 몸을 돌린 게 후회가 되었다. 이제 그는 다시 몸을 돌리고 싶었다. 자분정과 정화조 시스템과 하중을 견디는 벽에 관한 이야기를 듣기 위해.

무엇이 됐든 그게 경감의 부상에 대해 토론하는 것보다 나았다. 그에 따라 그 폐공장에서의 끔찍했던 하루가 연상되었다.

"저분에게 뭔가 필요한 게 있다면 제가 의무실에 있는 것들로 도움을 드릴 수 있을 겁니다."

"경감님은 괜찮으실 겁니다."

"분명 그러시겠지요." 샤를 수사는 입을 다물었고, 그의 눈이 보부아르의 눈을 응시했다. "하지만 우리 모두 가끔은 도움이 필요합니다. 경감님을 포함해서요. 저에게 안정제와 진통제가 있습니다. 경감님께 알려 드리기만 하세요."

"그러겠습니다." 보부아르가 말했다. "메르시."

보부아르는 음식으로 주의를 돌렸다. 하지만 먹는 동안 그 말은 보부아르 자신의 상처를 통과해 천천히 흘러갔다. 점점 더 깊이 가라앉으며.

안정제.

그 말들은 마침내 바닥을 치고 보부아르의 숨겨진 방에서 멈췄다.

그리고 진통제.

21

점심 식사가 끝나고 부원장의 사무실로 돌아간 가마슈와 보부아르는 메모를 비교 중이었다.

보부아르의 기반과 가마슈의 닭.

"그것들은 보통 닭이 아니라 샹트클레르네." 가마슈가 열정적으로 말했다. 보부아르는 경감이 정말로 흥미를 느꼈는지 아니면 그냥 그런 척하는 것인지 알 수 없었으나 의혹이 일었다.

"아하, 그 고귀한 샹트클레르."

가마슈가 미소를 지었다. "놀리지 말게, 장 기."

"제가요? 수사를 놀린다고요?"

"우리의 시몽 수사는 샹트클레르의 세계적인 전문가 같더군. 그건 바로 여기 퀘벡에서 한 수사가 번식시킨 종이었네."

"정말요?" 보부아르는 자신도 모르게 흥미를 느꼈다. "여기서요?"

"음, 아니, 생질베르는 아니지만 백 년쯤 전에 몬트리올 바로 외곽에 있는 한 수도원에서 말일세. 캐나다 기후가 일반적인 닭이 살아남기에 너무 가혹하다고 생각했던 그 수사는 평생을 바쳐 캐나다 토종 품종을 키워 냈네. 그게 바로 샹트클레르야. 하마터면 멸종될 뻔했는데 그걸 시몽 수사가 살려 냈다는군."

"운이 좋았군요." 보부아르가 말했다. "다른 모든 수도원은 술을 빚죠. 브랜디에 베네딕틴, 샴페인, 코냑. 와인. 우리의 수사들은 이해하기 힘든 성가를 노래하고, 멸종 위기에 놓인 닭들을 번식시키는군요. 그들이 도도새와 같은 길을 가는 게 놀랍지 않습니다. 하지만 그게 제 점심 테이블에서 레몽 수사와의 대화를 떠오르게 합니다. 어쨌든 그 배려에 감사합니다."

가마슈가 씩 웃었다. "그는 말이 많았지?"

"경감님은 수도사의 입을 열게 하느라 애먹으셨고, 저는 입을 닫게 하느라 애먹었죠. 하지만 그가 한 말을 들으셔야 합니다."

두 사람은 지금 성당에 있었다. 수사들은 뿔뿔이 흩어져 일을 하고, 책을 읽고, 기도를 드리고 있었다. 오후 시간은 오전에 비하면 덜 조직적이었다.

"생질베르 수도원의 기반이 무너지고 있답니다." 보부아르가 말했다. "레몽 수사가 그러는데, 자기가 몇 달 전에 그걸 발견했다는군요. 바로 무슨 조치를 취하지 않으면 이 수도원이 앞으로 채 십 년도 못 버틸 거라던데요. 첫 녹음으로 돈을 많이 벌긴 했지만 그걸로는 충분치 않답니다. 그들은 돈이 더 필요합니다."

"자네 말은 수도원 건물 전체가 붕괴될지도 모른다고?" 순간 움직임을 멈춘 가마슈가 물었다.

"꽝. 끝이죠." 보부아르가 말했다. "그는 원장 탓을 하더군요."

"왜지? 분명 원장은 수도원의 기반을 약화시키진 않았네. 최소한 말 그대로는."

"레몽 수사는 두 번째 녹음을 하고 콘서트 투어를 하지 않으면 수도원을 구할 돈을 벌 수 없다고 하더군요. 그리고 원장은 둘 다 허락하지 않았습니다."

“돔 필리프는 기반 문제에 대해 아나?”

보부아르가 끄덕였다. “레몽 수사는 그 문제를 원장한테만 말하고 다른 사람에게는 말하지 않았다고 합니다. 돔 필리프가 심각하게 받아들이길 간청 중이더군요. 돈을 벌어서 기반을 수리하자고요.”

“그리고 아무도 모른다고?” 가마슈가 확인했다.

“글쎄요, 레몽 수사는 아무한테도 말하지 않았다는데, 원장은 했을 수도 있죠.”

가마슈는 생각에 잠겨 말없이 몇 걸음 걸었다. 이내 걸음을 멈추었다.

“부원장은 원장의 오른팔이었지. 돔 필리프가 그에게 말했을지 궁금하군.”

보부아르는 그에 관해 생각했다. “그건 경감님이 경감님 부관second in command 부사령관이라는 뜻에게 말하는 것과 같아 보입니다.”

“자네가 그 경감과 전쟁터에 있지 않다는 것만 빼면.” 가마슈가 생각에 잠긴 채 말했다. 무슨 일이 있었을지 가늠해 보려 애쓰며. 수도원장이 부원장에게 생질베르가 말 그대로 붕괴되고 있다고 말했을까? 하지만 그런데도 새 녹음을 변함없이 반대했다. 그리고 그 뉴스를 듣고서도 변함없이 수사들이 투어를 하고 인터뷰를 하도록 침묵의 서약을 깨길 거부했다. 수도원을 구할 수백만 달러를 버는 일을.

갑자기 그레고리안 성가의 두 번째 녹음은 수도원의 필수적인 생명 유지를 위한 마티외 수사 측의 무의미한 프로젝트가 되었다. 그것은 단지 생질베르앙트르레루를 유명하게 하는 게 아니라 수도원 전체를 구하는 일일 터였다.

이것은 수도원장과 부원장 사이의 단순한 철학적인 견해 차이가 아니게 되었다. 수도원의 생존 자체가 불확실한 상태에 놓여 있었다.

이 사실을 알았다면 마티외 수사는 어떻게 했을까?

"그들의 관계는 이미 껄끄러웠네." 가마슈가 다시 천천히 걷기 시작하며 생각을 소리 내어 말했다. 우연히라도 누군가가 듣는 것을 피하기 위해 목소리를 낮추고. 그것이 그들을 성당의 공모자처럼 보이게 했다.

"부원장은 아마 빡……," 가마슈의 얼굴을 본 보부아르는 말을 바꿨다. "발끈했겠죠."

"그는 이미 빌어먹게 발끈했지." 경감이 동의했다. "그게 그를 벼랑 끝으로 몰았을 걸세."

"그리고 이 모든 상황을 알고도 원장이 두 번째 녹음을 거부했다면? 저는 마티외 수사가 다른 수사들에게 말하겠다고 협박했다는 데 돈을 걸겠습니다. 그리고 그 망…… 어……." 하지만 보부아르는 달리 표현할 말을 찾을 수가 없었다.

"분명 그랬겠지." 가마슈가 동의했다. "그래서……."

경감은 다시 걸음을 멈추고 허공을 노려보았다. 비슷하지만 다른 이미지를 형성하도록 조각들을 모으며.

"그래서," 그가 보부아르를 돌아보았다. "돔 필리프는 부원장에게 수도원이 무너지고 있다는 이야기를 하지 않았겠지. 그는 마티외 수사가 그렇게 하리라는 걸 알 만큼 영리하네. 그건 자기 적수에게 정보의 핵폭탄을 건네는 거나 마찬가지니까. 금이 가고 썩어 가는 기반은 부원장과 그의 진영이 필요할 마지막이자 가장 강력한 논쟁거리가 됐을 걸세."

"그럼 원장이 비밀을 혼자서만 간직했을까요?"

"아마 그러지 않았을까 싶네. 레몽 수사에게 비밀을 맹세하게 하고."

"하지만 그가 제게 말했다면," 보부아르가 말했다. "다른 수사들에게도 말하지 않았을까요?"

"어쩌면 그는 수도원장과의 약속이 오로지 공동체에 국한된다고 느꼈는지도 모르지. 자네는 아니니까."

"어쩌면 침묵에 신물이 났거나요." 보부아르가 말했다.

"그리고 어쩌면," 가마슈가 말했다. "어쩌면 레몽 수사가 자네에게 거짓말을 했고, 다른 누군가에게 말했거나."

보부아르는 잠시 그것을 숙고했다. 그들은 성당 안에서 수사들이 조용히 움직이는 소리를 들었고, 여기저기서 오래된 벽에 바짝 붙어 걷고 있는 수사들을 보았다. 마치 모습을 보이기 두렵다는 듯.

가마슈와 보부아르는 낮은 목소리를 유지했었다. 보부아르는 충분히 낮았기를 바랐다. 하지만 그게 아니라면 이젠 너무 늦었다.

"부원장." 보부아르가 말했다. "만약 레몽 수사가 원장과의 약속을 어겼다면 그는 마티외 수사에게 갔을 겁니다. 원장이 행동에 나서지 않는다고 생각했다면 그는 그게 정당하다고 느꼈겠죠."

가마슈가 끄덕였다. 타당했다. 자신들이 막 창조한 논리적인 작은 세계에서는. 하지만 수사들의 삶의 많은 부분이 논리적으로 보이지 않았다. 그리고 경감은 일어났어야 한 일과 일어날 수도 있었을 일과 실제로 일어난 일을 혼동하지 않도록 자신을 상기시켜야 했다.

필요한 것은 사실이었다.

"파트롱, 레몽 수사가 부원장에게 말했다면 그다음 무슨 일이 일어났을 거라고 생각하십니까?"

"추측할 수 있을 것 같네. 부원장은 격분했을 테고……,"

"……그러지 않았거나," 보부아르가 끼어들자 경감이 그를 보았다. "어쩌면 그렇게 치명적인 걸 입 다물고 있던 원장이 결국 부원장에게 그가 필요로 하던 무기를 줬을지도 모르죠. 부원장은 화난 척했을지도 모르지만 사실 광분했을지도 모릅니다."

가마슈는 부원장을 상상했다. 기반이 무너지고 있다는 소식을 들은 그를 보았다. 수도원장이 안 사실 그리고 필시 아무것도 하지 않았을 사실. 기도를 제외하고. 그때 부원장은 어떻게 했을까?

누군가에게 이 사실을 말했을까?

가마슈는 아니라고 생각했다. 적어도 당장은.

침묵의 집단 속에서 정보는 강력한 화폐가 되었고, 마티외 수사는 거의 분명 수전노가 되었다. 그는 결코 그토록 빨리 그 정보를 공유하지 않았으리라. 그것을 비축했으리라.

가마슈는 확신할 수 없었지만 부원장이 아마 원장에게 만남을 요청했으리라고 생각했다. 어딘가 은밀한 곳에서. 아무도 엿볼 수 없는 곳. 엿들을 수 없는 곳. 새들과 늙은 단풍나무와 검정파리만이 증인이 되는 곳. 신을 셈하지 않는다면.

하지만 경감은 다시 고개를 저었다. 그것은 모든 사실과 들어맞지 않았다. 목격자들의 진술에 의하면 부원장을 찾아낸 사람이 원장이었다는 사실이 그 한 가지였다. 그 반대가 아니라.

그 점만 빼면.

가마슈는 수도원장과의 이야기 중 하나를 떠올렸다. 정원에서의. 먼저 만나자고 제안한 사람이 부원장이었다는 것을 수도원장이 인정했을 때를. 시간은 원장이 정했다.

따라서 부원장이 만남을 요청했었다. 기반에 대한 이야기 때문에?

그리고 그 시나리오는 다시 바뀌었다. 수도원장은 자신의 개인 비서에게 엉뚱한 심부름을 시킨다. 부원장을 찾아 늦은 오전에 만나자는 말을 전하라는.

시몽 수사가 떠난다.

그리고 수도원장은 자신의 사무실과 방 그리고 혼자만의 정원을 갖고 있다. 그리고 정원에서 그는 자신이 마티외 수사를 위해 비밀리에 준비한 밀회를 기다린다. 오전 11시 미사 후가 아니라, 찬과 후에.

두 사람은 정원으로 간다. 돔 필리프는 부원장이 만나자고 한 이유가 확실치 않지만 의심한다. 그는 검은 로브의 긴 소매의 길이에 맞는 파이프를 숨겼다.

마티외 수사는 자신이 기반 문제에 대해 안다고 말한다. 두 번째 녹음을 요구한다. 침묵의 서약을 거둘 것을 요구한다. 수도원을 구하기 위해서. 그러지 않으면 그날 사제단 회의실에서 모든 수사에게 기반 문제에 대해 말하겠다고 한다. 원장의 침묵에 대해. 위기를 목전에 둔 원장의 마비에 대해.

마티외 수사가 폭탄을 떨어뜨리자 수도원장은 파이프를 꺼낸다. 한 무기는 추상적이고, 다른 무기는 그렇지 않다.

몇 초 후 부원장은 원장의 발밑에 죽어 가며 누워 있다.

그래. 가마슈는 그 장면을 떠올리며 생각했다. 딱 맞아.

거의.

"문제 있습니까?" 경감의 얼굴에 떠오른 불안을 보고 보부아르가 물었다.

"거의 앞뒤가 맞는데, 한 가지 문제가 있네."

"뭐죠?"

"네우마. 부원장이 죽을 때 갖고 있던 종이 말일세."

"뭐, 그냥 갖고 다녔겠죠. 아무것도 아닐 겁니다."

"그럴지도 모르지." 가마슈가 말했다.

하지만 두 남자 모두 확신이 없었다. 부원장이 그 종이를 갖고 있던 데에는 이유가 있었다. 그것을 감싸고 죽었던 이유.

생질베르앙트르레루의 썩어 가는 기반과 관련이 있었을까? 가마슈는 어떤지 알 수 없었다.

"모든 게 혼란스럽습니다." 보부아르가 인정했다.

"나도 그러네. 자네를 혼란스럽게 하는 게 뭐지, 몽 뷰?"

"돔 필리프요. 좋은 사람처럼 보이는 베르나르 수사와 얘기를 했는데, 그는 수도원장을 거의 성인이라고 생각하더군요. 그런 다음 역시 꽤 괜찮아 보이는 레몽 수사와 얘기를 했는데 그는 수도원장을 사탄의 사촌으로 여기더군요."

가마슈는 잠시 말이 없었다. "레몽 수사를 다시 찾아보겠나? 아마 지하실에 있을 걸세. 거기가 그의 사무실인 것 같더군. 그가 부원장에게 기반에 대해 말했는지 그에게 직접 묻게."

"그리고 흉기가 파이프였다면 아마 범인이 그걸 지하실에서 가져왔겠군요. 그리고 도로 가져다 놓았을 테고요."

보부아르는 그 사실이 저 돈에 쪼들리고 수다스러운 레몽 수사를 아주 유력한 용의자로 만든다는 것을 알았다. 기반의 금에 대해 알았고, 수도원을 사랑했으며, 원장이 이곳을 파괴할 참이라고 믿었던 부원장의 사람. 그리고 파이프 한 자루를 찾을 곳을 알기에 정비 수사보다 나은 사람이 누구겠는가?

그 점만 빼면. 그 점만 빼면. 하지만 다시 보부아르는 엉뚱한 수사가 죽었다는 사실에 직면했다. 모든 게 들어맞았다. 만약 원장이 죽었다면. 하지만 죽은 사람은 원장이 아니라 부원장이었다.

"레몽 수사에게 숨겨진 방이 있는지도 물어봐야겠습니다." 보부아르가 말했다.

"봉. 지도를 가져가게. 그가 어떻게 생각하는지 알아봐. 그리고 그 기반들을 보게. 그렇게 심각한 상황이라면 한눈에 알 수 있겠지. 왜 전에 아무도 알아차리지 못했을까?"

"레몽 수사가 거짓말을 하고 있다고 생각하십니까?"

"어떤 사람들은 그런다고 들었지."

"시니컬해지는 건 제 천성에 반하는 겁니다만 파트롱, 시니컬해져 보죠. 경감님은요?"

"시몽 수사는 우리가 부원장 시체에서 찾아낸 성가의 사본을 완성해 두었을 걸세. 그걸 찾으러 가야겠네. 그 김에 몇 가지 질문도 하고. 하지만 우선 검시관 보고서와 감식반 조사 결과를 편히 읽고 싶네."

날카롭고 자신감 있는 발소리가 성당 안에 울려 퍼졌다. 두 남자 모두 무엇을 보게 될지 알고 있으면서도 그쪽을 돌아보았다. 조용한 발걸음의 수사 중 하나가 아니라면 누군지 뻔했다.

프랑쾨르 경정이 돌바닥에 뚜벅뚜벅 발소리를 울리며 두 사람 쪽으로 걸어왔다.

"신사 여러분." 프랑쾨르가 말했다. "점심은 맛있게 드셨나?" 그가 가마슈를 돌아보았다. "자네와 어떤 수사가 가금에 대해서 토론하는 소리를 들은 것 같은데, 맞나?"

"닭이오." 가마슈가 확인해 주었다. "정확히 샹트클레르요."

보부아르가 미소를 억눌렀다. 프랑쾨르는 가마슈가 그렇게 열정적이 되리라고는 생각하지 못했다. 개자식. 보부아르는 생각했다. 그리고 그때 보부아르는 경감을 노려보는 프랑쾨르의 차가운 눈빛을 보았고, 그의 미소는 얼굴에서 얼어붙었다.

"오후 시간에는 조금 더 유용한 계획을 세웠길 바라네." 프랑쾨르가 가볍게 말했다.

"그럴 겁니다. 보부아르 경위는 혹시 존재할지 모르는 숨겨진 방을 찾기 위해 레몽 수사와 지하를 탐험할 계획입니다. 어쩌면 그곳에 흉기가 있을지도 모르죠." 가마슈는 덧붙였다. "그리고 저는 수도원장의 비서, 시몽 수사와 조금 더 많은 이야기를 나눠 볼 생각입니다. 아까 점심을 먹으면서 대화했던 사람 말입니다."

"이번에는 돼지 이야기인가? 아니면 염소?"

보부아르는 아주 조용해졌다. 그리고 평화롭고 서늘한 성당 안에서 서로를 노려보는 두 남자를 지켜보았다. 잠깐 동안.

이내 가마슈가 미소를 지었다.

"그가 좋다면요. 하지만 대개는 제가 말씀드렸던 그 성가에 대해 이야기할 겁니다."

"마티외 수사의 시체에서 발견된 것 말인가?" 프랑쾨르가 물었다. "왜 그에 관해 원장 비서와 이야기한다는 거지?"

"그가 그걸 베끼는 중입니다. 저는 그걸 가지러 갈 참이죠."

보부아르는 가마슈가 시몽 수사와 하고 싶은 이야기가 중요해 보이지 않게 말하고 있다는 사실을 알아차렸다.

"우리가 갖고 있는 유력한 증거를 그에게 줬다고?"

프랑쾨르는 못 미더워하는 게 분명했다. 보부아르는 가마슈가 어떻게 말대꾸를 하지 않고 버티는지 알 수 없었다.

"어쩔 수가 없었습니다. 그걸 알아내는 데 그 수사의 도움이 필요했죠. 그들은 복사기가 없기 때문에 그게 유일한 해결책 같았습니다. 다른 해결책이 있으시다면 기꺼이 듣죠, 경정님."

프랑쾨르는 이제 예의를 차릴 생각도 없어 보였다. 보부아르는 몇 미터 밖에서도 프랑쾨르의 숨소리를 들을 수 있었다. 성당 벽을 따라 조용히 움직이고 있는 수사들도 저 깊고 거친 숨소리를 들을 수 있는 게 아닌지 의심스러웠다. 프랑쾨르의 분노는 고함 소리처럼 우렁차게 끓어올랐다.

"그럼 나도 같이 가야겠군." 경정이 말했다. "그 유명한 종잇조각을 보려면 말일세."

"얼마든지요." 가마슈가 말하며 길을 가리켰다.

"사실," 재빨리 머리를 굴리며 보부아르가 말했다. 살짝 절벽에서 뛰어내리는 기분을 느꼈다. "전 경정님이 저와 같이 가고 싶어 하시지 않을까 생각 중이었습니다."

두 남자는 보부아르를 응시했다. 그리고 그는 급락하는 기분이었다.

"왜지?" 둘이 동시에 물었다.

"그게……." 그는 두 사람에게 도저히 진짜 이유를 말할 수 없었다. 프랑쾨르의 눈에서 그가 본 것은 사람을 죽일 듯한 눈빛이었다. 그리고 그는 경감의 오른손이 왼손으로 움직이는 모습을 보았다. 그 손이 부드럽게 왼손을 잡는 모습을.

"그게," 보부아르가 반복했다. "저는 경정님이 대부분의 사람들이 결코 할 수 없는 수도원 구경을 좋아하시지 않을까 생각했습니다. 그리고 경정님의 도움도 받을 수 있을 테고요."

보부아르는 가마슈의 눈썹이 아주 약간 올라갔다가 내려오는 모습을 보았다. 그리고 보부아르는 경감의 시선을 피해 눈을 돌렸다.

가마슈는 보부아르에게 짜증이 났다. 스트레스가 많고 부담이 큰 그들의 직업에서는 당연히 때때로 있는 일이었다. 그들은 가끔 충돌했다. 하지만 보부아르는 가마슈의 얼굴에서 그런 표정을 본 적이 한 번도 없었다.

그것은 짜증이었으나 그 이상의 것이었다. 경감은 보부아르가 무엇을 하고 있는지 완벽하게 잘 알았다. 그리고 그에 관한 가마슈의 감정은 단순한 반감을 넘어, 분노조차 넘어 사라졌다. 보부아르는 그것을 알기에 충분할 만큼 이 남자를 알았다.

눈썹을 치켜 올렸을 때 가마슈의 얼굴에는 그 순간에만 보인 다른 무언가가 있었다.

그것은 공포였다.

22

장 기 보부아르는 부원장의 사무실 책상 위에 놓인 수도원의 두루마리 지도를 집어 들며 방문객용 의자에 앉은 가마슈를 흘끔 보았다. 가마슈의 무릎에는 검시관 보고서와 감식반 조사 결과가 놓여 있었다.

프랑쾨르가 성당에서 기다리고 있어서 그는 서둘러 돌아가야 했다. 하지만 그럼에도 그는 멈춰 섰다.

가마슈가 반달 모양 독서 안경을 쓰더니 보부아르를 보았다.

"제가 주제넘게 나섰다면 죄송합니다, 경감님." 보부아르가 말했다. "전 그냥……."

"그래, 자네가 말하는 '그냥'이 뭔지 아네." 가마슈의 목소리는 뻣뻣했다. 목소리에는 온기가 거의 없었다. "알겠지만 그는 바보가 아니야, 장 기. 그런 식으로 그를 대하지 말게. 그리고 나한테도 절대 그런 식으로 굴지 말게."

"데졸레." 보부아르는 그렇게 말했고, 진심이었다. 가마슈에게서 경정을 떼어 놓으려고 그렇게 말했을 때 그는 가마슈의 반응이 그러리라고는 꿈에도 상상하지 못했다. 그는 경감이 안심할 줄 알았다.

"이건 게임이 아닐세." 가마슈가 말했다.

"아니라는 걸 압니다, 파트롱."

가마슈 경감은 계속 보부아르를 응시했다.

"프랑쾨르 경정과 엮이지 말게. 그가 조롱한다면 반응하지 말게. 그가 자넬 밀어내도 같이 밀어내지 말게. 그냥 웃으면서 목표에 시선을 고정하게. 살인 해결에. 그게 달세. 그는 의도를 갖고 이곳에 찾아왔고, 우리 둘 다 그걸 알고 있네. 우린 그게 뭔지 모르고, 난 그 의도에 관심이 없네. 중요한 건 범죄를 해결하고 목적을 달성하는 것일세. 맞나?"

"위." 보부아르가 말했다. "다코르D'accord 알겠습니다."

그는 가마슈에게 고개를 끄덕하고 나갔다. 프랑쾨르에게 의도가 있다면 보부아르도 그랬다. 그것은 단순했다. 그저 경감에게서 경정을 떨어뜨려 놓는 것. 프랑쾨르가 마음속에 품은 게 무엇이든 가마슈와 관련이 있었다. 그리고 보부아르는 그것이 일어나게 내버려 두지 않을 작정이었다.

"제발 조심하게."

경감의 마지막 말이 복도를 따라 성당으로 들어가는 보부아르를 따라왔다. 그가 마지막으로 본 가마슈는 무릎에 서류 더미를 올리고 의자에 앉아 있는 모습이었다. 손에 종이 한 장을 들고.

그리고 불어온 외풍에 살짝 떨리는 종이. 그걸 빼면 완벽히 고요했다.

처음에 보부아르는 경정을 찾지 못했지만 이내 그는 벽 앞에서 명판을 읽고 있는 그를 발견했다.

"그러니까 이게 사제단 회의실로 들어가는 비밀 문이라는 말이군." 보부아르가 다가갔을 때 프랑쾨르가 고개를 들지 않고 말했다. "유감스럽게도 셈프링엄의 길버트의 생애는 흥미 있는 읽을거리가 아니군. 자넨 왜 수사들이 이 뒤에 방을 숨겨 놓았을 거라고 생각하나? 어떤 침입자든 이 자리에 서면 지루해서 죽을 걸 알고?"

프랑쾨르 경정은 이제 고개를 들고 보부아르의 눈을 똑바로 보았다.

보부아르는 그 눈빛에서 변덕을 보았다. 그리고 자신감.

"자네 편한 대로 날 부려 먹게나, 경위."

보부아르는 경정을 살폈고, 왜 이 남자가 자신에게 이렇게 친근하게 구는지 궁금했다. 프랑쾨르는 보부아르가 가마슈에게 충성한다는 것을 의심하지 않았다. 경감 측 사람의 한 명이었다. 그리고 프랑쾨르는 가마슈의 화를 돋우고 들들 볶고 모욕할 때 극도로 즐거워했고, 보부아르에게는 그 모습이 대단해 보이기까지 했다.

보부아르는 한층 더 경계심을 품었다. 정면공격과 이렇게 끈적끈적한 동지애를 꾀하는 것은 다른 것이었다. 어쨌든 이 남자를 경감에게서 오래 떼어 놓을수록 좋았다.

"계단은 이쪽입니다." 두 수사관은 성당 구석으로 걸어갔고, 보부아르가 문을 열었다. 닳은 돌계단이 아래로 이어져 있었다. 계단에는 조명이 있었고, 두 남자는 마침내 지하실에 닿을 때까지 내려갔다. 보부아르는 자신이 예상했던 흙바닥이 아니라 거대한 점판암 슬래브 위에 서 있었다.

천장은 높았고 아치형이었다.

"질베르회는 바보짓은 전혀 안 하는 것처럼 보이는군." 프랑쾨르가 말했다.

보부아르는 대답하지 않았으나 그것은 자신의 생각과 같았다. 아래는 서늘했지만 춥지 않았고, 그는 밖에서 계절이 변할 때도 온도를 똑같이 유지하는지 의심스러웠다.

커다란 연철 촛대들이 돌에 박혀 있었지만 빛은 벽과 천장을 따라 길게 이어져 있는 전구에서 뿜어져 나왔다.

"어디로 가지?" 프랑쾨르가 물었다.

보부아르는 이쪽을 보았다. 그런 다음 저쪽. 확신할 수 없었다. 그는 자신의 계획이 허술했다는 것을 깨달았다. 그는 지하실에 도착하면 왜인지 모르게 거기에서 레몽 수사를 찾을 수 있을 줄 알았다.

이제 그는 자신이 한심하게 느껴졌다. 만일 가마슈 경감과 있었다면 농담을 하고 함께 레몽 수사를 찾으러 갔을 터였다. 하지만 그는 가마슈와 있지 않았다. 그는 퀘벡 경찰청의 경정과 있었다. 그리고 프랑쾨르는 보부아르를 빤히 쳐다보고 있었다. 그는 화가 난 상태가 아니었다. 대신 그는 최선을 다해 갈팡질팡하는 신입 수사관과 일하고 있다는 듯 인내심 어린 표정을 짓고 있었다.

보부아르는 그의 얼굴에서 그런 표정이 사라지도록 따귀를 갈길 수도 있었다.

하지만 대신 미소를 지었다.

숨을 깊게 들이쉬고, 숨을 깊게 내쉬고.

어쨌든 경정에게 같이 가자고 청한 사람은 자신이었다. 그를 묶어 두려면 적어도 기쁜 척이라도 해야 했다. 자신이 잘 모른다는 것을 감추기 위해 보부아르는 한쪽 석벽으로 가서 거기에 손을 댔다.

"레몽 수사는 점심시간에 제게 수도원의 기반에 금이 가고 있다고 했습니다." 보부아르는 이것이 마치 전부 계획이었다는 양 돌을 꼼꼼히 살피며 말했다. 그는 레몽 수사와 약속을 잡지 않은 자신을 마음속으로 걷어찼다.

"브레망Vraiment 정말인가?" 프랑쾨르는 관심이 없어 보였지만 그렇게 물었다. "그게 무슨 뜻이지?"

"생질베르가 무너지고 있다는 뜻입니다. 십 년 안에 완전히 붕괴될 거라더군요."

이제 그는 프랑쾨르의 관심을 끌었다. 경정은 보부아르 맞은편 벽으로 다가가 그것을 관찰했다.

"내 눈에는 괜찮아 보이는데." 그가 말했다.

보부아르의 눈에도 괜찮아 보였다. 벌어진 틈도, 벽을 뚫고 있는 나무뿌리도 없었다. 두 남자는 주위를 유심히 살폈다. 매우 아름다웠다. 돔 클레망에 의한 또 하나의 건축적 경이.

석벽은 수도원 전체를 지탱하고 있었다. 그것이 보부아르에게 윙윙거리는 기차가 없을 뿐인 몬트리올의 지하철 시스템을 떠올리게 했다. 터널 같은 네 개의 휑뎅그렁한 복도가 자신들에게서 뻗쳐 있었다. 모두 환하게 불이 켜져 있었다. 모두 깨끗하게 청소되어 있었다. 흐트러진 데가 하나도 없었다.

주위에 굴러다니는 흙기도 없었다. 그리고 벽을 뚫고 자라고 있는 소나무 숲도 없었다.

하지만 레몽 수사를 믿는다면 생질베르앙트르레루는 무너져 내리고 있었다. 그리고 보부아르는 딱히 수사나 사제나 교회나 수도원을 좋아하지 않았지만 이곳이 사라진다면 유감스러울 거라는 생각이 들었다.

그리고 만약 자신들이 지하에 서 있을 때 사라진다면 매우 유감일 터였다.

그들을 향해 문 닫히는 소리가 메아리치자 프랑쾨르는 보부아르가 따라오는지 보기 위해 기다리지도 않고 그 방향을 향해 걷기 시작했다. 보부아르 경위가 너무 하찮고 무능해서 관심 밖이라는 듯.

"빌어먹을 놈." 보부아르가 중얼거렸다.

"이곳에선 소리가 아주 잘 울린다네." 프랑쾨르가 뒤를 돌아보지도 않고 말했다.

가마슈의 경고에도 불구하고. 자신의 다짐에도 불구하고 보부아르는 벌써 자신이 들들 볶이는 것을 허용했다. 자신의 치미는 화를 허용했다.

하지만 보부아르는 어쩌면 잘된 일일지도 모른다고, 천천히 프랑쾨르의 뒤를 따르며 생각했다. 어쩌면 가마슈가 틀렸고, 프랑쾨르는 자신이 그를 두려워하지 않는다는 사실을 알 필요가 있었다. 프랑쾨르는 자신의 상대가 경정이라는 직함을 경외하는, 경찰학교를 갓 졸업한 꼬마가 아니라, 성인 남자라는 사실을 알 필요가 있었다.

그래. 보부아르는 성큼성큼 걷는 프랑쾨르의 몇 걸음 뒤를 걸으며 그것이 결코 실수가 아니라고 생각했다.

두 사람은 닫힌 문 앞에 도착했다. 보부아르가 노크했다. 긴 침묵이 흘렀다. 프랑쾨르가 문손잡이로 손을 뻗는데 때마침 문이 열렸다. 레몽 수사가 서 있었다. 레몽 수사는 당황한 표정이었으나 두 사람을 본 수사의 얼굴이 격분이나 다름없는 표정으로 바뀌었다.

"지금 나를 겁줘서 죽일 생각이었습니까? 당신들은 살인범일 수도 있었습니다."

"그들은 거의 노크를 안 합니다." 보부아르가 말했다.

몸을 돌린 그는 레몽 수사를 본 프랑쾨르의 얼굴에 당황의 빛이 역력한 것을 보고 만족했다.

프랑쾨르는 그냥 놀라기만 한 것이 아니라 지하에서 튀어나와 갑자기 고대 억양으로 말을 내뱉는 이 거친 수도사를 보고 어안이 벙벙한 표정이었다. 마치 문이 열리고 돔 클레망의 공동체에서, 수도원의 첫 교구민들 사이에서 수사가 걸어 나왔다는 듯한 표정이었다.

"어디 출신이십니까, 몽 프뢰르?" 마침내 프랑쾨르가 물었다.

이번에는 보부아르가 놀랄 차례였다. 레몽 수사가 그런 것처럼.

프랑쾨르 경정이 수사와 똑같은 강한 억양으로 그 질문을 던졌다. 보부아르는 프랑쾨르가 수사를 놀리려고 그랬는지 경정을 관찰했지만 그렇지 않았다. 사실 그의 표정은 기쁨에 가까웠다.

"생펠릭스드보스요." 레몽 수사가 물었다. "당신은?"

"생기디옹드보스입니다." 프랑쾨르가 말했다. "그 길 바로 아래."

보부아르로서는 이해할 수 없는 무언가가 두 남자 사이에서 재빠르게 오갔다. 이윽고 레몽 수사가 보부아르를 돌아보았다.

"이 사람의 할아버지와 우리 종조부께서 생에프렘에서 화재가 난 후 함께 교회를 재건했습니다."

레몽 수사가 두 사람에게 방으로 들어오라고 손짓했다. 그곳 또한 거대했다. 넓고 길어, 복도의 균형이 이어지고 있었다. 수사는 두 사람을 데리고 다니며 지열 시스템, 통풍 시스템, 온수 시스템, 정수 시스템, 정화조 시스템 등등 온갖 시스템에 대해 설명했다.

보부아르는 쓸 만한 이야기가 나올 때를 대비하여 집중하려 애썼지만 점점 무감각해졌다. 설명이 끝난 뒤 레몽 수사는 캐비닛으로 다가가 병 하나와 잔 세 개를 가지고 왔다.

"이건 축하용입니다." 그가 말했다. "이웃을 만나는 일이 흔치는 않죠. 이건 베네딕트회에 있는 친구가 보내 준 술입니다." 레몽 수사가 보부아르에게 그 지저분한 병을 건넸다. "한 잔 어떻습니까?"

보부아르는 병을 살펴보았다. B&B였다. 브랜디와 베네딕틴. 그는 이곳에 수사들이 충분히 있는지 의심했음에도 다행히 그들을 발효시켜 빚은 술이 아니었다. 베네딕트회에서 오랫동안 비밀로 전해 내려오는 양조법에 따라 빚은 술이었다.

세 사람은 제도 탁자 주위로 의자를 끌어당겨 앉았다.

레몽 수사가 술을 따랐다. "상테Santé 건배." 그는 그렇게 말하며 자신의 흔치 않은 손님들에게 짙은 호박색 액체를 따라 주었다.

"상테." 보부아르가 그렇게 말하며 술을 입으로 가져갔다. 그윽하고 달콤한 풍미뿐 아니라 약초 냄새까지 맡을 수 있었다. 그 독함에 눈이 타올랐다. 삼킴에 따라 B&B가 목을 후끈거리게 하더니 알코올이 배 속에서 폭발하고 눈에 눈물이 고였다.

아주 좋은 술이었다.

"그래서, 몽 프뢰르." 프랑쾨르 경정이 헛기침을 한 다음 다시 입을 열었다. 보부아르는 B&B가 그 고대의 억양을 태워 버린 듯 그의 악센트가 원래대로 돌아온 것을 눈치챘다. "보부아르 경위가 몇 가지 물을 게 있어서 이곳에 왔습니다."

보부아르는 그에게 짜증 섞인 시선을 보냈다. 그것은 작은 삽질이었다. 마치 자신이 길을 닦는 데 프랑쾨르가 필요했다는 듯이. 하지만 보부아르는 단지 미소를 지었고, 경정에게 감사를 표했다. 그런 다음 그는 두루마리를 펼쳤고, 레몽 수사의 반응을 살폈다. 하지만 자리에서 일어난 수사는 수도원의 낡은 지도 위로 허리를 숙이며 예의상의 끄덕임 이상 아무 반응도 보이지 않았다.

"전에 이걸 본 적 있습니까?" 보부아르가 물었다.

"여러 번이오." 그가 보부아르의 얼굴을 살폈다. "전 이걸 오래된 친구로 여깁니다." 그의 야윈 손이 양피지 위를 맴돌았다. "전 사실상 지열 시스템을 구축하면서 이 지도를 다 외웠죠." 그가 애정 어린 표정을 지으며 지도를 돌아보았다. "아름답군요."

"그건 그렇고, 정확한 지돕니까?"

"글쎄요, 이 부분은 아니죠." 레몽 수사가 정원들을 가리켰다. "하지만 나머지는 놀랄 만큼 정확합니다."

다시 자리에 앉은 레몽 수사는 1600년대 중반으로 돌아가, 첫 수사들이 어떻게 이 수도원을 지었는지 설명하기 시작했다. 어떻게 측량하고, 어떻게 돌을 옮기고, 어떻게 땅을 팠는지.

"아주 긴 세월이 걸렸을 겁니다." 레몽 수사가 말에 열의를 띠며 말했다. "수십 년을 들여 지하실을 팠겠죠. 한번 상상해 보십시오."

보부아르는 자신도 모르게 빠져들었다. 그것은 엄청난 스케일의 이야기였다. 종교재판을 피해 이곳으로 도망쳐 온 수사들이 마주한 것은 며칠도 견디지 못하고 얼어 죽을 만큼 혹독한 기후였다. 그들은 곰과 늑대와 온갖 종류의 낯설고 흉포한 야수들과 마주쳤다. 갓 태어난 무스의 가죽을 벗길 때는 굶주린 검정파리들의 공격을. 집요한 대모등에붙이등엣과의 곤충에 그들은 성인에서 미친 사람으로 돌변했을 것이었다.

종교재판이 얼마나 끔찍했기에 이게 나았다는 걸까?

그리고 현대적인 목조 주거지를 짓는 대신 그들은 이것을 지었다.

그것이 신앙을 갉아먹었다.

어떤 사람에게 그런 절제력이 있을까? 그런 인내심이? 그런 사람은 수사들이었다. 하지만 어쩌면 레몽 수사가 그런 것처럼 그것은 타고난 기질이었다. 보부아르의 할머니의 인내심처럼. 병충해, 가뭄, 우박, 홍수. 불친절. 커져 가는 마을과 똑똑한 새 이웃들.

보부아르는 자신의 조부모와 수사처럼 같은 흙의 자식인 프랑쾨르 경정을 살폈다.

바로 지금 그가 공을 들이고 있는 인내심 넘치는 계획은 뭘까? 그것은 수년간 진행 중이었을까? 그는 그것을 돌 하나하나 쌓아 가며 구상 중이었을까? 그리고 경정이 여기에 온 것이 그 계획의 일부일까?

보부아르는 그것을 알아내기 위해서 인내심을 가져야 한다는 것을 알았음에도 그럴 그릇이 되지 못했다.

레몽 수사는 계속 웅얼거리고 웅얼거렸다.

잠시 후 보부아르는 흥미를 잃었다. 레몽 수사에게는 마음을 사로잡는 이야기를 지루하게 바꾸는 드문 재주가 있었다. 그것은 일종의 연금술이었다. 또 다른 변성變性.

마침내 침묵이, 이제 마비된 보부아르의 두개골을 침투하자 그는 몽상에서 깨어났다.

"그러니까," 보부아르는 마지막으로 기억하는 사건과 연관성 있는 것을 파악했다. "지도가 정확하다고요?"

"새 시스템이 들어왔을 때 새 지도를 그릴 필요가 없었을 만큼 정확합니다. 지열을 이용한 시스템인……,"

"네, 압니다. 메르시." 짜증 나는 사람과 지루해 죽을 것 같은 사람과 있자니 보부아르는 죽을 맛이었다. "제가 알고 싶은 건 이 수도원 어딘가에 숨겨진 방이 있을 가능성이……,"

그는 코웃음 소리에 방해를 받았다. "그런 늙은 아내들의 얘길old wives'

tale 실없는 소리라는 뜻 믿으시는 건 아니겠죠?" 레몽 수사가 물었다.

"그건 늙은 수사들의 얘깁니다. 수사님이 분명 들었다는 얘기요."

"아틀란티스와 산타클로스와 유니콘 이야기를 들은 것처럼요. 하지만 그것들을 수도원 안에서 찾을 거라는 기대는 안 합니다."

"하지만 하느님을 찾을 거라는 기대는 하시지 않습니까." 보부아르가 말했다.

모욕을 당했다고 생각하는 것 같지 않은 레몽 수사가 미소를 지었다. "절 믿으십시오, 경위님. 숨겨진 방이나 보물을 찾기 전에 당신도 하느님을 찾게 될 겁니다. 저희가 지열 시스템을 구축하면서 숨겨진 방을 못 찾았을 거라고 생각하십니까? 태양광 패널, 전력 시설, 수도 시설, 배관 공사를 했는데 그걸 못 찾았을 거라고요?"

"그러게요." 보부아르가 말했다. "그럴 것 같지는 않군요. 있었으면 진작 발견했겠죠."

그의 목소리에 담긴 의미는 수사에게 효과가 없었지만 수사는 방어적인 태도를 취하는 대신 그저 미소를 지었다.

"들어 봐요, 내 아들이여." 레몽 수사가 느릿느릿 말했다. 보부아르는 이들이 자신을 아들, 어린애 대하듯 하는 말에 진력이 났다. "그건 옛 수사님들이 긴 겨울밤을 지새우면서 시간을 때우기 위해 서로에게 한 이야기일 뿐입니다. 그냥 재미를 위해서. 그 이상은 아닙니다. 숨겨진 방은 없습니다. 보물도요."

레몽 수사는 얄팍한 무릎에 팔꿈치를 짚고 몸 앞에 손을 모으며 상체를 기울였다. "경위님이 진짜 찾고 있는 게 뭡니까?"

"수사님의 부원장을 죽인 사람이오."

"글쎄요, 그걸 이 지하에서 찾기는 힘드실 텐데요."

두 사람은 잠시 서로를 마주 보았고, 그 차가운 공기가 치직거렸다.

"우리가 이 아래에서 흉기를 찾을 수 있을지 궁금하군요." 보부아르가 말했다.

"돌 말입니까?"

"왜 그게 돌이라고 생각하십니까?"

"당신들이 그렇게 말했으니까요. 우린 모두 마티외 형제가 머리에 돌을 맞고 죽었다고 이해했습니다."

"글쎄요, 검시관 보고서에 의하면 흉기는 긴 파이프나 그 비슷한 것에 가깝다고 쓰여 있습니다. 그런 게 있습니까?"

레몽 수사는 일어나서 그를 문으로 이끌었다. 그는 불을 켰고, 그들은 수사들의 방과 거의 비슷한 크기의 방을 보았다. 벽에는 선반이 붙어 있었고, 모든 물건들이 깔끔하게 정리되어 있었다. 판자, 못, 나사, 망치, 오래된 깨진 연철 조각, 온갖 종류의 가재도구들이 있었으나 양은 그리 많지 않았다.

그리고 한구석에는 파이프들이 세워져 있었다. 보부아르는 그쪽으로 다가갔다가 잠시 후 레몽 수사를 돌아보았다.

"이게 전부입니까?" 보부아르가 물었다.

"저희는 모든 물건들을 재활용하려 합니다. 그게 답니다."

수사관은 구석으로 몸을 돌렸다. 물론 그곳에는 파이프들이 있었지만 150센티미터보다 짧은 것은 없었고, 대부분 상당히 길었다. 살인자가 벽 너머로 장대높이뛰기를 하는 데 쓸 수 있었을지는 몰라도 실제로 부원장의 머리통을 박살 낼 수는 없었을 터였다.

"누군가가 다른 파이프를 찾는다면 어디로 가야 합니까?" 두 사람이 방을 나와 문을 닫을 때 보부아르가 물었다.

"모릅니다. 저희는 파이프를 아무 데나 팽개쳐 놓지 않으니까요."

보부아르가 끄덕였다. 그럴 것 같았다. 지하실은 아주 깔끔했다. 그리고 그는 그런 파이프가 발견되면 레몽 수사가 알리라는 것을 알았다.

그는 이 아래의 원장이었다. 이 지하 세계의 주인. 지상의 수도원이 향냄새와 수수께끼, 음악과 기묘한 음표, 춤추는 빛으로 가득해 보인다면 이곳 지하는 모든 것이 체계적이고 깔끔하게 느껴졌다. 그리고 변함이 없었다. 온도, 조명, 모든 것이 불변이었다.

보부아르는 그것이 마음에 들었다. 이 땅속 세상에는 창의성도, 아름다움도 없었다. 하지만 혼돈도 없었다.

"원장님은 어제 아침 찬과 후에 이곳에 내려왔는데, 수사님이 안 계셨다더군요."

"찬과가 끝나면 저는 뜰에서 일하니까요. 원장님도 아십니다." 레몽 수사의 목소리는 명랑하고 친근했다.

"어느 뜰 말입니까?"

"채소밭 뜰이오. 오늘 아침 거기서 경위님을 봤습니다." 그가 경정에게 몸을 돌렸다. "그리고 경정님이 도착하시는 걸 봤죠. 아주 드라마틱하던데요."

"거기에 계셨습니까?" 보부아르가 물었다. "뜰에?"

레몽 수사가 끄덕였다. "하기야 모든 수사가 똑같이 보이죠."

"누구든 수사님을 본 사람이 있습니까?" 보부아르가 물었다.

"뜰에서요? 글쎄요, 누구와도 말하지 않았지만 저는 분명 안 보이진 않았습니다."

"그럼 거기 안 계셨을 가능성이 있겠군요?"

"아뇨, 그럴 가능성은 없습니다. 저를 보지 못했을 가능성은 있지만 전 거기 있었습니다. 원장님이 여기 안 계셨을 가능성은 있습니다. 원장님이 여기 내려오는 모습을 본 사람이 아무도 없으니까요."

"지열 시스템을 보러 갔다고 하시더군요. 그럴듯하게 들립니까?"

"그럴듯하게 들리지 않는군요."

"왜죠?"

"원장님은 이것에 대해 아무것도 모르니까요." 레몽 수사가 기계들을 향해 손짓했다. "제가 설명하려 애쓰면 원장님은 관심을 잃죠."

"그럼 수사님은 어제 기도 후에 원장님이 여기 오지 않으셨다고 생각하십니까?"

"네."

"원장님이 어디에 계셨다고 생각하십니까?"

수사는 말없이 서 있었다. 보부아르는 그들이 바위 같다고 생각했다. 크고 검은 바위. 바위처럼 이들은 과묵하게 태어났다. 그리고 묵묵하게. 말은 그들에게 부자연스러웠다.

보부아르는 바위를 깨는 단 한 가지 방법을 알고 있었다.

"수사님은 원장이 정원에 있었다고 생각하시는 것 아닙니까?" 보부아르가 물었다. 그의 목소리는 더 이상 그렇게 친근하지 않았다.

수사가 말없이 응시했다.

"물론 채소밭 정원이 아니라," 보부아르는 레몽 수사에게 한 걸음 다가서며 계속했다. "원장의 정원에. 수도원장의 개인 정원."

레몽 수사는 아무런 소리를 내지 않았다. 꼼짝도 하지 않았다. 보부아르가 다가갈 때 움찔하지 않았다.

"수사님은 원장이 그의 정원에서 혼자 있지 않았다고 생각하십니다."

보부아르의 목소리가 높아졌다. 동굴을 가득 메우며. 벽에 부딪혀 튀면서. 그의 시야 가장자리로 경정이 보였고, 기침 소리가 들린 듯했다. 목을 가다듬는. 의심할 여지 없이 이 건방지고 경우를 모르는 수사관을 말리기 위해.

자신을 바로잡기 위해. 이 클리지우에게서 손을 떼고, 물러나고, 그만 몰아붙이라는 뜻으로.

하지만 보부아르는 그러지 않을 터였다. 상냥하고, 기계에 열정적이고, 보부아르의 할아버지 같은 레몽 수사는 무언가를 감추고 있었다. 편리한 침묵으로.

"수사님은 부원장이 거기에 있었다고 생각하십니다."

보부아르의 말은 빳빳하고 딱딱했다. 조약돌로 돌부처 수사를 공격하듯. 그 말들은 레몽 수사에게서 튕겨져 나왔지만 효과가 있었다. 보부아르는 한 걸음 더 다가갔다. 그는 이제 레몽 수사의 눈에서 경계의 빛을 볼 만큼 가까이 있었다.

"다름 아닌 당신이 이 결론으로 우리를 이끌었습니다." 보부아르가 말했다. "갈 데까지 가는 배짱으로요. 당신이 정말 생각하고 있는 걸 말하려고."

바위를 깨뜨리는 유일한 방법은 그것을 두들기는 것이라는 걸 보부아르는 알았다.

"아니면 당신은 단지 의심을 사게 하거나 넌지시 말하거나 험담을 하는 겁니까?" 보부아르가 비꼬았다. "그리고 더 용감한 사람이 당신의 더러운 일을 대신 하리라고 기대하면서요. 당신은 양심에 걸리지만 않는다면 원장을 기꺼이 늑대들에게 던질 겁니다. 대신 당신은 슬그머니 언질을 하고 있습니다. 당신은 거의 우리에게 윙크를 한 거나 다름없죠. 하지만 자리에서 일어나 당신이 진정 믿는 것을 말할 용기는 없죠. 빌어먹을 위선자."

레몽 수사가 한 걸음 물러섰다. 조약돌들이 돌멩이로 바뀌었다. 그리고 보부아르는 명중을 시키고 있었다.

"당신이 얼마나 한심한지," 보부아르가 말을 이었다. "당신 자신을 보십시오. 당신은 기도하고 성수를 뿌리고 향을 피우고 신을 믿는 척하죠. 하지만 당신은 도망치기 위해 서 있을 뿐입니다. 달아났던 옛 수사들처럼. 그들은 퀘벡으로 왔습니다. 숨기 위해. 그리고 당신은 여기로 내려왔습니다. 당신의 지하실에 숨어 있죠. 물건들을 정리하고 청소하고 정돈하면서. 설명하면서. 저 위에서 진짜 일이 일어나는 동안. 신을 찾는 성가신 일이. 살인자를 찾는 빌어먹게 성가신 일이."

보부아르는 레몽 수사의 숨결에서 브랜디와 베네딕틴 냄새를 맡을 수 있을 만큼 그와 가까이 있었다.

"당신은 누가 그랬는지 안다고 생각하겠지? 그럼 말해요. 그 말을 하란 말입니다." 커진 보부아르의 목소리가 레몽 수사의 얼굴에 소리를 지르고 있었다. "그 말을 하란 말입니다."

이제 레몽 수사는 겁을 먹은 것처럼 보였다.

"당신은 이해 못 합니다." 그가 말을 더듬었다. "내가 말이 많았군요."

"당신은 시작조차 안 했습니다. 뭘 알고 있습니까?"

"저희는 원장에게 충실해야 합니다." 레몽이 보부아르에게서 미끄러지듯 멀어지며 말했다. 그가 프랑쾨르를 돌아보았고, 애원하듯 말을 이었다. "수도원에 들어올 때 저희의 충성은 로마나 지역 대주교나 주교에게조차 향하지 않습니다. 원장님께 향하죠. 그게 저희의 서약과 헌신의 일부입니다."

"날 봐요." 보부아르가 소리쳤다. "그를 보지 말고. 당신이 지금 대답해야 할 사람은 납니다."

레몽 수사는 정말로 두려운 듯했고, 보부아르는 이 수사가 정말로 신을 믿었는지 궁금했다. 그리고 레몽 수사가 귀를 기울이지 않는 자신에게 신이 벌을 내릴 거라고 믿는지 궁금했다. 그리고 그는 그토록 신에게 충성을 할 수 있는 사람이 궁금했다.

"상황이 이렇게까지 될지 상상도 못 했습니다." 레몽 수사가 속삭였다. "누가 알았겠습니까?"

그는 이제 보부아르에게 애원하고 있었다. 뭘? 이해? 용서이리라.

그는 보부아르에게서 어느 것도 얻지 못했다. 경위는 단 한 가지를 원했다. 가마슈의 말마따나 살인을 해결하고 집에 가는 것. 이 빌어먹을 곳에서 벗어나는 것뿐. 멀찍이서 내내 다리를 꼬고 앉아 흥미롭게 지켜보고 있는 프랑쾨르에게서.

"당신이 생각한 일이 일어났습니까?" 보부아르가 밀어붙였다.

"전 부원장님이 이길 줄 알았습니다."

레몽 수사는 마침내 금이 갔다. 그리고 이제 말들이 굴러떨어졌다.

"토론 후에는 원장이 정신을 차릴 줄 알았습니다. 원장이 결국 또 다른 녹음이 옳은 길이라는 걸 알리라고요. 기반 문제가 없다 해도요." 레몽 수사는 자리에 주저앉았고, 망연자실해 보였다. "아시다시피 저희는 이미 녹음을 한 번 했습니다. 한 번 더 한다고 무슨 해가 되겠습니까? 게다가 수도원도 구할 수 있고요. 생질베르를 구할 수 있단 말입니다. 그게 어떻게 잘못된단 말입니까?"

그는 마치 거기에서 답을 찾길 기대하듯 보부아르의 눈을 살폈다.

거기에는 아무것도 없었다.

사실 보부아르는 예상치 못하게 새로운 수수께끼에 직면했다. 레몽 수사가 금이 갔을 때, 말들 이상의 것이 나왔다. 완전히 새로운 목소리가 수사에게서 쏟아져 나왔다. 고대의 억양이 없는 목소리가.

투박한 억양은 온데간데없었다.

그는 이제 교양 있는 학자와 외교관들이 쓰는 프랑스어로 이야기하고 있었다. 링구아 프랑카.

그가 마침내 진실을 말했을까? 보부아르는 궁금했다. 레몽 수사는 이 모든 몸부림 끝에 자신이 오해받지 않았다는 것을 확실히 해 두고 싶었을까? 보부아르가 고통스러운 말들을 빠짐없이 완전히 이해하도록?

하지만 레몽 수사가 연기를 그만두었다는 인상은 전혀 없었고, 보부아르는 수사가 연기를 막 시작했는지 의심스러웠다. 이것은 자신의 할머니가 새로운 이웃에게 말할 때 쓰는 목소리였다. 그리고 공증인. 그리고 사제들.

그것은 할머니의 진짜 목소리가 아니었다. 할머니가 신뢰한 사람들에게 낸.

"원장을 거역하기로 마음먹은 게 언제였습니까?" 보부아르가 물었다.

레몽 수사가 머뭇거렸다. "무슨 말인지 모르겠습니다."

"모를 리가 없을 텐데요. 수도원장이 녹음을 동의하는 데 마음을 바꾸지 않으리라는 걸 언제 깨달았습니까?"

"저는 그걸 몰랐습니다."

"하지만 당신은 그가 공표할 게 두려웠습니다. 사제단 회의실에서. 두 번째 녹음은 없으리란 걸. 원장이 선언한 이상 그건 게임 끝이죠."

"저는 원장님과 마음을 터놓는 친구가 아닙니다." 레몽이 말했다. "원장님이 하려는 걸 저는 몰랐습니다."

"하지만 당신은 운에 매달릴 수 없었죠." 보부아르가 밀어붙였다. "당신은 원장에게 기반 문제에 대해 아무에게도 말하지 않겠다고 약속했지만 그 약속을 어기기로 결심했습니다. 원장의 권위에 반항하려고."

"그러지 않았습니다."

"당연히 당신은 그랬습니다. 당신은 원장이 싫었습니다. 그리고 당신은 수도원을 사랑하죠. 당신은 누구보다 수도원을 잘 알지 않습니까? 돌 하나, 이 빠진 흔적 하나를 속속들이 알죠. 그리고 금이 간 데까지. 당신은 생질베르를 구할 수 있었습니다. 하지만 도움이 필요했습니다. 원장은 멍청이였습니다. 이미 일어난 기적을 일으켜 달라고 기도하는. 당신들에게는 기반을 수리할 수단이 주어졌습니다. 당신들의 목소리. 녹음. 하지만 원장은 듣지 않았죠. 그래서 당신은 당신의 충성을 부원장에게 바치기로 한 겁니다. 생질베르를 구할 수 있는 유일한 사람에게."

"아닙니다." 레몽 수사가 주장했다.

"당신은 부원장에게 비밀을 말했어요."

"아니에요."

"몇 번이나 부정할 생각입니까, 몽 프뢰르?" 보부아르가 으르렁댔다.

"전 부원장님에게 말하지 않았습니다."

수사는 이제 거의 울먹였고, 결국 보부아르는 물러났다. 그는 근엄해 보이는 프랑쾨르 경정을 흘끔 보았다가 레몽 수사를 돌아보았다.

"당신은 생질베르를 구하고 싶은 마음에 부원장에게 비밀을 말했지만, 대신 당신은 부원장을 죽음으로 내몰았습니다." 보부아르의 목소리는 사무적이었다. "그리고 이제 여기에 숨어 아닌 척하고 있습니다."

보부아르는 몸을 돌려 오래된 지도를 집어 들었다.

"정원에서 무슨 일이 있었는지 당신이 믿는 바를 말하십시오, 레몽 수사님."

수사의 입술이 움찔거렸으나 아무 소리도 흘러나오지 않았다.

"말해요."

보부아르는 거의 눈을 감고 있는 수도사를 응시했다.

"말해요." 보부아르가 밀어붙였다. 그때 조용한 중얼거림이 들렸다.

"천주의 성모 마리아님……."

레몽 수사는 기도하고 있었다. 하지만 뭘 위한? 보부아르는 궁금했다. 부원장이 천국에 갔기를? 아니면 갈라진 금이 다시 붙기를?

레몽 수사가 눈을 떴고, 그는 보부아르가 몸을 거의 벽에 기대야 할 만큼 경위를 온화하게 바라보았다. 그것은 할머니의 눈이었다. 인내심 있고 상냥한. 그리고 용서하는.

보부아르는 그때 자신을 위해 기도하고 있는 레몽 수사를 보았다.

아르망 가마슈는 천천히 마지막 보고서를 덮었다. 그는 검시관 보고서의 한 구절마다 멈추면서 그것을 두 번 읽었다.

희생자 마티외 수사는 즉사하지 않았다.

물론 자신들도 그 사실은 알고 있었다. 마티외 수사는 더 이상 '멀리' 갈 수 없을 때까지 멀리 기어갔다. 그리고 죽어 가면서 몸을 공처럼 말았다. 어머니가 낳았던 자세 그대로. 벌거벗은 채 울면서 이 세상에 나왔을 때처럼 안락하게.

그리고 어제 마티외는 다시 몸을 웅크린 채 이 세상을 떠났다.

그랬다. 가마슈와 다른 모든 수사관들, 그리고 아마 수도원장과 시체 위에서 기도하던 수사들에게 마티외 수사가 죽기까지 어느 정도의 시간이 걸렸다는 사실은 분명했다.

하지만 그들은 얼마나 걸렸는지는 몰랐다.

지금까지는.

가마슈 경감은 자리에서 일어나 보고서를 집어 들고 부원장 사무실을 나섰다.

"보부아르 경위." 프랑쾨르 경정의 목소리가 들렸다. "자네랑 얘길 좀 해야겠군."

보부아르는 지하 복도를 따라 몇 걸음 걷다가 몸을 돌렸다.

"대체 제게 뭘 기대하셨습니까?" 보부아르가 따졌다. "그가 그냥 거짓말하게 내버려 두라고요? 이건 살인 수사입니다. 일이 엉망이 되길 원치 않으신다면 빠져 계십시오."

"오, 난 엉망에 대처할 수 있네." 프랑쾨르가 딱딱하지만 한결같은 목소리로 말했다. "난 자네가 그런 식으로 다룰 줄 예상 못 했을 뿐이야."

"그런가요?" 보부아르가 경멸에 찬 목소리로 대꾸했다. 이제는 그걸 감출 필요가 없었다. "그럼 제가 어떻게 다룰 거라고 예상하셨습니까?"

"불알 없는 사내처럼 굴 줄 알았지."

그 말에 너무 놀란 보부아르는 뭐라고 대꾸해야 할지 몰랐다. 그는 자신을 지나쳐 계단을 오르는 프랑쾨르를 멍하니 지켜볼 뿐이었다.

"대체 그게 무슨 뜻입니까?"

프랑쾨르는 보부아르에게 등을 돌린 채 멈춰 섰다. 그러고는 몸을 돌렸다. 눈앞에 있는 남자의 얼굴을 주시하는 그의 얼굴은 진지했다.

"알고 싶지 않을 걸세."

"말씀하십시오."

프랑쾨르는 웃으면서 고개를 흔들더니 계단을 올라갔다. 잠시 후 보부아르는 그를 쫓아 닳아 빠진 돌계단을 한 번에 두 단씩 뛰어올랐다.

보부아르가 따라잡은 순간 프랑쾨르가 문을 열었다. 그들은 성당 돌바닥 위의 딱딱한 신발 소리를 들었고, 목적을 띤 가마슈 경감이 수도원장의 사무실과 정원으로 이어지는 복도를 향해 걷는 모습을 보았다.

두 사람은 담합이라도 한 듯 복도로 들어가는 문이 닫히고 발소리가 멀어질 때까지 가만히 서 있었다.

"말씀하십시오." 보부아르가 채근했다.

"자넨 퀘벡 경찰청의 훈련받은 수사관이어야 해. 그걸 이해하게."

"수사관이어야 한다고요?" 보부아르가 그 말이 메아리쳐서 반복되도록 소리쳤다. "수사관이어야 한다고요?"

그 말은 메아리쳤고 점점 커져 보부아르에게 되돌아왔지만 프랑쾨르에게는 닿지 않았다.

23

"여기 있습니다, 경감님."

시몽 수사가 책상을 돌아 나와 손을 내밀었다.

가마슈는 그것을 받아 들고 미소를 지었다. 닭의 힘은 얼마나 큰가.

두다. 두다.

가마슈는 한숨을 돌렸다. 말 그대로 성스러운 음악이 가득한 이곳에서 그의 머릿속에 수탉이 노래한 〈캠프타운 경마〉가 계속 맴돌았다.

"실은 경감님을 찾으러 갈 참이었습니다." 시몽이 말을 이었다. "제가 경감님 종이를 가지고 있어서요."

시몽 수사는 누런 종이를 경감에게 건네고 미소를 지었다. 그 얼굴의 미소는 완벽하게 편해 보이지 않았다. 하지만 그것은 잠깐 거기에 머물렀다.

다시 한번 온화했던 원장 비서의 표정이 슬그머니 엄격한 얼굴로 되돌아갔다.

"메르시." 가마슈가 말했다. "수사님은 확실히 사본을 만드실 수 있군요. 네우마를 악보로 옮겨 적기 시작하셨습니까?"

"아직요. 오늘 오후에 작업할 계획이었습니다. 경감님이 괜찮으시다면 다른 형제들에게 도움을 받아도 될는지요?"

"압솔뤼망Absolument 그럼요." 가마슈가 동의했다. "빠를수록 좋습니다."

시몽 수사가 다시 미소를 지었다. "경감님의 시간에 대한 개념과 저희의 개념은 조금 다른 것 같습니다. 이곳에서 저희는 천 년을 다루지만 저는 그보다는 빨리 하도록 애써 보겠습니다."

"정말이지, 몽 프뢰르, 당신은 저희가 그렇게 오래 이곳에서 서성이길 원치 않으시겠죠. 좀 앉아도 될까요?" 가마슈가 편안해 보이는 의자를 가리키자 원장 비서가 끄덕였다.

두 사람은 서로 마주 보도록 앉았다.

"이걸 작업하실 때," 가마슈가 종이를 살짝 들어 올리며 말했다. "라틴어를 번역하셨습니까?"

시몽 수사는 불편해 보였다. "저는 그렇게 유창하지 않지만 이걸 쓴 사람도 그랬을 거라 생각합니다."

"왜 그런 말씀을 하십니까?"

"제가 이해할 수 있는 얼마 안 되는 부분이 터무니없으니까요."

그가 책상으로 가서 공책을 들고 돌아왔다.

"작업을 하면서 떠오르는 생각을 몇 가지 대충 적어 두었습니다. 설령 저희가 네우마들을 그럭저럭 이해하고 음표로 옮긴다 해도 이걸 노래할 수 있을 것 같지는 않더군요."

"그럼 이게 알려진 찬송가나 성가, 심지어 기도도 아니란 말입니까?" 가마슈가 원본을 힐끗 보았다.

"약물이 필요했던 선지자나 사도가 있었지 않은 한은요." 시몽 수사는 공책을 참고했다. "여기 첫 번째 소절 말인데요." 시몽이 성가 맨 처음 부분을 가리켰다. "제가 틀릴지도 모르겠지만 이렇게 쓰여 있습니다. 당신 목소리가 들리지 않아요. 내 귀에 바나나가 있어요."

시몽 수사가 하도 심각하게 말하는 바람에 가마슈는 웃음이 터졌다.

그는 웃음을 참으려 했지만 다시 터져 나왔다. 그는 웃음기를 감추려고 종이를 내려다보았다.

"다른 데는 뭐라고 쓰여 있습니까?" 그가 웃음을 참으려는 노력에 끽끽거리는 목소리로 물었다.

"웃을 일이 아닙니다, 경감님."

"네, 물론 아니죠. 신성모독이니까요." 하지만 그를 배신하고 약간의 콧소리가 샜고, 다시 수사를 훔쳐본 그는 시몽 수사의 얼굴에 어린 희미한 웃음을 보고 놀랐다.

"그 밖에 이해하실 수 있는 게 있습니까?" 어마어마한 노력을 기울여 자제심을 되찾으며 가마슈가 물었다.

시몽 수사는 한숨을 내쉬고 몸을 앞으로 기울여 페이지의 한참 아래쪽을 짚으며 말했다. "아마 이건 아실 겁니다."

디에스 이라이.

가마슈는 고개를 끄덕였다. 그는 더 이상 우습지 않았고, 두다도 사라졌다. "네, 그걸 봤습니다. 분노의 날. 제가 여기서 이해하는 유일한 라틴어입니다. 원장님과 저는 그에 관해 이야기를 나눴습니다."

"원장님은 뭐라고 하시던가요?"

"원장님도 그 말들이 터무니없다고 생각하시더군요. 수사님처럼 당혹스러워 보이셨습니다."

"그분에게 의견이 있으시던가요?"

"특별한 건 없었습니다. 하지만 원장님이나 저나 마찬가지로 이상하다고 생각했던 건 여기에는 분명 분노의 날이라는 의미의 디에스 이라이가 있는데 디에스 일라가 수반되지 않았다는 점이었습니다."

"애도의 날. 네, 저도 그 생각을 했습니다. 어쩌면 바나나보다 더 인상적입니다."

가마슈가 다시 웃었지만 그 웃음은 짧았다. "그게 무슨 뜻이라고 생각하십니까?"

"누가 썼든 그건 그냥 장난 같습니다." 시몽 수사가 말했다. "온갖 라틴어를 이 안에 써넣었을 뿐입니다."

"왜 성가에서 따온 구절이나 단어를 쓰지 않았을까요? 왜 기도에서 '분노의 날' 한 마디만 따왔을까요?"

시몽 수사는 어깨를 으쓱했다. "저도 알고 싶군요. 어쩌면 화가 났을지도 모르죠. 아니면 이럴 수도 있습니다. 조롱 말입니다. 그는 자신의 분노를 표하고 싶었고, 실질적으로 그걸 선언한 셈이죠. 디에스 이라이. 그리고 그것을 성가처럼 보이게, 우리가 하느님께 바치는 무언가처럼 보이게 온갖 터무니없는 라틴어 단어와 구절을 던져 넣은 겁니다."

"하지만 사실은 모욕이군요." 가마슈가 그렇게 말하자 시몽 수사가 끄덕였다.

"여기서 누가 번역을 도울 수 있습니까?"

시몽 수사는 그에 관해 생각했다. "유일하게 떠오르는 사람은 뤽 형제가 있군요."

"수위 말입니까?"

"그 형제는 신학대학을 나온 지 얼마 안 되었으니 우리 중 누구보다 라틴어를 안 까먹었을 겁니다. 그리고 그는 저희에게 그 사실을 알릴 만큼 딱 거만하죠."

"그를 안 좋아하십니까?"

그 질문이 시몽 수사를 놀라게 한 듯 보였다.

"그를 좋아하느냐고요?" 그는 그에 관해 전에 한 번도 생각하지 않은 듯했고, 가마슈는 시몽 수사가 그러지 않았을 거라는 걸 깨닫고 조금 놀랐다. "여기서 그건 좋고 싫고의 문제가 아닙니다. 수용의 문제죠. 좋아한다는 것은 닫힌 환경 속에서 아주 쉽게 싫어하는 것으로 바뀔 수 있습니다. 저희는 이곳에서 그런 말들을 생각조차 하지 않지만 이곳에 수사들이 있다는 사실을 하느님의 의지로 받아들이는 법을 배웁니다. 하느님께 좋은 일이라면 저희에게도 좋은 일이겠지요."

"하지만 수사님은 막 그를 거만하다고 하셨습니다."

"실제로 그렇습니다. 그리고 그는 저를 뚱하다고 할 테고, 그건 사실이죠. 이곳에서 일하며 살아가는 우리는 모두 흠이 있는 인간입니다. 그것을 부정하는 건 도움이 되지 않습니다."

가마슈가 다시 그 종이를 집어 들었다. "뤽 수사가 이걸 썼을 가능성이 있을까요?"

"그런 것 같지는 않군요. 뤽 형제는 실수를 하거나 틀리는 걸 싫어합니다. 만일 그가 라틴어로 찬송을 썼다면 완벽할 겁니다."

"그리고 유머를 잔뜩 넣지 않았겠죠." 가마슈가 말했다.

시몽 수사가 살짝 미소를 지었다. "다른 형제들의 익살과 달리요."

가마슈는 그 빈정거림을 알아들었지만 시몽이 틀렸다고 생각했다. 그가 여기서 만난 수사들은 괜찮은 유머 감각이 있어 보였고, 자신들의 세상과 자신을 향해 웃을 수 있었다. 그것은 조용했고, 점잖았고, 엄숙한 얼굴 뒤에 꽤 잘 숨겨져 있었지만 거기에 존재했다.

가마슈는 손에 들린 종이를 연구했다. 그는 뤽 수사가 이것을 썼을 가능성이 없다는 시몽의 말에 동의했다. 하지만 그들 중 한 명이 그랬다.

가마슈 경감은 그 어느 때보다 자신의 손에 들린 이 얄팍한 종이가 살인을 해결할 열쇠라는 것을 확신했다.

그리고 가마슈는 자신이 그것을 이해하려면 1천 년은 걸리리라는 것을 알았다.

"네우마 말입니다." 그는 시몽 수사에게서 원하는 것을 알아내려 애쓰며 입을 열었다. "수사님은 그걸 음표로 옮기는 작업을 시작하지 않았다고 하셨지만 여전히 읽으실 순 있습니까?"

"아, 네. 그것들은 혼란스럽습니다." 시몽 수사는 자신의 사본을 집어 들었다. "아니, 그건 틀린 말입니다. 그것들은 복잡합니다. 성가에 쓰이는 네우마들은 얼핏 보기에는 혼란스러워 보이지만 한 번만 제대로 배우면 굉장히 간단하게 느껴집니다. 그게 포인트죠. 단성 성가를 위한 단순한 지시."

"하지만 이건 단순하지 않습니다."

"단순과는 거리가 멀죠."

"이게 어떤 소리가 나는지 가르쳐 주실 수 있습니까?"

시몽 수사는 극도로 근엄한, 엄해 보이기까지 한 얼굴을 종이에서 들었다. 하지만 가마슈는 물러서지 않았다. 두 사람은 한동안 서로를 응시했지만 결국 시몽 수사가 눈을 피하고 다시 그 종이를 내려다보았다.

일이 분쯤 침묵이 흐르고 가마슈는 어떤 소리를 들었다. 그 소리는 아주 멀리서 나는 듯했고, 그는 또 비행기가 접근하는 게 아닌가 싶었다. 그것은 잊을 수 없는 흥얼거림이었다.

이윽고 그는 그것이 절대 밖에서 나는 소리가 아니라는 것을 깨달았다. 소리는 안에서 나고 있었다.

그 소리는 시몽 수사에게서 나오고 있었다.

저음으로 시작한 흥얼거림이 허공에 걸려 있다가 다른 무언가로 바뀌었다. 급강하한 그 소리는 낮은 음역에서 흐르다 다시 높이 올라갔다. 들쭉날쭉한 도약이 아닌, 부드러운 급등.

그 소리는 가마슈의 가슴속을 휘몰아치는 듯하더니 심장 부근에 머물다가 심장에 올라타고 내달렸다. 높이, 더 높이. 하지만 결코 급하지 않게, 결코 위험하지 않게. 가마슈는 그 음악이나 자신의 심장이 결코 무너져 내리지 않았다는 것을 느꼈다.

거기에는 확신과 신뢰가 있었다. 경쾌한 기쁨이.

가사가 흥얼거림을 대체했고, 시몽 수사는 이제 노래를 하고 있었다. 물론 가마슈는 라틴어를 알아듣지 못했지만 그럼에도 자신이 노래를 완벽히 이해했다고 느꼈다.

시몽 수사의 맑고 차분하고 풍부한 테너가 연인처럼 무의미한 가사가 쓰인 악보를 연주했다. 그 목소리와 그 음악에는 판단이 없었고, 수용만이 존재했다.

이윽고 마지막 음이 지상으로 내려왔다. 조심스럽게, 완만하게. 부드러운 착륙.

그리고 목소리가 그쳤다. 하지만 그 음악은 가마슈와 함께 머물렀다. 기억보다 느낌에 더 가깝게. 그는 그것을 다시 느끼고 싶었다. 그 가벼움을. 시몽 수사에게 제발 계속하라고, 절대 멈추지 말라고 간청하고 싶었다.

그는 〈캠프타운 경마〉가 흔적도 없이 사라진 것을 깨달았다. 그것이 이 짧지만 장엄한 노래의 폭발로 대체되었다.

시몽 수사조차 방금 자신이 부른 노래에 깜짝 놀란 눈치였다.

가마슈는 자신이 이 아름다운 멜로디를 앞으로 오랫동안 흥얼거리리라는 걸 알았다. 두다가 당신 목소리가 들리지 않아요. 내 귀에 바나나가 있어요로 대체됐다.

보부아르는 물가에 서서 던질 수 있는 최대한 멀리 돌을 던졌다.

납작한 돌로 물수제비를 뜬 것은 아니었다. 그는 다른 묵직한 돌을 골라 손에 올려 가늠한 뒤 팔을 뒤로 당겼다가 던졌다.

돌은 아치를 그리며 날아가 물속에 첨벙 빠졌다.

보부아르는 물살에 닳아 동글동글해진 조약돌과 돌멩이와 조개껍데기로 가득한 물가에 서서 맑고 깨끗한 호수를 바라보았다. 그가 창조한 파도가 물가를 씻었고, 작고 하얀 물거품이 조약돌에 쏟아졌다. 예상치 못한 해일에 침수된 미니어처 세계처럼. 보부아르가 만들어 낸 해일에.

프랑쾨르와의 만남 후, 그는 신선한 공기가 필요했다.

야생 블루베리 수사인 베르나르 수사가 어떤 길을 언급했었다. 보부아르는 그곳을 찾아내서 걷기 시작했지만 주위 환경에는 거의 신경을 쓰지 않았다. 대신 그는 머릿속에 나중에 써먹을 말을 감춰 두고 있었다. 자신이 프랑쾨르와 있었을 때 나눴던 몇 마디 말을 검토하면서.

자신이 했어야 할 말. 할 수 있었던 말. 자신이 했을지도 모를 영리하고 신랄한 발언.

하지만 몇 분 후 분노한 생각과 분노한 발걸음이 느려지고, 보부아르는 그 길이 물가를 따라 나 있다는 사실을 알아차렸다. 이쪽 호숫가는 온통 바위투성이였다. 그리고 블루베리 덤불.

그는 보통 걸음으로 속도를 늦췄다가 한가로이 거니는 걸음으로, 그러다 마침내 외진 호수로 돌출한, 작고 돌이 많은 반도에서 멈춰 섰다. 거대한 새들이 겉보기엔 날개를 퍼덕이지도 않고 머리 위로 급강하하더니 활공했다.

보부아르는 신발과 양말을 벗고, 바짓단을 말아 올린 다음 엄지발가락을 호수에 담갔다가 재빨리 뺐다. 물이 너무나 차가워 불에 덴 것 같았다. 그는 얼음장 같은 물에 두 발이 잠길 때까지 조금씩 조금씩 다시 시도했다. 발은 물에 익숙해졌다. 익숙해진다는 것이 거듭 그를 놀라게 했다. 특히 둔해져 있을 때는.

그는 근처 덤불에서 작은 야생 블루베리를 따 먹으며 잠시 조용히 앉아 생각하지 않으려 애썼다.

그리고 생각에 잠기면 마음속에 떠오르는 것은 아니였다. 그는 블랙베리를 꺼냈다. 아니에게서 메시지가 와 있었다. 그는 그것을 읽고 미소를 지었다.

법률사무소에서의 하루에 대한 이야기였다. 인터넷 실수에 관한 사소하고 재미있는 이야기. 사소한 글이었지만 보부아르는 모든 단어를 두 번씩 읽었다. 그녀의 좌절, 엇갈린 의사소통, 행복한 해결을 상상하면서. 아니는 자신이 보부아르를 얼마나 그리워하는지 말했다. 그리고 얼마나 사랑하는지도.

이내 그는 자신이 있는 곳을 묘사하는 답장을 썼다. 사건 해결에 진전이 있다고 쓰면서. 그는 자신의 말이 정확히 거짓말이 아닌 반면, 완벽한 진실도 아니라는 걸 알기에 송신 버튼을 누르기 전에 머뭇거렸다. 자신의 감정이 어떤지에 대한 진실. 자신의 혼란과 분노에 대한. 그 감정은 프랑쾨르와 연관이 있기도, 아니기도 해 보였다. 그는 레몽 수사에게 화가 났고, 수사들에게 화가 났고, 아니와 있는 대신 수도원에 있는 것에 화가 났다. 끊임없는 미사들 때문에 깨지는 고요에 화가 났다.

프랑쾨르를 계속 생각하게 내버려 두는 자신에게 화가 났다.

대개는 프랑쾨르 경정에게 화가 났다.

하지만 그는 아니에게 그에 관해 아무 말도 하지 않았다. 대신 메시지 끝에 웃는 얼굴을 달고 송신 버튼을 눌렀다.

스웨터로 발을 닦고 그는 양말과 신발을 다시 신었다.

그는 돌아가야 했다. 하지만 대신 그는 또 다른 돌을 집어 들고 그것을 던진 뒤 그것이 잔잔한 물을 방해하는 동심원들을 바라보고 있었다.

"재미있는 건," 시몽 수사가 노래를 그친 뒤 말했다. "이 말들이 딱 들어맞는다는 겁니다."

"수사님은 그 말이 터무니없다고 하셨던 것 같은데요. 말도 안 된다고." 가마슈가 말했다.

"그건 맞습니다. 제 말은 그 말들이 박자에 딱 맞는다는 뜻입니다. 가사처럼 그 말들은 리듬에 들어맞아야 하죠."

"그리고 그 말들이 들어맞고요?" 가마슈가 뭘 기대하고 봐야 할지도 모르면서 누렇게 바랜 종이를 내려다보며 물었다. 마법이라도 일어나 자신이 갑자기 이해하게 될까? 하지만 그는 아무것도 이해가 되지 않았다. 단어도, 네우마도.

"이걸 쓴 사람은 음악을 아는 것 같습니다." 시몽 수사가 말했다. "하지만 가사를 쓰는 법을 몰랐죠."

"러너와 로위미국 뮤지컬 황금기의 대표적인 작사가와 작곡가처럼요."

"사이먼과 가펑클처럼." 시몽 수사가 말했다.

"길버트와 설리번빅토리아 시대에 활동한 극작가와 작곡가도 있죠." 가마슈가 웃으면서 말했다.

시몽 수사가 실제로 웃음을 터뜨렸다. "그 둘은 서로를 엄청나게 싫어했다던데요. 같은 방에 있지도 않으려고 했다면서요."

"그래서," 가마슈가 생각을 정리하며 말했다. "우리는 그 음악이 아름답다는 데 동의했습니다. 그리고 가사는 터무니없죠. 우린 거기에도 동의했습니다."

시몽 수사가 끄덕였다.

"수사님은 노래를 쓰는 팀이 있었다고 생각하시는군요. 한 수사가 아닌 둘일까요?"

"한 명은 작곡을 하고," 시몽이 말했다. "한 명이 가사를 썼겠죠."

두 사람은 손에 들린 종이를 내려다보았다. 그러고는 고개를 들어 눈을 마주쳤다.

"하지만 그건 이 가사가 왜 이렇게 우스꽝스러운지 설명되지 않습니다." 시몽 수사가 말했다.

"네우마를 쓴 사람이 누구든 라틴어를 이해하지 못했다면요. 아마 그는 자신의 파트너가 그 음악에 걸맞은 아름다운 가사를 썼을 거라고 생각했을지도 모릅니다."

"그리고 그가 이 가사가 진짜로 뜻하는 걸 알았다면……." 시몽 수사가 말했다.

"위." 가마슈가 대답했다. "그게 살인으로 이끌었죠."

"사람들이 정말 그런 일 때문에 살인을 저지를까요?" 시몽이 물었다.

"교회는 남자들이 소프라노 음역을 유지하게끔 거세를 했습니다." 가마슈가 수사를 상기시켰다. "신성한 음악이 감정을 고조시키죠. 사람을 불구로 만드는 것에서 죽이는 것은 큰 진전이 아닐지도 모릅니다."

시몽 수사가 아랫입술을 내밀며 생각에 잠겼다. 그것이 그를 아주 어려 보이게 했다. 퍼즐에 열중인 소년.

"부원장님이," 가마슈가 말했다. "썼을까요? 가사든 곡이든?"

"그렇다면 당연히 곡입니다. 그분은 네우마와 그레고리오 성가에 세계적인 권위가 있었습니다."

"하지만 네우마를 이용해서 독창적인 곡을 쓰실 수 있으셨습니까?" 경감이 물었다.

"분명 네우마를 아셨으니, 충분히 가능했으리라 봅니다."

"수사님을 신경 쓰이게 하는 뭔가가 있군요." 가마슈가 말했다.

"그럴 것 같지 않아 보일 뿐입니다. 그게 전붑니다. 마티외 형제는 그레고리오 성가를 사랑했죠. 단순히 좋아한 게 아니라 그에게는 일종의 경배였습니다. 위대한 종교적 열정이오."

가마슈는 수사가 무슨 말을 하는지 이해했다. 만일 그가 평생의 업적으로 삼을 만큼 단성 성가를 그토록 사랑했다면 왜 갑자기 그 성가에서 벗어나 자신의 손에 들린 이것을 창작했을까?

"어쩌면……." 시몽 수사가 말했다.

"어쩌면 그가 이걸 쓰진 않았지만," 가마슈가 종이를 가볍게 들며 말했다. "누군가의 소지품에서 이걸 찾았고, 그와 맞닥뜨렸는지도 모르죠. 아무도 그들을 볼 수 없는 곳에서."

그것이 경감을 다음 질문으로 데려갔다. "수사님이 부원장님을 발견했을 때, 그가 아직 숨이 붙어 있었습니까?"

24

부원장 사무실 문은 닫혀 있었다.

지난번 보부아르는 이 자리에서 가마슈와 프랑쾨르의 명백한 언쟁 속으로 걸어 들어갔었다.

그는 몸을 기울이고 귀를 기울였다.

나무는 두껍고 밀도가 높았다. 엿듣기 힘들게 만든 단단한 나무. 하지만 그는 경감의 목소리를 알아들었다. 말소리가 낮았지만 그 목소리를 알아들었다.

보부아르는 물러서서 어떻게 해야 할지 고민했다. 고민은 오래가지 않았다. 만일 경감이 망할 프랑쾨르와 또 언쟁을 벌이고 있다면, 혼자 싸우게 내버려 두지 않을 작정이었다.

그는 두 번 노크하고 문을 열었다.

안에서 나던 소리가 뚝 멎었다.

보부아르는 안을 둘러보았다. 가마슈는 없었다.

프랑쾨르 경정이 책상 너머에 앉아 있었다. 홀로.

"뭔가?" 경정이 따졌다.

그것은 보부아르가 본 몇 번 안 되는, 프랑쾨르의 당황한 모습이었다. 이내 보부아르는 그 컴퓨터를 알아차렸다. 그 노트북컴퓨터는 원래 반대 방향, 방문자 의자 쪽을 바라보고 놓여 있었다. 지금 그것은 프랑쾨르를 향하게 돌려져 있었다. 보부아르가 들어와 방해하기 전까지 그 컴퓨터를 쓰고 있던 모양이었다.

무언가를 다운로드 중이었을까? 보부아르는 어떤지 볼 수 없었다. 자신들이 도착한 이래 위성 연결은 먹통이었다. 프랑쾨르가 고쳤다면 모르지만 그럴 것 같지 않았다. 그는 그렇게 똑똑하지 않았다.

프랑쾨르는 엄마가 갑자기 방에 들어왔을 때 10대들이 짓는 머쓱한 표정을 지었다.

"뭐지?" 경정이 보부아르를 쏘아보았다.

"목소리가 들려서요." 보부아르는 그렇게 말했다가 바로 후회했다.

프랑쾨르는 경멸이 담긴 눈빛으로 그를 쳐다보고 보고서를 집어 들어 읽기 시작했다. 보부아르를 완전히 무시하면서. 마치 공기 중에 구멍이 걸어 들어왔다는 양. 아무도, 아무것도 없다는 양. 경정에게 보부아르는 텅 빈 것이었다.

"아까 하신 말씀은 무슨 뜻이었습니까?" 보부아르가 문을 세게 닫자 프랑쾨르가 고개를 들었다.

장 기는 물을 생각이 없었고, 묻지 않기로 자신과 약속했었다. 그리고 가마슈가 여기에 있었다면 분명 절대 묻지 않았을 터였다. 하지만 경감은 여기에 없었고 프랑쾨르는 있었으며, 그 질문이 먹구름에서 나온 번개처럼 튀어나왔다.

프랑쾨르는 그를 무시했다.

"말씀하십시오." 보부아르는 걷어찬 의자의 등받이를 잡고 그것을 경정을 향해 기울였다.

"안 하겠다면?" 프랑쾨르가 물었다. 그는 전혀 두려운 느낌 없이 즐거워했고, 보부아르는 자신의 뺨이 불타고 있다고 느꼈다. 나무 의자를 쥔 그의 관절이 하얗게 변했다.

"지금 날 치려는 건가?" 경정이 물었다. "나를 협박하는 건가? 그게 자네가 할 일이지. 아닌가? 자넨 가마슈의 개니까 말이야." 프랑쾨르는 이제 보고서를 내려놓고 보부아르를 향해 몸을 기울였다. "내가 자네한테 불알도 없는 놈일 줄 알았다고 한 말이 무슨 뜻인지 알고 싶나? 그냥 그 말 그대로의 뜻이야. 자네 동료 전부가 하는 말이지, 장 기. 그게 사실 아닌가?"

"대체 무슨 말입니까?"

"유일하게 자네를 써먹을 데는 아르망 가마슈의 강아지로서지. 그 친구들은 자넬 그의 암캐라고 부르네. 으르렁대고 가끔은 물기도 하지만 사실은 불알이 없다고들 생각하니까."

프랑쾨르는 보부아르를 마치 사람들이 신발 바닥에서 닦아 낸 말랑말랑하고 냄새나는 무언가인 양 쳐다보았다. 경정이 편안히 몸을 기대자 의자가 삐걱거렸다. 그의 정장 재킷이 벌어졌고, 보부아르는 거기서 총을 보았다.

머릿속에서 분노의 하울링을 하는 와중에도 보부아르는 왜 경정이,

관료가 총을 차고 있는지 궁금할 만큼은 충분히 평정을 찾았다.

그리고 그가 그것을 수도원으로 가져온 이유가.

보부아르도 마찬가지지만 가마슈는 총을 차지 않았다. 그리고 이제 그는 기뻤다.

"그게 아까 내가 했던 말의 뜻일세." 프랑쾨르가 말했다. "자네가 그 수사와 면담하는 자리에 내가 간 건 자네가 청해서가 아니라 내가 궁금해서였어. 경찰청 내의 웃음거리인 이 친구는 과연 어떤 식으로 심문을 할까? 하지만 자넨 날 놀라게 하더군. 정말 인상적이었네."

그리고 보부아르는 자신에게 놀랐다. 그 말에 자신의 어느 작은 부분이 안도했다. 하지만 그것은 노여움, 분노, 종말에 가까운 모욕의 격분 아래 깊이 파묻혔다.

그는 입을 열었지만 웅얼거리는 소리밖에 나오지 않았다. 말이 되어 나오지 않았다. 그저 공기뿐.

"자네도 몰랐다고는 하지 말게." 프랑쾨르는 실제로 놀란 것처럼 보였다. "이 한심한 친구야, 멍청이가 아니고서야 그걸 모를 리가 있나. 자넨 본청에서 자네 주인 반걸음 뒤를 거들먹거리며 걷지. 사실상 징징거리면서 말이야. 그런데 형사들과 경관들이 자넬 존경할 거라고 생각하나? 그들은 경감을 존경하고 약간은 두려워도 하지. 만약 그가 자네 불알을 뗄 수 있다면 자기들에게도 그럴지 모르니까. 이봐, 아무도 자넬 비난하진 않아. 자넨 경찰청 별 볼 일 없는 변방의 하찮은 경관일 뿐이었어. 아무도 자네와 같이 일하고 싶지 않았기 때문에 잘릴 위기에 처해 있었는데, 가마슈가 자넬 건져 갔지. 내 말이 맞나?"

말문이 막힌 보부아르가 프랑쾨르를 응시했다.

"맞아." 프랑쾨르가 몸을 앞으로 숙였다. "그럼 왜 그가 그랬다고 생각하나? 왜 그가 아무도 원하지 않는 경찰들로 자기 주위를 채웠다고 생각하나? 그가 막 이자벨 라코스트를 경위로 승진시켰네. 자네와 같은 계급……," 프랑쾨르가 보부아르에게 날카로운 시선을 던졌다. "……내가 자네라면 경계하겠네. 자네가 부관이어야 할 때 그녀가 본청에 책임자로 남아 있는 건 좋지 않아. 내가 무슨 이야기를 하고 있었지? 위Oui, 경감의 채용 관행. 자네, 살인반을 둘러봤나? 그는 패배자의 부서를 창설했네. 쓰레기들을 데려갔지. 왜?"

"패배자들?" 보부아르가 쉰 목소리를 냈다. "경감님은 스스로 생각하는 경찰, 자신의 판단에 따라 행동하는 경찰로 당신 주위를 채웠습니다. 당신의 똥 같은 놈들은 우릴 두려워하죠. 당신은 우리를 던져 버리고, 강등시키고, 우리가 그만둘 때까지 우릴 괴롭히죠. 그런데, 왜냐고?"

그는 사실상 말 그대로, 책상 저편으로 말을 뱉어 내고 있었다.

"왜냐하면 당신이 우리에게 위협을 느꼈기 때문입니다. 우린 당신의 부패하고 하찮은 게임에 놀아나지 않을 겁니다. 가마슈 경감님은 당신의 쓰레기장에서 우리를 건져서 기회를 주셨습니다. 아무도 그러지 않을 때 경감님은 우리를 믿어 주셨습니다. 그런데 당신, 얼간이 같은 당신은 내가 당신의 그 허튼소리를 믿을 거라고 생각합니까? 당신의 족제비들에게 날 비웃으라고 하십쇼. 그게 내가 생각할 수 있는 가장 큰 칭찬이니까. 우린 경찰청 내에서 최고의 체포 기록을 세웠습니다. 중요한 건 그거죠. 그리고 당신과 당신 떨거지들이 그게 우습게 느껴진다면 웃든가요."

"최고의 체포 기록?" 프랑쾨르는 이제 자리에서 일어서 있었다. 그의 목소리는 얼음장처럼 써늘했다. "브륄레 사건 같은? 자네 대장이 그를 체포했지. 그를 살인죄로 판결한 퀘벡주가 엄청난 대가를 치렀네. 그 불쌍한 멍청이는 유죄판결까지 받았는데, 그다음에 어떻게 됐지? 그가 그자를 죽인 게 아니라고 밝혀졌지. 그런데 자네의 가마슈가 어떻게 했지? 가서 자기가 싼 똥을 직접 치웠던가? 아니지. 진범을 찾으라고 자네를 보냈네. 그리고 자네는 찾아냈고. 자네가 겉보기만큼 자리만 차지하는 놈은 아닐지도 모른다고 생각하기 시작한 게 그때였지."

프랑쾨르는 서류 몇 장을 주워 모으다 책상 위에서 손을 멈췄다. "내가 여기 왜 왔는지 궁금하지 않나?"

보부아르는 아무 말도 하지 않았다.

"물론 궁금하겠지. 가마슈도 그럴 테고. 그는 묻기까지 했지. 그 친구한테는 사실대로 말하지 않았지만 자네한테는 말해 주겠네. 난 본청에서 멀리 떨어져 있는 그와 자네를 잡아야 했네. 그 친구가 영향력을 발휘할 수 있는 곳에서 멀어졌을 때. 그러면 내가 자네와 얘기를 나눌 수 있지. 난 서류 몇 장을 자네들에게 가져다주려고 이렇게 올 필요가 없었네. 난 빌어먹을 경정이니까. 살인반 수사관이 할 일이었지. 하지만 난 기회를 봤고, 그걸 잡았네. 난 자네를 구하러 온 거야. 그 친구에게서."

"미쳤군요."

"내가 한 말을 잘 생각해 보게. 정신 똑바로 차리고. 자넨 그만큼은 똑똑하니까. 생각해 보라고. 그리고 그걸 생각하다 보면 왜 그가 이자벨 라코스트를 경위로 승진시켰는지 궁금해질 걸세."

"그녀는 훌륭한 수사관이니까요. 그녀가 스스로 따냈습니다."

프랑쾨르는 다시 보부아르가 어마어마한 멍청이라는 듯한 시선을 보냈다. 그러더니 문으로 걸어갔다.

"뭡니까?" 보부아르가 따졌다. "무슨 말을 하려는 겁니까?"

"난 이미 너무 많은 말을 했네, 보부아르 경위. 자넨 내 얘길 다 들었어." 그가 평가하듯 보부아르를 보았다. "자넨 아주 훌륭한 수사관이야. 그 기술들을 사용하게. 그리고 방금 내가 한 말을 그대로 가마슈에게 해도 돼. 그는 누군가가 자신에 대해 알았다는 걸 깨달을 때야."

문이 닫히고 보부아르는 분노한 채 혼자 남았다. 노트북과.

시몽 수사는 입을 떡 벌린 채 가마슈를 바라보았다.

"제가 찾아냈을 때 부원장님이 아직 살아 계셨다고 생각하십니까?"

"가능했으리라 봅니다. 수사님이 부원장이 죽어 가고 있다는 것을 알았고, 도움을 청하러 간다는 건 그가 홀로 죽음을 맞는다는 걸 뜻했기에, 수사님이 마지막 순간을 그와 함께했다고 생각합니다. 그에게 위안을 주기 위해서요. 병자성사를 주면서요. 그건 친절한 행위였습니다. 동정심이 우러난."

"그럼 제가 왜 아무 말도 안 했겠습니까? 형제들은 이 끔찍한 상황에서조차 적어도 부원장이 병자성사를 받았다는 것을 들었다면 안도했을 겁니다." 그는 경감의 얼굴을 자세히 살폈다. "경감님은 제가 그걸 입 다물고 있었다고 생각하십니까? 왜요?"

"자, 그게 문제였습니다." 가마슈는 다리를 꼬고 편안하게 앉은 데 반해 시몽 수사는 명백히 불편했다. 경감은 오래 눌러앉을 준비를 했다.

"저는 그에 대해 오래 생각할 시간이 없었습니다." 경감이 인정했다. "부검 결과를 읽으니 검시관은 마티외 수사가 치명적인 공격을 당한 후

삼십 분은 살아 있었을지 모른다고 믿더군요."

"'그럴 수 있었다'는 게 실제로 그랬다는 뜻은 아닙니다."

"옳으신 말씀입니다. 하지만 만약 그랬다면 어땠을까요? 마티외 수사는 벽까지 기어갈 정도의 힘이 있었죠. 아마 그는 마지막 순간까지 죽음과 맞서 싸웠을 겁니다. 남은 목숨의 마지막 순간까지 움켜잡았죠. 부원장이 했을 법한 행동처럼 들리지 않습니까?"

"저는 우리의 죽음의 시간이 우리의 선택이라고 생각하지 않습니다." 시몽 수사가 그렇게 말했고, 가마슈는 미소를 지었다. "만일 그렇다면," 수사가 말을 이었다. "저는 부원장님이 절대 죽지 않길 선택했을 것 같군요."

"만일 우리에게 정말로 선택권이 있다면 돔 클레망이 여전히 이 익숙한 홀을 걸어 다니고 있겠지요." 가마슈가 동의했다. "제 말은 우리가 정말로 치명적인 부상을 입고도 의지의 힘으로 살아날 수 있다는 뜻이 아닙니다. 하지만 저는 개인적인 경험으로, 강한 의지가 죽음을 잠시, 때로는 몇 분을 미룰 수 있다는 걸 말씀드리는 겁니다. 그리고 가끔 제 일에서는 그런 순간과 몇 분이 결정적이죠."

"왜죠?"

"왜냐하면 그건 현세와 당신들이 믿는 다음 세계가 뭐든, 그것 사이의 골든타임이기 때문입니다. 사람이 자기가 죽는다는 것을 알 때요. 그리고 자신이 살해된다는 걸 안다면 그 사람은 어떻게 하겠습니까?"

시몽 수사는 아무 말도 하지 않았다.

"그럴 수만 있다면, 누가 자길 죽였는지 말하겠죠."

수사의 뺨이 붉어지고 눈이 살짝 가늘어졌다. "마티외 수사가 제게 자길 죽인 범인이 누구인지 말했다는 겁니까? 그리고 제가 아무 말도 안 했고요?"

이젠 가마슈가 입을 다물 차례였다. 그는 수사를 관찰했다. 달덩이 같은 얼굴을 주시하며. 살지진 않았지만 다람쥐 같은 볼. 민 머리. 퍼그 같은 짧은 코. 거의 영구적인 못마땅한 눈빛. 그리고 나무껍질 같은 적갈색 눈. 얼룩덜룩한. 그리고 거친. 그리고 고집 센.

그럼에도 대천사의 목소리. 단순히 천국 성가대의 일원이 아닌, 선택받은 자. 하느님의 총아. 그 누구보다 뛰어난 재능을 부여받은 자.

이 수도원 안의 다른 남자들 스물세 명을 빼면.

이곳 생질베르앙트르레루는 황금빛 순간이었을까? 두 세계 사이의. 그런 느낌이 들었다. 시간 그리고 공간에서 벗어난. 지하 세계. 퀘벡의 활기찬 삶 사이에 있는. 비스트로와 식당, 페스티벌. 근면한 농부들과 뛰어난 학자들.

인간 세계와 천국 사이. 혹은 지옥. 그곳이 여기였다.

침묵이 왕이었던 곳. 그리고 평온이 통치했다. 유일하게 들리는 소리는 나무의 새소리와 단성 성가.

그리고 하루 전 한 수사가 살해된 곳.

부원장은 최후의 순간 벽에 등을 기댄 채 침묵의 서약을 깼을까?

장 기 보부아르는 부서진 의자로 부원장 사무실 문을 받쳐 놓았다.

누군가가 들어오는 것을 막을 수는 없겠지만 충분히 늦출 수는 있을 터였다. 그리고 그것이 보부아르에게 경고가 될 것이었다.

그리고 나서 그는 책상을 돌아 프랑쾨르가 막 떠난 의자에 앉았다. 의자는 아직 경정의 온기로 따뜻했다. 그 생각에 보부아르는 살짝 구역질이 났지만 억지로 무시하고 자신 쪽으로 노트북을 끌어당겼다.

그것도 따뜻했다. 프랑쾨르는 그것을 켜 놓고 있었지만, 보부아르가 들어왔을 때 그것을 껐다.

보부아르는 노트북을 부팅한 후 인터넷과의 연결을 시도했다.

하지만 연결은 되지 않았다. 여전히 위성 네트워크는 먹통이었다.

그럼 경정은 뭘 하고 있었을까? 그리고 왜 그렇게 잽싸게 덮었을까?

장 기 보부아르는 그 답을 찾기 위해 자리를 잡고 앉았다.

"제 생각을 말씀드릴까요?"

시몽 수사의 표정은 안 된다고 비명을 질렀다. 물론 가마슈는 그것을 무시했다.

"좀 특이하긴 합니다." 경감이 인정했다. "우리는 대개 모든 걸 털어놓는 사람을 좋아하죠. 하지만 이번 사건에서는 유연해지는 편이 합리적일 것 같군요."

그는 다소 재미있어하며 노새를 닮은 수사를 보았다. 이내 그의 얼굴은 엄숙해졌다.

"제 생각은 이렇습니다. 당신이 정원에 갔을 때 마티외 수사가 아직 살아 있었다고 생각합니다. 벽에 등을 기댄 채 몸을 웅크리고 있었고, 당신이 그를 찾기까지는 일 분쯤 걸렸겠죠."

가마슈가 이야기할 때 두 남자 사이에 시몽 수사가 원예 도구를 들고 정원에 들어서는 이미지가 떠올랐다. 지난번의 갈퀴질 이후로 더 밝은 가을 낙엽이 쌓였고, 시든 꽃을 잘라 줘야 할 화초들이 있었다. 해가 나 있었고, 날은 상쾌하고 신선하고 늦가을 햇살에 익어 가는 숲의 야생 능금 냄새로 가득 찼다.

시몽 수사는 손질해야 할 곳, 다가오는 혹독한 겨울을 대비해 커버를 씌울 것과 자를 것은 없는지 화단을 살피며 잔디밭을 걸었다.

이내 그는 걸음을 멈추었다. 정원 저 끄트머리에 있는 풀들이 흐트러져 있었다. 눈에 띄게 요란하지는 않았다. 무심한 방문자라면 그냥 넘겼을지도 몰랐다. 하지만 수도원장 비서는 단순한 방문자가 아니었다. 그는 모든 잎사귀와 모든 이파리를 알았다. 그는 아이를 돌보듯 정원을 돌봤다.

뭔가가 잘못되었다.

그는 주위를 둘러보았다. 원장이 여기에 있나? 하지만 그는 원장이 지열 시스템을 둘러보러 지하에 가고 있다는 것을 알았다.

시몽 수사는 9월 하순의 햇살 속에서 눈을 가늘게 뜨고 신경을 곤두세운 채 가만히 서 있었다.

"지금까지 제 묘사가 맞습니까?" 가마슈가 물었다.

경감의 목소리가 너무 마음을 사로잡았고, 그의 말은 너무 기술적이어서 시몽 수사는 자신이 여전히 사무실 안에 앉아 있다는 사실을 잊어버렸다. 뺨에 싸늘한 가을 공기마저 느껴질 정도였다.

그는 자신의 맞은편에 너무나 차분히 앉아 있는 가마슈를 보고 처음은 아니지만, 이 남자가 매우 위험한 사람이라는 생각이 들었다.

"침묵은 긍정으로 받아들이겠습니다." 가마슈가 희미한 미소를 지으며 말했다. "종종 틀린 데도 있을 거란 걸 알지만요."

그는 이야기를 계속했고, 두 사람 사이에 다시 한번 이미지가 떠올라

움직이기 시작했다.

"당신은 걱정이 아닌 호기심으로 정원 끄트머리에 있는 덩어리가 무엇인지 확인하려고 몇 걸음을 옮겼습니다. 그때 당신은 잔디가 그냥 흐트러진 게 아니라는 사실을 알아차렸지요. 거기에는 피가 있었습니다."

두 남자는 시몽 수사가 허리를 숙이고 낙엽들에 성흔聖痕이 생긴 것처럼 구부러진 풀잎과 이곳저곳에 난 혈흔을 보고 있는 모습을 보았다.

이내 그는 걸음을 멈추고 흔적이 난 방향인 전방을 보았다.

길 끝에 한 형체가 누워 있었다. 단단히 웅크린 검은 공. 독특하게도 한쪽 끝이 하얀색인. 완전히 하얗지만은 않았다. 거기에도 짙은 붉은색이 있었다.

시몽 수사는 원예 도구를 땅바닥에 집어 던지고, 그곳으로 가기 위해 덤불을 헤치고 있었다. 그의 소중한 다년생식물들을 짓밟으며. 가는 길에 있는 발랄한 데이지들을 다 죽이며.

자신의 형제 중 하나인 수사가 다쳤다. 크게 다쳤다.

"저는," 시몽 수사가 가마슈의 눈이 아닌, 손에 든 묵주를 내려다보며 말했다. 속삭임에 가까울 만큼 목소리가 낮았지만 경감은 거의 들리지 않는 한 마디 한 마디를 놓치지 않으려고 몸을 기울였다. "저는……."

이제 시몽 수사가 고개를 들었다. 그 기억 하나가 그를 겁먹게 하기 충분했다.

가마슈는 아무 말도 하지 않았다. 그는 중립적이고 흥미롭다는 표정을 유지했다. 하지만 그의 깊은 갈색 눈은 수사에게서 떠나지 않았다.

"저는 그게 돔 필리프라고 생각했습니다."

그의 시선이 묵주에 달린 단순한 십자가로 떨어졌다. 이내 시몽 수사는 손을 머리 위로 올렸고, 십자가가 수사의 이마에 부드럽게 부딪혔다. 그러더니 멈추었다.

"오, 하느님. 저는 그분이 돌아가셨다고 생각했습니다. 그분께 무슨 일이 일어난 줄 알았습니다." 시몽의 목소리가 희미해졌다. 하지만 목소리가 모호해진 반면 그의 감정은 더할 나위 없이 명확해졌다.

"그래서 어떻게 하셨습니까?" 가마슈가 부드럽게 물었다.

그의 손은 여전히 머리 위에 있었고, 수사는 바닥을 향해 말했다. "망설였습니다. 하느님 절 도우소서, 전 망설였습니다."

그는 고개를 들어 가마슈를 보았다. 자신의 고해신부를. 면죄까지는 아니더라도 이해를 바라며.

"계속하십시오." 가마슈가 흔들림 없는 눈빛으로 말했다.

"저는 보고 싶지 않았습니다. 두려웠습니다."

"당연히 그랬을 겁니다. 누구든. 하지만 결국 당신은 그에게 갔습니다." 경감이 말했다. "당신은 도망치지 않았습니다."

"네."

"어떻게 됐습니까?"

시몽 수사는 이제 가마슈의 시선이 로프고, 자신이 벼랑에 매달려 있다는 양 그 시선을 붙잡았다.

"무릎을 꿇고 그를 살짝 돌아보았습니다. 전 그분이 벽이나 나무에서 떨어지셨겠거니 했습니다. 이상한 생각이라는 건 알지만 달리 어떻게 이런 일이 일어날 수 있는지 몰랐습니다. 그리고 만일 목이 부러졌다면 저는 보고 싶지……."

"위Oui." 가마슈가 말했다. "계속하세요."

"그때 전 그게 누구인지 알아보았습니다." 수사의 목소리가 바뀌었다. 그 목소리는 여전히 스트레스와 불안으로 가득했고, 그 끔찍한 순간들을 다시 체험하고 있었다. "원장님이 아니었습니다."

명백한 안도가 있었다.

"부원장님이었습니다."

더욱 노골적인 안도. 끔찍한 비극으로 시작한 이야기가 거의 좋은 소식으로 끝났다. 시몽 수사는 그것을 감추지 못했다. 그러지 않기를 택했거나.

여전히 그는 경감의 시선을 붙들고 있었다. 거기서 반감을 찾으며.

그는 아무것도 찾지 못했다. 그가 듣고 있던 것이 결국 거의 확실히 진실이었다는 수용뿐.

"살아 있었습니까?" 가마슈가 물었다.

"위. 눈을 뜨고 있었습니다. 그는 저를 응시하며 제 손을 잡았습니다. 경감님 말씀이 맞습니다. 그는 자기가 죽어 가고 있다는 사실을 알았습니다. 그리고 저도 알았죠. 어떻게 알았는지는 모르겠지만 아무튼 알았습니다. 저는 그 곁을 떠날 수 없었습니다."

"얼마나 오래 걸렸습니까?"

시몽 수사는 말을 멈추었다. 그것은 분명 영겁의 시간이 걸렸다. 죽어 가는 남자의 피로 물든 손을 잡은 채 땅바닥에 무릎을 꿇고. 동료 수사. 이 남자가 경멸한 남자.

"모르겠습니다. 일 분, 어쩌면 조금 더. 저는 그에게 병자성사를 주었고, 그게 그를 약간 진정시켰습니다."

"병자성사가 무엇인지 저에게 그걸 반복해 주시겠습니까?"

"분명 들어 보셨을 텐데요?"

가마슈는 들어 본 적 있었고, 알고 있었다. 죽어 가는 수사관들의 숨이 붙어 있는 동안 자신에게도 그 병자성사가 조심스럽고 다급하게 행해졌었다. 하지만 그는 시몽 수사가 지금 그걸 읊어 주기를 원했다.

시몽은 눈을 감았다. 오른손을 살짝 뻗고, 아주 조금 오므렸다. 보이지 않는 손을 붙들며.

"이 땅의 자비로운 왕이신 예수 그리스도시여, 저희를 영원히 불쌍히 여기시어 당신의 자녀를 품에 안고 모든 고통에서 안심하게 하소서."

시몽 수사는 여전히 눈을 감은 채 다른 손을 들어 엄지로 십자를 그렸다. 죽어 가는 수사의 이마에.

영원히 불쌍히 여기시어. 가마슈는 자신의 품에 안겨 있는 젊은 수사관의 망령을 내려다보며 생각했다. 한창 긴박하던 순간 가마슈는 임종 기도 전문을 욀 시간이 없어서 허리를 숙이고 이렇게만 속삭였다. "이 자녀를 데려가소서."

하지만 그 수사관은 이미 세상을 떠났다. 그리고 가마슈 자신도 가야 했다.

"그때가," 경감이 말했다. "죽어 가는 사람이, 그럴 수 있다면, 고백을 할 시점이군요."

시몽 수사는 침묵했다.

"그가 뭐라고 했습니까?" 가마슈가 물었다.

"소리를 냈습니다." 시몽 수사가 무아지경에 빠진 듯 말했다. "목을 가다듬으려 애쓰더니 '호모'라고 했습니다."

이제 시몽이 눈의 초점을 되찾았다. 그는 먼 곳에서 돌아왔다. 두 남자가 서로를 응시했다.

"호모요?" 경감이 물었다.

시몽 수사가 끄덕였다. "제가 왜 아무 말도 하지 않았는지 아실 겁니다. 그건 부원장님의 죽음과 아무 상관이 없습니다."

하지만 가마슈는 어쩌면 그의 삶과 많은 상관이 있을지도 모른다고 생각했다. 경감은 잠시 숙고했다.

"그게 무슨 뜻이라고 생각하십니까?" 그가 마침내 물었다.

"저희 둘 다 그 뜻을 안다고 생각합니다."

"그가 게이였습니까? 동성애자?"

잠시 시몽 수사는 못마땅하다는 표정을 지으려다가 포기했다. 그들은 그런 것을 초월해 있었다.

"설명하기 힘들군요." 시몽 수사가 말했다. "이곳에는 스물네 명의 남자뿐입니다. 저희의 목표, 저희의 기도는 신성한 사랑을 찾는 겁니다. 동정同情을. 하느님의 사랑으로 충만해지길 바라며요."

"이상적이군요." 가마슈가 말했다. "하지만 동시에 당신들도 인간입니다."

육체적인 위안에 대한 갈망은 강렬하고 원시적이며 순결의 서약으로는 쫓아 버릴 수 없다는 것을 그는 알았다.

"하지만 저희에게 필요한 건 육신의 사랑이 아닙니다." 시몽 수사가 가마슈의 생각을 정확히 해석하고 그를 바로잡았다. 수사의 말은 전혀 방어적으로 들리지 않았다. 그는 단지 알맞은 말을 찾기 위해 애쓰고 있을 뿐이었다. "우리 모두는 아닐지언정 대부분은 그것을 저 멀리에 두고 왔다고 생각합니다. 저희는 과도한 성욕이나 갑작스러운 정체성의 변화가 없습니다."

"그럼 필요한 게 뭡니까?"

"친절함. 친밀함. 성적이지 않은. 하지만 동료애. 물론 저희의 애정에서는 인간을 하느님으로 대체해야 하지만 현실에서 저희 모두는 친구를 원합니다."

"그게 당신이 원장님에 대해 느끼는 감정입니까?" 가마슈는 노골적으로 물었지만 그의 목소리와 태도는 점잖았다. "저는 당신이 다쳐서 죽어가는 사람이 원장님이라고 생각했을 때 당신이 어떻게 반응했는지 봤습니다."

"저는 원장님을 사랑합니다. 그건 사실입니다. 하지만 저는 육체적 관계에 아무런 욕망이 없습니다. 그것을 뛰어넘는 사랑을 설명하기란 어렵습니다."

"그럼 부원장은요? 그가 누군가를 사랑했습니까?"

시몽 수사는 침묵했다. 고집을 피우는 침묵이 아닌, 사색의 침묵.

1분쯤 후 그가 말했다. "그와 원장님이…… 궁금했습니다."

그것이 그 순간 그가 갈 수 있는 최대치였다. 또 다른 침묵이 흘렀다.

"두 사람은 불가분의 관계가 된 지 오래입니다. 저를 제외하면 부원장은 원장님 정원에 들어갈 수 있었던 유일한 사람이었습니다."

가마슈는 처음으로 그 정원이 다른 차원에서 존재했는지 궁금해지기 시작했다. 그곳은 풀과 흙, 꽃으로 이루어진 곳이었다. 하지만 은유이기도 했다. 그들 각자의 내면에 가장 은밀한 곳. 그들 중 일부에게 그곳은 문이 잠긴 어두운 방이었다. 다른 이들에게는 정원.

비서는 승인을 받았다. 부원장 또한 그랬다.

그리고 부원장은 그곳에서 죽었다.

"부원장의 그 말이 무슨 뜻이라고 생각하십니까?" 가마슈가 물었다.

"유일하게 가능한 해석이 있다고 생각합니다. 그는 자신이 죽어 간다는 사실을 알았고, 용서를 구한 겁니다."

"동성애자가 됐다는 사실에? 방금 당신은 그가 그렇지 않았을 거라고 말씀하신 것 같습니다만."

"저는 더 이상 어떻게 생각해야 좋을지 모르겠습니다. 그의 관계들이 플라토닉했는지 모르지만 남몰래 그 이상을 동경했을지도 모르죠. 본인은 알고 있었을 테고, 하느님도 알고 계셨을 겁니다."

"그건 하느님이 벌을 내리실 만한 일입니까?" 가마슈가 물었다.

"게이가 되는 거요? 그건 아니겠죠. 순결의 서약을 깼다면 모를까. 그건 고백할 필요가 있는 종류입니다."

"'호모'라고 말함으로써요?" 가마슈는 확신할 수 없었지만, 한 사람이 죽어 갈 때 이성은 큰 역할을 하지 않았다. 이성이 있다고 하더라도. 끝이 왔을 때 딱 한 마디 할 시간이 남아 있다면, 무슨 말을 하게 될까?

경감은 자신의 마지막 말이 무엇일지 의심하지 않았다. 그리고 그 말을 했었다. 자신이 죽어 가고 있다고 생각했을 때 그는 두 마디 말을 했고, 더 이상 말할 수 없을 때까지 그 말을 되풀이했다.

렌 마리.

'헤테로'라고 말할 일은 그에게 일어나지 않을 터였다. 그도 그럴 것이 그는 자신의 관계에 따르는 죄책감이 없었다. 그리고 부원장도 그랬으리라.

"그의 개인적 기록이 있다면 볼 수 있겠습니까?" 가마슈가 물었다.

"아니요."

"제게 보여 주기 싫으시다는 '아니요'거나 정말로 파일이 없다는 '아니요'겠군요."

"저희는 정말로 파일이 없습니다."

경감의 표정을 본 시몽 수사가 설명했다. "수도원 생활을 시작할 때 저희는 엄격한 시험과 심사를 거칩니다. 그리고 저희의 첫 수도원에는 기록이 남아 있을 겁니다. 하지만 돔 필리프는 아니고, 이곳 생질베르는 아닙니다."

"왜죠?"

"왜냐하면 그게 문제가 될 리 없을 테니까요. 저희는 프랑스 외인부대 같습니다. 과거를 뒤에 남겼죠."

가마슈는 이 클리지우를 응시했다. 그는 정말 그렇게 순진한 사람이었을까?

"과거를 문밖에 남겨 두고 싶다고 해서 그것이 문밖에 머물지는 않습니다." 경감이 말했다. "그건 문의 금을 통해 살그머니 들어옵니다."

"그게 그런 식으로 들어온다면, 그게 다시 저희를 찾아냈다는 뜻이겠지요." 시몽 수사가 말했다.

그 논리라면 부원장의 죽음 역시 신의 뜻이었다고 가마슈는 생각했다. 일어났어야 할 일이었다고. 하느님은 분명 질베르회 때문에 무척이나 바빴다. 신앙심 깊은 프랑스 외인부대 때문에.

딱 그렇다고 가마슈는 생각했다. 후퇴는 불가능하다. 돌아갈 과거가 없었다. 담장 밖은 야생뿐이었다.

"금 얘기가 나와서 말인데, 기반에 대해 아십니까?"

"무엇의 기반 말씀이십니까?"

"수도원이오."

시몽 수사는 혼란스러워 보였다. "그것에 대해서라면 레몽 형제와 이야기하셔야 합니다. 하지만 한나절 정도 시간을 들여서 저희의 정화조 시스템을 알고 가시는 편이 좋을 겁니다."

"그럼 원장님이 수도원의 기반에 대해 수사님에게 아무 말도 안 하셨습니까? 그리고 부원장도요?"

이제 그 의미가 시몽 수사에게 분명해졌다. "거기에 무슨 문제가 있습니까?"

"저는 무슨 말씀을 들으셨는지 물었습니다."

"아니, 전혀요. 제가 들었어야 합니까?"

그렇다면 가마슈가 의심한 대로 수도원장은 비밀을 혼자서만 간직했다. 원장과 레몽 수사만이 생질베르가 붕괴하고 있다는 것을 알았다. 남은 생명이 기껏해야 10년인.

그리고 아마 부원장 역시 알았으리라. 아마 자포자기한 레몽 수사가 그에게 말했으리라. 만일 그렇다면 부원장은 그 말을 누군가에게 하기 전에 죽었다. 그것이 동기였을까? 그의 입을 다물게 하려고?

나를 위해 이 골칫덩어리 신부를 제거할 자가 아무도 없는가?

"당신은 부원장이 살해됐다는 걸 아시지 않았습니까?"

시몽 수사가 끄덕였다.

"언제 알아차리셨습니까?"

"머리를 보았을 때요. 그리고……."

수사의 목소리가 점점 작아졌다. 가마슈는 완벽한 침묵을 유지했다.

기다리며.

"……그리고 그때 저는 화단에서 뭔가를 보았습니다. 거기 있어서는 안 될 무언가를요."

가마슈는 숨을 멈췄다. 두 남자는 얼어붙은 시간 속에서 타블로 비방tableau vivant 활인화이 되었다. 가마슈는 기다렸다. 그리고 기다렸다. 자신들 주위를 감싼 공기를 흩뜨리고 싶지조차 않았기에 그의 숨은 이제 얕고 조용했다.

"아시겠지만 그건 돌이 아니었습니다."

"압니다." 경감이 말했다. "그걸 어떻게 하셨습니까?"

그는 이 수사가 그것을 집어 들어 담장 너머로 던지지 않았길 기도하려고 거의 눈을 감았다. 세상으로 돌려보내 사라지게 하려고.

시몽 수사는 자리에서 일어나 수도원장의 사무실로 이어지는 정문을 열고 복도로 발을 내디뎠다. 가마슈는 이 수사가 자신을 어딘가 숨겨진 장소로 데려갈 거라고 생각하며 그의 뒤를 따랐다.

하지만 시몽 수사는 문지방에서 멈춰 서서 팔을 뻗더니 가마슈에게 살인 흉기를 건넸다. 그것은 수백 년간 수도원장의 가장 사적인 공간으로의 입장이 허락되는 데 사용되었던 오래된 쇠막대였다.

그리고 어제 생질베르앙트르레루 부원장의 두개골을 박살 내는 데 사용되었다.

25

장 기 보부아르는 생질베르앙트르레루의 복도를 돌아다니며 무언가를 찾고 있었다.

그와 우연히 마주친 수도사들이 관례적인 인사를 하기 위해 멈춰 섰다. 하지만 그가 가까이 다가가자 그들은 물러섰다. 길을 내주려고.

그리고 그가 지나치면 그들은 안도했다.

장 기 보부아르는 수도원 복도들을 활보했다. 채소밭 뜰을 찾았다. 풀을 뜯는 염소와 샹트클레르 닭 들이 있는 아니말르리를 찾았다.

지하실을 찾았다. 레몽 수사는 보이지 않았지만 그의 목소리가 길고 서늘한 복도에 울렸다. 그는 성가를 부르고 있었다. 가사는 불분명했고, 목소리는 여전히 아름다운 반면 신성함은 덜했고, 브랜디와 베네딕틴은 더했다.

보부아르는 다시 돌계단을 뛰어 올라가 성당에 서서 숨을 몰아쉬었다. 여기저기를 둘러보며.

긴 검은 로브를 입은 수사들이 춤추는 빛에서 멀찍이 서서 그를 지켜보고 있었다. 하지만 그는 신경 쓰지 않았다. 그들은 자신의 사냥감이 아니었다. 그는 다른 누군가를 사냥 중이었다.

이내 그는 몸을 돌려 닫힌 문을 열고 나갔다. 홀은 텅 비어 있었고, 저 끝의 정문은 닫혀 있었다. 잠겨 있었다.

"여십시오." 그가 요구했다.

뤽 수사는 꾸물거리지 않았다. 자물쇠 안에서 육중한 열쇠가 돌아가고 데드볼트가 밀려나자 문이 금세 열렸다. 그리고 카속을 입은 것처럼 검은 옷을 입은 보부아르는 문밖으로 나섰다.

뤽이 재빨리 문을 닫았다. 그는 문에 난 창을 열고 밖을 내다보고픈 충동을 느꼈다. 무슨 일이 일어났는지 보기 위해. 하지만 그러지 않았다. 뤽 수사는 보고 싶지도, 듣고 싶지도, 알고 싶지도 않았다. 그는 자신의 작은 방으로 돌아가 커다란 책을 무릎에 펼쳐 놓고 성가에 빠져들었다.

보부아르는 찾던 것을 바로 보았다. 물가에 서 있는.

그는 생각하지도 주의하지도 않고 몇 킬로미터 저편에 있었고, 마찬가지로 보부아르 역시 생각도 신경도 쓰지 않고 그를 향해 젖 먹던 힘까지 다해 달렸다.

마치 자신의 목숨이 거기에 달려 있는 듯 달렸다.

마치 모든 생명들이 거기에 달려 있는 듯 달렸다.

안개 속에 서 있는 남자를 향해 똑바로.

그가 달릴 때 배 속 깊은 곳에서 끔찍한 소리가 났다. 몇 달 동안이나 담고 있던 소리. 그가 삼키고, 숨기고, 안전하게 잠가 두었던 소리. 하지만 이제 그것이 나왔다. 그리고 그를 앞으로 나아가게 했다.

프랑쾨르 경정은 보부아르가 들이받기 바로 전에 돌아보았다. 그는 일격을 피하며 반걸음 물러섰다. 두 사람 모두 바위 위로 쓰러졌지만 프랑쾨르는 보부아르만큼 심하게는 아니었다.

프랑쾨르는 보부아르 밑에서 허둥지둥 기어 나와 총으로 손을 뻗었고, 그와 동시에 보부아르도 몸을 굴려 벌떡 일어나 자신의 무기에 손을 뻗었다.

하지만 이미 늦었다. 프랑쾨르는 총을 꺼내 보부아르의 가슴을 겨누었다.

"이 빌어먹을 개자식!" 보부아르가 총을 거의 신경 쓰지도 않고 고함쳤다. "망할 자식! 죽여 버릴 테다!"

"자넨 방금 상관을 공격했어." 프랑쾨르가 부들거리며 쏘아붙였다.

"난 개자식을 공격했고, 얼마든지 또 할 수 있어." 보부아르는 남자에게 새된 소리로 고함을 치고 악을 쓰고 있었다.

"도대체 이게 무슨 짓인가?" 프랑쾨르가 마주 소리를 질렀다.

"아주 잘 알 텐데. 당신이 노트북으로 뭘 했는지 알아. 내가 들어갔을 때 뭘 보고 있었는지."

"이런, 젠장." 프랑쾨르가 확신 없는 얼굴로 보부아르를 보며 말했다. "가마슈도 봤나?"

"그게 문제야?" 보부아르는 소리를 질렀다가 허리를 굽혀 무릎에 손을 짚고 호흡을 가다듬으려 애썼다. 그가 고개를 들었다. "내가 봤어."

깊이 들이마셔. 그가 자신의 몸에 애원했다. 깊이 내뱉어.

맙소사, 기절하지 마.

숨을 깊게 들이쉬고, 숨을 깊게 내쉬고.

그는 가벼운 현기증을 느꼈다.

오, 하느님, 지금 기절하지 않게 해 주십시오.

보부아르는 무릎을 놓고 천천히 허리를 폈다. 하지만 눈앞의 남자만큼 꼿꼿하게 설 수 없었다. 남자의 총이 보부아르의 가슴을 겨누었다. 하지만 보부아르는 최대한 꼿꼿이 섰다. 그리고 그 피조물을 응시했다.

"당신이 그 영상을 유포했군."

그의 목소리가 바뀌었다. 쇳소리였다. 공허한. 한 마디 한 마디가 저 깊디깊은 곳에서 깊디깊은 숨과 함께 입 밖으로 나왔다.

그의 비밀 공간의 문이 날아가고, 거기서 말이 흘러나왔다.

그리고 그 의지가.

그는 프랑쾨르를 죽일 터였다. 지금.

보부아르는 경정에게 시선을 고정했다. 흐릿한 시야 끝에서 총이 보였다. 그리고 그는 자신이 펄쩍 뛰면 프랑쾨르가 최소한 두 방을 쏠 것이라는 걸 알았다. 보부아르가 둘 사이의 거리를 좁히기 전에.

그리고 보부아르는 자신이 머리나 심장을 맞지 않는 한 다가갈 수 있을 거라고 계산했다. 이 남자를 바닥에 쓰러뜨릴 충분한 의지와 충분한 숨이 남아 있다면. 돌을 움켜쥔다. 그리고 그의 두개골을 박살 낸다.

정신없는 그 한순간 그는 아버지가 수도 없이 읽어 주었던 이야기를 떠올렸다. 기차에 관한.

난 할 수 있다. 난 할 수 있다.

프랑쾨르가 나를 죽이기 전에 난 그를 죽일 수 있다.

보부아르는 자신도 죽으리라는 것을 알았다. 먼저가 아닐 뿐. 오, 하느님. 먼저가 아니게.

그는 팽팽하게 긴장한 채 몸을 앞으로 살짝 기울였지만 극도로 경계 중인 프랑쾨르도 총을 살짝 들어 올렸다. 그리고 보부아르는 동작을 멈추었다.

그는 때를 기다렸다. 프랑쾨르의 집중이 흐트러질 찰나의 순간을 기다렸다.

내게 필요한 건 그것뿐이다.

난 할 수 있다. 난 할 수 있다.

"뭐?" 경정이 따졌다. "자넨 그 영상을 내가 유출했다고 생각하나?"

"그 망할 게임은 그만두지. 당신은 내 친구들을, 당신 동료들을 배신했어. 그들은 죽었어." 보부아르는 자신이 거의 흐느낄 만큼 히스테리에 빠지고 있다는 것을 느꼈고, 자신을 거기서 끄집어 올렸다. "그들은 죽었고, 당신은 그 일이 녹화된 빌어먹을 테이프를 유출했어."

보부아르의 목이 죄어들며 목소리가 꽥꽥거렸다. 오그라들고 있는 기도를 통해 그가 공기를 들이마시자 쌕쌕거리는 소리가 났다.

"당신이 그때의 일을 서커스로 바꿔 버렸어, 당신…… 당신이……."

그는 더 이상 말할 수 없었다. 그는 공장 습격 사건의 이미지들에 압도되었다. 자신들을 이끌고 있는 가마슈. 자신들의 대장을 따라 재빨리 돌격하는 경찰청 형사들. 납치된 경관을 구하기 위해. 무장한 자들을 제압하기 위해.

장 기 보부아르는 고요한 호숫가에 선 채 화약이 폭발하는 소리를 들을 수 있었다. 총알이 콘크리트를, 바닥을, 벽을, 자신의 친구들을 맞히는 소리를. 콘크리트 먼지와 뒤섞인 매캐한 냄새를 맡을 수 있었다. 그리고 분비된 아드레날린에 쿵쿵 뛰는 심장을 느꼈다. 그리고 공포를.

하지만 그는 계속 가마슈를 쫓았다. 공장 안으로 더 깊이 더 깊이. 모두가 가마슈를 따랐다.

습격은 모든 수사관들의 헤드기어에 달린 카메라에 녹화되었다. 그리고 그 후, 몇 달 후, 그것은 해킹되고 편집되어 인터넷에 퍼졌다.

보부아르는 진통제painkiller에 중독되어야 했던 만큼 그 영상에 중독되었다. 전체를 이루는 두 반쪽. 처음에는 고통pain, 그다음엔 살인자killer. 반복해서, 반복해서, 반복해서. 그것이 그의 삶이 되었을 때까지. 친구들이 죽는 모습을 보는 것이. 반복해서, 반복해서. 그리고 반복해서.

하지만 한 가지 의문이 남았다. 누가 그 영상을 유출했는가? 보부아르는 그것이 내부 소행이었다는 것을 알았다. 그리고 이제 그는 그 답을 찾았다.

지금 그가 원하는 것은 눈앞의 남자를 죽일 만큼의 의식을 유지하는 것뿐이었다.

자기 부하들을 배신한 것에 대해. 가마슈의 수사관들을. 보부아르의 친구들을. 그들을 잃은 것도 충분히 끔찍한데 그 습격 영상이 인터넷에 퍼지기까지 했다. 전 세계 수억 명의 사람들이 그 모습을 보게끔. 모든 퀘벡 사람들이 그 영상을 보게끔.

그리고 사람들은 보았다.

모든 사람들이 팝콘을 들고 수사관들이 공장에서 총에 맞고 쓰러지는 모습을 반복해서 보았다. 사람들은 그 죽음이 여흥거리인 양 보았다.

그리고 살해된 사람들의 가족들도 그것을 보았다. 그것은 인터넷 돌풍이 되어 가장 많은 사람들이 본 영상인 상자 속 고양이들을 대체했다.

보부아르는 프랑쾨르의 눈을 응시했다. 총을 볼 필요는 없었다. 그는 그것이 거기에 있다는 것을 알았다. 그리고 그는 이제 어느 때라도 첫 탄환에 맞을 때 어떤 느낌이 들지 알았다.

그는 전에 그것을 느꼈었다. 그 둔탁한 감각, 충격, 화끈거리는 통증.

그는 수많은 전쟁 영화와 서부 영화를 보았다. 그는 많은 시체를 보았다. 진짜 시체들을. 총에 맞아 죽음에 이른. 그는 그게 어떨지 안다고 생각하도록 다소 자신을 속였다. 총에 맞기 위해.

그는 틀렸다.

그것은 단순한 고통이 아니라 공포였다. 그 피. 화급한 상황에 대처하기 위해 정신없이 움직였지만 부상은 너무 깊었다.

그것은 1년도 채 되지 않은 일이었다. 그는 회복하는 데 오랜 시간이 걸렸다. 경감보다 더 오래. 가마슈는 회복에 저돌적으로 매달렸다. 물리치료에, 웨이트트레이닝에, 산책에, 운동에. 그리고 상담에.

보부아르는 경감이 받아들이는 모든 시야, 모든 냄새, 모든 소리가 이제 더 예민하다는 걸 알았다. 그는 마치 다섯 명 몫의 삶을 살고 있는 듯했다. 자신과 네 명의 젊은 수사관.

그것은 왠지 경감의 활기를 북돋웠다.

하지만 그 공격, 그 상실은 보부아르에게 반대로 작용했다.

그는 노력했다. 그는 정말 그랬다. 하지만 통증은 너무 깊어 보였다. 그리고 괴로움이 너무 심했다. 그리고 진통제는 너무나도 잘 들었다.

그러다 그 영상이 나타났고, 통증이 다시 지글거렸다. 더 깊이 타올랐다. 그리고 더 많은 진통제가 필요했다. 더 많이. 더 많이. 통증을 누그러뜨리기 위해. 그리고 그 기억들을.

결국 경감이 개입할 때까지. 가마슈는 그날 공장에서 그를 구했다. 그리고 몇 달 후, 그는 보부아르에게 도움이 필요하다고 주장하면서 다시 그를 구했다. 머릿속을 좀먹고 있던 알약과 이미지들에서. 집중 치료를 받으라고 그를 다그치며. 중독 치료를. 달리길 멈추고 돌아보라고 그를 다그치며. 그리고 일어난 일을 직시하라며.

가마슈는 그에게 그 영상을 두 번 다시 보지 않겠다는 약속을 억지로 받아 내기도 했다.

그리고 보부아르는 자신의 약속을 지켰다.

"그들은 지금 이곳에 있을 수만 있다면 어떤 대가라도 치렀을 걸세." 가마슈는 어느 봄날 보부아르와 우트레몽에 있는, 가마슈의 아파트 맞은편 공원을 산책하면서 그렇게 말했다. 보부아르는 경감이 누구를 의미하는지 알았다. 그는 가마슈가 자신의 죽은 부하들과 그 광경을 나누려는 듯 모든 것을 받아들이는 모습을 볼 수 있었다. 그때 경감은 멈춰서서 꽃이 흐드러지게 핀, 오래되고 거대한 라일락 관목에 경탄했다. 이내 그는 보부아르를 돌아보았다. "꽃을 꺾는 건 법에 위반되는 일이지."

"잡히신다면요."

보부아르는 관목 반대편으로 움직였고, 가마슈가 뾰족뾰족하고 향기로운 꽃을 따며 웃음을 터뜨릴 때 가지가 흔들리는 모습을 보았다.

"정의에 관한 흥미로운 해석이군." 경감이 말했다. "잡히지 않으면 잘못이 아니다."

"제가 체포해 드리길 원하십니까?" 보부아르가 좀 더 많은 꽃을 땄다.

그는 경감의 웃음소리를 들었다.

보부아르는 지금 경감이 짊어진 짐을 알았다. 너무나 많은 사람들을 위해 살기. 가마슈는 처음에 휘청거렸지만 결국 그 무게를 견디며 더욱 강해졌다.

그리고 보부아르는 매일 깨끗해졌고, 더 나아지는 기분을 느꼈다. 약물과 자신을 벌한 헤어셔츠의 이미지에서 멀어져.

경감은 꺾은 라일락으로 만든 꽃다발을 마담 가마슈에게 주었고, 그녀는 그것을 하얀 항아리에 넣어 테이블 위에 올려놓았다. 그리고 보부아르의 작은 꽃다발을 물에 담가 저녁 식사 후 집에 가져갈 수 있도록 생기를 유지하게 했다. 하지만 물론 그 꽃은 그의 작은 아파트로 가지 않았다.

그는 그것을 아니에게 주었다.

두 사람은 막 교제를 시작한 참이었고, 그것은 그가 처음으로 준 꽃이었다.

"훔쳤어." 아니가 문을 열자 그가 꽃을 내밀며 자백했다. "유감이지만 당신 아버지 탓이야."

"당신이 훔친 게 이것만은 아닐 텐데, 무슈." 그녀는 그를 들이기 위해 옆으로 물러서면서 웃으며 말했다.

그는 아니의 말을 알아듣는 데 약간의 시간이 걸렸다. 그는 그녀가 부엌 테이블에 라일락을 담은 꽃병을 올려놓는 모습과, 꽃을 정리하려다 그것들을 망치는 모습을 지켜보았다. 그는 그날 밤을 거기서 보냈다. 처음으로. 그리고 아침에 라일락 향기를 맡으며 눈을 떴고, 자신의 가슴에서 아니의 심장을 자각했다. 그리고 그녀도 그의 심장을 자각했다. 그리고 그것을 안전하게 지킬 터였다.

보부아르는 아니의 아버지와의, 경감과의 약속을 지켰다. 그 동영상을 두 번 다시 보지 않겠다는. 프랑쾨르 경정이 부원장 사무실에서 한 일을 발견하기 전까지. 노트북으로.

프랑쾨르는 그 동영상을 가져왔다. 그리고 그것을 보고 있었다.

거기에는 보부아르가 들었던 목소리들이 있었다. 지시와 명령을 내리는 가마슈 경감의 목소리. 자신의 부하들을 그 망할 공장 깊은 곳으로 이끄는. 무장한 자들을 쫓아.

보부아르는 노트북에서 그 파일을 발견했다.

재생 버튼을 누를 때 그는 자신이 무엇을 볼지 알았다. 그리고 신이시여 저를 도우소서, 그는 그것을 다시 보고 싶었다. 그는 자신의 고통이 그리웠다.

보부아르는 안개 낀 호숫가에서 자신의 앞에 있는 프랑쾨르를 응시했다. 그가 그 흉물을 수도원으로 가져왔다. 그 영상을 보지 못한 퀘벡의 마지막 장소, 지구상의 마지막 장소를 오염하기 위해.

그리고 그 순간 보부아르는 낯선 주위 환경, 기이한 수사들, 끝없이 이어지는 지루한 성가들에도 불구하고 왜 자신이 여기서 스멀스멀 다가오는 차분함 같은 것을 느꼈는지 알았다.

퀘벡에서는 드물게도 이곳의 남자들은 몰랐기 때문에. 그 영상을 본 적이 없었다. 자신과 가마슈를 영원한 상처와 손상을 입은 사람들처럼 보지 않았다. 대신 수사들은 그들을 그냥 보통 사람들처럼 보았다. 자신들 같은. 자신들의 일을 하는.

하지만 하늘에서 프랑쾨르가 떨어졌고, 이 재앙을 가져왔다.

그러나 그것은 여기서 끝날 터였다. 이 남자는 충분한 손상을 입혔다. 가마슈에게, 보부아르에게, 죽은 이들의 기억에, 그리고 그들의 가족들에게.

"내가 그 영상을 유출했다고 생각하나?" 프랑쾨르가 반복했다.

"당신이 그랬다는 걸 알아." 보부아르가 헐떡거렸다. "원본 테이프에 접근할 수 있는 사람이 또 누가 있지? 내부 수사에 영향을 끼칠 사람이 또 누가 있지? 경찰청 전체가 사이버 범죄에 총력을 기울여서 내놓은 대답이라는 게 어떤 익명의 해커가 운 좋게 뚫은 거라고?"

"자넨 그걸 안 믿나?" 프랑쾨르가 물었다.
"당연히 안 믿지."
보부아르는 움직였지만 프랑쾨르가 총을 앞으로 내밀어 멈췄다.
더 나은 때가 있으리라고 보부아르는 생각했다. 곧. 프랑쾨르의 집중이 흐트러졌을 때. 눈 한 번 깜박하는 순간에 모든 걸 걸리라.
"가마슈는 그걸 믿나?"
"해커 얘기?" 보부아르는 처음으로 할 말을 잃었다. "몰라."
"당연히 넌 알아, 빌어먹을 애송이. 말해. 가마슈가 그걸 믿나?"
보부아르는 아무 말 없이 프랑쾨르를 응시할 뿐이었다. 그의 마음은 한 가지 질문에만 전념했다.
지금이 그때일까?
"가마슈가 그 유출 건을 수사했나?" 프랑쾨르가 소리를 질렀다. "아니면 그 공식 보고서를 받아들였나? 난 알아야겠네."
"왜지? 그래야 경감님 역시 죽일 수 있나?"
"그를 죽인다고?" 프랑쾨르가 따졌다. "누가 그 영상을 풀었다고 생각하나?"
"당신."
"빌어먹을, 자넨 정말 미련하군. 내가 그걸 왜 가져왔다고 생각하나? 내 작품을 즐기려고? 그건 역겨운 영상이야. 생각만 해도 구역질이 치밀지. 그걸 보고 있으면……."
이제 프랑쾨르는 폭발하는 분노를 못 이겨 덜덜 떨고 있었다.
"당연히 난 그 빌어먹을 수사 결과를 안 믿네. 터무니없어. 명백히 뭔가를 덮으려는 수작이야. 수수께끼의 해커가 아니라 경찰청 내의 누군가가 그 영상을 유출했어. 우리 중 누군가겠지. 내가 그 망할 테이프를 가져온 건 기회가 날 때마다 보기 때문이야. 그래서 잊지 않으려고. 그래서 내가 아직도 보는 이유를 기억하려고."

그의 목소리가 바뀌었다. 억양이 세졌고, 교양이 덩어리째 떨어져 내려, 보부아르의 조부모의 근처 마을에서 자란 남자의 모습이 드러났다.

프랑쾨르는 총구를 낮췄다. 아주 살짝.

보부아르는 그걸 보았다. 프랑쾨르는 산만해졌다. 지금이 그때였다.

하지만 보부아르는 망설였다.

"당신은 뭘 찾고 있지?" 보부아르가 물었다.

"증거."

"허튼소리 마." 보부아르가 말했다. "당신이 유출해 놓고 이제 헛소리를 늘어놓는군."

"내가 그걸 왜 유출하지?"

"왜냐하면……,"

"왜냐고?" 분노로 얼굴이 벌게진 프랑쾨르가 으르렁거렸다.

"왜냐하면……."

하지만 보부아르는 이유를 몰랐다. 왜 퀘벡 경찰청의 경정이 부하 수사관들이 살해당하는 장면이 녹화된 테이프를 유출했을까? 이해가 되지 않았다.

하지만 보부아르는 이유가 있다는 것을 알았다. 어딘가에.

"몰라." 보부아르는 인정했다. "그리고 내가 이유를 알아야 할 필요는 없어. 당신이 그랬다는 것만은 알아."

"대단한 형사 나셨군. 증거는 필요 없나? 동기는 필요 없나? 그냥 기

소하고 선고할 셈인가? 가마슈가 그렇게 가르치던가? 별로 놀라운 일도 아니군."

프랑쾨르는 어마어마한 멍청이를 보듯 보부아르를 보았다.

"하지만 한 가지는 맞아, 이 빌어먹을 얼간이야. 여기 있는 우리 중 하나가 그 테이프를 유출했지."

보부아르의 눈이 커졌고, 턱이 빠질 만큼 입이 벌어졌다.

"진심은 아니겠지." 그의 양팔이 떨어졌고, 공격에 관한 모든 생각이 프랑쾨르의 말에 사라졌다. "가마슈 경감님이 테이프를 유출했다고?"

"그 외에 또 누가 이득을 보겠나?"

"이득을 봐?" 충격이 목소리를 막아 보부아르는 중얼거렸다. "경감님은 그 습격으로 죽을 뻔했어. 거기엔 부하들도 있었어. 직접 뽑고 가르친. 경감님은 죽을 뻔……."

"하지만 그가 죽었나? 난 그 테이프를 보았네. 모든 프레임을 알아. 원본 테이프도 봤네. 더 많은 걸 말해 주더군."

"무슨 말을 하는 거야?"

"가마슈가 영상 유출을 수사하고 있나?" 프랑쾨르가 따졌다.

보부아르는 침묵했다.

"그러냐고?" 프랑쾨르는 이제 소리를 치는 게 아니라 보부아르에게 비명을 질렀다. "아니겠지." 마침내 프랑쾨르가 차분해진 목소리로 말했다. "그가 왜 그러겠나? 그는 유출한 사람을 알아. 그는 모든 의문들이 사라지길 원하지."

"틀렸어." 보부아르는 혼란스러웠고 화가 났다. 이 남자는 자신을 뒤틀어서 위를 아래로, 아래를 위로 바꾸었고, 아무것도 이해할 수 없게 했다. 프랑쾨르의 말은 할아버지의 말처럼 들렸지만 끔찍한 말이었다.

경정은 총을 완전히 내리더니 그것이 어떻게 자신의 손아귀에 들어왔는지 모르겠다는 듯 그것을 보았다. 그는 그것을 벨트에 달린 가죽 총집에 도로 집어넣었다.

“자네가 그를 존경한다는 걸 알아.” 그가 조용히 말했다. “하지만 아르망 가마슈는 자네가 생각하는 그런 사람이 아닐세. 그는 그 구출을 고의적으로 깎아내렸지. 수사관 네 명이 죽었어. 자네도 죽을 뻔했지. 자넨 바닥에서 죽을 때까지 피를 흘리도록 남겨졌어. 자네가 그토록 경애하고 존경하는 남자가 자네를 그리로 데려갔고, 죽도록 내버려 둔 거야. 난 그 테이프를 볼 때마다 그 장면을 보네. 그는 자네에게 작별 키스까지 했지. 유다처럼.”

프랑쾨르의 목소리는 차분했고 이성적이었다. 위로가 되는. 친근한.

“경감님에게는 선택지가 없었습니다.” 보부아르의 목소리는 쉬어 있었다. 아무것도 남아 있지 않았다. 앞으로 나아갈 추진력이 없었다.

그는 이제 프랑쾨르를 공격하지 않을 터였다. 관자놀이를 돌로 내리치지 않을 터였다. 보부아르에게는 남은 에너지가 없었다. 땅바닥에 털썩 주저앉고 싶을 뿐이었다. 들쭉날쭉한 호숫가에 앉아 안개가 자신을 집어삼켜 주길 바랐다.

“우리는 모두 선택지가 있지.” 프랑쾨르가 말했다. “왜 영상을 유출했을까? 우리 둘 다 그 습격이 얼마나 엉망이었는지 아네. 젊은 수사관 네 명이 죽었지. 그건 어떤 기준으로 봐도 성공이라고 할 수……,”

“많은 생명을 구했습니다.” 보부아르는 거의 말할 기운이 없음에도 입을 열었다. “수백만, 수천만의 생명을 구했죠. 경감님 덕분에. 그 죽음은 경감님 탓이 아닙니다. 경감님에게 잘못된 정보가 주어졌고……."

"그가 책임자였네. 그의 책임이었어. 그리고 그 엉망진창 이후로 누가 영웅이 됐지? 그 테이프 때문에? 그 영상은 어떤 방식으로든 편집될 수 있었네. 어떤 것이든 보여 주기 위해. 진실을 보여 주기 위해. 그럼 왜 그건 가마슈를 그렇게 좋게 보이게 편집됐을까?"

"그건 경감님이 하신 게 아니었습니다."

"글쎄, 분명 내가 한 건 아니었지. 나는 진짜 일어난 일을 알아. 그리고 자네도." 프랑쾨르의 눈이 보부아르의 눈을 붙들었다. "맙소사, 나는 강한 여론에 밀려 그 인간에게 강제로 훈장을 주기까지 해야 했지. 생각만 해도 역겨워지는군."

"경감님은 그걸 원치 않으셨습니다." 보부아르가 말했다. "그 모든 걸 싫어하셨죠."

"그럼 왜 그걸 받았지? 우리에겐 선택지가 있네, 장 기. 정말일세."

"경감님은 받으실 만했습니다." 보부아르가 말했다. "경감님은 무엇보다 많은 생명을 구하셨……."

"그가 죽인 수보다? 그래, 어쩌면. 하지만 그는 자넬 구하지 못했어. 그럴 수 있었지만 도망갔지. 자넨 그걸 알아. 나도 알고. 그도 알고."

"그러셔야 했습니다."

"그래, 알아. 그에겐 선택지가 없었지."

프랑쾨르는 무언가에 대해 마음속으로 결정하려고 애쓰듯 보부아르를 관찰했다.

"그는 아마 자네를 좋아할 걸세. 자신의 차나 괜찮은 정장을 좋아하는 자신을 좋아하지. 자넨 그에게 맞아. 자넨 쓸모가 있어." 프랑쾨르는 말을 멈추었다. "하지만 그게 전부야."

프랑쾨르의 목소리는 부드러웠고 이성적이었다.

"자넨 결코 그의 친구가 될 수 없을 걸세. 편한 부하 이상 어떤 것도 결코 될 수 없을 거야. 그는 자넬 자기 집으로 초대해 아들처럼 대하네. 그럼에도 자네를 죽게 내버려 뒀지. 속지 말게, 경위. 자넨 결코 그 집안의 일원이 될 수 없어. 그 친구는 우트레몽 출신이야. 자넨 어디지? 몬트리올 동쪽 끝 맞나? 밸컨빌? 가마슈는 케임브리지와 라발 대학을 나왔네. 자넨 지저분한 공립학교를 나와 길거리에서 하키를 했지. 그는 시를 인용하지만 자넨 그걸 이해 못 해. 맞나?"

그 목소리는 부드러웠다.

"그가 하는 많은 말을 자넨 이해 못 해. 내 말이 맞나?"

보부아르는 저도 모르게 고개를 끄덕였다.

"나도 그래." 프랑쾨르가 희미한 미소를 지으며 말했다. "그 습격 사건 이후 자네가 이혼했다는 이야기를 들었네. 사생활을 들먹여 미안하지만 난 궁금했네……."

프랑쾨르의 목소리가 작아졌고, 그는 거의 수줍음을 타는 것처럼 보였다. 이내 그는 보부아르와 눈을 맞추고 잠시 그 시선을 붙들었다.

"난 자네가 새 관계를 맺었는지 궁금했네."

보부아르의 반응을 보고 프랑쾨르는 손을 들었다. "알아, 내가 참견할 일은 아니지."

하지만 프랑쾨르는 여전히 보부아르와 눈을 맞추고 있었고, 이제 목소리를 한층 더 낮추었다.

"조심하게. 자네는 좋은 수사관이야. 기회가 주어진다면 자넨 훌륭한 경찰이 될 수 있다고 생각하네. 혼자 힘으로 일어설 수만 있다면 말이야. 난 자네가 경감 모르게 문자 메시지를 보내는 모습을 봤지."

이제 두 사람 사이에 긴 침묵이 흘렀다.

"아니 가마슈인가?"

그 침묵은 완벽했다. 새 우는 소리도, 나뭇잎 떨리는 소리도, 호숫가에 치는 파도 소리도 들리지 않았다. 세계가 사라졌고, 남은 것은 두 남자와 한 가지 질문뿐이었다.

마침내 프랑쾨르가 한숨을 쉬었다. "내가 틀렸길 바라네."

그가 정문을 향해 돌아가 쇠 노커를 들고 문을 두들겼다.

문이 열렸다.

하지만 보부아르의 눈에는 그런 것들이 전혀 들어오지 않았다. 그는 생질베르앙트르레루에 등을 돌렸고, 안개 속으로 사라져 버리지 않았다면 고요한 호수일 곳을 내다보았다.

장 기 보부아르의 세계가 뒤집혔다. 구름이 하강했고, 하늘이 점판암이 되었다. 그리고 유일하게 친숙한 것은 이해하기엔 너무 깊은 통증이었다.

26

"왜 흉기를 숨겼습니까?" 가마슈가 물었다. "그리고 왜 부원장이 마지막으로 남긴 말을 우리에게 말하지 않았습니까?"

시몽 수사는 원장의 방의 돌바닥으로 시선을 떨궜다가 다시 들었다.

"추측하실 수 있을 거라 생각합니다."

"저는 늘 추측합니다, 몽 프리르." 경감이 말했다. "제가 당신에게서 필요한 건 진실입니다."

가마슈는 주위를 둘러보았다. 두 사람은 수도원장 사무실로 돌아왔었다. 약해진 햇빛은 더 이상 방을 비추지 못했고, 원장 비서는 불을 켜기에는 너무 산만했거나 그것이 필요하다는 것을 느끼지조차 못했다.

"정원에서 이야기를 할 수 있을까요?" 가마슈가 묻자 시몽 수사가 끄덕였다.

시몽 수사는 마치 할당받은 평생 할 말을 다 써 버려 더는 할 말이 없는 것처럼 보였다.

하지만 그것이 이제는 해명이 된 그의 반응이었다.

두 사람은 노리치의 줄리언, 빙겐의 힐데가르트 같은 초기 기독교 신비에 관한 책들과 에라스뮈스에서 C. S. 루이스에 이르기까지 위대한 기독교 정신에 관한 저서로 가득한 책장 사이를 걸었다. 기도와 명상에 관한 책으로 가득한. 영적인 삶으로 이끄는. 가톨릭적 삶으로 이끄는.

두 사람은 그 말씀들 사이를 지나 세상으로 걸어 나갔다.

담장 너머의 언덕들은 나지막이 떠 있는 구름에 가려 있었다. 안개가 나무들 위에 앉았고, 그리고 나무들 사이에서 오늘 아침의 찬란한 빛의 세계를 회색 그림자의 세계로 바꾸고 있었다.

그것은 아름다움을 해치기는커녕 부드러움의 농도와, 예민함과 위안과 친근함의 농도를 세상에 부여하며 그 아름다움을 더하는 듯 보였다.

가마슈의 손에 들린 타월에 싼 것은 살아 있는 부원장을 시체로 바꾼, 마법 지팡이 같은 쇠막대였다.

시몽 수사는 정원 한가운데로 걸어가, 잎이 거의 다 떨어진 거대한 단풍나무 아래 멈춰 섰다.

“왜 부원장이 한 말을 우리에게 하지 않았습니까?” 가마슈가 물었다.

“왜냐하면 그의 말은 고백의 형식을 띠었으니까요. 그건 제 분야지, 경감님 분야가 아닙니다. 그건 제 도덕적 의무입니다.”

“편리한 도덕이군요, 몽 프뢰르. 그 도덕은 거짓말이 허용되는 것처럼 보이는군요.”

그 말이 시몽 수사를 멈춰 세웠고, 그는 다시 침묵으로 돌아갔다.

그에게는 편리한 침묵의 서약도 있군. 가마슈는 생각했다.

“부원장이 죽기 직전에 ‘호모’라고 말한 것을 왜 우리에게 말하지 않았습니까?”

“그게 오해를 불러일으키리라는 걸 알았기 때문입니다.”

“그건 우리가 멍청하기 때문이라는 뜻인가요? 레 클리지우에게는 너무나 명확한 사고방식의 뉘앙스가 우리에게는 없어서? 흉기는 왜 숨겼습니까?”

“저는 그걸 숨기지 않았고, 그건 눈에 띄는 데 있었습니다.”

"됐습니다." 가마슈가 자르듯 말했다. "당신들이 겁을 먹었다는 걸 압니다. 궁지에 몰렸다는 걸요. 이런 게임은 그만하고 제게 사실을 말씀하시고 이걸 끝내지요. 그러려면 용기를 가지고 관대해지십시오. 그리고 우리를 믿으세요. 우리는 당신들이 걱정하는 것만큼 바보가 아닙니다."

"데졸레." 수사가 한숨을 쉬며 말했다. "저는 제가 한 일이 틀리지 않았다고 저 자신을 힘겹게 설득해 왔고, 그랬다는 것도 거의 잊어버렸습니다. 미안합니다. 당신들에게 말씀드렸어야 했습니다. 하느님 맙소사, 그 노커를 치우지 말았어야 했습니다."

"왜 그러셨습니까?"

시몽 수사가 가마슈의 눈을 응시했다.

"누군가를 의심하고 계시는군요." 경감이 그 시선을 붙들며 말했다.

수사의 눈이 애원했다. 이 심문을 멈춰 달라는 절박한 애원. 질문을 멈추라는.

하지만 둘 다 그럴 수 없다는 것을 알았다. 부원장이 타격으로 쓰러진 다음 시몽 수사가 죽어 가는 사람의 마지막 말을 듣고 흉기를 가져간 순간부터 이 대화는 일어날 운명이었다. 어떻게든 그는 자신이 취한 행동에 대답해야 했다.

"누가 이런 일을 저질렀다고 생각하십니까?" 가마슈가 물었다.

"말씀드릴 수 없습니다. 저는 그 말을 할 수 없습니다."

그리고 그는 물리적으로 그럴 수 없는 것처럼 보였다.

"그럼 우리는 여기에 영원히 서 있을 겁니다, 몽 프레르." 가마슈가 말했다. "당신이 그 말을 할 때까지. 그러면 우리 둘 다 자유로워질 겁니다."

"하지만……."

"당신이 의심하는 사람?" 가마슈의 눈빛과 목소리가 부드러워졌다. "제가 모를 것 같습니까?"

"그럼 왜 그걸 말하라고 강요하시는 겁니까?" 수사는 거의 울기 직전이었다.

"그러셔야 하니까요. 그건 당신의 짐이지, 제 짐이 아닙니다." 그는 한 형제가 다른 형제에게 그러듯 동정 어린 눈빛으로 시몽 수사를 보았다. "제 말을 믿으십시오. 저는 제 짐이 있습니다."

시몽이 숨을 멈추고 가마슈를 보았다.

"위. 세 라 베리테Oui. C'est la verité 그래요, 그게 진실이겠죠." 그는 숨을 쉬었다. "저는 원장님이 그런 일을 하셨다는 게 두려워서 부원장이 죽기 직전에 '호모'라고 한 말을 들은 다음 흉기를 감췄던 걸 경감님께 말씀드리지 않았습니다. 저는 돔 필리프가 마티외 형제를 죽였다고 생각했습니다."

"메르시." 가마슈가 말했다. "지금도 그렇게 생각하십니까?"

"어떻게 생각해야 좋을지 모르겠습니다. 달리 어떻게 생각해야 좋을지 모르겠어요."

경감이 끄덕였다. 그는 시몽 수사가 진실을 말하고 있는지 알지 못했지만 이 말들로 수사가 대가를 치렀다는 것을 알았다. 시몽은 사실상 수도원장을 종교재판에 회부했다.

지금 가마슈가 자신에게 물은 것, 종교재판관이 묻는 데 실패했던 그것은 그 말이 진실이냐는 것이었다. 이 불쌍한 남자는 너무 겁에 질려서 아무 말이나 한 걸까? 시몽 수사가 자신을 구하기 위해 원장의 이름을 팔았을까?

가마슈는 알 수 없었다. 그가 안 것은 과묵한 시몽 수사가 수도원장을 사랑했고, 지금도 그렇다는 것이었다.

나를 위해 이 골칫덩어리 신부를 제거할 자가 아무도 없는가?

시몽 수사가 원장을 위해 골칫덩어리 부원장을 제거했을까? 원장의 미묘한 눈빛, 치켜 올린 눈썹, 움찔하는 손짓을 요청이라고 받아들였을까? 그래서 그 요청에 따라 행동했을까? 그리고 이제 죄책감에 사로잡히고 양심의 가책에 시달린 시몽 수사가 원장을 탓하려는 걸까?

부원장은 골칫덩어리였을지 모르지만 깨어난 양심에 비하면 그것은 아무것도 아니었다. 아니면 그 골칫거리는 살인반의 수장이 문을 두드렸을 때 생겨났거나.

종소리와 성가와 바뀌는 계절에 따라 정해지는 생질베르 수사의 외적 삶은 단순했는지 몰랐다. 하지만 그들의 내적 삶은 감정의 수렁이었다.

시체들 옆에서 무릎 꿇고 오랜 세월을 보내 온 가마슈는 감정이 시체를 만든다는 걸 알았다. 총도 칼도 아닌. 쇠막대가 아닌.

어떤 감정이 사슬을 풀고 나와 마티외 수사를 죽였다. 그리고 살인자를 찾기 위해 아르망 가마슈는 그의 논리뿐 아니라 그의 감정까지 이용할 필요가 있었다.

수도원장은 이렇게 말했었다. 왜 저는 이런 일이 다가오는 걸 몰랐을까요?

그 질문은 진실돼 보였고, 분노는 실로 그러했다. 원장은 자신의 공동체, 자신의 양들 중 하나가 전혀 양이 아니었다는 것을 보지 못했다. 늑대였다는 것을.

하지만 놀라움과 충격으로 가득한 그 질문이 형제들 중 하나를 향한 것이 아니었다면? 어쩌면 수도원장은 그 질문을 자신에게 묻고 있었는지 몰랐다. 왜 저는 이런 일이 다가오는 걸 몰랐을까요? 타인이 아닌 자신의 그 끔찍한 생각과 행동.

어쩌면 돔 필리프는 자신이 살인을 할 수 있고, 그랬다는 사실에 놀랐을지도 몰랐다.

경감은 반걸음 물러섰다. 물리적으로 그리 멀어지지는 않았지만 그것은 약간의 공간과 시간을 갖겠다는, 수사에게 보내는 자신의 신호였다. 마음을 가다듬기 위해. 정신을 차리고 기지를 북돋기 위해. 경감은 시몽 수사에게 이런 시간을 주는 게 실수일지도 모른다는 걸 알았다. 장 기를 포함한 다른 동료들이라면 아마 확실히 몰아붙였으리라. 그 남자가 무릎을 꿇었다는 걸 알면, 그들은 땅바닥에 엎드리도록 압박했으리라.

하지만 가마슈는 그런 작전이 단기적으로는 효과가 있을지 몰라도, 굴욕감을 느끼고 감정적 강간을 당한 사람은 결코 다시 마음을 열지 않으리라는 것을 알았다.

게다가 가마슈는 이 범죄를 너무나 해결하고 싶은 반면, 그 과정에서 자신의 영혼을 잃고 싶지는 않았다. 그는 이미 충분히 많은 영혼들을 잃었으리라 생각했다.

"돔 필리프가 왜 부원장을 죽였을까요?" 결국 가마슈가 물었다.

정원은 조용했고 모든 소리가 안개에 약해졌다. 애초에 들릴 소리가 많지 않았다. 새들이 때때로 지저귀었고, 다람쥐와 청설모가 서로에게 찍찍거렸다. 보다 큰 무언가가 울창한 캐나다 숲 속에서 움직일 때 잔가지와 가지가 부러졌다.

이제 모든 소리가 희미해졌다.

"균열에 대한 경감님 말씀은 맞습니다." 시몽 수사가 말했다. "첫 녹음이 성공을 거두자마자 분열되기 시작했죠. 에고 때문이지 싶습니다. 그리고 권력이오. 갑자기 싸워서 쟁취할 만한 무언가가 생겨난 겁니다. 그때까지 저희는 다 쓰러져 가는 오래된 수도원에서 모두 평등했고, 두서없는 나날을 보냈습니다. 저희는 아주 행복했고, 확실히 충만했죠. 하지만 녹음이 너무나 많은 주목과 너무나 많은 돈을 너무나 빠르게 가져다주었죠."

수사는 흐린 하늘로 손바닥을 치켜들고 어깨를 살짝 으쓱했다.

"원장님은 저희가 그것을 천천히 받아들이길 원하셨습니다. 들뜨거나 저희의 서약을 저버리지 않도록요. 하지만 부원장과 다른 형제들은 그것이 하느님의 계시라고 여겼습니다. 우리가 세상으로 나가, 우리의 재능을 사람들과 공유해야 한다는 신호라고요."

"각자가 하느님의 뜻을 안다고 주장했군요." 경감이 말했다.

"저희는 그것을 해석하는 데 약간의 어려움을 겪었습니다." 시몽 수사가 희미한 미소를 지으며 인정했다.

"아마 그런 문제를 겪은 첫 번째 클리지우는 아닐 겁니다."

"그럴까요?"

그것은 원장을 제외한 모든 사람들에게서 가마슈가 들은 말이었다. 녹음 이전, 수도원은 다 쓰러져 가고 있었지만 수사들의 결속은 단단했다. 녹음 이후, 수도원은 수리되었지만 결속은 결딴이 나고 있었다.

끔찍한 병폐가 우리를 덮치려 하는구나.

원장은 갈등을 겪고 있는 것처럼 보이는 하느님의 뜻을 해석하느라 애를 먹고 있었다.

"원장과 부원장은 좋은 친구였고, 녹음 전에는 서로를 사랑하기까지

했습니다."

수사가 끄덕였다.

가마슈는 질베르회가 새 달력을 시작할 수도 있겠다고 생각했다. 녹음 전인 BRBefore the recording. 그리고 ARAfter the recording.

끔찍한 병폐가 우리를 덮치려 하는구나. 기적을 가장하고.

AR 이후로 대략 2년이 지났다. 친교가 증오로 바뀌기에는 충분한 시간이었다. 좋은 친교만이 그럴 수 있었다. 그 마음을 잇는 도관은 이미 이어져 있었다.

"그리고 이 종이." 가마슈가 계속 갖고 있던 누레진 성가 쪽지를 가리키며 물었다. "이게 맡은 역할은 무엇입니까?"

시몽 수사는 그에 관해 생각했다. 가마슈가 그랬던 것처럼.

두 사람은 안개가 벽을 타고 넘어가는 동안 정원에 서 있었다.

"원장님은 단성 성가를 사랑하십니다." 시몽 수사가 힘겹게 입을 열고 느릿느릿 말했다. "그리고 목소리가 훌륭하시죠. 아주 맑고, 아주 진솔합니다."

"하지만?"

"하지만 그분이 생질베르에서 가장 뛰어난 음악가는 아닙니다. 그리고 라틴어에 능하시지 않습니다. 다른 형제들과 마찬가지로 원장님은 성경을 알고, 라틴어 미사를 아십니다. 하지만 그 이상은 아닙니다. 라틴어 학자가 아니니까요. 경감님도 보셔서 아시겠지만 원장님 책들은 전부 프랑스어 책이지, 라틴어 책이 아닙니다."

가마슈는 눈치챘었다.

"예를 들면 그분이 '바나나'의 라틴어를 아실지 모르겠군요." 시몽이 그 바보 같은 문장을 가리켰다.

"하지만 수사님은 아셨습니다." 가마슈가 말했다.

"찾아봤습니다."

"원장님이 그러실 수 있는 것처럼요."

"하지만 원장님이 왜 그 단어를 찾아서 라틴어로 터무니없는 글을 쓰는 데 사용하셨겠습니까?" 시몽 수사가 물었다. "원장님이 종이에 라틴어를 넣으실 생각이었다면 기도나 성가의 문구를 이용하셨겠지요. 저는 그분이 길버트고 부원장이 설리번이었지 싶습니다. 그 반대거나요."

가마슈가 끄덕였다. 그의 추론 또한 그랬다. 그는 원장이 열정을 못 이기고 부원장의 두개골을 박살 내는 모습을 볼 수 있었다. 성적인 열정이 아니라 훨씬 더 위험한 부류의 열정. 종교적 열의. 마티외 수사가 수도원을 죽이고, 집단을 죽이리라 믿고. 그리고 그것은 그를 막으라고 하느님이 지워 주신 돔 필리프의 짐이었다.

그리고 그것은 아들들의 아버지로서 그들을 지키는 돔 필리프의 일이기도 했다. 그리고 그것은 그들의 집을 지킨다는 의미였다. 집 방어하기. 가마슈는 그 사랑의 힘을 모르는, 비통해하는 수많은 아버지들의 눈을 보았었다.

그는 자신의 아들과 딸을 위해 그것을 느꼈다. 그는, 하느님 저를 도우소서, 자신의 부하들을 위해 그것을 느꼈다. 그는 그들을 고르고, 그들을 뽑고, 그들을 훈련시켰다.

그들은 자신의 아들과 딸 들이었고, 매일 그들에게 살인자들을 쫓게 했다.

그리고 그는 치명적인 부상을 입은 모두에게 기어가 그들을 안고 다급하게 기도를 속삭였다.

이 자녀를 데려가소서.

벽과 바닥에서 총소리가 폭발하는 동안 그는 자신의 몸으로 장 기를 감싸고 보호했다. 그의 이마에 입을 맞추고 마찬가지로 그 말을 속삭였다. 사랑한 이 자식이 죽어 가고 있다고 믿었기에. 그리고 장 기의 눈 속에서 스스로도 그렇게 믿는 것을 보았다.

이내 그를 떠났다. 다른 이들을 구하러. 그날 가마슈는 살인을 했다. 냉정하게 조준했고, 놈들이 목숨을 잃는 모습을 보았다. 그는 의도적으로 살인을 했고, 반복해서 그렇게 했다. 자신의 부하들을 구하기 위해.

아르망 가마슈는 아버지의 사랑의 힘을 알았다. 생물학적 아버지든 선택된 아버지든. 그리고 운명을.

자신이 살인을 할 수 있다면 왜 원장이 못 하겠는가?

하지만 가마슈는 네우마가 어떤 역할을 했는지 도무지 알 수 없었다. 모든 게 이해가 되었다. 자신의 손에 들린 수수께끼를 제외하면.

아버지인 양 부원장은 그것을 품에 안고 죽었다.

경감은 시몽 수사와 헤어진 뒤 보부아르에게 상황을 설명하고, 잘 보관하도록 흉기를 건네주기 위해 그를 찾으러 갔다.

가마슈는 쇠 노커가 자신들에게 더 많은 이야기를 해 줄지 궁금했다. 시몽 수사는 그것을 깨끗이 씻고 박박 문질러 닦은 뒤 문 옆에 다시 갖다 놓았다는 사실을 인정했다. 그렇다면 어제 아침 수도원장의 잠긴 방의 입장을 원한 사람이 누구든 거기에 그들의 지문과 DNA가 남아 있었을 것이었다. 많은 사람이 그랬다. 가마슈 자신을 포함하여.

부원장 사무실은 비어 있었다. 몇몇 수사들이 아니말르리에서 염소와 닭에게 먹이를 주고 똥을 치우며 일하고 있었다. 다른 복도에서 가마슈는 식당을 들여다보다 쇼콜라트리의 문이 열려 있는 모습을 보았다.

"누굴 찾으시죠?" 샤를 수사가 물었다.

"보부아르 경위요."

"여긴 안 계시는데요." 의사 수사는 녹은 초콜릿이 가득 든 통에 국자를 집어넣어 초콜릿이 뚝뚝 떨어지는 블루베리를 한 국자 퍼냈다. "오늘 처리할 마지막 분량입니다. 베르나르 수사가 오늘 아침 따 왔죠. 그 불쌍한 형제가 두 번이나 나가야 했습니다. 보아하니 처음 딴 건 자기가 다 먹어 치운 모양이더군요." 샤를 수사가 웃음을 터뜨렸다. "직업상의 함정이죠. 맛 좀 보시겠습니까?"

그가 이미 식혀 포장할 준비를 갖추고 남쪽으로 선적되어 갈 작은 암갈색 알갱이의 긴 열을 손짓했다.

가마슈는 음식을 훔쳐 먹는 꼬맹이가 된 기분을 살짝 느끼며 쇼콜라트리로 들어가 문을 닫았다.

"앉으세요." 샤를 수사가 튼튼한 스툴을 가리키고 자신도 하나 끌어당겼다. "저희는 이곳에서 교대로 일합니다. 초콜릿 씌운 블루베리를 처음 만들기 시작했을 때 한 수사가 배치됐는데, 사람들은 곧 그 수사가 점점 뚱뚱해지고 결과물은 점점 줄어든다는 사실을 알게 되었죠."

가마슈는 미소를 짓고 수사가 내민 초콜릿을 받아 들었다. "메르시."

사향내가 나는 초콜릿을 씌운 향긋한 야생 블루베리는 심지어 전보다 더 맛있었다. 이제 한 수사가 이것 때문에 살인을 저질렀다 해도 가마슈는 이해할 수 있었다. 그렇긴 해도, 그가 초콜릿을 하나 더 집어 들며 생각했다. 우리는 모두 자신만의 마약을 선택할 수 있지. 누군가에게는 그것이 초콜릿이고, 누군가에게는 성가지.

"당신은 수도원 내의 갈등에서 중립적인 입장이었다고 보부아르 경위한테 말씀하셨더군요, 몽 프뢰르. 생질베르의 주도권 싸움에서 다친 사람을 보살피는 일종의 적십자처럼요. 가장 큰 상처를 입은 사람이 누구였다고 보십니까? 그 싸움뿐 아니라 부원장님의 죽음으로까지요."

"그 싸움으로 말하자면 상처 없는 사람은 하나도 없다고 할 수 있겠군요. 우리는 모두 그 상황이 끔찍했지만 그것을 멈추게 할 방법을 아는 사람이 없었습니다. 너무 위태로워 보였고, 타협안이 없어 보였습니다. 녹음을 반만 하거나 침묵의 서약을 반만 거둘 수는 없으니까요. 타협은 불가능해 보였습니다."

"너무 위태롭다고 하셨는데, 기반에 대해 아십니까?"

"무슨 기반이오? 수도원?"

가마슈가 명랑한 의사 수사를 자세히 살피며 끄덕였다.

"그게 어쨌다는 건가요?"

"기반이 탄탄하다고 생각하십니까?" 가마슈가 물었다.

"말 그대로의 기반을 말씀하시는 겁니까, 비유입니까? 말 그대로라면 아무것도 이 벽들을 무너뜨릴 수 없습니다. 첫 수사들은 그들이 하는 일을 잘 알았습니다. 하지만 비유요? 저는 생질베르가 너무나 불안정해서 두렵습니다."

"메르시." 가마슈가 말했다. 금이 간 기반에 대해 아무것도 아는 것 같지 않은 수사가 여기 하나 더 있었다. 레몽 수사가 틀렸을 수도 있을까? 아니면 거짓말을 하고 있을까? 그가 두 번째 녹음 때문에 원장을 압박하려고 이 모든 걸 꾸몄을까?

"그러면 부원장이 돌아가신 뒤로는 어떻습니까, 몽 프뢰르? 어느 수사가 가장 상심했습니까?"

"글쎄요, 저희 모두 비탄에 빠졌습니다. 부원장님과 격심하게 대립하던 형제들도 충격을 받았죠."

"비엥 쉬르Bien sûr 당연히 그러시겠죠." 경감이 고개를 흔들어 더 이상의 초콜릿을 거절하며 말했다. 지금 멈추지 않으면 몽땅 먹어 치울 터였다. "하지만 그들을 가려내실 수 있습니까? 이곳 공동체는 확실한 형태가 없습니다. 한 목소리로 노래할 수 있을진 모르지만 한 감정으로 반응하진 않습니다."

"맞습니다." 의사는 의자에 앉아 잠시 그에 관해 생각했다. "두 사람이 가장 상심했다고 말씀드릴 수 있겠군요. 뤽 형제요. 그는 우리 중에서 가장 젊고 가장 감수성이 예민합니다. 그리고 공동체와의 연관성이 가장 약하죠. 그의 유일한 연관성은 성가대 같습니다. 그리고 물론 마티외 형제가 지휘자였죠. 그는 마티외 형제를 숭배했습니다. 뤽이 이 작고 오래된 질베르회에 들어온 가장 큰 이유가 그였습니다. 부원장 밑에서 공부하면서 그레고리오 성가를 부르기 위해서요."

"이곳의 성가는 다릅니까? 돔 필리프는 모든 수도원이 같은 단성 성가 책으로 노래한다더군요."

"사실입니다. 하지만 이상하게도 이곳에서는 다르게 들립니다. 이유는 모르겠습니다. 어쩌면 부원장님 때문에요. 음향 시설이거나. 목소리의 특별한 조합이거나요."

"뤽 수사의 목소리는 아름다운 것 같더군요."

"사실입니다. 저희 중에서 기교면으로는 최고입니다. 단연코."

"하지만?"

"아, 그는 해낼 겁니다. 머리에서 나오는 감정을 심장으로 돌리는 법을 배운다면요. 언젠가 지휘자가 될 겁니다. 그리고 훌륭한 지휘자가 될 테고요. 그에게는 그 모든 열정이 있습니다. 그렇게 되도록 안내가 필요할 뿐이죠."

"하지만 그가 머무를까요?"

의사 수사는 멍한 얼굴로 블루베리를 몇 개 더 집어 먹었다. "마티외 형제가 죽은 지금이오? 모르겠습니다. 아마 떠나겠죠. 마티외 형제의 죽음은 공동체 전체에 큰 손실이었지만 어쩌면 뤽 형제에게 가장 큰 손실일 겁니다. 거기에는 영웅 숭배 같은 게 있었던 것 같습니다. 스승과 제자 관계에서는 흔한 일이죠."

"부원장님이 뤽 수사의 스승이었습니까?"

"그분은 저희 모두의 스승이었지만 뤽이 제일 신참이라 가장 많은 지도를 필요로 했죠."

"뤽 수사가 자신들의 관계를 오해할 수도 있었을까요? 보다 특별한 관계로 생각했다거나? 유일무이한 관계라고까지?"

"어떻게 말입니까?" 지금껏 화기애애하게 이야기하던 샤를 수사가 경계하는 태도를 취했다. 뭐든 '특별한' 우정의 암시가 내비치면 그들은 모두 방어적이 되었다.

"성가대 지휘자가 자신을 특별 대우한다고 그가 생각했을 수도 있을까요? 이 특별한 합창단의 방식에서 단지 가르치는 것 이상의 것으로?"

"가능하죠." 샤를 수사가 인정했다. "하지만 부원장은 그런 것에 민감

해서 멈췄을 겁니다. 뤽 형제가 부원장의 마력에 빠진 첫 번째 수사는 아닐 겁니다."

"앙투안 수사도 그랬습니까? 그 솔로?" 가마슈가 물었다. "두 사람은 가까운 사이였을 텐데요."

"부원장의 관심이 뤽에게 쏠린 데 질투한 나머지 앙투안 수사가 부원장을 죽였다는 말씀은 아니시겠죠?" 의사가 거의 코웃음을 쳤다.

하지만 가마슈는 웃음이 때로 불편한 진실을 감춘다는 것을 알았다.

"그 말이 그렇게 터무니없습니까?" 경감이 물었다.

수사의 얼굴에서 웃음기가 사라졌다. "경감님은 저희를 멜로드라마의 등장인물로 오해하시는군요. 앙투안 형제와 마티외 형제는 동료였습니다. 그레고리오 성가에 대한 사랑을 공유했고요. 그게 두 사람이 공유한 유일한 사랑입니다."

"하지만 그건 아주 강력한 사랑이지 않습니까?" 가마슈가 물었다. "마음을 온통 빼앗기기까지 한."

이제 의사는 침묵하며 경감을 지켜볼 뿐이었다. 동의하지 않으며. 그렇다고 부정하지도 않으며.

"수사님은 부원장의 죽음에 두 사람이 가장 영향을 받았다고 하셨습니다." 가마슈가 침묵을 깼다. "한 명은 뤽이었습니다. 다른 한 명은 누구였습니까?"

"원장님이오. 원장님은 수도원을 단결시키려고 애쓰셨는데, 그게 얼마나 큰 부담인지 저는 알 수 있습니다. 자잘한 신호로요. 사소한 부주의. 무언가를 깜빡하기. 식욕도 잃으셨죠. 저는 원장님께 더 드시라고 처방했습니다. 늘 사소한 것들이 말해 주지 않습니까?"

샤를 수사는 한 손으로 다른 손을 가볍게 쥐고 있는 경감의 손으로 시선을 떨구었다.

"괜찮으신가요?"

"저요?" 가마슈가 놀라서 물었다.

의사가 손을 들어 자신의 왼쪽 관자놀이를 훑었다.

"아," 경감이 말했다. "이거요. 알아채셨군요."

"저는 의사입니다." 샤를 수사가 미소를 지으며 말했다. "관자놀이에 난 깊은 흉터를 거의 놓치는 법이 없죠." 이내 그의 얼굴이 심각해졌다. "떨리는 손도 그렇고요."

"오래된 일입니다." 가마슈가 말했다. "과거의."

"출혈이 있었습니까?" 의사가 놓아주지 않고 물었다.

"총알이었죠." 경감이 말했다.

"오," 샤를 수사가 말했다. "혈종血腫이군요. 그게 유일한 영향인가요? 오른손 떨림이?"

가마슈는 어떻게 대답해야 좋을지 전혀 몰랐다. 그래서 하지 않았다. 대신 미소를 지으며 고개를 끄덕였다. "피곤하거나 스트레스를 받으면 조금 더 증상이 뚜렷해집니다."

"네, 보부아르 경위님이 그러더군요."

"그랬습니까?" 가마슈는 흥미롭다는 표정을 지었다. 그리고 달가워하지 않았다.

"제가 물었습니다." 의사는 잠시 그를 보며 관찰했다. 그 다정한 얼굴을 보며. 눈꼬리와 입꼬리의 주름을. 웃을 때 생기는 눈가의 주름을. 여기에 웃는 법을 아는 남자가 있었다. 하지만 다른 주름도 있었다. 이마 그리고 눈썹 사이에. 걱정 때문에 생긴 주름.

하지만 이 남자의 육체보다 더 샤를 수사의 마음을 끄는 것은 그의 차분함이었다. 샤를 수사는 그것이 전쟁을 치른 사람에게 찾아오는 평화의 일종 같은 것이라는 걸 알았다.

"그게 유일한 징후라면 운이 좋으신 겁니다." 마침내 의사 수사가 말했다.

"네."

이 자녀를 데려가소서.

"경감님 상사분이 오셨는데도 상황이 진전된 것 같지는 않군요."

가마슈는 아무 말도 하지 않았다. 이곳 수사들이 작은 것 하나 놓치지 않는다는 것을 깨달은 게 처음이 아니었다. 모든 숨결, 모든 시선, 모든 동작, 모든 떨림이 이 수사들에게 무언가를 말했다. 특히 이 의사 수사에게.

"놀라운 일이죠." 가마슈가 인정했다. "수사님은 누가 부원장을 죽였다고 생각하십니까?"

"주제를 바꾸시는 겁니까?" 의사가 미소를 짓더니 대답하기 전에 생각했다. "솔직히 모르겠습니다. 그분이 돌아가신 후 생각할 겨를이 거의 없었습니다. 전 우리 중 누군가가 그랬다는 걸 믿을 수가 없습니다. 하지만 당연히 우리 중 하나가 그랬겠죠."

그가 다시 말을 멈추고 가마슈를 직시했다. "하지만 확실히 아는 한 가지가 있습니다."

"그게 뭡니까?"

"대부분의 사람은 한 번에 죽지 않습니다."

가마슈는 의사가 그렇게 말하리라고 예상치 못했기에 시몽 수사가 부원장을 찾아냈을 때 그가 살아 있었다는 것을 샤를 수사가 눈치챘는지 궁금했다.

"죽는 데는 약간의 시간이 걸립니다." 의사가 말했다.

"엑스퀴제무아Excusez-moi 뭐라고요?"

"의대에서 이런 걸 가르치지는 않지만 저는 실생활에서 봐 왔습니다. 사람들은 조금씩 조금씩 죽어 갑니다. 프티트 모르petites morts 작은 죽음의 연속이죠. 자잘한 사망. 우선 시각을 잃고, 청각을 잃고, 자립을 잃습니다. 이런 것들은 육체적인 것입니다. 하지만 다른 죽음도 있습니다. 덜 명백하지만 더 치명적이죠. 마음을 잃고, 희망을 잃고, 신념을 잃고, 흥미를 잃습니다. 결국엔 자신을 잃죠."

"무슨 말씀을 하시는 겁니까, 샤를 수사님?"

"부원장님과 살인자 모두 같은 길을 걸었을 수도 있습니다. 둘 다 마지막 일격 전에 일련의 프티트 모르로 고통을 받았을지 모릅니다."

"그랑 모르grande mort 큰 죽음군요." 가마슈가 말했다. "그럼 여기서 누가 그 묘사에 들어맞습니까?"

이제 의사는 초콜릿 블루베리 밭 너머로 몸을 내밀었다.

"저희가 여기에 어떻게 왔다고 생각하십니까, 경감님? 이 생질베르앙트르레루 수도원에? 저희는 노란 벽돌 길을 따라온 게 아닙니다. 저희 자신의 프티트 모르로 밀치고 나갔습니다. 이 수도원에서 상처를 입고 저 문을 통과하지 않은 사람은 없습니다. 손상된 채. 내면으로는 거의 죽은 채."

"그럼 여기서 뭘 찾으셨습니까?"

"치유요. 우리의 상처들은 전부 봉합됐습니다. 저희 내면의 구멍은 신앙으로 메워졌습니다. 저희의 외로움은 하느님의 사람들에 의해 치유됐습니다. 저희는 단순노동과 건강한 음식을 즐깁니다. 규칙적인 일상과 확실성. 더 이상 혼자가 아님으로써요. 하지만 그건 다른 무엇보다 하느님을 노래하는 기쁨입니다. 성가가 저희를 구원했습니다, 경감님. 단성 성가가요. 그 노래들이 저희 모두를 부활시켰습니다."

"글쎄요, 당신들 모두는 아닐 겁니다."

두 남자는 기적이 완벽하지 않았다는 사실을 생각하며 앉아 있었다. 한 사람은 빗나갔다.

"결국 그 성가가 당신들의 공동체를 파괴했습니다."

"그게 그런 식으로 나타나리라는 걸 알았지만 성가가 그 문제는 아니었습니다. 저희의 에고가 문제였죠. 힘겨루기. 그건 끔찍했습니다."

"끔찍한 병폐가 우리를 덮치려 하는구나." 가마슈가 말했다.

의사는 혼란스러워 보이더니 끄덕였다. 그 인용을 생각해 내며.

"T. S. 엘리엇. 『대성당의 살인』. 위Oui. 그겁니다. 병폐." 의사 수사가 말했다.

가마슈는 문으로 향하면서 이 적십자가 얼마나 중립적이었을지 의문이 남았다. 이 선량한 의사가 머리에 일격을 날림으로써 병폐를 찾고 그것을 치료했을까?

장 기 보부아르는 다시 수도원으로 들어와 조용한 곳을 찾았다. 혼자 있을 수 있다면 어디든 좋았다.

마침내 그는 그곳을 찾았다. 성당 위에 난 좁은 통로. 보부아르는 굽이굽이 도는 계단을 올라 벽을 깎아 만든 좁은 돌 벤치에 앉았다. 그는 누구의 눈에도 띄지 않고 거기에 머물 수 있었다.

한번 앉으니 다시는 일어나지 못할 것 같은 기분이었다. 그들은 수십 년 후 미라가 된 자신을 발견하리라. 이 위에서 돌이 된. 가고일. 여기에 앉아 절을 하고 무릎을 꿇는 검고 흰 옷을 입은 남자들을 영원히 굽어보며.

보부아르는 로브를 입을 순간을 고대했다. 머리를 밀고. 허리에 밧줄을 꽉 묶고. 그리고 흑백논리로 세상을 본다.

가마슈는 좋았다. 프랑쾨르는 나빴다.

아니는 자신을 사랑했다. 자신은 아니를 사랑했다.

가마슈 가족은 자신을 아들로 받아들여 줄 것이다. 자신들의 사위로.

모두가 행복하리라. 자신과 아니는 행복하리라.

간단. 명료.

보부아르는 눈을 감고 깊은 숨을 들이마시며 향냄새를 맡았다. 아주 오랫동안. 딱딱한 신자석에서 시간을 낭비했던 나쁜 기억이 떠오르는 대신 실제로 좋은 냄새가 났다. 편안하게 하는. 마음을 안정시키는.

숨을 깊게 들이쉬고. 숨을 깊게 내쉬고.

그의 손에는 자신의 방 테이블 위에 갈겨 적은 메모와 함께 놓여 있던 약병이 쥐여 있었다.

필요한 만큼 드십시오. 서명은 읽기 어려웠지만 샤를 수사의 이름처럼 보였다. 보부아르는 어쨌든 그가 의사라고 생각했다. 해가 되지는 않을 터였다.

그는 확신 없이 자신의 방에 서 있었었다. 주먹 한가운데의 작은 공간이 약병을 위해 디자인되기라도 한 듯, 그 익숙한 병이 손안에 안착했다. 그는 라벨을 읽어 보지 않아도 그 병에 무엇이 들어 있는지 알았지만, 아무튼 그것을 읽었고, 경계심과 안도를 동시에 느꼈다.

옥시콘틴.

보부아르는 방에서 바로 알약 하나를 삼켜 버리고 싶은 유혹을 느꼈다. 그리고 좁은 침대에 눕는다. 그리고 통증이 누그러들며 온기가 퍼지는 것을 느낀다.

하지만 그는 가마슈가 들어올까 봐 무서웠다. 대신 그는 경감이 알고 있다 해도 고소공포증 때문에 가지 못하리라고 생각되는 곳을 찾아냈다. 성당 위의 노출된 캣워크.

지금 보부아르는 너무도 세게 쥐어 손바닥에 보랏빛 원을 남긴, 손에 들린 병을 보았다. 어쨌든 그것은 의사가 준 것이었다. 그리고 그는 아팠다.

"빌어먹을." 그는 속삭였고, 병을 열었다. 몇 분 후, 장 기 보부아르는 성당에서 축복받은 위안을 찾았다.

생질베르의 종이 울려 퍼졌다. 이른 아침기도를 알리는 가냘픈 부름이 아니었고, 모든 종들이 쾌활하고 풍성하게 장엄한 초대를 알리며 크게 울렸다.

가마슈 경감은 습관적으로 손목시계를 보았다. 하지만 그는 그 종소리가 무엇을 암시하는지 알았다. 5시 기도.

만과.

가마슈가 신자석에 앉았을 때 성당은 비어 있었다. 그는 옆자리에 훙

기를 놓고 눈을 감았다. 하지만 그리 오래는 아니었다. 누군가가 옆자리에 합류했다.

"살뤼, 몽 뷔." 가마슈가 말했다. "어디 있었나? 자네를 찾았는데."

그는 보지 않아도 장 기라는 걸 알았다.

"여기저기에요." 보부아르가 말했다. "아시잖습니까, 살인을 수사 중이었습니다."

"자네, 괜찮나?" 가마슈가 물었다. 보부아르는 멍해 보였고, 옷차림이 흐트러져 있었다.

"괜찮습니다. 산책을 나갔다가 바깥 길에서 미끄러졌습니다. 때로는 나갈 필요가 있죠."

"무슨 뜻인지 아네. 지하실에서 레몽 수사와는 잘됐나?"

보부아르는 잠시 넋이 나간 것처럼 보였다. 레몽 수사? 그때 그는 기억이 났다. 그런 일이 있었던가? 그것이 엄청나게 오래전 일 같았다.

"제가 보기에 기반은 괜찮은 것 같습니다. 그리고 쇠 파이프의 흔적은 없습니다."

"뭐, 더 찾아볼 필요 없네. 흉기를 찾았네."

가마슈는 부관에게 수건을 건넸다. 머리 위에서 종소리가 그쳤다.

보부아르는 조심스럽게 수건을 풀었다. 접힌 수건 안에는 쇠 노커가 있었다. 그는 그것을 건드리지 않고 보다가 가마슈를 올려다보았다.

"이게 그를 죽인 거라는 걸 어떻게 아셨습니까?"

경감은 시몽 수사와 나눈 대화를 말해 주었다. 성당은 이제 너무 조용했고, 가마슈는 최대한 낮은 톤을 유지했다. 그가 고개를 들자 프랑쾨르 경정이 도착해 자신들에게서 한 줄 아래 떨어진 건너편 자리에 앉았다.

자신들과의 간격이 벌어진 것처럼 보였다. 가마슈에게는 괜찮게 느껴졌다.

보부아르가 그 쇳덩어리를 다시 수건에 쌌다. "증거 가방에 넣겠습니다. 감식에 큰 기대가 없더라도요."

"동감일세." 경감이 나직이 말했다.

성당 양옆에서 이제는 친숙해진 목소리가 들렸다. 한 사람의 목소리. 가마슈는 앙투안 수사 홀로 제일 먼저 들어온 것을 눈치챘다. 새로운 성가대 지휘자.

그때 그의 풍부한 테너에 다른 목소리가 합류했다. 달걀을 줍고 야생 블루베리를 따던 베르나르 수사. 그의 목소리는 더 높고, 덜 풍부했지만 더 정확했다.

다음으로 걸어 들어온 샤를 의사 수사의 테너가 앞선 두 수사 사이의 공백을 메우고 있었다.

수사들이 차례차례 들어오면서 목소리가 더해지고, 섞이고, 서로를 보완했다. 단성 성가에 깊이와 생명을 부여하며. 그 음악은 CD만큼 아름다웠고, 어제만큼 훌륭했으며, 지금은 보다 성스럽기까지 했다.

가마슈는 기운이 나는 동시에 마음이 편해지는 것을 느꼈다. 차분과 생동감. 경감은 그것이 단지 이제 자신이 저 수사들을 알기 때문인지, 현실성이 떨어지는 무언가여서인지 궁금했다. 그들의 옛 지휘자의 죽음과 새 지휘자의 부상이 가져온 수사들 간의 모종의 변화.

수사들이 잇따라 노래를 부르며 걸어 들어왔다. 시몽 수사. 레몽 수사. 그리고 마침내 뤽 수사.

그리고 모든 것이 변했다. 테너도 바리톤도 아닌 그의 목소리. 둘 다

이자 둘 다 아닌 목소리가 나머지 목소리와 합류했다. 그리고 갑자기 각각의 목소리, 각각의 음표가 연결되고 합쳐졌다. 길어진 네우마들이 팔이 된 것처럼 수사들과 청자들을 감쌌다.

그것은 전체가 되었다. 더 이상의 상처는 없었다. 더 이상의 손상은 없었다. 구멍들이 메워졌다. 손상이 수리되었다.

뤽 수사는 단순한 성가를 단순하게 불렀다. 과장하지 않았다. 흥분하지 않았다. 하지만 가마슈는 그 열정과 영혼의 충만함을 전에는 알아차리지 못했다. 그 젊은 수사가 마치 자유로워진 것 같았다. 그리고 자유로운 그가 활공하고 날아오르는 네우마에 새 생명을 불어넣었다.

가마슈는 그 아름다움에 말문이 막힌 채 귀를 기울였다. 목소리들은 그의 머리뿐 아니라 심장도 사로잡았다. 그의 팔을, 다리를, 손을. 머리에 난 흉터 그리고 가슴 그리고 손의 떨림을.

음악이 가마슈를 껴안았다. 안전하게. 그리고 온전하게.

뤽 수사의 목소리가 그것을 해냈다. 다른 이들도 각각 훌륭했다. 하지만 뤽 수사가 그들을 성스러운 영역으로 끌어올렸다. 그가 뭐라고 했더라? 저는 조화입니다. 그것은 단순한 진실 같았다.

가마슈 옆자리에서 장 기 보부아르는 눈을 감았고, 자신이 아무 문제도 없는 친숙한 세계로 미끄러져 들어가는 것을 느꼈다. 거기에는 더 이상의 통증도, 더 이상의 고통도 없었다. 더 이상의 불확실도.

모든 것이 잘될 터였다.

그리고 그때 음악이 멈추었다. 마지막 음이 잦아들었다. 그리고 거기에 침묵이 내려앉았다.

수도원장이 앞으로 걸어 나와 성호를 그으며 입을 열었다.

그리고 멈춰 섰다.

다른 소리에 놀라. 만과 중에 결코 들어 본 적 없는 소리. 생질베르앙트르레루에서의 어떤 기도 중에도 결코 들어 본 적 없는 소리.

나무를 치는 막대 소리였다.

치고 있었다.

누군가가 문 앞에 있었다. 들어오고 싶어 하는 누군가가.

나가고 싶은 누군가거나.

27

돔 필리프는 못 들은 체하려 했다.

그는 축복을 읊조렸다. 응답을 들었다. 다음 기도를 했다.

그는 자신이 모르는 척을 잘하게 되었다는 것을 깨달았다. 악감정을 차단함으로써.

그의 침묵의 서약은 귀먹음의 서약을 포함해 확장되었다. 훨씬 더 오랫동안 그는 완벽하게 무감각해졌다.

그는 신에게 자신을 맡기며 완벽하게 조용히 서 있었다.

이내 돔 필리프는 더는 젊지도 활기차지도 않지만 경의로 가득한 목소리로 기도문의 다음 구절을 노래했다.

그리고 마치 응답하듯 문을 두들기는 소리가 들렸다.

"하느님, 자비를 베푸소서." 그가 노래했다.

쿵.

"예수님, 자비를 베푸소서."

쿵.

"성삼위시여, 저에게 자비를 베푸소서."

쿵.

원장의 마음은 텅 비었다. 수백수천 번의 기도를 드리는 동안 수십 년 만에 처음으로 그의 마음이 텅 비었다.

예수님의 평화, 하느님의 영광이 대체되었다. 쿵 소리에.

쿵.

거대한 메트로놈처럼.

문을 두들기고 있었다.

그의 양옆에 나란히 앉은 수사가 보았다. 그를.

지시를 기다리며.

오, 하느님. 도와주십시오. 그가 기도했다. 제가 어떻게 해야 합니까?

그는 쿵 소리가 멈추지 않으리라는 것을 깨달았다. 그것은 리듬을 타고 있었다. 활기 없는 반복적 두드림. 마치 기계가 두드리는 것 같았다.

쿵. 쿵. 쿵.

영원히 이어질 터였다. ……까지.

대답이 있을 때까지.

수도원장은 전에 결코 한 적이 없는 무언가를 했다. 수련 수사였을 때도, 오랜 세월 평수사였을 때도, 그리고 수도원장이 된 지금도 한 적이 없는. 그가 드렸던 수천 번의 기도. 그는 한 번도 자리를 벗어난 적이 없었다.

하지만 지금 그는 그랬다. 십자가에 절을 한 다음 형제들을 뒤로하고 제단에서 벗어났다.

그의 심장도 쿵쿵 뛰었지만 문을 두드리는 소리보다 훨씬 빨랐다. 그는 로브 밑에서 땀이 배어나는 것을 느꼈다. 그가 긴 통로를 걸어가는 동안 로브가 무겁게 느껴졌다.

영리한 눈과 영리한 얼굴의 경정을 지나쳐.

이곳이 아닌 다른 어딘가에 있는 듯 지나치게 불안해 보이는 젊은 경위를 지나쳐.

혼자 힘으로 꼭 범죄에 대한 답뿐 아니라 답들을 찾으려고 애쓰는, 양 귀를 기울였던 경감을 지나쳐.

돔 필리프는 그들 모두를 지나쳤다. 그는 뛰지 않으려 애썼다. 자신에게 침착하라고 타일렀다. 견제가 아닌 목적을 가지고 걸으라고.

쿵쿵 소리는 계속 이어졌다. 더 크지도 더 부드럽지도 않게. 더 빨라지지도 않았지만 더 느려지지도 않았다. 그 소리는 거의 비인간적인 일관성을 유지했다.

그리고 원장은 자신도 모르게 뛰고 있었다. 그 소리를 향해. 그것을 멈추기 위해 필사적이 되어. 만과를 방해한 그 소음을 향해. 그리고 자신의 단단한 평온에 결국 구멍을 낸 소리를 향해.

돔 필리프 뒤로 수사들이 길고 가는 줄을 지어 따랐다. 손은 소매에, 머리는 숙이고. 발은 서두르고 있었다. 드러내어 뛰지 않으려 애쓰며.

마지막 수사가 제단을 떠나자 경찰들도 그들과 합류해, 가마슈와 보부아르는 한 걸음 뒤에서 프랑쾨르를 따랐다.

돔 필리프는 성당을 나가 기나긴 통로로 접어들었다. 그 끝에 문이 있는. 그는 그것이 자신의 상상 속 착각이라는 것을 알면서도 쿵 소리가 들릴 때마다 문이 안간힘을 쓰는 것처럼 보였다.

하느님, 자비를 베푸소서. 그는 문으로 다가가며 기도했다. 그것은 그가 제단에서 읊은 마지막 기도였고, 모든 게 머릿속에서 날아갔을 때 그에게 남은 유일한 기도였다. 하느님, 자비를 베푸소서. 오, 사랑의 하느님, 자비를 베푸소서.

원장은 문 앞에서 멈추어 섰다. 밖에 누가 왔는지 문구멍을 통해 봐야 할까? 하지만 그게 문제가 될까? 그게 누구든 문이 열릴 때까지 그 소리가 멈추지 않으리라는 것을 원장은 알았다.

원장은 자신에게 열쇠가 없다는 사실을 깨달았다.

프뢰르 포르티에문지기 수사는 어디 있지? 열쇠를 가지러 성당으로 돌아갔을까?

수도원장은 몸을 돌렸다가 자신의 뒤에서 반원을 그리고 선 수사들을 보고 깜짝 놀랐다. 크리스마스캐럴을 부를 준비가 된 성가대 같은. 신의 있는 그대들이 모두 왔으나 그들은 거의 기뻐하거나 의기양양해하지 않는구나아데스테 피델레테가 작사한 유명한 캐럴 〈O Come, All Ye Faithful〉 가사의 패러디. 그들은 더욱 침울하고 고통스러워 보였다.

하지만 그들은 거기에 있었다. 원장은 혼자가 아니었다. 하느님이 자비를 베푸셨다.

뤽 수사가 열쇠를 든 가냘픈 손을 살짝 떨면서 원장 옆으로 다가왔다.

"이리 주거라, 내 아들아." 원장이 말했다.

"하지만 이건 제 일입니다. 몽 페르."

탕.

탕.

탕.

돔 필리프는 계속 손을 내밀고 있었다. "이건 내게 주어진 일이네." 그가 그렇게 말하며 불안해하는 젊은 수사에게 미소를 지었다. 뤽 수사가 떨리는 손으로 묵직한 금속 열쇠를 풀어 원장에게 건넨 뒤 물러섰다.

돔 필리프는 마찬가지로 불안정한 손으로 데드볼트를 밀었다. 그리고 자물쇠에 열쇠를 꽂으려 했다.

탕.

탕.

그는 떨리는 열쇠를 자물쇠 구멍에 넣기 위해 다른 손을 가져왔다.

탕.

열쇠가 제자리로 미끄러져 들어갔고, 그는 그것을 돌렸다.

두드림이 멈췄다. 반대편에 있는 사람이 누구든 문을 두드리는 와중에 자물쇠가 열리는 가벼운 금속성을 들었다.

정문이 열렸다.

황혼 녘이었고, 해가 거의 진 상태였다. 안개는 이제 더 짙어졌다. 문틈으로 수도원의 빛 일부가 쏟아져 나왔지만 들어오는 빛은 없었다.

"위?" 원장은 자신의 목소리가 더 단단하고 더 권위적으로 들리기를 바라며 물었다.

"돔 필리프?"

목소리는 예의 바르고 정중했다. 어디서 나는지 알 수 없었다.

"위." 원장이 말했다. 여전히 제 목소리를 찾지 못하고 있었다.

"들어가도 되겠습니까? 전 먼 길을 왔습니다."

"누굽니까?" 원장이 물었다. 합리적인 질문 같았다.

"그게 문제가 됩니까? 정말 이런 밤에 사람을 돌려보내실 겁니까?"

그것은 합리적인 대답 같았다.

하지만 합리는 질베르회의 전문이 아니었다. 이들의 전문은 열정, 헌신, 충성, 음악이었다. 하지만 아마도 합리는 아닐 터였다.

하지만 돔 필리프는 그 목소리가 옳다는 사실을 깨달았다. 이제는 문을 닫을 수가 없을 터였다. 그러기에는 너무 늦었다. 한번 열리고 나면 밖에 무엇이 있든 들여야 했다.

그는 물러섰다. 그는 뒤에서 수사들이 한 몸처럼 물러나는 소리를 들었다. 하지만 그는 시야 한구석으로 두 사람이 제자리를 지키는 모습을 보았다.

가마슈 경감과 그의 부하 보부아르 경위.

발 하나가 안으로 들어왔다. 진흙과 밝은 빛깔의 낙엽이 묻은, 고급 검은 가죽 구두를 신은. 그리고 남자가 들어왔다.

그는 원장보다 살짝 작은 중키에 호리호리했다. 눈동자와 머리카락은 똑같이 연갈색이었고, 피부는 추위로 붉어진 데를 빼면 창백했다.

"메르시, 몽 페르." 남자는 더플백을 간신히 끌어다 놓고 수사들을 돌아보았다. 그는 미소를 짓다가 활짝 웃었다. 즐거움이 아닌, 경탄이 담긴 웃음을. "마침내," 그가 말했다. "여러분을 찾아냈군요."

남자는 잘생기지도 추하지도 않았다. 그는 한 가지를 빼면 별다른 특징이 없었다.

그가 입은 옷.

그 역시 수도사 로브를 입고 있었지만 질베르회가 검은 바탕에 흰 중백의라면 그는 흰 바탕에 검은 로브였다.

"주님의 사냥개." 수사 중 한 명이 중얼거렸다.

가마슈가 누가 그 말을 했는지 보려고 몸을 돌렸더니 그들 모두 입을 살짝 벌리고 있었다.

"저희는 더 이상 그 말을 쓰지 않습니다." 미소가 더 넓어진 방문자가 앞에 있는 사람들을 둘러보며 말했다. "사람들이 싫어해서요."

그가 그들을 계속 주시하며 유쾌한 목소리로 말했다.

질베르회 수사들이 미소 없이 되쏘아 보았다.

마침내 방문자가 돔 필리프를 돌아보며 손을 내밀었다. 원장이 말없이 그 손을 잡았다. 젊은 남자는 허리를 숙였다가 폈다.

"저는 세바스티앵 수사입니다. 로마에서 왔습니다."

"오늘 밤에?" 원장은 그렇게 물었다가 즉시 그 바보 같은 질문을 후회했다. 하지만 그는 비행기 소리도, 모터보트 소리도 듣지 못했다.

"오늘 아침 로마에서 비행기로 출발해 여기까지 왔습니다."

"하지만 어떻게 말입니까?" 원장이 물었다.

"노를 저었습니다."

이제 돔 필리프가 입을 살짝 벌리고 응시할 차례였다.

세바스티앵 수사가 웃었다. 그의 다른 모습처럼 그 모습은 유쾌했다.

"압니다. 멋진 생각은 아니죠. 작은 비행기를 타고 지역 비행장까지는 왔지만 안개가 너무 짙어져서 누구도 저를 이곳까지 데려다주려 하지 않았기 때문에 제 힘으로 와야겠다고 결정했습니다.” 그가 가마슈를 돌아보고는 말을 멈추고 당황한 표정을 짓더니 다시 원장을 보았다. “제가 생각한 것보다 훨씬 먼 곳에 계시더군요.”

“내내 노를 저었다고? 마을에서부터?”

“그랬습니다.”

“하지만 몇 킬로미터는 될 텐데요. 어느 방향인지 어떻게 아셨습니까?” 원장은 과묵하려고 애썼지만 그 질문은 참을 수가 없었던 듯했다.

“사공이 가르쳐 주더군요. 만을 세 개 지나 계속 가다가 네 번째에서 오른쪽으로 꺾으라고요.” 그는 그 안내에 기쁜 듯했다. “하지만 안개가 정말이지 너무 짙어서 마지막에 실수를 한 게 아닐까 걱정이 되었죠. 그런데 그때 수도원의 종소리를 듣고 그 소리를 따라왔습니다. 만의 머리에 닿았을 때 이곳의 불빛이 보이더군요. 수도원을 발견하고 얼마나 행복했는지 모르실 겁니다.”

가마슈는 그가 행복해 보인다고 생각했다. 사실, 황홀경에 빠진 듯했다. 자신은 수사가 아니라는 듯 그는 수사들을 계속 응시했다. 마치 틀리지우를 한 번도 만나 본 적이 없다는 듯.

“부원장 때문에 오셨습니까?” 돔 필리프가 물었다.

그리고 가마슈는 순간적으로 간파했다. 그는 한 발 앞으로 나섰으나 너무 늦었다.

“그의 살해 때문에?” 원장이 물었다.

위대한 침묵을 갈구했던 원장은 너무 많은 말을 했다.

가마슈는 심호흡을 했고, 세바스티앵 수사는 자신을 보고 나서 보부아르에게 시선을 옮겼고, 마지막으로 그 시선은 프랑쾨르 경정에게 머물렀다.

젊은 수도사의 얼굴에서 사라진 미소는 깊은 연민의 빛으로 대체됐다. 그는 성호를 긋고 엄지에 입을 맞춘 뒤 몸 앞에 긴 손가락을 겹치고 심각한 눈빛으로 살짝 허리를 숙였다.

"제가 이토록 다급히 온 이유가 바로 그것입니다. 소식을 듣자마자 한달음에 뛰어왔습니다. 주님, 그분의 영혼을 쉬게 하소서."

모든 수사가 성호를 그었고, 가마슈는 새로운 방문자를 관찰했다. 짙어지는 어둠과 짙어지는 안개를 뚫고 노를 저어 온 남자. 익숙지 않은 호수를 가로질러. 그리고 마침내 소리를 따라 수도원을 찾았다. 그리고 빛을 따라.

그는 로마에서 온 힘을 다해 왔다.

필사적으로 생질베르앙트르레루에 닿은 듯했다. 너무나 필사적이어서 그는 자신의 목숨을 걸었다. 자신의 어리석은 결정을 농담거리로 치부한 이 젊은이가 가마슈의 눈에는 지극히 유능해 보였다. 도대체 왜 그런 위험을 감수했을까? 왜 아침까지 기다리지 못했을까?

가마슈는 그것이 부원장의 살인 때문이 아니라는 것을 확신했다. 그는 돔 필리프가 그걸 물은 순간, 이 방문자가 그에 대해 아무것도 몰랐다는 것을 알았다. 세바스티앵 수사에게 그것은 새로운 소식이었다.

만일 그가 정말 부원장의 죽음 때문에 로마에서 여기까지 왔다면 그는 보다 엄숙해야 했다. 즉시 애도를 표했을 터였다.

대신 그는 자신의 바보짓에 웃었고, 여정을 늘어놓았고, 이들을 보고 얼마나 반가웠는지 말했다. 그리고 수사들에게 경탄했다. 하지만 마티외 수사를 한 번도 언급하지 않았다.

아니, 세바스티앵 수사는 이곳에 있을 이유가 있었다. 아주 중요한 이유가. 하지만 그것은 마티외 수사의 죽음과는 아무런 상관이 없었다.

"그게 만과 종이었습니까?" 세바스티앵 수사가 물었다. "정말 죄송합니다, 몽 페르. 제가 방해했군요. 부디 계속하십시오."

원장은 망설이다 몸을 돌려 긴 통로를 다시 걸어 내려갔고, 방문자는 이리저리 둘러보며 그 뒤를 따랐다.

가마슈는 그를 관찰했다. 방문자는 마치 수도원이 처음이라는 듯한 모습이었다.

경감은 샤를 수사에게 자신과 행렬의 맨 뒤에 남으라는 신호를 보냈다. 그는 사람들과 적당한 거리가 될 때까지 기다렸다가 의사에게 몸을 돌렸다.

"세바스티앵 수사를 '주님의 사냥개'라고 부른 사람이 수사님이었습니까?"

"뭐, 그를 개인적으로 의미한 건 아니었습니다."

의사는 창백해 보였고, 떠는 것처럼 보였다. 그의 쾌활한 본모습이 아니라. 실제로 그는 죽은 부원장보다 산 방문자에게 더 크게 동요하는 듯 보였다.

"그럼 뭘 의미하신 겁니까?" 가마슈가 고집스럽게 물었다.

두 사람은 성당에 거의 다다라 있었고, 그는 성당에 들어가기 전에 이 대화를 끝내고 싶었다. 종교적·예의에 벗어나서가 아니라 놀라운 음향 시설 때문에.

이 대화는 개인적인 것으로 남아야 했다.

"그는 도미니크 수도회 사람입니다." 샤를 수사 또한 목소리를 낮춰 말했다. 그는 행렬의 선두에서 시선을 떼지 않았다. 세바스티앵 수사와 수도원장에게서.

"어떻게 아십니까?"

"로브와 허리띠로요. 도미니크회죠."

"하지만 어떻게 그걸로 그를 주님의 사냥개라는 겁니까?"

뱀 대가리 같은 행렬의 선두가 성당 안으로 들어갔고 나머지가 그 뒤를 따랐다.

"도미니크회," 샤를 수사가 반복했다. "도미니 카니스. '주님의 사냥개'라는 뜻입니다."

이내 그들 역시 성당으로 들어갔고, 모든 대화가 끝났다. 샤를 수사는 가마슈에게 고개를 끄덕하고 동료 수사들을 따라 제단으로 돌아가 그들의 자리에 앉았다.

세바스티앵 수사는 무릎을 꿇고 성호를 그은 뒤 신자석에 앉아 목을 빼고 있었다. 이리저리 두리번거리며.

보부아르가 신자석으로 돌아갔고, 프랑쾨르 경정이 보부아르 옆에 앉자 가마슈는 얼굴을 찌푸렸다. 가마슈가 빙 돌아 보부아르의 반대편 자리에 앉았기 때문에 경위는 두 상관 사이에 끼었다.

하지만 보부아르는 신경 쓰지 않았다. 만과가 다시 시작되자 그는 눈을 감고 자신이 아니의 아파트에 있는 모습을 상상했다. 벽난로 앞에 있는 소파에 함께 누워 있는 모습을.

그녀는 자신의 품에 안겨 있었다. 그는 그녀를 꼭 끌어안고 있었다.

그가 데이트했던 모든 여자와, 결혼했던 이니드는 몸집이 작았다. 날씬하고 가냘팠다.

아니 가마슈는 그렇지 않았다. 그녀는 탄탄하고 풍만했다. 강했다. 그리고 그녀가 자신 곁에 누우면, 옷을 입었든 안 입었든 두 사람은 서로 완벽하게 들어맞았다.

"이게 끝나지 않았으면 좋겠어." 아니가 속삭이리라.

"끝나지 않을 거야." 내가 안심시킨다. "영원히."

"하지만 사람들이 알면 변할 거야."

"더 나아질 수도 있지." 내가 말하리라.

"위." 아니가 동의할 터였다. "하지만 난 이대로가 좋아. 우리끼리만 있는 게."

그리고 자신 역시 이대로가 좋았다.

지금 향과 초 냄새가 나는 성당에서 그는 난롯가의 속삭임을 듣고 있다고 상상했다. 달콤한 단풍나무 타는 냄새를 맡았다. 레드와인을 맛보았다. 그리고 품에 안긴 아니를 느낄 수 있었다.

음악이 시작되었다. 가마슈에게는 보이지 않는 모종의 신호로 조용히 있던 모든 수사들이 즉시 목소리를 냈다.

그들의 목소리가 폐 속의 공기처럼 성당을 채웠다. 목소리들은 석벽에서 뿜어져 나오는 듯했다. 그레고리오 성가가 돌과 점판암과 나무 대들보만큼이나 수도원의 일부인 양.

가마슈 앞에서 세바스티앵 수사는 응시했다. 얼어붙었다. 꼼짝도 하지 않았다.

그의 입은 살짝 벌어져 있었고, 창백한 뺨은 반짝였다.

세바스티앵 수사는 질베르회의 기도 노래를 듣고 마치 신의 목소리를 생전 처음 듣는다는 듯이 눈물을 흘렸다.

그날 저녁 식사는 거의 조용했다.

만과가 늦게 끝나고 난 뒤 수사들과 손님들은 곧바로 식당으로 향했다. 콩과 박하로 끓인 훌륭한 수프가 가득 담긴 커다란 그릇이 테이블에 놓였고, 그 옆에는 따뜻하고 신선한 바게트가 담긴 바구니가 있었다.

수사 한 명이 식사에 대한 감사 기도를 노래하자 수사들은 성호를 그었고, 이내 수프를 돌리는 소리, 도기 그릇에 스푼 부딪히는 소리만 들릴 뿐이었다.

그때 낮은 흥얼거림이 들렸다. 다른 환경이었다면 들리지 않았을 소리겠지만 고요한 이곳에서 그 소리는 보트 엔진만큼 크게 들렸다.

그 소리는 점점 커졌다. 그리고 점점 더.

수사들은 하나둘씩 식사를 멈추었고, 곧 기다란 식당 안에서 들리는 소리는 흥얼거림뿐이었다. 모두가 어디서 나는 소리인지 보려고 몸을 돌렸다.

그 소리는 가마슈 경감에게서 나고 있었다.

그는 수프를 떠먹었고, 흥얼거렸다. 보아하니 그 맛있는 음식에 몰두해 접시를 내려다보며. 이내 아마도 주목을 감지한 그가 고개를 들었다.

하지만 콧노래는 멈추지 않았다.

가마슈는 콧노래를 흥얼거리며 살짝 미소를 짓고 수사들의 얼굴을 보았다.

몇몇은 분개한 것 같았다. 몇몇은 미친 사람이 나타났다는 듯 걱정스러워 보였다. 몇몇은 평화가 깨진 데 화가 나 보였다.

보부아르는 앞에 있는 수프에 손도 대지 않고 식욕이 날아간 듯 멍해 보였다. 프랑쾨르는 창피하다는 듯 고개를 살짝 저었다.

수사 한 명은 겁을 먹은 표정이었다. 시몽 수사.

"뭘 흥얼거리시는 겁니까?"

질문이 테이블 상석에서 날아왔다. 하지만 돔 필리프는 아니었다. 물은 사람은 도미니크회 수사였다. 그의 젊은 얼굴은 흥미로워했고 온화했다. 화가 나지도, 고통스러워하지도, 분개하지도 않고.

세바스티앵 수사는 실제로 순수하게 흥미로워 보였다.

"미안합니다." 가마슈가 말했다. "그렇게 시끄럽게 콧노래를 부르고 있었는지 몰랐습니다. 데졸레."

하지만 경감은 전혀 '데졸레'해 보이지 않았다.

"캐나다의 전통 민요 같군요." 평소보다 살짝 높은 목소리로 시몽 수사가 말했다.

"맞습니까? 꽤 매력적이군요."

"사실, 몽 프뢰르." 가마슈가 입을 열자 그 옆의 시몽 수사가 당황하며 테이블 밑에서 무릎으로 가마슈를 툭 쳤다. "이건 성가입니다. 갑자기 머릿속에 떠올랐는데, 통 사라지지 않는군요."

"그건 성가가 아닙니다." 시몽이 재빨리 말했다. "경감님은 그게 성가라고 생각하시지만 저는 성가는 훨씬 더 단순하다고 설명하는 중이었습니다."

"뭐가 어쨌든 참 아름답군요." 세바스티앵 수사가 말했다.

"제 머릿속에서 떠돌던 노래보다 훨씬 낫죠. 〈캠프타운 경마〉보다."

"캠프타운 레이스 트랙은 오 마일이라네. 두다, 두다." 세바스티앵 수사가 노래를 불렀다. "이거요?"

모든 시선이 가마슈에게서 방문자에게로 향했다. 가마슈조차 순간 할 말을 잃었다.

세바스티앵 수사는 그 우스꽝스러운 옛 노래를 천재의 창작물처럼 들리게 했다. 마치 모차르트나 헨델, 베토벤이 쓴 것처럼. 다빈치의 창작물들이 음악으로 바뀐다면 그렇게 들리리라.

"올 더 두다 데이." 세바스티앵 수사는 미소와 함께 노래를 마무리했다.

신을 위해 영광스러운 노래를 바치는 이곳 수도사들은 도미니크회 수사를 마치 새로운 피조물인 양 보았다.

"당신은 누구십니까?"

물은 사람은 앙투안 수사였다. 새 지휘자. 따지는 말투도, 비난하는 말투도 아니었다. 그의 얼굴과 목소리에는 가마슈가 한 번도 본 적 없는 경탄이 담겨 있었다.

경감은 다른 수사들을 보았다.

불편한 기색이 사라져 있었다. 불안이 사라졌다. 시몽 수사는 뚱해하길 잊었고, 샤를 수사는 더 이상 염려하지 않았다.

그들이 지은 표정은 깊은 호기심이었다.

"저는 세바스티앵 수사입니다. 도미니크회 평수사죠."

"하지만 누구십니까?" 앙투안 수사가 끈질기게 물었다.

세바스티앵 수사는 조심스럽게 냅킨을 접어 앞에 내려놓았다. 그리고 그는 질베르회 수사들이 앉아 있는, 수백 년의 흔적으로 닳은 긴 나무 테이블을 내려다보았다.

"저는 로마에서 왔다고 말씀드렸습니다." 그가 입을 열었다. "하지만 구체적이지 않았군요. 저는 바티칸 교황청에서 왔습니다. CDF에서 일합니다."

침묵이 한층 더 깊어졌다.

"CDF가?" 가마슈가 물었다.

"신앙교리성信仰教理省 The Congregation for the Doctrine of the Faith 로마 교황청의 아홉 개 심의회 가운데 가장 오래된 기구. 교황청의 주요 기관으로, 주로 기독교의 교리를 감독하는 업무를 맡고 있다. 이단 심문소, 검사성성(檢邪聖省)의 후신입니다." 세바스티앵 수사가 가마슈를 돌아보고 명확히 말했다. 그는 표정 없는 얼굴에 미안한 기색을 띠었다.

공포가 식당 안으로 다시 기어들었다. 그것은 전에 실체 없이 모호해 보였던 반면, 이제 그것은 실체를 갖추고 초점을 맞추었다. 테이블 상석 수도원장의 옆에 앉은 유쾌한 젊은 수사. 주님의 사냥개.

세바스티앵 수사와 돔 필리프가 나란히 있는 모습을 보고 경감은 생 질베르앙트르레루의 뜻밖의 문장을 떠올렸다. 뒤엉킨 늑대 두 마리. 한 명은 흰색 옷 위에 검은색 옷을 입었고, 다른 한 명인 원장은 검은색 옷 위에 흰색 옷을 입었다. 완전한 반대. 젊고 생기가 넘치는 세바스티앵. 늙고, 지금 이 순간에도 늙어 가는 돔 필리프.

앙트르 레 루. 늑대들 사이의.

"신앙교리성이오?" 가마슈가 물었다.

"종교재판소죠." 시몽 수사가 아주 작은 목소리로 말했다.

28

가마슈와 보부아르는 부원장 사무실로 돌아가 말을 할 수 있을 때까지 기다렸다. 프랑쾨르 경정은 저녁 식사가 끝나기 무섭게 세바스티앵 수사를 붙잡았고, 두 사람은 식당에 남았다.

모두가 예의를 차릴 수 있는 선에서 최대한 빨리 자리를 떴다.

"맙소사," 보부아르가 말했다. "종교재판이라니. 그건 생각도 못 했습니다."

"아무도 못 했지." 가마슈가 말했다. "수백 년간 종교재판이 없었네. 그가 여기 왜 왔을까?"

가마슈가 책상 뒤에 앉는 동안 보부아르는 팔짱을 끼고 문에 기대어 섰다. 의자 하나가 망가져서 뒤틀린 채 사무실 구석에 기대어 있는 것을 그가 눈치챈 건 그때였다.

가마슈는 아무 말 하지 않았지만 한쪽 눈썹을 치켜세우고 보부아르를 보았다.

"약간의 의견 차이가 있었습니다."

"의자랑 말인가?"

"경정님하고요. 아무도 다치지 않았습니다." 그가 경감의 얼굴을 보고 다급히 덧붙였다. 하지만 그 확언이 통한 것 같지는 않았다. 가마슈는 여전히 혼란스러워 보였다.

"무슨 일이 있었지?"

"아무 일도요. 경정님이 어떤 멍청한 말을 했고, 저는 동의하지 않았습니다."

"내가 그와 엮이지 말고 논쟁하지 말라고 했을 텐데. 그게 그의 수법일세. 사람의 머릿속을 파고들어……,"

"그럼 제가 어떻게 했어야 합니까? 그냥 고개를 끄덕이고 굽실거리면서 똥 같은 소리를 듣고만 있으라고요? 경감님은 그러실 수 있겠지만 저는 못 합니다."

두 사람은 한동안 서로를 응시했다.

"죄송합니다." 보부아르가 그렇게 말하며 똑바로 섰다. 그가 지친 얼굴을 문지르더니 가마슈를 보았다.

경감은 더는 화가 나 보이지 않았다. 이제 그는 걱정스러워 보였다.

"무슨 일 있었나? 경정님이 뭐라던가?"

"아, 그냥 늘 하는 허튼소리요. 경감님은 자기가 뭘 하는지 모르고, 저는 경감님하고 똑같다고요."

"그래서 그렇게 화가 났나?"

"경감님하고 비교당해서요? 누군들 화가 안 나겠습니까?" 보부아르는 웃었지만 그는 경감이 웃지 않는 모습을 보았다. 그는 계속 보부아르를 관찰했다.

"괜찮나?"

"맙소사, 왜 늘 제가 화를 내거나 기분이 상하면 바로 그렇게 물으시는 겁니까? 제가 그렇게 섬세하다고 생각하십니까?"

"괜찮나?" 가마슈는 반복했다. 그리고 기다렸다.

"오, 젠장." 보부아르는 그렇게 내뱉고 벽에 힘껏 기댔다. "전 피곤할 뿐이고 이곳이 제게 그런 영향을 미치고 있습니다. 그리고 이제 그 수사, 도미니크회 수사도요. 다른 행성에 착륙한 기분입니다. 그들은 저와 같은 말을 쓰고 있지만, 자꾸만 그들이 제가 이해하는 말 이상의 말을 하고 있다는 생각이 듭니다. 아시겠죠?"

"아네." 가마슈는 보부아르에게 계속 시선을 고정하고 있다가 고개를 돌렸다. 당장은 내버려 두기로 마음먹으며. 하지만 분명 무언가가 이 젊은 친구의 피부로 기어들고 있었다. 그리고 가마슈는 그게 무엇인지 추측할 수 있었다. 또는 누구인지.

가마슈는 프랑쾨르 경정에게 많은 기술이 있다는 것을 알았다. 그를 과소평가하는 것은 끔찍한 실수였다. 오랜 세월을 함께 일하면서 가마슈는 프랑쾨르의 위대한 재능이 사람들에게서 최악의 것을 끄집어내는 것이라는 사실을 알았다.

아무리 그 악마를 잘 숨겨도 프랑쾨르는 그것을 찾아낼 터였다. 그리고 프랑쾨르는 그것을 풀어놓을 것이었다. 그리고 먹이를 주었다. 그것이 주인을 집어삼켜 그 사람이 될 때까지.

가마슈는 성품이 바른 젊은 수사관들이 시니컬하고, 잔인하고, 거만한 폭력배로 바뀌는 모습을 봐 왔다. 콩알만 한 양심과 큰 총을 가진 젊은 남녀들. 그리고 본보기가 되고 그들의 행동을 보상한 상사.

다시 한번 가마슈는 기진맥진해 벽에 기댄 보부아르를 보았다. 무슨 방법을 썼는지 몰라도 프랑쾨르는 장 기를 낚았다. 그는 입구를 찾아냈고, 상처를 찾아냈고, 그의 내면을 돌아다니고 있었다. 심지어 더 큰 손상을 입힐 수 있을지 찾으며.

그리고 가마슈는 그것을 허용했다.

그는 분노로 떨리다시피 하는 자신을 느꼈다. 분노는 순식간에 그의 심장을 사로잡고 주먹 쥔 손 관절이 하얗게 되도록 사지로 내달렸다.

분노는 그를 탈바꿈시키고 있었고, 가마슈는 자제심을 회복하기 위해 싸웠다. 자신의 인간성을 잡고 자신을 끌어당기려고.

프랑쾨르가 이 젊은이를 망치게 하지 않겠다고 가마슈는 맹세했다. 여기서 멈추게 하리라.

그는 자리에서 일어나 양해를 구하고 방에서 나갔다.

보부아르는 경감이 화장실을 가기 위해 복도를 지났을 거라 생각하며 잠시 기다렸다. 하지만 그가 돌아오지 않자 보부아르는 일어나서 복도로 나가 이리저리 둘러보았다.

복도는 어둑했고 조명은 침침했다. 그는 화장실을 체크했다. 가마슈는 없었다. 경감의 방을 노크했지만 대답이 없기에 보부아르는 고개를 들이밀어 보았다. 가마슈는 없었다.

보부아르는 어쩔 줄 몰랐다. 이제 뭐 하지?

아니에게 메시지를 보낼 수 있었다.

그는 블랙베리를 꺼내 확인했다. 아니에게서 메시지가 와 있었다. 그녀는 친구들과 저녁을 먹고, 집에 가는 길에 자신에게 메시지를 보냈다.

짧고 쾌활한 메시지였다.

보부아르는 너무 짧다고 생각했다. 너무 쾌활한가? 혹시 그 메시지는 갑작스러운 비약을 암시하는 걸까? 경멸. 자신이 밤늦도록 일하고 있는 것에 관심이 없는 걸까? 자신이 모든 걸 내려놓고 친구들과 저녁을 먹고 한잔하러 가지 않는 것에.

그는 어두컴컴한 복도에 서서 아니가 좋아한 로리에 거리의 레스토랑 테라스에 있는 그녀의 모습을 상상했다. 소규모 양조장 에일을 마시는 젊은 전문직 종사자들. 웃는 아니. 즐거운 시간을 보내는. 나 없이.

"그 뒤에 뭐가 있는지 보고 싶습니까?"

프랑쾨르는 질문보다 그 목소리에 깜짝 놀라 살짝 경기를 일으켰다. 가마슈가 성당을 가로질러 조용히 걸어왔을 때, 경정은 성길버트의 명판을 들여다보고 있었다.

대답을 기다리지 않고 가마슈는 팔을 뻗어 늑대 두 마리를 눌렀다. 문이 조용히 열리고 숨겨진 사제단 회의장의 모습이 드러났다.

"같이 들어가야 할 것 같지 않습니까?" 가마슈는 크고 단단한 손을 프랑쾨르의 어깨에 얹고 그를 안으로 밀었다. 정확히, 밀친 것은 아니었다. 목격자는 거기에 어떤 폭력이 있었다고 절대 증언하지 않을 터였다. 하지만 두 사람 다 그 안으로 들어가자는 것이 프랑쾨르의 생각이 아니고, 그가 자진해서도 아니라는 사실을 알았다.

가마슈는 문을 닫고 자신의 상관을 돌아보았다.

"보부아르 경위에게 무슨 이야기를 했습니까?"

"날 여기서 내보내 주게, 아르망."

가마슈는 잠시 그를 관찰했다. "제가 두려우십니까?"

"당연히 아니지." 하지만 프랑쾨르는 살짝 겁먹은 눈치였다.

"나가고 싶습니까?" 가마슈의 목소리는 부드러웠지만 눈빛은 차갑고 딱딱했다. 그리고 문 앞에서의 그의 스탠스는 확고했다.

프랑쾨르는 상황을 파악하며 잠시 말이 없었다.

"무슨 일이 있었는지 경위한테 왜 직접 묻지 않나?"

"애들 장난일랑 집어치워요, 실뱅. 당신은 의도를 갖고 여기에 왔습니다. 난 그게 날 엿 먹이는 건 줄 알았는데 그게 아니었군요, 그렇습니까? 내가 신경 안 쓰리라는 걸 당신은 알았습니다. 그래서 당신은 보부아르 경위를 노렸습니다. 그 친구는 아직 상처에서 회복되는 중……,"

프랑쾨르가 경멸의 소리로 으르릉거렸다.

"그걸 안 믿습니까?" 가마슈가 물었다.

"모두가 회복됐어. 빌어먹을, 자네도 회복됐지. 자넨 그 친구를 어린애처럼 다루는군."

"당신과 경위의 건강에 대해 떠들 생각은 없습니다. 그 친구는 아직 회복 중이지만 당신 생각처럼 나약하지 않습니다. 당신은 항상 사람들을 과소평가했죠, 실뱅. 그게 당신의 가장 큰 약점입니다. 당신은 사람들이 실제로 그런 것보다 더 약하다고 생각합니다. 그리고 당신은 실제로 그런 것보다 더 강하다고 생각하죠."

"어느 쪽인가, 아르망? 보부아르는 여전히 상처를 입은 상탠가? 아니면 그는 내 생각보다 더 강한가? 자넨 부하들을 속이고 그 헛소리로 그들을 사로잡을 수 있을지 몰라도 난 아니지."

"아니죠." 가마슈가 말했다. "우린 서로를 너무 잘 아니까요."

프랑쾨르가 방을 어슬렁어슬렁 배회하기 시작했다. 하지만 가마슈는 여전히 문 앞에 버티고 서 있었다. 그의 시선은 경정에게서 결코 떠나지 않았다.

"보부아르 경위에게 무슨 말을 했습니까?" 가마슈가 재차 말했다.

"자네한테 했던 말을 했지. 자네는 무능하고, 그 친구는 더 나은 대접을 받을 만하다고."

가마슈는 서성이는 남자를 관찰했다. 그리고 머리를 저었다.

"더 있습니다. 말해요."

프랑쾨르는 걸음을 멈췄고, 가마슈를 대면하기 위해 몸을 돌렸다.

"젠장, 보부아르가 자네한테 뭔가 말하지 않았다고?" 프랑쾨르는 경감의 코앞까지 다가와 지근거리에서 그의 눈을 응시했다. 두 사람 모두 눈을 깜박이지 않았다. "그 친구가 부상에서 회복하지 못했다면 그건 자네가 만든 상처야. 그가 나약하다면 그건 자네가 만든 나약이지. 그가 불안정하다면 그건 자네와 함께 있는 게 안정되지 않는다는 걸 그 친구가 알기 때문이야. 그래도 날 비난할 텐가?"

프랑쾨르는 웃음을 터뜨렸다. 가마슈의 얼굴에 박하 향이 나는 뜨겁고 축축한 숨결이 닿았다.

가마슈는 다시 단단히 억누른 분노가 솟구치는 것을 느꼈다. 그는 그것을 제어하려고 온 힘을 다해 싸웠다. 적은 음흉하게 노려보며 거짓말을 늘어놓는 이 잔인한 사내가 아니라는 것을 알기에. 그것은 자신이었다. 그리고 자신을 집어삼키겠다고 위협한 분노.

"장 기 보부아르는 해를 입지 않을 겁니다." 각 음절이 천천히 내뱉어졌다. 명료하게. 또박또박. 경감이 거의 내지 않는 목소리로. 목소리가 그의 상관을 물러서게 했다. 그 잘생긴 얼굴에서 즉시 미소가 사라졌다.

"너무 늦었네, 아르망." 프랑쾨르가 말했다. "해는 이미 입었어. 그리고 그렇게 한 사람은 자넬세. 내가 아니라."

"경위님?"

문밖에서 발소리를 들었을 때, 앙투안 수사는 방에서 책을 읽고 있었다. 그는 복도를 살피다 경찰이 혼란스러운 표정으로 거기에 서 있는 것을 알아차렸다.

"길을 잃으셨나 보군요. 괜찮으신가요?"

"괜찮습니다." 보부아르는 사람들이 자신에게 그 질문을 그만 던지기를 바라며 말했다.

다시 한번 두 남자는 서로 응시했다. 아주 많은 면에서 같은 남자. 같은 나이, 키, 체격. 같은 동네에서 성장.

하지만 한 사람은 교회로 들어갔고, 평생 떠나지 않았다. 다른 사람은 교회를 떠났고, 다시 돌아가지 않았다. 이제 그들은 생질베르앙트르레루의 어두컴컴한 복도를 사이에 두고 서로를 보았다.

보부아르가 수사에게 다가갔다. "막 도착한 양반 말입니다. 도미니크회 수사요. 거기에 무슨 스토리가 있습니까?"

앙투안 수사의 눈이 복도를 위아래로 내달렸다. 이내 그는 방으로 물러났고, 보부아르가 따라갔다.

그곳은 약간의 개인적인 변경을 거친, 보부아르에게 배정된 방과 똑같았다. 한구석에 있는 트레이닝복 상의와 바지 꾸러미. 침대 옆에 쌓인 책. 모리스 리처드캐나다 하키 선수 전기. 몬트리올 카나디앙의 전 코치가 쓴 하키 교본. 보부아르도 그 책들을 갖고 있었다. 하키가 대부분의 퀘베쿠아에게 종교를 대체했다.

하지만 여기서 그 둘은 공존하는 것처럼 보였다. 책 무더기 맨 위에 있는 것은 솔렘이라 불리는 곳에 있는 수도원의 역사책이었다. 그리고 성서.

"세바스티앵 수사는," 그의 목소리가 딱히 속삭임은 아니었지만 보부아르가 듣기 위해 집중을 해야 할 만큼은 낮았다. "종교재판소로 알려지기도 한 바티칸의 부서에서 왔습니다."

"그건 압니다. 하지만 그가 여기서 뭘 하고 있는 겁니까?"

"본인 말로는 부원장님 살인 때문에 왔다더군요." 앙투안 수사는 전혀 달가워 보이지 않았다.

"하지만 수사님은 그 말을 믿지 않고요?"

앙투안 수사가 아주 살짝 웃었다. "그게 드러났습니까?"

"아뇨, 제가 관찰력이 뛰어날 뿐입니다."

앙투안은 다시 심각한 표정이 되기 전에 빙그레 웃었다. "바티칸이 살인이 일어난 수도원에 무슨 일이 일어났는지 조사하라고 사제를 보냈는지도 모릅니다. 살인자를 찾기 위해서가 아니라, 살인이 난 수도원의 분위기가 얼마나 나쁜지 알려고요."

"하지만 우리는 뭐가 잘못됐는지 압니다." 보부아르가 말했다. "당신들은 모두 성가 녹음으로 싸우고 있었죠."

"하지만 저희가 왜 싸웠겠습니까?" 앙투안 수사가 물었다. 그는 진짜 당혹스러워 보였다. "저는 몇 달, 몇 주 동안 그걸 위해 기도했습니다. 저희는 이 문제를 해결할 수 있었을 겁니다. 그렇다면 뭐가 잘못이겠습니까? 그리고 우리는 우리 중 한 명이 살인을 저지를 수 있을 뿐만 아니라 실제로 그것을 심사숙고하고 있었다는 걸 왜 못 봤을까요?"

수사의 눈에서 혼란과 고통을 보며 보부아르는 그에게 말하고 싶었다. 그의 질문에 대답을. 하지만 그는 그 대답의 단서가 없었다. 왜 수사들이 서로 싸웠는지 몰랐다. 일단 그들 중 누구든 왜 거기에 있었는지에 관한 단서가 없는 것처럼. 이 남자들이 수사이기까지 한 이유를.

"바티칸이 사제를 보냈을지도 모른다고 하셨지만 확신하시는 것 같진 않군요. 그가 자신이 말한 사람이 아니라고 생각하십니까?"

"아뇨, 저는 그가 정말 세바스티앵 수사라고 믿고, 그는 로마의 신앙교리성에서 일합니다. 전 그가 마티외 형제의 살인 때문에 여기에 있다고 생각하지 않을 뿐입니다."

"왜요?" 보부아르는 나무 의자에 앉아 있었고, 수사는 침대 한편에 앉아 있었다.

"그는 수사지, 사제가 아니기 때문이죠. 그들은 이 심각한 문제에 더 높은 사람을 보냈을 겁니다. 하지만 정말," 앙투안 수사는 대개 느낌을 표현할 말을 찾느라 애썼다. 직관을. "바티칸은 이렇게 빨리 움직이지 않습니다. 교회에서는 빠르게 움직이는 게 전혀 없죠. 전통이라는 수렁에 빠져 있습니다. 만사에 적절한 절차가 있죠."

"살인에도요?"

앙투안이 다시 빙긋 웃었다. "보르자Borgia가를 공부하셨다면 바티칸도 그런 전통이 있다는 사실을 아실 겁니다. 그래서 네, 살인에도요. CDF는 우리를 조사하기 위해 누군가를 보냈을지도 모르지만 그렇게 빨리는 아닙니다. 그들이 움직이는 데 몇 달, 어쩌면 몇 년까지 걸립니다. 마티외 형제는 흙이 되겠죠. 부원장이 묻히기도 전에 바티칸 사람이 온다는 건 상상도 할 수 없습니다."

"그렇다면 수사님의 추리는 뭡니까?"

수사는 생각하더니 고개를 저었다. "저녁 내내 그걸 이해하려고 애쓰는 중이었습니다."

"우리도요." 보부아르는 인정했다가 그 정보를 준 것을 후회했다. 수사에 관해 용의자가 아는 게 적을수록 더 좋다. 가끔 그들은 용의자를 불안하게 하려고 정보를 심었다. 하지만 그것은 언제나 고의적이었다. 이것은 부주의한 실수였다.

"저도 이 책들이 있습니다." 그가 자신의 경솔한 행동이 감춰지길 바라며 말했다.

"하키 책 말인가요? 하키를 하십니까?"

"센터입니다. 수사님은요?"

"저도 센터지만 고령으로 돌아가신 외스타슈 수사님의 포지션을 놓고 심한 경쟁은 없었다는 걸 인정해야겠군요."

보부아르가 웃더니 한숨을 쉬었다.

"그에 관해 이야기하고 싶으십니까?" 앙투안 수사가 물었다.

"뭐에 관해서요?"

"경위님을 괴롭히는 문제가 뭐든요."

"절 괴롭히는 문제는 살인자를 찾아내고 여기서 나가는 것뿐입니다."

"수도원을 좋아하지 않으십니까?"

"물론이죠. 수사님은 좋아하십니까?"

"좋아하지 않았다면 여기에 있지 않았을 겁니다." 앙투안 수사가 말했다. "저는 생질베르를 사랑합니다."

너무나 단순한 그 한마디에 보부아르는 말문이 막혔다. 그는 보부아르가 아니에 대해 말하는 것과 같은 식으로 말했다. 망설임도 모호함도 없었다. 그냥 그렇게. 하늘이 그냥 존재하고, 돌이 그냥 존재하는 것처럼. 자연스럽고 당연한 것이었다.

"왜요?" 보부아르는 앞으로 몸을 기울였다. 그것은 그가 목소리가 아름다운 수사, 자신과 너무나 닮은 육체의 이 수사에게 묻고 싶어 죽을 것 같았던 질문 중 하나였다.

"왜 이 수도원을 사랑하느냐고요? 사랑하지 않을 이유가 뭡니까?" 앙투안 수사는 마치 몬트리올 리츠 호텔의 스위트룸이라도 된다는 양 자신의 방을 둘러보았다. "겨울에는 하키를 하고, 여름에는 낚시를 하고, 호수에서 헤엄을 치고, 블루베리를 따 먹죠. 저는 하루하루가 무엇을 가져다줄지 알지만 그렇다 하더라도 하루하루가 모험처럼 느껴집니다. 저와 같은 믿음을 가진 사람들 사이에 있지만 끊임없이 매혹적일 만큼 충분히 다른 사람들이죠. 저는 하느님 아버지의 집에 살면서 형제들에게서 많은 것을 배웁니다. 그리고 하느님의 목소리로 하느님의 노래를 부릅니다."

수사는 강한 손을 무릎 위에 올리고 몸을 앞으로 숙였다.

"제가 여기서 무엇을 찾았는지 아십니까?"

보부아르는 고개를 저었다.

"저는 평화를 찾았습니다."

보부아르는 눈이 뜨거워지는 것을 느끼며 자신이 무척이나 부끄럽다고 생각하면서 등받이에 몸을 기댔다.

"경위님은 왜 살인을 수사하십니까?" 앙투안 수사가 물었다.

"그걸 잘하니까요."

"그걸 잘하게 한 게 뭡니까?"

"모르겠습니다."

"아뇨, 아실 겁니다. 제겐 말씀하셔도 됩니다."

"몰라요." 보부아르가 쏘아붙였다. "하지만 그건 제가 궁둥이를 붙이거나 무릎 꿇고 앉아서 뜬구름에 기도하는 것보다는 낫습니다. 적어도 저는 쓸모 있는 뭔가를 하고 있습니다."

"사람을 죽여 보신 적 있습니까?" 수사가 조용한 목소리로 물었다.

보부아르가 깜짝 놀라 끄덕였다.

"저는 없습니다." 앙투안 수사가 말했다.

"그럼 사람을 구해 보신 적 있습니까?" 보부아르가 물었다.

이제 앙투안 수사가 놀란 것처럼 보였다. 잠깐의 침묵 후에 그가 고개를 저었다.

"저는 있습니다." 보부아르가 자리에서 일어나며 말했다. "당신은 노래나 계속 부르십시오, 몽 프리르. 계속 기도하면서요. 계속 무릎을 꿇고. 그리고 다른 사람들이 일어나서 구하러 가게 하십시오."

보부아르가 그 방을 나와 부원장 사무실로 반쯤 가는 중에 앙투안 수사의 목소리가 들렸다.

"제가 구한 사람이 한 명 있습니다."

보부아르는 걸음을 멈추고 돌아보았다. 수사는 방 밖의 어둠침침한 복도에 서 있었다.

"저 자신이오."

장 기는 코웃음을 치고 고개를 흔들며 앙투안 수사에게 등을 돌렸다.

그는 한마디도 믿지 않았다. 그가 수도원에 대한 자신의 사랑을 이야기할 때 확실히 그 수사를 믿지 않았다. 수도원 안 휑뎅그렁한 곳에 살면서 돌과 오래된 뼈 무더기를 사랑하는 것은 불가능했다. 세상에서 숨어서. 자신들의 이성에서 숨어서.

지긋지긋하게 지루한 노래를 부르는 일을 사랑하거나 자신들에게 그것을 요구하는 신을 사랑하는 것은 불가능했다. 그리고 그는 앙투안 수사가 사람을 죽여 본 적이 없다고 했을 때 그를 전혀 믿지 않았다.

다시 한번 부원장 사무실 안에서 장 기 보부아르는 벽에 몸을 기댔다가 허리를 숙이고 무릎에 손을 짚었다. 그리고 숨을 깊이 들이마셨다가 깊이 내쉬었다.

가마슈 경감이 새 의자를 가지고 부원장 사무실로 돌아왔다.

"살뤼." 그는 보부아르에게 그렇게 말한 뒤 목수 수사가 찾아서 고쳐 주기를 바라며 부서진 의자를 복도에 내다놓았다. 가마슈에게는 고쳐야 할 것들이 있었다.

그가 그 의자를 가리켰고, 보부아르가 앉았다.

"프랑쾨르 경정이 자네에게 무슨 이야기를 했지?"

보부아르는 깜짝 놀라 그를 보았다.

"말씀드렸을 텐데요. 경감님이 얼마나 무능한지에 대한 헛소리요. 제가 그걸 아직도 몰랐다는 듯이오."

하지만 그의 경박한 시도는 그들 사이의 책상 위에 내려앉았다. 가마슈는 미소 짓지 않았다. 그의 시선은 부관에게서 떨어지지 않았다.

"그것 말고도 더 있네." 보부아르를 잠시 관찰하며 경감이 말했다. "프랑쾨르는 더 많은 말을 했네. 암시했거나. 날 신뢰해야 하네, 장 기."

"그 외의 다른 이야기는 없었습니다."

보부아르는 지치고 핼쑥해 보였고, 가마슈는 보부아르를 몬트리올로 돌려보낼 필요가 있다는 것을 알았다. 그는 구실을 찾았다. 장 기에게 흉기와 시체에서 발견한 양피지를 들려 보낼 수 있었다. 이제 사본은 완성되었고, 원본을 연구실로 보낼 수 있었다.

그랬다, 장 기를 몬트리올로 돌려보낼 이유는 많았다. 진짜 이유를 포함해서.

"사람들이 서로를 신경 쓸 때는 그들을 보호하고 싶기 때문이라고 생각하지만," 가마슈는 신중하게 말을 고르며 말했다. "때로는 하키나 축구에서 골키퍼가 블로킹을 할 때처럼, 그들을 보호하는 대신 무엇이 다가오는지 보도록 그들을 더 세게 그것으로 향하게 하지. 해는 일어났네. 실수로."

가마슈가 살짝 몸을 내밀자, 보부아르가 살짝 몸을 물렸다.

"자네가 날 보호하려 한다는 걸 아네, 장 기. 그리고 그걸 고맙게 생각하네. 하지만 자넨 내게 진실을 말해야 해."

"그럼 경감님은요? 경감님은 제게 진실을 말하고 계십니까?"

"뭐에 대해서?"

"습격 영상 유출 건에 대해서요. 그게 어떻게 유출됐는지에 대해서요. 공식 보고서는 사실을 은폐했습니다. 그 영상은 내부적으로 유출됐습니다. 하지만 경감님은 그 공식 보고서를 믿으시는 것처럼 보이죠. 해커요, 웃기지 마십시오."

"그거였나? 프랑쾨르 경정이 자네한테 그 영상에 대해 뭔가 말했나?"

"아뇨, 그건 제 의문입니다."

"나는 전에 그것에 답했네." 그는 보부아르를 면밀히 살폈다. "이 이야기가 갑자기 어디서 튀어나왔지? 내가 무슨 말을 하길 바라나?"

"그 보고서를 믿으셔서는 안 된다는 거요. 개인적으로 조사하시라는 거요. 누가 그랬는지 찾으시라는 거요. 그들은 우리 내부에 있습니다. 경감님 사람이죠. 이렇게 내버려 두셔서는 안 된단 말입니다."

자제력을 잃은 그의 목소리가 높아지고 있었다.

물론 보부아르의 말이 맞았다. 그 영상은 내부에서 유출되었다. 가마슈는 그 일이 일어난 순간 알았다. 하지만 어쨌든 그는 내부 수사의 결과를 공식적으로 받아들이길 선택했다. 어떤 아이가, 어떤 해커가 경찰청 파일에서 운 좋게 습격 영상을 찾아냈다는 결과를.

그것은 말도 안 되는 보고서였다. 하지만 가마슈는 보부아르를 포함해 자신의 부하들에게 그것을 받아들이라고 말했다. 내버려 두라고. 나아가기 위해.

그리고 가마슈가 아는 한 모두가 받아들였다. 보부아르만 제외하고.

그리고 지금 가마슈는 지난 8개월 동안 자신과 다른 고위 경관들이 외부의 도움을 받아 은밀히, 신중히, 조용히 수사를 진행하고 있다는 것을 그에게 말할지 고민했다.

끔찍한 병폐가 우리를 덮치려 하는구나.

하지만 퀘벡 경찰청의 경우, 그것은 닥쳐 있었다. 오랜 세월 거기에 있었고, 안에서부터 썩고 있었다. 위에서부터.

정보를 모으기 위해 실뱅 프랑쾨르가 수도원으로 보내졌다. 부원장의 죽음 때문이 아니라 가마슈가 얼마나 알고 있는지 알아내기 위해. 혹은 의심하고 있는지.

그리고 프랑쾨르는 보부아르를 통해 그것을 알아내려 했다. 압박하고 찌르고 벼랑 끝으로 그를 밀면서.

가마슈는 다시 한번 날름거리는 분노를 느꼈다.

그는 보부아르에게 모든 걸 말할 수 있길 바랐지만 그는 자신이 그러지 않아서 매우 기뻤다. 프랑쾨르는 이제 장 기를 혼자 내버려 둘 터였다. 가마슈에게는 여전히 뭔가 꿍꿍이가 있는 반면 보부아르는 그렇지 않다는 것에 만족했다. 프랑쾨르는 보부아르에게서 얻어 낸 모든 것들에 만족했을 터였다.

그렇다, 프랑쾨르는 모종의 의도로 이곳으로 보내졌고, 가마슈는 마침내 그것이 무엇이었는지 이해했다. 하지만 가마슈는 또 다른 의문을 품었다. 누가 경정을 보냈을까?

상관 위의 상관이 누굴까?

"경감님?" 보부아르가 불렀다.

"우리가 전에 했던 말들이지, 장 기," 가마슈가 말했다. "하지만 그게 도움이 된다면 그에 관해 다시 말해서 기쁘네."

그는 반달 모양 돋보기 너머로 보부아르를 똑바로 바라보았다.

그것은 장 기가 자주 보았던 눈빛이었다. 사냥꾼 오두막에서. 지저분하고 좁은 모텔 방에서. 레스토랑과 비스트로에서. 앞에 버거와 푸틴녹인 치즈와 소스를 끼얹은 감자튀김을 놓고. 수첩을 펼치고.

사건을 이야기할 때의 눈빛이었다. 용의자와 증거를 분석하며. 아이디어, 의견, 어림짐작을 나누며.

10년 넘게 보부아르는 저 안경 너머로 저 눈을 보았다. 그리고 항상 경감의 의견에 동의한 것은 아니었지만 항상 경감을 존중했다. 경감을 사랑하기까지 했다. 전우가 전우를 사랑한 방식으로.

아르망 가마슈는 자신의 대장이었다. 자신의 상관. 자신의 리더. 자신의 스승. 그리고 그 이상.

만사가 계획대로라면 언젠가 가마슈는 저 눈빛에 그의 손주를 담으리라. 장 기의 아이들을. 아니의 아이들을.

보부아르는 그 친숙한 눈에서 고통을 보았다. 그리고 그것을 유발한 사람이 자신이라는 사실을 믿을 수 없었다.

"제가 한 말은 다 잊어버리세요." 보부아르가 말했다. "그건 멍청한 질문이었습니다. 누가 그 영상을 유출했든 상관없습니다. 그렇죠?"

하지만 그는 자신의 마지막 말에서 애원을 들었다.

가마슈는 한껏 몸을 뒤로 기대며 잠시 보부아르를 바라보았다. "자네가 그에 관해 이야기하고 싶다면 난 하겠네."

하지만 보부아르는 가마슈가 이 말을 함으로써 비싼 대가를 치를 거라는 걸 알 수 있었다. 보부아르는 세상으로 퍼진 그 영상에 찍힌 그날, 공장에서의 그날, 고통받은 사람이 자신뿐이 아니라는 사실을 알았다. 보부아르는 살아남은 죄책감의 짐을 여전히 견디는 사람이 자신뿐이 아니라는 사실을 알았다.

"손상은 입었습니다, 파트롱. 우리는 앞으로 나아갈 필요가 있다는 경감님 말씀이 맞습니다."

가마슈는 안경을 벗고 보부아르를 똑바로 응시했다. "이것 하나만은 믿어 줬으면 하네, 장 기. 영상을 유출한 사람이 누구든 언젠가는 값을 치를 걸세."

"우리 손으로는 아니고요?"

"우리는 여기서 할 일이 있네. 그리고 솔직히, 찾는 데 어려움을 겪고 있지."

경감은 미소를 지었으나 그 갈색 눈 안의 경계가 아주 감춰지지는 않았다. 보부아르를 몬트리올로 빨리 보낼수록 더 좋았다. 이미 어두워졌지만 수도원장에게 말해서 보부아르를 아침 일찍 보내면 될 일이었다.

가마슈는 노트북컴퓨터를 끌어당겼다. "이게 연결이 되면 좋겠군."

"안 됩니다." 보부아르가 날카롭게 말했다. 그는 책상 위로 몸을 기울여 스크린을 움켜쥐었다.

놀란 경감이 그를 보았다.

보부아르는 미소를 지었다. "죄송합니다. 낮에 연결이 됐는데 문제를 발견한 것 같습니다."

"그러니까 만져서 망치지 말란 말인가?"

"맞습니다."

보부아르는 자신의 목소리가 밝았길 바랐다. 그는 자신의 설명이 신빙성 있길 바랐다. 하지만 대개는 경감이 노트북에서 떨어지길 바랐다.

그는 그랬다. 그리고 보부아르는 자신 쪽을 향하게 노트북을 돌렸다.

위기는 피했다. 그는 의자에 몸을 기댔다. 날카로운 고통으로 바뀐 만성적인 통증이 보부아르의 뼛속을 터널 삼아 골수를 내달렸다. 몸 구석구석으로 고통을 나르는 복도 같은.

보부아르는 언제쯤 사무실에 홀로 남겨질지 궁금증이 일기 시작했다. 노트북과. 그리고 경정이 가져온 DVD. 그리고 의사가 남기고 간 약과. 그는 이제 다음 미사를 갈망했다. 그러면 모두가 성당에 있는 동안 자신은 이곳에 있을 수 있었다.

그들은 사건을 토의하며 가설들을 세우고, 가설들을 버리면서 마침내 가마슈가 자리에서 일어설 때까지 20분을 보냈다.

"난 산책을 다녀와야겠네. 자네도 갈 텐가?"

보부아르는 심장이 내려앉았으나 고개를 끄덕이고 가마슈를 따라 복도로 나섰다.

성당으로 발길을 돌렸을 때, 경감이 갑자기 걸음을 멈추고 벽에 붙은 전구를 응시했다.

"처음 도착했을 때 여기에 전기가 있다는 사실에 놀랐네, 장 기."

"태양광 발전과 근처 강에서 끌어오는 수력 발전이 있습니다. 레몽 수사가 말해 줬습니다. 그게 어떻게 돌아가는지 알려 드릴까요? 그가 그것도 말해 줬습니다."

"내 생일에 해 주면 좋겠군. 특별한 선물이 될 거야." 경감이 말했다. "하지만 지금 내가 궁금한 건 저기서 저 빛이 어떻게 나느냐네."

그가 벽 촛대를 가리켰다.

"무슨 말씀인지 모르겠습니다, 파트롱. 벽에서 어떻게 빛이 나겠습니까? 배선 공사를 했겠죠."

"그래. 하지만 전선이 어디 있지? 그리고 새 난방 시스템의 배관은 어디 있지? 또 수도 파이프는?"

"그런 건 어느 건물에나," 보부아르는 경감이 미치지 않았는지 의아해하며 말했다. "벽 뒤에 있죠."

"하지만 지도에는 벽이 한 겹뿐이네. 질베르회는 기반을 파고 벽들을 세우는 데 수년, 수십 년이 걸렸네. 경이적인 건축공학이지. 하지만 자넨 그들이 지열 설비와 배관과 그리고 저걸 설계했다고는 말하지 못하겠지."

그가 다시 조명을 가리켰다.

"무슨 말씀인지 모르겠습니다." 보부아르가 시인했다.

가마슈는 그를 돌아보았다. "자네 집이나 우리 집이나 벽이 이중으로 되어 있네. 외장 마감과 내장 마감. 그리고 그 둘 사이에 단열재와 배선이 있네. 배관. 그리고 통풍구도."

그제야 보부아르는 이해가 되었다. "그들은 단단한 돌에 전선과 파이프를 통과시킬 수 없었군요. 그럼 이건 외측 벽이 아니군요." 그는 벽을 이루는 자연석을 가리켰다. "이 뒤에 또 다른 벽이 있습니다."

"그럴 거라고 보네. 자네가 결함에 대해 설명한 벽은 무너지고 있는 게 아닐지도 모르네. 그건 나무뿌리와 수분이 침투한 바깥쪽 벽일세. 안쪽 벽은 아직 뚜렷하지 않지."

그들이 다시 발걸음을 옮겨 성당에 발을 들일 때 보부아르는 두 거죽이라고 생각했다. 공적인 얼굴, 그리고 다른 얼굴 뒤에서는 무너지고 썩어 가고 있었다.

그는 실수를 했다. 꼼꼼히 보지 못했다. 그리고 경감은 그걸 알았다.

"엑스퀴제무아." 누군가가 크게 외쳤고, 두 남자는 천천히 돌아보았다. 그들은 성당을 가로지르는 중이었다.

"여깁니다."

가마슈와 보부아르는 오른쪽을 보았고, 그곳 그림자 속에 도미니크회 수사가 서 있었다. 셈프링엄의 길버트 명판 옆에.

두 수사관은 그쪽으로 걸어갔다.

"어디 가시는 모양이군요." 세바스티앙 수사가 말했다. "방해가 됐다면 나중에 이야기해도 됩니다."

"저희는 항상 갈 곳이 있지요, 몽 프뢰르." 가마슈가 말했다. "그리고 갈 곳이 없다면 갈 곳이 있는 것처럼 보이도록 훈련을 받았습니다."

도미니크회 수사가 웃음을 터뜨렸다. "수사들과 똑같군요. 바티칸에 가 보시면 저희는 항상 중요해 보이도록 복도를 바삐게 돌아다닙니다. 그 시간의 대부분을 저희는 화장실을 찾느라 애쓸 뿐이죠. 훌륭한 이탈리아 커피와 바티칸 내 화장실 간의 거리는 깜짝 놀랄 만큼 멀다는 게 슬프게 수렴하죠. 성베드로대성당은 웅장하지만 화장실이 우선하진 않습니다. 프랑쾨르 경정님이 부원장님의 죽음에 대해 뭔가 말해 주셨습니다. 그에 관해 좀 더 이야기할 수 있을까요? 무슈 프랑쾨르가 책임자지만 실질적인 수사는 두 분이 하시는 것 같습니다만."

"제대로 보셨군요." 가마슈가 동의했다. "뭘 알고 싶으십니까?"

하지만 수사는 대답 대신 명패를 돌아보았다. "길버트는 오래 사셨군요. 그리고 흥미로운 묘사가 있습니다." 그가 그 글귀를 가리켰다. "저는 아마도 이 명판을 만들었을 질베르회가 그를 이토록 따분한 사람으로 이해했다는 게 이상하다는 걸 발견했습니다. 하지만 이 아래 각주에 그들은 그가 대주교를 지켰다고 합니다." 세바스티앵 수사가 가마슈에게로 몸을 돌렸다. "그게 누구였는지 아십니까?"

"대주교요? 토머스 베켓이오."

세바스티앵 수사가 끄덕였다. 서까래에 높이 달린 전구의 흐릿한 불빛 속에서 그림자들이 왜곡되었다. 눈들은 음산한 구멍이 되었고, 코들은 기형적으로 길어졌다.

도미니크회 수사가 두 사람에게 그로테스크한 미소를 지었다. "길버트가 한 일은 주목할 만합니다. 그가 왜 그랬는지 너무 알고 싶습니다."

"저도 알고 싶습니다, 몽 프뢰르." 가마슈가 웃음기 없이 대꾸했다. "당신이 정말 여기에 있는 이유를요."

그 질문에 놀란 수사가 가마슈를 응시하더니 웃음을 터뜨렸다.

"우린 할 얘기가 많은 것 같군요, 무슈. 사제단 회의실로 가시겠습니까? 거기라면 방해받지 않을 겁니다."

명판 뒤에 그 방으로 들어가는 문이 있었다. 가마슈는 그것을 알았고, 보부아르도 알았다. 그리고 수사도 그것을 아는 듯했다. 하지만 숨겨진 손잡이를 찾아 문을 여는 대신 세바스티앵 수사는 기다렸다. 두 사람 중 하나가 그 일을 해 주길.

가마슈 경감은 수사를 살폈다. 그는 즐거워 보였다. 또다시 생각나는 말이 있었다. 무해한. 일이 행복하고, 삶이 행복한. 삼종기도 종소리를 따라 이 외딴 수도원을 찾아오는 게 그는 분명 행복했으리라.

종교재판을 피해 온 돔 클레망이 거의 4백 년 전에 지은 수도원. 그들은 캐나다의 야생으로 사라졌고, 수 세기 전 마지막 질베르회에 병자성사가 행해졌다고 세상이 믿게 만들었다.

교회조차 그들이 존재하지 않는다고 믿었다.

하지만 그들은 살아남았다. 수백 년 동안 수사들은 이 맑고 깨끗한 호숫가에 머무르며 신을 경배했다. 신에게 기도하며. 신을 위해 노래하며. 그리고 조용한 사색의 삶을 살았다.

그러나 무엇 때문에 자신들이 이곳으로 왔는지 결코 잊지 않았다.

공포. 조바심.

담장이 충분히 높지도 두껍지도 않다는 듯, 돔 클레망은 한 가지 조치를 더 취했다. 그는 숨을 방을 지었다. 사제단 회의실. 만일의 경우를 대비해서.

그리고 오늘 밤 그 '만일'이 마침내 발생했다. 이 유쾌한 수사의 형상으로 종교재판이 질베르회를 찾아냈다.

"마침내," 세바스티앵 수사는 수도원 문턱을 넘으며 말했었다. "여러분을 찾아냈군요."

마침내. 가마슈는 생각했다.

그리고 이제 신앙교리성에서 온 도미니크회 수사는 자신에게 비밀 문을 보여 달라고 부탁하고 있었다. 그것을 열라고. 질베르회의 마지막 은신처를 빼앗기 위해.

가마슈는 그것이 더 이상 중요하지 않다는 것을 알았다. 비밀은 드러났다. 더 이상 숨을 일은 없었다. 그럴 필요도 없었다. 종교재판은 끝났다. 하지만 그렇다 하더라도 가마슈 경감은 주님의 사냥개를 위해 4백 년 후 이 문을 열기가 꺼려졌다.

이 모든 게 가마슈의 머리를 순식간에 스쳤지만, 그가 무어라 입을 열기 전에 보부아르가 한 걸음 나서서 뒤엉킨 늑대 그림을 눌렀다.

그리고 명판이 쩔꺽거리며 열렸다.

"메르시." 도미니크회 수사가 말했다. "당신들이 어떻게 알았는지 잠깐 궁금했습니다."

보부아르가 그에게 경멸 섞인 시선을 던졌다. 그 시선이 그를 과소평가하도록 이 젊은 수사를 가르칠 터였다.

가마슈는 옆으로 물러나 수사에게 먼저 들어가라고 손짓했다. 세 사람은 사제단 회의실로 발을 들였고, 벽을 따라 나 있는 벤치에 앉았다. 가마슈는 기다렸다. 그는 대화를 시작할 생각이 없었다. 그래서 세 사람은 침묵 속에 앉아 있었다. 1분쯤 지나자 보부아르가 꼼지락거리기 시작했다.

하지만 경감은 완벽히 조용히 앉아 있었다. 차분하게.

그때 수사에게서 부드러운 소리가 났다. 경감이 그것을 알아차리는 데 잠깐의 시간이 걸렸다. 그는 가마슈 자신이 저녁 식사 자리에서 흥얼거렸던 그 멜로디를 흥얼거리고 있었다. 하지만 그것은 다르게 들렸다. 가마슈는 어쩌면 그것이 방의 음향 때문일 거라 생각했다. 하지만 그는 내심 그렇지 않다는 것을 알았다.

그는 옆의 남자에게 몸을 돌렸다. 세바스티앵 수사는 눈을 감고 있었고, 그의 가늘고 가벼운 속눈썹이 창백한 뺨에 드리워져 있었다. 그리고 얼굴에는 미소가.

마치 돌들 스스로가 노래를 부르는 듯했다. 마치 수사가 공기 밖으로, 벽들 밖으로, 그의 로브 밖으로 음악을 구슬리는 듯했다. 가마슈는 자신에게서 그 음악이 나오는 기묘한 감각을 느꼈다. 음악이 자신의 일부인 양, 그리고 자신이 음악의 일부인 양.

모든 것이 허물어지고 뒤엉켜 소용돌이치는 듯했고, 거기에서 이 소리가 나오는 듯했다.

그 경험은 너무나 은밀하고 너무나 침습적侵襲的이라 두려울 정도였다. 음악 자체가 그토록 아름답고 차분하지 않았더라면 정말 두려웠으리라.

그때 도미니크회 수사가 흥얼거리기를 그치고 눈을 뜬 다음 가마슈를 돌아보았다.

"경감님, 이 멜로디를 어디서 들으셨는지 알고 싶습니다."

29

"말씀드릴 게 있습니다, 페르 아베." 앙투안 수사가 말했다.

돔 필리프는 자신의 사무실에서 그 요청을 듣고 있었다. 혹은 요구를. 평소라면 그는 쇠 노커로 문 두드리는 소리를 먼저 들었겠지만 지금은 평소가 아니었다. 그 막대는 마티외 수사를 죽인 흉기로 판명되었고, 압수되었다.

그리고 시몽이 부원장을 발견했을 때 그가 살아 있었다는 사실이 퍼졌다. 숨이 붙어 있을 때 병자성사를 받았다는 사실도. 돔 필리프는 그것을 알고 엄청난 마음의 평화를 얻었다. 하지만 그는 시몽이 왜 그것을 언급하지 않았는지 궁금했다.

그리고 그 이유를 알게 되었다.

마티외는 살아 있었을 뿐 아니라 말까지 했다. 한마디를. 시몽에게.

호모.

돔 필리프는 다른 사람들과 마찬가지로 그 말이 도무지 이해가 되지 않았다. 세상에 남길 한마디 말 가운데 마티외는 왜 '호모'라는 말을 했을까?

그는 형제들이 무엇을 의심하는지 알았다. 마티외는 자신의 성적 취향을 언급하고 있었다. 일종의 용서를 구하며. 일종의 병자성사. 하지만 원장은 그것이 사실이었다고 믿지 않았다.

마티외가 동성애자가 아니었다는 것은 아니다. 그는 그랬을지도 몰랐다. 하지만 돔 필리프는 수년간 그의 고해를 들었고, 마티외는 그걸 언급한 적이 한 번도 없었다. 물론 그 말이 잠재해 있었을지도 몰랐다. 깊이 묻혀 있다가 머리의 일격에 표면으로 튀어나왔다.

호모.

시몽은 마티외가 목을 가다듬고 그 말을 하기 위해 온갖 애를 썼다고 했고, 마침내 쉿소리로 말했다. "호모."

원장은 그 말을 해 보았다. 목을 가다듬고 그 말을 했다.

그는 반복했다. 거듭.

그는 생각날 때까지 그것을 했다. 마티외가 한 것. 마티외가 한 말. 마티외가 의미한 것.

하지만 그때 앙투안 수사가 들어와 원장에게 가볍게 허리를 숙였다.

"그래, 내 아들이여. 무슨 일인가?" 돔 필리프가 자리에서 일어났다.

"방문객 세바스티앵 형제에 대한 겁니다. 그는 로마에서 부원장님의 죽음을 듣고 교황청에서 파견됐다고 했습니다."

"그리고?" 원장은 옆자리를 권했고, 앙투안 수사는 거기에 앉았다.

지휘자는 걱정스러워 보였고, 목소리를 낮췄다. "어떻게 그럴 수 있는지 모르겠습니다."

"왜 그런 말을 하나?" 하지만 수도원장은 이미 그 답을 알고 있었다.

"그러니까, 원장님은 바티칸에 언제 연락하셨습니까?"

"안 했네. 몬트리올 대교구의 듀세트 대주교님께 전화했네. 그분이 퀘벡의 대주교님께 연락하셨고, 아마 로마에 연락하셨겠지."

"언제 전화하셨습니까?"

"경찰을 부르고 나서 바로."

앙투안 수사는 잠시 그에 관해 생각했다. "어제 아침 아홉 시 반쯤이겠군요."

수도원장은 이것이 몇 달 만에 처음으로 앙투안 수사와 나누는 점잖은 대화라고 생각했다. 그리고 원장은 자신이 평생 그를 얼마나 그리워했는지 깨달았다. 그의 창의적인 생각, 그의 열정, 성경과 문학에 관한 토론을. 하키에 대한 언급 없이.

하지만 이제 그것은 마티외의 죽음을 기반으로 회복된 것처럼 보였다. 그리고 도미니크회 수사의 도착과.

"나도 같은 걸 생각하고 있었지." 돔 필리프는 인정하며 작은 방의 작은 난롯불을 살폈다. 새 지열 시스템 덕분에 수도원은 중앙난방을 할 수 있게 되었다. 하지만 전통적인 것을 좋아하는 원장은 열린 창문과 난로의 온기를 선호했다.

"로마는 여섯 시간이 늦네." 원장이 말했다. "그들이 즉각 반응했다 해도 세바스티앵 형제가 이렇게 빨리 도착할 것 같지는 않아 보이네."

"정확합니다, 몽 페르." 앙투안이 말했다. 그가 지난 몇 달간 지나치게 격식적이고, 보다 공식적이고, '페르 아베'보다 딱딱한 돔 필리프라고 부른 이래 '몽 페르'라고 부른 것은 오랜만이었다. "그리고 원장님과 저는 대교구가 대륙 이동설처럼 움직이고 로마는 진화의 속도만큼 빠르다는 걸 압니다."

원장은 미소를 짓더니 다시 진지한 표정이 되었다.

"그래서 그가 왜 여기에 있는 겁니까?" 앙투안 수사가 물었다.

"마티외 형제의 죽음 때문이 아니라면?" 돔 필리프는 앙투안 수사의 불안한 눈을 주시했다. "모르겠네."

하지만 아주 오랜만에 원장은 마음이 차분해지는 것을 느꼈다. 자신을 그토록 고통스럽게 한 금이 아물고 있었다.

"그에 관한 자네의 생각을 듣고 싶네, 앙투안."

"아무렴요."

"시몽 형제는 마티외가 죽기 전에 한마디 말을 남겼다고 하더군. 자네도 지금은 그 소문을 들었겠지."

"들었습니다."

"그는 '호모'라고 했네." 원장은 지휘자의 반응을 살폈지만 아무런 반응이 없었다. 수사들은 감정과 생각을 감추도록 훈련을 받았고, 길들여졌다. "그가 뭘 뜻했는지 아나?"

앙투안은 잠시 말이 없었고, 시선을 피했다. 말이 없는 자리에서 눈빛은 열쇠가 되었다. 시선을 피한다는 것은 중요한 의미가 있었다. 하지만 그의 시선이 다시 원장을 찾았다.

"형제들은 그분이 자신의 성적 취향…… 에 대해 말한 건지 궁금해하고 있습니다."

앙투안 수사가 하고 싶은 말은 분명히 더 있었기에, 원장은 무릎에 손을 포개고 기다렸다.

"그리고 그분이 특별히 원장님과의 관계를 언급한 건지 궁금해하고 있습니다."

그토록 대담한 표현을 듣고 원장의 눈이 살짝 커졌다. 잠시 후 그가 끄덕였다. "어떻게 그들이 그렇게 생각했는지 알겠네. 마티외와 나는 오랜 세월 동안 아주 가까웠지. 난 그를 많이 사랑했네. 늘 그럴 걸세. 그리고 앙투안, 자네는? 자넨 어떤가?"

"저도 그분을 사랑했습니다. 형제처럼요. 제 개인적인 생각으로는 그분이 원장님이나 다른 이들을 다르게 느꼈을 거라고 믿을 어떤 이유도 못 찾겠습니다."

"난 마티외가 무슨 말을 하려 했는지 알 것 같네. 시몽은 그가 말하기 전에 목을 가다듬은 다음 '호모'라고 말했다고 했네. 난 그 말을 몇 번 따라 해 봤네……."

앙투안 수사는 놀란 데다 감명을 받은 것처럼 보였다.

"……그리고 이게 결국 내가 얻은 걸세. 마티외가 말하려 했던 것."

수도원장은 목을 가다듬거나 그러려고 했다가 말했다. "호모."

앙투안은 충격을 받고 응시했다. 이내 그가 끄덕였다. "봉 듀Bon Dieu 맙소사, 원장님 말씀이 맞는 것 같습니다."

그가 목을 가다듬더니 따라 말했다. "호모."

"하지만 마티외 형제는 왜 그런 말을 했을까요?" 그가 물었다.

"모르겠네."

돔 필리프가 오른손을 들어 손바닥을 내밀었다. 그리고 앙투안 수사는 아주 살짝 망설이다가 그 손을 잡았다. 원장은 그 위에 자신의 왼손을 덮고, 마치 그것이 새라는 양 젊은 손을 쥐었다.

"하지만 모든 게 잘될 거라는 걸 아네, 앙투안. 모든 게 잘될 걸세."

"위, 몽 페르."

가마슈는 도미니크회 수사의 시선을 붙들었다.

세바스티앵 수사는 호기심에 찬 표정이었다. 정말로 호기심이 깊어 보였다. 하지만 열망하진 않는다고 생각했다. 그는 답이 올 것이라는 걸 아는 사람처럼 보였고, 기다리는 법을 알았다.

경감은 이 수도사가 마음에 들었다. 사실 그들 대부분을 좋아했다. 최소한 싫어하지는 않았다. 하지만 이 젊은 도미니크회 수도사는 사람을 무장해제하는 자질이 있었다. 가마슈는 그것이 강력하고 위험한 자질이라는 것을 알았고, 자신을 무장해제하도록 허용하는 것은 극히 어리석은 짓이라는 것을 알았다.

도미니크회 수사는 차분한 분위기를 풍겼고, 신뢰를 불러일으켰다.

그리고 그때 경감은 자신이 왜 즉시 매료되었고 경계했는지 깨달았다. 그는 그것이 자신의 수사 자질이라는 것을 알았다. 경감이 수도사들을 바쁘게 조사하는 동안 이 수도사는 자신을 수사하고 있었다. 그리고 그는 그에 대한 유일한 방어가 완벽한 정직이라는 것을 알았다.

“저녁 식사 자리에서 제가 흥얼거린 멜로디는 여기서 나온 겁니다.”

가마슈는 살인이 일어난 이래 쭉 지니고 다녔던 신비주의 서적을 펼쳤고, 그 누레진 양피지를 세바스티앵 수사에게 건넸다.

수사가 그것을 받아 들었다. 그의 젊은 두 눈은 약한 불빛에서조차 읽는 데 도움이 필요 없었다. 가마슈는 잠시 시선을 돌려 보부아르의 시선을 잡았다.

장 기 또한 수사를 살피고 있었지만 그의 눈은 거의 게슴츠레해 보였다. 불빛 때문인지도 몰랐다. 그들의 눈은 모두 이 비밀스러운 작은 방에서 이상해 보였다. 경감은 세바스티앵 수사를 돌아보았다. 도미니크회 수사의 입술이 소리 없이 움직이고 있었다.

“이걸 어디서 찾으셨습니까?” 수사가 마침내 그 종이에서 살짝 고개를 들며 물었고, 곧 다시 그 종이로 시선을 떨궜다.

"마티외 수사에게서 찾았습니다. 그는 그걸 끌어안고 있었습니다."

수사가 성호를 그었다. 그것이 기계적인 동작이었다 하더라도 그는 그럭저럭 거기에 의미를 부여했다. 이내 세바스티앵 수사는 심호흡을 했다. 그리고 고개를 끄덕였다.

"이게 뭔지 아십니까, 경감님?"

"네우마라고 알고 있습니다." 그가 고대의 음악 기호 위로 검지를 움직였다. "그리고 이 가사는 터무니없어 보이긴 해도 라틴어입니다."

"터무니없군요."

"질베르회 수사 중 몇몇은 이 가사가 의도적인 모욕이라고 생각하는 것 같습니다." 가마슈가 말했다. "그리고 이 네우마들은 성가의 졸렬한 모방이라고요. 마치 누군가가 그레고리오 성가의 형식을 따다가 고의적으로 그로테스크하게 비튼 것처럼."

"이 가사는 바보 같은 말이긴 하지만 모욕은 아닙니다. 만약 이것이," 세바스티앵 수사가 종이를 들어 올렸다. "신앙을 하찮게 한 거라면 저도 동의하지만 모욕은 아닙니다. 사실 저는 이 가사에 하느님이나 교회나 헌신이 한 번도 나오지 않은 게 흥미롭습니다. 이걸 쓴 사람은 일부러 그런 말들에서 거리를 두려 한 것 같군요."

"왜죠?"

"저도 모르겠지만 이게 이단이 아니라는 건 압니다. 살인은 경감님 전문이겠지만 이단은 제 전문이죠. 신앙교리성이 하는 일이 특히 그겁니다. 저희는 이단과 이단자를 색출합니다."

"그 색출이 수사님을 여기로 이끌었습니까?"

세바스티앵 수사는 그 질문을 숙고하기보다 대답을 숙고하는 듯했다.

"그건 수만 킬로미터와 수백 년을 아우르는 긴 자취입니다. 돔 클레망이 떠난 건 옳았습니다. 종교재판의 기록 보관소에 종교재판소장이 직접 서명한, 질베르회를 조사하라는 성명서가 있습니다."

"하지만 왜요?" 보부아르가 그 말에 주목하며 물었다. 그건 토끼나 새끼 고양이를 수사하는 것과 유사해 보였다.

"그들을 조직한 사람 때문에요. 셈프링엄의 길버트."

"그들이 극단적으로 지루해서요?" 보부아르가 물었다.

세바스티앵 수사는 웃었지만 웃음은 길게 이어지지 않았다. "아니요, 극단적인 충성심 때문에. 극단적인 헌신과 충성 같은 것들이 의심받는 게 종교재판의 역설 중 하나였습니다."

"왜요?" 보부아르가 물었다.

"제어가 안 되니까요. 하느님을 굳게 믿고 수도원장과 수도회에 지극히 충성하는 사람들은 종교재판소와 재판관들의 뜻에도 굽히지 않았을 테죠. 그들은 너무 강직했습니다."

"그래서 대주교에 대한 길버트의 방어가 수상하게 보였습니까?" 가마슈가 미궁 같은 논리를 따라가려 애쓰며 물었다. "하지만 그건 종교재판이 있기 육백 년 전의 일이었습니다. 그리고 그는 세속적 권력에 대항해 교회를 지키고 있었습니다. 저는 교회가 그를 용의자가 아닌 영웅으로 여기리라 생각했는데요. 수 세기 후에도요."

"천 년 된 사건들의 기반이 있는 조직에 육백 년은 아무것도 아닙니다." 세바스티앵이 말했다. "그리고 눈에 띄는 사람은 타깃이 되기 마련이죠. 경감님은 아시겠죠."

가마슈는 그에게 날카로운 시선을 던졌지만 세바스티앵의 표정은 평온했다. 거기에 숨겨진 의미는 없는 듯 보였다. 경고나.

"질베르회가 떠나지 않았다면," 도미니크회 수사가 말했다. "그들은 카타리파the Cathar 중세 기독교의 한 파(派)로 마니교의 입장을 취하여 금욕주의를 제창하였으나 12세기 이후 가톨릭교회로부터 이단으로 규정되어 탄압을 받았다의 길을 갔겠죠."

"그게 뭡니까?" 보부아르가 물었다. 하지만 경감의 얼굴을 흘끔 보고 그들이 클럽 메드글로벌 리조트 기업로 간 것은 아니리라는 걸 알았다.

"그들은 산 채로 화형을 당했습니다." 세바스티앵 수사가 말했다.

"전부요?" 침침한 불빛 속에서 창백한 얼굴을 한 보부아르가 물었다.

수사가 끄덕였다. "모든 남자, 여자 그리고 아이들."

"왜요?"

"교회는 그들을 지나치게 독립적인 자유로운 사상가라고 여겼습니다. 그리고 영향력도 있었고요. 카타리파는 '좋은 사람들'로 알려져 있었는데, 좋은 사람들은 좋지 않은 사람들에게 매우 위협적인 존재죠."

"그래서 교회가 그 사람들을 죽였습니까?"

"최초에 그들을 양 우리 안으로 다시 데려오려고 애쓴 후에요." 세바스티앵 수사가 말했다.

"카타리파가 정통 가톨릭이 아니라고 주장한 사람은 당신네 창설자 성도미니크 아니었습니까?" 가마슈가 물었다.

세바스티앵이 끄덕였다. "하지만 그들을 쓸어 버리려 한 교단은 수 세기 후에 나타났습니다." 수사는 망설이다가 낮지만 또렷한 목소리로 말했다. "먼저 많은 사람들이 불구가 된 후, 다른 이들을 겁먹게 하기 위해 돌려보내졌지만 카타리파는 더 단단히 결속할 뿐이었습니다. 지도층은 교회의 요구를 들어주기 위한 노력으로 자수하려 했지만 소용이 없었습니다. 모든 이가 살해됐습니다. 그 지역에 있었던 사람들까지요. 무고한. 군인 중 하나가 카타리파에서 그들을 어떻게 구분해야 하느냐고 묻자 그는 그들 모두를 죽이고 하느님이 그들을 선별하게 하라는 말을 들었습니다."

세바스티앵 수사는 마치 자신이 그것을 본 양 말했다. 마치 거기에 있었다는 듯. 그리고 가마슈는 신앙교리성에서 온 이 수사가 그 수도원의 어느 쪽 벽에 서 있었을지 궁금했다.

"종교재판이 질베르회를 그렇게 했을까요?" 보부아르가 물었다. 그는 더 이상 멍해 보이지 않았다. 수사는 자신이 발견한 몽상이 무엇이든 거기서 그를 끌어냈다.

"확실하지 않습니다." 세바스티앵은 그렇게 말했지만 그것은 현실보다 희망 사항에 가까워 보였다. "하지만 돔 클레망은 떠나실 만큼 현명했습니다. 그리고 숨을 만큼 현명했고요."

세바스티앵은 또다시 심호흡을 했다.

"이건 이단이 아닙니다." 그는 들고 있던 종이를 내려다보았다. "바나나에 대해 말하고 있고, 후렴구는 논 숨 피스케스Non sum pisces입니다."

가마슈와 보부아르는 멍해 보였다.

"나는 물고기가 아니다." 도미니크회 수사가 말했다.

가마슈는 미소를 지었고, 보부아르는 그저 혼란스러워 보였다.

"그래서 이게 이단이 아니라면," 경감이 물었다. "뭡니까?"

"이건 아주 아름다운 선율입니다. 그레고리오 성가도 단성 성가도 아니지만 성가 같습니다. 모든 규칙을 사용했지만 옛 성가를 기반으로 한 듯 그 규칙들을 살짝 조정한 데다 이건," 그가 종이를 툭툭 쳤다. "완전히 새로운 구성이군요."

그가 고개를 들어 먼저 보부아르를, 그다음 가마슈를 보았다. 그의 눈은 흥분해 있었다. 얼굴에 떠오른 미소가 그의 얼굴을 환하게 되돌려 놓았다.

"이건 절대 그레고리오 성가에 대한 조롱이 아니라 실제로 오마주나 헌사 같습니다. 축하이기까지요. 작곡가는 네우마를 사용했지만, 이런 식은 한 번도 본 적이 없습니다. 네우마가 너무 많습니다."

"수사님들이 네우마를 음표로 옮기도록 시몽 수사가 사본을 만들었습니다." 가마슈가 설명했다. "그는 네우마들이 다른 목소리들을 나타낸다고 생각하는 것 같습니다. 목소리의 층이오. 조화를 이루면서."

"음," 세바스티앵 수사는 다시 음악에 빠졌다. 그의 손가락이 양피지의 어느 한 부분에 놓여 있는 모습이 가마슈의 눈에 어색해 보였다. 마침내 수사가 손가락을 치웠을 때, 가마슈는 그 손가락이 음악의 시작 부분에 찍힌 작은 점 하나를 가리고 있었다는 것을 알아차렸다. 첫 네우마 앞을.

"오래된 것입니까?" 가마슈가 물었다.

"아, 아닙니다. 전혀요. 물론 오래돼 보이지만 이게 몇 달 이상 전에 쓰였다면 저는 놀랄 것 같습니다."

"누구에 의해서요?"

"지금은 무어라 말씀드릴 수 없습니다. 하지만 그레고리오 성가에 대해 많이 아는 사람이 썼을 거라는 건 말씀드릴 수 있습니다. 그 구성에 대해. 물론 네우마에 대해서도요. 하지만 라틴어는 대단치 않습니다." 그는 거의 경탄을 감추지 못하고 가마슈를 보았다. "경감님은 완전히 새로운 음악적 형식을 들은 지구상의 첫 번째 사람인 것 같군요." 세바스티앵 수사가 말했다. "짜릿하셨겠습니다."

"그랬습니다." 가마슈가 시인했다. "비록 뭘 듣고 있는지 몰랐지만요. 하지만 시몽 수사는 노래를 부른 뒤 라틴어에 대한 뭔가를 주목했습니다. 그는 우스꽝스러운 가사가 이어지고 있는데도 실제로는 음악적으로 느껴진다고 하더군요."

"그분 말씀이 맞습니다." 수사가 동의하며 끄덕였다.

"무슨 뜻입니까?" 보부아르가 물었다.

"단어와 음절 들이 음표와 일치합니다. 가사나 시구처럼요. 박자가 딱 들어맞습니다. 이 단어들은 이 음악에 들어맞지만 그 외에는 말이 통하지 않습니다."

"그럼 그 단어들은 거기에 왜 있는 겁니까?" 보부아르가 물었다. "그것들은 뭔가 의미가 있어야 합니다."

세 사람 모두 음악이 쓰인 종이를 내려다보았다. 하지만 그것은 그들에게 아무 말도 해 주지 않았다.

"이제 당신 차례입니다, 몽 프뢰르." 가마슈가 말했다. "우린 그 음악에 대해 말했습니다. 당신이 우리에게 진실을 말할 차례입니다."

"제가 여기 있는 이유에 대해서요?"

"바로 그렇습니다."

"경감님은 부원장님의 살인 때문이라고 생각하지 않으십니까?" 도미니크회 수사가 물었다.

"그렇습니다. 타이밍이 안 맞습니다. 바티칸에서 이렇게 빨리 올 수는 없으니까요." 가마슈가 말했다. "그리고 만약 그렇더라도 이곳에 도착했을 때 당신의 반응은 동료 수사들과 슬픔을 나누는 게 아니었습니다. 기뻐했죠. 당신은 마치 오랫동안 수사들을 찾았다는 듯 이곳 수도사들을 반겼습니다."

"맞습니다. 교회를 계속 찾고 있었죠. 저는 종교재판의 기록 보관소를 언급했고, 질베르회를 조사하라는 명령의 근거를 찾고 있습니다."

"위." 가마슈가 경계하며 말했다.

"뭐, 그 조사는 절대 끝나지 않았습니다. 저는 질베르회를 찾느라 평생을 바친 신앙교리성 전임자들의 기록을 갖고 있습니다. 그들이 죽으면 다른 사람이 물려받죠. 그들이 사라진 이래 우리는 그들을 찾는 데 일 년, 하루, 한 시간도 허투루 보내지 않았습니다."

"주님의 사냥개." 가마슈가 말했다.

"세 사C'est ça 맞습니다. 블러드하운드죠. 저희는 결코 포기하지 않았죠."

"하지만 몇 세기나 됐습니다." 보부아르가 말했다. "왜 계속 찾는 겁니까? 그게 왜 문제가 됩니까?"

"교회는 자신들이 유발한 수수께끼를 제외하고 수수께끼를 좋아하지 않으니까요."

"하느님의 수수께끼도요?" 가마슈가 물었다.

"교회가 용인하는 것들은요." 수사가 다시 무해한 미소를 지으며 인정했다.

"그럼 마침내 그들을 어떻게 찾아냈습니까?" 보부아르가 물었다.

"맞혀 보시겠습니까?"

"내가 맞히고 싶었다면 그랬을 겁니다." 보부아르가 쏘아붙였다. 좁은 공간이 그에게 영향을 미치고 있었다. 그는 벽이 다가오는 것을 느꼈다. 수도원에, 수사들에게, 교회에 압박을 느꼈다. 그가 원한 것은 나가는 것뿐이었다. 바람을 쐬러. 그는 자신이 숨이 막히고 있다고 느꼈다.

"녹음." 가마슈가 잠시 생각한 뒤 말했다.

세바스티앵 수사가 끄덕였다. "맞습니다. CD 재킷의 이미지요. 거기엔 양식화된 수도사의 옆얼굴이 있었습니다. 거의 만화처럼."

"로브군요." 가마슈가 말했다.

"위. 로브는 검은색이었고, 후드와 가슴 쪽에 약간의 흰색이 있는 데다 어깨의 장식. 그건 특징적이죠."

"끔찍한 병폐가 우리를 덮치려 하는구나." 가마슈가 인용했다. "어쩌면 그게 병폐였겠군요."

"그 음악이오?" 보부아르가 물었다.

"현시대," 수사가 말했다. "그게 질베르회에 닥친 거죠."

경감이 끄덕였다. "수백 년 동안 그들은 익명으로 성가를 불렀습니다. 하지만 이제 기술이 그 성가를 세상에 퍼뜨렸습니다."

"그리고 바티칸으로요." 세바스티앵 수사가 말했다. "그리고 신앙교리성으로요."

종교재판이라고 가마슈는 생각했다. 질베르회는 마침내 발견되었다. 그들의 성가의 배반으로.

종이 울렸다. 그 소리는 사제단 회의실 안까지 울려 퍼졌다.

"화장실에 좀 다녀와야겠습니다." 세 남자가 그 작은 방을 나설 때 보부아르가 말했다. "이따가 뵙죠."

"알겠네." 가마슈는 그렇게 말한 뒤 장 기가 성당을 가로질러 돌아가는 모습을 지켜보았다.

"여기 있었군."

프랑쾨르 경정이 단호한 걸음으로 두 사람을 향해 다가왔다. 그는 수사에게 미소를 짓고, 가마슈에게는 짧게 고개를 끄덕했다.

"함께 앉으면 좋을 것 같군요." 프랑쾨르가 말했다.

"물론이죠." 수사가 말했다. 그는 가마슈를 돌아보았다. "같이 앉으시겠습니까?"

"저는 여기에 조용히 앉을 생각입니다."

프랑쾨르와 세바스티앵 수사는 앞줄에 가까운 곳에 자리를 잡았고, 가마슈는 그들 뒤로 몇 줄 떨어진 곳에 앉았다.

그는 그것이 거의 분명 무례한 행동이라는 것을 알았다. 하지만 또한 자신이 신경 쓰지 않았다는 것도 알았다. 가마슈는 프랑쾨르의 뒤통수를 노려보았다. 그의 시선이 그것을 뚫고 있었다. 그는 장 기가 기도 대신 소변을 보러 가기로 한 것에 감사했다. 프랑쾨르와 한 번이라도 덜 접촉해서.

하느님, 도와주소서. 가마슈는 기도했다. 이 평화로운 곳에서조차 실뱅 프랑쾨르의 모습을 보니 솟구치는 분노가 느껴졌다.

그는 계속 노려보았고, 프랑쾨르는 마치 그 시선을 느끼기라도 한 듯 어깨를 움찔했다. 프랑쾨르는 돌아보지 않았다. 하지만 도미니크회 수사는 그랬다.

세바스티앵 수사는 머리를 돌려 가마슈를 똑바로 쳐다보았다. 경감은 프랑쾨르에게서 수사에게로 시선을 돌렸다. 두 사람은 잠시 서로를 응시했다. 이내 가마슈는 경정에게 시선을 돌렸다. 수사의 점잖은 물음에

구애받지 않고.

가마슈는 눈을 감고 숨을 깊이 들이마셨다가 깊이 내쉬었다. 친숙해진 생질베르의 냄새를 다시 맡았지만 약간 다르게 느껴졌다. 전통적인 향에 무언가가 결합된 냄새. 백리향과 박하.

이 외딴 수도원에서는 자연과 공산품이 동시에 존재했다. 평화와 분노, 고요와 노래. 질베르회와 종교재판. 좋은 사람과 별로 그렇지 못한 사람.

들리는 종소리에 보부아르는 거의 어지러웠다. 기대감에 거의 메스꺼웠다.

드디어. 드디어.

보부아르는 서둘러 레 투알레트les toilettes 화장실로 가서 소변을 본 뒤 손을 닦고 물을 한 잔 따랐다. 주머니에서 작은 약병을 꺼내 뚜껑을 땄다. 이곳에 어린이 보호용 뚜껑은 없었다. 그리고 병을 흔들어 손바닥에 알약 두 알을 쏟았다.

숙련된 한 번의 동작으로 보부아르는 입에 손을 가져갔고, 혓바닥으로 그 작은 알약의 감촉을 느꼈다. 물을 한 모금 마셨고, 그것들은 내려갔다.

그는 피스아르pissoir 공중화장실를 나와 복도에 멈춰 섰다. 종은 계속 울리고 있었지만 보부아르는 성당으로 돌아가는 대신 부원장 사무실로 재빨리 걸어갔다. 그는 문을 닫고 새 의자를 손잡이에 기대 놓았다.

여전히 종소리가 들렸다.

그는 책상 앞에 앉아 노트북을 끌어당겨 부팅을 했다.

종소리가 그쳤고, 이제 고요했다.

노트북에 내장된 DVD가 재생되었다. 보부아르는 소리를 줄였다. 주의를 끌 필요 없이. 그리고 그는 머릿속으로 사운드트랙을 재생했다. 언제나 들리는.

영상이 켜졌다.

가마슈는 성당에 첫 수사의 등장과 함께 첫 음이 울려 퍼졌을 때 눈을 떴다.

앙투안 수사가 가슴 앞에 단순한 나무 십자가를 들고 와 그것을 제단의 십자가 대 위에 놓았다. 그러고는 허리를 숙인 뒤 자리로 가서 앉았다. 그의 뒤로 줄을 이은 수사들이 십자가에 절을 한 뒤 자리에 앉았다. 내내 노래를 부르며. 살아 있는 날들 내내.

가마슈는 세바스티앵 수사의 옆얼굴을 흘끔 보았다. 그는 수사들을 응시하고 있었다. 오랫동안 사라졌던 질베르회를. 그러고는 눈을 감고 머리를 젖혔다. 그는 무아지경에 빠진 듯했다. 푸가에. 그레고리오 성가와 질베르회가 성당을 채울 때.

보부아르는 그 음악을 들었지만 아주 멀리서 아련히 들렸다.

모두 함께 부르는 남자들의 목소리. 더 많은 목소리가 합세할 때마다 점점 더 강렬해졌다. 그가 동료들, 친구들, 동기 수사관들이 총에 맞아 쓰러지는 화면을 보는 동안.

보부아르는 성가에 맞춰 자신이 총에 맞아 쓰러지는 모습을 보았다.

수사들이 노래를 부를 때 경감이 자신을 안전하게 끌고 갔다. 그러고는 자신을 떠났다. 자신을 그곳에 버리는 모습은 마치…… 프랑쾨르가 그걸 어떻게 묘사했더라? 더는 쓸모없다.

그리고 경감은 다른 부상자들을 구하러 가기 전, 자신에게 키스했다.

키스했다. 이마에. 그들이 자신을 가마슈의 암캐라고 부르는 것도 놀랄 일은 아니었다. 모두가 그 키스 장면을 보았다. 자신의 모든 동료가. 그리고 이제 그들은 자신의 뒤에서 비웃고 있었다.

성당에서 그레고리오 성가가 울려 퍼지는 동안 가마슈 경감은 자신에게 키스했다. 그리고 떠났다.

가마슈는 다시 도미니크회 수사를 힐끗 보았다. 세바스티앵 수사는 푸가에서 일종의 황홀경으로 이동한 듯했다.

이윽고 뤽 수사가 성당으로 들어왔고, 도미니크회 수사의 눈이 번쩍 뜨였다. 그는 자리에서 몸을 거의 앞으로 내밀었다. 성스러운 목소리의 매우 젊은 남자에게 끌려.

여기에 백만 명 중 한 명의 목소리가 있었다. 1천 년에 한 번 있는 목소리.

죽은 부원장은 그 사실을 알고 있었다. 현재의 성가대 지휘자도 알았다. 수도원장도 알았다. 그의 진가를 알지만 지식에 한계가 있는 가마슈까지도 들을 수 있었다.

그리고 이제 신앙교리성도 그것을 알았다.

장 기 보부아르는 재생 버튼을 눌렀다가 정지했다. 그리고 재생했다. 그는 반복해서 보았다.

보부아르는 몇 번이고 반복되는 호칭기도나 성찬 예식처럼 화면상에서 자신이 쓰러지는 모습을 보았다. 감자 부대처럼 공장 바닥을 끌려가는 자신의 모습을 보았다. 가마슈에 의해.

배경음악으로 수사들이 성가를 부르고 있었다.

자비송. 찬미송. 영광송.

그동안 부원장 사무실에서 보부아르는 죽어 가고 있었다. 홀로.

30

하루의 마지막 기도인 종과가 끝난 뒤 원장은 가마슈를 한쪽으로 데리고 갔다. 돔 필리프는 혼자가 아니었다. 놀랍게도 앙투안 수사가 그와 함께 있었다.

함께 서 있는 남자들을 보니 그들이 적이었다는 사실을 알기가 불가능했다. 사이를 두고 반대편에 서 있다면 모를까.

"무엇을 도와 드릴까요?" 가마슈가 물었다. 그는 한구석으로 이끌렸다. 성당은 이제 텅 비어 있었지만 도미니크회 수사가 남아 있었다. 인사불성이 된 것처럼 앞을 응시하며.

프랑쾨르 경정은 어디에도 보이지 않았다.

가마슈는 어두워진 성당 안을 지켜볼 수 있도록 구석에 등을 기댔다.

"마티외의 마지막 말에 대한 겁니다." 수도원장이 말했다.

"'호모'." 앙투안 수사가 말했다. "맞습니까?"

"시몽 수사님이 말씀하신 바로는 그렇습니다. 위." 가마슈가 말했다.

두 수사는 짧은 시선을 교환하더니 경감에게로 눈을 돌렸다.

"저희는 그가 의미한 바를 안다고 생각합니다." 수도원장이 말했다.

그가 매우 큰 소리로 목을 가다듬더니 말했다. "호모."

"위." 가마슈는 그렇게 말하고 돔 필리프를 응시하며 좀 더 기다렸다.

"부원장님은 그렇게 말한 것 같습니다."

수도원장은 그 행동을 반복했다. 이번 목을 가다듬는 소리는 대단해서 가마슈는 이 남자의 건강이 잠시 걱정되었다.

"호모." 돔 필리프가 다시 말했다.

이제 가마슈는 정말 혼란스러웠다. 그는 도미니크회 수사인 세바스티앵 수사를 살폈다. 원장의 목을 가다듬는 소리가 가마슈에게 크게 들렸다면, 그 소리는 성당의 음향 시설을 통해 어마어마한 소리를 냈으리라.

원장은 오로지 가마슈만 응시했다. 그의 파란 눈이 가마슈가 이해하지 못한 무언가를 이해하길 바라며 그를 찌르고 있었다.

그때 수도원장 옆에서 앙투안 수사가 목을 가다듬었다. 필사적인 후두음.

"호모." 그가 말했다.

그리고 경감은 마침내 두 사람이 자신에게 이해시키려는 게 단어가 아니라 소리라는 것을 이해하기 시작했다. 하지만 그것은 여전히 가마슈에게 아무 의미를 갖지 못했다.

극도의 답답함을 느끼며 그가 원장을 돌아보았다.

"데졸레, 몽 페르. 솔직히 뭔지 모르겠습니다."

"에케 호모Ecce homo."

그 말은 원장도 앙투안 수사도 아닌, 공간 그 자체가 말한 것처럼 성당에서 들려왔다.

이내 도미니크회 수사가 기둥 뒤에서 모습을 드러냈다.

"원장님과 지휘자 수사님이 하려는 말씀이 이것 같군요. 맞습니까?"

두 사람은 세바스티앵 수사를 응시하더니 끄덕였다. 그들의 눈빛은 노골적으로 적대적이지는 않았지만 반가워하지도 않았다. 하지만 너무 늦었다. 바티칸에서 온, 이 초대받지 않은 남자가 거기에 있었다. 사실 그는 모든 곳에 있는 듯 보였다.

가마슈는 나란히 서 있는 질베르회 수사들을 돌아보았다. 그들 사이의 골에 마침내 다리가 놓였을까? 공동의 적이 생김으로써? 아주 조용히 앉아 있던, 하얀 로브를 입은 이 유쾌하고 불필요하게 관심을 끌지 않는 수사가 그토록 많은 공간을 차지했을까?

"저희는 부원장님이 헛기침을 한 게 아니라," 앙투안 수사가 도미니크회 수사에게서 가마슈에게 몸을 돌리며 말했다. "실제로 두 단어를 말했다고 생각합니다. '에케'와 '호모'."

가마슈의 눈이 커졌다. 에케. 에에-케이. 하지만 후두음을 내는 라틴어 발음으로. 그럴 수 있었다.

수도원장은 부원장이 냈을 법한 소리로 그것을 반복했다. 말을 내뱉으려 발버둥 치는 남자. 으르렁거리는 소리를 내며 죽어 가는 남자가 그 말을 내뱉었다.

에케 호모.

가마슈는 그 말이 익숙했지만 무슨 뜻인지 생각이 나지 않았다.

"그게 무슨 뜻입니까?"

"본시오 빌라도가 모여든 사람들에게 했던 말입니다." 세바스티앵 수사가 말했다. "그가 그들에게 보이기 위해 피를 흘리는 예수님을 끌어냈습니다."

"뭘 보였다고요? 그게 무슨 뜻입니까?" 가마슈가 도미니크회 수사에게서 질베르회 수사에게 시선을 돌리며 재차 말했다.

"에케 호모." 원장이 말했다. "이자는 사람이다."

수도원 기준으로는 늦은, 거의 저녁 9시였고, 세바스티앵 수사는 세 사람을 남겨 두고 방으로 향했다. 앙투안 수사는 잠시 세바스티앵 수사가 사라지기를 기다렸다가 원장에게 가볍게 허리를 숙인 뒤 마찬가지로 자리를 떴다.

"상황이 바뀌었군요." 가마슈가 한마디했다.

문제가 있었다는 사실을 부정하는 대신 돔 필리프는 단지 고개를 끄덕였고, 자신보다 젊은 남자가 성당 저 끝에 있는 문을 향해 성큼성큼 걷는 모습을 지켜보았다.

"그는 훌륭한 지휘자가 될 겁니다. 어쩌면 마티외보다 더 나을 겁니다." 수도원장의 눈이 가마슈를 향했다. "앙투안 형제는 성가를 사랑하지만 주님을 더 사랑합니다."

경감이 끄덕였다. 그는 그것이 이 수수께끼의 핵심이라고 생각했다. 증오가 아니라 사랑이.

"그럼 부원장님은요?" 가마슈가 방으로 걸어가면서 원장에게 물었다. "그는 무엇을 더 사랑했습니까?"

"음악이오." 대답은 빠르고 명확했다. "하지만 그것은 그렇게 간단한 게 아닙니다." 원장은 미소를 지었다. "눈치채셨겠지만 여기서는 실제로 간단한 게 거의 없습니다."

가마슈도 미소를 지었다. 그는 눈치챘었다.

두 사람은 수도원장의 사무실과 방으로 향하는 긴 복도에 있었다. 처음에는 복도가 한쪽 끝에서 다른 쪽 끝까지 완벽한 직선처럼 보였지만 이제 그는 아주 살짝 커브가 져 있다는 것을 눈치챘다. 돔 클레망은 직선을 그었을지 모르지만 건물을 지은 사람들은 아주 사소한 실수를 했다. 책장을 만들거나 정밀한 지도를 따르려고 애쓴 사람은 시작에서의 극미한 실수가 나중에 거대한 실수가 될 수 있다는 것을 안다.

그는 이곳의 복도 역시 보이는 것만큼 단순하지도, 곧바르지도 않다고 생각했다.

"마티외에게는 신앙과 음악의 구분이 없었습니다. 그것들은 하나였고, 같은 것이었지요." 원장이 말했다. 그의 걸음이 느려졌고, 이제 그들은 어두워진 복도에서 거의 나아가지 않고 있었다. "음악이 그의 신앙을 확대했습니다. 신앙을 거의 황홀경 단계로 데려갔지요."

"대부분의 사람이 도달하지 못한 단계로요?"

원장은 말이 없었다.

"원장님이 결코 도달하지 못한 단계로요?" 가마슈가 밀어붙였다.

"저는 더 느리고 꾸준한 타입으로," 원장이 자신들이 걸어온 살짝 굽어 있는 길의 전방을 보며 말했다. "충동적으로 솟구치지 않습니다."

"하지만 떨어지지도 않으시고요?"

"우리는 모두 떨어질 수 있습니다." 원장이 말했다.

"하지만 어쩌면 높은 곳에서 평생을 보낸 누군가처럼 빠르게, 심하게는 아니겠군요."

원장은 다시 침묵에 빠졌다.

"원장님은 분명 그레고리오 성가를 사랑하셨지만," 가마슈가 말했다. "부원장님과 달리 신앙에서 성가를 분리하셨습니까?"

원장이 끄덕였다. "이런 일이 일어나기 전까지 그에 관해 생각한 적 없지만 네, 그렇습니다. 만일 내일 음악이 사라진다 하더라도요. 만일 더는 노래할 수 없거나 성가를 들을 수 없게 되더라도 주님에 대한 제 사랑은 변치 않을 겁니다."

"하지만 마티외 수사는 그렇지 않았고요?"

"저도 궁금합니다."

"그의 고해신부는 누구였습니까?"

"저였습니다. 얼마 전까지는."

"그의 새 고해신부는 누구였습니까?"

"앙투안 형제요."

이제 그들의 느린 발걸음은 완전히 멈추었다.

"마티외 수사가 무슨 고백을 했는지 말해 주실 수 있습니까? 그가 고해신부를 바꾸기 전에?"

"그럴 수 없다는 걸 아실 텐데요."

"부원장은 죽었는데도요?"

수도원장은 가마슈를 관찰했다. "분명 경감님은 그 답을 아십니다.

어떤 사제든 당신에 대한 고해의 봉인을 푸는 데 동의할까요?"

가마슈는 고개를 저었다. "아니요, 몽 페르. 하지만 저는 희망을 포기하지 않을 겁니다."

그 말이 원장의 얼굴에 미소를 가져왔다.

"부원장님은 언제 앙투안 수사로 바꾸었습니까?"

"육 개월쯤 전이었습니다." 원장은 체념한 듯 보였다. "저는 경감님께 완벽하게 정직하진 않았습니다." 그가 가마슈의 눈을 똑바로 보았다. "죄송합니다. 마티외와 나는 성가에 대한 의견 불일치가 있었고, 그것이 수도원과 공동체가 나아갈 방향에 대한 언쟁으로 발전했습니다."

"그는 두 번째 녹음을 원했고, 생질베르가 세상에 더 개방적이길 원했습니다."

"위. 그리고 저는 우리가 이 자리에 머물러야 한다고 믿습니다."

"키를 쥔 굳건한 손이군요." 경감이 동의의 의미로 끄덕이며 말했다. 그럼에도 두 남자는 배가 암초로 향한다면 때로는 재빠른 방향 전환이 필요하다는 것을 알았다.

"하지만 또 다른 중요한 문제가 있었습니다." 가마슈가 말했다. 두 사람은 복도 끝에 있는 닫힌 문을 향해 다시 걷기 시작했다. "기반이오."

가마슈는 앞으로 발을 내디뎠고, 원장이 더 이상 자신의 옆에 없다는 것을 깨달았다. 경감이 몸을 돌렸고, 깜짝 놀라 자신을 응시하는 돔 필리프를 보았다.

가마슈의 눈에는 원장이 또 다른 거짓말을 하려다가 말을 하기 전에 심호흡을 하고 마음을 바꾸는 듯 보였다.

"그걸 아셨습니까?"

"레몽 수사님이 보부아르 경위에게 말했습니다. 그럼 사실이군요."

원장이 끄덕였다.

"또 아는 사람이 있습니까?" 가마슈가 물었다.

"저는 아무에게도 말하지 않았습니다."

"부원장에게도요?"

"일 년 전이나 일 년 반 전이라면 그에게 제일 먼저 말했겠지만, 지금은 아닙니다. 저는 알리지 않았습니다. 하느님께는 말씀드렸지만, 물론 그분은 이미 아셨지요."

"거기에 금을 가게 하셨는지도 모르고요." 가마슈가 말했다.

원장은 경감을 보았지만 아무 말도 하지 않았다.

"그래서 어제 아침에 지하실에 계셨던 겁니까?" 가마슈가 물었다. "지열 시스템을 점검하러 간 게 아니라, 기반을 보러요?"

원장은 끄덕였고, 두 사람은 다시 느릿느릿 걷기 시작했지만 아무도 서둘러 문에 다가가지 않았다.

"저는 레몽 형제가 자리를 뜰 때까지 기다렸습니다. 유감이지만 그가 쉬지 않고 떠드는 임박한 재앙에 대해서 들을 필요가 없었지요. 그냥 혼자서 둘러볼 시간이 필요했습니다."

"그래서 뭘 보셨습니까?"

"나무뿌리요." 그의 목소리는 중립의 완벽한 본보기라 할 만했다. 단성 성가를 부르는 모노톤의 목소리. 억양도 없고, 감정도 없었다. 사실뿐이었다. "금이 점점 커지고 있습니다. 일주일 전쯤 마지막으로 보았을 때 표시를 해 두었습니다. 그때보다 더 벌어져 있더군요."

"원장님 생각보다 시간이 없을지도 모릅니까?"

"그렇습니다." 돔 필리프가 인정했다.

"그럼 그 문제를 어떻게 하실 겁니까?"

"기도하겠습니다."

"그게 전부인가요?"

"그럼 모든 걸 잃은 것 같을 때 경감님은 뭘 하시겠습니까?"

이 자녀를 데려가소서.

"저도 기도합니다." 그가 말했다.

"그래서 그게 통하던가요?"

"가끔은요." 가마슈가 말했다. 장 기는 공장에서의 그 끔찍한 날 죽지 않았다. 피범벅이 된 채 고통스럽게 헐떡이던. 옆에 있어 달라고 가마슈에게 눈빛으로 호소하며. 어떻게든 해 달라고. 자신을 구해 달라고. 가마슈는 기도했다. 그리고 신은 보부아르를 데려가지 않았다. 하지만 그가 돌아오지도 않았다는 것을 가마슈는 알았다. 온전히는 아니었다. 보부아르는 여전히 두 세상 사이에 끼어 있었다.

"하지만 모든 걸 잃는 겁니까?" 그가 원장에게 물었다. "레몽 수사님은 또 다른 녹음이 기반을 수리하기에 충분한 돈을 벌 수 있을 거라고 생각하는 것 같습니다. 하지만 빨리 움직이셔야 합니다."

"레몽 형제의 말이 맞습니다. 하지만 그 역시 금만 봅니다. 저는 수도원 전체를 봅니다. 공동체 전체를요. 금을 수리하고 우리의 진짜 기반을 잃는 게 소용이 있을까요? 우리의 서약은 협상의 여지가 없습니다."

가마슈는 그때 레몽 수사가 무엇을 보았는지 알았다. 부원장이 무엇을 보았는지를. 꿈쩍도 않을 사람. 수도원과 다르게 원장에게는 금이 없었다. 그는 적어도 이 문제에 관해서는 요지부동이었다.

마지막 질베르 수도원이 구원을 받는다면 신의 중재에 의해서리라. 레몽 수사가 믿는 바처럼 그들의 기적은 제공되었고, 자존심에 눈이 먼 원장이 그것을 놓치지 않았다면.

"청이 있습니다, 페르 아베."

"경감님도 제게 또 다른 녹음을 하라는 건가요?"

가마슈는 웃음을 터뜨릴 뻔했다. "아닙니다. 그건 원장님과 하느님 사이의 문제로 남기겠습니다. 그게 아니라 저희가 모은 증거를 들려서 보부아르를 보낼 수 있게 내일 아침에 사공을 불러 주십사 합니다."

"물론입니다. 날이 밝는 대로 불러 드리지요. 안개가 걷히면 에티엔은 아침 식사 후 곧 여기로 올 겁니다."

두 사람은 닫힌 문 앞에 도달했다. 나무 문은 수백 년간 입장을 청한 수사들에 의해 마맛자국이 나 있었다. 하지만 더 이상은 아니었다. 쇠막대는 사라졌고, 그것은 내일 아침 보부아르와 함께 영원히 수도원을 떠날 것이었다. 가마슈는 원장이 새것으로 대체할지 궁금했다.

"그럼," 돔 필리프가 말했다. "안녕히 주무십시오, 내 아들이여."

"본 뉘, 몽 페르Bonne nuit, mon pére 안녕히 주무십시오, 원장님(pére에는 아버지라는 뜻이 있다)." 가마슈가 말했다. 그 말은 매우 이상하게 들렸다. 가마슈의 아버지는 그가 소년일 때 죽었고, 그는 그 이후 누구든 그렇게 불러 본 적이 거의 없었다.

"에케 호모." 돔 필리프가 문을 연 순간 가마슈가 말했다.

원장은 걸음을 멈췄다.

"마티외 수사는 왜 그런 말을 했을까요?" 가마슈가 물었다.

"모릅니다."

가마슈는 곰곰이 생각했다. "빌라도는 왜 그렇게 말했습니까?"

"그는 군중에게 그들의 신이 전혀 신성하지 않다는 것을 증명하고 싶었습니다. 예수님이 인간일 뿐이라고."

"메르시." 가마슈는 가볍게 허리를 숙인 뒤 걸음을 돌려 약간 굽은 복도를 걸어갔다. 신과 인간 그리고 그 사이에 난 금을 생각하면서.

'사랑하는 아니.' 보부아르는 어둠 속에서 메시지를 썼다. 불을 꺼서 아무도 그가 아직 깨어 있다는 사실을 모를 터였다.

그는 입은 옷 그대로 침대에 누웠다. 그는 종과가 끝났다는 것을 알았고, 모두가 잠들어 부원장의 사무실로 다시 안전하게 갈 수 있을 때까지 자신의 방으로 후퇴했었다.

블랙베리에 아니의 메시지가 떴다. 오랜 친구들과 마음 편한 저녁 시간을 보냈다는 이야기였다.

사랑해. 아니는 메시지 마지막에 그렇게 썼다.

보고 싶어.

집에 빨리 와.

그는 친구들과 저녁을 먹는 아니를 생각했다. 자신의 이야기를 했을까? 친구들에게 자신이 준 선물을 이야기했을까? 뚫어뻥. 그렇게 멍청한 이야기를. 무신경하고 천박한 선물. 아마 모두가 웃었으리라. 자신을 두고. 더 나은 선물이 뭔지 모르는 멍청한 프랑스계를. 아니에게 진짜 선물을 사 주기에는 너무 가난하거나 천박하거나 촌스러운 자신을. 그녀에게 줄 멋진 진짜 선물을 사러 홀트 렌프루나 오길비 백화점이나 로리에 거리를 따라 늘어선 빌어먹을 오만한 상점 중 한 군데에 가기엔.

대신 그는 그녀에게 뚫어뻥을 주었다.

그리고 그들은 자신을 놀릴 터였다.

그리고 아니도 놀릴 터였다. 그저 재미 삼아 잠자리를 함께한 멍청한 시골뜨기를. 그는 반짝반짝 빛나는 두 눈을 떠올렸다. 지난 몇 달간 자신을 보았을 때 반짝이던. 지난 10년간 자신을 보았을 때 반짝이던.

그는 그 눈빛이 애정이라고, 사랑이라고까지 착각했었지만 이제 그는 그것이 단순한 오락이었다는 사실을 알았다.

'아니,' 그는 썼다.

'사랑하는 렌 마리,' 가마슈는 썼다.

그는 부원장 사무실에서 보부아르를 찾은 후 방으로 돌아왔다. 부원장 사무실의 불은 꺼져 있었고, 비어 있었다. 경감은 거기서 메모를 하고 그 메모를 복사하며 30분을 보냈다. 다음 날 아침 보부아르가 가져갈 증거 꾸러미를 준비하며.

밤 11시였다. 긴 하루의 끝. 그는 불을 끄고 증거물 꾸러미를 챙겨 방으로 돌아가기 전 보부아르의 방문을 노크했다. 하지만 대답이 없었다.

그는 문을 열고 들여다보았다. 장 기가 거기에 있는지 확인하기 위해. 그리고 과연 그는 침대 위의 윤곽을 볼 수 있었고, 깊고 차분한 숨소리를 들을 수 있었다.

숨을 깊게 들이쉬고, 숨을 깊게 내쉬고.

생명의 증거.

그날의 마지막 보고와 논의 없이 그냥 잠자리에 든 것은 장 기답지 않았다. 가마슈는 잘 준비를 하면서 그러한 이유에서라도 가능한 한 빨리 그를 집으로 보내야겠다고 생각했다.

'사랑하는 렌 마리,' 그는 썼다.

'아니. 괜찮은 하루였어. 특별한 일은 없었어. 수사는 진행 중이야. 물어봐 줘서 고마워. 친구들과 밖에서 즐거운 밤을 보냈다니 기쁘군. 웃을 일도 많았겠지.'

'사랑하는 렌 마리. 당신이 이곳에 있어서 우리가 함께 사건 이야기를 할 수 있다면 얼마나 좋을까. 그레고리오 성가가 논란의 중심이 된 것처럼 보이고, 그 성가는 이곳 수도사들에게 아주 중요해. 그 성가를 단순한 음악이라고 일축하는 건 실수일 거야.'

가마슈는 쓰기를 잠시 멈추고 그에 관해 생각했다. 그는 렌 마리에게 쓰는 것만으로도 마치 그녀의 목소리를 듣고 그녀의 생기 넘치는 따스한 눈을 보는 것처럼 상황을 명확히 정리하는 데 도움이 된다는 것을 느꼈다.

'놀랄 만한 방문자가 왔어. 바티칸에서 온 도미니크회 수사. 예전 종교재판소였던 부서. 보아하니 그들은 거의 4백 년간 질베르회를 찾은 것 같아. 그리고 오늘 그들을 발견했지. 그 수사 말로는 미진한 부분이 있을 뿐이어서 매듭을 지을 필요가 있다고 하지만 그 말은 의심스러워. 이 사건의 다른 많은 부분처럼 그가 우리에게 한 이야기의 일부는 진실이고, 일부는 아닌 것 같아. 더 명확하게 볼 수 있다면 좋겠군.

잘 자, 여보. 좋은 꿈 꿔.

보고 싶어. 곧 집에 갈 수 있을 거야.

주 템.'

'나중에 또 얘기해.' 장 기는 그렇게 썼다.

그리고 전송 버튼을 누른 뒤 어둠 속에 누웠다.

31

보부아르는 수사들을 부르는 종소리에 깼다. 그 소리가 자신을 위한 것이 아니라는 것을 알았지만 그의 흐릿한 뇌가 그 소리를 따랐다. 그는 의식을 끌어 올리고 끌어 올렸다.

의식과 무의식 사이의 경계가 너무나 흐린 탓에 그는 완벽하게 깼다는 확신조차 없었다. 혼란스럽고 멍한 기분을 느꼈다. 시계를 집어 들고 시간에 초점을 맞추려 애쓰며.

새벽 5시. 종소리가 이어졌고, 보부아르는 힘을 모을 수 있었다면 종을 치고 있는 수사에게 신발을 집어 던졌으리라.

그는 다시 침대에 벌렁 드러누워 종소리가 그치기를 기도했다. 불안이 그를 움켜잡았고, 그는 숨을 헐떡거렸다.

숨을 깊이 들이마셔. 그는 자신의 몸에 애원했다. 숨을 깊이 내쉬어.

숨을 깊이—오, 젠장. 보부아르는 침대에 앉은 다음 다리를 침대 끝에 걸쳤고, 맨발이 차가운 돌바닥에 닿는 감촉을 느꼈다.

전신이 다 아팠다. 발바닥에서 정수리까지. 가슴도, 관절도. 발톱과 눈썹도. 그는 입을 헤벌리고 맞은편 벽을 멍하니 바라보았다.

마침내 한 번 헉하더니 목구멍이 열리고, 공기가 목 안으로 쇄도했다.

이내 떨림이 시작되었다.

오, 젠장, 젠장, 젠장.

그는 불을 켜고 베개 밑에서 약병을 꺼내 꽉 움켜쥐었다. 몇 번의 시도 끝에 그는 뚜껑을 열었다. 그는 한 알을 원했지만 떨림이 너무 심해 두 알이 떨어졌다. 그는 신경 쓰지 않았다. 두 알을 전부 입에 털어 넣은 뒤 물도 없이 꿀꺽 삼켰다. 그러고는 침대 양쪽을 잡고 기다렸다.

자신의 화학요법. 자신의 처방. 알약이 자신을 죽이고 있는 것을 죽이리라. 떨림을 멈추게. 그가 닿을 수 없는 아주 깊은 내면의 통증을 멈추게. 상상을, 기억을 멈추게.

공포. 자신이 홀로 남겨지리라는. 하지만 여전히 혼자였다. 영원히 혼자이리라.

그는 다시 침대에 누워 약효가 듣기를 기다렸다. 이 좋은 것이 어떻게 나쁠 수 있다는 말인가?

그는 다시 인간이 되는 느낌이 들었다. 온통 다시.

통증이 줄고 머릿속이 맑아졌다. 육체를 옭아매던 갈고리와 낚싯바늘에서 풀려났고, 공허가 들어찼다. 그는 표류하면서 익숙한 목소리들이 노래를 부르는 소리를 들었다.

종소리가 그치고 기도가 시작되었다. 조과. 하루의 시작.

이제 맑은 두 목소리가 노래하고 있었다. 부르고 응답하기. 그리고 보부아르는 자신이 지금 그것을 인식했다는 사실을 깨닫고 놀랐다. 노래를 들으며 침대를 쥔 손의 힘이 빠졌다.

부르고, 응답하고.

부르고, 응답하고.

최면에 걸리고 있었다.

부르고, 응답하고.

그런 다음 모든 목소리가 합세했다. 더는 부를 필요가 없었다. 그들은 서로를 찾았다.

보부아르는 내면 깊은 곳에서 무언가가 끌어당기는 느낌을 받았다. 고통은 완전히 사라지지 않았다.

새벽 5시 30분이었다. 조과가 끝나고 가마슈는 기도의 평화를 음미하며 신자석에 앉아 있었다. 그는 향냄새를 들이마셨다. 대부분의 교회처럼 사향내 없이 정원 같은 냄새가 났다.

수사들은 나갔다. 신자석에 같이 앉은 세바스티앵 수사만 빼고.

"경감님 동료들은 경감님처럼 신앙이 깊지 않군요."

"유감이지만 저도 신앙이 깊지 않습니다." 경감이 말했다. "저는 교회에 가지 않습니다."

"그런데도 여길 오셨군요."

"안타깝게도 구원이 아니라 살인자를 찾는 중입니다."

"하지만 위안을 찾으신 것 같습니다."

가마슈는 잠시 말이 없다가 고개를 끄덕였다. "그러지 않기가 어려울 것 같군요. 그레고리오 성가를 좋아하십니까?"

"아주요. 성가에서 모든 신화가 생겨났습니다. 아마도 우리가 그레고리오 성가에 대해 아는 바가 별로 없기 때문이겠지요. 우리는 그레고리오 성가가 어디서 나왔는지조차 모르니까요."

"이름이 단서가 될까요?"

도미니크회 수사가 미소를 지었다. "그렇게 생각하실 수 있겠지만 그렇지 않습니다. 그레고리 교황은 성가와 아무 관련이 없습니다. 그냥 마케팅이죠. 그레고리는 인기 있는 교황이었고, 그래서 어느 영악한 사제가 아첨하느라 성가에 그 이름을 따서 붙인 겁니다."

"그래서 성가가 그렇게 인기가 많아진 겁니까?"

"그럴 수도 있죠. 예수님이 들으셨거나 부르셨던 노래라면 무엇이든 단성 성가가 되었을 거라는 가설도 있습니다. 지금 그게 마케팅 도구입니다. 예수님이 홍보한 노래, 구세주가 부른 노래."

가마슈가 웃음을 터뜨렸다. "그건 분명 경쟁에 도움을 주었겠군요."

"과학자들은 성가를 연구하기 시작했습니다." 세바스티앵 수사가 말했다. "이곳의 수사들이 제작한 음반의 인기를 설명하기 위해서요. 사람들은 거기에 미쳤습니다."

"그래서 어떤 설명을 찾아냈습니까?"

"그게, 그들은 실험 지원자들에게 뇌파 측정기를 연결한 다음 그레고리오 성가를 틀어 줬고, 놀랄 만한 결과가 있었죠."

"어떻게요?"

"잠시 후 그들의 뇌파가 변화의 조짐을 보였습니다. 알파파를 방출하기 시작했죠. 그게 뭔지 아십니까?"

"가장 차분한 상태요." 경감이 말했다. "정신은 또렷하지만 평화로운 상태를 말합니다."

"정확합니다. 실험자들의 혈압이 떨어졌고, 호흡이 더 깊어졌죠. 그럼에도 말씀하셨다시피 정신은 더 또렷해졌고요. 그것은 마치 그들이 '보다 더'…… 아시겠지요?"

"자기 자신에 가까워졌겠군요. 자신의 최고 상태로."

"맞습니다. 물론 모든 사람들에게 통하지는 않습니다. 하지만 경감님에게는 통하는 것 같군요."

가마슈는 그 말을 숙고하고 끄덕였다. "그렇습니다. 물론 질베르회 수사들처럼 깊이는 아니겠지만 그걸 느꼈습니다."

"과학자들은 그것을 알파파라고 부르지만 교회에서는 그걸 '아름다운 수수께끼'라고 부릅니다."

"수수께끼요?"

"다른 어떤 교회 음악보다 그레고리오 성가는 왜 그렇게 강력한가. 저는 수도사니까 그 성가가 하느님의 목소리라는 이론에 따를 겁니다. 그렇긴 해도 세 번째 가능성이 있습니다." 도미니크회 수사가 인정했다. "몇 주 전 한 동료와 저녁 식사를 같이 했는데, 그는 모든 테너가 멍청이라는 이론을 내세웠습니다. 그들의 머리통과 음파의 진동이 연관이 있다고요."

가마슈가 웃었다. "그분은 수사님이 테너라는 걸 아십니까?"

"그는 제 상사고, 분명 제가 멍청이라고 의심합니다. 그리고 그가 맞을 겁니다. 하지만 얼마나 영광스러운 길입니까. 노래를 부름으로써 어리석어진다는 게요. 어쩌면 그레고리오 성가에도 같은 효과가 있을지 모릅니다. 우리 모두를 행복한 바보로 만들죠. 우리가 성가를 부름으로써 우리의 뇌를 휘젓고요. 우리의 근심과 걱정을 잊게 하고요. 세상을 잊게 하는 거죠." 젊은 남자는 눈을 감았고, 어딘가 다른 곳으로 간 것처럼 보였다. 그러더니 갔을 때만큼 빠르게 돌아왔다. 눈을 뜬 그가 가마슈를 보고 미소를 띠었다. "축복이죠."

"황홀경이오." 가마슈가 말했다.

"정확합니다."

"하지만 수사들에게 그건 단지 음악이 아니라," 가마슈가 말했다. "기도이기도 하지요. 성가는 기도입니다. 강력한 조합이죠. 둘 다 각자의 방식으로 정신에 변화를 줍니다."

수사가 아무 말도 하지 않아 가마슈는 말을 이었다.

"저는 이 자리에 앉아서 여러 차례 미사를 드리며 수사들을 지켜보았습니다. 성가를 노래할 때면 그들은 한 명도 남김없이 일종의 몽상에 빠지더군요. 그냥 듣고 있을 때조차. 단지 성가를 생각하고 있던 수사님도 지금 그랬습니다."

"무슨 뜻입니까?"

"저는 전에 그 표정을 본 적 있습니다. 마약중독자들의 얼굴에서요."

충격을 받은 듯한 세바스티앵 수사가 가마슈를 응시했다. "저희가 중독됐다고 하시는 겁니까?"

"저는 관찰해 온 걸 말하는 겁니다."

도미니크회 수사가 자리에서 일어섰다. "경감님이 놓쳤을지도 모르는 건 이 남자들의 순수한 신앙입니다. 하느님을 향한, 마음의 완성을 향한 그들의 헌신을요. 당신이 그들의 엄숙한 헌신을 단순한 중독이라고 표현했을 때 당신은 그걸 폄하한 겁니다, 경감님. 당신은 성가를 질병으로 바꾸는군요. 우리를 강하게 하기보다 나약하게 하는 무언가로. 생질베르앙트르레루를 아편굴이나 다름없이 특정 짓는 건 터무니없습니다."

그는 미끄러지듯 다니는 다른 수사들과 달리 점판암 바닥을 뚜벅뚜벅 소리 내며 걸어갔다.

가마슈는 자신이 너무 멀리 갔는지도 모른다는 것을 알았다. 하지만 그렇게 함으로써 그는 심기를 건드렸다.

세바스티앵 수사는 그림자 속에 서 있었다. 발을 쿵쿵 구르며 먼 곳에 있는 문까지 간 그는 그것을 열었다가 세차게 닫았다. 나가지 않고.

그는 교회의 굽은 곳 안쪽 구석에 서서 경감을 지켜보았다. 가마슈는 딱딱한 신자석에 1분 이상 앉아 있었다. 대부분의 사람은 30초도 가만히 앉아 있기 어려워한다는 것을 수사는 알았다. 이 조용한 남자는 원하는 만큼 오래 고요히 앉아 있을 수 있는 듯했다.

이윽고 경감이 일어나 한쪽 무릎을 꿇어 경배하지 않고 성당을 나갔다. 그는 긴 통로를 걸어 잠긴 문과 놀라운 목소리의 조용한 젊은 수사가 있는 곳으로 갔다. 뤽 수사.

성당에 세바스티앵 수사를 홀로 남겨 두고.

도미니크회 수사는 다시없을 기회라는 것을 깨달았다.

그는 느리지만 꼼꼼히 성당 안을 탐색하기 시작했다. 그는 빈 독서대 닮은 나무 위에 손을 얹고 체계적으로 수색했다. 일단 그는 성당에 아무런 비밀이 없는 것에 만족했고, 살금살금 걸어 경찰들이 수사본부로 삼고 있는 부원장 사무실로 갔다. 거기서 그는 서랍을 뒤지고, 보고서를 훑어보고, 서류철을 열었다. 그는 책상 밑과 문 뒤를 살폈다.

도미니크회 수사는 자신이 찾는 것이 거기에 결코 없으리라는 것을 알면서 컴퓨터를 돌아보았다. 하지만 그는 여기까지 온 이상 돌멩이 하나까지 뒤집어 보기로 마음먹었다. 16세기에 머무른 채 만족하는 것처럼 보이는 질베르회와 달리 세바스티앵 수사는 현대인이었다. 테크놀로지를 모르고 존중하지 못하면 그는 결코 자신의 일을 할 수 없을 것이었다. 비행기에서 전화, 노트북에 이르기까지.

그것들은 십자가나 성수와 다름없이 중요한 그의 도구였다.

그는 파일들을 훑어보았지만 크게 볼 만한 게 없었다. 위성 연결이 너무 까다로운 탓에 노트북은 연결이 되지 않았다. 하지만 컴퓨터를 끄기 전, 그는 익숙한 윙 소리를 들었다.

DVD가 들어 있었다.

호기심에 도미니크회 수사는 클릭했고, 이미지가 떠올랐다. 영상. 다행히도 소리가 꺼져 있었다. 그뿐 아니라 그 이미지가 모든 스토리를 말해 주었다.

그는 그것을 보며 경악했고 역겨움을 느꼈지만 시선을 돌릴 수가 없었다. 화면이 꺼질 때까지.

그는 자신이 그것을 다시 보고 싶어 한다는 사실에 놀랐다. 이 끔찍한 영상을.

처음 느낀 건 아니지만 그는 비극이 그토록 시선을 돌리기 어렵게 하는 이유가 무언지 궁금했다. 하지만 도미니크회 수사는 그랬다. 여전히 자신들 사이를 걸어 다니는 오래전 죽은 이들의 영혼과 지옥에 떨어진 영혼들을 위해 짧지만 강렬한 기도와 함께 그는 컴퓨터를 껐다.

그러고 나서 그는 부원장 사무실에서 나왔고, 생질베르앙트르레루 수도원의 탐색을 이어 갔다.

그는 자신이 찾는 것이 이곳 어딘가에 있으리라는 것을 알았다. 그래야 했다. 그는 그것을 들을 터였다.

32

조과가 끝나고 도미니크회 수도사와 이야기를 나누고 있었을 때, 가마슈는 프랑쾨르가 성당의 그림자 속에서 벽을 따라 후다닥 걸어가는 것을 눈치챘다. 가마슈는 '슬금슬금'이라는 말을 쓰고 싶었지만 그것과는 아주 달랐다. 그것은 잠행에 가까웠다.

프랑쾨르가 들키고 싶지 않아 한다는 한 가지는 확실했다.

하지만 가마슈는 그를 보았었다. 세바스티앵 수사가 발을 구르며 갔을 때, 가마슈는 경정이 긴 통로를 지나 문을 지키는 젊은 수사를 지나치도록 1분쯤 앉아 있었다.

이내 그는 수도원 정문 밖으로 그를 따랐다.

뤽 수사가 온갖 종류의 의문이 담긴 눈으로 말없이 문을 열었다. 하지만 아르망 가마슈는 해 줄 대답이 없었다.

게다가 가마슈 자신에게도 여러 의문들이 있었고, 프랑쾨르를 따라가는 것이 현명한 행동인지가 그중 우선이었다. 경정이 무엇을 할지가 아니라, 자신이 무엇을 할지 두려워서였다.

하지만 그는 프랑쾨르가 그토록 비밀스럽게 수도원을 나서야 하는 이유를 알아야 했고, 분명 이른 아침 산책은 아니었다. 가마슈는 춥고 어두운 새벽으로 발을 내딛고 주위를 둘러보았다. 아직 6시도 되지 않은 시각이었고, 짙은 안개가 되기 전의 전날 밤의 안개가, 싸늘한 공기가 호수를 때린 듯 피어올랐다.

프랑쾨르는 잡목림 속에서 걸음을 멈추었다. 그는 어두컴컴한 숲 속으로 사라질지도 몰랐지만 그의 손에서 은은히 번지는 희푸른 불빛이 그를 배반했다.

가마슈는 멈춰 서서 지켜보았다. 프랑쾨르는 그에게서 등을 돌리고 있었고, 고개를 숙이고 휴대전화를 들여다보는 모습이 마치 수정 구슬을 향해 질문을 던지는 듯했다. 하지만 당연히 질문을 던지고 있지 않았다. 경정은 메시지를 쓰고 있거나 읽고 있었다.

그 메시지가 너무나 비밀스러운 나머지 들킬 것이 두려워서 그는 수도원 밖으로 나와야 했다. 하지만 그는 새벽의 깊은 어둠 속에서 그 메시지가 봉화가 되는 바람에 발견되었다.

가마슈는 그 블랙베리를 손에 넣기 위해서라면 돈을 얼마든지 낼 터였다.

잠시 그는 재빨리 다가가 프랑쾨르의 손에서 휴대전화를 낚아챌 것을 고려했다. 거기에서 누구의 이름을 볼 수 있을까? 이 숲에 실수로 발을 들일 연약한 무언가를 기다리는 곰과 늑대와 코요테의 위험을 감수할 만큼 프랑쾨르에게 그토록 중요한 것은 무엇일까?

하지만 가마슈는 연약한 무언가가 자신인지 궁금했다. 그 실수를 자신이 저지른 것인지도.

그는 조용히 서서 그를 계속 응시했다. 그리고 결심했다.

그는 프랑쾨르의 손에서 휴대전화를 낚아챌 수 없었고, 설령 그런들 그 행동이 전체 스토리를 말해 주지 않을 것이었다. 그리고 이 단계에서는 전체 스토리가 필요했다. 인내. 가마슈는 자신을 타일렀다. 인내.

그리고 노선을 변경했다.

"봉주르, 실뱅."

가마슈는 프랑쾨르의 손에서 휴대전화가 튀어 오르는 모습을 보고 거의 미소를 지었다. 이내 경정이 몸을 돌렸고, 가마슈의 얼굴에서 웃음기가 깨끗이 사라졌다. 프랑쾨르는 죽일 듯이 분노했다. 여전히 켜져 있는 휴대전화가 그의 얼굴을 그로테스크해 보이게 했다.

"누구에게 쓰고 있었습니까?" 가마슈가 보폭과 목소리를 차분하게 유지하며 앞으로 걸어 나가면서 물었다.

하지만 프랑쾨르는 그가 다가감에 따라 말도 할 수 없는 것처럼 보였고, 가마슈는 그의 얼굴에서 분노뿐 아니라 공포까지도 볼 수 있었다. 프랑쾨르는 겁에 질려 있었다.

그리고 경감은 더욱더 그 블랙베리를 빼앗고 싶었다. 방해가 그에게서 그 같은 고통을 유발할 만큼, 메시지를 보냈거나 받은 자가 누구인지 보기 위해.

경정이 가장 두려워하는 사람이 가마슈가 아니었다는 게 분명했기 때문에.

순간적으로 가마슈는 어쨌든 지금이 유일한 기회라는 것을 알았다. 그는 휴대전화를 빼앗기로 마음먹었다. 하지만 가마슈의 생각을 읽은 프랑쾨르는 잽싼 동작으로 휴대전화를 끄고 그것을 주머니에 넣었다.

두 남자는 서로를 응시했고, 그들이 내뿜는 숨결이 그들 사이에 나타난 유령처럼 공기를 희뿌옇게 하고 있었다.

"누구에게 쓰고 있었습니까?" 가마슈가 다시 물었다. 대답을 기대해서가 아니라, 더 이상 숨길 수 있는 게 없다는 것을 확실히 해 두고 싶은 마음으로. "아니면 메시지를 읽고 있었습니까? 제발, 실뱅, 우리뿐입니다." 가마슈는 양팔을 벌리고 주위를 둘러보았다. "아무도 없죠."

그 말은 사실이었다. 정적이 너무 대단해 거의 아플 정도였다. 그들은 동굴 안으로 들어간 것처럼 느꼈다. 아무 소리도 들리지 않았다. 시야에 닿는 것이 거의 없었다. 생질베르앙트르레루는 사라지기까지 했다. 안개는 석조 수도원까지 집어삼켰다.

세상에 두 사람만이 남았다.

그리고 이제 그들은 서로를 향해 있었다.

"우린 경찰학교 시절부터 서로를 알았습니다. 그때부터 우린 서로 맴돌았죠." 가마슈가 말했다. "이젠 끝낼 때입니다. 이게 뭡니까?"

"나는 도우러 왔네."

"그 말을 믿습니다. 하지만 누굴 도우려요? 저는 아닙니다. 보부아르 경위도 아니고요. 누구의 지시를 받고 여길 왔습니까?"

마지막 말에 아주 살짝 실룩였을까?

"자넨 너무 늦었어, 아르망." 프랑쾨르가 말했다. "기회를 놓친 거야."

"압니다. 하지만 그건 지금이 아닙니다. 전 아르노 경정을 수사했을 때인 몇 년 전에 실수를 저질렀습니다. 그를 체포하기 전, 당신네 모두를 체포할 때까지 기다렸어야 했죠."

프랑쾨르는 굳이 부정하려 하지 않았다. 일어날 일이 무엇이든 그것을 가마슈가 막기에 너무 늦었다면, 프랑쾨르 또한 부인하기에는 너무 늦었다.

"아르노였습니까?"

"아르노는 종신형을 받고 감옥에 있네, 아르망. 자네도 알지. 자네가 그를 거기에 넣었으니까."

비록 지친 미소였지만 이제 경감은 미소를 지었다. "그리고 우린 그게 아무 의미가 없다는 걸 알죠. 아르노 같은 자는 항상 자기가 원하는 걸 얻을 테니까요."

"항상은 아니지." 프랑쾨르가 말했다. "체포되고, 재판받고, 형이 선고된 건 그의 생각이 아니었으니까."

잠시나마 가마슈가 아르노를 이겼다는 것을 프랑쾨르가 인정한 건 드문 일이었다. 그렇긴 해도 휘청거렸었다. 일을 끝내지 못했었다. 더 남은 게 있다는 것을 깨닫지 못했었다.

그 결과 썩은 부분이 남아서 자랐다.

아르노는 힘 있는 인물이었고, 가마슈는 그것을 알았다. 힘 있는 친구들이 있었다. 그리고 그 힘은 교도소 담장 훨씬 너머에 미쳤다. 가마슈는 아르노를 죽일 기회가 있었지만 그러지 않기를 선택했다. 그리고 가끔, 정말 가끔 그는 그것 역시 실수였는지 궁금했다.

하지만 이제 다른 생각이 그를 강타했다. 프랑쾨르는 아르노에게 메시지를 보내고 있던 것이 아니었다. 프랑쾨르는 아르노를 존중하고는 있었지만 두려워하지는 않았다. 그것은 다른 누군가였다. 경정보다 더 힘 있는 누군가. 심지어 아르노보다 더 힘 있는 누군가.

"누구에게 쓰고 있었습니까, 실뱅?" 가마슈가 세 번째로 물었다. "너무 늦은 건 아닙니다. 저에게 말하면 우린 이걸 함께 마무리 지을 수 있습니다." 가마슈의 목소리는 차분하고 이성적이었다. 그가 손을 내밀었다. "그걸 주십시오. 비밀번호를 알려 주십시오. 그게 제가 원하는 전부고, 그거면 됩니다."

프랑쾨르는 망설이는 듯했다. 그의 손이 주머니로 움직였다. 이내 빈 손이 옆으로 떨어졌다.

"자넨 또 오해했군, 아르망. 거대한 음모 같은 건 없네. 그건 전부 자네 머릿속에 있을 뿐이지. 난 아내에게 메시지를 쓰고 있었어. 내 생각엔 자네도 자네 아내에게 쓰겠지."

"이리 주십시오, 실뱅." 가마슈는 그 거짓말을 묵살했다. 그는 손을 내민 채 상사에게 시선을 고정했다. "당신은 지쳤을 겁니다. 완전히요. 곧 끝날 겁니다."

두 남자의 시선이 서로에게 못 박혔다.

"자식들을 사랑하나, 아르망?"

마치 그 말이 물리적으로 그를 떠민 듯했다. 가마슈는 잠시 자신이 균형을 잃었다고 느꼈다. 대답 대신 그는 그를 계속 주시했다.

"당연히 그렇겠지." 이제 프랑쾨르의 목소리는 더 이상 적의를 담고 있지 않았다. 그들은 마치 생드니의 어느 술집에서 스카치를 기울이며 잡담을 나누는 오랜 친구 같았다.

"무슨 말을 하는 겁니까?" 따지는 가마슈의 목소리는 이제 이성적이지 않았다. 그는 그에게서 벗어나 깊고 어두운 숲 속으로 사라질 모든 이유를 느낄 수 있었다. "이 문제에 내 가족을 끌어들이지 마십시오." 가마슈는 나지막이 으르렁거리듯 말했고, 여전히 이성적인 판단을 할 수 있는 그의 뇌의 한 부분이, 숲 속에 존재할 거라고 생각했던 야생동물은 없었다는 것을 깨달았다. 그것은 자신의 내면에 있었다. 자신의 가족이 위협받고 있다는 바로 그 생각에 그는 흉포해졌다.

"자네 딸과 자네의 경위가 그렇고 그런 사이라는 걸 아나? 어쩌면 자네는 자네가 생각하는 것만큼 모든 걸 통제하고 있지 않을지도 몰라. 자네가 모르고 있다면 자네가 모르는 게 또 뭘까?"

가마슈가 제어하려 애쓰던 분노가 그 말에 눈 녹듯 사라졌다. 대신 그 자리를 싸늘하고 오래된 무언가가 채웠다.

아르망 가마슈는 자신이 매우 조용해졌다는 것을 느꼈다. 그리고 그는 프랑쾨르의 변화 또한 감지했다. 프랑쾨르는 자신이 너무 멀리 갔다는 것을 알았다. 갈대밭에서 너무 멀리 발을 디뎠다.

가마슈는 장 기와 아니에 대해 알고 있었다. 이미 몇 달 전부터 알았다. 자신과 렌 마리가 아니의 아파트를 방문했다가 부엌 테이블에서 작은 라일락이 꽂힌 단지를 본 날부터.

그들은 알았고, 장 기를 만난 순간부터 사랑한 아니에게는 형언할 수 없는 행복이었다. 그리고 누가 봐도 자신들의 딸을 사랑한 장 기도.

그리고 젊은 두 사람을 사랑한 자신들도.

가마슈 부부는 자신들만의 공간을 가진 그들을 내버려 두었다. 그들은 아니와 장 기가 준비가 되면 자신들에게 말하리라는 것을 알았다. 그는 알았다. 하지만 프랑쾨르가 어떻게 알았을까? 누군가가 그에게 말했으리라. 그리고 그 사람이 장 기도 아니도 아니었다면…….

"치료사의 기록." 가마슈가 말했다. "보부아르의 치료 기록 파일을 읽었군요."

그 습격 이래 그들은 모두 치료를 받았다. 그리고 이제 가마슈는 프랑쾨르가 장 기의 사생활뿐 아니라 자신의 사생활도 침해했음을 알았다. 그리고 다른 모든 이의 사생활도. 그들이 은밀히 털어놓은 모든 것을 이 남자가 알았다. 그들의 가장 깊은 생각과 그들의 불안 들을. 그들이 사랑한 것. 그리고 그들이 두려워한 것을.

그리고 그들의 모든 비밀들을. 장 기의 아니와의 관계를 포함해서.

"내 딸을 여기에 끌어들이지 마십시오." 가마슈가 말했다. 그는 모든 힘을 다해 손이 나가려고 하는 자신을 억제하고 있었다. 프랑쾨르의 블랙베리가 아니라 그의 목을 향해. 경동맥이 요동치다 약해지는 것을 느끼기 위해. 그리고 멈추는.

그는 자신이 그럴 수 있다는 것을 알았다. 이 남자를 죽일 수 있다는 것을. 그의 시체를 늑대와 곰에게 남긴다. 수도원으로 돌아가 경정이 산책을 나갔다고 뤽 수사에게 말한다. 곧 돌아오리라고.

그러기가 얼마나 쉬운가. 얼마나 기분 좋은 일인가. 이 남자가 배고픈 늑대들에 의해 숲으로 끌려간다면 세상이 얼마나 더 나아질까.

나를 위해 이 골칫덩어리 신부를 제거할 자가 아무도 없는가?

가마슈에게 왕의 그 말이 떠올랐고, 생전 처음으로 그는 그 말을 완벽하게 이해했다. 살인이 어떻게 일어나는지도 이해했다.

병폐가 그를 덮쳤다. 차갑고 계산적이고 완벽하게. 그것이 가마슈를 압도했고, 그는 더 이상 결과를 신경 쓰지 않았다. 이 남자를 죽이고 싶을 뿐이었다.

그는 앞으로 발을 디뎠다가 자제했다. 자신이 보부아르에게 했던 모든 경고에 스스로 주의를 기울이는 데 실패했다. 그는 자신의 내면에 프랑쾨르를 방치했다. 그리하여 살인을 막는 데 헌신한 남자가 실제로 그 일을 저지르길 고려했다.

가마슈는 잠시 눈을 감았다가 다시 뜨고 몸을 앞으로 기울여 완벽히 차분하게 프랑쾨르의 얼굴에 대고 속삭이듯 말했다.

"당신은 너무 멀리 갔습니다, 실뱅. 너무 많이 노출했죠. 너무 많이 말했습니다. 난 의심했지만 더 이상은 아닙니다."

"자넨 기회가 있었어, 아르망. 아르노를 체포했을 때. 하지만 자넨 망설였지. 지금 망설인 것처럼. 자넨 내 손에서 블랙베리를 가져갈 수 있었어. 메시지를 볼 수 있었지. 내가 왜 여기 와 있다고 생각하나? 자네 때문에?"

가마슈는 프랑쾨르를 지나쳐 수도원과 반대편인 숲으로 걸었다. 그는 호숫가의 길을 따라 걸어 호수와, 멀찍이서 오는 새벽의 기미를 마주하고 섰다. 새벽이 오면 장 기를 몬트리올로 데려갈 사공이 올 터였다. 그러면 자신은 프랑쾨르와 단둘이 남을 것이었다. 그리고 자신들은 마침내 결판을 낼 수 있을 터였다.

모든 바다는 해안이 있다는 것을 가마슈는 알았다. 그는 오랫동안 바다를 봐 왔지만 이제 마침내 해안을 볼 수 있으리라고 생각했다. 여행의 끝을.

"봉주르."

생각에 빠져 있던 가마슈는 사람이 다가오는 소리를 듣지 못했다. 그는 재빨리 몸을 돌렸고, 손을 흔들고 있는 세바스티앵 수사를 보았다.

"새벽에 성당 밖으로 쿵쿵거리며 나간 걸 사과하러 왔습니다." 도미니크회 수사는 경감에게 닿기까지 큰 바위들을 조심스럽게 넘었다.

"사과하실 필요 없습니다." 가마슈가 말했다. "제가 무례했습니다."

두 사람 다 그것이 둘 다 사실이고, 의도적이었다는 것을 알았다. 두 사람은 바위투성이 물가에 조용히 서서 먼 곳에서 들리는 아비의 울음소리와 거의 완벽한 고요 속에 물고기가 뛰어오르는 소리를 들었다. 숲에서는 달콤한 향기가 났다. 상록수와 낙엽 냄새.

가마슈는 프랑쾨르와의 대립에 대해 생각하고 있었다. 이제 그는 수도원과 마티외 수사의 살인이 생각났다.

"수사님은 질베르회를 찾는 임무를 맡았다고 하셨습니다. 종교재판소가 펼친, 수백 년 된 서류를 마침내 덮기 위해서요. 그들의 그레고리오 성가의 재킷 이미지가 그들을 드러냈다고 하셨지요."

"그렇습니다."

목소리가 평탄했다. 그 목소리가 이 호수를 가로질러 영원히 스치듯 지나가리라. 거의 흔적도 남기지 않고.

"하지만 수사님이 저에게 말하지 않은 게 더 있다고 생각합니다. 교회가 원한을 그렇게 오랫동안 품고 있을 것 같지 않군요."

"원한이 아니라 흥미입니다." 세바스티앵 수사는 가마슈가 선 납작한 바위를 가리켰고, 두 사람은 그곳에 앉았다. "잃어버린 아이들이니까요. 통탄할 시기에 떠나 버린 형제들이죠. 그건 보상을 위한 노력이었습니다. 그들을 찾아내서 안전하다고 말해 주기 위해서죠."

"하지만 그들이 그렇습니까? 제정신인 사람이라면 낯선 호수를 노 저어 안개가 자욱한 황혼에 이 야생을 찾지 않을 겁니다. 꼭 그래야 하지 않는 한. 등에 채찍질을 당하거나 눈앞에 보물이 있지 않은 한은요. 그 둘 다이거나요. 당신은 왜 여기에 왔습니까? 진짜로 찾는 게 뭡니까?"

빛이 하늘을 채우고 있었다. 안개를 뚫기에는 부족한 차가운 회색빛. 사공이 만들어 내는 빛일까?

"우린 어제 네우마에 대해서 이야기를 나누었지만 경감님은 그게 뭔지 아십니까?" 도미니크회 수사가 물었다.

예상치 못했지만 가마슈는 그 물음에 그리 놀라지 않았다.

"최초의 음악 기호입니다. 음표가 생기기 전에 네우마가 있었지요."

"위. 우린 늘 오선이 있었다고 생각하는 경향이 있습니다. 음자리표, 높은음자리표, 음표, 이분음표. 코드와 건반. 하지만 그것들은 어느 날 갑자기 세상에 솟아난 게 아닙니다. 그것들은 진화했습니다. 네우마에서요. 손의 움직임을 본뜬 겁니다. 소리의 형태를 보여 주기 위해."

세바스티앵 수사는 손을 들어 그 손을 앞뒤로, 위아래로 움직였다. 싸늘한 가을 공기 속에서 손은 우아하게 미끄러졌다. 그는 손을 움직이며 흥얼거렸다.

사랑스러운 목소리였다. 맑고 순수한. 풍부한 감정이 담긴. 가마슈는 자신이 흥얼거림에 부유하는 것을 느꼈다. 손의 움직임과 진정시키는 소리에 취했다.

이내 목소리도 움직임도 멎었다.

"'네우마'라는 말은 그리스어의 '호흡'에서 왔습니다. 처음 성가를 쓴 수사들은 인간이 더 깊이 숨을 들이쉴수록 하느님을 우리 내면에 더욱 가까이 끌어당기게 된다고 믿었습니다. 그리고 우리가 노래할 때보다 더 깊은 숨은 없습니다. 숨을 깊이 쉴수록 더 차분해진다는 걸 알아차리셨습니까?" 수사가 물었다.

"압니다. 힌두교도와 불교도와 비기독교도 들이 수천 년 전부터 안 것처럼요."

"맞습니다. 모든 문화, 모든 영적 신앙이 각자의 성가와 명상법을 갖고 있죠. 그리고 그 중심에는 호흡이 있습니다."

"그래서 네우마가 어디에 들어맞는 겁니까?" 가마슈가 물었다. 그는 온기를 유지하기 위해 커다란 두 손을 맞잡은 채 도미니크회 수사에게 몸을 기울이고 있었다.

"초창기 단성 성가는 구전으로 전승되었습니다. 하지만 십 세기경에 한 수사가 성가를 기록하기로 마음먹었죠. 그러나 그러기 위해서는 음악을 기록하는 방식을 만들어 낼 필요가 있었습니다."

"네우마로군요." 경감이 그렇게 말하자 수사가 끄덕였다.

"삼 세기에 걸쳐 여러 세대의 수사들이 모든 그레고리오 성가를 기록했습니다. 보존을 위해서요."

"그래서 많은 수도원에," 가마슈가 말했다. "성가책이 주어졌다고 들었습니다."

"어떻게 아셨습니까?"

"이곳에도 한 권 있으니까요. 보다 주목할 만한 책은 아닌 것 같습니다만."

"왜 그렇게 말씀하십니까?"

"제가 한 말이 아닙니다." 가마슈가 말했다. "원장님이 하신 말씀이지요. 최고는 채식판이라고 하시더군요. 아주 훌륭한. 하지만 질베르회는 소규모 공동체였고 매우 가난해서, 그들은 결국 십 세기의 공장 대용품을 가지게 되었습니다."

"그 책을 보셨습니까?"

세바스티앵 수사가 가마슈에게 몸을 기울였다. 경감은 말을 하려고 입을 열었다가 다시 입을 다물고 도미니크회 수사를 살폈다.

"당신이 이곳에 온 이유가 그거였군요, 아닙니까?" 가마슈가 마침내 말했다. "질베르회를 찾는 게 아니라, 그들의 책을 찾으러."

"그걸 보셨습니까?" 세바스티앵 수사가 다시 물었다.

"위. 그걸 봤습니다." 부정할 이유가 없었다. 그 책은 애당초 비밀이 아니었다.

"오, 주여." 세바스티앵 수사가 한숨을 내쉬었다. "세상에, 하느님." 그가 고개를 절레절레 흔들었다. "보여 주실 수 있습니까? 전 사방으로 그걸 찾아다녔습니다."

"수도원을요?"

"전 세계를요."

도미니크회 수사는 자리에서 일어나 하얀 로브에서 먼지와 잔가지를 탁탁 떨었다.

가마슈도 일어났다. "왜 원장님이나 다른 수사들에게 부탁하지 않았습니까?"

"그들이 그걸 숨겼을 거라고 생각했습니다."

"글쎄요, 그들은 그러지 않았습니다. 그건 보통 모든 수사들의 참고를 위해 성당의 독서대에 놓여 있습니다."

"거기서 못 봤는데요."

"한 수사가 계속 가지고 있었기 때문입니다. 성가를 공부하느라."

두 사람은 이야기를 나누며 수도원으로 돌아와 두꺼운 나무 문 앞에 멈춰 섰다. 가마슈가 노크를 하자 잠시 후 안에서 빗장이 옆으로 밀리고 자물쇠에서 열쇠 돌아가는 소리가 났다. 그들은 안으로 들어갔다. 싸늘한 바깥에 있던 참이라 수도원이 거의 따스하게 느껴졌다. 도미니크회 수사는 가마슈가 부르기 전에 통로 절반쯤에 있었다.

"세바스티앵 수사님?"

수사는 멈춰 서서 안달이 난 얼굴로 돌아보았다.

가마슈가 수위실에 서 있는 뤽 수사를 가리켰다.

"뭡니까?" 이내 세바스티앵 수사는 가마슈가 자신에게 하고자 하는 말을 알아차렸다. 도미니크회 수사는 돌아서서 걷기 시작했다. 처음에는 빨리, 수위실에 가까워 올수록 보폭이 느려지고 있었다.

세바스티앵 수사는 마지막 걸음을 내딛길 꺼리는 듯 보였다. 공포 때문에, 어쩌면 실망할까 봐. 가마슈는 생각했다. 어쩌면 그는 조사가 끝나길 정말 원치 않았다는 것을 깨달았을지도 몰랐다. 그렇다면 이제 뭘 해야 할지 모르기 때문에?

수수께끼가 풀리면 그는 뭘 하게 될까?

세바스티앵 수사는 수위실 문 앞에서 멈춰 섰다.

"제가 당신의 성가책을 봐도," 도미니크회 수사가 갑자기 정중하게, 거의 근엄하게 물었다. "괜찮겠습니까, 몽 페르?"

가마슈는 그것이 과거 종교재판소가 취했던 행동이 아니라는 사실을 알았다. 그들은 단지 그 책을 빼앗고, 아마도 그것을 소유한 젊은 수사를 불태웠으리라.

뤽 수사는 옆으로 물러섰다.

그리고 주님의 사냥개는 오래전 시작된 수백 년의 세월과 수천 킬로미터의 여정의 마지막 몇 걸음을 내디뎠다.

그는 음울한 작은 방으로 발을 디뎠고, 책상 위에 놓인 수수한 장정의 커다란 책을 보았다. 그의 손이 표지 위를 맴돌았고, 이내 그가 책을 펼치고 숨을 깊이 들이마셨다.

그러고는 숨을 깊이 내쉬었다.

길고 느린 한숨.

"이겁니다."

"어떻게 아십니까?" 가마슈가 물었다.

"이것 때문입니다." 수사가 책을 들어 올려 가슴에 품었다.

가마슈가 독서용 안경을 쓰고 그 위로 허리를 숙였다. 세바스티앵 수사가 가장 첫 페이지의 가장 첫 단어를 가리켰다. 그 위에는 네우마가 있었다. 하지만 손가락이 있는 곳에는 점 하나를 빼면 아무것도 없었다.

"이거요?" 가마슈도 가리키며 물었다. "이 점?"

"그 점이오." 세바스티앵 수사가 말했다. 그의 얼굴에 놀라움과 외경심이 떠올라 있었다. "그겁니다. 그레고리오 성가의 가장 첫 책. 그리고 이게," 그가 손가락을 아주 살짝 들었다. "가장 처음으로 만들어진 음악 기호입니다. 이 책은 십이 세기에 어떤 경위를 거쳤는지 몰라도 셈프링엄의 길버트 소유가 되었습니다." 도미니크회 수사는 주위에 서 있는 두 사람이 아니라 그 페이지를 향해 말했다. "어쩌면 토머스 베켓이 교회에 대한 감사 인사로 선물했을지 모르죠. 하지만 길버트는 이 책이 얼마나 귀중한지 몰랐을 겁니다. 그때는 아무도 몰랐겠죠. 사람들은 이게 특별하다는 걸 몰랐을 겁니다. 특별해지리라는 걸요."

"이 책을 특별하게 하는 게 뭡니까?" 가마슈가 물었다.

"이 점이오. 그건 점이 아닙니다."

"그럼 뭡니까?" 그것은 가마슈에게 점으로 보였다. 그는 생질베르에 온 후 자신이 그토록 멍청하다고 느낀 적이 거의 없었다.

"그건 열쇠입니다." 두 남자 모두 방금 입을 연 젊은 포르티에를 보았다. "시작점이죠."

"알고 있었습니까?" 세바스티앵 수사가 뤽 수사에게 물었다.

"처음엔 몰랐습니다." 뤽이 인정했다. "저는 이곳의 그 성가가 제가 들어 왔고 불렀던 그 어떤 성가와도 다르다는 사실만 알았습니다. 그런데 그 이유를 몰랐죠. 그때 마티외 형제께서 말씀해 주셨습니다."

"그는 이 책이 아주 귀중하다는 사실을 알았습니까?" 도미니크회 수사가 물었다.

"그런 식으로 생각하시진 않았던 것 같습니다. 하지만 그분은 이 책이 특별하다는 사실은 알았을 겁니다. 그분은 모든 문헌과 수집품 들을 포함해 다른 것들에는 그 점이 없다는 걸 아실 만큼 그레고리오 성가에 대해 아셨죠. 그리고 그게 뜻하는 걸 아셨고요."

"그게 무슨 뜻입니까?" 가마슈가 물었다.

"이 점은 음악의 로제타스톤입니다." 세바스티앵 수사는 그렇게 말하고 나서 뤽을 돌아보았다. "당신은 이걸 열쇠라고 했고, 그 말은 정확합니다. 다른 모든 그레고리오 성가들은 잠겨 있습니다. 이 수도원을 찾아올 수는 있어도 문을 통과할 수는 없는 것처럼요. 할 수 있는 최선이라고는 바깥에서 배회하는 것뿐이죠. 닫혀 있다. 하지만 완벽히는 아니죠.

이건," 그가 그 페이지를 향해 끄덕였다. "문을 열고 성가 안으로 우리를 들이는 열쇠입니다. 우리를 최초의 수도사들의 마음과 목소리로 인도하는. 이것으로 우리는 원래 성가가 어떤 소리를 냈는지 알 수 있습니다. 하느님의 목소리가 정말 어떤 소리를 냈는지."

"어떻게요?" 가마슈는 짜증스럽게 들리지 않도록 애쓰며 물었다.

"당신이 말씀하십시오." 세바스티앵 수사가 젊은 질베르회 수사에게 청했다. "당신 책이니까요."

뤽 수사는 자부심으로 얼굴이 벌게졌고, 흠모에 가까운 감정으로 도미니크회 수사를 보았다. 자신을 이 대화에 포함시킬 뿐 아니라 자신을 동등하게 대해 준.

"이건 그냥 점이 아닙니다." 뤽 수사가 가마슈를 돌아보았다. "만일 모든 방향이 표시된 보물 지도를 발견했지만 어디서 시작해야 할지 모른다면 그 지도는 쓸모가 없죠. 이 점은 그 시작점입니다. 그건 우리에게 첫 음을 말해 줍니다."

가마슈는 세바스티앵 수사의 품에서 펼쳐진 책을 내려다보았다.

"하지만 저는 네우마가 그걸 말해 줄 줄 알았는데요." 그가 흐릿해진 첫 글자 위의 꼬불꼬불한 첫 선을 가리키며 말했다.

"아닙니다." 뤽 수사가 말했다. 이제 인내심을 발휘하며. 자신이 잘 알고 사랑하는 무언가를 함께할 때의 타고난 선생. "그건 음을 올리라고 말해 줄 뿐입니다. 하지만 어디서부터요? 이 점은 글자 한가운데에 있죠. 목소리를 중간 음역에서 시작해서 올려야 합니다."

"그렇게 정확하지는 않군요." 가마슈가 말했다.

"이건 예술이지, 과학이 아니니까요." 세바스티앵 수사가 말했다. "우리가 다가갈 필요가 있을 만큼 가까워지면 우린 다가갈 수 있습니다."

"그 점이 그렇게 중요하다면 왜 모든 성가책에 그게 없습니까?" 경감이 물었다.

"좋은 질문입니다." 세바스티앵 수사가 인정했다. "저희는 이 책이," 그가 책을 들어 올렸다. "음악가 수사님들에 의해 쓰였다가 베껴졌다고 생각합니다. 사본 필경사에 의해서요. 이 점의 진가를 몰랐던 문학가들에 의해서요. 그게 결함이나 실수라고 생각했을지도 모르죠."

"그래서 그들이 이 책을 배제한 겁니까?" 가마슈가 묻자 도미니크회 수사가 천천히 고개를 끄덕였다.

사냥에 헌신한 여러 세대 수사들의 거의 성전에 가까운 수 세기의 탐색. 모두 그것을 흠이라고 착각한 수사들과 사라진 점 때문에.

"부원장 시체에서 찾은 악보에 점이 있었습니다." 가마슈가 말했다.

세바스티앵 수사가 흥미롭다는 표정으로 경감을 보았다. "눈치채셨습니까?"

"수사님이 마치 그걸 감추려는 것처럼 그 위에 손가락을 놓아서 알아차렸을 뿐입니다."

"그랬습니다." 수사가 인정했다. "누군가가 그 점의 중요성을 알아볼까 두려웠습니다. 그 악보를 쓴 사람은 성가책의 원본에 대해 알았습니다. 그리고 정확히 같은 스타일로 다른 성가를 썼습니다. 그 점을 포함해서요."

"그렇다고 해서 좁혀지지 않는군요." 가마슈가 말했다. "모든 질베르회 수사가 이 책을 압니다. 다들 성가를 베끼죠. 그들은 그 점과 그게 뭔지 알았을 겁니다."

"하지만 그들 모두가 그 점이 이 책을 얼마나 가치 있게 하는지 알까요?" 도미니크회 수사가 물었다. "사실, 이건 가치를 따질 수가 없습니다. 값을 매길 수 없죠."

뤽이 머리를 저었다. "마티외 형제만이 아셨을지 모르지만 그분은 신경 쓰시지 않았을 겁니다. 그분에게 유일한 가치는 음악으로, 그 외에는 아무것도 아니었습니다."

"당신도 알았군요." 가마슈가 지적했다.

"점이라면 알았습니다. 하지만 이 책이 그렇게 가치 있다는 건 몰랐습니다." 뤽 수사가 말했다.

가마슈는 마침내 자신이 동기를 찾아냈는지 궁금했다. 수사 중 하나가 자신들의 낡은 책이 큰 가치가 있다는 것을 깨달았을 수도 있을까? 이 담장 안의 보물은 숨겨져 있었던 게 아니라 눈앞에 있었을까? 단성 성가에?

부원장은 보물과 어느 수사 사이에 서 있었기 때문에 살해된 걸까?

가마슈는 도미니크회 수사를 돌아보았다.

"당신이 여기 있는 이유가 이겁니까? 잃어버린 형제들 때문이 아니라 잃어버린 책 때문에? 이곳 수도사들을 저버린 건 CD 재킷이 아니라 음악 그 자체였군요."

진실은 명확해졌다. 이 수사는 네우마를 따라 이곳에 왔다. 수백 년 동안 교회는 시작점을 찾아 헤매고 있었다. 질베르회의 그레고리오 성가의 녹음이 자기도 모르게 그것을 제공했다.

세바스티앵 수사는 자신의 대답의 무게를 저울질하는 듯 보이더니 마침내 끄덕였다.

"교황 성하께서는 그 녹음을 듣고 단번에 아셨습니다. 그건 전 세계 수도원에서 부르는 모든 그레고리오 성가처럼 모든 면에서 같았습니다. 그것이 신성했다는 점만 빼면요."

"성스럽죠." 뤽 수사가 동의했다.

두 수사는 열정을 띤 눈빛으로 가마슈를 보았다. 그 열정의 정도에는 두려운 무언가가 있었다. 한 점에 대한.

태초의 점.

아름다운 수수께끼. 마침내 풀렸다.

33

아침 식사 후 가마슈는 원장을 찾아갔다. 성가책과 그 가치에 대한 것 때문이 아니었다. 그는 일단 입 다물고 있길 선택했다. 하지만 가마슈 자신에게 헤아릴 수 없을 만큼의 가치가 있는 다른 무언가 때문에.

"사공과 통화하셨습니까?"

그가 끄덕였다. "몇 번의 시도 끝에 시몽 형제가 간신히 연락을 취했습니다. 지금 안개가 걷히기를 기다리는 중이라는데, 정오쯤에는 이곳에 올 수 있을 것 같다는군요. 걱정 마십시오." 돔 필리프가 다시 한번 정확히 가마슈 얼굴의 작은 주름을 해석하며 말했다. "그는 올 겁니다."

"메르시, 몽 페르."

수도원장과 수사들이 찬과를 준비하러 갔을 때 가마슈는 시계를 보았다. 7시 20분이었다. 남은 다섯 시간. 사공은 오겠지만, 그가 선착장에 배를 댔을 때 그는 무엇을 보게 될까?

장 기는 아침을 먹으러 오지 않았다. 가마슈는 조용한 성당을 성큼성큼 가로질러 멀찍이 있는 문 밖으로 나갔다. 방에서 나와 다음 미사를 준비하러 가는 수사 몇몇이 복도에서 그에게 고개를 꾸벅했다.

가마슈는 부원장 사무실을 살폈지만 비어 있었다. 이윽고 그는 보부아르의 방문을 두드렸고, 대답을 기다리지 않고 들어갔다.

장 기는 침대에 누워 있었다. 어젯밤 옷차림 그대로. 면도도 하지 않고, 머리도 부스스한 채. 흐릿한 눈빛의 보부아르가 한쪽 팔꿈치로 몸을 일으켰다.

"몇 십니까?"

"거의 일곱 시 삼십 분일세. 무슨 일 있나, 장 기?" 가마슈는 보부아르가 일어나려 몸부림칠 때 침대 옆에 섰다.

"피곤했을 뿐입니다."

"그게 다가 아닌 것 같은데." 그는 자신이 너무나 잘 아는 젊은이를 가까이에서 보았다. "약을 먹었나?"

"농담하십니까? 전 제정신이고 멀쩡합니다. 몇 번이나 증명을 해야 합니까?" 보부아르가 쏘아붙였다.

"내게 거짓말 말게."

"거짓말 아닙니다."

그들은 서로 응시했다. 다섯 시간. 가마슈는 생각했다. 다섯 시간만. 우린 해낼 거야. 그는 작은 방을 훑었지만 부적절한 것은 아무것도 없었다.

"옷을 입고 나와 찬과에 참석하세."

"왜요?"

가마슈는 아주 차분했다. "왜냐하면 내가 자네에게 부탁했으니까."

두 사람 사이에 침묵이 흘렀다.

이내 보부아르가 수그러들었다. "좋습니다."

가마슈는 밖으로 나갔고, 몇 분 후 재빨리 샤워를 한 보부아르가 성당의 가마슈 옆자리에 앉았을 때 성가가 시작되었다. 그는 가마슈의 신자석 옆자리에 앉았지만 아무 말도 하지 않았다. 명령받고 의심받은 것에 화가 났다.

성가는 늘 그렇듯 먼 곳에서부터 시작되었다. 멀지만 완벽한 시작. 그런 다음 그것은 다가왔다. 보부아르는 눈을 감았다.

숨을 깊이 들이쉬어. 그는 자신에게 말했다. 숨을 깊이 내쉬어.

마치 자신이 음표 속에서 숨을 쉬는 것 같았다. 자신의 내면에 그것을 받아들이며. 그것들은 둥글고 검은 음표보다 더 가벼워 보였다. 이 네우마들은 날개가 달려 있었다. 보부아르는 마음이 가벼워지고 머리가 가벼워지는 것을 느꼈다. 약으로 인한 인사불성에서 들려졌다. 굴러 들어간 구멍에서 들려졌다.

그는 노래를 들으며 목소리들뿐 아니라 역시 한결같은 수사들의 숨결도 들었다. 깊은 들숨. 그런 다음 내쉬며 노래했다.

깊은 날숨.

이윽고 그가 알아차리기도 전에 찬과가 끝났다. 그리고 수사들이 나갔다. 모두가 나갔다.

보부아르는 눈을 떴다. 성당은 완벽히 고요했고, 그는 혼자였다. 경감을 빼면.

"우린 얘기할 필요가 있네." 가마슈가 보부아르를 보지 않고 앞을 응시하며 조용히 말했다. "무슨 일인지 몰라도 다 괜찮을 걸세."

그의 목소리는 확신에 차 있었고, 다정했고, 위안을 주었다. 보부아르는 거기에 빨려 든 자신을 느꼈다. 이내 그는 자신이 앞으로 고꾸라지는 것을 느꼈다. 모든 자제력을 잃고. 신자석이 자신에게 달려들었지만 자신을 멈출 수 없었다.

가마슈의 강한 손이 그의 가슴에 닿았고, 그를 멈추게 했다. 그를 붙들고 있었다. 그는 자신의 이름을 부르는 익숙한 목소리를 들었다. 보부아르가 아니라. 경위가 아니라.

장 기. 장 기.

그는 축 늘어지며 옆으로 미끄러지는 자신을 느꼈고, 눈알이 뒤로 돌아가는 것을 느꼈다. 그는 의식을 잃기 직전 위에서 쏟아지는 프리즘을 통한 빛을 보았고, 자신의 뺨에 닿는 가마슈의 재킷과 백단향과 장미수 향을 맡았다.

보부아르는 눈을 깜박이다 떴지만 눈꺼풀이 무거웠다. 결국 그 두 눈이 감겼다.

아르망 가마슈는 장 기를 품에 안고 다급히 성당을 나섰다.

이 자녀를 데려가지 마소서.

이 자녀를 데려가지 마소서.

"날 떠나지 말게." 그는 마침내 의무실에 닿을 때까지 반복해서 속삭였다.

"무슨 일입니까?" 가마슈가 장 기를 진찰대에 눕힐 때 샤를 수사가 다급히 물었다. 태평하고 유쾌한 수사의 모습은 사라졌다. 의사가 그 모습을 대체했고, 그의 손이 보부아르 위로 빠르게 움직여 맥을 짚고 눈꺼풀을 들어 올리고 있었다.

"그가 뭔가를 복용한 것 같은데 그게 뭔지 모르겠습니다. 그는 진통제에 중독되어 있었지만 석 달간 깨끗했습니다."

의사가 보부아르의 눈꺼풀을 들춰 보고 맥을 짚으며 빠르게 진찰했다. 그는 심박 소리를 더 잘 듣기 위해 장 기의 스웨터를 걷어 올렸다. 샤를 수사가 동작을 멈추고 경감을 보았다.

보부아르의 복부를 가로지른 흉터.

"어떤 진통제였습니까?" 그가 물었다.

"옥시콘틴이오." 가마슈는 그렇게 말했고, 샤를 수사의 얼굴에 떠오른 우려를 보았다. "이 친구는 총을 맞았습니다. 진통제로 옥시콘틴이 처방됐죠."

"맙소사." 수사가 나지막이 중얼거렸다. "하지만 그가 지금 먹은 게 옥시콘틴인지 우린 확실히 모릅니다. 그가 깨끗하다고 하셨는데 확실합니까?"

"저희가 여기 왔을 때는 확실히 그랬습니다. 저는 이 젊은이를 잘 압니다. 다시 중독에 빠졌다면 알았을 겁니다."

"글쎄요, 제 눈에는 과다 복용으로 보이는데요. 그는 숨을 쉬고 있고 바이털 사인이 강합니다. 그게 뭐든 치사량은 아닙니다. 하지만 그 약이 뭔지 안다면 도움이 될 텐데요."

샤를 수사는 혹시 구토할 때를 대비해서 보부아르를 옆으로 눕혀 놓았고, 가마슈는 장 기의 주머니를 뒤졌다. 주머니들은 비어 있었다.

"금방 오겠습니다." 경감은 그렇게 말했지만 문으로 향하기 전 가볍게 보부아르의 얼굴을 만졌고, 차갑고 축축함을 느꼈다. 이내 그는 몸을 돌려 나갔다.

긴 다리로 복도를 되돌아갈 때 자신을 응시하는 수사들을 지나치며 그는 시계를 보았다. 오전 8시. 네 시간. 사공은 네 시간 안에 도착할 것이었다. 안개가 걷힌다면.

오늘은 그 명랑한 빛이 비쳐 들지 않았다. 높은 창으로 햇빛이 거의 들지 않았기에 가마슈는 하늘이 맑은지 흐린지 볼 수 없었다.

네 시간.

그는 보부아르와 함께 떠날 터였다. 그것을 지금 알았다. 사건이 해결되든 안 되든. 의사의 말에 따르면 장 기는 위험한 상황을 넘겼다. 하지만 가마슈는 그 위험이 완전히 제거되지 않았다는 사실을 알았다.

보부아르의 작은 방에서 작은 알약이 든 작은 병을 찾아내는 데 오래 걸리지 않았다. 그것은 베개 밑에 있었다. 제대로 숨기지 못했다. 하지만 장 기는 기절하리라는 것을 예상하지 못했다. 자신의 방이 수색당하리라는 것을 예상하지 못했다.

가마슈는 손수건으로 약병을 집어 들었다.

옥시콘틴. 하지만 그것은 보부아르에게 처방된 게 아니었다. 전혀 아니었다. 라벨에는 제조 업체와 약 이름과 약의 복용량밖에 적혀 있지 않았다.

그것을 주머니에 넣고 가마슈는 방을 뒤지다 쓰레기통에서 메모를 발견했다.

필요한 만큼 드십시오. 그리고 서명. 가마슈는 필요 이상으로 신중하고 조심스럽게 그 종이를 접었다. 창가에 서서 그는 안개 속을 응시했다.

좋아. 안개가 걷히고 있었다.

의무실에서 샤를 수사는 서류 작업을 하며 보부아르를 몇 분에 한 번씩 확인했다. 얕고 빨랐던 호흡이 규칙적으로 돌아왔다. 더 깊게. 경위는 기절 상태에서 벗어나 수면 상태였다.

한 시간 내로 두통과 갈증을 호소하고 뭔가를 갈망하며 깨어나리라.

샤를 수사는 이 남자가 부럽지 않았다.

수사는 고개를 들었다가 놀랐다. 가마슈가 문 바로 안쪽에 서 있었다. 그리고 샤를 수사가 지켜보는 가운데 경감은 천천히 문을 닫았다.

"찾으셨습니까?" 의사가 물었다. 경감은 수사가 좋아하지 않는 방식으로 그를 쳐다보고 있었다.

"찾았습니다. 베개 밑에서."

샤를 수사는 병으로 손을 내밀었으나 가마슈는 움직이지 않았다. 그는 계속 응시할 뿐이었고, 수사는 더 이상 딱딱하고 엄한 응시를 마주하지 못하고 시선을 떨궜다.

"이것도 찾았습니다." 가마슈는 메모를 꺼냈고, 수사는 그것을 받으러 갔지만 경감은 손을 뺐다. 샤를 수사는 메모가 두 사람 사이의 허공에 떠 있을 때 그것을 읽고 경감의 눈을 보았다.

수사의 입은 벌어져 있었지만 아무 말도 나오지 않았다. 그의 얼굴은 새빨개졌고, 그는 다시 가마슈의 손에 들린 메모를 보았다.

그것은 자신의 필적이었다. 자신의 서명이 담긴.

"하지만 제가 그런 게……," 그는 다시 말하려 했고, 얼굴은 더욱 붉어졌다.

가마슈 경감은 종이를 내리고 보부아르에게 걸어갔다. 그는 부하의 맥을 느끼려고 자신의 손을 그의 목에 댔다. 의사가 인정한 대로 규칙적인 움직임이 느껴졌다. 자연스러운 움직임. 살인반의 수장을 위한. 생명의 증거를 확고히 하는. 혹은 죽음을.

이내 가마슈가 의사에게 몸을 돌렸다.

"당신의 필적입니까?" 그가 쪽지를 향해 끄덕였다.

"네, 하지만……,"

"그리고 당신 서명입니까?"

"네, 하지만……,"

"당신이 보부아르 경위에게 이 약들을 주었습니까?"

가마슈는 주머니로 손을 뻗어 손수건으로 싼 약병을 꺼내 들었다.

"아니요. 저는 경위님에게 약을 드린 적이 없습니다. 어디 좀 봅시다." 의사가 손을 뻗었지만 가마슈가 약병을 든 손을 뺐기에, 의사는 라벨을 읽기 위해 몸을 숙여야 했다.

그것을 살펴본 후 그는 몸을 돌려 자신의 약품 캐비닛으로 걸어가 주머니에 있던 열쇠로 문을 열었다.

"저는 옥시콘틴을 비축하고 있지만 가장 심각한 위급 사태일 때만 씁니다. 보통 때는 절대 그걸 처방하지 않습니다. 독한 약이니까요. 저는 모든 재고를 체크하죠. 제가 언제 무엇을 주문했고 무엇을 처방했는지 보고 싶으시다면 저에게 기록이 있습니다. 빠뜨린 건 없습니다."

"기록은 위조될 수 있죠."

의사가 끄덕이고 작은 약병 하나를 건네자 경감은 안경을 쓰고 그것을 살폈다.

"보시다시피, 경감님, 이 알약들은 같은 거지만 복용량과 공급처가 다릅니다. 저는 절대 많은 양을 사지 않고, 저희는 드러먼빌에 있는 의료 보급소에서 약들을 사 옵니다."

가마슈가 안경을 벗었다. "이 메모를 설명할 수 있습니까?"

두 남자는 가마슈의 손에 들린 종이를 다시 보았다.

필요한 만큼 드십시오. 그리고 의사의 서명.

"제가 다른 사람에게 쓴 것 같고, 경감님의 부하에게 이걸 건넨 사람이 이걸 찾아내서 사용한 모양입니다."

"최근에 누구에게 처방했습니까?"

의사는 기록을 찾으러 갔으나 두 사람 모두 그럴 필요가 없다는 것을 알았다. 이곳은 작은 공동체였고, 그것은 아주 최근 일일 터였다. 샤를 수사는 기록의 도움 없이 거의 분명 기억할 터였다.

하지만 그는 그것을 검색한 뒤 돌아왔다.

"저는 의료 기록에 대한 영장을 요구해야 합니다." 그는 그렇게 말했지만 두 사람 모두 그가 그러지 않으리라는 걸 알았다. 그것은 불가피한 일을 미룰 뿐이었고, 누구도 그것을 원치 않았다. 게다가 수사는 싸늘하고 딱딱한 시선을 두 번 다시 경험하고 싶지 않았다.

"원장님이었습니다. 돔 필리프."

"메르시." 가마슈는 다시 보부아르에게로 가서, 이제는 잠든 경위의 얼굴을 내려다보았다. 그를 감싼 담요를 잘 덮어 주고 나서 경감은 문을 향해 걸었다. "어떤 처방이었는지 말씀해 주시겠습니까?"

"약한 신경안정제였습니다. 마티외 형제의 죽음 이래 원장님은 잠을 제대로 이루지 못하셨죠. 그분은 안정이 필요하셔서 제게 도움을 청하러 오셨습니다."

"전에도 원장님에게 안정제를 처방한 적이 있습니까?"

"아뇨, 전혀."

"그럼 다른 형제들에게는요? 신경안정제? 수면제? 진통제?"

"그런 적이 있지만 제가 가까이서 지켜봅니다."

"원장님이 그 안정제를 쓰셨는지 아십니까?"

의사가 머리를 저었다. "아뇨, 모릅니다. 아닐 겁니다. 그분은 처방보다 명상을 선호하십니다. 우리 모두가 그렇죠. 하지만 그분은 만일을 대비해서 뭔가를 원하셨습니다. 그 메모는 제가 그분께 써 드린 겁니다."

아르망 가마슈는 성당에 도착했지만 걸어 들어가는 대신 멈춰 섰다. 그러다 결국 신자석 맨 뒷줄에 앉았다. 기도가 아닌, 생각을 위해.

만일 의사가 진실을 말했다면 누군가가 그 메모를 발견했고, 보부아르에게 그 약이 의사에게서 나온 것이라는 인상을 주기 위해 사용되었다. 가마슈는 보부아르가 자신이 먹는 게 뭔지 몰랐다고 생각하고 싶었지만 병에는 명확하게 옥시콘틴이라고 쓰여 있었다.

보부아르는 알고 있었다. 어쨌든 그는 그것을 먹었다. 아무도 강요하지 않았다. 하지만 누군가가 그를 유혹했다. 가마슈는 자신이 거기에 앉은 몇 분 사이에 바뀐 제단을 보았다. 빛줄기들이 빛을 발하는 곡예사들처럼 위에서 떨어지고 있었다.

안개가 깨끗이 걷혔다. 사공이 자신들을 위해 올 터였다. 가마슈는 시간을 체크했다. 두 시간 반 내로. 필요한 일을 할 시간이 있을까? 경감은 벽가의 신자석에 조용히 앉아 있는 누군가를 알아차렸다. 숨으려는 의도는 없는 듯했다. 하지만 트인 곳에 앉아 있지도 않았다.

도미니크회 수사였다. 반사되는 빛 속에 앉아 있었다. 무릎에 책을 올리고.

그리고 그 순간 경감은 마지못해 해야 할 일을 알았다.

장 기 보부아르는 맨 먼저 자신의 입을 의식했다. 그것은 거대했다. 그리고 그 안은 털과 진흙으로 둘러 있었다. 그는 입을 벌렸다 다물었다. 어마어마한 소리가 났다. 근년에 할아버지가 먹을 때 나는 소리처럼 물컹거리고 절걱거리는.

그런 다음 그는 자신의 숨소리를 들었다. 그 또한 부자연스럽게 컸다.

그리고 마침내 한쪽 눈을 뜨고 살폈다. 반대쪽 눈은 풀로 붙인 것 같았다. 그 틈새로 침대로 끌어온 딱딱한 의자에 앉은 가마슈가 보였다.

보부아르는 순간 공포를 느꼈다. 무슨 일이 일어난 거지? 저렇게 앉아 있는 경감을 마지막으로 본 것은 죽을 만큼 심각한 치명상을 입었을 때였다. 다시 그런 일이 일어난 걸까?

하지만 그는 그렇게 생각하지 않았다. 이것은 다르게 느껴졌다. 멍할 만큼 기진맥진했다. 하지만 고통은 없었다. 비록 내면 깊은 곳에는 통증이 있었지만.

그는 매우 조용히 앉아 있는 가마슈를 바라보았다. 안경을 쓰고 그는 읽고 있었다. 지난번, 몬트리올 병원에 가마슈도 부상을 입고 입원해 있었다. 마침내 뭐든 먹을 수 있을 만큼 회복되어 몸을 일으켰을 때 그의 얼굴은 보부아르에게 충격이었다.

얼굴은 멍투성이였고 이마에는 붕대가 감겨 있었다. 그리고 그가 보부아르를 향하려고 몸을 일으켰을 때, 장 기는 고통으로 찡그린 얼굴을 보았다. 그 찡그림이 재빨리 미소로 바뀌기 전에.

"괜찮나?" 그가 조용히 물었었다.

보부아르는 말을 할 수 없었다. 그는 다시 자신이 잠이 드는 것을 느꼈지만 그는 잠에 떨어지기 전에 깊은 갈색 눈을 최대한 오래 붙들었다.

지금 그는 수도원 의무실에서 경감을 바라보았다.

그에게는 더 이상 멍이 없었고, 왼쪽 관자놀이의 깊은 흉터는 영원히 남을망정 이미 아물었다. 경감은 회복했다.

보부아르는 그러지 못했다.

실제로 보부아르는 경감이 건강해질수록 자신은 쇠약해지는 것처럼 보였다. 마치 프랑쾨르가 옳았고, 가마슈가 자신을 쪽쪽 빨아서 말리는 듯했다. 자신을 쓸모없을 때까지 이용하며. 경감이 자신과 같은 직위로 승진시킨 이자벨 라코스트를 위해.

하지만 그는 그것이 진실이 아니라는 것을 알았다. 그 생각을 자신의 육체에서 떼어 냈고, 그것이 떠내려가는 모습이 보이는 듯했다. 하지만 그 끔찍한 생각에는 갈고리가 달려 있었다.

"봉주르." 경감이 고개를 들었고, 장 기가 눈을 뜨고 있다는 것을 알아차렸다. "기분이 어떤가?" 그가 침대 위로 허리를 숙이고 미소를 지었다. "자넨 의무실에 있네."

장 기는 일어나 앉으려고 몸부림을 쳤고, 가마슈의 도움을 받아 간신히 일어났다. 그들 둘뿐이었다. 의사는 가마슈와 그의 부관을 남긴 채 오전 11시 미사를 드리러 갔다.

경감은 한 마디 말 없이 침대 머리를 세우고 보부아르의 등에 베개를 몇 개 끼워 넣은 뒤, 물을 마시는 그를 도왔다. 보부아르는 다시 사람이 된 기분이었다. 흐릿하던 눈빛이 또렷해지고 서서히 살아난 기억이 빠르게 이어졌다.

경감은 다시 다리를 꼬고 의자에 앉았다.

가마슈는 심각하지도, 비난하지도, 화가 나 있지도 않았다. 하지만 그는 대답을 원했다.

"어찌 된 일인가?" 마침내 경감이 물었다.

보부아르는 아무 말도 하지 않았지만 재킷 주머니에 손을 집어넣어 손수건을 꺼내는 경감을 낙심한 눈으로 지켜보았다. 그리고 그것을 펼친 경감을.

장 기는 끄덕이더니 눈을 감았다. 너무 부끄러워 가마슈를 마주 볼 수 없었다. 그리고 경감을 마주할 수 없다면 어떻게 아니를 마주하겠는가?

그 생각에 메슥거려 토할 것 같았다.

"괜찮네, 장 기. 그건 실수 이상 아무것도 아니네. 우린 돌아가서 도움을 받을 걸세. 바로잡지 못할 건 없네."

보부아르는 눈을 뜨고 자신을 보고 있는 아르망 가마슈를 보았다. 그의 눈빛에 떠오른 감정은 동정이 아니라 결단이었다. 그리고 확신. 다 괜찮으리라는.

"위, 파트롱." 그는 간신히 말했다. 그리고 자신도 모르게 그 말을 믿기까지 했다. 지금 일은 지난 일이 되리라.

"무슨 일이 있었는지 말하게." 가마슈는 병을 치우고 몸을 앞으로 숙였다.

"그게 그냥 거기, 의사의 쪽지와 함께 침대 옆 테이블에 있었습니다. 저는 그게……."

저는 그게 처방전인 줄 알았습니다. 의사가 줬으니까 괜찮을 줄 알았다고요. 선택지가 없다고 생각했다니까요.

그는 경감의 눈을 붙들고 망설였다.

"……아니, 저는 그걸 원했습니다. 왜인지는 몰랐지만 갈망하고 있었고, 그게 마침 나타나서 그걸 삼켰습니다."

경감은 끄덕였고, 보부아르가 기운을 차리게 놔두었다.

"언제였나?" 가마슈가 물었다.

보부아르는 생각해야 했다. 언제였지? 분명 몇 주 전이야. 몇 달 전. 아주 오래전.

"어제 오후요."

"그걸 가져다 놓은 사람은 의사가 아닐세. 혹시 누가 그랬을지 짚이는 게 있나?"

보부아르는 놀라 보였다. 그는 별생각 없이 그것이 의사 수사가 가져다 놓은 거라고 철석같이 믿었었다. 그는 머리를 흔들었다.

가마슈는 자리에서 일어나 보부아르에게 물을 한 잔 더 가져다주었다. "배고픈가? 샌드위치를 가져다줄 수 있네."

"아뇨, 파트롱. 메르시. 괜찮습니다."

"원장이 사공을 불렀고, 한 시간쯤 후에 그가 올 걸세. 같이 나가세."

"그럼 사건은요? 살인자는요?"

"한 시간이면 많은 일이 일어날 수 있지."

보부아르는 가마슈가 나가는 모습을 지켜보았다. 그는 경감이 옳다는 것을 알았다. 한 시간이면 많은 일이 일어날 수 있었다. 그리고 많은 일이 무너져 내릴 수 있었다.

34

아르망 가마슈는 신자석 맨 앞줄에 앉아 수사들이 11시 미사를 드리는 모습을 지켜보았다. 이따금 그는 눈을 감았고, 이것이 잘 통하기를 기도했다.

이제 한 시간도 안 남았다고 그는 생각했다. 실제로 사공이 이미 선착장에 도착했을지도 몰랐다. 가마슈는 원장이 자리에서 일어나 제단으로 걸어간 다음 한쪽 무릎을 살짝 굽혔다가 일어나 라틴어 기도를 몇 소절 부르는 모습을 지켜보았다.

그리고 공동체의 나머지 구성원들이 차례차례 들어왔다.

부르고, 응답하고. 부르고, 응답하고.

그리고 모든 소리가 허공에서 멈추고 매달린 듯한 순간이 있었다. 침묵이 아닌, 공동체의 깊은 들숨.

이내 합창을 하는 그들 모두의 목소리는 성스럽다고밖에 표현할 길이 없었다. 아르망 가마슈는 그 소리가 자신의 내면에서 울려 퍼지는 감각을 느꼈다. 보부아르에게 일어난 일에도 불구하고. 마티외 수사에게 일어난 일에도 불구하고. 이제부터 일어날 일에도 불구하고.

그의 등 뒤로 장 기 보부아르가 성당에 도착했다. 경감이 나간 뒤 잠이 들었다 깼다 했던 그는 결국 잠에서 깼다. 그는 전신이 아팠고, 나아지기는커녕 점점 나빠지는 것처럼 보였다. 그는 긴 복도를 마치 노인처럼 걸었다. 발을 끌면서. 관절을 삐거덕거리면서. 얕은 숨을 쉬면서. 하지만 그 한 걸음 한 걸음이 그를 자신이 속해 있다고 믿는 곳으로 데려갔다.

꼭 성당이라고는 할 수 없었다. 하지만 가마슈 옆으로.

성당에 들어가니 맨 앞줄에 있는 가마슈가 보였다.

하지만 장 기 보부아르의 몸은 그를 체력이 허용하는 한까지 데려갔고, 그는 신자석 맨 뒷자리에 털썩 주저앉았다. 그는 몸을 숙이고 손을 앞좌석 등받이에 걸쳤다. 기도 중이라고는 할 수 없었다. 일종의 저승에 있었다.

이승은 아득히 멀어 보였다. 하지만 음악은 그렇지 않았다. 그의 사방에 있었다. 안팎으로. 그를 받쳐 주며. 음악은 소박하고 단순했다. 한결같은 목소리들. 하나의 목소리, 하나의 노래. 성가의 지극한 단순함이 보부아르를 진정시키고 힘을 북돋아 주었다.

이곳에 혼돈은 없었다. 예상치 못한 일은 없었다. 자신에게 미치는 그들의 영향을 빼면. 완벽히 예상 밖이었다.

낯선 무언가가 자신에게 밀려오는 듯 보였다. 보부아르는 불편함을 느꼈다.

그리고 그는 그것이 무엇인지 깨달았다.

평화. 완벽하고 절대적인 평화.

그는 눈을 감고 네우마가 자신을 들어 올리게, 자신 밖으로 나가게, 성당 밖으로 나가게 했다. 네우마는 그를 수도원 밖으로 데리고 나가 호수와 숲 밖으로 데려갔다. 그는 네우마와 함께 속박에서 벗어나 자유롭게 날았다.

그것은 퍼코셋보다도, 옥시콘틴보다도 나았다. 고통도 불안도 걱정도 없었다. 그곳에는 '우리'도 '그들'도 경계도 없고 한계도 없었다.

이윽고 노래가 멈추자 보부아르는 부드럽게 땅으로 내려앉았다.

그는 눈을 뜨고 누군가가 자신에게 일어난 일을 알아차렸는지 궁금해하며 주위를 둘러보았다. 그는 앞자리의 가마슈 경감을 보았고, 그 대각선 자리에 앉은 프랑쾨르 경정을 보았다.

보부아르는 성당을 둘러보았다. 누군가가 사라져 있었다.

도미니크회 수사. 종교재판소에서 온 그 남자는 어떻게 된 걸까?

보부아르는 제단 쪽으로 몸을 돌리다가 가마슈가 프랑쾨르를 흘끔 쳐다보는 모습을 보았다.

세상에. 보부아르는 생각했다. 경감님은 정말 저 남자를 경멸하시는군.

아르망 가마슈는 수사들에게 시선을 돌렸다. 성가가 그치고 수도원장이 다시 앞으로 나와 조용한 성당 한복판에 섰다.

그때 적막 속에서 한 목소리가 들려왔다. 테너. 노래를 부르는.

원장은 수사들을 보았다. 수사들은 원장을 보았고, 이내 서로를 마주 보았다. 그들의 눈은 커졌지만 입은 다문 채였다.

어쨌든 그 맑은 목소리는 계속 이어졌다.

수도원장은 성체와 포도주 잔 앞에 섰다. 예수님의 살과 피. 하늘에 바치는, 축복 중에 멈춘 제병.

옅은 빛의 축이 강하하여 성당을 손아귀에 넣은 것처럼 그 아름다운 목소리가 그들 모두를 에워쌌다.

원장은 몇 안 되는 신자들에게 고개를 돌렸다. 그들 중 한 명이 실성해 목소리를 내는지 보기 위해. 하지만 그가 본 것은 경찰 세 명뿐이었다. 흩어져 있는. 바라보고 있는. 조용히.

이윽고 성길버트의 명판 뒤에서 도미니크회 수사가 나타났다. 세바스티앵 수사는 천천히 엄숙한 걸음으로 성당 한가운데로 나왔다. 그는 거기에 멈춰 섰다.

"당신 목소리가 들리지 않아요." 그는 성당 안에서 들렸던 그 어떤 그레고리오 성가보다 더 빠르고 경쾌한 템포로 노래했다. 라틴어가 허공을 가득 메웠다. "내 귀에 바나나가 있어요."

부원장과 함께 죽었던 음악이 생명을 되찾았다.

"나는 물고기가 아니에요." 도미니크회 수사는 중앙 통로를 걸으며 노래했다. "나는 물고기가 아니에요."

수사들 그리고 원장은 마비되었다. 아침 햇살이 안개를 더욱 멀리 밀어내자 작은 무지개들이 그들 주위에서 춤을 추었다. 세바스티앵 수사는 고개를 들고 소맷자락에 양손을 넣은 채 공간을 목소리로 채우며 제단으로 다가갔다.

"그만!"

그것은 명령이 아니라 울부짖음에 가까웠다. 으르렁거리는.

하지만 도미니크회 수사는 노래도 걸음도 멈추지 않았다. 그는 느긋하게, 수그러들지도 않고 제단을 향해 계속 나아갔다. 그리고 수사들을 향해.

아르망 가마슈는 천천히 자리에서 일어났고, 마침내 다른 사람들에게서 자신을 분리한 한 수사에게 시선을 고정했다.

외로운 목소리.

"안 되애애!" 그 수사가 고통에 찬 비명을 질렀다. 마치 그 음악이 자신의 살에서 지글지글 끓는다는 듯이, 종교재판소가 최후의 한 수사를 화형에 처했다는 듯이.

세바스티앵 수사는 원장 바로 밑에 멈춰 서서 고개를 들었다.

"디에스 이라이." 세바스티앵 수사가 노래했다. 진노의 날.

"그만." 그 수사가 애원했다. 그가 도미니크회 수사를 향해 걸어 나와 무릎을 꿇었다. "제에발."

그리고 도미니크회 수사는 노래를 멈췄다. 이제 성당을 채우는 것은 흐느낌뿐이었다. 그리고 어지러운 빛.

"당신이 부원장을 죽였습니다." 가마슈가 조용히 말했다. "에케 호모. 이자는 사람이다. 그리고 당신은 그것 때문에 그를 죽였습니다."

"자비를 베푸소서, 아버지, 제가 죄를 지었나이다."

수도원장은 성호를 그었다.

"계속하거라, 내 아들아."

긴 침묵이 흘렀다. 돔 필리프는 1백 년 넘게 이 오래된 고해실이 많고 많은 것을 들었다는 사실을 알았다. 하지만 이제 드러날 것만큼 불명예스러운 것은 없었다.

물론 하느님은 이미 알고 계셨다. 아마 그 일격이 가해지기 전부터 알고 계셨으리라. 어쩌면 그 생각이 형성되기 전에 이미 아셨으리라. 이 고백은 하느님을 위한 게 아니라 죄인, 양 우리에서 너무 먼 곳을 헤맸던 양을 위한 것이었다. 그리고 늑대들의 땅에서 길을 잃은.

"저는 살인을 저질렀습니다. 제가 부원장님을 죽였습니다."

벌레들이 장 기 보부아르의 온 피부를 기어 다니고 있었고, 그는 의무실이 빈대나 바퀴벌레로 들끓고 있었는지 궁금했다.

그는 팔뚝을 쓸어내렸고, 척추를 기어 다니고 있는 한 마리를 떨치려고 애썼다. 그와 경감은 부원장 사무실에서 메모를 하며 서류 작업을 하는 중이었다. 짐을 싸면서. 사공과 함께 떠나기 전의 마지막 채비를.

프랑쾨르 경정은 공식적으로 체포 절차를 밟고 죄수의 신병을 확보한 뒤 자신들을 데려갈 수상비행기를 불렀다. 프랑쾨르는 지금 살인자 수도사가 경찰에게가 아니라 고해신부에게 고백을 하는 동안 성당에 앉아 있었다.

보부아르의 통증이 파도를 치며 밀려왔다. 이제 거의 앉아 있을 수 없을 만큼 가까이 밀려들고 있었다. 벌레들이 옷 속에서 기어 다녔고, 불안의 물결이 그에게 폭포수처럼 쏟아져 내려 숨조차 쉴 수 없었다.

그리고 고통이 돌아왔다. 배에서, 골수에서. 머리카락, 눈알, 마른 입술이 아팠다.

"약이 필요합니다." 그가 맞은편 남자에게 초점도 맞추지 못한 채 말했다. 그는 하고 있던 메모에서 고개를 들어 자신을 응시하는 가마슈를 보았다.

"제발. 하나만 더 주시면 끓겠습니다. 집에 갈 수 있게 할 하나만요."

"의사가 자네한테 초강력 타이레놀을 주겠다고……,"

"타이레놀은 필요 없습니다." 보부아르가 책상을 치며 고함을 질렀다. "부디, 제발요. 그게 마지막이 될 겁니다, 맹세해요."

경감은 차분히 약병을 흔들어 알약 두 알을 손바닥에 놓은 다음 물 잔을 들고 책상을 돌았다. 그는 보부아르에게 손바닥을 내밀었다. 장 기는 알약을 집어 들더니 그것을 바닥에 내던졌다.

"이거 말고요. 타이레놀 말고요. 다른 게 필요합니다."

그는 가마슈의 재킷 주머니에 그것이 들어 있다는 것을 알았다.

장 기는 그래서는 안 된다는 것을 알았다. 이것이 결코 넘지 말아야 할 선을 넘는 것이라는 것을 알았다. 하지만 결국 그에 대해 '알지' 못했다. 오로지 고통뿐. 기어 다니는 벌레와 불안. 그리고 갈망.

그가 온 힘을 다해 의자에서 자신을 들어 올려 가마슈의 주머니를 거머쥔 바람에 두 사람은 모두 석벽으로 밀렸다.

"제가 부원장님을 죽였습니다."

"계속하거라, 아들아." 원장이 말했다.

침묵이 흘렀다. 하지만 완벽하지는 않았다. 돔 필리프는 고해실 반대편에 있는 남자가 숨을 쉬기 위해 헐떡이는 소리를 들었다.

"그럴 의도는 없었습니다. 정말 없었습니다."

그 목소리는 히스테리컬해졌고, 원장은 그것이 도움이 되지 않으리라는 것을 알았다.

"천천히." 그가 조언했다. "천천히, 무슨 일이 있었는지 말하게."

수사가 마음을 가다듬는 동안 다시 침묵이 흘렀다.

"마티외 형제는 자신이 쓴 성가에 대해 저와 이야기를 나누고 싶어 했습니다."

"마티외가 그 성가를 썼다고?" 원장은 고해성사 중에 질문을 해서는 안 된다는 것을 알았지만 자제할 수가 없었다.

"네."

"가사와 곡을?" 원장은 이것이 마지막 질문이 될 거라고 자신에게 약속하며 물었다. 그리고 거짓말을 한 데 대해 조용히 하느님의 용서를 구했다.

그는 더 질문하리라는 것을 알았다.

"네. 그게, 그분은 곡을 쓰고 나서 곡의 박자에 맞추기 위해 아무 라틴어나 넣었습니다. 그분은 제가 진짜 가사를 쓰길 원했습니다."

"자네에게 기도문을 써 달라고 했다고?"

"비슷합니다. 저도 라틴어를 그렇게 잘 아는 편은 아니지만, 누구라도 그분보다는 나았으니까요. 그리고 지지자를 원한 것 같습니다. 그분은 보다 더 대중적인 성가를 만들고 싶어 했고, 만일 우리가 성가를 조금만 더 현대화한다면 더 많은 사람들이 관심을 가질 거라고 생각했습니다. 저는 그분을 설득해서 그만두게 하려고 했습니다. 그건 옳은 일이 아니었습니다. 신성모독이었습니다."

원장은 조용히 앉아 잠시 기다렸다. 그리고 마침내 그것이 왔다.

"부원장님은 일주일쯤 전 제게 새 성가를 보여 주셨습니다. 제가 그분을 돕는다면 저는 새 녹음에서 그 성가를 부를 수 있었습니다. 솔로로요. 그분은 흥분했고, 더 자세히 살피기 전까진 처음엔 저도 그랬습니다. 그분이 뭘 하려는지 그때 볼 수 있었습니다. 그건 하느님의 영광과는 아무 상관이 없었고, 모든 게 자신의 에고와 상관된 것이었습니다. 그분은 제가 승낙할 거라고 기대했습니다. 제가 거절했을 때 그분은 그걸 믿지 못했습니다."

"마티외 형제는 어떻게 했지?"

"저를 매수하려 했습니다. 그러더니 화를 냈습니다. 성가대에서 저를 완전히 배제하겠다고 했습니다."

돔 필리프는 그게 어떤 기분일지 상상하려고 애썼다. 성가를 부를 수 없는 유일한 수사가 되는 것을. 영광에서 배제되는 것을. 공동체에서 배제되는 것을. 쫓겨나는 것을. 그의 침묵의 완성.

그것은 전혀 삶이라 할 수 없었다.

"저는 그분을 막아야 했습니다. 모든 것을 다 파괴해 버릴 테니까요. 성가, 수도원. 저." 정신을 차리기 위해, 육신을 떠났던 그 목소리가 멈췄다. 그리고 그가 다시 입을 열었을 때 그 목소리는 너무나 작아서 수도원장은 창살에 귀를 바짝 들이대야 했다.

"그건 신성모독이었습니다. 그걸 들으셨잖아요, 몽 페르. 그분을 막기 위해 뭔가를 했어야 했다는 것을 원장님은 아십니다."

그랬다. 원장은 생각했다. 그것을 들었다. 도미니크회 수사가 성당 중앙 통로를 걸어오는 모습을 보고 그는 자신의 귀와 눈을 도저히 믿을 수 없었다. 원장은 처음에는 충격을 받았고, 화까지 났었다. 하지만 이내, 하느님 저를 도우소서, 모든 분노가 사라졌고, 매혹됐었다.

마티외는 리듬이 복잡한 단성 성가를 창조했다. 그 음악은 원장의 마지막 방어선을 기어올랐다. 자신에게 여전히 있었는지 깨닫지 못했던 벽을. 그리고 그 음표, 그 네우마, 그 사랑스러운 목소리가 돔 필리프의 내면에서 화음을 찾아냈다.

그리고 잠시 후 원장은 완전하고 온전한 지복을 알았다. 사랑이 가득한. 신과 인간의. 자신의. 모든 사람과 만물의.

하지만 지금 그에게 들리는 것은 옆 칸의 흐느낌뿐이었다.

뤽 수사는 결국 선택했다. 그는 포르트리에서 나와 부원장을 죽였다.

가마슈는 몸이 뒤로 밀리는 것을 느끼고 온몸에 힘을 바짝 주었다. 등이 석벽에 닿았고 숨이 가빴다.

하지만 단연코 가장 큰 충격은 충돌이 있기 전 아주 짧은 순간, 누가 이렇게 하고 있는지를 깨달았을 때였다.

그는 공기를 갈망하며 헐떡였고, 장 기의 손이 자신의 주머니로 들어오는 것을 느꼈다. 약을 찾으러.

가마슈는 그 손을 잡고 비틀었다. 보부아르는 울부짖고 더 심하게 몸싸움을 하며 몸부림치고 흐느꼈다. 가마슈의 얼굴과 가슴을 때리며. 가마슈의 주머니에 있는 것을 얻겠다는 일념하에 절박한 심정으로 뒤로 물러나 그를 때리며.

그 밖에 중요한 것은 아무것도 없었다. 보부아르는 몸을 비틀고 밀쳤고, 그 약병을 얻기 위해 돌벽을 긁어 댈 터였다.

"그만해, 장 기. 그만." 가마슈는 소리를 질렀지만 아무 소용 없다는 것을 알았다. 보부아르는 제정신이 아니었다. 경감은 팔뚝으로 보부아르의 목을 제압한 순간 무언가를 보고 심장이 멎을 듯했다.

장 기 보부아르가 자신의 총으로 손을 뻗었다.

"모든 네우마를," 뤽 수사는 침을 흘렸고, 울먹이는 목소리는 엉망진창이었다. 코를 훌쩍이는 소리에 원장은 검은 로브의 긴 소맷자락이 흐르는 코를 훔치는 상상을 했다. "저는 그걸 믿을 수가 없었습니다. 그냥 농담인 줄 알았는데, 부원장님은 그게 자신의 걸작이라고 했습니다. 평생 성가를 연구한 결과물이라고요. 목소리들이 단성 성가를 노래하게 될 거라고요. 다 함께. 다른 네우마들은 악기를 위한 것이었습니다. 오르간, 바이올린, 플루트. 그분은 오랫동안 그걸 연구했습니다, 페르 아베. 그리고 원장님은 알지조차 못하셨고요."

젊은 목소리는 비난의 빛을 띠고 있었다. 마치 부원장은 죄인이고 원장은 실패자라는 듯.

돔 필리프는 고해실 창살을 통해 반대편을 일별하려고 애썼다. 신학교 이후 자신이 계속 지켜봐 왔던 그 젊은이를. 먼발치에서 봐 온 성장하고 어른이 된 그를, 신품성사를 택한 젊은이를. 그의 목소리가 머리에서 가슴으로 긴 하강을 시작했을 때.

그러나 원장이나 부원장은 모르게 그 하강은 결코 완성되지 못했다. 그 아름다운 목소리는 젊은이의 목구멍 속 응어리 뒤에 갇혀 있었다.

첫 녹음의 성공 후 균열이 생기기 전, 마티외와 원장은 의논을 위해 정원에서 만났다. 그리고 마티외는 때가 왔다고 말했다. 성가대는 그 젊은이가 필요했다. 마티외는 어떤 재능이 덜한 지휘자가 그를 채 가기 전에 그 특별한 목소리의 완성을 돕기 위해 그와 일하길 원했다.

나이 든 형제 한 명이 막 세상을 떴기에 원장은 다소 마지못해 동의했었다. 뤽 형제는 아직 너무 젊었고, 이곳은 너무나 외진 수도원이었다.

하지만 마티외는 확신하고 있었다.

그리고 이제 창살을 통해 마티외 살인범을 응시하며 수도원장은 마티외가 영향을 미치고 싶었던 게 목소리였는지 이 수사였는지 궁금했다.

마티외는 다른 형제들이 그 혁명적인 성가를 부르길 주저했을지도 모른다는 사실을 깨달았을까? 하지만 만일 이 젊고 외로운 수도사를 데려올 수 있다면 그는 그것을 그에게 맡길 수 있었다. 그리고 성가를 부르는 것뿐 아니라 가사를 쓰는 것도.

마티외는 자석이었고, 뤽은 쉽게 외부의 영향을 받았다. 혹은 부원장은 그렇게 생각했었다.

"무슨 일이 있었지?" 원장이 물었다.

잠시 침묵이 흐르고 더 거칠게 숨을 헐떡이는 소리가 들렸다.

원장은 그 이상 압박하지 않았다. 그는 자신을 인도한 것이 인내였다고 자신을 설득하려 애썼다. 하지만 그는 그것이 공포였다는 것을 알았다. 그는 다음 말을 듣고 싶지 않았다. 그의 묵주가 손에 걸렸고, 그의 입술이 움직였다. 그리고 기다렸다.

가마슈는 보부아르의 손을 잡고 그 총을 빼내려고 애썼다. 보부아르의 목구멍에서 울부짖음과 절망에 찬 외침이 나왔다. 그는 발버둥을 치고 발길질을 하고 마구 날뛰며 거칠게 싸웠지만 결국 가마슈는 보부아르의 팔을 등 뒤로 비틀어 총을 바닥에 떨어뜨렸다.

두 사람 다 가쁜 숨을 내쉬었다. 가마슈는 장 기의 얼굴을 거친 석벽에 짓눌렀다. 보부아르는 버둥거리며 빠져나가려 했지만 가마슈는 단단히 붙들었다.

"놓으십시오." 보부아르가 돌에 대고 비명을 질렀다. "그 약은 제 겁니다. 제 소유라고요."

경감은 몸부림치며 날뛰는 기세가 수그러들 때까지 그를 잡고 있었다. 결국 헐떡이는 젊은이만 남았다. 기진맥진한.

가마슈는 보부아르의 허리띠에서 총집을 제거한 다음 장 기의 주머니를 뒤져 경찰 신분증을 꺼냈다. 그리고 허리를 숙여 총을 집고 나서 보부아르를 돌려세웠다.

젊은이는 옆얼굴의 긁힌 상처에서 피를 흘리고 있었다.

"우린 여길 뜰 걸세, 장 기. 보트를 타고 몬트리올로 돌아가면 나는 자네를 곧장 재활 치료실로 데려갈 걸세."

"이런 망할. 전 거기로 돌아가지 않을 겁니다. 그리고 경감님이 그 약을 계속 갖고 계시는 게 도움이 될 거라고 생각하십니까? 저는 그걸 경찰청 안에서도 얼마든지 구할 수 있습니다."

"자넨 경찰청으로 가지 않을 걸세. 자넨 정직이야. 자네가 약과 총을 든 채 돌아다니도록 내가 내버려 둘 것 같나? 자넨 병가를 낼 거고 의사가 괜찮다고 하면 그때 우린 자네의 복귀를 논의할 걸세."

"닥치세요." 보부아르가 뱉은 침이 턱에 매달렸다.

"자네가 순순히 따라오지 않겠다면 난 자넬 폭행죄로 체포할 테고, 판사는 자네에게 재활 훈련을 선고할 거야. 난 그렇게 할 걸세."

보부아르는 가마슈의 눈을 보았고, 그가 그러리라는 사실을 알았다.

가마슈는 보부아르의 배지와 신분증을 주머니에 집어넣었다. 보부아르의 입은 벌어져 있었고, 가느다란 침이 스웨터에 떨어져 있었다. 그의 초점 없는 눈이 커졌고, 다리가 흔들렸다. "경감님은 절 정직시킬 수 없습니다."

가마슈가 심호흡을 하며 물러섰다. "이게 자네 모습이 아니라는 걸 아네. 빌어먹을 약 때문이지. 그게 자네를 죽이고 있어, 장 기. 하지만 우린 자네를 치료할 테고, 그럼 괜찮아질 거야. 날 믿게."

"공장에서 제가 경감님을 믿은 것처럼요? 경감님을 믿었던 다른 사람들처럼?"

그리고 보부아르는 게슴츠레한 눈으로도 자신이 직격타를 날렸다는 것을 볼 수 있었다. 그는 그 말에 움찔하는 경감을 보았다.

그래서 그는 기뻤다.

보부아르는 경감이 천천히 자신의 총을 총집에 넣고 그것을 벨트에 차는 모습을 지켜보았다.

"누가 자네한테 약을 줬지?"

"말했잖아요. 의사가 쓴 메모와 함께 방에서 찾았다고요."

"그건 의사가 준 게 아닐세."

하지만 보부아르의 말이 한 가지는 옳았다. 그는 원하기만 하면 언제든 옥시콘틴을 손에 넣을 수 있었다. 퀘벡은 그 약에서 헤엄치고 있었다. 경찰청 증거품 보관소는 그 안에서 헤엄치고 있었다. 그중 일부는 재판에 회부되기까지 했다.

가마슈는 조용히 서 있었다.

그는 누가 보부아르에게 그 약을 주었는지 알았다.

"에케 호모." 원장이 말했다. "마티외는 왜 죽을 때 그렇게 말했지?"

"그건 그분을 쳤을 때 제가 한 말이었습니다."

"왜지?"

또 다른 침묵이 흘렀고, 다시 거친 숨소리가 났다. "그분은 제가 생각했던 사람이 아니었습니다."

"그러니까 그는 그냥 사람이었군." 원장이 말했다. "그는 자네가 생각한 성자가 아니었네. 그는 그레고리오 성가의 세계적인 전문가였지. 천재이기까지 했네. 하지만 그는 사람일 뿐이었어. 자넨 그에게 많은 걸 기대했군."

"저는 그분을 사랑했습니다. 그분을 위해 모든 걸 했을 겁니다. 하지만 그분은 자신을 도와 성가를 망치는 일을 요구했고, 저는 그럴 수 없었습니다."

"그를 죽일 생각으로 정원에 갔나?" 중립적인 목소리를 유지하려 애쓰며 원장이 물었다. "자넨 쇠 노커를 가지고 갔네."

"저는 그분을 막아야 했습니다. 정원에서 만났을 때 그분을 설득해서 마음을 바꾸게 하려고 노력했습니다. 저는 그분이 제게 준 종이를 찢어 버렸습니다. 그게 한 부뿐이라고 생각했죠." 목소리가 멈췄다. 하지만 숨소리가 이어졌다. 이젠 가쁘고 얕은. "마티외 형제는 발끈했습니다. 저를 성가대에서 쫓아내겠다고 했습니다. 신자석에 앉히겠다고요."

원장은 뤽 수사의 말을 듣고 있었지만 눈앞에 마티외가 보였다. 사랑스럽고 친절하고 신심 깊은 친구가 아니라, 분노에 지배당한 남자가. 좌절한. 부정하는. 원장은 그 개성의 힘에 거의 대항할 수 없었다. 그는 어떻게 젊은 뤽 수사가 무너졌는지 보이기 시작했다.

"제가 원한 건 성가를 부르는 것뿐이었습니다. 저는 성가를 부르고 부원장님과 공부하기 위해 여기에 왔습니다. 그게 전붑니다. 왜 그걸로 충분치 않았을까요?"

목소리가 신경질적이 되었고, 횡설수설했다. 원장은 그 말을 이해하려 애썼다. 뤽 수사는 울부짖으며 이해를 구걸했다. 그리고 원장은 그가 한 일을 이해했다.

마티외는 인간이었고, 이 젊은이 역시 인간이었다.

그리고 자신 또한 그랬다.

돔 필리프는 젊은이의 흐느낌이 자신을 에워쌀 때 양손에 얼굴을 묻었다.

아르망 가마슈는 보부아르를 부원장 사무실에 남겨 두고 성당으로 향했다. 한 걸음 한 걸음 걸을 때마다 그는 분노가 자라는 것을 느꼈다.

그 약은 장 기를 죽일 터였다. 천천히 무덤으로 미끄러지도록. 가마슈는 그것을 알았다. 이런 짓을 한 자도 그것을 알았다.

경감이 성당 문을 너무 세게 열어젖힌 바람에 문짝이 벽에 부딪혀 쾅 소리가 났다. 그는 수사들이 그 소리에 돌아보는 모습을 보았다.

그는 실뱅 프랑쾨르가 돌아보는 모습을 보았다. 가마슈가 강철처럼 굳건한 걸음걸이로 차분하게 다가가자 프랑쾨르의 잘생긴 얼굴에서 차츰 웃음기가 사라졌다.

"우린 얘기를 나눠야 할 것 같군요, 실뱅." 가마슈가 말했다.

뒷걸음을 친 프랑쾨르가 계단을 올라 제단으로 향했다. "지금은 그럴 때가 아니야, 아르망. 이제 곧 비행기가 올 걸세."

"지금이 그럴 때입니다." 가마슈는 프랑쾨르에게 시선을 고정한 채 계속 앞으로 걸어갔다. 손에는 손수건이 들려 있었다.

그의 길고 일정한 보폭이 그를 프랑쾨르에게 데려갔을 때, 가마슈는 주먹을 펴서 약병을 내보였다.

경정은 도망치려 몸을 돌렸지만 가마슈가 더 빨랐고, 그를 성가대석에서 잡았다. 수사들이 흩어졌다. 도미니크회 수사만이 자리를 지켰다. 하지만 아무 말도, 아무 행동도 하지 않았다.

가마슈는 프랑쾨르의 얼굴에 자신의 얼굴을 들이댔다.

"당신이 그를 죽였을 거야." 가마슈가 으르렁거렸다. "거의 죽일 뻔했지. 어떻게 자기 부하에게 그럴 수 있지?"

가마슈가 프랑쾨르의 셔츠를 움켜쥐고 잡아챘다. 그는 얼굴에, 겁에 질려 짧게 헉헉대는 사내의 뜨끈한 숨결을 느꼈다.

그리고 가마슈는 알았다. 조금 더 압박하면, 조금 더 있으면 이 골칫덩이가 사라질 터였다. 이 남자는 사라질 터였다. 한 번 더 비틀면.

그런다고 해서 누가 자신을 비난하겠는가?

그 순간 가마슈는 손을 놓았다. 그리고 경정을 노려보며 물러섰다. 가마슈의 호흡은 얕고 가빴다. 자신을 제어하려 노력하는.

"빌어먹을 가마슈." 프랑쾨르가 목쉰 소리로 중얼거렸다.

"무슨 일입니까?"

두 남자는 뒤를 돌아 신자석 등받이를 움켜쥐고 자신들을 주시하는 장 기 보부아르를 보았다. 창백한 그의 얼굴은 번들거렸다.

"아무것도 아닐세." 가마슈가 구겨진 재킷을 펴며 말했다. "보트가 와 있겠군. 짐을 챙겨 나가세."

가마슈는 제단을 내려와 부원장 사무실로 가기 위해 문으로 향했다. 이내 그는 자신이 혼자라는 것을 깨달았다. 그는 뒤를 돌아보았다.

프랑쾨르는 움직이지 않았다. 하지만 보부아르도 그랬다.

가마슈는 내내 보부아르를 보며 천천히 통로로 되돌아갔다.

"내 말 안 들리나, 장 기?" 그가 물었다. "가야 하네."

"보부아르 경위는 망설이는 모양이군." 프랑쾨르가 옷을 정리하며 말했다.

"경감님은 저를 정직시켰죠." 보부아르가 말했다. "전 치료가 필요 없습니다. 제가 경감님과 간다면 제게 그러지 않겠다고 약속하십시오."

"그럴 수 없네." 가마슈가 장 기의 핏발이 선 눈을 보며 말했다. "자넨 도움이 필요해."

"웃기는군." 프랑쾨르가 말했다. "자네에겐 아무 문제 없어. 자네에게 필요한 건 자네를 어린애 취급 하지 않는 제대로 된 상사야. 자넨 지금 문제에 빠졌다고 생각하는군. 그가 자네와 아니의 관계를 알아낼 때까지 기다려 보지그래."

보부아르가 프랑쾨르를 홱 돌아보았다. 이내 다시 가마슈를 향했다.

"우린 이미 자네와 아니의 관계를 아네." 경감이 말했다. 그의 눈은 장 기를 떠나지 않았다. "몇 달 전부터."

"그럼 왜 아무 말도 안 했지?" 프랑쾨르가 말했다. "부끄러워서? 그 관계가 오래가지 않길 바라서? 자네 딸이 정신을 차릴 거라서? 아마 그건 그가 자네에게 굴욕감을 주고 싶어서일 걸세, 보부아르 경위. 아마 그건 자네를 정직시키고 재활 시설에 처넣고 싶어서겠지. 쿠드그라스 coup-de-grace 최후의 일격 한 번으로 그는 자네의 경력과 자네와의 관계를 끝장

낼 걸세. 자넨 그녀가 남편감으로 중독자를 원할 거라 생각하나?"

"우린 두 사람의 사생활을 존중했네." 가마슈가 프랑쾨르를 무시하고 보부아르에게만 말을 이었다. "우린 두 사람이 준비가 되면 우리에게 말할 걸 알았네. 그보다 행복할 게 없었지. 두 사람 덕분에."

"그는 행복하지 않아." 프랑쾨르가 말했다. "그를 보게. 그의 얼굴을 보면 알 거야."

가마슈는 겁 많은 사슴에게 다가가듯 조심스럽게 걸음을 내디뎠다.

"그래, 날 봐. 장 기. 난 자네와 아니의 관계를 라일락 덕분에 알았네. 우리가 함께 꺾은 그 꽃을 자네는 아니에게 주었지. 기억나나?"

그의 목소리는 푸근하고 다정했다.

가마슈는 오른손을 보부아르에게 내밀었다. 도움의 손길을. 보부아르는 그 친숙한 손이 희미하게 떨리는 모습을 보았다.

"같이 가세." 가마슈가 말했다.

성당에 완벽한 침묵이 내렸다.

"그는 자네를 공장 맨바닥에서 죽도록 내버려 뒀어." 이성적인 목소리가 그들 위를 떠돌았다. "그는 자넬 내팽개치고 다른 사람을 구하러 갔네. 그는 자넬 사랑하지 않아. 심지어 좋아하지도 않지. 게다가 분명 자넬 존중하지도 않아. 만일 그랬다면 절대 자넬 정직시키지 않겠지. 그는 자넬 모욕하고 싶은 거야. 자넬 거세하고. 경위에게 총을 돌려주게, 아르망. 그리고 신분증도."

하지만 가마슈는 움직이지 않았다. 그의 손은 보부아르에게 뻗쳐 있었다. 그의 눈은 젊은이에게 머물러 있었다.

"프랑쾨르 경정은 자네의 기록을 읽었어. 자네의 진료 기록을." 가마슈가 말했다. “그게 그가 자네가 맺고 있는 관계를 안 방법이지. 그게 그가 자네에 대한 모든 것을 안 방법일세. 자네의 모든 비밀스러운 생각, 상담사에게 말했던 모든 이야기들을 프랑쾨르는 알고 있네. 자네를 조종하기 위해 그걸 이용하고 있지.”

“또 자넬 어린애 취급하고 있군. 자네가 그렇게 쉽게 조종당한다는 것처럼. 자네가 총을 가진 그를 믿지 못하겠다면, 아르망, 내가 주지.” 프랑쾨르는 자신의 총집을 풀어 들고 보부아르에게 다가갔다. “받게, 경위. 난 자네가 중독자가 아니라는 사실을 알아. 절대 그런 적 없었지. 자넨 아팠고, 약이 필요했네. 이해하네.”

가마슈는 프랑쾨르를 돌아보며 자신의 벨트에 꽂혀 있는 총을 꺼내 들고 프랑쾨르가 하려는 짓을 끝장내 버리고 싶은 충동과 싸웠다.

숨을 깊이 들이쉬고. 가마슈는 자신을 타일렀다. 숨을 깊이 내쉬고.

그는 입을 열 만큼 안정을 찾았다고 느꼈을 때 보부아르를 보았다.

“자네가 선택하게.”

보부아르는 가마슈를 보고 프랑쾨르를 보았다. 두 사람 모두 자신에게 손을 내밀고 있었다. 한 명은 희미하게 떨리는 손이었고, 한 명은 총을 든 손이었다.

“저를 재활 시설로 데려가실 건가요?”

가마슈는 잠시 응시했다. 그리고 끄덕였다.

기나긴 침묵이 흘렀다. 그리고 마침내 보부아르가 그것을 깼다. 말이 아니라, 행동으로. 그는 가마슈에게서 물러섰다.

아르망 가마슈는 호숫가에 서서 프랑쾨르와 뤽 수사 그리고 보부아르를 태운 수상비행기가 선착장을 떠나는 모습을 지켜보았다.

"그는 정신을 차릴 겁니다." 도미니크회 수사가 경감에게 다가오며 말했다.

가마슈는 아무 말 없이 그저 비행기가 파도 위로 날아오르는 모습을 보았다. 이내 그는 옆 사람에게 몸을 돌렸다.

"수사님도 곧 가시겠군요." 가마슈가 말했다.

"저는 서두를 일이 없습니다."

"정말입니까? 성가책을 로마로 가져가시지 않습니까? 그것 때문에 오신 게 아닌가요?"

"사실이지만 전 쭉 생각했습니다. 그건 아주 오래된 책입니다. 여행을 하면 손상되기 쉽죠. 무언가를 하기 전에 잘 생각해 보려고요. 아마 기도도요. 결심을 하는 데는 시간이 조금 걸립니다. 그리고 교회 시간으로 '조금'은 아주 긴 시간을 의미합니다."

"너무 오래 기다리지 마십시오." 가마슈가 말했다. "이런 말씀을 드리고 싶지는 않지만 기반이 무너지고 있으니까요."

"네. 뭐, 그 문제 말인데요. 저는 신앙교리성 수장과 이야기를 나눴습니다. 그분은 침묵과 겸손의 서약을 고집스럽게 지키는 원장님에게 큰 감명을 받으셨습니다. 수도원의 붕괴 가능성을 포함한 큰 압박에 직면했는데도요."

가마슈가 끄덕였다. "키를 쥔 굳건한 손."

"교황 성하께서 하신 말씀이 바로 그겁니다. 그분께서도 감명을 받으셨죠."

가마슈는 눈썹을 치켜올렸다.

"바티칸이 생질베르의 재건 비용을 고려할 만큼 많이요. 우린 전에 그들을 잃었습니다. 다시 질베르회를 잃는다면 부끄러운 일이 되겠죠."

가마슈가 미소를 짓고 끄덕였다. 돔 필리프는 자신의 기적을 이뤘다.

"제게 마티외 형제의 새 성가를 불러 달라고 하셨을 때, 반응할 사람이 뤽 형제라는 걸 아셨습니까?" 도미니크회 수사가 물었다. "아니면 그에 놀라셨습니까?"

"글쎄요, 그일 거라고 의심했지만 확신은 없었습니다."

"왜 뤽 형제를 의심하셨죠?"

"범행이 찬과 후에 일어났다는 한 가지 때문에요. 모두가 미사 후에 각자의 갈 곳으로 갔는데, 뤽 수사만이 혼자였다는 건 분명했습니다. 아무도 수위실에 있는 그를 찾지 않았지요. 아무도 그 통로로 가지 않았습니다. 모두가 그룹으로 일했기 때문에 뤽 수사만이 눈에 띄지 않고 정원에 갈 수 있었습니다."

"원장님을 빼면요."

"그렇습니다. 그래서 한동안 그도 의심했습니다. 사실 마지막까지 거의 모두를 의심했죠. 돔 필리프는 범행을 자백하지 않았지만, 자신이 완전히 무죄라고 주장하지도 않았습니다. 그는 우리가 밝혀내지 못했다는 걸 알고 거짓말을 했습니다. 지열 시스템을 점검하러 지하실에 있었다고 했지요. 그는 자신이 혼자였다고 우리가 알길 바랐습니다."

"하지만 그분은 자신이 용의자가 되리라는 걸 아셨을 텐데요." 세바스티앵 수사가 말했다.

"그게 그가 바라던 바였죠. 그는 자신의 수사 중 한 명이 범죄를 저질렀다는 것을 알았고, 일말의 책임을 느꼈습니다. 그래서 고의적으로 그에 대한 책임을 지도록 자신을 방기했습니다. 하지만 제가 뤽 수사를 의심한 이유는 따로 있었습니다."

"그게 뭐죠?"

비행기는 파도 위를 스치듯 날고 있었다. 공기를 가르기 시작하며. 가마슈는 수사에게 말하고 있었지만 눈은 작은 비행기에 못 박혀 있었다.

"원장은 자기가 그걸 어떻게 놓쳤는지 계속 궁금해했습니다. 어떻게 그런 일이 다가오고 있는지 볼 수 없었는지를요. 돔 필리프는 비범한 관찰력으로 처음부터 저를 놀라게 했지요. 놓치는 게 거의 없었습니다. 그래서 같은 점이 궁금해지기 시작했습니다. 어떻게 원장이 그걸 놓쳤을까? 거기엔 두 가지 가능성이 있는 것처럼 보였습니다. 그 자신이 범인이었기 때문에 아무것도 놓치지 않았다는 것. 또는 범인이 원장이 잘 몰랐던 수사였기 때문에 그걸 놓쳤다는 것. 제일 최근에 온 수사. 수위실에서 온종일을 보내도록 선택된 사람. 아무도 그를 몰랐습니다. 그런 일이 일어나리라고는 부원장조차 몰랐습니다."

비행기가 호수를 청소했다. 안개가 걷혔고, 가마슈는 밝은 해를 피하려고 눈을 가렸다. 그리고 비행기를 바라보았다.

"에케 호모." 세바스티앵 수사가 가마슈를 바라보며 말했다. 이내 그의 시선이 수도원으로 움직였다. 문을 나선 수도원장이 자신들을 향해 걸어오고 있었다.

"아시겠지만 돔 필리프는 뤽 형제의 고해를 들으셨습니다." 도미니크회 수사가 말했다.

"제가 한 일보다 더 큰 일이죠." 가마슈는 수사를 흘끔 보고는 하늘로 시선을 돌렸다.

"아마 뤽 수사는 경감님께 모든 걸 털어놓을 겁니다. 그 또한 본인의 속죄가 될 테니까요. 그리고 평생 동안 성모송을 외우겠죠."

"그러면 어떻게 됩니까? 용서를 받습니까?"

"그러길 바랍니다." 도미니크회 수사가 가마슈 경감을 살폈다. "경감님이 제게 부원장님의 성가를 부르게 하신 건 모험이었습니다. 만약 뤽 형제가 반응하지 않았다면요?"

가마슈가 끄덕였다. "모험이었습니다. 하지만 빠른 결단이 필요했습니다. 새 성가를 보는 것만으로도 뤽 수사를 살인으로 몰고 가게 할 정도라면 성당에서 그 성가가 불리는 걸 듣는다면 역시 폭력적인 반응을 보일 거라 기대했습니다."

"그럼 뤽이 반응을 보이지 않았다면요? 자신을 드러내지 않았다면요? 어떻게 하실 생각이었습니까?"

가마슈가 고개를 돌려 그를 똑바로 보았다. "수사님은 아실 텐데요."

"부하와 떠날 생각이셨습니까? 치료를 받게 하려고? 살인자와 함께 저희를 남겨 두실 생각이었습니까?"

"돌아오겠지만, 그렇습니다. 전 보부아르와 떠났을 겁니다."

이제 두 사람 모두 비행기를 보았다. "그의 생명을 구하기 위해서라면 뭐든 하실 거군요. 아닙니까?"

가마슈가 대답이 없자 도미니크회 수사는 수도원으로 발길을 돌렸다.

장 기 보부아르는 창밖으로 반짝이는 호수를 내려다보았다.

"여기 있네." 프랑쾨르가 보부아르에게 뭔가를 던졌다. "자네 거야."

보부아르는 그 약병을 놓쳤다가 잡았다. 그는 그것을 손으로 감쌌다.

"메르시." 그는 재빨리 뚜껑을 열고 두 알을 먹었다. 이내 그는 차가운 유리창에 머리를 기댔다.

비행기가 방향을 돌려 생질베르앙트르레루 수도원을 향해 날았다.

장 기는 비행기가 선회할 때 아래를 내려다보았다. 담장 밖에서 몇몇 수사가 야생 블루베리를 따고 있었다. 그는 아니에게 줄 초콜릿을 하나도 챙기지 못했다는 것을 깨달았다. 하지만 메스꺼움을 느낀 보부아르에게 그것은 더 이상 문제가 되지 않았다.

유리창에 머리를 기댄 채 늘어져 있던 그는 뜰에서 허리를 숙이고 있는 수사들을 보았다. 그리고 한 수사는 닭들과 함께 밖에 있었다. 멸종에서 살아남은 샹트클레르. 질베르회가 그랬듯이. 성가가 그랬듯이.

그리고 그는 호숫가에 있는 가마슈를 보았다. 하늘을 올려다보는. 그는 수도원장을 만났고, 도미니크회 수사는 걸어가고 있었다.

보부아르는 약의 기운을 느꼈다. 마침내 고통이 사라지고, 구멍이 메워지는 것을 느꼈다. 그는 안도의 한숨을 내쉬었다. 놀랍게도 보부아르는 셈프링엄의 길버트가 왜 자신들의 로브를 독특한 디자인으로 선택했는지 깨달았다. 길고 검은 로브 위의 하얀 천.

높은 곳에서, 천국에서 혹은 비행기에서 질베르회 수사는 십자가처럼 보였다. 살아 있는 십자가.

하지만 하느님이 보시기에, 그리고 보부아르가 보기에 또 다른 것이 있었다.

생질베르앙트르레루 수도원 건물은 십자가 모양이 아니었다. 돔 클레망은 종이 위에 수도원 건물을 십자가처럼 보이게 그렸지만, 그것은 또 다른 중세 건축가의 거짓이었다.

수도원은 사실상 하나의 네우마였다. 부속 건물들은 양 날개처럼 곡선이 져 있었다.

마치 생질베르앙트르레루 수도원이 막 날아오를 것처럼 보였다.

그때 경감이 고개를 들었다. 그리고 보부아르는 시선을 돌렸다.

가마슈는 비행기가 시야에서 사라질 때까지 지켜보다가, 방금 막 자신에게 다가온 수도원장을 돌아보았다.

"얼마나 충격적이실지 압니다."

"우리 모두에게 그렇죠." 원장이 동의했다. "우리가 이 일에서 배웠길 바랍니다."

가마슈는 말이 없다가 물었다. "그래서 그 교훈이 뭡니까?"

원장은 그 질문을 잠시 생각했다. "저희가 왜 '생질베르앙트르레루'로 불리는지 아십니까? 우리의 상징이 왜 뒤엉킨 두 마리의 늑대인지?"

가마슈가 고개를 저었다. "그게 첫 수사님들이 도착했을 때로 거슬러 올라갈 걸로 추측했습니다. 야생을 길들이거나 야생과 친구가 되는 걸 상징하는 거라고요. 그 비슷한 걸로요."

"맞습니다. 그건 돔 클레망과 다른 수사님들이 이곳에 왔을 때부터 있던 상징입니다." 수도원장이 말했다. "그건 어느 몽타니에가 그들에게 해 준 이야기지요."

"어느 선주민의 이야기라고요?" 가마슈는 옛 질베르회가 이교도라고 여겼을 무언가에 영감을 받았다는 사실에 놀라 물었다.

"돔 클레망이 일기에 그 이야기를 써 두셨지요. 노인 중 한 명이 그분에게, 자신이 소년이었을 때 어느 날 할아버지가 자신에게 다가와 그의 내면에서 늑대 두 마리가 싸우고 있다고 말했다고 합니다. 한 마리는 회색이고 한 마리는 검은색이었죠. 회색은 할아버지가 용감하고, 참을성 있고, 친절한 사람이길 원했습니다. 검은색은 할아버지가 무섭고 잔인하길 원했습니다. 그 이야기는 소년의 마음을 휘저었고, 아이는 며칠 동안 그 이야기를 생각하다 할아버지를 찾았습니다. 아이는 '할아버지, 어떤 늑대가 이길 것 같아요?' 하고 물었지요."

원장은 엷은 미소를 지으며 경감을 살폈다. "할아버지가 뭐라고 대답했을지 아시겠습니까?"

가마슈는 고개를 저었다. 경감의 얼굴에 슬픈 표정이 어렸고, 그것이 원장의 마음을 거의 아프게 했다.

"내가 먹이를 주는 녀석이지." 돔 필리프가 말했다.

가마슈는 이제 다가올 많은 세대를 버티게 될 수도원을 돌아보았다. 생질베르앙트르레루. 자신은 그 말을 잘못 해석했다. 성길버트는 늑대들에게 둘러싸인 게 아니라, 늑대와 늑대 사이에 있었다. 끝없는 선택을 해야 하는 곳에.

원장은 가마슈의 벨트에 찬 총과 그의 얼굴에 떠오른 우울한 표정에 주목했다. "고해를 하시겠습니까?"

경감은 하늘을 올려다보았고, 치켜든 얼굴에서 북풍을 느꼈다. 끔찍한 병폐가 우리를 덮치려 하는구나.

아르망 가마슈는 아주 먼 곳의 비행기 소리를 들었다고 생각했지만 그 소리는 이내 사라졌다. 그리고 그는 거대한 침묵과 함께 남겨졌다.

"아직은 아닌 것 같습니다, 몽 페르."

작가의 말

『아름다운 수수께끼』는 음악에 대한 매료와 음악과 관련된 아주 개인적이고 당혹스러운 관계에서 시작되었다. 나는 음악을 사랑한다. 다양한 음악들이 내게 책에 대한 영감을 주었고, 음악이 내 창작 과정에 거의 마법이나 다름없는 효과를 발휘했다고 확신한다. 비행기에 앉아 있을 때, 산책을 나갈 때, 드라이브를 할 때 나는 음악을 들으며 내가 쓰고자 하는, 또는 쓰고 있는 책의 여러 장면을 볼 수 있다. 등장인물들을 느낄 수 있다. 그들의 말을 듣는다. 그들을 느낀다. 그것은 흥분된 일이다. 가마슈와 클라라와 보부아르는 내가 어떤 음악을 듣고 있을 때 더 활기를 띤다. 변화가 일어나고, 영혼까지 얻는다. 나는 음악 속에서 신성함을 느낄 수 있다.

나는 음악 안에서 혼자가 아니라는 것을 안다.

이 책을 준비하면서 우리의 뇌에 미치는 음악의 신경 과학에 대해 맥길 대학의 대니얼 J. 레비틴 교수가 쓴 『음악을 들을 때 당신의 뇌This Is Your Brain on Music』라는 책을 포함한 다양한 책들을 읽었다.

이 아름다운 수수께끼를 탐구하고 싶었다. 몇 개의 음표가 우리를 어떻게 다른 시공으로 데려갈 수 있을지. 사람에게, 사건에, 감각에 마법을 부릴 수 있을지. 위대한 용기를 불어넣고, 우리의 눈물을 닦아 줄 수 있을지. 그리고 이 책의 사건에서 나는 고대 성가의 힘을 탐구하고 싶었다. 그레고리오 성가를. 그 성가를 부르는 사람들과 그 성가를 듣는 사람들을.

『아름다운 수수께끼』를 집필하면서 많은 도움을 받았다. 가족과 친구들에게. 놀랍고도 아주 평화로운 수도원 체험을 포함해 책과 비디오와 실전 경험을 통해.

내가 집필에 집중할 수 있도록 나머지 일들을 도맡아 해 준 내 놀라운 조수 리즈 데로지에에게 감사한다. 『아름다운 수수께끼』를 쓰는 데 도움을 아끼지 않은 뉴욕 미노타우르 북스의 내 편집자 호프 델런과 런던 리틀 브라운사의 댄 맬러리에게 감사한다. 에이전트 테리사 크리스와 패티 무스브루거에게도 감사를 전한다. 첫 독자인 더그와 수전에게도. 늘 기꺼이 도움을 주는 마저리에게도.

그리고 남편 마이클에게 감사한다. 내 삶에서 음악보다 더 당혹스럽고 강력한 수수께끼가 있다면 그것은 사랑이다. 나는 그 한 가지 수수께끼를 절대 풀지 않을 것이고, 그러고 싶지도 않다. 사랑하는 마이클이 나를 데려갈 곳을 즐길 뿐이다.

그리고 내 책들을 읽고 상상도 할 수 없는 삶을 내게 안겨 준 당신에게 감사한다.

아름다운 수수께끼

THE BEAUTIFUL MYSTERY

초판 1쇄 발행 2020년 8월 1일
초판 2쇄 발행 2024년 6월 10일

지은이 | 루이즈 페니
옮긴이 | 김예진
발행인 | 박세진
독자 교정 | 박창순, 양은희
불어 감수 | 황은주
표지디자인 | 허은정
출 력 | 대덕문화사
용 지 | 두송지업
인 쇄 | 대덕문화사
제 본 | 바다제책사

펴낸곳 | 피니스 아프리카에
출판등록 | 2010년 10월 12일 제25100-2010-000041호
주소 | 03958 서울시 마포구 망원동 419-3 참존 1차 501호
전화 | 02-3436-8813
팩스 | 02-6442-8814
블로그 | blog.naver.com/finisaf
메일 | finisaf@naver.com

책값은 뒤표지에 있습니다.
파본은 구입하신 곳에서 교환해 드립니다.